U0904225

夜深沉

张恨水 著

国际文化出版公司

图书在版编目（CIP）数据

夜深沉 / 张恨水著. — 北京：国际文化出版公司，2013.7
ISBN 978-7-5125-0527-8

Ⅰ. ①夜… Ⅱ. ①张… Ⅲ. ①章回小说—中国—现代
Ⅳ. ①I246.4

中国版本图书馆CIP数据核字（2013）第140711号

夜深沉

作　　者　张恨水
责任编辑　赵　辉
策划编辑　李　丹
美术编辑　睿佳工作室
出版发行　国际文化出版公司
经　　销　新华书店
印　　刷　三河市中晟雅豪印务有限公司
开　　本　640mm×960mm　32开
　　　　　11.75印张　340千字
版　　次　2013年7月第1版
　　　　　2017年3月第2次印刷
书　　号　ISBN 978-7-5125-0527-8
定　　价　26.00元

国际文化出版公司
北京朝阳区东土城路乙9号　邮编：100013
总编室：（010）64271551　传真：（010）64271578
销售热线：（010）64271187
传真：（010）64271187-800
E-mail：icpc@95777.sina.net
http://www.sinoread.com

目录

第一回　陋巷有知音暗聆妙曲　长街援弱女急上奔车

夏天的夜里，是另一种世界，平常休息的人，到了这个时候，全在院子里活动起来。这是北京西城一条胡同里的一所大杂院，里面四合的房子，围了 个大院子，所有十八家人家的男女，都到院子里乘凉来了。满天的星斗，发着混浊的光，照着地上许多人影，有坐着的，有躺着的，其间还有几点小小的火星，在暗地里亮着，那是有人在抽烟。抬头看看天上，银河是很明显地横拦着天空，偶然一颗流星飞动，拖了一条很长的白尾子，射入了暗空，在流星消减了以后，暗空一切归于沉寂，只有微微的南风，飞送着凉气到人身上。院子的东角，有人用小木棍子，撑了一个小木头架子，架子上爬着倭瓜的粗藤同牵牛花的细藤，风穿了那木架子，吹得瓜叶子瑟瑟作响，在乘凉的环境里，倒是添了许多情趣。

然而在这院子里乘凉的人，他们是不了解这些的。他们有的是做鞋的，有的是推水车子的，有的是挑零星担子的，而最高职业，便是开马车行的。其实说他是开马车行的，倒不如说他是赶马车的更恰当一些。因为他在这大杂院的小跨院里，单赁了两间小房做了一所马车出租的厂。他只有一辆旧的轿式马车，放在小跨院里；他也只有一匹马，系在一棵老枣子树下；靠短墙，将破旧的木板子支起了一间马棚，雨雪的天气，马就引到那木板子下面去。他是老板，可也是伙计，因为车和马全是他的产业，然而也要他自己赶出去做生意。这位主人叫丁二和，是一位二十五岁的壮丁，成天四处做生意。到了晚上，全院子人，都来乘凉，他也搬了一把旧的藤椅子，横在人中间躺着。他昂了头，可以看见天上的星斗，觉得那道银河很是有点儿神秘。同时，院邻皮鞋匠王傻子，大谈着牛郎织女的故事，大家也听得很入神。

这时，在巷子转弯的所在，有一阵胡琴鼓板声绕了院子处走着，乃是一把二胡、一把月琴，按了调子打着板，在深夜里拉着，那声音更是入耳。正到这门口，那胡琴变了，拉了一段《夜深沉》，那拍板也换了一面小鼓，得儿咚咚，得儿咚咚地打着，大家立时把谈话声停了下去，静静地听着。等那个《夜深沉》的曲子完了，大家就齐齐地叫了一声好。王傻子昂着头向墙外叫道："喂，再来一个。"丁二和还是躺在藤椅上，将手上的芭蕉扇拍着椅子道："喂，喂，王大哥，人家做小生意卖唱的，怪可怜的，可别同人家闹着玩。"这句话刚说完，就听到有人在门口问道："这儿要听曲儿吗？"那声音是非常地苍老。丁二和笑道："好啊，把人家可招了来了。"王傻子道："来就来了。咱们凑钱，唱两支曲儿听听，也花不了什么。喂，怎么个算法？"那人道："一毛钱一支，小调，京戏，全凭你点。要是唱整套的大鼓，有算双倍的，有算三倍的，不一样。"说着，在星光下就看到那人之后，又有两个黑影子跟了进来。王傻子已是迎上前去，丁二和也就坐了起来。看进来的三个人，一个是穿短衣的男子，一个是穿短衣的妇人，还有个穿长衣的，个儿很苗条，大概是一位小姑娘。王傻子和那人交涉了一阵，却听到那妇人道："我们这孩子，大戏唱得很好，你随便挑两出戏听听，准让你过瘾。"二和远远地插嘴道："她唱什么的？都会唱些什么？"妇人道："大嗓小嗓全能唱。《骂殿》《别姬》、新学会的《凤还巢》，这是青衣戏，胡子戏《珠帘寨》《探母》《打鼓骂曹》，全成。"王傻子笑道："怪不得刚才你们拉胡琴拉《夜深沉》了，是《打鼓骂曹》的一段。我们这儿全是穷家主儿，可出不了多少钱，你要能凑付，一毛钱来两支，成不成？"那人道："呵，街上唱曲的也多哪，可没这价钱。我们今天也没生意，唱一会子该回去了。诸位要是愿意听的话，两毛钱唱三支，可是不能再加了。"王傻子回转身来，问道："大家听不听，我出五分。"二和笑道："我出一毛。"王傻子拍着腿道："成啦！只差五分钱，院子里这么些个人，凑五分钱还凑不出来吗？"乘凉的人这就同声地答应着："就是那么办罢。"

那一行三个人，慢拖拖地一溜斜地走进了院子里。王傻子立刻忙碌起来，一面搬了三条凳子让他们去坐，一面昂了头大声嚷道："吓！大家全来听曲儿，这儿就开台了！"唱曲儿的男子道："劳驾，先给我们一点儿凉水喝。"二和道："凉茶喝不喝呢？"那人道："那就更好了。"二和听说，立刻跑回家去，捧了一把壶、三个茶杯子出来，自然一直迎到他们面前去。在黑暗中，是那位姑娘说了一声"劳驾"，两手把茶壶接了过去，连连道了两声劳驾。在她叫劳驾的声中，二和像扎针扎了什么兴奋剂一样，心里倒是一动，等到自己要去仔细看这人时，她已经把壶抱着走了。他站在黑暗的院子里，倒不免呆了一呆。他们喝过茶之后，就问道："各位听什么，我这儿有个折子。"王傻子道："二哥在哪儿啦？我们全不认得字，这件事可托着你了。"二和道："看折子吗？连人都看不清楚，你叫我看折子上的小字，那不是笑话？"说着话，两人走到了一处，王傻子可就塞了一个硬邦邦的折子在他手上。二和道："不用瞧了，他们刚才报的那几出戏，我都爱听。"王傻子道："唱曲儿的，听见没有？你就挑拿手的唱罢。"这句吩咐过了，只见三个黑影子，已坐到一处，同时胡琴鼓板全响起来，那调子，正奏得是南梆子。过门拉完了，那小姑娘唱了一段"老大王在帐中和衣睡稳"的词句，正是《霸王别姬》，唱完以后，加上一段《夜深沉》的调子，这是虞姬舞剑那一段音乐。二和本来回到原位躺在藤椅子上了，听完了这段《夜深沉》，叫了一声好，人随了这声好，就坐起来。那男子停了胡琴，问道："先生，还唱什么？"王傻子道："别骂人了，我们这儿哪来的先生。"人丛中有人道："真好听，再来一个。"王傻子道："好听尽管好听，可也不能老唱这个。"那女孩子道："那我们唱一段《骂殿》罢。"王傻子道："她自己点了这出戏，那准拿手，就唱这个罢。这孩子一副好甜的嗓子，听了真够味。"黑暗里刘姥姥坐在阶沿上，只把一柄芭蕉扇轰蚊子，拍了大腿直响，这就插嘴道："王傻子，也不管自己有多大年纪，叫人家孩子。"王傻子道："我今年三十啦，这小姑娘也不过十三四罢了。"那唱曲的妇人插话道："我们这丫头十七，个儿小，瞧她不怎么大似的。"二和道："好罢，就是《骂殿》，你唱罢。"于是胡琴响起来，那女孩子又唱了一大段《骂殿》。

他们共凑的两毛钱，只唱三段曲子，很快地就唱完了，王大傻子在各人手上凑好了钱，递到唱曲儿的手上去。那妇人道：“各位还听不听？要不听，我们可得赶别家了。”大家听了，倒沉寂了一下，没有做声。二和道：“我出一毛钱，你唱一段长一点儿的得了。”那男子道：“也可以，我老两口子伺候你一段。”二和暗地里笑了，还没有答言，王傻子道：“谁要听你老两口子的！花一毛大洋，干什么不好。我们就说这小姑娘嗓子甜，送到耳朵里来，真有那么一些子……我也说不上，反正很有点意思罢。”那妇人道：“可是她的戏，是我老两口子教的呢。”二和笑道：“不谈这个了，一毛钱，你再让你们姑娘唱一段《霸王别姬》，末了，还是来一段胡琴。”唱曲的还没有答复呢，远远地听到有苍老的妇人声音叫道：“二和可别听了。今天下午，花钱可不少，你又喝了酒，这会子听了一毛钱曲儿，也就够了。明天早上买吃的钱，你预备下了吗？”二和笑道：“唱曲儿的，你去赶有钱的主儿罢。我们这穷凑付，唱一个曲儿，凑一个曲儿的钱，你也不得劲儿。”那唱曲儿的三口子，一声儿没言语，先是椅子移动着响，后来脚步不得劲似的，鞋子拖了地皮响着，那三个黑影子，全走出大门去了。

二和躺着，也没有说什么。虽是在这里乘凉的人依然继续地谈话，但他却是静静地躺着，只听到胡琴板，一片响声，越走越远，越远越低，到了最后，那细微的声音，仿佛可以捉摸。二和还在听着，但是这倭瓜棚上的叶子，被风吹得抖颤起来，这声音就给扰乱了。王傻子突然问道：“二哥怎么不言语，睡着了吗？”二和道：“我捉摸着这胡琴的滋味呢。”王傻子笑道：“得了罢，咱们这卖苦力的人，可别闹上这份子戏迷，别说花不起钱，也没这闲工夫捉摸这滋味。你家老太太嚷一声，把你那毛钱给断下来了，你还不死心。”二和笑道：“就是不死心，又怎么着？咱们还能每天把卖唱的叫到院子里穷开心吗？”王傻子笑道：“咱们总还算不错，坐在这里，还有人唱着曲儿伺候我们。伺候我们的，还是十七八岁的小姑娘。”有人问道：“小姑娘这么唱一段，你就受不了了，假使真有这样一位小姑娘伺候你，你怎么办？”王傻子道：“瞧了干着急，那我就投河了。今天我媳妇到娘家去了，我敞开来说，好的想不着，赖的还是把我霸占了，这辈子我白活了，我非投河不可，要不，憋得难受。”二和笑道：“这傻子说话，狗嘴里长不出象牙来。”王傻子道：“二哥你别胡骂人，我说的都是实心眼子的话。你现在还是光棍儿一个，假使你有这样一个十七八岁的姑娘伺候着，你能放过她吗？你要不把她一口吞下去才怪呢。”刘姥姥将扇子伸到他背上，乱扑了几下，笑骂道：“这小子傻劲儿上来了，什么都说。天不早了，都睡去罢。”还是她的提议有力量，大家一阵风似的就散了。

在夏夜总是要乘凉的，这也就是穷人的一种安慰。忙了一天，大家坐在院子里，风凉着，说说笑笑，把一天的劳苦都忘了。到了次晚，大家自然是照样地坐在院子里乘凉，然而那卖唱的，奏着《夜深沉》的调子，由胡同口上经过，可没有人再说把他们叫进来。因为除了二和，大家全是舍不得钱的。二和因为昨日已经让母亲拦阻了，今天哪还敢发起这事呢。自此，每当晚间卖唱的经过，他只好静静地听一阵子，有时，他们在附近人家唱，他也就追到人家门外，隔了墙去听着。那三口子的嗓音，听得很熟。他们在黑暗里随便唱一声，也知道是谁，可是他们的脸面，却没有看出来。他也曾想着，要瞧瞧他们，到底是怎么一个样子才好，但是他们白天又不出来，哪儿有机会去见他们呢？不久，天气又慢慢地凉了，胡同里的胡琴声，有时听得着，有时又听不着，后来是整月不来了。

天气到了深秋了。是一个早上，丁二和要上西车站去接客，套好了马车，拿了一条细长的鞭子，坐到车前座上，啪的一鞭子，四个轮子骨碌都作响，直奔前门。街上的槐树叶子，带了些焦黄的颜色，由树枝空当里，垂下一球一球的槐荚来，早风由树叶子里穿过，唆唆有声。人身上自也感到一种凉意，心里头也有一种说不出来的情绪。忽然有人叫道：“那位赶马车的大哥！”回头看时，一条小胡同口，一个蓬着头发的姑娘，满脸的泪痕，抬起两只手，只管向这里招着。二和将马带住，跳下车来，迎向前问道：“姑娘，你认得我吗？”那姑娘似乎头在发晕，身子晃了两晃，向墙上一靠，将手托住头。在她这样抬手的时候，二和看见她两条光手臂上，有许多条的粗细紫痕，那两只青夹袄袖子，犹如美丽的物件下面挂着穗子一样，叮叮当当地垂下布片来，再看她身上穿的那青布夹袄，胸前的齐缝，也扯成两半边，裂下一条很大的口子。因问道：“姑娘，你怎么回事？家里有什么人打你吗？”她听了这话，两行眼泪，像抛沙一般，滚了下来，抖颤着声音道：“我师傅，我师傅……”她说到这里，回头看到巷子里面有人跑了来，放步就跑，却顾不得谈话。二和跳上车去，一兜缰绳，马就飞跑上去，赶了一截路，马车已超过了那姑娘，二和回头看时，见有一男一女，手里各拿一根藤条，站在那小胡同口上，只管东张西望着。

那个哭的姑娘，跑了一截路，也赶上了马车，藏在人家一个大门楼子下面，向二和乱招手，口里低声叫道：“喂，掌柜的，你带我跑一截路，免得他们追上我。”二和将马车赶了一截路，已是缓缓地走着，听了姑娘的喊叫声，就向她点点头，低声答道：“你快上来。”于是把马拉拢一步，带到大门楼子下，那姑娘也不等马车靠拢，就奔到车子前，两手将车门乱扯。二和一跳，向门楼子下一窜，势子也来得猛一点，向墙上一碰，咚的一声，可是他也来不及去管了，左手摸着额角，右手就来开车门。那姑娘跳上了车子，将脚乱顿着道：“劳你驾，把车子快开走罢，他们追来了，他们追来了！”二和被她催得心慌意乱，跳上车也只有兜住马缰就跑。跑了一截路，这才问道：“姑娘，你让我送你到什么地方去？”她答道：“随便到什么地方去都可以。”二和道：“这是笑话了，怎么随便到什么地方去都可以呢？我是到西车站接客去的。”她道：“我就上西车站搭火车去。”二和道：“你搭火车到哪儿？”她道：“到哪儿也可以。”二和将车子停住了，回转头来，向车子里看着，因道：“姑娘，我好意把你救了，你可不能连累我。你叫我把你带上西车站，那算怎么回事？那里熟人很多，侦探也很多，你要让人家告我拐带吗？”她道：“哦，那里有侦探？我家住西城，你把我送到东城去就是，劳你驾，再送我一趟。”二和道：“送到东城以后，你怎么办？”她道：“我有个叔叔，在北新桥茶馆里当伙计，我找他去。”二和道：“这样说着，那倒也成。”

于是一面赶着马车，一面和她说话，问道：“你师傅干吗打你？”她道：“师娘不在家，他打我。”二和道：“刚才有一个女人，也追出了胡同，不是你师娘吗？”她道：“是我师娘。我师娘回来了，听了师傅的话，也打我。”二和道：“那为什么？”她低下了头，没有做声。二和道：“师傅常打你吗？”她道：“师娘常打我，师傅倒是不打我，可是这一程子，师傅尽向我挑眼，也打过我好几回了。”二和道：“你总有点什么事，得罪你的师傅了。”她道：“不，我在家里，洗衣煮饭，什么事全替他们做，出去还替他们挣钱。”二和道：“挣钱？你凭什么挣钱？”她顿了一顿道：“做活。”二和道：“你师傅是一个裁缝吗？”她道：“唔，是的。”“你家里人呢？”她道：“我什么亲人也没有，要不，他们打我，怎么也没有人替我做主。”二和道：“你不是还有一个叔叔吗？”她道：“哦，对的，我还有个叔叔。”二和道：“叔叔不问你的事吗？”她道：“很疏的，他不大管我的事。”二和道：“你姓什么？”她道：“我姓李。”两人说着话，不知不觉，把马车赶到了一所空场。

二和把马车拢住，由车子上跳下来，问道：“姑娘，你下车来罢。由这里向北走，向东一拐弯，就是北新桥大街。”她跳下车来，将手埋着头上的乱发，这才把她的真相露了出来：雪白的鹅蛋脸儿，两口滴溜乌圆的眼珠，显出那聪明的样子来。二和便道：“倒是挺好的一个人。”她站着怔了一怔，望了他道：“由北新桥过去，再是什么地方？”二和道：“过去是东直门，你还要过去干什么？”她道：“不过去，我不过这样问一声。”二和道：“你叔叔叫什么名字？”她道：“叫王大龙。”二和道：“这就不对了，你说你姓李，怎么你叔叔姓王呢？”她愣住了一会子，笑道：“是我说错了，我叔叔叫李大龙。”二和向她打量了一遍，点点头道：“你去罢，拐弯就是北新桥。没想到为了你这档子事，耽误了我西车站一道生意，我还得赶出城去捞东车站的生意呢。”说着，跳上车去，一撒缰绳，车子掉转过头来向南走。看那姑娘时，她正将脚拨着地面上的石块，低了头缓缓地向北走。她没有向二和道谢，二和也没有那闲工夫再问她向哪里去了。

第二回　附骥止飘零登堂见母　入门供洒扫作客宜人

人生的聚合，大半是偶然的，不过在这偶然之中，往往可以变为必然。

二和同那位逃难的姑娘，一路谈到这空场子里，也就觉得她果然有些可怜。这时虽然掉转马头，自己走自己的，可是再回转脸来向北看，只见那女孩子两手抄在衣岔上面，低了头，一步拖着一步地走了去。二和将手上的马鞭子一举，叫道："喂，那位小姑娘，别忙走，我还有话问你呢。"那女孩子听了这话，一点也不考虑，立刻跑了过来。

她走来的势子，那是很猛的，但是到了他面前以后，这就把头低了下来，问道："掌柜的，你叫我干吗？我已经给你道过劳驾了。"二和跳下车来，笑道："你不和我道劳驾，这没有关系。我还要问你一句话，你说你有个叔叔在北新桥茶馆里，这话有点儿靠不住吧？"她点点头道："是的，有一个叔叔在茶馆子里。"二和道："这茶馆子的字号，大概你不知道。但是这茶馆子朝东还是朝西，是朝南还是朝北，你总不会不知道。"她昂着头想了一想，忽然一低头，却是扑哧一笑。二和道："这样说，你简直是撒谎。你说，你打算到哪里去？"她抬起头来，把脸色正着，因道："我实话对你说罢，因为你追问着我到哪里去，我要不告诉你有一个叔叔在北新桥，那你就会老盯着我问的，叫我怎么办呢？"二和道："我老盯着你问要什么紧？"她道："我怕你报告警察，送我到师傅家里去。"二和道："你不到师傅那里去，又没有家，那么，你打算往哪里跑呢？"

她听着这话，倒真个愣住了，瞪了那乌溜的眼睛，只管向他望着，将右脚上的破鞋，不断地在地面画着字。二和道：“你不能跑出来了，糊里糊涂地乱走一气，你事先总也筹划了一会子，自己究竟是打算到哪儿去。”她道：“我要是有地方去的话，早就逃走了。就因为没地方去，我才在他们家里待着。”二和道：“怎么今天你又敢跑呢？”她道：“我要不跑，在他们家里，迟早得死。还有那个畜类的师傅，他逼得我待不下去，我只好糊里糊涂，先跑出来，逃开了虎口再说。我也有个想头，一来是逃下乡去，随便帮帮什么人的忙，总也可以找碗饭吃；第二条路，那不用说，我就打算死啦。别的事情不好办，一个人要寻死，没什么办不到。”二和道：“你不是说，你师傅待你还不错吗？”她退后了两步，低了头没有做声，将两个手指头放在嘴唇皮子上摸着。二和道：“这样子说，你准是走第二条路，看你脸上，一点没有发愁的样子，反正是死，走一步算一步，你说是不是？”她沉着脸子，把眼皮也同时垂了下去，没有答话。

二和抬头看看天色，太阳已高升过了人家门外的槐树上，他皱了两皱眉毛道：“我不碰着这件事呢，我就不管，现在眼睁睁地看你去寻死，可没有这个道理，你能不能依着我的话，到我家里去一趟，我家里有个老太太，她见着的事就多啦，可以劝劝你。”她道：“到你们家去也可以，可是我得声明一句，你要把我送回师傅家里去，我是不干的，你可别冤我。”说了这话，她向二和周身上下，全看了一眼。二和道：“这是笑话了，你这么大一个人，就是你师傅也关你不住，我一个过路的人，就能把你送回去吗？脚在你身上，我要你回去，你不走，我们也算白着急，你先到我家里去瞧瞧，若是不好，你再走，那也不迟吧？我豁出去了，今天上午，什么买卖也不做，我再陪你跑一趟，你上车。”说着，就上前把车门打开了，而且还欠了一欠身子。她跳着上了车，由车门子里伸出了半截身子，向二和道：“你若是把马车向我师傅家里赶了去，我就会跳下来的。”二和道：“你这位姑娘说话，也太小心了。你上我的马车，是你自己找着来的，又不是我去拉了你来的，你若是不相信我，就不该叫住我救你。”她笑道：“我倒相信你是个好人，就是保不住你不送我回去。掌柜的，劳驾了，我跟你去了。”二和跳上了车子，一鞭子赶了马车就跑，因为是一径地跑着，也就没有工夫来和她说话，到了家门口，把车子停在门外，那姑娘倒像是熟路似的，开了车门下来，直向小跨院子里丁家走去。在这屋檐下，坐了一位老太太，背对了外坐着，二和道：“妈，我告诉你一段新鲜事儿，我带着一位客来了。”那位老太太扭转身来，尖削的脸上，闪出了许多皱纹，一把苍白的头发不住地微微地摇撼着，这是受刺激太深，逼出来的一种毛病。她虽是站起来了，却还依旧仰了脸看人，由这里可以看出来，她是个双目失明的残疾人。

二和站在他母亲面前，向那位姑娘招了两招手，因道：“请你过来见见，这是我妈。”那姑娘走了过去，叫了一声老太，丁老太就伸出右手来，一把握住了她的手，左手却在她手臂上、肩上，全轻轻地抚摸一番。因笑道：“这可是一位小姑娘。二和，是哪一家的？”二和道：“你老坐着吧，先让我把一段子经过的事告诉你，然后再让她说她的。”丁老太就弯了腰，把刚才自己坐的凳子，拍了两下，笑道：“小姑娘，你就在这儿坐着吧。”她说完了这话，自己慢慢地走到对过的所在，弯下腰，伸着两手，在各处摸索了两三下，果然就让她摸到了一把小椅子，然后坐下。二和在墙上的钉子上，取下了一条半干湿的手巾，在额头上乱摸擦了一阵，这就笑着把今日早上的事，叙述了一番。

丁老太虽然看不到来的贵客是怎么一个样子，可是谁说话，她就把脸朝着谁，等二和把话说完了，这就将脸一转，朝着那位小姑娘，笑问道：“我儿子说的话，全是真的吗？你贵姓？我应当怎么称呼你呢？”她道：“你太客气，还说这些啦。我姓王，师傅替我起了个名字叫月容，成天成晚地就是这样叫着。扫地抹桌，洗衣煮饭，什么全叫我，我真腻了。我在家的时候，小名儿叫小四儿，你就叫我小四儿罢。”二和道：“姑娘，你同我妈有一句便说一句，就别发牢骚了。”丁老太将脸朝着他道：“二和，你还没有做买卖啦，我听这王姑娘的话，一定很长，你先去找一点生意，咱们等你回来。”二和向那姑娘看了一下，又低着头想了一想道：“姑娘，你不要心急，陪着我妈在这里谈谈，等我回家来了，你再走开。我妈眼睛看不见，你要跑，她可抓不住。”她站起来道：“你放心去做买卖罢，我这满市找不着主儿的人，会到哪儿去？”说着，还向他露齿一笑。二和走到院子里了回头看到了她这两片鲜红的嘴唇里，透出雪白的牙齿来，又把那乌溜的眼珠对人一转，这就不觉呆了。丁老太道：“二和，怎么啦，没听到你的脚步响？”说着，扬了脸，对着院子。二和道：“忙什么，我这就走啦。喂，那位姑娘，你可别走，走了，我是个漏子。”于是他取下头上的帽子，似乎要向她点个头，可是不知他有了一种什么感想，一转念头，将手在帽子上拍拍灰，大踏着步子，走了出去。

这位王月容姑娘，一面和丁老太谈话，一面打量他们家的屋子。这里是两间北屋，是用芦苇秆糊了报纸，隔了开来的，外面这间屋子，大小堆了三张桌子。正面桌上有一副变成黑黝的铜五供，右角一个大的盘龙青花破瓷盘，盛了一个大南瓜，左角堆了一叠破书本，上面压了一方没盖的砚池，笔墨账本又全放在砚池上。那正墙上，不是字画，也没供宗先神位，却是一个大镜框子，里面一个穿军服挂指挥刀的人像。那人军帽上，还树起了一撮绒缨，照相馆门口悬着袁世凯的相片，就是这一套。这人大概也是一个大武官，可不知道他们家干吗拿来挂着。其余东西两张桌子，斜斜地对着，盆儿、罐儿、破报纸、面粉袋、新鲜菜蔬、马毛刷子、破衣服卷，什么东西都有。两张桌子下面，散堆了许多煤球和一套厨房里的家伙。连煤炉子带水缸，全放在屋子中间，再加上两条板凳，简直把这屋子给塞满了。

丁老太因为她在谈自己的身世，正垂了头，静心静意，向下听着，并不知道她在察看这屋了。约莫有大半个钟头，月容把她的身世全说过了，老太点点头道：“原来你是这么回事，等我们二和回来，再替你想法子。你既是什么都会做，我家里油盐白面全现成，要不然，你等着二和回来，才可以做饭，那就早着啦，恐怕你等不了。往日，他没做完买卖，也赶回来给我做饭吃，要不，事先就留下钱在面馆子里，到时候让面馆子送面来。别瞧他是个赶马车的，他可知道孝顺上人，唉，这话提起来，够叫人惭愧死了。你瞧见上面那一个大相片没有，那是我们二和他父亲。二和的老爷子官大着啦，做到了上将军，管两省的地方。二和的父亲，是老爷子的长子，三十岁的人，除了原配不算，连我在内，是八个少奶奶，把一条性命，活糟蹋了。我也是好人家儿女，他花了几千块，硬把我强买了来，做第四房。上辈老爷子，和二和的老爷子，是一年死的，整千万的家财，像流水一样地淌了去。我是一位第四的姨少奶奶，又没有丈夫，能摊着我得多少钱？我带了这个儿子,分了两千块钱，就这样过了十几年。坐吃山空，两千块钱够什么？把我私人藏着的一点首饰，全变卖完了。到了前两年，孩子也大了，浮财也用光了，我两只眼睛也瞎了。我们那位大奶奶，过了十几年的光花不挣的舒服日子，钱也完啦，就把最后剩下的一所房，也给卖了去。我本来也不想分他丁家财产了，人家说，我们上辈老爷子，共有九个孙子，就是我们这孩子分得太少，这才托人去说，就是这一次啦，多少得分一点给我们。丁家人，比我穷的还有呢，早把钱抢了个空，分给了我们一辆马车、一匹老马。我说，这是给穷人开心，穷得没饭吃，还坐马车啦？二和可就信了街坊的话，把马车拖回来了，就凭了这匹老马，倒养活了我这老少两口子过了两年。”月容笑道：“那么说，丁掌柜的倒是一位贵公子啦。”丁老太道：“贵公子怎么着？没有什么学问，还不是给人赶马车吗？”月容道：“您这话倒是真的，我只说了我在师傅家的事，没说我自己家的事。下次我到您府上来，就可以把这话详详细细地对您说了。”两人这样一谈，倒是很高兴，也忘了谁是主人谁是客了。

过了两三个小时，在外面赶马车的丁二和，对于家里这一位客人，实在不放心，拉了一笔生意，赶快地就赶回家了。马车放在大门外，他手上拿了一根马鞭子，大开着步子，就向院子里走，看到王月容正在屋檐下站着呢，便道：“姑娘，好啦！我给你想到了一个办法啦，你先买一点儿东西吃，我这就送你去，你可别……”他一面说着，一面走近前来，这倒不由得他不大吃一惊。原来这个小跨院里，被扫得干干净净的，破桌子烂板凳，全理齐了，放到墙角里。院子里有几只鸡，全用绳子缚了脚，拴在桌子底下，水缸，煤炉，还有一张条桌，全放在屋檐下来。煤炉子上烧着一铁锅开水，桌上一块砧板，撑了好些个面条子，在那里预备着。几只碗里，放了酱油、醋、葱花儿，还有一只碗里放了芝麻酱、甜酱，一个碟子里放了一碟盐水疙瘩丝儿。再向屋子里一看，全改样啦，那张条桌同做饭家伙全搬出去了，屋子里也显着空阔起来。煤球全搬出去了，地面上扫得跟镜子似的，不带一点儿脏。左边的桌子空出来了，只有一把茶壶、两只杯子。正中桌上，书理得齐齐的，笔砚全放在犄角上。院子里有两瓦盆子鸡冠花，压根儿没理会过，这会子，把瓦盆子上的浮泥，全部擦干净了，放在桌上五供旁边。母亲坐在桌子边椅子上，手里捧了一杯茶在喝呢。因道："呵，屋子全收拾干净了，这是谁收拾的？"月容道："掌柜的，是我收拾的，可是我没有多大工夫，还没有收拾得好。掌柜的，你这就吃饭吗，什么全预备好啦。"二和拿了一条马鞭子，只管向屋子里外望着，简直说不出话来啦。

丁老太道："这位姑娘，为人真勤快，自从你去后，她就做得没有歇手。"二和道："这可真难为人家，我们要怎样地谢谢人家呢？"这句话没说完，月容把一只破旧的铁瓷盆，舀了热水，连手巾也铺在水面上，这就向他点了两点头笑道："你先来洗把脸。"二和将马鞭子插在墙窟窿眼里，两手乱搓了巴掌，向她笑道："姑娘，你是一个客，我们怎好要你做事呢？"月容道："这没关系，我在师傅家里，就这样伺候师傅惯了的。"说着，她将脸盆放在矮凳子上，自走开了。二和洗着脸，水哗啦地响，丁老太就听到了，她说："二和，你瞧这位姑娘多会当家过日子，我要是有这么一位姑娘，我这个家就上了正道了。你瞧，人家还是一位客呢，你一回来了，茶是茶，水是水的，忙了一个不亦乐乎。"二和心里正想着，水倒有了，哪儿来的茶？一抬头，却看到桌子角上，放了一杯茶，便哟了一声道："姑娘，这可劳驾劳驾了。"月容站在门外自低了头下去，微微一笑。丁老太道："二和，刚才你一进大门，就嚷着有了办法了，你所说的，是有了什么办法？"二和端起那杯茶来，喝了一口，因道："我在车站上，也是听到伙伴里说，妇女救济院里面，就收留各种无家可归的女人。若是这位姑娘肯去，那里有吃有穿，还有活做，将来可以由院里头代为择配呢。你看这不是一件好事吗？只要到那里面去了，无论这姑娘的师傅是怎么一位天神，他也没有法子，只好白瞪眼。"

二和同母亲只管说话，一不留神，刚才的那一脸盆水，却让人家端走了。接着，桌面子是揩抹干净，月容把两碗下好了的面条子放在桌子上，而且还搀着丁老太到桌子边坐下，拿了筷子塞到她手上，笑道："老太太，我这份手艺可不成，面条，全撑得挺粗的一根，你尝尝这味儿怎样？”二和两手一提裤脚，张了腿在椅上坐下，拿起筷子，夹了一大筷子面，弯腰就向嘴里送去，可又忽然把筷子放下，望了她道：“这位姑娘你自己怎么不吃？”她道：“我吃啦。”她捧了一碗面，在廊檐下举了两举，笑道：“我在这儿奉陪啦。”二和笑道：“这可不像话。就算我们这是一张光桌子，我们娘儿俩全坐在这里，正正经经地吃面，你累了大半天，让你坐在院子里吃，就是不让别人瞧见，我们心里头也过不去。”说着话自己可就起了出来，把她那碗面接到手上，向屋子里端了去，笑道：“这一餐饭，你是自做自食，我也不好说什么客气话，等我做完了下午两趟买卖，好好儿来请你一请。”二和说着话，可就把那碗面，放到桌子上，而且搬到了一条凳子，放在横头，将手连连拍了凳子两下，向她微微笑着道：“请坐，请坐。”月容将牙微咬了下嘴唇低头坐下。二和点点头道：“我没有什么可以说的，这是你做的面，做得很好，请你多吃点儿就是了。”月容只是低了头吃面，却没有说什么。

二和虽不是正面朝她望着，可是当和她说话的时候，就偷着看她一下，只看她圆圆的脸儿，头上剪着童式的头发，现在不蓬了，梳得光滑滑的。两鬓边垂了两仔长的垂鬓，越是显着那脸腮上的两片红晕，成了苹果般好看。她扶了筷子的手，虽然为了工作太多，显着粗糙一点，却也不见得黄黑，而且指甲里面，不曾带了一丝脏泥。记得小时候，常和一位刘家小姐在一群玩，她的样子，倒有些相同。正打量着呢，这位王姑娘的头可就更抬不起来了。丁老太听到桌面上静悄悄的，这就问道：“二和，那救济院的事，你得和这位姑娘谈谈，看她是不是愿意去？”月容道：“我早听到了，我只要有个逃命的地方，哪儿也愿意去的。吃完了饭，就请了掌柜的送我一趟罢。”她说着，就仰着脸望了二和，等他的答复。她心里大概也很高兴，以为是得着一个归宿之处了。

第三回　多半日勾留闻歌忆旧　增一宵梦寐移榻惊寒

丁二和在今天吃午饭的时候，家里会来了这么一位女客，这是想不到的事。自从脱离大家庭以来，仿佛记得没有吃过这样一餐舒服的饭，可以不用自己费一点心力，饭碗放在桌子上，扶起筷子就吃，觉得自己家里，真有这样一位姑娘，那实在是个乐子。虽然家里多这样一个人吃饭，不免加上一层负担，可是一个小姑娘，又能吃多少，她若是愿意不走，把她留下来也好。因为如此想着，所以月容说上救济院去的话，他就没有答复。

月容向他看看，见他吃着面，只是把筷子夹了两三根面条子，送到门牙下，一截一截地咬了吃，咬完了两三根面条子，再挑两三根面条子起来咬着，两只眼睛，全射在桌子中心那盐水疙瘩丝的小碟子上。心里一转念，是啦，人家家里，突然来了一位逃跑的小姑娘，可担着一份子干系。这事要让自己师傅知道了，说不定要吃一场飞来的官司，还要落个拐带二字，人家怎么不透着为难呢！人家顾着面子，不好意思说出口，叫客快点儿走，这也就不必去真等人家说出来，自己知趣一点儿，就说出来罢。于是掉转脸，对了上座的丁老太道："你这份恩情，我现在是个逃难的孩子，也没法子报答，将来我有个出头之日，一定到你府上来给你磕头。"丁老太放下了筷子，顺了桌沿，将手摸着过来，摸到了月容的手臂，就轻轻儿地拍着道："好孩子，你不要说这样的话。为人生在世界上，都是彼此帮忙，三十年河东，三十年河西，我们这样小小地帮你一点忙，算得了什么，将来也许有我们求到你府上的时候，你多照顾我们一点就是了。"二和觉得母亲这种话，劝人家劝得有些不对劲，便端起手上的面条，连汤带面，稀里呼噜一阵喝了下去。月容看到，连忙将筷子碗同时放下，站了起来，笑道："还有面啦，我去给你盛一点。"二和道："饱啦，劳你驾。"月容站在桌子角边，对他望着，微微一笑道："在外面忙了这样一天，饭又晚了，再吃一点。"二和看了她这样子，倒不好拒绝，因笑道："也好，我帮着你，一块来下面罢。"说着，同走到屋檐下，月容捧了他的碗，放在小桌上，还在抽屉里找出了一张小报，将空碗盖上。二和退后两步，两手互相搓着，望了她微笑道："姑娘，你做事真细心，把空碗放在这里一会子，还怕吹了灰尘进去。"月容笑道："让你见笑，我自小就让人家折磨的。"她口里说着话，把砧板上一块湿面，赶忙地搓搓挪挪，撑起面来，还回转头来向二和微笑道："下撑面总要现撑，一面撑着，一面向锅里下去，若是撑好放在这里等着，就差味儿。"二和道："人少可以，人多撑面的人可得累死。"月容笑道："无论什么，全是一个惯，我在师傅家里，就常常给他们一家人撑面。累死我倒不怕，就是别让我受气。"说着，微微叹了一口气，垂下头去。

二和看了人家这一副情形，只好把两手挽在身后，来回地在院子里徘徊着。月容手脚敏捷地煮好一碗面，满满地盛着，刚待伸手来端碗，二和口里说了一声"不敢当"，人就抢过来，把碗端了去。放到屋里桌子上以后，看到月容碗里，只剩了小半碗面了，这就整大夹子地挑了面条子，向她碗里拨了去。月容笑嘻嘻地，跳着跑进屋子来，将手抓住了他的筷子，笑道："我早就够啦。"丁老太道："你在我们家吃一顿饭，还是你自个儿动手，若是不让你吃饱，我们心里过得去吗？"二和笑道："若是这样子请客，咱们家虽穷，就是请个周年半载，也还请得起。"丁老太道："真的，让人家替咱们忙了大半天，也没让人家好吃好喝一顿。"月容道："丁掌柜帮我一点忙，把我送到救济院，弄一碗长久的饭吃，那也就得啦。"丁老太道："二和，你瞧，这位姑娘只惦记着到救济院去，你快点儿吃饭，吃完了饭，你就赶着车子把人家送了去罢。"月容本是坐在旁边，低了头吃饭的，听了这话以后，立刻放了筷子碗，站起来，向他深深地鞠了一个躬，笑道："丁掌柜，我这里先谢谢你了。"二和也只得放了筷子碗，站将起来，因向她道："这点儿小事，你放心得了，我马上送你去。不但是送你去，而且我还要保你的险，那救济院里是准收。”月容听说，又向他勾了一勾头。二和心里，这就连转了两个念头，说送人家到救济院去，是自己出的主意，现在不到半点钟，那可转不过口来。再说瞧她这样子，那是非常地愿意到救济院去，自己又怎好去绝了人家的指望呢！如此想着，就对她道：“好的，姑娘，你自己舀一盆水，洗把脸，喝一口水，我到外面套车去。”他说着，把面碗放下了，自到门外去套车。

还不曾出得院子呢，有人走了进来道：“二哥，在家啦？买卖来了。”二和看时，是同行陈麻子，他家相距不远，就在本胡同口上。二和道：“家里喝碗水。”陈麻子站在院子中心向四周看了一看，答道：“呵，你这院子里开光啦，你真是里外忙。”二和见他麻脸上的两张薄片嘴，一连串地说着，这倒不好让他进屋子去，便道：“多谢你的好意，既是有生意，就别耽误了，上哪儿呀？”陈麻子道：“就是这胡同外面那座大红门里面，他们要两辆马车，游三贝子花园去。”二和道：“出外城啦，什么时候回来？”陈麻子道：“有一点钟，向坐车的主儿要一个钟头的钱，你怕什么，走罢。”他说了这话，挽住二和的手臂就向外拉。二和被他拉到大门外，笑道：“我丢了帽子没拿，你等一会儿。”说着，向院子里跑了进去。走到屋子里，见到月容正在揩抹桌子，于是低声向她道：“这可对不起，我有一趟城外的买卖，立刻要走。”月容笑道：“掌柜的，你自便罢，我在你府上等着，你什么时候回来就什么时候再送我。”丁老太道：“我先留着这姑娘谈谈。”二和怕陈麻子进来，在墙壁钉子上，取下了自己的破呢帽子，匆匆地就跑出门去。

陈麻子所告诉他的话，倒不是假的，果然，是一趟出城的生意。他在路上心里也就想着，这件事，也不忙在今日这一天，只要生意上多挣几个钱，明日早上，就算耽搁一早也没关系，于是定下心，把这一趟生意做完。不想这几位游客，偏是兴致甚豪，一直游到下午七点钟，才到家。

二和赶着马车回来，已是满天星斗。自己也是急于要看看月容还在这里没有，下车也来不及牵马进棚子里去，手上拿了马鞭子，悄悄地走到院子里来。只见屋檐微微地抽出一丛泥炉子里的火焰，虽是黑沉沉的，显着院子里宽敞了许多，这就想到今日上午，月容收拾院子的这一番功劳不能够忘记。外面屋子里也没点灯，只是里面房间里，有一些浑黄的灯光，隔了玻璃窗向外透露着，于是缓缓地走到廊檐下来，听她们说什么呢。这就有一种细微的歌声，送到耳朵里来，这词句听得很清楚，乃是“老大王在帐中和衣睡稳”，正是自己所爱听的一段《霸王别姬》。这就不肯做声，静静地向下听着这一段唱腔，不但是好听，而且还十分耳熟，直等这一段南梆子唱完了，接着又是一段嘴唱的胡琴声，滴咯滴咯儿隆，隆咯隆咯儿咯，这岂不是《夜深沉》！在唱着胡琴腔的时候，同时有木板的碰击声，似乎是按着拍子，有人在那里用手指打桌沿。直等这一套胡琴声唱完了，他再也忍耐不住了，突然叫起来道：“哦，唱得真好。”随着这句话，就一脚跨进屋门来，只在这时，却看到一个人影子，由桌子边站了走来，暗影里也看得清楚，正是王月容。便笑道：“哦，王姑娘，你还会唱戏？”她道：“不瞒你说，我现在是无家可归的人，逃出了天罗地网，不受人家管了，心里一痛快，不知不觉地就唱了起来了。你们老太身上有点儿不舒服，早睡着了，我一个人坐在这里，怪无聊的，随便哼两句。让你听着笑话了。”她口里说着话，擦了火柴，就把桌子上的一盏煤油灯给点着了。

二和在灯光一闪的时候，看到那娇小的身材，这让他想起星光下一段旧事，便问道：“姑娘，你是怎么会唱戏的？你学过这玩意儿吗？”她在桌子边站着避了灯光，不由得低下头去。二和看到桌上有茶壶，自己觉得把话问得太猛了，于是搭讪着斟茶喝。人家是一位客呢，又不便自己喝了倒不理会客人，于是也倒了一杯，悄悄地送到她面前的桌子角上。她看到就明白了，向他笑着一点头道：“劳驾了。”二和一抬手道：“我记起来了，一点儿没有错！夏天，你在我们院子里唱过一晚戏，你唱得真好，我永远记得。不想咱们成了朋友了，想不到，想不到！”他说得高兴了，两只手掌互相撑着，微扛了肩膀，有说不出来的一种快乐似的，只管嘻嘻儿地笑，月容臊得耳根子也红了，只是低了头，将一只手去慢慢地抚摸着桌沿。二和这才看出来了，人家很不好意思，因止住了笑容，很沉着地对她道：“这要什么紧，我们赶马车是糊嘴，你卖唱也是糊嘴，又有什么不能对人说的！”她这才低声答道：“我不敢告诉你是学什么，就为的是这个。丁掌柜的，你明天把我送到救济院里去，可别说出来，我觉得真是怪寒碜的。”二和端了一张方凳子在房门口放下，然后又端了那杯茶，朝着她慢慢儿地喝。她忽然身子掉正过来，向二和望着，沉住了颜色道：“丁掌柜……”说着这话，突然把话止住，而且将头低下去了。

二和虽然不敢正眼望着她，可是这话也不能不回答她，因之手上捧着茶碗，慢慢儿地向嘴里送着，缓缓地道：“那没什么要紧，我答应了你的事，迟早总得替你办。”月容道：“不是那话，你想不到我是一个卖唱的人吧？”二和见她两手反撑了桌子，背着灯光看了自己的鞋尖，那就够难为情的了，便站起来道：“倒是没有想着。可是等我知道了你是一个卖唱的，我可喜出望外。因为你那天在我们这院子里唱过一回之后，我们这院子里的人，全都成了戏迷了。可是我们又没有那么些个钱，可以天天叫唱曲儿的到家里来，所以当你们这一班，拉着弹着，由胡同里过去的时候，我就老是跟了你们走，有时候还走到很远的地方去。你唱的声音，我是听得很熟，可是我还没瞧见过你长的是个什么样子。”月容本就低着头了，听着这话，不觉扑哧一声笑着，将头转了过去。二和见她这样一不好意思，更觉得心里有些荡漾起来，拿起桌上的茶壶，又自斟了一杯茶，站在桌子角上喝了。那月容始终把脸朝了那边，也不掉过来，这样，彼此寂然地对立着，约莫有五六分钟。

丁老太在里面屋子床上，翻了两个身，嘴里哼哼有声，二和这才发言道：“妈，你又不舒服啦？”随着这话，他就走了进去了。月容一人在外面屋子里，就靠了桌子角坐下，也是这一天实在是疲劳了，不知不觉地就伏在桌子角上闭眼稍微休息一下。蒙眬中觉得这桌子摇撼了一阵，便抬头向前面看着。二和已是将两条板凳，架了一块板子横在堂屋中间，板子上铺了一床薄被。月容站起来，打了两个呵欠，立刻将嘴掩住，笑道：“又要劳你的驾，我自己会来铺床。”二和道：“不，这是我搭的铺。你一位大姑娘家，怎好让你在外面屋里睡，你别瞧我家穷，还有一张大铜床呢。”月容道：“向来丁掌柜在哪儿睡？”二和道：“你不瞧见屋子里有一张小土炕吗？我向来就睡在那儿。”月容道：“把你揪到这外边屋子里来，倒怪不好意思的。”二和道：“这也没有什么不好意思，反正我不能让客人在家里熬一宿。”月容道：“老太太向来一个人睡在床上的，今晚上又不太舒服，我怎好去打搅她，我在炕上睡罢。”二和道：“这可以听你的便。”说着，举起两只手，连连打了两个呵欠。月容抬起一只手来，理着自己的鬓发，笑道：“你为我受累了一天，这会子该休息了，我这就进房去了。”二和道：“里面屋子里，请你别熄灯。桌上有一壶茶，是拿一件大棉袄包着的，假如半夜里我们老太太要喝茶，请你倒一杯给她喝，别的也没有什么可说的了，你睡罢。”月容虽然觉得他最后两句话，是有点赘余，但是自己要睡，人家也就睡，不便多问，自进里屋，掩上屋门睡了。

二和这方搭床的板子，正是屋子里开向院子里屋门，现在睡下了，屋子门可就不能关上。将一床被，半叠半盖地躺着，没有枕头，只好脱下身上的衣服，做了一个大棉布卷塞在垫被的下面，把头枕着。这一天，早上把东北城跑了一个来回，晚上又把西北城跑了一个来回，也就相当地疲倦。何况为了月容，心里头老是有一种说不出所以然的牵挂，总觉得没有安置十分妥当，做什么事也有些恍恍惚惚的。这时头靠了那个卷的衣包，眼对了里面房门望着，他心里就在那里想着，假使自己有一天发了财，把这间房当了新房，那就不枉这一生了。不过像王姑娘这份人才，要她做新娘子，也不能太委屈了，必得大大地热闹一下子。

心里这样想着，眼面前就站着一位新娘子，身上穿了红色的长衣，披了水红色的喜纱，向人微微地一笑。耳边下兀自有音乐响着，但是卜卜呛呛的，却有些不成腔调。这就忘记了自己是新郎，也禁不住发脾气喊起来，为什么音乐队这样地开玩笑。不想这一声嚷着，自己也醒过来了，是墙外面有敲更的经过，是那更梆同更锣响着。于是转了一个身朝里睡着，心里也正责骂自己，未免太不争气，家里来一位女客，立刻就想把人家当新娘子。可是月容倒很赞成这个办法，对他道：“你不要送我上救济院，我们逃跑罢。”说一声跑，不知道有多少人在追赶，两个人拼命地跑，后来他索性牵了月容的手跑。所跑的正是一条荒僻的大街，刮着大风，飞着雪花，吹得人身上像冷水浸了一样，尤其是自己的脊梁上，直凉透了肺腑，站着定了定神，发现自己并没有站着，却是躺在门板上。那院子里的风，呼呼地向屋子里面灌，吹得脊梁上犹如冷水浇过，所以把人又惊醒了，于是一个翻身坐起来，定了一定神。今天晚上，怎么老是做梦？这可有些怪了。记得桌上还放下了一盒烟卷的，这就走过去向桌面上摸索着。

不知道怎么当的一声，把桌上一只茶杯子给撞翻了，自己哎哟了一声。接着便是咿呀一声，原来房门开着，闪出一线灯光来，月容可就手扶了房门，在那里站着。二和道："你还没睡着吗？准是认床。"月容笑道："我们是什么命，还认床啦？我想你在外面屋子里躺着，忘了关门，仔细着了凉。我把你挤到外面来，怪难为情的，可是你老太太睡着了，我又不便叫你。"她说着话，就抱了一床小被出来，放到板子上。二和也摸着了火柴，把桌上的灯点了，见她睡眼蒙胧地蓬乱着一头头发，衣服单单的，又有几个破眼，直露出白肉来。在灯下看到她这种样子，心里未免动荡了几下。月容见他望着，低了头，就走进房去，两手要关上房门的时候，还在房门缝里，同二和连连点了几点头，然后在她微笑的当中，将门缝合上，两个人就在门内外隔开来了。二和当时拿了火柴盒在手，一句话也说不出，这时门合上了，才道："喂，王家大姑娘，你把被给我了，你就别在炕上睡了。"月容道："我知道了。掌柜的，你可把门掩上一点，别吹了风。"二和答应了一声，自擦火抽着烟。丁老太咳嗽了几声，隔了屋子叫道："二和你还没睡啦？"二和道："我刚醒，抽一支烟卷就睡。你好一点儿了吗？"丁老太道："好些了，多谢这位王家姑娘。倒给我倒了两遍茶。别搅和人家了，让人家好好地睡一会儿罢。"二和静静地抽完了那支烟，将两床被一垫一盖。却是睡得舒服一点。心里也就想着：可别胡思乱想了，明天一早就得起来套车，送她上救济院去。好好地睡一觉罢，只要把她送走，自己的心事就安定下来了，睡罢。这样决定了，口里数着一二三四，一直数到四百数时，就有点儿数目不清了。

直等这耳朵下听到呼呼的风声，起来一看，天色大亮，那邻院的树叶子被风吹着，只管在半空里打旋转，抬头看看天色，阴沉沉的，这也就来不及做什么想头，到院子的马棚子里去，把马牵出来，将车套好。一回头，月容把头发梳得溜光，脸上还抹了一层胭脂，肋下又夹了一个小布包袱。二和道："你还带着什么啦。"月容道："这是你送我的一点儿东西，我带去作纪念品。"二和也就仿佛曾送过她一点东西似的点头道：

“你记得我就好。你到救济院里去以后，我还可以让我们老太太常常去瞧你。”月容低了头没做声，自开了车门子，就钻了进去。二和道：“姑娘你也真心急，我车子还没有套好呢。就算我车子套好了，你到大门外去上车也不迟。”月容道：“你外面院子里街坊多，我不愿意同他们见面，你快一点儿走罢。”二和一听这话，觉得这个人太狠心，母子两个人这样款待她，她竟是一点留恋之心也没有。一赌气，拿着马鞭子，就跳上车去，口里喝了一声道：“畜牲快走！”那马似乎也生了气，四蹄掀起，向前直奔，就要把这位刚脱樊笼的小鸟，又要送进鸟笼子去了。

第四回　娓婉话朝曦随亲挽客 殷勤进午酒得友为兄

丁二和无故在街上遇到这样一个少女，本来也就知道事出偶然，并没有什么情爱的意思，及至听到她唱戏，正是自己倾慕的一个人。原来自己料着，一个赶马车的人，是没有法子同这唱曲儿的人混到一处去的，自己追着她后面听曲子，那一种心事算是做梦。现在这女人到了家里，他的那种侥幸心，就引起了他的占有欲。偏是那女孩子不懂事，只管催了走，所以他气极了，挥着马鞭子，就打了马跑。赶马车的人，自然坐在车前面那一个高高的位子上。马跑得太快了，他只管在车子上颠簸，不想车轮子在地面碰了一块石子，打得车子向旁边一歪，连人带马一齐全倒在马路上。忽然受了这一下子，着实有点害怕，等到自己睁眼翻身一看，不想还是一个梦。摔下地来，那倒是不假，因为那搭铺的门板，未免太窄，自己稍微疏点儿神，就翻身滚下来了。于是坐了起来，凝神了一会儿，自己这也就想着：这也不能说完全是梦。本来已经和王姑娘商量好了，第二日早上，一定可以送她到救济院去，现在天快亮了，约定的时候，也就快到了。想到这里走出院子去，四周望了一望，然后走回院子来。

不想在他走进门来的时候，月容也起来了，站在桌子后面，向他笑道："你准是惦记着你老太太的病，这倒好些了。就是由半夜那一觉醒过之后，一直到现在，还没有翻过身，睡得香着呢。我怕你要瞧老太太。所以我就开门出来。"二和听说，走进里面屋子里去看看，果然母亲是侧身躺着，鼻子里还呼呼打鼾呢，于是放轻了脚步，又悄悄地走了出来。月容道："掌柜的，你要是没有睡够，你就只管睡罢，我这就去给你笼炉子烧水。”二和笑道：“你是一位做客的人，老是要你替我们做活，我真过意不去。”月容道：“哟，你干吗说这样的话，就怕我年轻不懂什么，做得不称你的心。”她这样说着，可就走到屋檐下，先把炉子搬到院子中心，将火筷子把煤灰都捣着漏下去了，于是在屋角里找了一些碎纸，先塞到炉子里去，然后在桌子下面，挑了些细小的柴棍，继续放下去。

二和本是在院子里站着的，这时就搬了一张矮凳子，在院子里坐着，两腿缩起来，把两只手撑在自己腿上，托住了头，向她看着。她不慌不忙地把炉子里的火兴着了，用洋铁簸箕搬了半炉煤球倒下去，接着将炉子放到原处，找了一把长柄扫帚，就来扫院子。二和这就起身把扫帚接过来笑道：“你的力气很小，怎么扫得动这长扫帚呢，交给我罢。”月容道：“你一会儿又要出去做生意，在家里就别受累了。”二和扫着地道：“你是知道的。我们这位老太太，双目不明，什么也不能干，平常扫地做饭，也就是我。”月容舀了一盆水，放在屋檐矮桌子上，可就把抽屉里的碗筷零碎，一件一件地洗着。她手里做活，口里谈话，道：“掌柜的，你不能找个人帮着一点吗？你府上可真短不了一个人。”二和听了这话，将地面上的尘土，扫拨到一处，低了头望着地面，答道：“谁说不是。可是我们赶马车的，家里还能雇人吗？”月容道：“不是说雇人的话，你总也有三家两家亲戚的，不会同亲戚搭伙儿住在一块儿吗？”二和将扫帚停了，两手环抱着，撑在扫帚柄上，望了她道：“姑娘，咱们是同病相怜吧。我倒不是全没有亲戚，他们可是阔人的底子，有的还在住洋楼坐汽车，他肯认我吗？有的穷是穷了，我还能赶马车，他们连这个也不会，当着卖着过日子。有钱的亲戚找他们，他们欢迎，我干着这一份职业，他不怕我借光吗？再说，他们只知道做官的是上等人，像我这样当马夫的，那算是当了奴才啦。在大街上看着我，那就老远地跑走，我们怎么和他搭起伙来？”月容道：“你这人有志气，将来你一定有好处。”二和笑道：“我会有什么好处呢？难道在大街上拾得着金子吗？”月容道：“不是那样说。一个人总要和气生财，我第一次遇着你的时候，我就知道你很好。”二和道：“哪个第一次？”月容道：“就是那天晚上，我在这院子里唱曲儿的时候。”二和笑了，将手上的长扫帚，又在地面上扫了几下土，笑道：“那晚在星光下，我并没有瞧见你，你倒瞧见我了？”月容道：“当晚我也没有瞧见你，可是有两次白天我从这门口过，我听你说话的声音，又看到你这样的大个儿，我就猜着了。”二和又站住把扫帚柄抱在怀里笑道：“这可巧了，怎么你昨天逃出胡同来的时候，就遇到了我？”

月容把碗筷全洗好了，将脸盆取过，先在缸里舀起一勺冷水，把脸盆洗过了，然后将炉子上壶里的热水，斟了大半盆，把屋子里绳子上的手巾取来，浮在水面上，回过头来对二和点了两点头道：“掌柜的你洗脸。你的漱口碗呢？”二和抛了扫帚，走过来道：“我以为你自己洗脸呢，这可不敢当。”月容道：“这有什么不敢当！你昨天驾着马车，送我全城跑了一个周，怎么我就敢当呢？”二和在屋子里拿出漱口碗、牙刷子来，在缸里舀了一碗水，一面漱着口，一面问道：“我还得追问那句话，怎么这样巧，昨天你就遇着我呢？”月容笑道：“不是看到你那马车，在胡同口上经过，我还不跑出来呢。”她原是站在屋檐下答话，说着，也就走到院子里去，弯腰拿了一个洋铁簸箕，把扫的积土慢慢地收了起来，然后自运到门角落里的土筐子里去。

这时东方半边天，已是拥起了许多红黄色的日光。月容却走进屋子去，把二和搭的铺先给收拾起来，那堂屋里，也扫过一个地，听到炉子上的水壶咕噜作响，就跑了出来，将壶提开了火头笑问道：“丁掌柜，给你沏壶茶喝吧，茶叶放在什么地方？”二和坐在矮凳子上，将马鞭子只管在地面上画着字，眼睛也是看了地面。听了这话，马鞭子依然在地面上画着，很随便地答道：“墙头钉子上，挂了好几包呢。”月容看他那样无精打采的样子，心里可就想着：人家准是讨厌我在这里了，可别让人家多说话，自己告辞罢。她这样想着，也没多言多语，自走回屋子里去。

二和先是只管把马鞭子在地面上涂着字，他忽然省悟过来，这样同人家说话，恐怕是有点儿得罪人，于是向屋子里先看一下，立刻站了起来，这就大声叫道：“大姑娘，你休息一会子罢。”他口里说着，人也随了这句话走进来，可是月容没有答话，丁老太倒是答言了，她道：“二和，我口里干得发苦呢，你倒一口水给我喝罢。”二和听了这话，虽看到月容站在堂屋里发呆，自己也来不及去理会，立刻斟了一碗开水送到屋子里去。

只见丁老太躺在床上，侧了脸一只手托住了头，一只手伸到下面去，慢慢地捶着自己的胸。二和道："你怎么了？是周身骨头痛吗？"丁老太道："可不是。"二和扶起她的头，让她喝了两口水，放下碗，弯了腰，伸手去摸那布满了皱纹的额头，果然有些烫手，使她那颧骨上，在枯蜡似的脸皮里，也微微地透出了一些红晕。他这就两手按了床沿，对了母亲脸上望着，因低声问道："你是哪儿不舒服？我去给你请一位大夫来瞧瞧吧？"丁老太道："那倒用不着，我静静儿地躺一会儿，也许就好了。要不，让这位大姑娘再在咱们家待上一两天，让她看着我，你还是去做你的买卖。"二和道："这倒也使得，让我去问问这位姑娘看，不知道她乐意不乐意。"丁老太道："我也是怕人家不乐意，昨日就想说，压根儿没有说出来。"二和道："好的，我同她去说说罢。"口里说着，走到外面来，不想她已是在跨院门口站着了。二和没有开口呢，她就勾了两勾头，先笑道："丁掌柜的，我实在打搅你了。本来呢，我还想劳驾你一趟，把我送到救济院去，可是我想到你们老太太又不舒服，当然也分不开身来，请你告诉我，在什么地方，让我自己去罢。"二和听着话，不由得心里扑扑乱跳了一阵。问道："姑娘，我们有什么事得罪了你吗？"月容靠着门站着，手扶了门闩，低着头道："你说这话，我可不敢当。我是心里觉着不过意，没别的意思。"说着，将鞋子在地面上来回地涂画着。

二和将那矮凳子又塞在屁股底下，蹲着坐了下去，分开了两腿，自将双手托住了下巴，向地面上望着道："也是你自己说的，你觉得我这人还不错。"月容道："这是真话，以前我打这胡同里走过去的时候，有两次，我看到你替人打抱不平，我心里就想着，你这人一定仗义。"她说着，就蹲下在门槛石板上坐着，低了头，捡了一块石头子，在石板上画着圆圈，口里接着道："所以那天你由胡同口上经过，我就想找着你，你一定可以帮忙的。"二和道："我并不是不替你帮忙，我们老太正病着，家里没个人，我不敢离开。唉，穷人真是别活着。"他深深地叹着气，只管摇头。月容道："穷人是真没有办法，越是工夫值钱，老天爷就越是要耽搁你的工夫。"二和突然站起来，将两只巴掌不住手地拍着响，然后两手环抱在胸前，将一只脚在地面上点拍着，沉吟着道："我们老太太，倒有这个意思，说是请你在我们这寒家多住两天，可是你要到救济院去的心思又很急，我有话也不好说出口。”她听了这话，好像得了一种奇异的感觉，全身抖颤一下，笑了起来，可是还有点不好意思，将头扭到那过去，低声道：“你这话是真的吗？”二和道：“那你放心，我决不能同你开玩笑，请你在我家委屈两三天，等着家母身体好些了，我再送你到救济院去。”月容这就站起身来，将手高高地抬起了，扶了门板，把脸子藏在手胳臂里面，笑道：“我现在是无主的孤魂啦，有人肯委屈我，那就不错啦。”二和听了这话，当然是周身都感着一种说不出来的愉快，不停地在院子里来回地走着，而且也是不停地双手拍着。那墙头上的太阳，斜照到这跨院墙脚下，有一条黑白分明的界线。

当他们在院子里说话的时候，那太阳影子，是一大片，到了那影子缩小到只有几尺宽的时候，只有月容一人在院子里做饭。太阳当了顶，一些影子没有，二和可就夹了一大包子东西进来。这还不算，手里还提着酱油瓶子，一棵大白菜，一块鲜红的羊肉。一到院子里，月容就抢上前把东西接过去了。他肋下放下来的，大盒子一个，小盒子两个，另外还有个纸卷儿。大盒子里是一双鞋子，小盒子里是线棵子两只，胰子手巾牙刷全份。月容将那纸盒子抱在怀里，笑道：“这全是给我买的吗？”二和且不答复她这句话，却把那纸卷儿打了开来，花布青布蓝布样样都有，两手提了布匹的一头，抖了两抖，笑道：“你不是说你自己会做活吗？……”这话没说完，外面有人叫起来道：“二哥刚回来啦？”二和听他那声音，正是大院子里多事的王傻子来了，便抢出来把他截住，一块儿走到外面院子里。

他先站住脚，把一个手指头向他点着，将眼睛睒了两睒，笑道：“这两天，你是个乐子。”二和把穿的长夹袍儿，摸了一摸纽扣，又抬起手来，把头发乱摸了一阵，笑道：“这件事，我正想和你商量着。你猜她是谁？就是六月天那晚上在咱们院子里唱曲儿的那位小姑娘。”王傻子把系在腰上的板带两手紧了一紧，将脸沉了一沉，摆着头道：“那更不像话，你想闹个拐带的罪名还是怎么着？我们做街坊，知情不举，那得跟着你受罪，这个我们不能含糊。”二和笑道：“所以我来请教你，你请到我们小院子里去坐坐，咱们慢慢地谈谈。”王傻子跟着他的话，走到小院子里来，便四处看了一遍，笑道："两天没来，这小院子倒收拾得挺干净的。"二和把院子里放着的矮凳，让王傻子坐了，自己搬了一张小椅子，对面坐下，王傻子两手牵了两腿的裤脚管，向上一提，因道："这事没有什么可商量的，干脆，你就把她送回家去。咱们虽是做一份穷手艺的人，可是要做一个干净，这唱曲儿的姑娘……"

他这话还没有说完，月容手上拿了一盒纸烟，就走出来了。二和站起来介绍着道："这位王大哥，他为人义气极了，你有事要托着他，他没有不下血心帮忙的。"月容听了这话，可就向他鞠了一个躬，又叫了一声王大哥。王傻子对她望了一望，笑了，沉吟着道："倒是挺斯文的人。"月容递了一根烟到他手上，又擦了一根火柴，给他点着烟，王傻子口里道："劳驾，劳驾。"心里却想着这人哪儿来的，一面就吸着烟。月容退了一步道："我是个流落的人，诸事全得请王大哥照应一二，你算做了好事。"王傻子听她又叫了一句大哥，满心搔不着痒处，笑道："这可不敢当。"二和见王傻子已经有些同情的意思了，这就把月容的身世和自己收留她的经过，全都说了一遍，接着便笑道："若是你们大嫂子回来，高攀一点，让她拜在你名下，做一个义妹，也不算白叫一声大哥。"王傻子望了她笑道："人家这样俊的人，我也配！"月容站在一边，看到二和只管敷衍，心里就明白了，因道："大哥，你就收下罢。回头带我去拜见嫂嫂罢。"王傻子跳了起来，叫道："真痛快，我不知道怎么好了。"二和笑道："别忙，我家里还有一瓶莲花白，咱们先来三杯，你看好不好？就是少点儿下酒的，我这就去买去。"王傻子道："你听门口有叫唤卖落花生的。咱们买几大枚落花生就成，会喝酒的，不在乎菜。"他口里说着，人就跑了出去。

一会儿买了花生进来，就送到堂屋里桌上，透开报纸包儿摊着。桌上已是斟了两茶杯白酒，二和坐在下方，一手握了酒瓶子，一手端起杯子来，笑道："你试试，味是真醇。"王傻子先端杯喝了一口，然后放杯坐下，将嘴唇皮咕啜了两声，笑道："真好。"二和摇晃着酒瓶子，笑道："知道你量好，咱们闹完算事。"王傻子两手剥着花生，将一粒花生仁，向嘴里一抛，咀嚼着道："那可办不了。"正说着呢，月容端了一碟子煎鸡蛋来，笑道："大哥，这个给你下酒。"王傻子晃着脑袋直乐，望了她道："大妹子，你歇着，什么大事，交给愚兄啦。"月容笑道："全仗您救我一把。"王傻子端起杯子来，喝了一大口酒，二和又给他满上，他欠着身笑道："二哥你喝。大妹子，丁掌柜的在这里，我说实话，大哥有这么好做的吗？你既是叫了我一声大哥，我不让你白叫！"二和道："大哥，你喝，我这里预备下了羊肉白菜，回头下热汤面你吃。"月容道："面都撑好了。"王傻子笑道："这姑娘真能干，这样的人才，哪儿找去！大妹子，你就别上救济院了，就在丁二哥这里住着，他老太太是个善人，你修着同她在一处，你有造化。再说，你大嫂子，直心肠儿，我们两口子，虽是三日一吵，五日一骂的，可是感情不坏。同在一个院子里，什么事我能照应你。"

月容站在一边笑，王傻子道："老太睡着啦？我一喝酒，嗓门子就大了。"二和道："没关系。大哥你说不让她走，她师傅家可离这儿不远。"王傻子在墙上筷子筒里抽出两双筷子，分了一双给二和，然后夹一筷子鸡蛋，向嘴里一塞，又喝了一口酒，杯筷同时在桌上放下，表示那沉着样子，笑道："人家都叫我傻子，我可不是真那么傻。这件事，决不能含含糊糊地办，要办就办一个实在，同我妹子师傅敞开来说脱离关系，离得远，离得近，都没什么。"二和道："那可透着点难吧？"王傻子一连剥了好几粒花生咀嚼着，笑道："有什么难？豁出去了，咱们花几个钱，没有办不妥的。"二和端起杯子来，抿了一口酒，因昂头叹了一口气道："咱们缺少的就是钱。"王傻子道："缺钱是缺钱，可是咱们哥儿俩，在外有个人缘儿，就不能想点办法吗？花钱能了不算，我还要少花呢！"二和道："请教大哥有什么法子呢？"于是他两指一伸，说出他的办法来。

第五回　茶肆访同俦老伶定计　神堂坐壮汉智女鸣冤

丁二和拿出一瓶莲花白来，原也不想有多大的效力，现在王傻子一拍胸脯，就答应想法子，倒出乎意外，便笑道："大哥说有法子，自然是有法子的。但不知道这法子是怎样的想法？"王傻子道："明人不做暗事，你打算把我们这位小妹妹给救了出来，干脆就去找她的师傅，把她的投师纸给弄了出来。自然，让他白拿出来，他不会干的。咱们先去说说看，若是他要个三十五十的，咱们再想法子凑付。"二和道："他要是不答应呢？"王傻子端起酒杯，一仰脖子，喝了一大口，淡笑一声道："二哥，你怎么还不知道王傻子的为人吗？我傻子虽是不行。我的师兄弟可都不含糊。说句揭根子的话，他们全是干了多年的土混混，慢说是一个唱曲儿的，就是军警两界，咱们都有一份交情。咱们说是出面。给两下里调停，他唱曲儿的有几个脑袋，敢说一个不字！"二和道："若是那样子大办，那他倒是不能不理会。"王傻子道："这不是街坊走了一只猫，让人家抱去了，骂几句大街就了事的。"

说到这里，他回头看到月容在屋檐下撑面，这就笑道："大妹子。你别怪我，我说话一说顺了嘴，什么全说得出来的。"月容笑道："我还不如一只猫呢，猫还能拿个耗子，我有什么用？"王傻子向二和笑道："这孩子真会说话。她要是有那造化，在富贵人家出世，一进学校，一谈交际，咱们长十个脑袋，也抵不了她。"月容笑道："大哥，你别那样夸奖，我的事全仗你啦。你把我抬高了，显见得我是不用得人帮忙的，那可糟了。"王傻子手一按桌子，站了起来，将手拍了胸道："大姑娘，你放心，我要不把你救了出来，算我姓王的是老八。你赶快把面煮了来，吃了，我就走，酒我不喝了。”二和看到他这样子起劲，心里头自然也是很欢喜的，就帮着月容端面端菜。

身后丁老太叫了一声王大哥，接着道：“有你出来，这事就妥了。我家二和，胆子小，不敢多事。”二人回头看时，丁老太手扶着房门站定，笑得脸上的皱纹一道道地簇拢起来。二和赶快上前搀着道：“我只管说话，把你有病都给忘了。”丁老太扶了他，一手摸索着走出来，扶了凳子坐下，笑道：“你们的话，我全听到了，这样办就好。我就常说，王大哥就是鼓儿词上的侠客。心里一痛快，我病也好啦。”王傻子听了，不住地咧着嘴笑，吃了一碗撑面，连第二碗也等不及要，站起来，将大巴掌一抹嘴道：“大家听信儿罢。”他说了这话，已经跨步出了院子门了。

离这胡同口不远，有家清茶馆儿，早半天，有一班养鸟的主儿，在这里聚会。一到下午，那就变了一个场面了，门口歇着几挑子箩筐，里面放着破鞋、旧衣服、大玻璃瓶、小碗等，是一批打小鼓收烂货的，在这里交换生意经。靠墙，一列停着几辆大车，这是候买卖的，这些人全在茶馆子里，对了一壶清茶，靠桌子坐着。王傻子走进门两手一抱拳，叫道：“哥们儿，王傻子今儿个出了漏子啦，瞧着我面子，帮个忙儿，成不成？”在茶座上坐着的，有五六个人全站起来，有的道：“王大哥，你就说罢，只要是能帮忙的，我们全肯出力。”王傻子挑了一个座位坐下，因道：“赶马的丁二和，昨天上午，在羊尾巴胡同口，救了一个唱小曲儿的姑娘，把她藏在家里。据说，她师傅同师娘，全不是人，师娘成天磨她，晚上又要她上街挣钱；师傅是个人面兽心的东西，要下她的手，她受不了，才逃出来的。我瞧见丁二和家有个姑娘，打算管管闲事，可是一见面，那姑娘只叫我大哥，怪可怜的，我就答应了她，和她师傅要投师纸去。凭咱们在地面上这一份人缘儿，她师傅不能不理。唐大哥在这前前后后最熟不过，烦唐大哥领个头儿，咱们一块儿去。”在窗户边一个大个儿，短夹袄上围着一根大腰带，口里衔着短旱烟袋，架在桌沿上吸着，便答道：“这没什么难，只要人逃出来了，咱们同他蘑菇去，不怕他不答应。她师傅姓什么？”王傻子哎哟了一声，将手乱搔着头，笑道：“我只听到丁二和给我报告个有头有尾，我倒忘了问这小子是谁。”他这一说，在座的人全乐了。

墙角落里桌子边，坐了一位五十来岁的人，黄瘦的脸儿，穿了一件灰夹袍，外套旧青缎子坎肩，手里搓挪着两个核桃，嘎啦子响。他向王傻子笑道：“这个唱曲儿的，我认得，他叫光眼瞎子张三，在羊尾巴胡同里小月牙胡同住。你们要到他手上去拿投师纸，你说上许多话不算，还得给他一笔钱，哪有那么些工夫！你们把事交给我，叫我一声……”王傻子笑道：“杨五爷，你可别玩笑。”杨五爷哈哈大笑道：“你可真不傻，我当然叫她拜我为师，还要她做我干姑娘不成？张三这小子，无论怎样不成人，他总有三分怯我，这里另有个缘故，将来可以告诉你们。”在座的人听说，这就哄然地道：“有杨五爷出来，这事就妥啦。”杨五爷道：“这孩子我也看到过，模样儿好，嗓子也好，准红得起来。王大哥，你去对那位姓丁的说，他得和这姑娘，假认是亲戚，把姑娘送到我家里去学戏，然后我去同张三胡搅。”王傻子道：“我已经和她认做干兄妹啦。”杨五爷道：“干兄妹三个字，能拿出来打官司吗？最好让姓丁的同她认成姑表亲，找一位长辈出来说话，我就有戏唱了。”王傻子道：“成啦，二和的老娘，倒是个真瞎子。”杨五爷笑道：“那就更好了。我这就回家去，回头你同姓丁的，把那姑娘送到我家里，让那丁老太也陪着，只要姑娘给我磕三个头，担子我担了，晚上没事，你到我家里去瞧一份儿热闹。”

王傻子就走到他座位边来，两手扶了桌子，向他脸上望着，问道：“五爷，这话真吗？”杨五爷手心搓挪着核桃，另一只手，摸了尖下巴颏上几根黄胡子，笑道：“王大哥，咱们可常在茶馆里会面，你瞧我什么时候做过猴儿拉稀的事情？实对你说，我也是瞧那姑娘很好，跟着张三在街上卖唱，哪日子是出头年？以前她好好儿地跟了张三，我瞧她在泥坑里，也没法拉她一把，因为那是她自己愿意的。现在她既是逃出罗网来了，我就想收这样一个现成的好徒弟。”他口里说着，将桌上放的瓜皮帽子抓了起来，做个要走的样子，向王傻子道：“你们若是相信我的话呢，就照办；不相信我的话，这话算我没有说。”他说着，把帽子向头上盖了下去，因道：“我可要走啦。”王傻子道：“五爷，你怎么啦？我可一个字也没有敢给驳回，你怎么先生气呢？”说道，他可退后两步，挡住了他的去路。杨五爷笑道：“你不要我走，在这茶馆子里，马上也办不出来。”王傻子就把他面前的茶壶，给斟了一杯茶，两手捧着，送到杨五爷面前，笑道：“五爷你先喝一杯，告诉我们一点儿主意，你眼珠子一转，也比我们想个三天三夜来得巧妙些。”杨五爷听了这话，又坐了下来，向四周一看，因道：“好在这里没有传信给他的人，我就可以说了。”于是把自己想的主意，绘声绘色地就在茶座上对他们说了。

大家眉飞色舞的，都点着头说，这个法子不错，张三要是知趣的人，这事情就妥了。杨五爷笑道：“难剃的连鬓胡子，我经过的就多了，这么一个张三，我有什么对付不了的！”他手上搓了两个核桃，笑嘻嘻地走出去了。王傻子这就转过身来，向那位姓唐的一拱手道：“这件事有杨五爷出了头，不能算我私人的事，大家就是捧五爷一场，也应当带我傻子一个。”那位姓唐的大个儿，听了这话，就把胸脯子一挺，站了起来，一伸右手的大拇指道：“要是照着刚才杨五爷说的那话，绝对没有什么难处，都交给我了。”他说时，僵着脖子，眼睛又是一横，那神气就大了。王傻子也沏了一壶茶，在清茶馆里又坐了一会子，然后回家去。他也来不及进自己的屋子，立刻就到丁家跨院里来。

丁老太这时坐在小堂屋里的矮凳子上，捧了一小串子香木念珠，两手握住，四个指头两推两掐地数着。月容坐在她对面，絮絮叨叨地说话。老太低头听着，一声儿不言语。王傻子刚进院子门，月容说一声大哥来了，就迎出了院子来。王傻子笑道：“大妹子，你的事妥了，没事了，有人替你出头了。”丁老太道：“王大哥，请你到屋子里坐罢。谁肯出头呢？我倒愿意听听。”王傻子昂了头，笑着进来，脚步刚停住，月容就搬了一张椅子放在他身后，还用手牵了他的衣襟，低声叫道：“王大哥，请坐请坐。”王傻子刚坐下，月容又斟了一杯茶，两手捧着，送到他面前。王傻子笑道：“丁老太你猜怎么着，杨五爷肯给咱们出头了。”丁老太道：“哪个杨五爷？”王傻子道：“这人说起来是很有名的。从前他唱戏的时候，名字叫赛小猴，唱开口跳。后来不唱戏了，靠说戏过活，年数多了，倒也挣了俩钱，在咱们城西这一带，很有个人缘儿，要说是在街上卖艺的人，要得罪了他，那可就别想混出去。”月容站在丁老太椅子后，正半侧了身子听着，就插一句话道：“我明白了。这个姓杨的，准是一位在家里的吧？”傻子道：“小姑娘家，可别胡说。”说着，连连瞪了她两眼。月容也不知道这句话是说错了哪里，倒是直了眼睛望着。正在这时，二和手里拿了一条马鞭子，大步地赶将进来，也等不及进门，立刻就叫起来道：“王大哥来啦，怎么样？有了办法吗？”王傻子道：“我们这个大妹子，真有个人缘儿，杨五爷听我一说，他愿帮忙啦。”二和也有点莫名其妙了，把手上的马鞭子向月容手上一递，然后两手一拍，对王傻子道：“这事妥了？”月容看到他们都这样兴奋，也就料着事情不坏，他们有什么吩咐，就照了他们的吩咐行事。

这个计划的开始是这日下午七点钟，王傻子、丁二和、王月容三个人，一同到杨五爷家里来。他家倒也是个四合院，中间是板壁屏门一隔，分成了内外，正面北屋子电灯通明的，正敞着门。杨五爷口里衔着一支七八寸长的旱烟袋，烟斗里面正插了半截烟卷，两手背在身后，只管在屋子里来回地踱着。看到二和进来，立刻到门边来，招了两招手。月容随在他二人身后，这就留心看他的家庭状况了，走进堂屋去，正中上面，一张大长案，长案外面，又是一张小长桌，在桌上摆着一个三尺多长的雕花硬木神龛。在那里面，供着一尊尺来长的白面长须、穿黄袍的佛像。在神龛两面，有那小旗小华用小白铜架子安插着，此外是白锡的大五供、小五供，一对没有点的大红烛，高高地插在烛台上。五供里面，有一盏锡的高灯台，几根灯草并在一处点了一个小火焰。那中间檀香炉子里，微微的一小缕青烟，在半空里飘荡着，只这一点，就弄得这个堂屋有了很神秘的意味了。两边列着四把紫檀椅子，上面还铺了紫缎的椅垫子。在这中屋梁上垂下来的电灯，正照着下面的一张四仙桌，上面是茶盘子，放好了茶壶茶杯。烟卷是用一个雕漆盒子装着，连火柴全放在茶盘子边，那是等候客人多时了。王傻子抢上前一步，回转头向月容道：“这就是你师傅了，磕头罢。”杨五爷拿了小旱烟袋杆，摇摆了两下，笑道：“先别忙，你们在这里坐一会子，我自有安排。”说着，向二和道：“丁二哥，咱们短见，难得你这样仗义，将来她总得报你的大恩。”他说着，很快地用眼光在二和、月容两个人身上扫了一下。二和笑着连连地弯腰道：“我们这穷小子，哪配说给人帮忙，这好比水里漂着一根浮草，顺便让落下河的小虫儿，搭了这根草过河，算得了什么力量。”杨五爷微微地笑着。

不过月容并不因为杨五爷这样说了就呆呆地站着，而是缓步向前，对正了他弯腰行了个三鞠躬礼。杨五爷侧了身子受着，笑嘻嘻地连点了几下头。就在这时，已经有佣人来，张罗着茶水，同时把佛案前的两支大烛给点上，又燃了佛香，横放在桌边，地上也铺上红毡子。月容一机灵，也不要人告诉，已是走到所供的老郎神案前，拿起佛香磕下头去。王傻子等她把头磕完，就扶着杨五爷站到佛案下大手边，将肩膀摇着，向月容一歪脖子道：“姑娘，你造化，认这样一个好老师，你磕头罢。”月容朝上端端正正地磕了三个头，刚一站起，王傻子便道：“请老师带到里面拜师娘去，我们要叫你出来，你才出来呢。”杨五爷招招手，果然带了她进去。当她再出来时，这堂屋里已经换了一个样子，只见一个大个儿领头，坐在那大椅上，在他手下，一排坐着五个直眉毛瞪眼睛的人，看那情形，好像是预备和人打架。两边只有两张椅子，其余三个人，全是搬了凳子来坐着，将脚抬起来，架在凳上。王傻子站在她身边，伸手向唐大个子一指道：“这位是唐得发大哥，事情就全仗着他啦。”月容这就走向前一步，和他勾了一勾头，唐得发道：“姑娘，你别客气，好像唱戏，我就管这一场，你们的事情还多着啦，我卖一卖力气，没什么关系。”二和向院子外努努嘴，让他别做声。月容也向外面看时，那隔了屏风的几间屋子，灯火通明，还有人说话嘈杂的声音，显然是有客在那边了，那声音一路由远而近，杨五爷在前面引导，正带着张三夫妇两口子进来。

月容红着脸，早是心里扑扑地乱跳，向后退了两步，藏到王傻子身后来。王傻子用手碰了她两下，意思是叫她别害怕。张三已是知道她在这屋子里的了，看到她淡淡地一笑，还点了两点头。杨五爷就站在堂屋中间，一个个给他介绍着，最后介绍到唐得发面前，笑道：“你大概也听见过，他叫唐大个儿，地面上哥儿们有个什么事，少不了他。他为人挺仗义的，同人办事，除了跑腿不算，还可以贴钱。”张三向他脸上看看，接着一抱拳道：“久仰，久仰。”然后大家让座，把张三夫妇俩让在唐得发身边坐着，唐得发坐在张三上首，同他来的五个人，一顺边地坐在两条板凳上，杨五爷同王傻子、二和坐在他们对面，月容又退在杨五爷身后站着。一位壮汉出来张罗过了茶烟，唐得发先掉过脸来向张三道：“照说呢，我们可不能多你的事，都因为你这位徒弟哭得可怜，我怕在大街上一嚷，惹出是非来，就上前拦着。也是事有凑巧，她在胡同里哭的时候，我们同杨五爷全都在茶馆子里。当时，我们听了她所说的那一家子理，都相信了，就让她拜杨五爷为师。可是杨五爷又说啦，明人不做暗事，还得请你来当面交代一声儿。”

张三一看屋子里坐的这几个人全是粗胳膊大腿的，心里早就明白啦。他嘴里吸着烟呢，这就把两个指头，夹住了烟卷，待着不动，鼻子里不断地向外喷着烟。他的妇人黄氏，没说话，先就哟了一声道：“这丫头信口胡扯的话，哪里能听呢！一个徒弟拜两个师傅的，那也常有，我们不反对。别的话不用说，只要她同我们回去，万事全体。”唐大个儿没说什么，只是把鼻子耸着冷笑了一声。杨五爷道：“这话是对的，我也就为了这事，把你二位请过来。我先就要她回家了，她说是口里叫叫的师傅，总不能帮忙，总得要有一点把握，所以我就想了一个主意，在今天晚上拜过了师以后，立刻把你二位请来。那意思就是说，她心里可以踏实了，我也有话把她送出门，免得说我霸占你二位的徒弟。现在她在这儿。你二位要带她走，我是决不拦着。月容，你出来说话呀。”只这一声，大家全向她身上看了来。

月容站在那儿，先用手牵牵衣服，又抬起手理一理自己的鬓发，然后走了出来，站在堂屋中间，正着脸色道：“凭了祖师爷在这儿，我起誓，我要说一句假话，立刻七孔流血而亡。”杨五爷微笑道：“这小孩子说话就是这样不知道轻重。”黄氏将右手伸了一个食指，连连地点着月容道：“臭丫头！你说，你说！”唐大个儿突然站起来，两手操着腰带，紧了一紧，瞪着眼道：“这位大嫂，你别拦住她说话！就是法庭上，犯人也能喊叫三声冤枉呢。要讲理，咱们就讲理，要讲胡搅，大家都会！”张三立刻向她瞅了一眼，低声道：“你先别做声。”二和偷眼看他身上穿一件青布夹袍子，很有几处变了灰色。一张雷公脸带了苍白色，连两只眼珠都是灰的。不扎吗啡，也抽白面，头上养了一撮鸭屁股的发，倒梳得挺光滑。心想：凭这副尊相，也不是好人。就对月容道：“别发愣，有话只管说，在这里头这些人，全是讲公道的，对谁也不能偏着。”月容向大家看了一看，觉得各人脸上，全鼓着一股子劲，料是不能有什么乱子。便道：“要我说，我就说罢。让我跟师傅回去，我是不能去的；若是要我的小八字儿，干脆拿一把刀来，给我分了八块罢。并不是我忘恩负义，因为师傅待我，不是把我当一个徒弟，是把我当个姨奶奶看待。我这么小年纪的人，我还图个将来呢，我能够跟他胡来吗？所以我含着一包眼泪，总是躲开他。可是诸位想想，我一个没爹娘的小女孩子，能对付得了他吗？这是他。再说到我们师娘，她也知道师傅没安着好心眼，倒是难为了她处处都看着我，不让我同师傅有说话的机会，这倒是一件很好的事。可是她应当劝劝她的丈夫，不能怪我这可怜的孩子。她不那么想，借了别的缘故，不是打我，就是骂我。她还说了，要弄瞎我的眼睛呢！我逃出来的那一天，是师傅把我关在房里，掏了几毛钱给我，让我买吃的，伸手就来抓我，师娘是老早出去了，没有人救我，我只得大嚷起来，师傅一气，揍了我一顿。恰好师娘回来了，看见师傅关着房门呢，敲开房门进来，拿过一把鸡毛帚子，不容分说，劈头就抽过来。我一急，就跑出大门来了，打算报警察的。祖师爷在这里，我可没说一句假话。”

二和听到这里，忍不住了，两脚一跳，就跳到张三面前，举起右手的拳，就劈过去。杨五爷眼快，早已看到，伸手给他拦住，笑道：“丁二哥，你别急，咱们不是讲理来着吗，有话可以慢慢地说。”二和指着张三道：“这小子人面兽心，要是教徒弟都是这么着，人家还敢出来学艺吗！”张三听到月容那一篇报告，早是身上抖战，脸上是由苍白变紫，由紫更变到青，呆了两眼，像过去了的僵尸一般，二和到了面前，他也不会动。唐得发在这时候，也就站起来了，一手按住了张三的肩膀，一手把二和向外推着，瞪了眼道：“别这么着。要说讲理，我唐大个儿没什么可说的，若说到打架，二哥，你不成。今天在祖师爷面前，大家全得平心静气地说话，谁要不讲理，我先给他干上！王家姑娘，你说你的冤枉。张三爷，你看我的话怎么样？”张三见他的一个拳头，简直同铁锤一样，便连连地点着头道：“是，是，是。”于是杨五爷定的计策，就算大功告成了。

第六回　焚契灯前投怀讶痛哭
送衣月下搔首感清歌

这个局面，虽是杨五爷预定的计划，但是他只知道张三的个性，还不知道张三媳妇黄氏是什么脾气，这时一服软，他想着，再不必用什么严厉的手段了。这就把各人都让着坐下来，然后捧了装着烟卷的瓷碟子，向各人面前送去。他到了张三面前，这就笑道：“你既是孩子的师傅，你总得望孩子向好路上走，她老是在街上卖唱，总不是一条出路。”张三还不曾开口，黄氏就插嘴道：“是哟，她有了好师傅了，还要我们这街上卖唱的人干什么。可是，她到我们家去，是写了投师纸的。就不说我们两口子教了她什么玩意儿罢，她在我们家过了两年，这两年里头就算每天两顿窝头，也很花了几个钱，白白地让她走了，我有点儿不服气。再说，我们就看破一点，不要她还我们饭钱罢，她家里人问我要起人来，我们拿什么话去回答人家？我知道你杨五爷是有面子的人，可是有面子的人，更得讲理，写了投师纸的人，可以随便走的吗？那写投师纸干吗？再说这时候你把我们的徒弟夺去，还说我们待孩子不好。反过来说，有人夺了杨五爷的徒弟，再说杨五爷不是，五爷心里头怎么样？”她一开口，倒是这样一篇大道理。杨五爷一面抽着烟，一面坐下来，慢慢地听着，他并不插嘴，只是微笑。

她说完了，二和就插言道：“说到这里，我可有一句话忍不住要问，这小姑娘当年写投师纸，是谁做的主？”张三道：“是她一位亲戚。”二和道：“是一位亲戚，是一位什么亲戚？”张三笑道：“这个反正不能假的，您问这话……”二和道：“我问话吗，自然是有意思的，你不能把这位亲戚的姓名说出来吗？”黄氏道：“那没有错，那人说是她叔叔。”二和道：“她叔叔叫什么？”黄氏道：“事情有两年了，我倒不大记得，可是他姓李是没有错的。”二和道：“准没有错吗？”黄氏听到这句话，却不免顿了一顿，二和哈哈笑道：“又是一个叔叔和侄女儿不同姓的。”黄氏抢着道：“那是她表叔。”杨五爷道：“张三爷，我看你这事办得太大意。收一个徒弟，很担一份儿责任，你不用她的真亲真戚出名，你就肯收留下来了吗？”张三道：“这个我当然知道，可是她就只有这么一个亲戚。”二和道：“你这话透着有点勉强，她的亲戚，你怎么就闹得清楚？你说她没有真亲真戚的，我引她一位真亲戚你瞧瞧。”说着，就转脸对月容道：“可以请出来了。”月容点了点头，自进内室去了。

张三夫妻看到却是有点愕然，彼此对望着。他们还没有猜出来，这是一桩什么原因的时候，月容已是搀着丁老太走了出来，向她道：“舅母，这堂屋里有好些个人，你对面坐着的，是我师傅、师娘。”丁老太将头点了两点道：“我们这孩子，麻烦你多年了。”唐大个儿，也走上前来，将她搀扶在椅子上，笑道：“大娘，你坐着，我们正在这里说着，你就是这么一个外甥女儿，不能让你操心。”丁老太将身边站着的月容一把拉着，站到面前，还用手摸着她的头发道：“孩子，你放心，我总得把你救出天罗地网，若是救你不出去，我这条老命也不要啦。”唐得发摇摇头道：“用不着，用不着。若是有人欺侮你外甥女儿，要我们这些人干什么的？说句不大中听的话，要拼命，有我们这小伙子出马，还用不着年老的啦！”他说着这话，可站在堂屋中间，横了眼睛，将手互相掀着袖子，对张三道：“姓张的，以前这小姑娘说的话，我还不大敢相信，以为她是信口胡说，照现在的情形看出来，你简直有点拐带的嫌疑。我瞧着，这事私下办不了，咱们打官司去！”口里说着，人向张三面前走来，就有伸手拖他的意思。旁边坐的壮汉，这就有一个迎上前来，将手臂横伸着，拦住了他。笑道：“唐大哥，你急什么！张三爷还没有开口啦。”唐得发道：“这小子不识抬举，给脸不要脸！”张三板着脸道：“你怎么开口就骂人！”说着，不免身子向上一起，唐得发一手叉了腰，一手指着张三道：“骂了你了，你打算怎么办罢！咱们在外头讲的就是一点义气，像你这样为人，活活会把人气死。你瞧这王家小姑娘，是多么年轻的一个人，你……你……你简直是一个畜类！祖师爷在这儿，你敢起誓，说她是冤枉你的码？”丁老太道：“大家听听，并不是我一个人起急，我这孩子，实在不能让她跟先前那个师傅去了，那师娘也不是来了吗？请她说两句话。”

黄氏虽是向来没有听到月容说有什么舅母，可是月容说张三的话，并不假，而且有好多话，并不曾说出来，再看看唐得发这几个壮汉，全瞪了眼卷着袖子，那神气就大了，因向张三低声道：“这全是你教的好徒弟，到了现在，给咱们招着许多是非来了。”唐得发向他两人面前再挺进了一步，杨五爷站起来，抱了拳头道：“大家请坐下罢，有话咱们还是慢慢地商量。”唐得发歪了肩膀，走着几脚横步，坐在靠堂屋门的板凳上，两腿分开将手扯了裤脚管，向上提着，那也显然没有息怒。他做出一种护门式的谈判，倒是很有效力的，张三想要走是走不了，要在这里说什么吧，理可都是人家的。他看到茶几上有烟卷，只好拿起来抽着，就算是暂时避开攻击的一个笨法子。可是他能不说，禁不住别人不说，他的脚边下不知不觉地扔下了十几个烟卷头子。

最后的解决办法是唐得发同了两位伙伴，陪了张黄氏到家里把月容的投师纸取了来，丁老太在身上抖抖颤颤地摸索着，摸出一叠钞票来，抓住了月容的手向她手心里塞了去，因道：“这是三十块钱，是谢你师傅的。虽说你吃了你师傅两年饭，可是你跟他们当了两年的使唤丫头，又卖了两年唱，他们也够本儿了。这钱不是我的，是借来的印子钱，求你师傅行个好罢。”月容接着也没有敢直递给张三，只是交到唐得发手上。唐得发却笑嘻嘻地把一张投师纸作了交换品，笑道：“大姑娘，这可不是闹着玩的事，你得把字纸看清楚了。”杨五爷也就抢着过来，把纸拿到手上，捧了在电灯下看着，向丁老太道：“老太，投师纸我已经拿过来了，你外甥姑娘自己也看清楚了，上面有她的指印倒是真的。这玩意儿留着总是厌物，当了你外甥姑娘和许多人，在祖师爷当面，在灯火上烧掉罢。”他说着，把那契纸送到烛焰上点着，然后递到月容手上，笑道：“姑娘，你可自己望着它烧掉。”月容当真地接了过来，眼睁睁地望了那契纸被火烧去，直待快烧完了，方才扔到地下。

张三在那烧纸的时候，不免身子微微地发抖，回转脸来，向黄氏道："咱们走罢。"黄氏道："不走还等着什么！"一面起身向外走，一面带了冷笑道："杨五爷，劳驾了，算你把我们的事给办妥了。"唐大个儿也就跟着站了起来，紧随在她身后，而且鼓着脸子，把两只袖口又在那里卷着。张三慢吞吞地随在后面，微笑道："走罢，别废话了。"说着，半侧了身子，向在座的人，拱了一拱手，然后扬长着出去。在座的人，就有几个，送到院子里去。

月容站在堂屋里，可就呆了。直等杨五爷送客回屋子来，也向她拱了两拱手，可就笑道："姑娘你大喜了，事情算全妥啦。"月容这才醒悟过来，低头一看，那契纸烧成的一堆灰还在佛案面前。这就掉转身来，向老太怀里一倒，哇的一声，哭了起来。丁老太倒有些莫名其妙，立刻两手搀住了她，连连地问道："怎么了？怎么了？"月容并说不出所以来，只是哭。到了这时，杨五爷的女人赵氏，穿了一件男人穿的长夹袍，黑发溜光地梳了一把背头，才笑着出来，见丁老太搂着月容，月容哭得肩膀直颤动，因问道："这是怎么了？难道还舍不得离开那一对宝贝师傅师娘吗？"月容听了这话，才忍住了哭道："我干吗舍不得他们！要舍不得他们，我还逃出来吗？"丁老太两手握住她两只手微微推着，让她站定，微笑道："我瞧，是碰着哪儿了吧？"二和同了那几位壮汉，全在堂屋里呆呆地站着，也不知道她为了什么。唐大哥道："准是你还有什么话要说吧，那不要紧，今天张三走了，过了几天，我们一样地可以去找他。"月容拭着泪，摇摇头。杨五爷口里衔着那烧烟卷的短烟袋，微笑道："你们全没有猜着。我早就瞧出来了，她是看到那投师纸烧了，算是出了牢门了，这心里一喜，想到熬到今日，可不容易，所以哭了。"月容听到这里，嘴角上又是一闪一闪的，要哭了起来。赵氏牵了她的手道："到屋子里去洗把脸罢。"说时，就向屋子里拖了去。

二和笑道："原来是这么回事。"杨五爷笑道："你一个独身小伙子，哪里会知道女人的事！"二和摇摇头道："那我是不成。"唐得发道："杨五爷现在没我们什么事了吧，我们可以走了吗？"杨五爷拱拱手道："多多劳驾。"二和道："没什么说的，改日请五位喝两盅。"唐得发笑道："这么说，你倒是真认了亲了，这姑娘的事，还要你请客？"王傻子笑道："那么说我也得请客，我是她干哥哥啦。"正说时，赵氏已是带了月容出来了，头发梳得清清亮亮儿，脸上还抹了一层薄粉。看到王傻子说那话，胸脯子一挺将大拇指倒向着怀里指了两指，瞧他那份儿得意，也就一低头，扑哧地笑了出来。王傻子笑道："事情办成了，你也乐了，现在我们一块儿回去了吧？"赵氏道："她说了，她在丁二哥那里住，挤得他在外面屋子里睡门板，挺不过意的。她瞧我这儿屋子挺多的，就说愿意晚上在我这儿住，白天去给丁老太做伴。"二和道："我也有这个意思，不过不好意思说出来，要说出来，倒好像我们推诿责任似的。"杨五爷笑道："这也说不上推诿两个字，现在你是帮她忙的人，我可是她的师傅。"

二和听了这话，自不免怔了一怔，可是立刻转了笑脸道："好的，好的，咱们明天见了。"说着，向月容也勾了两勾头，先走到母亲面前，将她搀起了，因月容在母亲身边呢，又轻轻地对她道："诸事都小心点儿。"月容把眼向他瞟了一下，很诚恳的样子，点了两点头，然后直送到大门外来，看了丁老太同王傻子都上马车，才抢到前座边，向二和道："二哥，这样东西，请你给我带回去，我明日早上使。"二和猛然听到她改口叫着二哥，心里已是一动，一伸手接过东西去，又是个小手巾包儿，心里接着更是一阵乱跳。她还轻轻地道："明儿见。"那三个字，是非常地清脆悦耳。虽然她不同着一道回去，也就十分地愉快了。

到了家里，二和忍不住首先要问的一句话，就是那三十元钞票由哪里来的。丁老太道："你想我会变戏法吗？变也变不出这些钱来呀。这是那杨五爷递给我的。"二和道："他们家真方便，顺手一掏，就是几十。"丁老太道："一掏几十，那算得了什么！以前我们一捆几百，还算不了什么呢。"二和道："老人家总是想着过去的，过去我们做过皇帝，我们现在还是一个赶马车的。所以我不想那些事，我也不去见那些人。"丁老太道："听你争这口气，那就很好，不过你又要加一层担子，还得大大地卖力呢。"二和道："你说的是那王家姑娘吗？这有什么担子？她有师傅靠着了。”丁老太也没接着向下说，自上床去安歇。二和在外面屋子里由怀里把那小手绢包儿掏出来，打开看时，却是些花生仁儿和两小包糖果，不由得自言自语地笑道：“孩子气。”依然包好，放在桌子抽屉里。

次日早上，天亮不久，二和就被敲院子门的声音惊醒。他起来开门，迎着月容进来笑道：“你干吗来得这样早？”月容道：“我同师傅说了，这两天，老太身体不太好，我得早一点来，同你笼火烧水。”二和笑道：“你昨天给我的手绢包儿，我还给你留着呢。”月容道：“干吗，我还把师傅的东西，带到这儿来吃？”二和道：“那为什么让我带来？”月容红了脸笑道：“事后我也后悔了，你又不是小孩子，我干吗给你糖子儿花生仁吃？”她越说越不好意思，可把头低着，扭转身去。二和笑道：“这么办罢，手绢儿我留下了，糖子儿你自己留着吃罢。”月容听到他这样说，越是不好意思，这就跑到屋子里去伏在桌上，格格地笑。这样一来，彼此是相熟得多了，二和也在家里，陪着她做这样，做那样，还是丁老太催他两遍，他才出去做生意。到了下午，二和回来吃过晚饭，月容才到杨五爷家去学戏。

这样下来，有两个星期。据月容说，杨五爷很高兴，说是自己很能学戏，赶着把几出戏的身段教会了，就可以搭班露市了，因为这样，早上来得晚。下午也就回去得早。恰好这两天，二和出去得早，又回来得晚，彼此有三个日子，不曾见到面了。二和等到了这日黄昏时候，下过一阵小雨，雨后，稍微有点西北风，就有点凉意。二和因对母亲说，要出去找个朋友说两句话，请她先睡，然后在炕头边木箱子里，取出一个包妥当了的布包袱，夹在肋下，就出门向杨五爷家走了来。

那时天上的黑云片子，已经逐渐地散失，在碧空里挂一轮缺边的月亮，在月亮前后，散布着三五颗星星，越显着空间的淡漠与清凉。杨五爷的家门口有一片小小的空地，月亮照得地上雪白，在他们的围墙里，伸出两棵枣子树，那树叶子大半干枯着，在月亮下，不住地向下坠落。为了这一阵黄昏小雨的缘故，这深巷子里，很少小贩们出动，自透着有一番寂寞的境味。就在这时，有一种拉胡琴唱戏的声音，送了出来。那个唱戏的人正是青衣腔调，必是月容在那里唱戏了，于是二和慢慢地走着，靠近了门，向下听了去。她所唱的，是大段《六月雪》的二簧，唱得哀怨极了。二和不觉自言自语地赞叹了一声道：“这孩子唱得真好。”因看到门框下，有两块四方的石墩，这就放下包袱，抬起一只腿，抱了膝盖坐着，背靠了墙，微闭了眼睛，潜心去听。“喂，什么人坐在这门口？”突然有人喊着，二和抬头看时，却是一个穿短装的人，手里提了二三个纸包走了过来。因答道：“我是送东西来的，是杨五爷的朋友。”那人笑道：“我听出声音来了。你是丁掌柜的。”二和道：“对了，你是……”他道：“我是在五爷家做事的老陈，你干吗不进去，在这里坐道？”二和道：“里面正唱着呢，唱得怪好听的。我要是一敲门把里面的人吊嗓子给打断了，那倒是太煞风景的事。”老陈道：“又不是外人，你要听，敲了门进去，还不是舒舒服服地坐着听吗。”他口里说着已是上前去打门环了。

来开门的，正是月容。在月亮下面，她老远地就看到二和了，因笑道：“二哥这两天生意好？老早地就出门了，我做的留下来的饭，你够吃的吗？”二和笑道：“够吃的了。今天你还给我煨了肉，稀烂的，就馒头吃真好。”月容道：“馒头凉的，你没有蒸蒸吗？”二和道：“蒸了。这点儿便易活，我总会做的。天气凉了，你穿的还是那件旧夹袄，我给你做的新衣服，已经得了。一件绒里儿的夹袍子，一条夹裤，你上次不是做了一件大褂子吗，就照那个尺寸叫裁缝缝的。事先我没有告诉你，怕你同我客气，不肯收下，现在衣服做得了，我瞧着样子还不怎么坏，特地送了来。”说着，把衣服包袱交到她手上。老陈笑道：“姑娘，我还告诉你一桩新闻，丁掌柜的早就来了，他在大门口，听到你在吊嗓子，说是你的戏唱得很好，坐在这里石头墩子上听，他不肯敲门，怕是一敲门，里面的戏就停止了。”月容手里捧了包袱，向二和望着道：“是吗？”二和道：“你唱得太好了，我听着几乎要掉下泪来。有五爷这样好的师傅教你，你将来还不是一举成名吗？”月容道：“我有那样一天，我先给二哥磕头。”二和道：“用不着磕头，只要……”说着，嘻嘻地一笑。月容站在那里，也沉默了一会子，便道：“二哥进来坐罢。”二和道：“我在门外边，坐了大半天了，我妈已经睡了，我不敢耽搁久了，我要回去了。”月容道：“那也好。师傅赶着同我吊嗓子呢。我明天早点来给你做饭。”说着，她转身进去。二和见那大门关着，正待要走，那门跟着又打了开来，月容可就伸出半截身子来，叫道："二哥，你别见怪，我还没有跟你道谢呢，谢谢你了。"二和笑道："这孩子淘气。"等那门关了，自己也就向回头路上走。

还没有走二三十步路呢，那胡琴唱戏的声音，却又送过来，二和不由得站住了脚，向下又听了一听。这胡同里，并没有什么人，当头的月亮，照着白地上一个人影子，心里这就想着："妈已经睡了，除了熄灯火，也没有别的事，就晚点儿回去，也不要什么紧。"于是抬起手来，搔搔自己的头发，望着那大半圆的月亮。天上不带一些斑的云彩，让人看着，先有一种心里空洞的感想，那遥远的唱声送了过来，实在让人留恋不忍走。抬起在头上搔痒的那只手，只管举着不能放下来，就是放下来，又抬了上去搔着痒，好像在他这进退失据的当儿，这样搔着头发，就能在头发上寻找出什么办法来似的。他全副精神都在头上，就没有法顾到脚下，所以两只脚顺了路，还是向前走，到了哪里，他自己也不觉得。不过那胡琴声和唱戏声，却是慢慢地更加放大，唱词也是字字入耳，直待自己清醒过来，这才看到，又是站在杨五爷家门口了。既然到了这里那就向下听罢，月亮下那个古石墩，仿佛更透着洁白，他并不怎样地留意，又坐在上面了。

第七回　腻友舌如簧良媒自荐
快人钱作胆盛会同参

在这样凄凉的深夜里，在月亮下面坐着，本也就会引起一种幽怨，加之杨五爷的家里又送出那种很凄凉的戏腔与琴声来，那就更引起听的人一种哀怨的情绪。二和坐在大石墩子上，约莫听了半小时之久，不觉垂下两点泪来。后来是墙里的声音，全都息了。抬头看看天上的月亮，已经偏斜到人家屋脊上去。满寒空的冷露，人的皮肤触到，全有一阵寒意，他手摸着穿的衣服，仿佛都已经是在冰箱里存储过了的。他自言自语地叹了一口气道："回家去罢。"一个人在月亮下面，低头看了自己的影子，慢慢地走回家去。

当他推开跨院门的时候，却看到外面屋子里的灯火亮着，便问道："谁到我家来了？"屋子里并没有人答应，二和抢着一步，走进屋去，却看到同院住的田大嫂子在桌子边坐着，桌子上放了一个青布卷儿。便笑道："是大嫂子来了。我说呢，我们老太，她双目不明，要灯干什么？她也不会把灯捧到外面屋子里来。"田大嫂笑道："你别嚷，你老太睡着呢。你不是有两双旧袜子吗，我给你缝上两只底了，现在经穿得多了。"说着，把那个布卷儿拿起，笑嘻嘻地递到二和手上。就在这时，向二和脸上看着，问道："你流泪来着吧？"二和道："笑话，老大个子哭些什么？"田大嫂道："就算你没哭，你心里头也有什么心事。"二和笑道："刚才我在大月亮下走路，想起我小时候在花园子里月亮底下玩，到现在就像做了一个梦一样。我想到那样好的人家，一天倒下来，怎么就变成了这个样子。"田大嫂笑道："我说你为着什么心里难受，原来是为了这个。你也太想不通了，谁能够穷一百年，谁又能够阔一百年？你现在这样苦扒苦挣地干着，那真没有准，也许再过三年五载的，你慢慢儿发起财来，自己再盖一座花园子，那日子也许有呢。再说，你现时又得了一个美人儿了，将来带着美人儿游花园，那才是个乐子。”二和笑道：“大嫂又开玩笑，我哪里来的美人儿？”田大嫂道：“不说这院子里吧，就是这条胡同里，谁又不知道？你还打算瞒着呢！”二和笑道：“你说的是王家那姑娘？现在人家在杨五爷那里学戏了。”田大嫂笑道：“她不是天天到你这儿来帮着你府上做饭吗？”二和道：“那也不过她念我们一点好处，到我家里暂时帮一点儿小忙。”田大嫂斜靠着桌子，又坐下了，将眼斜望了他道：“她叫你什么？”二和笑道：“你又要开玩笑了。”田大嫂笑道：“这算是玩笑吗？你叫我什么？”二和道：“我叫你大嫂呀。”田大嫂道：“这不结了。你叫我大嫂，她叫你二哥，这不是一条路？”二和笑着，用手又搔搔头发，然后在怀里掏出烟卷来，递了一根给田大嫂。她笑道：“二和，你今年多大岁数了？”说着，把一支烟衔在嘴上，二和擦了一根火柴，弯腰给她点着烟卷笑道：“我二十五岁了。要是我家没穷的话，我也大学毕业了。”

田大嫂两个指头夹着烟卷，对灯光喷出一口烟来，笑道：“谁问你这个？你二十五岁，人家才十六岁，年岁透着差得远一点。再说姑娘年纪太轻了，可不会当家。我同你做媒，找一位二十挨边的，你看好不好？模样儿准比得上你那位干妹，粗细活儿一把抓，什么全做得称你的心，你瞧怎么样？”二和笑道：“好可好。可是你瞧我一家老小两口，全都照应不过来，还有钱娶亲吗？”这位田大嫂，把她的瓜子脸儿一偏，长睫毛里的眼珠一瞟，她又是两片厚嘴唇，微微撅起，倒很有点丰致。她把右手举起，将大拇指同中指，夹住弹了一下，拍得作起响来，她笑道：“好孩子，在你大嫂子面前，来这一手，谁问你借钱来着，尽哭穷。你说没钱，给你干妹妹买皮鞋、买丝袜子、做旗袍，哪儿来的钱？”二和道：“就是同她做了一件布旗袍，哪里买了皮鞋同丝袜子？可是这件事，你怎么又会知道的？”田大嫂笑道：“若要人不知，除非己莫为，你干的事，这院子里知道的就多着了。喂，有热茶没有？给你老嫂子倒碗茶来。”二和笑道：

“田大嫂，你今晚是怎么着？只管教训我来了。”田大嫂笑道：“玩笑归玩笑，正话归正话。我家大姑娘，你瞧得上眼吗？”二和斟了杯茶送到她面前，又退回来，一双腿搭在矮凳上，半斜了身站着，将一个食指，连连地点着她道：“你这是人家大嫂子？对着我们这二十来岁的光棍，有这样说话的？”田大嫂将两指夹着烟卷，向地面上弹了两弹灰笑道：“依你应当要怎样说呢？”二和道：“依我说，你根本就不能谈到你家大姑娘。”大嫂将嘴一撇道：“你又假充正经人了。再说我说这话，也不是没有缘故的，我瞧你往常对我们大姑娘，倒夸个一声好儿；我们大姑娘呢，提到了你，也没有说过什么坏话。我的意思呢，想喝你们一碗冬瓜汤，你瞧怎么样？”

二和听她这样很直率地说了出来，这倒不好怎样答复，于是抬起一双手来，刚搭到头上，田人嫂笑道：“你别露出这副穷相来了，又该伸手去搔头皮了。”二和笑道：“大嫂子，你这张嘴真厉害，我没法对付你了。”于是搬了个矮凳子，拦门坐着，斜对了她，又笑道：“你这番好意，我感谢得很。怎么你今天晚上突然地说出来了？”田大嫂道：“这个你有什么不明白！不就为了你现在有一个干妹妹了。我打算来问你老太太，要是你真把那位姑娘当了干妹妹看待呢，我这话还有法子说下去；你若是留着她做少奶奶的，我就不用喝这碗冬瓜汤了。偏是我到这里来，又遇到了老太太睡着了，我没法儿说什么。你既来了，干脆，我就对你说罢。”二和又在怀里把烟卷盒子掏出来，先拿了一根烟递到田大嫂面前去，她伸着巴掌，向外一推，笑道：“你别尽让我抽烟，我说的话，你到底是给我一句回话。”二和笑道：“这件事，我透着……”说时，向田大嫂一笑，取了一根烟卷，只管在烟盒子上顿着。田大嫂笑道：“透着晚一点儿吧？你现在家里有个候补的了。”二和道：“大嫂老是绕了弯子说话。”田大嫂道：“本来嘛，现在提亲，是透着晚一点，可是不为了晚一点儿，我还不赶着来提呢。”说着，把声调低了一低，而且把身子微微地向前伸着，笑道：“咱们姐儿俩，以往总还算是不错，我是对你说一句实心眼儿的话，依着我们那口子的意思，很想把他的大妹子许配给你。他想托人出来说，又怕碰你的钉子，所以我就对他说，等我先来对老太太讨讨口气。”二和笑道：“真有这话吗？怎么田大哥在我面前，一点儿消息也没有露过？”田大嫂笑道：“你这人真聪明，他要是能露出一点消息来还用得着我现在来说吗？”二和说了一个哦字，也就没有说别的什么。

丁老太可就在屋子里插言了，问道：“二和，你回来啦？同谁说话？这么大嗓子，像打吵子似的。”田大嫂抢着道：“老太太，是我啦。恭喜您得了一位干姑娘，我还没有到这儿来瞧过她呢。”丁老太道：“她现时晚上在师傅家里学戏了，不过白天在我这里待一会儿。”田大嫂道：“老太，你干吗让她去学戏？你府上也差一个人，留着给您做儿媳妇不好吗？”丁老太笑道：“大嫂子，又开玩笑。咱们救人家，就把人救到底，若是留着自己做儿媳妇，那我们成了拐带人口的了。再说人家也很年轻，我们这大小子，有点儿不相配。”田大嫂道：“您是一片佛心，将来您有好处，一定可以得着一位好儿媳妇。”说着话，只管向二和睐眼睛，二和笑着，只将手来指她。丁老太道：“你们田大哥没回来吗？”田大嫂笑道：“我们老夫老妻的，他回来了，我还陪着他啦？再说他在柜上，就常不回来。不回来也好，我同我家大姑娘谈谈笑笑的，自在很多啦。”丁老太道：“在外面挣钱的人，身子总是不能自由的，也难怪他。”大嫂道：“难怪他，我……”一言未了，只听至外面大院子里，有一个粗嗓子的人叫起来道：“喂，十一点，该回来啦，人在哪儿？没事尽神聊，聊得街坊也不能睡。”田大嫂起身道：“丁老太，明儿见，我们那冤家回来了。你瞧，他一进院子，就是这样大嚷，倒说我吵了街坊呢。”她口里说着，人已是向外面走去了。二和跟在后面要送她，她却回转身来，摇了两摇手，二和也就只得算了。在这天晚上，倒不免添了许多心事，想着田大嫂虽是开玩笑，有些话，也是对的。母亲说救了人，自己又留着，就成了拐带人口，那更是不错。

到了次日早上，且不走开，自己搬了一张小方凳子，在院子里坐着，只是想心事。耳边轻轻脆脆地听到人叫了一声二哥，二和抬头看时，正是月容进来了。她把新做的那件青布夹袄穿起，越透着脸子白嫩。二和立刻站起来，笑脸相迎道：“你今天倒是来得这样早。”月容笑道：“我要是来晚了，你又出去了。我还来报告你一个消息，下个礼拜一，我就上台了。”二和笑着，只管把两只手互相搓着，因道：“你师傅待你真好，你将来有出头之日，可别忘了人家。”月容道：“师傅待我好，二哥待我更好呀。”二和笑道：“那么，你也别忘了我。”月容没说什么，微微低了头，把右手反背到身后去。二和笑道：“你手上拿着什么？”月容笑道：“我给二哥买的，我不好意思拿出来给你看。”二和笑道：“这是笑话，给我买的东西，又怎么不好意思给我看呢？”月容这才笑着把手伸出来，原来是提了一个手绢包，下面沉甸甸地坠着。二和看到，刚要伸手去接时，她又把手缩了回去，依然藏到身后去。二和笑道：“你既然拿来了，当然要给我，难道你还舍不得给我吗？”月容笑道：“你这样说着，那我只好拿出来了。”说着，把那手绢包就递到二和手上。二和刚要打开手绢包来看，她就起身向正面屋子里奔了去，二和笑道：“要送我东西呢，又要害臊，这是什么原因？我倒有些不解。”口里说时，那手绢包已是透开，原来里面是两个大烤白薯，于是把手绢揣在衣袋里，手上就拿了白薯，剥着烤焦的皮向屋子里走，笑道：“我最爱吃烤白薯，你怎么会知道的？”月容听到，赶快掉转身来，迎了他笑，而且将手指了丁老太屋子里，又摇了两摇。

二和看到她这种动作，也就跟着笑了。他先把这个剥了皮的白薯递给了月容，而且点点头，叫她吃，然后自己坐在太阳里的台阶石上，自剥了另一只烤白薯吃，将一条腿架起来，把胳膊搭在腿上，神态十分地自在。月容道：“老太还没有起来啦，二哥不出去，还等她起来吗？”她说着这话时，人是靠了门框站着，提起一只脚来，将鞋尖点了地面，一手拿了白薯慢慢地吃，眼睛望了二和笑。二和道：“到了现在，你总算很快乐了。”月容道：“我这份快乐，还不是二哥给的吗，现在想起来，总算我没有错认了人。”二和还没有答话呢，王傻子早在跨院门口叫了进来道：“我瞧见的，我们大妹来了。”月容抢着迎到院子里来笑道：“大哥，你没出去做买卖啦？我特意给你报信来了，我下个礼拜一就要上台了。”王傻子两手一拍道：“那就好极了，我邀几位朋友去捧场。”二和笑道：“我也是这样想着，她初上台，总要有几个人在台下叫个好儿，才能够和她壮一壮胆子。”王傻子道：“不捧场就算了，假如要捧场的话，必得热热闹闹捧一场，要不然，满池子人听戏，只有一个人叫好，那也反显着寒碜。”二和道：“壮胆子可不容易，得花一笔钱。”王傻子道：“就是这一层，我透着为难。就说池座罢，一个人的戏票，总要六毛钱，十个人就要六块钱，听一日戏，捧一回场，两口袋面不在家了。咱们哪有这个钱……”他口里说着，眼睛可是向月容望着，显着很亲切的样子，便改口道：“不能那样算了，大妹一生一世，就看到这三天打炮的运气如何。杨五爷供她吃喝不算，还教她一身好本领，咱们出几个钱恭贺恭贺，也是应当的。”二和道：“要让咱们谁出来请客，都有点儿请不起。莫如咱们自己出面去请朋友帮忙，谁愿给咱们哥儿俩一点面子的，谁就去听戏，好在这花钱也不多，谁去捧一天场，谁花五六毛钱。”王傻子道：“这倒是行，大妹，我还问问你，你是晚上唱，还是白天唱？”月容听到他两人说决定去捧场，那更是笑容满面，看看二和，又看看王傻子，简直不知道要说什么才好了。王傻子道：“若是在白天，请人捧场那就透着难了。我们这一伙朋友，全是白天有事干的，谁能丢了自己的活不干，到戏馆子里去捧场呢？”月容抢着道：“是晚上，是晚上。”

他们三人在院子里这样地高谈阔论，自然也就把屋子里睡觉的丁老太吵醒了，她就在屋子里嚷起来道：“这么一大早，怎么你们就在院子里开上了会啦？”月容听说，对着两人乱摇两手，而且还努着嘴，二和微笑着点点头，就不再谈了。王傻子进来，对老太敷衍了两句，然后走了出去，却在跨院子门口向二和招了几招手。二和迎出去，他就握着手道：“回头咱们在茶馆子里见。大妹怕老太太不愿你捧角，所以她要瞒着。”二和笑道：“这位姑娘八面玲珑，什么全知道，你可别把她当年轻的小女孩看待了。”王傻子笑道：“也就是这一点子可人心。”二和笑道：“你的傻劲儿又上来啦，怎么可人心三个字，也说了出来？”王傻子笑道：“可我的心要什么紧，可你的心，那才好呢。”他说着这话，昂了头，哈哈大笑走去。二和看着他的背影，也只有摇摇头。

在这日下午四点钟，二和收了车回到家里，将马拴在棚子柱子上喂料，自向四合轩小茶馆里来。隔了玻璃窗子，就听到里面一阵哈哈大笑，接着王傻子在那里叫道：“钱是人的胆，衣是人的毛，没有钱就能办事啦？我一个做皮匠的人，能有多少钱花？我现在有了个主意，大家先捧捧我的场，邀一个二十块钱的会，共邀十个人。每人在这第一次，只凑合两块钱得了。将来谁手头紧，谁先使会，咱们还不好商量哇？又不是白帮忙。再说，我还要请各位听两晚上戏呢，这又挣回去一块多了。这样便宜的事，作了人情，又有乐子，你们再要不干，算骂我是个混蛋。”随了这话，茶馆子里的人，又是一阵哄堂大笑。

二和抢着走了进去，只见王傻子架起一条腿在凳上，手按了小桌上的茶壶，侧了身子坐着，脸上还是红红的，所有茶馆子里的人，全都对他脸上望着。二和走进来，向大家点点头，这就有人道：“别慌，人家正主儿来发。”只这一句，把王傻子的脸更涨红了。可是二和只当没听见，从从容容地在王傻子对面坐下。王傻子不等他开口，先道：“你没来，我就邀过人了。大家在面子上虽没说什么，可是很有点不自然的样子。那意思我也就明白了，说咱们这卖苦力的人，至多花个一毛两毛的到天桥去绕一个弯，哪里能够上大戏馆子捧角去？像咱们这种人，没钱买杂和面儿，向朋友借个块儿八毛的，说一句急难相助，人家不好说什么。现在咱们要学阔人，要一要阔劲，捧起角儿来，人家也没发疯病，谁肯干这事？可是我们已经在月容面前夸过海口了，到了现在，就是这样无声无息地冷销了，以后拿什么脸去见人？所以我就想着，只有自己掏腰包请人听戏，那是最靠得住的事。在座的朋友，有邀过你的会的，也有邀过我的会的，现在咱们俩凑合着，共请十位朋友，凑一个二十块钱的会。以后咱们每月各垫两块会钱，那总没什么，你每月替王姑娘少做一件衣服，我少上两回大酒缸，钱也就省出来了。”二和笑道：“我哪里能够月月替她做衣服？”王傻子站起来，将胸一拍道：“你要遮遮掩掩的，那就归我一个人得了，谁让人家小姑娘叫我一声大哥呢。”他说着，向各个座位上走去，见着人就问：“凑合我一个两块钱的会，你念交情，你就答应了；若是凑合不起来，你也直说，别让我胡指望。”他说着，还是在人家面前，提起茶壶来，斟上一杯茶。大家看了他这样一来，想着钱又不是白扔了，都只好答应下来。

一直问到第三个人头上，挤在墙角上坐的唐得发就问道：“王大哥，你怎么不邀我一角？”王傻子向他望着笑道：“别忙，我慢慢地来，少不了问到你头上来的。”唐得发道：“你别问了，不就是两块钱的一个会吗？交朋友谁也有个你来我往的，你说请些什么人罢，你要请的人，本人不答应，我也替他答应了。”

王傻子听到这话，倒向他望着，有点儿发愣。唐得发道：“我是实话。你想，这件事除了你和丁二哥，还有一位杨五爷，一说起来，是三个人的面子，这点忙还不帮，那不算朋友了。还有哪几位肯会的，现在咱们来一个新鲜玩意儿，举手为号。”他这样一说，把一只铁锤似的手举了起来，随着胸脯向上一挺，那样子是很带劲的。于是这小茶馆子里十来张小桌子边，全有手胳膊伸了起来。唐得发走过来，一手握了二和的手，一手握了王傻子的手，连连地摇撼了两下，笑道：“你瞧，帮忙的可就多了。王大哥说钱是人的胆，咱们这就算走路捡鸡毛凑掸子了。”王傻子道：“他们不是开玩笑吗？”唐得发道：“我已经说了，上你们一个会，就是三个人的面子。现在又加上我唐大个儿，谁不凑热闹，以后别上这四合轩喝茶了。话说明了，你二位有了胆子没有？”只他这一篇话，王傻子做了一个表演，全座又哈哈大笑了。

第八回　一鸣惊人观场皆大悦
十年待字倚榻独清谈

原来王傻子听唐大个儿说有这样的好事，心里快活极了，什么话也不说，对了大家，正正端端地磕下头去。他那磕头的姿势，还是特别地有趣，两手叉着地，十指伸开像鸡脚爪一般，两只鞋底板朝上，头向前栽，两只脚底板向上一翘，像机器一般地非常合拍。

唐得发等他磕到两个头的时候，就把他由地面上拖了起来，笑道："你的傻劲儿又起来了。"王傻子站起来还是弯了腰，将两手摸了自己的膝盖，因道："你想我这人会傻吗？是我怕你们说话不当话，现在磕下头去，瞧你们怎样办。谁要不答应我的话，白领了我一个头，我活折死你们。"唐得发笑道："要是你这个法子可以走得通，我也满市磕头去。"王傻子听了这话，一手抓住唐得发的粗胳臂，瞪了眼道："老唐，那可不行！你骗我磕了头，不给我帮忙，那我就同你拼命。别说你是这么大个儿，就是一丈二尺长的人，我也同你打一架。"他说了这话，两手一同抓住了唐得发的手臂，乱晃了起来。唐得发笑道："像你这样的实心眼儿待人，天神也会感动，我一定凑合着就是了。"王傻子回转头来向二和望着，凝视了一会子，问道："你瞧，怎么样？"二和笑道："唐大哥不会欺咱们的。真要不成，我比你还要卖劲儿，挨家儿地磕仨头去，你瞧好不好？"王傻子道："唐大哥，你听见没有？可别让丁二和到你家去磕头。"在座的茶客，看到他两人这样努力，就都站起来，向他二人解释着，说是无论如何不能失信。王、丁二人看看各人的颜色，料着不会有什么问题，二人就很欢喜地回家去了。

他们要做的第一件事自然是到杨五爷家向月容去报信。第二件事是把各人所要摊的会钱完全收了起来，共是二十块钱，加上自己同二和的份子就是二十四块钱，这一个会虽是丁、王二人共请的，但是二和料着共是十二个人，捧两天场，这些钱，依然是不够。不能让王傻子再出钱，所以他就把钱接了过去，一个人来包办。第三件事是去买两天对号入座的戏票子。

时光一混就到了星期一。这日下午四点钟，王傻子就到四合轩去，把曾经入会的人，都催请了一遍，说人家是唱前几出戏的，务必请早。在这种茶馆子里的人花块儿八毛去正正经经听戏，那可是少有的事。月容现在登台的戏馆子也算二路戏馆子，一年也不轻易地去一回。现在有到戏院子里去寻乐的机会，多听一出戏，多乐一阵子，为什么不早到？所以受了王傻子邀请的各人，全是不曾开锣，就陆续地到了。丁二和是比他们更早到的，买了十盒大哈德门香烟，每个座位前，都放下一包。另是六包瓜子、花生同糖果，在两个座位前放下一份。自坐在最靠近人行路的一个座位上，有客到了，就起来相让。倒让戏馆子里的茶房先注意了起来。这几位朋友，真是诚心来听戏的，全池座里还是空荡荡的，先有这么十二个人拥挤着坐在一堆，这很显着有点刺眼不过。他们自己，以为花钱来听戏，迟早是不至于引人注意的，很自在地坐着。

等到开锣唱过了两出戏，池座里约莫很零落的上了两三成人，这就看到上场门的门帘子一掀，杨五爷口里衔着一杆短短的旱烟袋，在那里伸出半截子身子来，对于戏台下全看了一遍场，然后进去。二和立刻笑容满面地向同座的人道：“她快要上场了，我们先来个门帘彩罢。”大家随了他这话，也全是笑容簇拥上脸，瞪了两眼，对台上望着。王傻子却不同，只管在池座四周看了去，不住地皱着眉头子，因道：“这些听戏的人，不知道全干吗去了，到了这个时候，还没有来。你瞧只有我们这一班人坐得密一点。”二和道：“那当然，前三出戏是没有什么人听的，还不到上座的时候啦。”王傻子道：“是这么着！那我们得和杨五爷商量，把大妹的戏码子向后挪一挪，要不然，她的戏好，没有人瞧见，也是白费劲。”他的议论不曾发表完毕，坐在他身边的人，早是连连地扯了他几下衣襟。当他回转脸来向台上看去，那《六月雪》里的禁婆已经上场了，那杨五爷在门帘里的影子，又透露了出来，及至禁婆叫着窦娥出来，她应声唱着倒板，大家知道是月容上场了，连喊好带鼓掌一齐同发。这时，那门帘子掀开了，月容穿了青衫子，白裙子，手上戴了银光灿烂的锁链，走了出来。她本是瓜子脸儿，这样的脸，擦了红红的脂胭、贴了漆黑的发片越显得像画里的人一样，于是看见的人，又哄隆的一声鼓起掌来。在池座里上客还是很寥落的时候，这样的一群人鼓掌喊好，那声音也非常之洪大，在唱前三出戏的人，有了这样的上场彩，这是很少见的事，所以早来听戏的人，都因而注意起来。加之月容的嗓子很甜，她十分地细心着，唱了起来也十分地入耳。其间一段二簧是杨五爷加意教的，有两句唱得非常好听，因之在王傻子一群人喊好的时候，旁的座上，居然有人相应和了。

在他们前一排的座位上，有两个年轻的人，一个穿灰哔叽西服，一个穿蓝湖绉衬绒夹袍子，全斜靠了椅子背向台上望着。他两人自然是上等看客，每叫一句好，就互相看看，又议论几句，微微地点了两点头，表示着他们对于月容所唱的也是很欣赏。二和在他们身后看得正清楚，心里很是高兴，因对坐在身边的人低声笑道："她准红得起来。前面那两个人，分明是老听戏的，你瞧他们都听得这样够味，她唱得还会含糊吗？"那人也点点头答道："真好。有希望。"二和看看前面那两个人身子向后仰得更厉害了，嘴角里更衔住了一支烟卷，上面青烟直冒，那是显着他们听得入神了，偶然听到那很得意的句子，他们也鼓着两下巴掌。直把这一出戏唱完，月容退场了，王傻子这班人对了下场门鼓掌叫好，那两人也就都随着叫起好。

不多一会子杨五爷缓缓地走到池座里来，这里还有几个空座位，他满脸笑容地就坐下了，对了各人全都点了个头。王傻子道："五爷，这个徒弟，算你收着了。你才教她多少日子，她上得台来，就是这样好的台风。"杨五爷本来离着他远一点的地方坐着，一听说，眉毛先动了，这就坐到靠近的椅子上，伸了头对王傻子低声笑道："这孩子真可人心。初次上台，就是这样一点也不惊慌的，我还是少见。后台的人，异口同声，都说她不错呢。"二和笑道："后台都有这话吗？那可不易，她卸了妆没有？”杨五爷道：“卸了妆了，我也不让她回家，在后台多待一会子，先认识认识人，看看后台的情形，明天来，胆子就壮多了。你们也别走，把戏听完了，比较比较，咱们一块儿回家。”王傻子道：“那自然，我们花了这么些个钱，不易的事，不能随便就走的。”

说着这话时，那前面两个年轻的看客，就回过头来，看了一看。二和眼快，也就看到那位穿西服的，雪白的长方脸儿，架了一副大框眼镜，里面雪白的衬衫和雪白领子，系上了一根花红领带，真是一位翩翩少年，大概是一位大学生吧，在他的西服小口袋里，插了一支自来水笔。幸而他转过脸去是很快，不然，二和要把他面部的直径有多少，都要测量出来了。

杨五爷因为池子里的看客慢慢地来了，自起身向后台去，临走的时候，举了一只手比了一比，随着又是一点头，他那意思就是说回头见了。等到要散戏的时候，五爷事先到池座里招呼，于是大家一同出来，在戏馆子门口相会。月容早在这里，就穿的是二和送的那件青布长夹袍子，脸上的胭脂还没有完全洗掉，在电光下看着，分外地有一种妩媚之感。王傻子笑道：“你瞧，我们今天这么些个人给你捧角，也就够你装面子的了吧？”月容真够机灵，她听了这话并不就向王傻子道谢，对着同来的人，全都是弯腰一鞠躬。杨五爷笑道：“各位，这一鞠躬，可不好受，明天是她的《玉堂春》，还要请各位捧场呢。”大家听了异口同声地说：“明天一定来。”大家说笑着，一同向回家的路上走，快到家了，方才陆续地散去。二和却坚决邀了王傻子一同送月容师徒回家。

月容缓缓地落后，却同二和接近，二和笑道：“你有点走不动了吧？你先时该坐车子回来。”月容低声笑道：“现时还不知道能拿多少戏份哩，马上坐起车来，拿的戏份，也许不够坐车的。”二和道：“可不能那样说，今天你有师傅陪伴着，往后不能天天都有人送你，不坐车还行吗？”月容笑道：“到了那时候再说，也许可以找一辆门口的熟车子，一接一送，一天拉我两趟。”二和道：“可是打明后天起，五爷若是不能陪着你的话你怎么办？”月容道：“我唱完戏不耽误，早点儿回家就是了。”二和道：“冬天来了，你下戏馆子在十点钟以后了，街上就没有了人了，那怎么成呢？”月容低笑道：“要不，我不天黑就上戏馆子，到了晚上，你到戏馆子来接我回去。”二和道：“好哇，你怕我做不到吗？”在前面走的杨五爷就停住了脚问道：“你们商量什么事？”月容走快两步，走到一处来，便答道：“二哥说，要我给他烙馅儿饼吃，我说那倒可以，他得买一斤羊肉，因为还得请请王大哥呢。”二和听了她撒谎很是高兴，高兴得自己的脚步不免跳了两跳。说话之间，已是到了杨五爷门口，五爷一面敲着门，一面回转头来向他们道：“不到里面喝碗水再走吗？”二和道：“夜深了，五爷今天受累了，得休息休息，我也应当回家去睡去了，明天还要早起呢。”他说着，道一声明儿见，就各自分手了。

到了次日晚上，还是原班人物，又到戏馆里去捧了一次场。昨晚的《六月雪》是一出悲剧，还不能让月容尽其所长。这晚的《玉堂春》却是一出喜剧，三堂会审的一场，月容把师傅师母所教给她的本领，尽量地施展出来，每唱一句，脸上就做出一种表情，完全是一种名伶的手法，因之在台下听戏的人，不问是新来的，还是昨晚旧见的，全都喝彩叫好。那戏馆子前后台的主脑人物，也全都得了报告，亲自到池子里来听戏，杨五爷看在眼里，当时只装不知道，到了家里，却告诉月容，叫她第三天的戏更加努力，这样一来，有四天的工夫，戏码就可以挪后两步了，月容听了，心里自然高兴。杨五爷觉得多年不教徒弟，无意中收了这样一个女学生，也算晚年一件得意的事。接着有一个星期，全是他送月容上戏馆子去。戏馆子里就规定了月容唱中轴子，每天暂拿一块钱的戏份。这钱月容并不收下，每日领着，都呈交给师傅，而且戏也加劲地练。每日早上五六点钟，出门喊嗓，喊完了嗓子，大概是七点多钟，就到丁家去同二和娘儿俩弄饭。

这天吊完了嗓子到丁家去叫门，正不到七点，却是叫了很久很久，二和才出来开门。月容进得跨院来，见他直揉着眼睛呢，便笑道：“我今天来得早一点。早上天阴，下了一阵小雨，城墙根下，吊嗓子的人很少，我不敢一个人在那里吊嗓，也就来了，吵了你睡觉了。”二和笑道：“昨天回来晚一点了，回来了，又同我们老太太说了很久的话，今儿早上就贪睡起来了。”月容站在院子里，两手抄抄衣领，又摸了摸鬓发，向二和笑道：“二哥，今晚你别去接我了。一天我有一块钱的戏份，我可以坐车回家了。”二和道：“这个我也知道，我倒不是为了替你省那几个车钱，我觉得接着你回家，一路走着聊聊天，很有个意思，不知不觉地就到了家了。将来你成了名角儿，我不赶马车了，给你当跟包的去。”月容道：“二哥，你干吗这样损人，我真要有那么一天，我能够不报你的大恩吗？”二和道：“我倒不要你报我的大恩，我对你，也谈不上什么恩，不过这一份儿诚心罢了。你要念我这一点诚意，你就让我每天接你一趟。这又不瞒着人的，跟五爷也说过了。”月容笑道：“并不是为了这个。后台那些人，见你这几晚全在后台门外等着我，全问我你是什么人。”二和笑道：“你就说是你二哥得了，要什么紧！”月容将上牙咬了下嘴唇皮，把头低着，答道：“我说是我表哥，他们还要老问，问得我怪不好意思的。”二和笑道：“你为什么不说是二哥，要说是表哥呢？”月容摇摇头道：“你也不像我二哥。”二和道：“这样说，我倒像你表哥吗？”

月容不肯答复这句话，扭转身就向屋子里跑着去了。二和笑道：“这事你不用放在心里，从今晚上起，我在戏馆子外面等着你。”月容在屋子里找着取灯儿劈柴棒子，自向屋檐下笼炉子里的火，二和又走到檐下来，笑道：“你说成不成罢。”月容道：“那更不好了，一来看到的人更多，二来刮风下雨呢？”二和道：“除非是怕看到的人更多，刮风下雨，那没关系。”月容只格格地一笑，没说什么。这些话，可全让在床上的丁老太听到了，因是只管睡早觉，没有起来。二和吃了一点东西，赶马车出去了。

月容到屋子里来扫地，丁老太就醒了，扶着床栏杆坐了起来，问道：“大姑娘，什么时候了？”月容道：“今天可不早，我只管同二哥聊天，忘了进来，给你扫拾屋子。”丁老太道：“我有点头昏，还得躺一会儿。”月容听说，丢了手上的扫帚，抢着过来扶了她躺下，将两个枕头高高地垫着。丁老太叹了一口气道：“我也是想不到，现在得着你这样一个人伺候我。”月容道：“你是享过福的人，现在你就受委屈了。”丁老太道：“你在床沿上坐着，我慢慢地对你说。你说我是享过福的人？我现在想起来是更伤心，还不如以前不享福呢。”月容一面听老太说话，一面端了一盆洗脸水进来，拧了一把手巾，递给丁老太擦脸。丁老太道：“说起来惭愧，我是什么也没剩下，就只这一张铜床。以前我说，就在上面睡一辈子，现在有了你，把这张铜床送给你罢。大姑娘，你什么时候是大喜的日子，这就是我的一份贺礼了。”月容接过了老太手上的手巾子，望着她的脸道：“你干吗说这话，我可怜是个孤人，好容易有了你这么一位老太教训着我，就是我的老娘一样，总得伺候你十年八年的。”丁老太笑道：“孩子话。你今年也十六岁了，伺候我十年，你成了老闺女了。”月容又拧把手巾来，交给她擦脸，老太身子向上伸了一伸，笑道：“我新鲜了，你坐下，咱们娘儿俩谈谈心。”月容接过手巾，把一只瓦痰盂，先放到床前，然后把牙刷子、漱口碗，全交给老太太。她漱完了口，月容把东西归还了原处，才倒了一杯热茶给丁老太，自己一挨身，在床沿上坐下。

丁老太背靠了床栏杆，两手捧了茶杯喝茶，因道：“若是真有你这样一个人伺候我十年，我多么舒服，我死也闭眼了。可是那不能够的，日子太长了，你也该找个归根落叶的地方，你不能一辈子靠你师傅。”月容对老太脸上看了微笑，因道：“唱戏的姑娘，唱到二十多三十岁的，那就多着呢。我们这班子里几个角儿，全都三十挨边，我伺候你十年，就老了吗？而且我愿意唱一辈子戏。”丁老太笑道：“姑娘，你年轻呢，现在你是一片天真，知道什么？将来你大一点，就明白了。不过我同你相处这些日子，我是很喜欢你的。就是你二哥，那傻小子，倒是一片实心眼儿，往后呢，总也是你一个帮手。不过你唱红了，可别忘了我娘儿俩。”老太说到这句话，嗓音可有点哽，她的双目，虽是不能睁开，可是只瞧她脸上带一点惨容，那月容就知道她心里动了命苦的念头，便道：“你放心，我说伺候你十年，一定伺候你十年。慢说唱不红，就是唱红了，还不是你同二哥把我提拔起来的吗？”丁老太听了这话，忽然有一种什么感触似的，一个转身过来，就两手同将月容的手握住，很久没说出话来，她那感触是很深很深了。

第九回　闲话动芳心情俦暗许
蹑踪偷艳影秀士惊逢

王月容虽然很聪明，究竟是个小姑娘，丁老太突然地将她的手握住，她倒是有点发呆，不知要怎样来答话才好。丁老太耳里没有听到她说话，就伸手摸摸她的头发道：“姑娘，你是没有知道我的身世。”说着，放了手，叹上一口气。月容接过了她的茶杯，又扶着她下床，笑道：“一个人躺在床上，就爱想心事的，你别躺着了，到外面屋子里坐着透透空气罢。”丁老太道：“我这双目不明的人，只要没有人同我说话，我就会想心事的，哪用在炕上躺着！往日二和出去做买卖去了，我就常摸索着到外面院子里去找大家谈谈，要不然，把我一个人扔到家里，我要不想心事，哪里还有别的事做。自从你到我家里来了，我不用下床，就有人同我谈话，我就心宽得多了。”

说着这话，两人全走到外面屋子里来，月容将她扶到桌边椅上坐着，又斟了一杯热茶送到她面前，笑道：“老太，你再喝两口茶，我扫地去。”丁老太手上捧了茶杯，耳听到里面屋子里扫地声、叠被声、归拾桌上物件声，便仰了脸向着里面道：“一大早的，你就这样同我做事，我真是不过意。孩子，别说你答应照看我十年，你就是照看我三年两载的，我死也闭眼了。”月容已是收拾着到了外面屋子里来，因道：“老太，你别思前想后的了。二哥那样诚实的人，总有一天会发财的。假如我有那样一天唱红了，我一定也要供养你的，你老发愁干什么？”丁老太微摆着头道：“姑娘，你不知道我。我发什么愁？我没有饭吃的时候，随时全可以自了。我现在想的心事，就是不服这口气。你别瞧这破屋子里就是我娘儿俩，我家里人可多着啦。你瞧，你二哥又没个哥哥在跟前，怎么我叫他二和呢？”月容将一只绿瓦盆放在桌子上，两手伸在盆里头和面，笑道：“我心里就搁着这样一句话，还没有问出来呢？”丁老太道：“我还有一个大儿子，不过不是我生的。你猜二和有几兄弟？他有男女七个弟兄呢，这些人以前全比二和好，可是现在听说有不如二和的了。”说着，手向正面墙上一指道：“你瞧相片上，那个穿军装的老爷子，他有八个太太，实不相瞒，我是个四房。除了我这个老实人没搜着钱，谁人手上不是一二十万。可是这些钱把人就害苦了，男的吃喝嫖赌，女的嫖赌吃喝，把钱花光不算，还做了不少的恶事。”月容笑道：“你也形容过分一点，女人哪里会嫖？”丁老太将脸上的皱纹起着，发出了一片苦笑，微点了头道：“这就是我说的无恶不作。不过我自己也不好，假使把当时积蓄的钱，留着慢慢地用，虽不能像他们那样阔，过一辈子清茶淡饭的日子，那是可以的。不想我也是一时糊涂，把银行里的存款，当自来水一样用。唉，我自己花光，我自己吃苦，那不算什么，只是苦了你二哥，把他念书的钱，也都花了。”

月容听了，将两手只管揉搓着湿面粉，并没有说别的。丁老太只听到那桌子全体摇动之声，可以知道月容搓面用的手劲，是如何地沉着。大家是沉默了很久的工夫，月容忽然道：“老太，你别伤心，将来我有一天能挣大钱的时候，我准替二哥拿出一点本钱，给他做别的容易挣大钱的生意。到那个时候，您老太自然可以舒舒适适地过日子了。”丁老太道：“到那个时候，只怕你对二和看不上眼。”月容道：“老太，我是那种人吗？再说，我和二哥就不错。”她猛地说出了这句话，很觉得是收不回来，而且整句的话都已说完，也无从改口，只好加紧地去和面。好在丁老太是双目不明的人，纵然红了脸，她也不会看到，这倒减少了两分难为情。可是丁老太虽看不见她，心里好像也很明白，只管笑着。这样一来，两个人都透着不好开口了，把这一段谈话，就告一结束。

月容今天是替他娘儿俩烙饼吃，菜是炒韭菜绿豆芽儿。这两样，都是要吃热的，她看着院子里的太阳影子，知道二和是快要回来了，这就立刻在屋檐下做起来。果然，不多大一会子，二和大开着步子，走进院子里来了。他站在院子中心，就把鼻子尖耸了两耸，笑道：“好香好香，中饭吃什么？”月容道：“韭菜炒绿豆芽儿，就烙饼吃，你瞧好不好？”二和道：“烙饼我很爱吃，最好是摊两个鸡蛋。”月容打开桌子抽屉，两手拿了四个鸡蛋，高高地举着，笑道：“这是什么？”二和笑道：“你真想得到，谢谢，谢谢。”月容笑道：“可不是要谢谢吗？这鸡蛋还是我掏钱买的呢。”二和道：“这就是你的不对了，到我这里来做饭，已经是让你受了累，还要你掏钱，那就更没有道理了。”月容道：“咱们还讲个什么道理吗？”

丁老太在屋子里道：“二和，你还不知道呢，她的心眼，可好着呢。她说了，她……”月容在屋檐下跳着脚，叫起来道：“老太，你可别乱说，你要说，我就急了。”说着还不算，一口气地跑到屋子里来，站在老太面前，还伸手摇撼着她的身体。丁老太笑道：“我不说就是了，你急什么？”月容把身子连连地扭了两扭，笑道：“哼哼，你不能说的，你要说了，我不摊鸡蛋给你吃。”二和也跟着进来了，笑道：“妈，你得说，你不说，我也急了。”丁老太笑道：“你也急了，你急了活该。”月容向二和看着，笑着点了两点头。二和道：“妈，她不让你说，你别全说，告诉我一点点，行不行？”月容又摇撼着老太的手和胳膊，笑道：“别说，别说。”丁老太道：“你们再要闹，我也急了，就不怕我急吗？她也没说别的什么，就是说要做了角儿的话，可以帮助你一笔本钱。”二和向月容笑道：“这话……”月容不等他把话说完，扭转身子，就跑了出去了。二和还不死心，依然站在屋子里，向丁老太望着道：“妈，你为什么不告诉我，我想，还不止这么些个话。”丁老太笑骂道：“别胡搅了，这么老大个子，你再要胡闹，我大耳刮子打你。”二和听说，只好笑着走出来了。月容已是在炉子边摊鸡蛋，手上拿起铁勺子，向二和连连点了几点，低低地道：“该，挨骂了吧？”二和轻轻地走到她身边，笑着还不曾开口，月容便大声道：“二哥，饼烙得了，你端了去吃罢。”二和笑着把手点点她，只好把小桌子上碟子里几张新烙得的饼，端到里面去。虽是他心里所要说的两句话，未曾说了出来，然而心里却是十分感着痛快，把饼同菜陆续地向桌上端着，口里还嘘嘘地吹着歌子。

大家围着桌子吃饭的时候，月容见他老是在脸上带了笑容，便道：“二哥，你是怎么了？今天老是乐。”二和道：“我为什么不乐呢？你快成红角儿了，听说你的戏码子，又要向后挪一步，是有这话吗？”月容道：“你怎会知道的？”二和道：“这样好的消息，你不告诉我，难道别人也不告诉我吗？”月容道：“这事定是我师傅告诉你的。因为再挪下去，就是倒第三了，我想着，不会那样容易办到，所以没有敢同你说。”二和道：“怕办不到，就不同我说吗？”月容笑道：“你的嘴最是不稳，假如我告诉了你，你给我嚷嚷出去了，我又做不到那件事，你瞧我多么寒碜。”二和道：“怎么突然地提到了这件事上来的呢。”月容道：“就因为池子里有几个老主顾，给馆子里去信，说是他们老为着我的戏码太前了，要老早地赶了来，耽误了别的正事。希望把我的戏码挪后一点，他们好天天全赶得上。师傅说，这事可是可以的，不过我的戏太少了，几天就得打来回，戏码在后面怕压不住，那究竟不妥当。”二和道：“杨五爷这就叫小心过分，唱戏的就怕的是戏码不能挪后，既是有了这机会，那就唱了再说。”月容笑道：“爬得太快了我有点儿害怕，还是一步一步地向前走着的好。”丁老太笑道：“这样看起来，你是真会红起来，你所说的，就是一个做红角儿的人说的话。”月容听了，对二和微笑。

二和正夹一大筷子韭菜炒豆芽放到半张烙饼上，把烙饼一卷，卷成了一个筒子，放到嘴里去咀嚼着，笑得眼睛成了一条缝，只管对了月容望着。月容被他看了个目不转睛，有点不好意思，却夹了一丝韭菜，向二和这边摔了过来，不偏不斜地正摔在他眼睛皮上。二和放下筷子，用手去揭，笑得月容将身子一扭，两手按了肚皮，弯了腰就向房门外头跑，然后蹲在走廊上轻轻地叫着哎哟。二和大步子赶了出来，一手握了月容的一只手，一手作了猴拳，伸到嘴里去呵气，正待向月容肋窝里去咯吱时，那丁老太坐在桌子边，两手按住了桌子，半扬着脸子，向院子里望着，问道：“二和，你们干什么？放了饭不吃，跑到院子里去。”二和只得放了手，向月容伸一伸舌头，月容道：“院子里来了一只小花猫，我想把它捉住。”丁老太道：“吃饭罢，别淘气了。”二和同月容，这才暗笑进来，把一餐饭吃了过去。

等二和二次出门赶马车去了，月容同丁老太坐着闲谈。丁老太道：“二和那孩子傻气，刚才碰疼了你没有？”月容笑道：“我不是豆腐做的，哪里就会碰疼了？哟，你怎么知道？”丁老太笑道：“你别瞧我双目不明，在我面前有什么事，我也会知道的。”月容笑道：“老太做长辈的人，也同我们小孩子开玩笑了。”丁老太道：“开玩笑要什么紧，只要你们俩和和气气的，我心里就十分地痛快。我也不是别的什么意思，我就是说，你们俩，要过得像亲兄妹一样，那才好呢。”月容拖着老太一只袖子，连连摇撼了两下，鼻子里哼着道：“您别那么说，那么说不好。”丁老太道：“那要怎么说呢？”月容笑道：“要说咱们像亲娘儿俩，那才亲热呢。”丁老太呵呵笑道：“这孩子说话，绕上一个大弯，我还不知道你要这样地说呢，原来是说这个。”月容随着笑了一阵，因站起来，握了老太的手，叫道：“老娘，你今天乐了，回头又该不乐了，我有一句话，想说出口，又不好说。”老太不免反握住了她的手道：“什么呢？你说呀，你有什么委屈吗？”月容道：“那倒不是，今天不是礼拜六吗？白天有戏，我该去了。”丁老太笑道：“这孩子吓我一跳。你有正事，当然要去，干吗说我不乐意呢？”月容道：“我走了，你怪寂寞的。”丁老太道：“那不要紧，我到田大嫂子家里聊天去。”月容道：“就是大院子里，住西边厢房的那一家吗？”丁老太道：“是的。你同她交谈过吗？她姑嫂俩全挺和气的。”月容道：“你说的，刚刚同我的意思相反。那位二十来岁的姑娘，见着我就瞪大一双眼，闹得我进进出出，全不敢向他们那边望着。”丁老太笑道：“别多心了，人家全因你长得好看，多望着你两眼，你还有什么和他们过不去的吗？”月容道：“我也是这样想的，回头你见着她，可别提起这话。”丁老太道：“我提这话干什么，孩子，我比你知道的还多着呢。”月容道：“那么我去了。下了馆子，我再到这儿来做晚饭。”丁老太道：“你要忙不过来，就别来了，二和回来早了，他自个儿会做。回来晚了，随便买一点儿吃的就得了。”月容道：“我一定赶了来的，叫二哥等着罢。”

说着这话，她已是走到了院子里了。这并非她偶然地跑起来，因为哄咚一声的午炮声，已经引起了她的注意了，戏馆子里，一点钟就开戏，她还要到师傅那里去，预备好了行头，总要到两点钟才能到戏馆子去。唱中轴子的人，四点钟以前，必得上台，自己是不能再耽误的了。她匆匆忙地走出来，恰是看不到人力车，只好走出胡同口去。

约莫走了七八家门首，却听到后面一阵很乱的脚步声，直抢了过来。一个女孩子在街上走路，本来不应当随便回头，可是这脚步声太刺激人，不由得月容不回头看去。见其间有两位穿蓝布大褂的，一个穿灰色西服的，一个穿西服裤子枣红色运动衣的，所有头上的帽子，全是微歪地戴着，只凭这一点，可以知道他们全是学生。心里想着他们也未必是和自己开玩笑的，自己走自己的路，不必理他们了，因之掉过脸去，自低了头走路。其中两人互相问答，一个道："杨老板也可以说是挑帘儿红，才多少日子？"一个道："人家不姓杨，杨是从她师傅的姓。她姓丁。"另一个道："你怎么知道她姓丁呢？"那一个答道："怎么不知道？每天有一个姓丁的大个儿，在门口接她，那是她二哥。你想，不姓丁姓什么？"月容长了这么大，还是不曾被人追求过，现在有四个人盯着她，她倒不知要怎么是好。赶快地走出了胡同口，看到有辆人力车停在路边，只说了地点，并不说价钱就让车夫拖着走了。在车子上，还听到后面一阵哈哈的笑声，有人还大喊着道："要什么紧，我们全是捧角儿的。"月容觉得车子拉远了，可以回头看看他们的行动，不想这样一回头，立刻就引起了他们一阵鼓掌大笑，那个穿运动衣的，还叫了一声"好吗"，活是天津的流氓口吻。

月容在戏馆子里，已唱了这些日子的戏，对于一班青年捧角儿家的行为也知道一点，他们虽是在大街上这样地公然侮辱，可是也得罪他们不得的，只好忍住一口气。到了杨五爷家门口，回头看了，并没有这些类似的人，付了车钱自进门去。可是杨五爷有事，已经把她要用的行头带到戏馆子里去了。自己喝了一口茶，又抹了一点粉，然后从从容容地向戏馆子走来。本来以现在每月的收入，坐着车子到戏馆里去，那是可以胜任的，但是这家门口的车子，总以为熟人的关系，多多地要钱，因此总是走远一点的路，坐了生车子走，今天自然也照往常一样，到胡同口上雇车。不想还没有到胡同口上，后面就窸窸窣窣地有了脚步声，月容想到刚才在二和门口的事，就知道是那班人追来了，心里扑扑地跳着，就赶快地走。但是走了十几步，心里忽然想到，在家门口，我怕什么，回家去叫一个人出来，他们自然吓跑了。于是一回身，待要回去，还不曾开步走，就听到哈哈一片笑声，看时，正是先遇着的那几个人，在胡同中间，一字排开。那个穿西服的，手里正捧了一个相匣，对了人举着。穿运动衣的道：“喂，老吴，得了吗？”穿西服的一摆脑袋，表示得意的样子，笑道：“得啦，得了两张，总有一张可用，阳光很足，我用百分之一秒的。”月容听了这话不由得脸红破了，要往家里走，怕是冲不破他们的阵线，要向戏馆子里走，怕他们老跟着。于是把脸子一板，瞪了眼道：“青天白日的，你们这是干吗！我叫巡警了。”那个穿运动衣的道：“杨老板，你干吗生气？我们天天在前四排捧场，多少有点儿交情。也是透着面生一点，没有敢当面请你赐一张玉照，偷偷儿地，跟了你大半天，想照一张相，这已经是十分地客气了，你还说什么？”他口里说着，手就取下帽子，挥绕着半个圈子，然后一鞠躬。那两个穿蓝布褂子的，笑嘻嘻地道：“呵，真客气。”他们不只是口里说着，而且也缓缓地走了过来，将她包围着。月容本待嚷出来，可是想到一嚷之后，不免有许多人来看热闹，那更是难为情，便扭转了头，连连地蹬了脚道：“你们这是干吗！你们这是干吗！”那四个人也不言，只管笑嘻嘻地围拢上来。

月容又害羞又害怕，脊梁上阵阵地冒着热汗，耳根也都发着烧热。自己正不知道要如何是好，忽听得身后有人道：“喂，你们太冒昧了，有这样子对付女士的吗？”月容回头看时，一个穿了浅灰哔叽夹袍子，一点皱纹也没有，长方脸儿，戴了一副大框眼镜，浅灰丝绒的盆式帽，绕了浅蓝帽箍，二十来岁年纪，一副斯文样儿。看他穿了紫色皮鞋，衣襟上挂了一支自来水笔，那可以知道他也是一位学生。他走近了，揭了帽子，点了一点头，露出他乌光的向后梳拢的头发。这更认得他就是每天在池子里第三排捧场的看客，而且也听到人说过，他姓宋呢。怪了，怎么他也会在这里呢。

第十回　难遏少年心秋波暗逗　不忘前日约雨夜还来

那一个少年，是由何而来，月容却不知道，不过他恰好会在这样难解难分的时候突然地出现，这却是可奇怪的事，难得他倒不是帮助那四个人的。因之月容胆子放大了一些，板了脸道：“我就站在这儿，青天白日的，你们能把我怎么样？”那少年对包围的四个人笑道：“吓，你们的意思，要怎么样？是要杨老板签名呢，还是要请杨老板去吃小馆子呢，还是要当面烦杨老板的什么戏呢？”那西服少年笑答道：“这三样猜得都不对。我们跟在杨老板后面，转了半天，偷着照了两张相，现在这相片已经照过了，我们也就想什么得着什么了。”少年道：“既然如此，你们可以走了。大街上你们围着人家干什么？不讲一点面子！”那几个人对少年笑笑，慢慢地向后退着，越退越远，也就走开了。

月容在他们还没有退出胡同口外去的时候，自己还是呆呆地站在原地方，不肯走开。她不走，那少年也不走，两人静静地对立着。月容约莫站了五分钟的时候，自己颇感到有点不好意思，于是向少年点了两点头道：“劳你驾了，你请便罢。”那少年笑道：“杨老板，不是我多事，我是一个捧你的人，不能看着你吃人家的亏。现在这四位先生，看到我在这里，虽然走了，可是他们是真走是假走，那还不得而知。若是他们没有走远，在胡同口外等着你，你走了出去，又要受他们的包围。依着我的意思，我一直送到你戏馆子门口去。”月容道：“那不敢当，我回家去找一个人来送我就得了。”少年笑道：“这事闹得你师傅知道了，也许他不谅解，反而会怪你的。我现在就是到戏馆子里去听戏，本来同路。杨老板若是觉得同一路走，有什么不便的话，雇两辆车，你的车在前，我的车在后，这么着走，你也不会有什么不便。倘若他们看到了呢，有我在后面，他们准不敢胡闹。若是杨老板怕到了戏馆子门口，先后下车，又觉得不妥当，那也成，我不到戏馆子门口先下车，还不行吗？”

月容听他说得这样地婉转，完全是一番好意，不免站着低头静静儿地想了一会子，自然是不能立刻拒绝那少年的话。少年笑道：“不用想了，我说的这个办法，那是最便于你的，你还有什么不满意吗？洋车！”他将一篇话交代之后，立刻昂起头来，向胡同口上叫人力车，随着这叫唤声，有好几辆车子拖了过来。那少年掏出四张毛票。挑着两个壮健些的车夫，一人给了两毛钱，说明地点，就让月容上车。月容看到他那样大方，车钱已经付过了，若是不坐上车去，倒让人家面子上过不去，这就在脸上带了一分羞意的当儿低着头，坐上车子去了。在车上果然遇到先前那四个人，还在路上走着，回过头来，看到那少年的车子在后面，就有一个人笑道：“吓，有保镖啦。”仅仅只说了这句俏皮话，车子就过去了。到了戏馆子门口回头看时，那少年果然已在老远的地方下了车。心里这就想着：这个人倒是好人。

到了后台。杨五爷口里衔了一支卷烟，正与几个人谈话，看到了她，便招招手叫她过去。月容也不知道为了什么缘故，心里头只是扑扑地跳上一阵，慢慢儿地走过来的时候，仿佛耳朵根子上都有点发烧，因此远远儿地在师傅面前站着。杨五爷道：“脸上红红的，额头上还流着汗呢，你怎么啦？”月容笑道：“不怎么，我听说师傅已经上了馆子，我就赶着来了，我真怕误了事。”杨五爷道：“我看你进门来，东张西望，只管喘气，以为有了什么事呢。今天这出《宝莲灯》还是初露，身段你都记清楚了吗？”月容笑道：“那没有错。”杨五爷道：“你同李老板对对词儿，别临时出岔子。”

正说着，唱须生的李小芬正走了过来，她完全是个男子妆扮，湖绉袍子上套了青花毛葛坎肩，戴了深蓝色的丝绒帽子。杨五爷便起身向她点个头儿，笑道：“李老板，月容今儿同你配《宝莲灯》，她是初露，你携带携带一点儿。”李小芬笑道：“五爷，你说这话，我倒怪不好意思的了，月容和我不让，她很有希望，我还说和她拜把子啦。”说着这话，就拍了两拍月容的肩膀。杨五爷道：“那就很好啦。唱青衣衫子的，短不了和老生在一块儿，要是把子，彼此总有个关照，那就好得多了。同你配戏，借借你的光，将来捧你的人，也顺便可以叫她几个好儿。”李小芬笑道：“这个你是倒说着吧？我们杨老板上场，叫她好儿的人，还会少着吗？”说时，又伸手拍拍月容的肩膀，接着道：“在第三五排的桌边椅子角上，那里就有一群人，是专捧她来的。”月容道：“小芬姐你干吗损我呀。”小芬笑道：“本来嘛！”她说着这话，就把月容一只手，拖到上场门的门帘子下，把帘子掀起了一条缝，在缝里向外张望着，却反过一只手来，向月容连连招了几招，笑道：“喂，你来，你来，你来瞧。”月容也不知道有什么要紧的事，就依了她的招呼，跑到她身后去。那门帘子的缝，让小芬缩得更小了，将一个手指，微微向外指着道：“你看那个穿蓝夹袍子梳背头的。”月容看时，正是今天援助自己的那个少年，便退后一步道：“瞧他干什么？”小芬这才回转身来向她道：“这小子在这里听了半年的戏，头里是无所谓的，瞧他高兴，爱叫谁的好，就叫谁的好。可是自得你露了以后，他就专捧你。”小芬与月容相距不远，场面上又打着家伙，她低着声音说话，却不会让别人听到。月容红了脸道：“我够不上那资格。”只说了这句，把头都要低到怀里去，那两块脸腮上的红晕，差不多红到颈脖子上去。小芬笑道：“没出息，这要什么紧，唱戏的人，谁没有人捧呀？没人捧还想红吗？只说这么一句话，也犯不上羞到这个样儿。”月容一扭头道：“时候到啦，该去扮戏了。”小芬在坎肩袋里摸出金表看看，这才依了她的话，去扮戏。

《宝莲灯》这出戏，是老生在台上唱过一场之后，青衣才唱了出台的。李小芬在台上唱的时候，月容是在上场门后门帘子里听着的，虽然也有两阵好声，不十分热闹。到门帘一掀，自己走出来的时候，便是鼓掌声与喊好声，一齐同发，而好声最烈的所在，就是第三四排里。月容得着这样热烈的彩声，想起小芬的话，大概是不错，情不自禁地就向那东边犄角上飞了一眼，意思是要侦察这些人，哪一个鼓掌最有劲。不料这竟是有电流同样的效率，待她的眼珠由池子东边转到台上本身来以后，那边就轰雷似的叫将起来。

在后台的杨五爷也就赶快地走到上场门，掀开了一条门帘缝，悄悄地就向外面看了来，月容偶然一回头看到，自己就加了一番镇定，把全副精神都贯注到戏上，尽管那东犄角好声震天，自己也不再去偷看。到了自己要回后台了，这出戏算是累了过去，无须慎重。当那刘彦昌正拉着儿子秋儿，要向秦府去偿命，月容拖了孩子跑在台板上向台里走，正对东犄角有一个亮相，却看到那个少年正瞪了两眼，向自己望着，巴掌是双双地放在胸前，极力地在拍。同时也就看到他那左右前后，全是些二十上下的少年。

到了后台，小芬两手取下脸上挂的胡子，第一句话就笑着问道："我说的怎么样？那些人全是捧你的吧？"月容微笑道："理他干什么！他们是瞎起哄。"一位扮小丑的宋小五，正由面前经过，她打了粉白鼻子，眼睛上画了许多鱼尾纹，嘴唇上还画了一道黑线，偏了头，两颗乌眼珠，在白粉里转着，向月容望了笑道："小姑娘，你知道什么？捧角儿的人，就是起哄，起哄就是捧角儿呀。"她身穿了一件黄布衫子，由大袖子里伸出一只黄瘦的手来，在她肩上连连地拍了两下，笑道："抖起来别忘了我。"月容笑道："宋大姐，干吗拿我们小可怜儿来开心。"宋小五笑道："别叫我宋大姐，叫叫宋大爷罢，好孩子，你要学会了这一手，你准能发财。那位宋大爷，真是一位大爷，我听说，他家是在上海开银行的，有的是子儿。"杨五爷背了两手，正慢慢地踱了过来，将眼睛瞪着道："小五，你干吗和她小孩子要贫嘴。凭我杨五爷的面子，你不携带携带她，也就罢了，还当着这些人开玩笑呢！"小五伸了一伸舌头自走了。

杨五爷对月容道："今天这出《宝莲灯》，你总算没砸，还有一两处小毛病，回家我同你说一说，下次改过来就是了，你去卸妆罢，我有点儿事，暂不回家，不等你了，行头你自己带回去。"月容只管答应是，想把今天所遇到的事告诉他，他已经转身走开了。她觉得那些人，也不会老盯着的，自去卸妆洗脸，想到同丁老太有约会的，晚半天还要去，自己提了个行头包袱，匆匆地走出戏馆子来。

门口停着的人力车，见她拿有一个包袱，车钱又要得多些。她不服这口气，提起包袱，只管走着，走过四五家店面，就遇到那个姓宋的，另同着两个青年，站在一家大店铺的门口。这本来是捧角儿家的常态，在戏馆子附近站着，等候所捧的角儿出来，俗名叫做排班。月容因为让街上的车子，紧挨着店铺的屋檐下走，正是在那人面前挨身而过，因之低头走过去，只当没有看见。不过在没有到他身边的时候，怕他们不肯让路，曾很快地转着眼睛，在他身上瞟了一下。他们虽是排班，倒还正正经经地站着，并没有什么举动。等她走过去了，就一同在后面跟着彼此问答，听到那姓宋的少年道："星期一晚上，杨老板《贺后骂殿》，还是初露，我们多邀几个人来捧场，好不好？"那其余两个人道："一定来，一定来！而且还要表示出来，咱们是为杨老板来的，那才有劲。"月容虽觉得他们的话，是故意传送过来的，但那些话并没有恶意，因之还不急于要坐车，只管在大街人行道上走着，听他们所说的结果。

走尽了一条大街，人行道上行人已是稀少些，月容听不到身后有什么闲言闲语了，这才将包袱放在人家店铺外的阶沿石上，站定了，透过一口气，回转头来看了一看，就在这时，倒吓了一跳。那姓宋的笑嘻嘻地，站在面前，相距还不到三尺远。他因月容回转头来，就抬上手扶着帽边沿，深深地点了一个头，笑道："杨老板，你提不动了吧？我给你提一截路，好不好？"月容看他同路的二位，已是不见，本待要笑出来，却极力地板住了面孔，微摇着头道："不用劳驾。"那少年笑道："我反正知道杨老板府上的，你还怕雇车漏了消息吗？"月容看看他这嬉皮赖脸的样子，只是微欠了身子，向人发笑，说话之间，已是向前走来了大半步。所幸身后这店铺，是家大绸缎庄，在柜台外，还套了一所大玻璃棚的穿堂，要不然，这些话，让他们店伙听到怪难为情的。因之两道眉毛头子皱了皱，大声叫着车子，就用这种声音，来震慑那人，而且把眼睛向他瞪着。他微笑道："别急，我不送得啦。你记着，后天晚上，我要特别捧场，那一天要赏面子，对我们叫好的朋友，打个'回电'，这没有什么，哪个唱红了的人，没有这样一手？叫人捧场，能让人家白白地捧场吗？"月容没有理他，依然继续地叫车子，就在这个时候，有一辆车子拖过来，她还是不讲价钱，跳上车去走了。

到了星期一这天，恰好这班子里的名青衣台柱子吴艳琴请假，因之唱压轴子的角儿，推着唱大轴子，唱倒第三的角儿，唱压轴子。这晚的《贺后骂殿》，还是月容同李小芬两人配合。月容心里也就想着，凭着自己初上台的一个角儿，无论人家怎么样好，是唱不到压轴子这种地位，今天无意中得了这样一个机会，是绝对不能轻易放过的。她这样想着，上午就没有到丁家去，只是在家吊嗓。到了下午，以为可以到丁家去打一个招呼了，偏是天气阴沉着，下起雨来，月容不由得撅了嘴，闷坐屋角里。

杨五奶奶看到便笑道："我知道你心里那一点毛病，好容易得一个唱压轴子的机会，又要回戏了。"月容两手放在怀里，互相抚弄着，撅了嘴道："谁说不是？"杨五奶奶道："我告诉你一个好消息，不回戏了。刚才我打电话去问过，戏馆里已经卖掉了两百多张票，还卖了三个包厢，把吴艳琴的戏份刨消，馆子里已经够开销的了。"月容道："下雨的天，买了票的人，也不会去。"杨五奶奶道："那你管他呢，买了票不来，那活该不来。"月容身子一扭道："唱一回压轴子，总也让人看到才有意思。"杨五奶奶笑道："你这孩子，也好名太甚。"月容听到师母这样批评着，不说什么。

也是自己不放心，吃过晚饭，就带了行头，坐车向馆子里去。那雨竟是天扫人的兴，更是哗啦哗啦，陆续地下着。月容放下行头包袱，第一件，就是到上场门去，掀开一线门帘子缝，向外张望着，池子里零零落落地坐着很少的看客，电光照着一排一排的空椅子，十分萧条。果然不出自己所料，但是第三四排东角上，却很密地坐了二三十位老客。虽然那位姓宋的少年还没有到，认得这些人全是他的朋友，料着他也会来的，这把今天一天的心事，全都解除。

手牵了门帘，掩了半边脸正出着神，肩膀上忽然有人轻轻地拍了两下。回头看时，便是今天移着唱大轴子的刘春亭，便笑道："你今天干吗来得这样早？"刘春亭道："你还不知道吗？艳琴同前后台全闹别扭，她不来不要紧，小芬也请了假，这样子是非逼得今晚上回戏不可。那意思说，没有她俩就不成。刚才李二爷把我先找了来，商量着，你先唱《起解》，我还唱《卖马》，回头咱们再唱《骂殿》。本来我是不唱《骂殿》的，可是为了给艳琴点手段瞧瞧，我就同你配这一回，你干不干？”月容比着短袖子，连连作揖笑道：“你这样抬举我，我还有不干的吗？可是《卖马》下来，就赶《骂殿》，这时头没有过场，恐怕你赶不及。再说我《起解》的衣服同鱼枷，全在家里没拿来。”刘春亭道：“那没关系，我唱在你头里，也可以的。我就是这样想，要帮人家的忙，就帮个痛快。”这话没说完身后就有人道：“若是这样子办，我保今晚上没问题。”月容看时，正是这馆子里最有权威的头儿李二爷。他扛起两只灰夹袍的瘦肩膀，两手捧了一杆短旱烟袋直奉揖，伸了尖下巴笑道：“我先贴一张报单出去试试，假如这百十个座儿不起哄，就这样办了。我认得，这里面有一大半熟主顾。”月容微笑着，也没说什么。不到二十分钟，东边看楼的包厢外面，就在栏杆上贴了几张三尺长的大纸，上面写着：

今晚吴、李二艺员请假，本社特商请刘、杨二艺员同演双出，除刘艺员演《卖马》，并与杨艺员合演《骂殿》外，杨艺员月容加演《女起解》一出，以答诸君冒雨惠临之盛意。

这报条贴出来以后，听到那台下的掌声震天震地地响着，尤其是那西边包厢里，有人大声喊道：“今天算来着了！”月容原来没有留意到包厢里去，这时在门缝子里向楼上张望着，果然那位姓宋的同了几位穿长袍马褂的，高坐在那里。他那一排三座包厢，都已坐满了人，他是坐在中间一个包厢里的，同左右两边的人，不住地打招呼说话。显然是这三个包厢，全是他一人请来的了。前天他说是来捧场的，果然来了，而且不是小捧，除了散座，还定有包厢，假使自己今天不唱，那未免辜负人家一番好意了。

她如此想着，自然是十分地高兴。在大雨淋漓的时候，馆子里也派了人到杨五爷家去，将她大起解的行头取了来。当她结束登场的时候，门帘子一掀，不先不后，正对了她向台下的一个亮相共同地发了一声好。楼上下虽只有百十来个人，可是这百十来个人，很少闲着的，全是拿起巴掌，噼噼啪啪地鼓着。差不多月容唱一句，台下便有一阵掌声，尤其坐在三个包厢里的人，那掌声来得猛烈清脆。等月容下场了，换了刘春亭上去，第一就没有碰头好，第二偶然一两阵叫好，也不怎样地猛烈。月容心里头这就十分地明白，今天到场的人，完全是捧自己的了。

第十一回　甘冒雨淋漓驱车送艳　不妨灯掩映举袖藏羞

这晚上，戏馆子看戏的人，尽管是很少，空气可十分紧张，连后台的这些人，都瞪了两只眼，向月容看着，觉得她这样出风头，实在是出乎意料的事。月容越是见人望着她，越是精神抖擞，笑嘻嘻地在后台扮戏，虽然，那窗户玻璃上的雨水，倒下来似的，但也不听到雨声。

到了《贺后骂殿》这出戏该上场了，自己穿妥了衣服，站在上场门口，尽等出场。见到小丑宋小五，斜衔了一支烟卷，两手环抱在胸前，斜对人望着，便伸手道："宋大姐，给支烟我抽抽，行不行？"宋小五口里连说着："有，有，有。"一手按了衣襟，一手便到怀里摸索着去，立刻掏出一盒烟卷来，抽出一根，两手恭递着送到月容嘴里衔着，笑道："取灯儿我也有。"说着，把烟卷揣了进去，抬起一只腿来，将腰就着手，在口袋里再摸出一盒火柴来，这就擦了一根火柴，弯腰递上。月容倒是不客气，就了火吸着，因道："我明天请你。"宋小五笑道："我前天说的话怎么样？还是那位宋大爷不错吧？我看这池子里的人，就有三分之二是他拉来的客，楼上三个包厢，就更不用提了。他在这戏园子里听了一年的戏，谁也捧过一阵子，可只有这次捧你上劲。"月容喷出一口烟来，将眼睛斜瞟了她道："老大姐，干吗又同我开玩笑？"宋小五顿脚道："你这话真会气死人，我报告你实在的话，你说我同你开玩笑！"月容道："今天这么大雨，倒想不着还有人听戏。哟，打上啦，我该上场了。"说着，把烟卷扔在地上，把扮好了站在面前的两个皇子，一手抓住了一个，就向帘子外走去。

宋小五站在一边，对了门帘子外出神，早是哄天一声的“好”叫了出来。那位场门打帘子的粗男人，摇摇头说：“新出屉的馒头，瞧这股子热哄劲儿。”小五道：“就瞧她今天这样子，已经抬起身价不少了。下辈子投胎，和阎王老子拼命，也得求他给个好脑袋瓜。”打帘子的人，听到她有些不好的批评意味了，不敢插言。这宋小五也不知有什么感想，月容在外面唱一出戏，她就在上场门后，听一出戏。果然台下的叫好声，都是随了月容的唱声，发了出来的。尤其是她唱快三眼那段，小五抬起一只腿，架在方凳上，将手在膝盖上点着板眼，暗下也不免点点头。那台下听戏的人，却也如斯响应地叫出“真好”两个字来。

戏完了，月容进得后台来，所有在后台的人，一拥而上，连说：“辛苦，辛苦。”月容笑得浑身直哆嗦，也连说：“都辛苦，都辛苦。”自己回到梳妆镜子下去卸妆的时候，那李头儿口里衔了一支旱烟袋，慢慢地走来了，笑：“杨老板，你红啦。”月容本是坐着的，这就对了镜子道：“二爷，你干吗这样称呼。”李二爷笑道：“我并不是说有人叫过几声好，那就算好。刚才我在后台，也听了你一段快三眼，那真是强将手下无弱兵，我们杨五爷一手教的，一点儿都没有错。”月容道：“那总算我没让师傅白受累，可惜我师傅今天没有来。”李二爷微笑着，也没接下去说什么。

月容穿好了便衣，洗过了脸，正在打算着，外面的雨还没有停止，要怎样回去，前台有个打杂的跑来报告道：“杨老板，馆子门口，来辆汽车，停在那里，那个司机对我说，是来接你回去的。”月容笑道：“你瞧，一好起来，大家全待我不错了，我师傅还派了汽车来接我，其实有辆洋车就得啦，汽车可别让他们等着，等一点钟算一点钟的钱。”口里说着，手提了行头包袱，就跑出戏馆子来。看到汽车横在门口，自己始而还不免有点踌躇，然而那司机生知道她的意思似的，已是推了车门，让她上去。月容问道：“你是杨家叫的汽车吗？”汽车夫连连答应是，月容还有什么可考虑的，自然是很高兴地跨上车子去。车子开了，向前看去，那前座却是两个人。那个不开车的，穿的是长衣，没戴帽子，仿佛是乌光的头发，心里正纳闷着，那也是个车夫吗？那人就开言了，他道：“杨老板，是我雇的车子送你回去。不要紧的，你不瞧我坐在前面，到了你府上门口，我悄悄地停了车子，我们车子开走了，你再敲门得了。你脚下，我预备下有把雨伞，下车的时候，可以撑伞，别让雨淋着。”月容听那人的话音，分明就是今天大捧场的宋大爷。这倒不知道要怎样答应他的话才好。就是谢谢吗，那是接受了他这番好意；说是不坐他的车子吗，看看车子头上，那灯光射出去的光里，雨丝正密结得像线网一样，待要下车去，烂泥地里，一会子工夫，哪儿雇车子去？她这样想着，就没有敢反对，也没说什么。

那车子的四个橡皮轮子在水泥路上滚得吱吱发响，虽然不时地向玻璃窗子外张望出去，然而这玻璃上洒满了雨水，只看到一盏盏混沌的灯光，由外面跳了过去，也不知道到了什么所在。好在自己不说话，前面那个姓宋的也不说话，一直到那车子停了，那姓宋的才回头过来道：“杨老板，在你那脚下，有一把雨伞，你撑着伞下去罢，到了你府上了。”月容听了这话，还不敢十分相信，直待把车子门打开了，她伸头向外看看，那实在是自己家门口了，这才摸起脚下的那把雨伞。立刻就跳下车去，一面撑着雨伞，一面三脚两步地向大门前跑。至于后面还有那姓宋的在连连叫着，也不去理会，自去敲门。不想那个姓宋的在雨里淋着，直追到身后叫道：“杨老板，杨老板，你忘了你的行头了。”月容不觉回头来，哦了一声，姓宋的便将手上的大衣包袱，两手捧着，送到雨伞下面来，笑道：“杨老板，你夹着罢，可别淋湿了。”月容右手打着伞，左手便把包袱接过。家门口正立着一根电线杆，上面挂有电灯，在灯光下照着他那件长衣服，被雨打着，没有一块干净的所在。这倒心里一动，便道：“谢谢你啦。”姓宋的已经是掉转身去，要向车子里钻，这可又回过身来，连连点了几个头道：“这没什么，这没什么。”虽是那风吹的雨阵，只管向他身上扑了去，他也不怎样介意，把礼行过，方才回转身扑上汽车去。月容看到车子已经开着走了，这才高声叫着开门，果然，家里人开门的时候，车子已经去远，也就放心回家了。

这晚在床上，想起姓宋的这个人总算不错，下这样大的雨，他只凭了前两日一句话，到底来了，让自己足足出了一个风头。这就算是平常捧角儿的人做得出来的事，最难得是他会在下雨的时候，雇了一辆汽车来接人，而且还在车子上预备下了一把伞，免得人雨淋着。二和待人就很忠厚的，也决不能想得这样地细心。只知道他姓宋，可不知道他家是干什么的，虽不能像宋小五那样说，是开银行的，但是一定也很有钱。自己要想做个红角儿，总少不了要人捧的，这样的人，也很老实的，就让他去捧罢。当晚只管把意思向这方面想去，也就越是同姓宋的表示好感了。

到了第二日，那台柱子吴艳琴，已经知道下雨晚上的事，凭刘春亭带上一个新来的小角杨月容，居然在大雨里能抓上三成座。这是一把敌手，因之不再放松，销假唱戏。连台柱子也不敢小看了，杨月容她的身份也就抬高不少。捧角儿的人，也都是戴了一副崇拜偶像的眼镜的，月容的戏码一步一步向上升，不断地和李小芬或刘春亭配戏，大家也就把她当一个角儿了。约莫有一个多月的时间，月容也得了杨五爷另眼相待：在门口的熟人力车当中，挑了一辆车子新些的，和车夫订好了约，做一个临时包车，每晚将月容一接一送，星期日有日戏也照办。这样一来，月容舒服得多，不怕风雨，也不怕小流氓在路上捣乱，可以从容地来去。

但是那常常迎接她的二和，这倒没有了题目。人家是个角儿，有了包车来往，终不成让自己跟着在车子后面跑来跑去？因为如此，二和也就只好把这项工作取消。他本来也就征求过月容的意思，可以不可以自己赶马车来接，月容说那使不得，前后台有钱的人多着呢，全是坐包车的，自己这么一个新来的角儿，坐起马车来，恐怕会遭人家的议论。二和想着也对，所以他也并没有向下说。自月容有了坐半天包车以后，只有到二和家里来的时候，可以见面。假如二和这天事忙，又赶上了星期日，两人也许在家见不着面。但二和有一天不见她，心里就好像有一件事没办，到了晚上，不是追到杨五爷家里，就是追到戏馆子里，总要打一个照面。月容倒也很感激他，真是忠实不变心的。可是有一层，再三叮嘱二和，别向池子里去听戏。二和问她上场以后，人缘怎么样？月容说是很好，若不是很好，自己怎样红得起来呢？可是专捧自己的人，还是没有，不信，可以去问师傅。二和为了她有这样的话，自己要表示大方，倒更不能去听她的戏了。

月容虽然年纪很轻，用心却是很周到的。在二和没有会面的这一天，上场以前，必定在门帘缝子里，向池子里看看，姓宋的那班人来了没有，再向廊子后面看看二和是不是在那里听蹭戏。其实她这种行为，也是多余的，那位宋先生是每场必到，二和却是从来也没有到过。反是因为她这种张望的关系，宋先生以为她有意在这登场以前，先通一回“无线电”，这是他捧角儿的努力，已经得着反应了。

在一个星期日的下午，恰是拉月容上馆子的那个车夫，临时因病告假，月容来的时候，雇了车子来的。唱完了戏，匆匆地卸妆，想到二和家去，赶着同丁老太太包饺子吃。行头放在后台，托人收起来了，空着两手，就向外走。出了戏馆子门，走不到十几步，就看到宋先生站在路边，笑嘻嘻地先摘下帽子来，点了一个头。他今天换了一套紫色花呢的西服，外套格子呢大衣，在襟领的纽扣眼里，插了一朵鲜花。头发梳得乌滑溜光，颈上套了一条白绸巾，越是显着脸白而年少。月容因为他那天冒雨相送以后，还不曾给他道谢，这时见面，未便不问，于是也放开笑容，向他点了个头。宋先生道：“杨老板，今天我请你师傅五爷吃晚饭，同五爷说好了，请你也去，五爷在前面路口上等着呢！”月容道：“刚才我师傅还到后台去的，怎么没有提起呢？”宋先生道：“也许是因为后台人多，他不愿提。他在前面大街上电车站边等着，反正我不能撒谎。”月容道：“我去见了师傅再说罢，还有事呢。”宋先生道：“那么，我愿引路。”说着，他自在前面走。

月容见他头也不曾回，自大了胆子跟他走去。可是到了大街上电车站边，师傅不在那里，倒是戏馆里看座儿的小猴子站在路头。他先笑道：“五爷刚才坐电车走了，他说，在馆子里等着你。”月容皱了眉头道：“怎么不等我就走了呢？”小猴子道：“大概他瞧见车上有个朋友，赶上去说两句话。”月容站在大街边的人行道上，只管皱了眉毛，她心里那一分不高兴，是可想而知的。宋先生笑道：“这样一来，倒弄得我上不上，下不下了。小猴子，你送杨老板一程。我们是在东安市场双合轩吃饭，你把杨老板送到馆子门口，行不行？”小猴子道：“要说到送杨老板上馆子吃饭，我不能负这个责任。我倒是要到市场里去买点东西，顺道一块儿同走，倒没什么关系。”说着话，上东城的电车，已经开到了，宋先生乱催着上车，月容一时没了主张，只好跟了他们上车。电车到了所在的那一站，又随了宋先生下车，可是在车上搭客上下拥挤着的当儿，小猴子就不见了。

月容站在电车站边，又没有了主意。宋先生笑道：“其实你也用不着人送，这里到市场，不过一小截路，随便走去就到了。”月容抬头看看天色，已是漆黑地张着夜幕，街上的电灯，似乎也不怎么亮，便低声道：“不知道我师傅可在那里？”宋先生笑道：“当然在那里，你不听到小猴子说的，他先到馆子里去等你了？”月容待要再问什么，看到走路的人，只管向自己注意。也许人家可以看出来自己是唱戏的，这话传出去了，却不大好听。一个唱戏的女孩子，跟了一个白面书生在大街上走，那算怎么一回事呢？因之掉转身就挑着街边人行道电光昏暗一点的地方走，宋先生紧紧地在后面跟着，低声道：“不忙，我们慢慢地走，五爷还要买点东西才到馆子里去，也许还是刚到呢。”月容并不做声，只是在他前面走着，头低下去，不敢朝前看，眼望着脚步前面的几步路，很快地走着。宋先生倒不拦住她，也快快地跟着，到了市场门口，自己不知道应当向哪边走，才把脚步停了。宋先生点了个头笑道：“你跟我来，一拐弯儿就到。”月容随着他走，可没有敢多言语，糊里糊涂地两个弯一转，却到了市场里面一条电灯比较稀少些的所在。抬起头来面前便是一所两层楼的馆子，宋先生脚停了一停，等她走到面前，就牵了她的衣袖，向里面引着。月容待要不进去，又怕拉扯着难看，进去呢，又怕师傅不在这里，只好要走不走的，随着他这拉扯的势子走了进去。

那饭馆子里的伙计，仿佛已经知道了来人的意思，不用宋先生说话，就把他两人让到一所单间里去。月容看时，这里只是四方的桌子上，铺了一方很干净的桌布，茶烟筷碟，全没有陈设，这便一怔，瞪了眼向宋先生望着，问道：“我师傅呢？”宋先生已是把帽子挂在衣钩上，连连地点着头笑道：“请坐，请坐。五爷一会儿就来的，咱们先要了茶等着他。”月容手扶了桌子沿，皱着眉头子，不肯说什么。宋先生走过来，把她这边的椅子移了两移，弯腰鞠着躬道：“随便怎么着，你不能不给我一点面子。

你就是什么也不吃，已经到这里来了。哪怕什么不吃，坐个五分钟呢，也是我捧你一场。杨老板，你什么也用不着急，就念我在那大雨里面送你回去，淋了我一个周身彻湿，回家去，受着感冒，病了三四天，在我害病的时候，只有两天没来同你捧场，到了第三天，我的病好一点儿，就来了。”月容低声道：“那回的事，我本应当谢谢你的。”宋先生笑道：“别谢谢我了，只要你给我一点面子，在我这里吃点儿东西，那比赏了我一个头等奖章还有面子呢。就是这么办，坐一会子罢。”说着，连连地抱了拳头拱手。月容见他穿着西服，高拱了两手，向人作揖，那一分行为，真是有趣，于是扑哧一声笑着。扭转头坐下去，不敢向宋先生望着。

这时，伙计送上茶来，宋先生斟上一杯，送到她面前，笑道：“先喝一口茶。杨老板，你就是什么也不吃，咱们谈几句话，总也可以吧？杨老板，你总也明白，你们那全班子的人，我都瞧不起，我就是捧你一个人。”月容听了这话，只觉脸上发烧，眼皮也不敢抬，就在这个时候，全饭馆子里的人，哎哟了一声，跟着眼前漆黑，原来是电灯熄了。月容先是糊涂着，没有理会到什么，后来一想，自己还是同一个青年在这地方吃饭，假如这个时候，正赶着师傅来到，那可糟了，因之心里随了这个念头，只管扑扑乱跳。宋先生便笑道：“别害怕。吃馆子遇着电灯熄了，也是常有的事，你稍微安静坐一会子，灯就亮了。”月容不敢答话，也不知道要答复什么是好，心里头依然继续地在跳着。所幸不多大一会子，茶房就送上一支烛来，放在桌子角上，她的心才定了一点。不过在电灯下面照耀惯了的人，突然变着改用洋烛，那就显着四周昏暗得多了。宋先生隔了烛光，见她脸上红红的，眼皮向下垂沉着，是十分害羞的样子，便笑道：“这要什么紧，你们戏班子里够得上称角儿的，谁不是出来四处应酬呀。”月容也不说他这话是对的，也不说他这话不对，只是抬起袖子来，把脸藏在手胳臂弯子里，似乎发出来一点吃吃的笑声。宋先生笑道：“我真不开玩笑，规规矩矩地说，杨老板这一副好扮相，这一副好嗓子，若不是我同几个朋友，一阵胡捧，老唱前三出戏，那真是可惜了。我们这班朋友，差不多天天都做了戏评，到报上去捧你，不知道杨老板看到没有？”

月容对他所说的这些话并非无言可答，但是不解什么缘故，肚子里所要说的那几句话，无论如何，口里挤不出来，她举起来的那一只手臂，依然是横在脸的前面。宋先生一面说话，一面已是要了纸笔来，就着烛光，写了几样菜，提了笔偏着头向月容道："杨老板，你吃点什么东西？"月容把手向下落着，摇得那单独的烛光几乎闪动得覆灭下去，宋先生立刻抢着站起来，两手把烛光拦住。笑道："刚刚得着一线光明，可别让它灭了。"月容听说，又是微微地一笑，将头低着。宋先生道："杨老板，你已经到了这里来，还客气什么？请你要两个菜。"月容手扶着桌子站起来道："我师傅不在这里，我就要走了。"宋先生道："现在外面的电灯全黑了，走起来可不大方便。"月容索性把身子掉过去，将袖子挡住了大半截脸，宋先生也是站着的，只是隔了一只桌子面而已，便道："杨老板！你就不吃我的东西，说一声也不行吗？你真是不说，我也没有法子，就这样陪着你站到天亮去！"他这句话，却打动了月容，不能不开口了。

第十二回　无术谢殷勤背灯纳佩　多方夸富有列宝迎宾

孔夫子说过："唯上智与下愚不移。"这实在不错！聪明的人，是不受诱惑；愚蠢的人，是不懂诱惑。至于小聪明的人，明知道诱惑之来，与己无利，而结果，心灵一动，就进了诱惑之网了。

月容对于这位宋先生，本就在心里头留下了一个影子，现在宋先生把她请到馆子里，只管用好话来安慰，最后不必要她吃东西，只要她说一声吃什么，要不然，他就在这屋子里站上一宿！自己也觉得实在不能不给人家回答了，因低声道："我随便。"宋先生道："随便两个字，不等于没说吗？"月容道："你不用客气，我实在不会点菜，就请你同我代点一个罢。"宋先生的意思，本也不一定要她点菜，只是要她开口说话而已，这就笑道："那么，请你先坐下，你果然委我做代表，我应当遵命，等我来想想，应当替你点个什么菜。"正说着，馆子里哄然一声，电灯已是亮了。

宋先生就叫着伙计把菜牌子拿来，两手捧着，送到月容面前，笑道："你不说也不要紧，你看看这上面的菜，有什么是你合口的，你拿手指一指好了。"月容听说，对那牌子上的看看，却有十之七八是不认识的，脸上先红了一阵，仍还说了两个字"随便"。宋先生似乎也懂得她的意思，就把一个手指，沿了菜名指着道："这是炒子鸡，这是炒腰花，这是红烧鱼头尾。"他就一串珠似的向月容报着。月容所知道的，还是在人家赶喜事听到那猪八样的酒席里，有炸丸子这样菜，因之也就对宋先生说："要个炸丸子罢。"宋先生也很知道她对于这件事外行，也不再来难为她，自坐到对面位子上去了。他笑道："杨老板，你那杯茶，大概凉了，换一杯罢。"他说着，起身把月容的那杯茶给倒了，另斟了一满杯热茶，两手捧着，送到月容面前。她微微起了一起身子，然后坐下。宋先生把一番应酬的行为做过去了，这就可以在电灯下，向着月容看过去。

月容虽是低了头下去，可以躲开宋先生的目光，可是她的血液里，像发生了疟疾，只管飕飕地全身发抖。她自己也慢慢地有些感觉了，为什么这样地不中用？这让人家看到了，要笑自己不开通，而且无用。因之强自镇定，端起茶杯来，打算喝一口茶，那意思也是要用喝茶的举动，来遮掩她害怕的状态。可是那杯子拿到手上，把自己害怕的状态，更形容得逼真。手上的茶杯，像是铜丝扭的东西，上下高底，四周乱晃，放在嘴边来喝，却撞得牙齿当当地响，这没有法子，只好把茶杯放下来。那宋先生看在眼里，便笑道："杨老板，这不要什么紧，艺术界的人，在外面交朋友，那是很平常的事呀！"月容只是低了头，并不理会他的话。宋先生笑道："这也是我荒唐之处，我们都认识这样久了，大概你除了知道我姓宋而外，其余是一概不得而知。我告诉你，我叫宋信生，是河南人，现在京华大学念书，我住在第一公寓里。假如你要打电话找我，你可以叫二三四八的东局电话。怕你还不记得，我这里有张名片，上面全记得有的。"说着，摸出皮夹，打开来，在里面掏一张名片弯腰送了过来。

在他这皮夹子一闪的时候，把那里面的钞票露了一露，只见十元一张的钞票叠着，有手指般厚，做了两叠，与名片混杂地搁着，心里这就连带地想起："这小子真有钱，怪不得他老在戏馆子里听戏了。"当把名片送了过来的时候，自己也起身接着，看时，那名片正中"宋信生"三个大些的字，自己却还是认得的，于是点点头"哦"了一声，宋信生在对面看到，这就喜笑颜开，连鼓了两下掌，笑道："这就对了！这就对了！我们要彼此相处得像平常的朋友一样，那才有意思！大概杨老板也总听见后台人说过，有个宋信生是老听戏的。他们看到我花钱手松，全说我家是开银行的，那倒不对！其实在银行里做事的人，不一定有钱。我父亲是在河南开煤矿的，资本大得多！将来你我交情熟了，你就会明白的。"说到这里，伙计已是送上菜来，问要酒不要？信生却是招呼他盛饭。等伙计走了，信生向月容笑道：“本来我应当向杨老板敬两杯酒，不过杨老板是位小姐，又是初次出来应酬，我不能做这样冒昧的事。平常这个时候，杨老板也该吃饭了吧？”月容始终是心里惊慌着，不好向信生说什么话，这句间话，是比较地容易答复，便点头说了一个“是”字。信生笑道：“既然如此，杨老板也就饿了，那就请用饭罢！”他说着，手上举了筷子，连连向月容面前的饭碗点着，满脸全是笑容，客气极了！

月容本来也就有点饿，闻到了这股饭菜香味，肚子里更是饿得厉害，经主人翁这样劝着，只得低了头先扶起筷子来。信生笑道：“杨老板，你只管放大方一些，爱吃什么，就吃什么！我是一个大饭量的人，每顿总要吃好几碗，假如你只管客气，我也不好意思吃，那要让我挨饿的。你做客的人，总也不好意思拖累主人翁挨饿吧？我真饿了，杨老板，你让我望着饭菜干着急吗？”说着，放下筷子来，向月容抱着拳头，连作了两个揖。月容这就想着：“这个人实在会让客。”随了这个念头，也就嘻嘻地一笑，再看主人翁，已是扶了筷子，等着不肯先吃，只得手扶了碗，将筷子头挑了几粒饭送到嘴里去。信生笑道：“你别吃白饭呀！我可不会学太太小姐的样，向客人布菜。你真是不吃菜，我也没法子，我只好勉强来学一学了。”于是在每碗菜里都夹了一夹子，起身送到月容碗里来，低声下气地道：“杨小姐，你吃这个，别吃白饭。”月容觉得他倒真有点太太的气味，不由得扑哧一笑，赶快抱额头枕着手臂，将脸藏起来。信生笑道：“我说我不会布菜，你一定要我布，我就布起菜来，又不是那么一回事，倒让你见笑，看着难为情。”月容被他说着，更是忍不住笑，把脸藏在手弯子里，很有一会儿，约莫沉默了五分钟，这才开始吃饭。

月容是不必再向菜碗里夹菜，仅仅这饭碗上堆的菜，已经不容易找出下面的饭了。信生只要她肯吃了，却也不再说笑话，等她吃完了一碗，勉强地又送了一碗饭到她面前去。月容站了起来：“我吃饱了！”信生笑道：“总不成我请你吃一顿饭，还让你肚子受一场委屈吗？”他口里说着，又站了起来，将筷子大夹了菜，向月容饭碗里送了去。月容刚坐下去，又扶着碗筷站了起来。信生笑道：“杨老板，你一切都别和我客气，最好像是……”说到这里，摇摇头笑道：“这话太冒昧！反正我高攀一点儿，算是你一个好朋友罢！”月容自让他去说，并不理会，本来自己的肚子是饿了，而且菜馆子里的菜又很好吃，因之不知不觉之间，把那碗饭又吃完了。信生自始就是一碗饭，慢慢儿地吃着相陪，看到月容吃完了这碗饭，立刻叫茶房盛饭。月容红脸笑道：“再要吃，那我成了一个大饭桶了！”信生笑道：“那我就不勉强了。”回转头来对茶房道：“饭不用了，给我切两盘水果来，不怕贵，只要好！”茶房对他们看了一眼，没多说话，自预备水果去了。月容已是两手扶了桌沿，慢慢地站起，偏转身有要走的样子。信生抢上两步，挡了这单间的房门，笑道：“你是听到的，我已经吩咐茶房去切水果了。你走了，水果让我自己一个人吃吗？”月容想到这个人真会留客，说出话来，总让你走不了。于是低头扑哧一笑。这时，茶房进来，送过手巾，斟过茶，接着送了水果来。这让月容不好说走，因为怕他挽留的时候会露出什么话尾子来。等到茶房走开，这回是坚决地要走了，便先行一步，走到房门口，免得信生过去先拦住了。信生隔了桌面，也不能伸手将她拉住，先站起点点头道：“杨老板，你不用忙，我知你工夫分不开来，除了回家而外，你还得到戏馆子里去赶晚场。不过这水果碟子，已经送到桌上来了，你吃两片水果，给我一点面子，你怕坐下来耽误工夫，就站着吃两片水果也可以。”他说着，手里托住一碟切了的雪梨，只是颠动着，作一个相请的姿势。月容看这情形，又是非吃不可，只好走回来，将两个手指，夹了两片梨。

信生趁她在吃梨的时候放下水果碟子，猛地伸手到衣袋里去摸索着，就摸出一样黄澄澄的东西来。月容看时，乃是一串金链子，下面拴了小鸡心匣子。这玩意儿原先还不知道用处，自从在这班子里唱戏，那台柱子吴艳琴，就有这么一个。据人说，这小小的扁匣子里，可以嵌着那所爱的人的相，把这东西挂在脖子上，是一件又时髦又珍贵的首饰。这倒不知道宋信生突然把这东西拿出来干什么？心里这样想着，将梨片送到嘴里，用四个门牙咬着，眼睛可就偷偷地对信生手上看了去。信生笑道：“杨老板，我有一样东西送你，请你别让我碰钉子。”月容听到这话，心里就扑扑地跳了几下，仅仅对他望了一下，可答不出话来。信生手心上托住那串金链子，走到桌子这边来，向她笑道：“这串链子是我自己挂在西服口袋上的，我觉得我们交朋友一场，也是难得的事。我想把这链子送给你，做个纪念品，你不嫌少吗？”月容轻轻地呀了一声，接着道：“不敢当！”信生道：“你若是嫌少呢，你就说不要得了！若是觉得我还有这送礼的资格，就请杨老板收下。”他说到这里，人已经更走近了一步。月容想不到他客气两句，真会送了过来，立刻把身子一扭，将背对了灯光低着头，口里只说：“那不能，那不能。”看她那情形，又有要走的样子。信生道：“你太客气！我不能征求你的同意了。你如果不要，你就扔在地上罢！”他说着，已是把那串链子向她的胸襟纽扣上一插。

月容虽是更走远了半步，但是没有躲开信生的手去，信生把这链子插好，已是远远地跑开了。月容扯下来捏在手心里，向信生皱了眉道：“我怎么好收你这样重的礼呢？”信生已是到桌了那边去，笑道：“你又怎么不能收我这样重的礼呢？”他说着，偏了头，向她微笑着。月容将那金链子，轻轻地放在桌沿卜，低声道：“多谢，多谢。”说时依然扭转身去。信生隔了桌面，就伸手把她的衣服抓住，然后抢步过来道：“杨老板，你不要疑心这鸡心里面有我的相片，其实这里面是空的，假使你愿意摆我一张相片在里面，那是我的荣幸！杨老板若不愿放别人的相片，把自己的相片放在里面，也可以的。”他一串地说着，已是把桌上的金链子抓了起来，向月容垂下来的右手送了去。月容虽是脸背了灯光，但她脸上，微微地透出红晕，却还是看得清楚，眼皮垂着，嘴角上翘，更是显着带了微微的笑容。信生觉得金链子送到她手心里，她垂直了的五个指头，微弯着要捏起来了，因之另一只手索性把她的手托住，将金链子按住在她手上，笑着乱点了头道：“杨老板，收下罢！你若不肯给我的面子，我就……罗，罗，罗，这儿给你鞠躬！”他随了这话，果然向她深深地三鞠躬。月容看到，觉得人家太客气了，只得把金链子拿住，不过垂了手不拿起来，又觉得这事很难为情，只是背了灯站着，不肯把身子掉转过来。

信生见她已是把东西收过，这就笑道：“杨老板，你收着就是，你戴与不戴，那没有关系！你搁个一年半载，将来自个儿自由了，那就听你的便，爱怎么戴，就怎么戴了！”月容听他所说的话，倒是很在情理上，便回过头来，向他看了一眼。信生笑道：“杨老板，我很耽搁你的时候了，你若是有事，你就先请便罢！”月容听到，这才偏转头和他点了两点，告辞而去。那个背着灯的身子，根本就不曾转过来，口里虽也咕嘟着一声“多谢”，可是那声音，非常地细微，就是自己也不会听到的，不过信生送了这样一份重礼给她，她心里是十分感谢着的。

在当天晚上唱戏的时候，她的这一点深意，就可以表示出来。她在台上，对了信生所坐的位子边，很是注目了几次，信生是不必说，要多叫几回好了。事情是那样凑巧，拉车子送月容来回戏馆子的那位车夫，请假不干，月容在唱完戏以后，总是在戏馆子门口，步行一截路。在这个当儿，信生就挤着到了面前了，匆匆忙忙地必定要说几句话，最后两句，总是：“双合轩那一顿饭没有吃得好，明天下午，我再请杨老板一次，肯赏光吗？”月容始而还是对他谦逊着：“你别客气。”但是他决不烦腻，每次总是赔了笑脸说：“白天要什么紧，你晚一点回家，就说是在街上绕了一个弯，大概你师傅也不会知道吧。我想杨老板是个角儿了，也不应当那样怕师傅。”月容红了脸道：“我师傅倒不管我的。”信生笑道：“这不结了。要不为什么，你为什么不去呢？要不，那就是瞧我不起。”月容道：“宋先生，您这话倒叫我不知道说什么是好了。”信生却并不带笑容，微微地板了脸道：“一来呢，杨老板为人很开通的，什么地方都可以去；二来呢，杨老板又是不受师傅拘束的，还有什么原因我请不动？只有认为是杨老板瞧我不起了。”月容道：“宋先生，你不是请我吃过一回了吗？”信生道：“就因为那回请客没有请得好，所以我还要补请一次。你要是不让我补请这次，那我心里是非常之难过的。”月容笑道：“实在是不好一再叨扰。”信生笑道：“咱们是很知己的朋友，不应当说这样客气的话。”月容只管陪了他走路，可没有再做声。

信生看到路旁停了两辆人力车，就向他们招招手叫车夫过来。车子到面前，信生先让月容上了车子，然后对拉他的车夫，轻轻地说了个地名，让他领头走。月容已经上了车子，自然也不能把车子停着下来。未曾先讲妥价钱的车子，拉得是很快，才几分钟的工夫，就在一条胡同口上停住了。月容正是愕然，怎在这僻静的馆子里吃饭？信生会了车钱，却把她向一座朱漆大门的屋子里引，看那房子里，虽像一所富贵人家，可是各屋子里人很多，只管来回地有人走着。曾由几所房门口过，每间屋子里全有箱杠床铺，那正是人家的卧室，而且各门框上，全都挂着白漆牌子上面写了多少号，这就心里很明白，是到了一家上等公寓了。虽然做姑娘的，不应当到这种地方来，但是既然来了，却也立刻回身不得，拉拉扯扯，那就闹得公寓里人全知道了。因之，低了头，只跟着信生走去。后来穿过两个院子，却到了一条朱红漆柱的走廊下，只听到信生叫了一声茶房，这就有人拿了钥匙来开门。

只一抬眼，便觉得这房子里，显然与别处不同，四周全糊着白底蓝格子的花纸，右边挨墙，一列斜悬着十二个镜框子，最大的二尺多长，最小的却只有四寸。里面都是信生的相片，有穿西服的，有穿便服的。那镜框子，一例是银漆的边沿，用白线绳悬在白铜的如意的钉子上。在这边墙下，两架红木的雕花架格，最让人看了吃惊：玉白的花盆，细瓷的花瓶，景泰蓝的香炉，罩子上有小鸟跳舞的座钟，还有许多不认识的东西，花红果绿的，在那方圆大小的雕花格子里面，全都陈列满了。在那正中的所在，放了三张沙发，全是蓝绒的面子，围着小小的圆桌子，铺了玻璃桌面，上面有个玉石盆子，里面全是碎白石子，插了两枝红珊瑚。这种东西，自己本来也就不认识，因为新排的一本戏里，曾说到这东西，知道是很值钱的。信生笑着把月容让到沙发上坐了，她是无心向后坐下，不知不觉向后倒去靠在沙发背靠上了，舒服极了。刚刚坐定，就有一阵很浓的桂花香味，送到了鼻子里来，回头看时，正中花纸壁上绫子裱糊的一轴画，正是画着桂花。在画下面，又是个乌木架子，架着五彩花瓷缸，里面栽着四五尺高的一棵桂花。只是这些，月容已觉得是到了鼓儿词上的员外家里了。还有其他不大明白的东西，只可笼统地揣想着，那全是宝物罢。

信生见她进屋以后，不停地东张西望，心里非常地高兴，笑道：“杨老板，你看看我这间小客厅，布置得怎么样？”月容把头低着，微笑着，不好答应什么。可是在这个时候，她又发现了这个屋子的地板，洗刷得比桌面还要干净。在这脚底下，是一张很大的地毯，上面还织有很大的一朵牡丹花，脚踏在上面，软绵绵的，估量着这地毯，总是有一寸多厚。信生笑道：“杨老板，我告诉你一句话，我不但是个戏迷，我自己还真喜欢哼上两句，每逢星期一三五，还有一位教戏的在这里教戏。你瞧那块地毯，就是我的戏台。”他坐在月容对过沙发的手靠上，将嘴向月容脚边努了两下，月容似乎感到一种不好意思，立刻把脚缩了向椅子底下去。正说着，公寓里的茶房，送着四碟点心、一壶茶进来，月容看来，瓷壶瓷碟，一律是嫩黄色雕花的。同时，信生在红木架格的下层，取过来两个大瓷杯，高高的圆桶形，有一个堆花的柄，那颜色和花纹，全是同壶碟一样。月容看了这些，实在忍不住问话了，因道：“宋先生，难道你住在公寓里，什么东西，全是自备的吗？”信生听了，不免微笑着。就凭她这一句问话，可就引出许多事故来了。

第十三回　钓饵布层层深帷掩月　衣香来细细永巷随车

宋信生寄住在公寓里，月容知道的，但是他所住的公寓，有这样阔绰，那是她做梦想不到的事。信生见她已经认为是阔了，这就笑道："依着我的本意，就要在学校附近赁一所房住。可是真赁下一所房，不但我在家里很是寂寞，若是我出去了，家里这些东西，没有人负责任看守，随便拿走一样，那就不合算了。这外面所摆的，你看着也就没什么顶平常的，你再到我屋子里去看看，好不好？"他说着这话，可就奔到卧室门口，将门帘掀起来，点着头道："杨老板，请你来参观一下，好不好？"月容只一回头，便看到屋子里金晃晃的一张铜床，床上白的被单，花的枕被，也很是耀眼。只看到这种地方，心里就是一动，立刻回转头去，依然低着。

信生倒是极为知趣的人，见她如此，便不再请她参观了，还是坐到她对面的沙发上来，笑道："杨老板，据你看，我这屋子里，可还短少什么？"月容很快地向屋子四周扫了一眼，立刻又低下头去，微笑道："宋先生，你这样的阔人，什么不知道？倒要来问我短少什么。"信生笑道："不是那样说，各人的眼光不同，在我以为什么事情都够了，也许据杨老板看来，我这里还差着一点儿什么。"月容道："你何必和我客气。"信生道："我并非同你客气，我觉着我布置这屋子，也许有不到的地方。无论如何，请你说一样，我这里应添什么。你随便说一句得了，哪怕你说这屋子里差一根洋钉，我也乐意为你的话添办起来。"月容听了这话，扑哧一笑，把头更低下去点，因道："你总是这样一套，逼得人不能不说。"信生道："并非我故意逼你，若是你肯听了我的话，很干脆地答复着我，我就不会蘑菇你了。你既知道我的性情，那就说一声罢，这是很容易的事，你干吗不言语？”月容笑道：“我是不懂什么的人，我说出来，你可别见笑。你既是当大学生的人，上课去总得有个准时间，干吗不摆一架钟？”信生点头笑道：“教人买钟表，是劝人爱惜时间，那总是好朋友。我的钟多了，那架子上不有一架钟？”说着，向那罩子上带跳舞小鸟的座钟，指了两指。月容不由得红了脸道：“我说的并不是这样的钟，我说是到你要走的时候就响起来的闹钟。”信生连连地点头道：“杨老板说得不错，这是非预备不可的。可是杨老板没有到我屋子里去看，你会不相信，我们简直是心心相照呢，请到里面去参观两三分钟，好不好？”他说着，便已站起来，微弯了身子，向她作个鞠躬的样子，等她站起来。

月容心里也就想着，听他的口气，好像他屋子里什么全有，倒要看看是怎么个样子，走进去立刻就出来，那也不要紧。正这样地犹豫着，禁不住信生站在面前，只管赔着笑脸，等候起身，因笑道：“我其实不懂什么，宋先生一定要我看看，我就看看罢。”她这样地说着，信生早是跳上前把门帘子揭开了。月容缓缓地走到房门口，手扶了门框，就向里面探看了一看。只见朝外的窗户所在，垂了两幅绿绸的帷幔，把外面的光线，挡着一点也不能进来，在屋正中垂下一盏电灯，用绢糊的宫灯罩子罩着，床面前有一只矮小的茶几，上面也有一盏绿纱罩子的桌灯。且不必看这屋子里是什么东西，只那放出来的灯光，红不红，绿不绿的，是一种醉人的紫色，同时，还有一阵很浓厚的晚香玉花香。心里想着：“哪有一个男人的屋子，会弄成这个样子的？”也不用再细看了，立刻将身子缩了回来，点着头笑道：“你这儿太好了，仙宫一样，还用得着我说什么吗。”

她走回那沙发边，也不坐下，端起茶杯来喝了一口，回头向信生点了两个头道：“打搅你了。”信生咦了一声，抢到门前，拦住了去路，因道：“我是请杨老板来吃饭的，怎么现在就走？”月容笑道：“下次再来叨扰罢。”信生连连地弯了腰道：“不成，不成。好容易费了几天的工夫，才把杨老板请到，怎能又约一个日子？”月容道：“我看到宋先生这样好的屋子，开了眼界不少，比吃饭强得多了。”信生笑道：“这话不见得吧？若是杨老板看着我这儿不错，怎么在我这里多坐一会子也不肯呢？”月容道：“并不是那样子说。”她说到这里，把眉头子又皱了两皱。信生点点头笑道：“你请坐，我明白，我明白。我的意思是在我这里坐了很久的工夫，再出去吃饭，那就耽误的时间太多了。那就这样得了，两件事作一件事办，你在我这里多坐一会儿。我再吩咐公寓里的厨子，做几样拿手好菜来吃。你若嫌闷得慌，我这里解闷的玩意儿，可也不少。”他说着话，就跑进他的卧室里去，捧出十几本图画杂志来，笑道：“你瞧我这个，把这几本画看完了，饭也就得了。请坐，请坐。”他把杂志放到小桌上，只管向月容点头，月容笑道：“你这份儿好意，我倒不好推诿，可是有一层，你别多弄菜。”信生将右手五个指头伸着，笑道：“四菜一汤，仅仅吃饭的菜。”他说着，就出去了，那样子是吩咐公寓里的茶房去了。

月容想到人家相待得十分恭敬，而且又很大方，决不能当着人家没有来就不辞而别，只好照了人家的意思，坐着看图画杂志。一会儿他进来了，笑道：“杨老板，你瞧画有点闷吧？我昨天买了几张新片子，开话匣子给你听罢。”他说着，自向卧室里走去，接着，屋子里的话匣子就开起来了。从事什么职业的人，眼前有了他职业以内的事情发生，当然是要稍稍注意。月容先听到话匣子里唱了两段《玉堂春》，还是带翻了书带听着，后来这话匣子里改唱了《贺后骂殿》了，月容对于这样的拿手戏，那更要静心听下去。唱完了，信生在屋子里问道：“杨老板，你听这段唱法怎么样？”月容道：“名角儿唱的，当然是好。”信生道：“我的话片子多着呢，有一百多张，你爱听什么？我给你找出来。”月容道：“只要是新出的就行。”信生道：“要不，请你自己挑罢。”他说时，已是捧了十几张话片在手，站在房门口来。月容放下书，也就迎到卧室门边，看他手上所捧的，第一张就是梅兰芳的《凤还巢》，随手拿起来道：“那么，就把这个唱两遍听听，也许我能偷学两句下来。”信生笑道：“这是杨老板的客气话。现在内行也好，票友也好，谁不在话匣子里，去模仿名角儿的腔调，杨老板那样响亮的嗓子，唱梅兰芳这一派的戏，那是最好不过。”他口里说着，已是把话片子，搬到了话匣子下面长柜子里去。原来他这话匣子，是立体式的高柜子，放在床后面，靠墙的所在，信生走过来，月容是不知不觉地跟着。信生对于她已走进卧室来，好像并不怎样地介意，自接过那张话片，放到转盘子上去，话片子上唱起来了，他随意地坐在床上，用手去拍板。在话匣子旁边有一张小小的沙发，月容听出了神，也就在那上面坐着。

唱完了这张《凤还巢》，信生和她商量着，又唱了几张别的话片，于是他把匣子关住了，笑道："你再看看我这屋子里布置得怎么样？"月容看这房间很大，分做两半用：靠窗户的半端，作了书房的布置；靠床的这半端，作了卧室的布置，家具都是很精致的。说话时，信生已到了靠窗户的写字台边，把桌灯开了，将手拍拍那转的写字椅道："杨老板，请你过来，看看我这桌上，布置得怎样？"月容远远地看去，那桌上在桌灯对过，是一堆西装书和笔筒墨砚玻璃墨水盒，没什么可注意的。只有靠了桌灯的柱下，立着一个相片架子，倒是特别的，不知道是谁的相片，他用来放在桌上，自己是要上前看看去。既是信生这样地招呼了，那就走过去罢。到了十步附近，已看出来是个女人的相片，更近一点，却看出来是自己的半身相，这就轻轻地咦了一声，作一种惊奇的表示。信生随着她，也走到桌子边，低声问道："杨老板，你只瞧我这一点，可以相信我对于杨老板这一点诚心，决不是口里说说就完事，实在时时刻刻真放在心里的。"月容两手扶了桌沿，见他已是慢慢地逼近，待要走出去，又觉过拂了人家的面子，待要站在这里不动，又怕他有异样的举动，心里扑扑乱跳，正不知怎样是好。

忽然听到窗子外面有人过往说话的声音，心里这就一动，立刻伸手来揭那窗户上的绿绸帷幔。信生看到，手伸出来，比她更快，已是将帷幔按住，向她微笑道："对不住，我这两幅帘子，是不大开的。"月容道："那为什么？白天把窗户关着一点光不漏，屋子里倒反要亮电灯，多么不方便。"信生笑道："这自然也有我的理由。若是我自己赁了民房屋住，那没有疑问，我当然整天地开着窗户。现在这公寓里，来来往往的人，非常之乱，我要不把窗户挡住，就不能好好地看两页书。再说，我这屋子里，究竟比别人屋子里陈设得好一些，公寓里是什么样子的人都有的，我假如出门去，门户稍微大意一点，就保不定人家不拿走两样东西。所以我在白天是整日地把窗户帷幔挡着，但是我很喜欢月亮，每逢月亮上来了，我就把帷幔揭开，坐在屋子里看月亮。”月容道：“是的，宋先生是个雅人。”她说着这话，把扶住沿桌的手放下，掉转身来有个要走的样子。但在这一下，更让她吃一惊，便是门帘子里的房门也紧紧地关上了。脸上同脊梁上，同时阵阵地向外冒着热汗，两只眼睛也呆了，像失了魂魄的人一样，只管直着眼光向前看。信生笑道：“我从前总这样想，月亮是多么可爱的东西，可惜她照到屋子里来，是关不住的。可是现在也有把月亮关在屋子里的时候，她不依我的话，我是不放月亮出去的。”说着，扑哧一笑。

月容猛地向房门口一跑，要待去开门，无奈这门是洋式的，合了缝，上了暗锁，可没法子扭得开。信生倒并不追过来拦住，笑道：“杨老板，你要是不顾面子的话，你就嚷起来得了，反正我自信待你不错，你也不应该同我翻脸。”月容道：“我并没有同你翻脸的意思，可是你不能把我关在屋子里，青天白日的，这成什么样子？”信生道：“我也没有别的坏意，只是想同你多谈几句话。啰，你不是说我屋子里少一口闹钟吗？其实你没留心，床头边那茶几的灯桌下，就有一口闹钟。闹钟下面，有两样东西，听凭你去拿。一样是开这房门的钥匙，一样是我一点小意思，送给你做衣服穿的。你若是拿了钥匙，你不必客气，请你开了房门走去，往后我的朋友，在台下同你相见！你若是不拿钥匙，请你把那戒指戴着算是我一点纪念，那可要等着闹钟的铃子响了，你才能走。我觉得我很对得起你，自从你上台那一日起，我就爱你，我就捧你。到了现在，我要试验试验，你是不是爱我了，你若是走了，请你再看看，我那枕头下，有一包安眠药，那就是我捧角的结果。”

月容听了这话，那扶了门扭的手，就垂下来，回头向床面前茶几上看看。灯光照去，果然有亮晃晃的一把钥匙，这就一个抢步，跑到茶几面前去。那钥匙旁边，果然又有一叠十元一张的钞票，在钞票上面，放了一只圆圈的金戒指。再回头看枕头边，也有个药房里的纸口袋。伸下手去，待要摸那钥匙，不免回头向信生看看，见他那漆黑乌亮的头发，雪白的脸子上透出红晕来，不知道他是生气，也不知道他是害羞，然而那脸色是好看的。因之手并没有触到钥匙，却缩回来了。信生道：“月容，我同你说实话，我爱你是比爱我的性命还要重，你若不爱我，我这性命不要了。但是爱情决不能强迫的，我只有等你自决，你若不爱我，你就拿钥匙开门走罢。”月容垂了头，将一个食指抹了茶几面，缓缓地道：“我走了你就自杀吗？”信生道：“这是我自己的事，你就不用管了。”月容道：“你不是留我吃饭吗，我现在可以不走，请你把房门打开，我们到外面屋子里去坐。”信生道：“钥匙在你手边，你自己开罢，要等我开那门，非闹钟响了不可。”月容道：“你既是……请你原谅一点。”信生道：“请你把那戒指戴上。”月容道：“你送我的东西太多了，我不好收你的。”信生道：“那么，请你把我的桌灯灭了。”月容想着，这屋子共有三盏灯，全是亮的，把这桌灯熄了，没有关系，因之就听了他的话，把桌灯熄了。不想这里把桌灯上的灯扭一转，灯光熄了，屋子里那其余两盏灯也随着熄了。

直待屋子里闹钟响着，那电灯方才亮起来，那倒是合了月容的话，钟一响，就该催着人起身了。于是那卧室门开了，信生陪了月容出来吃晚饭，在信生整大套的计划里，吃晚饭本是一件陪笔文章，这就在绚烂之中，属于平淡，没有费什么心的手续了，但是在月容心里，不知有了什么毛病，只管扑扑乱跳，匆匆地把晚饭吃完，也不敢多耽搁，就在东安市场里绕了两个圈子，身上有的是零钱，随便就买了些吃用东西，雇了人力车，回馆子来。心里可想着丁二和为了自己没有到他家去，一定会到戏馆子来追问的，就是自己师傅若是知道没有到丁家去，也许会来逼问个所以然。因之悄悄地坐在后台的角落里，默想着怎样地对答。但是自己是过虑的，二和不曾来追问，杨五爷也没有来追问。照平常的一样，把夜戏唱完就坐了车子回去，杨五爷老早地就睡了觉了，并不把这事放在心上。到了次日，月容的心也定了，加之赶着星期日的日戏和星期日的夜戏，又是一天没有到二和家里去。这样下去，接连有好几天，月容都没有同二和母子见面，最后，二和自赶了马车，停在戏馆子门口，他自己迎到后台来。

月容正在梳妆，两手扶了扎发的绳带，对了桌子上面大镜子，一个中年汉子，穿着短衣，掀起两只袖子，在她身后梳头。月容对了镜子道：

“老柳，你说，哪一家西餐馆子的菜最好？”梳头的老柳道：“你为什么打听这件事？”她笑道：“我想请一回客。”老柳笑道：“你现在真是个角儿了，还要请人吃西餐。”月容道：“我吃人家的吃得太多了，现在也应该向人家还礼了。”老柳道：“吃谁的吃得多了？”月容笑道：“这还用得着问吗？反正是朋友罢。”正说到这里，老柳闪开，月容可就看到二和站在镜子里面，露出一种很不自然的笑容。月容的脸上，已是化过妆了，胭脂涂得浓浓的，看不出一些羞答。不过在她两只眼睛上，还可以知道她心里不大自然，因为她对着镜子里看去时，已经都不大会转动了。二和倒没有什么介意，却向她笑道：“在电话里听到你说去，昨天晚上包饺子，今天晚上又炖了肉，两天你都没有去。”月容低声道：“我今天原说去的，不想临时又发生了事情，分不开身来，明天我一定去。老太念我来着吧？”她说着话，头已经梳好了，手扶了桌子角，站起身来。她穿了一件水红绸短身儿，胸面前挺起两个肉峰，包鼓鼓的，在衣肩上围了一条很大的花绸手绢，细小的身材，在这种装束上看起来，格外地紧俏了。

二和对她浑身上下，全呆呆地观察了一遍，然后问道：“今天你唱什么？”月容道：“《鸿鸾禧》带《捧打》。”二和笑道：“这戏是新学的呀，我得瞧瞧。”月容道：“你别上前台了。老太太一个人在家里，很孤单的，让她一个人等门，等到深夜，那不大好。你要听我的戏，等下个礼拜日再来罢。”二和笑道：“下个礼拜日，不见得你又是唱《鸿鸾禧》吧？”月容道：“为了你的缘故，我可以礼拜日白天再唱一次。”二和听这话时，不免用目光四周扫去，果然，站在旁边看热闹的人倒不少，全是微微地向人笑着，这倒有点不好意思，愣了一愣。月容道：“真的，我愿意再唱一次，就再唱一次，那有什么问题？你信不信？”正说话，有个人走到月容面前低声道：“《定军山》快完了，你该上场了。”月容向二和点了个头，自去到戏箱上穿衣服去了。二和站在后台，只是远远地对了月容望着。恰好后台哄然一阵笑声，也不知道是笑什么人的，自己还要站在这里，也就感到无味，只好悄悄地走了。

但是过了二十四小时，他依然又在戏馆子门前出现了。也许是昨天晚上，在后台听到了大家的笑声，很受了一点刺激，就笼了两只袖子，在大街上来回地踱着，并不走进去，眼巴巴地向人丛里望着。但看到两盏水月灯光里，一辆乌漆光亮的人力车，由面前跑过去，上坐一位蓬松着长发，披了青绸斗篷的女郎，当车子过去的时候，有细细的一阵香风，由鼻子里飘拂着。虽然她的头上有两绺垂下来的头发，掩住了半边脸，然而也看得清楚，那是月容。她坐在车上，身子端端的，只管向前看了去，眼珠也不转上一转。二和连跑了几步，追到后面叫道："月容，我今天下午，又等着你吃包饺子呢，你怎么又没有去？"月容由车上回过头来望着，问道："二哥，你什么时候来的？我没瞧见你呀。"二和道："我虽然来了，可是我没有到后台去。"月容道："你就在大门口待着吗？"二和笑道："我们赶马车的人，终日地在外面晒着吹着，弄惯了，那不算回事。"说时，口里不住地喘气。

月容就把脚踢踢踏登，叫车夫道："你拉慢着一点儿，人家赶着说话呢。"那包车夫回头看是二和，便点了两点头道："二哥，你好。"随了这话，把车子缓缓地走下来。二和看着他的面孔，却不大十分认识，也只好向他点点头。月容见他和车夫说话，也就回过头来对二和看看，二和笑道："你觉得怎么样？我瞧你这一程很忙吧？"月容顿了一顿，向二和笑道："你看着我很忙吗？"二和道："看是看不出来。不过我们老太惦记着你有整个礼拜了，你总不去。你若是有工夫，你还不去吗？"月容听了他这番言语，并不向他回话。二和看她的脸色，见她只管把下巴向斗篷里面藏了下去，料是不好意思，于是也就不说什么，悄悄地在车子后面跟着。

车子转过了大街，只在小胡同里走着，后来走到一条长胡同里，在深夜里，很少来往的行人。这车子的橡皮轮子，微微地发出了一点瑟瑟之声，在土地上响着，车夫的脚步声同二和的脚步声，前后应和着，除此以外，并没有别的大声音。二和抬头看看天上，半弯月亮，挂在人家屋角，西北风在天空里拂过，似乎把那些零落的星光都带着有些闪动，心里真有万分说不出来的情绪，又觉得是恼，又觉得怨恨。但是，自己紧紧地随在身后，月容身上的衣香，有一阵没一阵地向鼻子里送来，又叫人感到无限的甜蜜滋味。月容偶然回转头来，咦了一声道："二哥，你还跟着啦？我以为你回去了，这几条长胡同，真够你跑的。”二和道：“往后，咱们见面的日子恐怕不多了。”这句话，却把月容的心，可又打动了。

一个十六七岁的女孩子，凭她怎样的聪明，社会上离奇古怪的黑幕，她总不会知道的，同时，社会上的种种罪恶，也就很不容易蒙蔽她的天真。月容虽一时受了宋信生的迷惑，但是她离开真实的朋友还不久，这时，二和那样诚恳地对待她，不由她不想起以前的事来了，便道：“二哥，你干吗说这话，你要出门吗？”二和道：“我出门到哪里去？除非去讨饭。”月容道：“那么，你干吗说这样的话？”二和道：“你一天一天地红起来了，我是一天一天地难看见你。你要是再红一点，我就压根儿见不着你了。”月容道：“二哥，你别生气。要不，我今天晚上就先不回家，跟着你看老太太去。”二和道：“今晚上已经是夜深了，你到我家里去了，再回家去，那不快天亮了吗？”月容道：“那倒有办法，我让车夫到师傅家里去说一声……”她不曾说完，那车夫可就插嘴了，他道：“杨老板，你回家去罢。你要不回去，五爷问起来了，我负不了这个责任。你想，我说的话，五爷肯相信吗？”二和道：“对了，深更半夜的你不回去，不但五爷不高兴，恐怕五奶奶也不答应。”车夫把车子拉快了，喘着气道：“对了，有什么事，你不会明天早上再到二哥那里去吗？”二和是空手走路的人，比拉车的趁了那口劲跑，是赶不上的，因之，不到十分钟的时间，彼此就相距得很远了。

二和想着那车夫在小心一边，把月容拉了回去，这倒是一番好意，不可错怪了人家。他在我面前，这样拉了月容走，当然在别人面前，也是这样地拉了走，自己倒应该感谢他呢。二和这样一转念，也就很安慰地到家去了。

次日早上，二和躺在床上，就听到院门外，咚咚地打着响，二和口里连连地答应来了，披了衣服就出来开门，只见月容手上拿了三根打毛绳的钢针，手里捏了一片毛绳结好了的衣襟，身上穿了一件短的青呢大衣，将一团毛绳，塞在袋里。二和道：“你现在也太勤快了，这样早起来，就结毛绳衣。”月容道：“我瞧见你身上还穿的是夹袄，我赶着给你打一件毛绳衣罢。”二和笑道：“你忙着啦，何必同我弄这个，我有个大袄子，没拿出来。”月容道：“穿大棉袄，透着早一点吧？我到这儿来，除了做饭，没有什么事，我做完了事，就给你打衣服，那不好吗？”二和笑道：“那我真感谢了，毛绳是哪里来的呢？”月容顿了一顿笑道：“我给你打件毛绳衣，还用得着你自己买毛绳子吗？”二和听说，直跳起来，向里面跑着笑道：“妈，月容来了！她还给我打毛绳衣服呢。”口里说着，也没看脚下的路，忘了跨台阶，人向前一栽，哄咚一声，撞在风门上。月容赶过来挽着，二和已是继续向前走，笑道：“没事没事。”

丁老太也是摸索着走了出来，老早地平伸出两只手来，笑道：“姑娘，你不来，可把我惦念死了。”月容走到她身边，丁老太就两手把她的衣服扭住，笑道：“二和一天得念你一百遍呢。我说，你不是那样的孩子，不能够红了就把我们穷朋友给忘了。哟，姑娘，你现在可时髦多了，头发轮似轮的，敢情也是烫过了？”月容不想她老人家话锋一转，转到头发上来了，笑道：“可不是吗，我们那里的人，全都是烫发的，我一个不烫发，人家会说我是个丫头。”丁老太伸手慢慢地摸着她的头发，笑道：“你越好看越红，越红呢，我们这些穷朋友……”二和道：“妈，别说这些了，大妹子来了，咱们早上吃什么？”月容道：“吃饺子罢。今天让我请，我来身上带有钱，请二哥去买些羊肉白菜。”二和道：“你到我家来吃饭，还要你来请我，那也太不懂礼节了。”月容笑道：“你还叫我大妹子呢，我做妹子的人，请你二哥吃顿包饺子，还不是应当的吗？”二和道：“那么说道，就把王傻子请了来一块儿吃好不好？”月容向他瞟了一眼，又摇摇手。丁老太道：“好的，他也是很惦念你大妹子的，见着我就问来过了没有。”二和向月容看看，微微地笑着。月容道：“先不忙，我们去买东西，买来了，我们再叫王大哥得了。”二和道：“那么我们就走罢。”月容在身上掏出一张钞票来，递到他手上，笑道：“你去买罢，我应该在这儿笼炉子烧水。”二和笑道：“你现在是角儿了，我可不好意思要你再给我做厨房里的事了。”月容撅了嘴道：“别人说我是个角儿罢了，你做哥哥的也是这样地损我吗？要不，我明天就不唱戏了。”二和听说，这就伸手连连地拍了她几下肩膀道：“得了，得了，我不说你了，我这就去买东西了。”说的时候，就伸手拉起月容的手来握了一握。

第十四回　小别兴尤浓依依肘下　遥看情更好款款灯前

月容倒并不藏躲，就歪过来，在他身边靠着，微微地撅了嘴道："你再不能够损我了，你再损我，我不答应你的。"她说着这话，左手扯住了二和的衣襟，右手将两个指头，摸着他对襟衣服上的纽扣，由最低的一个起，摸到领脖子边最上一个纽扣为止，什么也不说。那头发上的香气，一阵阵上袭到鼻子眼里，熏得二和迷迷糊糊地有些站立不住。丁老太手扶了桌子，呆呆地站着，问道："二和走了吗？"月容道："没有啦，他在院子里站着呢。"二和于是放大了脚步，轻轻地走到院子里去，答道："月容她要请咱们，就让她请罢，连白面包馅儿的作料全有了，也用不了这些钱。你还要什么？我给你带来。"丁老太道："我也不要什么。"可是他嘴里不曾答应着，人已是走出院子门去了。

月容这就走到丁老太面前，扶她在凳子上坐下，一面笼火烧水，一面陪了丁老太说话。水烧开了，茶沏好了，二和也就买了东西回来了。他在屋子里漱洗过，又站着喝了一杯茶，月容向他瞟了一眼道："二哥该出去了，我们等着你回来吃包饺子。"她说话的时候，正是在小桌子上，擦抹面板，两只袖子，卷得高高的，由蓝布褂子里，翻出一小截红绸袖口，更由红绸袖子里，露出雪藕也似的一双手臂。二和斜站在她身边，对她望着，见她右鬓下，倒插了一朵通草扎的海棠花，这就笑得将眼睛合成了一条缝。月容向他很快地瞟了一眼，依然低头做事，这就微笑着道："二哥好像不认得我一样，只管对我望着。"丁老人坐在旁边，两手叉放在怀里，也昂了头带了笑容道："不是我自己夸我自己的儿子好。你是不知道，二和长了这么大，又没有个姐儿妹儿的，自从认识了你以后，他真把你当同胞骨肉看待，同我闲聊起天来，总会念着你。”月容且不说什么，向二和面前走过去，紧紧地靠了过来。因为二和站在她身后，所以她并不掉转身来，只把头微微地向后仰着，直仰到二和的怀里去。二和手按了她的肩膀，没有做声，但觉得自己的心房乱跳。

丁老太仰了脸，对了月容所站的地方，很凝神了一会子，问道：“两个人都出去了吗？”月容掉转脸来向二和笑着，因道：“没有，我手上扎了一个刺，让二哥给我挑出来。”丁老太道：“早上去了这么些个时候了，包饺子也该动手了。”二和道：“这么着罢，我也帮着包一个，吃完了饺子我再出去，你瞧好不好？”丁老太道：“你愿意在家里多陪你妹子一会儿，你就吃了包饺子再去罢。”这句话说出来之后，二和同月容又情不自禁地对看了一下。丁老太道：“你两人干吗不说话？快动手罢，只要把饺子皮擀好了，肉馅剁好了，我就可以包饺子。”月容这才对二和点了个头道：“我们快一点儿动手罢。”

有了这句话，于是和面剁馅，两人忙个不亦乐乎。预备好了，全放在桌上，月容也扶着丁老太在桌子边坐下，帮同包饺子。月容见二和坐在桌子下方，却站在桌子角边，挨了他从容做事。因为丁老太的脸子，不时地对着这方面，虽然她的眼睛并不看到，可是她的耳朵是很灵敏的，随便怎样轻轻儿地说话，她也可以听到，所以月容只是向二和微笑，并不说什么。把饺子包完，又煮着吃了，这已是半上午。二和帮着她把碗筷洗干净了。月容自拿了毛绳，坐在屋檐下太阳光里打衣服，二和高起兴来了，也衔了一支烟卷，环抱了两手臂，斜伸了一只脚，站在太阳里对月容望着，只管发着微笑。月容手里结着毛绳，眼光不时射到他身上，也是微笑不止。丁老太坐在门槛上晒着太阳的，听到院子里鸦雀无声，便问道：“二和还在家没有出去吗？”月容道：“他在马棚子里喂马，快走啦。”说时，对二和连努了两下嘴。

二和只得走到马棚子里去，牵出马来套车，把车套好了，这才走到月容面前来，笑道：“你请我吃了包饺子，我应当请吃晚饭。你今天吃了晚饭再回去，来得及吗？”月容道：“来得及。今天晚上，我同人家配戏是倒第二了。”二和道：“这么说，要不同人配戏，你是唱不上倒第二的了？别红得那么快也罢，要不……”月容站了起来，举起打毛绳的长针，做个要打人的样子，因道：“二哥，你要说这样的俏皮话，我就拿针扎你。”二和哈哈大笑，扬着马鞭子向外面跑。跨上马车的前座，自己正也打算鞭了马就走，在这时，月容又追到街上来了，抬着手招了几招笑道：“二哥，别忙走，我还有点事情托你呢。”二和勒住马，回转头笑问道：“你有什么事托我？这托字可用不着，干脆你就下命令得了。”月容笑道：“大街上来来去去尽是人，你也开玩笑！要是走市场里面，让你给我买两朵白兰花。”二和点头道：“就是这个吗？还要别的东西不要？”月容道：“不要别的东西了，倘若你愿意买什么东西送我，我也不拒绝的。”二和道：“好的，你等着罢。”二和说毕，一马鞭子赶了马跑开，也就希望早点儿做了买卖回来，好同月容谈话。

他赶马车出去的时候，是扬着鞭子。他赶着马车回来，可是把马鞭子插在前座旁边，两手全拿了纸口袋，口里念着《夜深沉》的胡琴声，咯儿弄的咚，弄儿弄的咚，唱得很有味。到了门口，先不收车子，两手拿了纸口袋，高高地举着，向院子里直跑，口里大喊着道：“月容，我东西买来了，花也买来了。”说着这话，向自己屋子里直奔。可是跑到屋子里看去，只有自己老母在那里，哪有月容呢！于是把手上的纸口袋放在桌上，伸头向里面屋子看去。那铜床上倒是放下了毛绳所结那一片衣襟，还是没人，不由得咦了一声。丁老太道：“你去了不多大一会子，杨五爷就派人来接她来了。她先是不肯走，说不会有什么事。后来她到大门去看了一看，就这样走了。”二和道：“她没留下什么话吗？”丁老太道：“她说也许是要排什么新戏，只好走，改天再来罢。”二和懒洋洋的，把桌子上一个小纸口袋先透开了，取出了一排白兰花，放在鼻子尖上嗅了一嗅。又透开一个大纸包，里面却是鲜红溜圆的橘子。丢下了花，自己剥着橘子吃，再到大门外去收拾马车，也说不出心里头那一份难受，只觉进出走坐都不合意。把马车都收回棚里了，然后叉着两手，站在大门外闲望。

只见王傻子远远地挑了担子回来，在门外就站着笑问道：“月容不是来了吗？”二和依然叉了手身子动也不动，笑道：“来了可来了，我走了，她也走了。我给她买了花，买了水果，白花了钱。”王傻子笑道：“我好久没见她，也很惦记的，吃过晚饭之后，咱们一块儿到戏馆子里瞧瞧她去，你看好不好？我也买点东西送她。”二和想了一想，笑道：“我一个人原不愿意到后台去，若是王大哥陪着我去，我就同你去罢。我先回去，把那一排白兰花用水来养着，你吃了饭，再来叫我罢。”说着就赶回家去，将茶杯舀了一杯清水，把白兰花养着。将放在桌上的橘子，分作两半，一半放到藤篮里，挂在墙上，其余的，依然放在纸口袋里，因道：“妈，你的橘子，我给你留着呢。”丁老太道：“我吃不吃没关系，你还是带给月容去吃罢。她是个小孩子脾气，你留给她一点得了。”二和站在母亲面前，看了她的样子，倒有些发呆。丁老太又不知道儿子在面前出神，她坐在矮凳子上，两手交叉放在怀里，微偏了头，带一点忧容道：“我是事情看得多了。你把橘子送到哪里去？”二和道：“晚上同王傻子一块儿到戏馆子里去。”丁老太这才知道他站在面前，向他点了几下头道：“这倒可以。在后台，人多口杂，你见见她就得了，不必多说话。”二和问道：“您这样说，有什么意思吗？”丁老太笑道：“没什么，你听完了戏早一点儿回来得了。”二和看了母亲这样子，知道这是有下文的，可是自己又不好意思追着问，只好存在心里。

吃过晚饭以后，就同着王傻子一路到戏馆子里来。在路上，二和问他，送月容的礼物呢？王傻子伸手到怀里去一摸，摸出一个扁扁的纸包来，笑道：“你猜是什么？”二和接过来摸了一摸，里面却是软绵绵的，笑道：“这不是两双丝袜子吗？”王傻子笑道：“丝袜子，那我买不起，这是一双细线袜子。”二和笑道：“你别露怯了。她现在阔起来了，大概平常一点的丝袜子，还不要穿呢，你送双……”王傻子夺过纸包，向怀里一揣，因道：“这话不是那样说，瓜子不饱是人心。”二和见他是这样强硬的主张，那也就只好不说什么。

到了戏馆子里，二和是人眼熟一点，直接就向后台走了去。刚一进后台门，就有一个男子，端了一盆脸水，直撞过来，向他望着道：“找杨老板吗？杨老板没有来。”二和道：“天天这个时候，不都来了吗？”那人道：“谁说的？”说着这话，他已经是走远了。看看门帘子下，还有两个女角儿，对这里不住带着笑容。二和也不知道自己有什么事，是可以让人发笑的，但是人家已经发了笑，总是自己有了失态之处，便向后面看看，见王傻子没有进来，只好退出去说：“咱们先到前台去听戏罢，她还没有来呢。”王傻子也正是想着看看月容的戏，便道：“只要不花钱，我还有什么不干吗？”二和一面引他向前台走，一面又叮嘱他千万不可以胡乱叫好。到了池座子里，四周一看，今天生意不算坏，又上了八九成座。二和站在进门的路口，四处张望了一下，只有最后几排椅子，是完全空的，扯扯王傻子笑道：“太坐远了，听不见，那廊子下几个吃柱子的座位，总是没有人坐的，咱们先去坐着，有人来，咱们再让。”王傻子到了这种地方，自己就透着没有了主意，二和向哪里引着，他也就向哪里走去。在二和坐下来之后，一眼看到池子正中，有三个年轻看客，笑嘻嘻地交头接耳说话，记得第一次在这里同月容捧场，就看到他们坐在那里，不料今天来看月容的戏，他们也在这里，真是巧极了。

二和心里有这么一个巧字的意念，在王傻子心里，却是连那巧字的意义也没有。很难得看一回戏，只是瞪了眼向台上望着。二和本来在看了两出戏之后，就要到后台去见月容的，无奈王傻子直瞪了两眼，动也不动，这就只好静静地在走廊子下陪着。又看过了一出戏。是月容出台的时候了，王傻子把胸脯挺了一挺，直起了脖子，那期待的情形，是更透着迫切。二和也就忍住了鼻息，对台上看去。

这晚月容是同生角配演《汾河湾》，她一出门帘子，喝彩声和鼓掌声就风起云涌地一阵又接着一阵地送来。尤其是第三排上几位看客，鼓掌鼓得最厉害，在别人没有响动，他们已经先闹起，人家喝彩完了，他们的响声，还不曾停下。这样一来，就让丁、王二人大大地注意，有时看戏，有时也看看他们，不过月容在台上很留意丁、王二人的座位，并不因为有人这样捧场，就把这里冷淡了。由走廊下电灯昏暗些的地方，看那台上灯光极强烈所在，只觉得月容穿了青衣白裙，更把她那鲜红的脸儿，衬托得娇艳极了。当她二次出台的时候，门帘掀开，一个抢步，走到台正中，那宽大而又轻柔的衣服，真个翩翩然，像一只青蝴蝶在台上飞舞。王傻子情不自禁，连头带身子，摇撼了半个圈圈，然后低声向二和道：“真好！”二和心里也是在那里念着：真想不到，自己有这样好的一个心上人，在千百人面前大出风头。

在这时，那台上的柳迎春，就像知道了自己的意思，当她身子向这边的时候，眼光也很快地对这边一扫。据二和心里断定着，她必是在和自己表示好意，好像说："你也来了。"不想每在她丢一个眼风之后那几个叫好最热烈的人，他们就跟着鼓一阵掌。二和始而是不注意，在他们鼓掌两回之后，心里就大不高兴：难道她一次两次，全是向你们打招呼吗？那真叫梦想！可是他尽管这样想，那几个人还是鼓掌。王傻子轻轻地喝骂道："这三个小子，尽他妈地瞎嚷，我要揍他！二哥，你叫我别叫好，你瞧瞧别人！"二和立刻把身子向上挺站起半截，用手按住他的肩膀道："这是戏馆子，大家取乐的所在，你可别胡来。"王傻子对于他这种劝告，虽也接受了，但是不免把头昂了偏起了脸向二和看着。二和连连地又拍了他几下肩膀，连叫着："坐下，坐下。"

两人坐定了，再向上看去，已是柳迎春在台口打背躬的时候，她道："儿父不做官就不做官，一做官就是七八十来品。"她同时作个身段，将手背掩了口，微微一笑，在她一笑的时候，眼光又是闪电般射到池座这一角来。二和看到，心里痛快极了，觉得在这个时候，自己也就是台上人的薛仁贵了。

第十五回　揉碎花囊曲终人已渺　抛残绣线香冷榻空存

当月容把这出戏唱完了的时候，二和就向王傻子说，要到后台去。可是接着演出的这个压轴子，是王傻子闻名已久，向来不曾见过的《天女散花》，便笑道："古装花旦戏，我是最爱瞧的，咱们看过两场，再到后台去，那也不会迟。月容刚下场，卸妆洗脸，总还有一会子，哪里能够说走就走。"二和想他的话也对，很不容易地带他到这里来听一回戏，让他多过一点儿戏瘾罢，也就只好忍耐着，陪他把戏听下去。约莫听过了四五场戏，二和见王傻子直瞪了两眼，向台上看去，将两手胳臂微微碰了他两下，他也不曾理会，依然睁着两只大眼，呆呆地向台上看那古装的女角。二和又想着，到后台去，不一定要同王大傻子同行，自己先偷偷儿地到后台去，给月容留一个信，叫她等一会儿，然后自己再出来陪王傻子听戏，这就两面全顾到了。

主意想妥，也不用告诉王傻子，拿了两个小纸口袋，就绕到后台来，这已是快到散戏的时候，后台的人，十停走了七八停，空气和缓得多，虽还有十来个男女，在这里扮戏或做事，但门禁可松懈了。二和径直地走了进来，看到了横桌子边，一个五十上下的中年汉子，笼了两只袖子，坐在那里，便向前哈哈腰道："辛苦，辛苦。"那人因他客气，也就伸起身子来，弯了两弯头。二和笑道："月容呢？她没事了吧？"那人道："你不是来接她的吗？她早就走啦。"二和道："她不是刚下场吗？"那人道："我还能冤你吗？她一下场，卸了妆就走了。我也是很纳闷，干吗她今日走得那样快。"这时旁边站立有个老头子，口里衔住了一支长杆烟袋，斜了身子向人伏着，喷出一口烟来，淡淡地答道：“杨老板没回家去，准是吃点心去了。”二和道：“这时候哪里去吃点心？”老人道：“我又能冤你吗？这几天，那个姓宋的，老是等杨老板下场了，就邀她到咖啡店里吃点心去。刚才我见那姓宋的还同几个朋友，全站在后台门口望着，杨老板一到后台，就向他们打招呼，就是马上就走。”二和手里拿了两个纸包垂将下来，竟是听着发了呆，只睁了眼望人，不会说话，也不走开。

那老头子知道二和沾一点亲戚，料着他也不能干涉月容的行动，便道：“第三排上，靠东边那个座位上，总是姓宋的那班朋友在那儿。他们捧杨老板捧得很厉害，就是五爷也知道，你没听见说吗？”二和听了这话，心里就像滚油浇过一般，脊梁上向外阵阵地冒着热汗。那个坐在横桌子边的人，见他只发愣，就将手指轻轻敲了桌沿微笑道：“这没有什么，唱戏的人，谁没有人捧？不捧还红得起来吗？有人捧，就得出去应酬应酬。不过月容年纪轻，你们是她亲戚，可以旁边劝劝她，遇事谨慎一点就得了。”

二和被人家这样劝了几句，才醒悟过来。向后台四周看了一看，并没见月容的踪影，搭讪着望了自己手上的纸口袋道：“这位姑娘说话有点儿靠不住。说明了，她下一场，我就把东西送到后台来的，不想她一句话也不给我留下，就这样地走了。”口里说着，就跟了这话音向外走。估量着后台的人，全看不到自己了，这就一口气跑到前台走廊子下去。看那王傻子，还是瞪了眼睛，向台上望着，于是碰了他一下，轻轻地喝道：“喂，别听戏了，走了！”王傻子回转头来问道：“谁走了？”二和道：“别听戏了，你同我出去，我再告诉你。”王傻子站起身来，还只向他发愣，问道：“怎么一回事？”二和道：“你什么也不用问，跟着我出去就是了。”王傻子两手牵牵衣襟，昂了头还只管向戏台上望着，二和一顿脚，扯了他的衣服，就向外跑。

一直走到戏馆子门口，王傻子道：“怎么一回事？我不大明白。”二和把脚重重一顿道：“我们成了那句俗语，痴汉等丫头了。我们在这里伺候人家，人家可溜起走了。”王傻子道：“什么？月容她溜起走了？我们在这儿听戏，她不知道吗？”二和道：“凭你说，她瞧见我们没有？”

王傻子道：“我们叫好，她只管向我们看着，怎么会不知道？”二和道：“你瞧，她已经把我看得清清楚楚的了，也知道我们是在这里替她捧场，为什么一声不言语就走了？这不分明是知道我们要到后台去，老早地躲开我们吗？”王傻子道：“月容是个好孩子，照说不应该这样子。”二和道：“那算了，她当了角儿了，她有她的行动自由，我管得着吗？走罢，回去睡觉了。”他说了这话，无精打采地就在前面引路，王傻子后面跟着，嘴里啰唆着道：“这件事，直到现在，还让我有点儿莫名其妙。我们到杨五爷家瞧瞧去。”说到这里，二和突然停住了脚，向路边停的一辆人力车子望着。

在那车踏板上笼着袖子坐了一个车夫，正翻了两眼，向四处张望着，二和道：“老王，你们老板呢？”老王道：“我正在这儿等着呢？”二和道：“不是同姓宋的一块儿上咖啡馆子去了吗？”老王道：“是吗？也许我没有留神。”二和道：“你知道他们在什么地方喝咖啡吗？”王傻子道：“他当然知道。要是去喝咖啡，决不止这一次，他准拉月容去过。”老王红了脸道：“我要知道，我还在戏馆子门口等着吗？”二和站着沉吟了一会子，因道：“我们老站在这里，也不是办法。要喝咖啡，他们决不能走远，我们就在附近各家咖啡馆子里瞧瞧去。”老王站了起来，两手一拦道：“我说丁二哥，你别乱撞罢。一个当角儿的，在外面总有一点应酬，一点儿不应酬，她就能够叫人家成天地捧吗？你若是这时候撞到咖啡馆里去，她还是不睬呢，还是见着你说走呢？见你就走，得罪了那些捧角儿的，明天在台底下叫起倒好来，她可受不了。她要是不睬你，你恼她，她下不了台。你不恼她，她也难为情。所以我仔细替你想，你还是不去为妙。”二和连点了几下头道：“这样子说，你还是知道在什么地方。”老王道：“你真想不开，杨老板要是不瞒着我的话，还不坐了车子去吗？她让我在大街上等着，那就是不让我知道。”王傻子偏着头想了一想道：“二哥，他这话也很有道理，我们回去罢。明天见了杨五爷，多多托重他几句，就说以后月容散了戏，就让老王拉了回去。”二和道：“假如她今天晚上不回去呢？”老王笑道：“回去总是会回去的。不过说到回去的迟早，我可不能说，也许马上就走，也许到一两点钟才走。”王傻子道："你怎么知道她一定会回去呢？"老王道："这还用得着说吗？人家虽然唱戏，究竟是一个黄花幼女，一个做黄花幼女的人，可以随便地在外面过夜吗？平常她有应酬，我也在一点钟以后送她回去过的。"王傻子这就望了二和道："咱们还在这里等着吗？"二和站在街中心，可也没有了主意。

就在这个时候，戏馆子里面出来一大群人，街两边歇下的人力车夫，免不了拖着车前来兜揽生意，那总是一阵混乱。丁、王二人站在人浪前面被人一冲，也就冲开了，等到看戏出来的人散尽，颇需要很长的时间，两人再找到老王停车子的所在去，已经看不到他了。二和道："这小子也躲起来了。"王傻子跳脚道："这小子东拉西扯，胡说一阵，准是知道月容在什么地方，要不然，他为什么在这个时候跑了？"二和又呆呆地站了一会，并不言语，突然地把手上盛着白兰花的小纸袋，用力向地上一砸，然后把两只脚乱踹乱踏一顿。王傻子心里，也是气冲脑门子，看了他这样子，并不拦阻。二和把那小口袋踏了，手里还提着一只大口袋呢，两脚一跳，向人家屋顶上直抛了去。抛过之后，看到王傻子手上还有一个纸包，抢夺过来，也向屋顶上抛着。可是他这纸包里，是一双线袜子，轻飘飘的东西，如何抛得起来？所以不到两丈高，就落在街上。王傻子抢过去，由地上拾起来，笑骂道："你抽风啦？这全是大龙洋买来的东西，我还留着穿呢。"他说着，自向身上揣了去。

这时戏馆子门口，还有不曾散尽的人，都望了哈哈大笑。二和是气极了的人，却不管那些，指着戏馆子大门骂道："我再也不要进这个大门了！分明是害人坑，倒要说是艺术！听戏的人，谁把女戏子当艺术？"王傻子拖了他一只手胳臂道："怎么啦，二哥，你是比我还傻。"二和不理他，指手画脚，连唱戏听戏的，一块夹杂着乱骂，王傻子劝他不住，只好拖了他跑。在路上，王傻子比长比短，说了好些个话，二和却是一声儿不言语。到了家门口，二和才道："王大哥，这件事你只搁在心里，别嚷出来，别人听到还罢了，田大嫂听着，她那一张嘴，可真厉害，谁也对付不了。"王傻子道："我就不告诉她，她也放过不了你。这一程子，不是月容没到你家去吗，她见着我就说：'你们捧的角儿可红了，你们可也成了伤风的鼻涕甩啦。’”二和道：“这种话，自然也是免不了的，把今天的事告诉了她，她更要说个酣。”王傻子道：“好啦，我不提就是啦。”说着话，二人已走进了大院子，因为他们这大杂院子，住的人家多，到一点以后，才能关上街门的。

二和已到了院子里，不敢做声，推开自己跨院门进去，悄悄地把院子门关了，自进房去睡觉。丁老太在床上醒了，问见着月容说些什么。二和道：“夜深了，明天再谈罢。”他这样地说了，丁老太自知这事不妥，也就不再问。二和也是怕母亲见笑，在对面炕上躺下，尽管是睡不着，可也不敢翻身，免得惊动了母亲。清醒白醒地睁眼看到天亮，这就一跳起床，胡乱找了一些凉水，在外面屋子洗脸。丁老太道：“二和，天亮了吗？刚才我听到肉店里送肉的拐子车，在墙外响着过去。”二和道：“天亮了。我出去找人谈一趟送殡的买卖，也许有一会子回来。炉子我没工夫笼着。你起来了，到王大嫂那里去讨一点热水得了。”他隔了屋子和丁老太说话，人就向院子里走，丁老太可大声嚷着道：“孩子，你可别同什么人淘气。”二和道：“好好儿的，我同谁淘气呢？”话只说到这里，他已是很快地走出了大门外，毫不犹豫地径直就向杨五爷家走来。

这时，太阳还不曾出山，半空里阴沉沉的，远远地看去，几十步之外，烟气弥漫的，还是宿雾未收。二和却不管天气如何，尽量地就向前面跑了去，心里可也在那里想着：这样地早，到五爷家里去敲门，杨五爷定要吓一大跳。然而他所揣想的却是与事实刚刚相反，他走到杨五爷家门口，远远地就看到杨五爷背了两手，在大门外胡同里来往地踱着步子，口里衔了旱烟袋，微低了头，正是一种想心事的样子。二和冲到他面前，他才昂起头来看到。二和笑道：“五爷，你今天真早呀。”杨五爷淡淡地答道：“我早吗？你还比我更早呢！怎么没有赶车子出来？”二和道：“我有点事，要来同五爷商量一下。”杨五爷向他脸上望着道：“什么？你已经知道了这件事吗？”二和被他这句话问着，倒呆了一呆，反向杨五爷脸上看了去。杨五爷道：“月容这孩子，聪明是聪明的，只是初走进繁华世界，看到什么也要动心，这就不好办了。”二和道：“我想还得五爷多多指教，和她生气是没用的。她现在起来了吗？”杨五爷将旱烟袋吸了两口，有气无烟地喷出了两下，笑道："二哥，你听了我的话，也许会更生气，这孩子昨晚没有回来。"

二和呀了一声，直跳起来。杨五爷道："昨晚上我候到两点钟，没有听着打门，就爬起来在巡阁子里向园子里去打电话，闹了半天，也没有打通。我急得了不得，坐了车子，就亲自到戏馆子里去追问着，馆子里前台几个人一点摸不着头脑，我又只好空了手回来。"二和道："她的包车夫呢？"杨五爷道："这车夫就住在这胡同口上，我一早起来，就是到他家去问的，他说，他在戏馆子门口，也等到两点钟的。夜深了，巡逻的警察直轰他，他只好拉回来了。车夫这么说着，对他有什么办法？"二和道："他瞎说的！我们有一点钟的时候，才离开戏馆子的，那时就早没有看到他了。"杨五爷道："二哥昨晚上也到戏馆子里去的吗？"二和一肚子怨恨，无从发泄，放开了嗓子，就在大门外指手画脚地说着。

杨五爷扯了他的衣袖，就向家里引了去，只在这时，杨五奶奶在屋子里大声应道："你这是怎么啦？人跑了，要到外面找去，你在家里嚷得出什么来？一大早的，吵得人七死八活。"杨五爷笑道："你也不听听说话的声音是谁？"二和这就走到窗户下，向屋子里叫道："五奶奶，对不起，我老早地就来吵你来了。"五奶奶道："谁给去的信，我猜你今天会来的，想不到你有这样地早。我不是同你们一样吗，一宿没睡。你知道这孩子到哪里去了？"二和皱了双眉，只在窗户下发愣。杨五爷道："屋子里坐罢，她走了我们还得过日子，不能跟了她全一走了事，发愣干什么。"二和听到一个"走"字，心里就扑扑跳了几下，叹着气走进屋子来。

五奶奶扣着衣纽扣，走了出来，对二和脸上看看，皱眉道："丁二和，真是一个实心眼子的人，我瞧你两只眼睛全都红了，一夜都没闭眼吧？"二和也不坐着，在屋子里转着走，两手在前面抱着，又背过身后去，背过身后还不舒适，又回到胸前来，答道："我的脾气不好，心里老搁不住一点事。你想，这么年轻轻的姑娘，整宿不回家，这要是上了坏人的当，不定将来会闹个什么坏结果。知道是这么着，还不如以前不救她，让她跟人在大街上卖了一辈子唱。"杨五爷道："有一个姓宋的小子捧她，我知是知道一点。可是唱戏的没人捧，那还红得起来吗？再说她是个初出茅庐的角儿，有人捧，就是难得的事，好在来去有车子送接，这孩子又向来规矩，我倒没提防什么，不料她真有这大胆，成宿不回来。二哥你放心，人交给我了，她回来了，我一定要问个水落石出。”五奶奶道：“我们五爷手下出来的徒弟，也不能让人家说笑话。”二和道：“她要回来呢，我也可以劝劝她，就怕她不回来了。”五奶奶道：“不能吧，不是我夸嘴，我一双眼睛看人也是厉害的，我和她成天在一块，瞧不出她有逃走的意思呀。前天下午，还巴巴地买了十字布，要给我做挑花枕头衣呢。”二和道：“我到她屋子里去瞧瞧成不成？”五奶奶道：“你一句话提醒了我，我也瞧瞧去。”说着话，她便向东厢房走了去。

那房门是朝外虚掩着的，推开门二和跟了进去，里面有一张小桌子，两个方凳，一张小铁床，铁床头上是一只破的书架子。以杨五爷这样的旧家庭，对一个新收的徒弟，这样款待，已经是很优异的了。床上雪白的被单上，叠着一条蓝绸被，在墙上挂了一只草扎的花球，直垂到叠被上来，果然有一块十字布，将挑花架子绷着，放在白布枕头上。那上面绣着红的海棠花，还有两片绿叶子呢。这桌上，放着雪花膏香水瓶子粉盒儿，还有个雕漆的梳妆匣子，全摆得齐齐儿的。也不知道是花露水香，还是别的化妆品香，猛可地走到床边，就有一阵细微的香气，只是向鼻子里送了来。五奶奶道：“你瞧，床单子，铺得一丝皱纹也没有，床上洒得喷喷香的，床底下一双平底鞋，也齐齐地摆着，这像是逃走的人吗？”二和看看，也觉什么都陈设得整齐，不是那一去不回头的样子。书架子下层放了个二尺多大的白皮小箱子，将盖一掀，就掀开了，里面除了月容的几件衣服而外，还有几卷白线。五奶奶道：“丁二哥，她还说和你打一件毛线衣呢。”二和道：“是的，她昨天到我家去，还带了一片毛线衣去。”五奶奶道：“照这种种情形看起来，她哪里会逃走？二哥，你可以放心了。”二和把床上放着的挑花枕头布，拿到手上看看，又送到鼻子边闻闻，靠了铁床站着，只是发愣。

杨五爷在屋子外叫道：“你们打算做侦探吗？老检查什么！”二和走出屋来，向他笑道：“五爷，我看她不是逃走，昨晚上没回来，恐怕是迷了道，说不定巡警带到区里去，过了夜，今天一早就会送回来的。”说着，抬头看了看天色，那金黄色的太阳，早晒满了西厢房的屋脊，又沉吟着道：“假如是迷了道的话，这时候也该回来了。”五奶奶站在他身后，倒不住微笑，这就拖了他一只袖子，向北屋子里拉，笑道：“先别乱，到屋子里去洗把脸，喝口茶，定一定心，她回来了，先别和她生气，她自己知道这一关过不了，一定会说出来的。”二和本待要说什么，见五奶奶脸上却带了一些笑容，自己也就想过来了，是呀，自己和这位姑娘有什么牵连？老把她放在心上，那也是一个话柄子。当时也就只好随了五爷夫妇，到屋子里去坐坐。

五爷家用的女仆赵妈，是个老佣人，很懂规矩，始而是没有插言，现在就进屋子里了，她端了一盆洗脸水，放桌上，向二和道：“丁掌柜，你洗脸罢。大姑娘马上就回来的，她昨天上馆子的时候，还叫我今天上午撑面给她吃呢。”二和向她道着劳驾，走过来，弯腰捞起脸盆里的手巾，向脸上涂抹着，问道：“她是这么说来着吗？”赵妈道：“她总说师傅师娘好，又说丁掌柜好，哪里会……她不是回来了！”赵妈站在屋子中间，向院子外面指着。二和听说月容回来了，满脸是水，手里拿了湿淋淋的手巾，就向院子外面迎了去，他真不能忍了。可是这是接好消息呢，还是接坏消息呢？

第十六回　遍市访佳人伴狂走马
移家奉老母缱绻分羹

二和心里老早就想着：月容在外面犯了夜，这一次回来，一定是骇得面无人色，自己虽然气怒填胸，但是见了她，总要忍耐一二。所以自己迎到院子里面来，竭力地把自己的怒气沉压下去。于是把脸上的水渍摸擦了，向前看看，来的并不是月容，是拉月容包车的老王。二和这才挥着手巾，继续地擦脸，问道："你没有拉杨老板回来吗？"老王道："我特意来打听杨老板的消息的。"二和懒洋洋地向屋子里走着道："我说呢，她怎么回来的时候，也不言语一声。"那女仆赵妈，也透着不好意思，笑道："我瞧见王大哥来了，我以为杨老板也来了。"杨五爷道："老王，昨儿个晚上，你到底是怎样同月容分手的？"老王对杨五奶奶看着，又对二和看着，便笑道："你这话，可问得奇怪，我要是明明白白同她分手的，我还不知道她到哪里去了吗？"

二和手上捏了手巾，始终也没有放下，只揉了一个卷子，向水盆里一扔，叉了两手，向老王望着道："你有点信口胡诌罢？昨天晚上，你不是明明白白对我说，她是让那姓宋的，邀着喝咖啡去了吗？到了今天，你怎么说是不知道？"

老王并不慌忙，向后退了一步，对他笑道："你别发急呀。不错，昨天我是这样说过的，可是我那是猜想的。我以为天那么晚了，除了上咖啡馆喝咖啡去了，她没有地方走。其实我并没有亲眼看到她和姓宋的一块儿走。"杨五爷道："姓宋的，昨晚上听戏去来着吗？"二和插言道："去的，我和他还坐一个犄角上，月容唱完了戏，他和他几个朋友就不见了，不过是几时走的，我说不上。”五奶奶道：“这也用不着猜，当然是姓宋的把她带走了。现在闲话不用说了，反正一个大姑娘家，老让她在外面飘荡着不回来，那不是办法。老王知道姓宋的住在什么地方，拉了车子到那里去碰碰瞧？”老王淡笑道：“我哪里会知道呢？要知道，昨晚上我就接她去了。”

他们几个人在这里议论纷纷的，杨五爷口里衔了旱烟袋，只管装成了那爱吸不吸的样子，眼望了他们，并不说话。二和道：“五爷，你有什么主意吗？”杨五爷左手扶了旱烟袋杆，右手一扬道：“我有什么主意？只有等她回来。她若是有三天不回来，那我没法子，只好断绝师徒关系了。”五奶奶坐在旁边，可皱了眉向他道：“你起什么急，也不至于闹到那个位分，孩子是好孩子，不过年岁轻一点，拿不出主意，上了人家的当，等她回来的时候，好好儿地劝解劝解她就得了。老王，你要是没事，替我们出去找找。丁二哥就在我们这儿吃便饭，带等着她。”二和对于这个办法，当然没有推诿，就在杨家等着。可是到了午饭以后，也并不见月容回来，二和想到母亲在家里等着，一定也很担心的，只好向五爷叮嘱了两句话，匆匆地赶回家。

丁老太果然是很挂心，摸了院子的门框站定，正扬了脸向进去的路上对着。二和一阵脚步声，到了她面前，她就点头问道：“二和，你去了多半天，她回来了吗？”二和道：“没有一点消息。若是到下午还不回来，恐怕就不会回来了。你怎么知道这件事？”丁老太道：“是田嫂子来告诉我的。”二和跌脚道：“我叫王傻子别对人说，这小子嘴就不稳。”丁老太道：“田大嫂说，你们昨晚上嚷着回来，她就知道了。”二和道：“知道也没有什么关系，又不是我的胞妹。就是我的胞妹她要逃走，做哥哥的还有什么法子吗？你好着一点儿走。”他口里说着，已是两手搀了母亲的一只手臂，向院子里搀了进去。丁老太道：“我想那孩子不是那种胡来的人，她很懂事，又没有谁虐待她，她跑走干什么？我想总有一点什么意外，把她给绊住了。你不到区子里去打听打听，有没有汽车撞人的事？”二和笑道：“你也想得到，她那么大人，会让汽车撞上了吗？汽车撞着人，也不是丢了一只鸡的事，瞒不住人的，有那事，也就早已知道了。”

说了这话，母子二人进了屋。丁老太坐在椅子上，只听到二和的脚步乱响，由里屋到外屋，由外屋到院子里去，并不停止，又走了回来。

丁老太听到他跑过三四回之后，问道："二和，你找什么东西？这样像热锅上的蚂蚁一样，来回乱撞。"二和道："我找一只饭碗倒茶喝。"丁老太道："什么，找饭碗倒茶喝？就算罢，可是你也不应该找饭碗找到院子里去。"二和手里拿了一根马鞭子，走到外面屋子停住了。他正想答复母亲这句话，心里有点儿想抽烟卷，于是把桌上一盒火柴拿到手上擦了一根，这才想起来，身上并没有烟，于是把火柴扔了，把火柴盒子也扔了，把一只脚踏在凳子上，将马鞭子在桌面上画着圈圈。丁老太听了他半天没有言语，因道："你光是生闷气也没有用。你心事不定，今天下午别套车出去了，休息半天罢，别为了这个，你自己又出了乱子。"二和道："我也是这样想。你要吃什么东西，我给你预备点，下午我还要到杨五爷家瞧瞧去，也许她回来了。"丁老太道："但愿那样，千好万好。我也不要什么，你出去的时候，对田大嫂子说一声儿，让她到咱们家来罢。"二和道："她……"说了一个"她"字，看到母亲的脸色在那里沉着，似乎知道自己有不好的批评似的，因道："她分得开身吗？"丁老太道："人家早就知道你今日会到外面忙去，已经对我说了，你走了她就来。"二和道："好罢，反正我这件事，已经闹得大家全知道了，少不了跟着她丢一回人。"说着，昂了头叹一声气，走出院子去。

一到外面院子里，就见田大嫂手上拿了三根白钢针，在太阳光里结毛绳子。还不曾开口呢，她先走过来，笑道："丁二哥出去啦？你放心走罢，我陪你老太太去。"二和道："劳你驾。我不一定什么时候回来，吃晚饭的时候，请你给她在小山东铺子里下半斤面条子。"田大嫂十个手指，蝴蝶穿花似的在针头上转着，向他眼珠一转，笑道："你不在家，多早晚让你老太太挨过饿？"二和拱拱手道："这里全是好街坊，所以我多出两个房钱，我也舍不得走。回头见罢。"已经走到大门口了，却听到田大嫂很干脆叫了一声："呔，回来！"二和虽然听得她的话，有点命令式，可是向来她是喜欢闹着玩的，倒也不必介意，这就了转头来，向她点了两点，笑道："遇事都拜托你了，回头我再说感谢的话。"二和也只要把这句话交代出去，自己立刻抽身向外跑着，田大嫂叫着道：“你倒是把手上的马鞭子给放下来呀。”她说着话，也跑了出来，老远地抬起一只手来，连连地招了几下道：“你在大街上走路，拿一根马鞭子干什么？你不怕巡警干涉你吗？”二和听说，这才将马鞭子扔在地上，并不送回来，远远地招招手道：“劳驾，请你替我拿回去。”这个时候，便是一匹马丢了，他也不会放在心上的，无论田大嫂如何叫也不回头，他径直地向杨五爷家走去。

杨五奶奶迎出来说，依然没有月容的消息，五爷出去找人去了，这事只好到明天再说了。二和是站在院子里的，听了这话，先一跳跳到廊檐下，抬了两手道：“又要让她在外面过一宿吗？”五奶奶道：“不让她再过一宿有什么法子？谁能把她找着？”二和第二跳，由廊檐下又跳到院子中心，连连地顿了脚道：“找不着也要找！今天再不找她回来，那就不会回来的了。”五奶奶道：“找是可以找，你到哪里去找她呢？”二和道：“东西两车站，我全有熟人，我托人先看守着，有那么一个姑娘跟人走，就给我报警察。至于北京城里头，只要她不会钻进地缝里去，我总可以把她寻了出来的。”话说到这里，他好像临时有了主意，立刻回转身向外面跑去。

他在杨家院子里是那样想着，可以开始寻人了，可是一出了杨家的门，站在胡同中心，就没有了主意。是向东头去找呢，还是向西头去找呢？站着发了一会子呆，想到去戏馆子里，是比较有消息的所在，于是径直地就向戏馆子跑了去。

这天恰好日夜都没有戏，大门是半掩着的，只能侧了身子走进去。天色已是大半下午了，戏馆子里阴沉沉的没有一个人影子，小院子东厢房里，是供老郎神的所在，远远看去，在阴沉沉的深处，有一粒巨大的火星，正是佛案前的香油灯。二和冲了进去，才见里面有个人伏在茶几上睡着。大概他是被匆忙的脚步响惊动了，猛地抬起头来道：“喂，卖票的走了，今天不卖票了。”二和道：“我不买票，我和你打听一个人。那杨月容老板，她到哪里去了，你知道吗？”那人道：“你到她家去打听，到戏馆子来打听干什么？”二和道：“听说她昨天没回家。”那人道：“我们前台，摸不着后台的事。”二和碰了一个钉子，料着也问不出什么道理来。最后想到了一个傻主意，就是在戏馆子附近各家咖啡馆里，都访问了一遍。问说：“昨晚上有没有一个十六七岁的姑娘来吃点心？”回答的都说：“来的主顾多了，谁留神这些。”问到了街上已亮电灯，二和想着：还是到杨五爷家里去看看为妙，也许她回来了。又至问明了杨家夫妇，人依然是没有踪影，这才死心塌地地走开。

自己虽是向来不喝酒的人，也不明白是何缘故，今天胸里头，好像结了一个很大的疙瘩，非喝两杯酒冲冲不可。于是独自走到大酒缸店里，慢慢儿地喝了两小时的酒，方才回家去。到家的时候，仿佛见田氏姑嫂都在灯下，但是自己头重脚轻，摸着炕沿就倒了下去，至于以后的事情，就不大明白了。

这一觉醒来，已是看到满院子里太阳光，翻身下床，踏了鞋子就向外面跑。看到田大姑娘正和母亲在外面屋子里坐着说话，这也不去理会。径直跑到马棚子里去，把马牵了出来。那棚子里墙上，有一副马鞍子，也不知道有多久不曾用过，放在院子里地上。将布掸扑了一阵灰，就向马背套着。丁老太在里面屋子里听到，便道：“二和，你一起来，脸也没洗，茶也没喝，就去套车了？”二和道：“起来晚了，我得赶一趟买卖去。”说着，这才一面扣衣服，一面拔鞋子，带了马走出大门，跳上马去，又向杨五爷家跑了来。

这回是更匆忙，到了他家门口，先一拍门，赵妈迎了出来，向他脸上望了道：“丁二哥，你别这样着急。两天的工夫，你像害了一场大病一样，两只眼睛，落下去两个坑了。”二和手里牵着马缰绳呢，因道：“你别管我了，她回来了没有？”赵妈道：“没有回来，连五爷今天也有点着急了。戏馆子刚有人来，说是今天再不回来，这人……”

二和哪里要听她下面这句话，跳上了马，扯着马缰绳就走，他现在似乎也有了一点办法。假设那姓宋的是住在西城的，只骑了马在西城大街小巷里走，以为纵然碰不到月容，碰着那姓宋的，也有线索。于是上午的工夫，把西城的街道走了十之七八。肚子饿了，便在路边买烧饼油条，坐在马上咀嚼着，依然向前走。由上午走到下午，把南城每一个犄角也找遍了。依了自己的性子，还在骑着马走，可是这马一早出来，四只蹄子，未曾休息片刻，又是不曾上料就向外跑的，现在可有点支持不住，不时地缓着步子下来，把脖子伸出了，向地面嗅了几嗅。他在马上就自言自语地道：“你老了，不成了，才跑一天的工夫，你就使出这饿相来。”刚只说完了这话，自己可又转念着：马老了，我还知道念它一声，家里有个瞎子老娘，我倒可以扔下来成天地不管吗？虽然说拜托了田大嫂，给她一碗面吃，那田大嫂是院邻，她要不管，也没法子。如此想着，才骑马回家。

秋末冬初的日子，天气很短，家里已亮上灯了，丁老太在外屋子里坐着，听到脚步声，便问道：“二和，你一早骑了马出去，车子扔在家里，这是干什么？”二和进屋来，见桌子干干净净的，问道：“妈，你没吃饭吗？”丁老太道：“田家姑嫂两个，在我们家里坐了一天，做饭我吃了。刚才是田大哥回家了，她们才出去。你怎么这时候才回来。”二和道：“你吃了就得。别提了，月容到底是跑了。”丁老太道：“跑了就跑了罢。孩子，咱们现在是穷人，癞蛤蟆别想吃那天鹅肉。当然咱们有钱有势的时候，别说是这样一个卖唱的姑娘，就是多少有钱的大小姐，都眼巴巴地想挤进咱们的大门，只是挤不进来。咱们既是穷人，就心眼落在穷人身上，这些荣华富贵时代的事情，我们就不必去想了。”二和也没做声，自到院子里去拌马料，然后烧水洗过手脸。听到胡同里有吆唤着卖硬饽饽的，出去买了几个硬饽饽，坐在灯下咀嚼着。

丁老太坐在那里还不曾动，这就问他道：“孩子，你明天还是去……”二和抢着道：“当然我明天还是去干我的买卖。以前我不认识这么一个杨月容，我不也是一样过日子吗？妈，你放心得了。”丁老太道：“这很不算什么。我见过的事就多了，多少再生父母的恩人，也变了冤家对头。”二和笑道：“你不用多心了。从这时候起，咱们别再提这件事了。”丁老太道：“你口里不提没关系，你心里头还是会想着的呀。”二和道：“我想着干什么！把她想回来吗？”丁老太听他这样说着，也就算了。二和因怕母亲不放心，把院门关了，扶着母亲进了房，也就跟着上炕。上炕以后，睡得很稳，连身也不翻，这表示绝对无所用心于其间了。

到了次日，他照往常一样，很早地起来，笼煤炉子烧水，喂马料，擦抹马车。丁老太起床了，伺候过了茶水，买了一套油条烧饼，请母亲吃过，套好了马车，就奔东车站，赶九点半钟到站的那一趟火车。到了车站外停车的所在，还没有拢住缰绳呢，一个同行的迎上前来，笑道：“丁老二，你昨天干吗一天没来？”二和道：“有事。”那人笑道：“有什么事？王傻子告诉我，你找杨月容去了。据我看，你大概没找着。其实远在天边，近在眼前。”二和道：“你瞎扯，你知道？”那人道：“怎么不知道？她昨天同人坐汽车到汤山洗澡去的。这车子是飞龙汽车行的。从前飞龙家也有马车你是知道的，我在他家混过两三年呢……”二和道：“你说这些干什么？我问你，在哪里瞧见她？”那人笑道：“飞龙家掌柜的对我说，唱戏的小姐，只要脸子长得好些，准有人捧。那个杨月容，才唱戏几天，就有人带她到行里来租车子，坐着逛汤山去了，不信你去问。”二和道：“那我是得去问。”只这一句，带过马头，赶了车子，就向飞龙汽车行来。

向柜上一打听，果有这件事，只知道那租车人姓宋，住在哪里不知道。汽车回城的时候，他们是在东安市场门口下的车。二和也不多考量，立刻又把马车赶了回去。到家以后，见田氏姑嫂在自己屋子里，说一句我忙着啦，有话回头说，于是卸下了车把，套上马鞍子，自己在院子里，就跳上马背，两腿一夹，抖着马缰绳就走。田大嫂手上拿了一柄铁勺追到外面来，叫道：“丁老二，你疯啦，整日地这样马不停蹄，饭也不吃，水也不喝，你又要上哪儿？”二和已出了大门几丈远，回头来道：“我到汤山脚下去一趟，下午回来。就跑这一趟了。”说着，缰绳一拢，马就跑了。

田大嫂站在大门外，倒发了一阵子呆，然后望着二和的去路，摇了两摇头，叹了两口气，这就缓缓地走进屋子里头来。她妹妹二姑娘，将一块面板，放在桌子上，高卷了两只袖子，露出圆藕似的两只胳膊，在面板上搓着面条子，额头上是微微透着粉汗。她笑道：“大嫂，你张口就骂人。”田大嫂道：“我干吗不骂他？我是他的大嫂。你瞧，赶了马车出去找一阵子，又骑了马出去了，这样不分日夜地找那小东西，家都不要了。有道是婊子无情……”二姑娘瞪了她一眼道：“人家也不是你亲叔子、亲兄弟，你这样夹枪带棒乱骂！”田大嫂歇了口气道：“我就是看不惯。”

她说着话，就用铁勺子去和弄锅里的面卤。

原来丁老太上了岁数，有些怕冷，她们把炉子搬到屋子里去做饭，也好就在一处说话。丁老太坐在桌边矮椅子上，鼻尖嗅了两嗅，笑道："大嫂子，你真太请客了啦。都预备了些什么打卤？"田大嫂道："四两羊肉，二十枚的金针木耳，三个鸡蛋，两大枚青蒜，五枚虾米，一枚大花椒。"二姑娘把面条子拉到细细的，两手还是不断地撑着，摔在面板上，沾着干粉啪啪有声，向田大嫂瞅了一眼笑道："还有什么？报这本细账！你打算要老太出一股钱吗？"田大嫂笑道："今天你做东，我得给你夸两句，让老太多疼你一点。"丁老太笑道："我们二姑娘也真客气，干吗还要你请客？你姑嫂俩整天来陪着我，我就感激不尽啦。"二姑娘笑道："就凭我嫂子报的那笔账，也花不了多少钱吧？我这个月做活的钱多一点，不瞒您说，有两块八九毛了，还有十天呢，这个月准可以挣到三块五六毛。自己苦挣来的钱，也该舒服一下子。我姑嫂在家是吃这些钱，搬到这儿来，陪着老太也是吃这些钱，落得作个人情。老太，你吃面，要细一点儿的，要粗一点儿的？"丁老太笑道："我听说你这一双小巧手，面活做得好，面也撑得细，我得尝尝。"二姑娘道："做粗活，我可抵不了我大嫂，她那股子劲，我就没有。大嫂，卤得了吧？让我来烧水下面，你来撑面。"大嫂道："老太说你有一双巧手，你倒偏不撑面给老太吃？"

二姑娘放下面条，走过来，接了大嫂的铁勺，把两只大碗放在桌上，先将卤盛了一满碗。然后又盛了一个八分碗。田大嫂撑着面，抿嘴微笑。二姑娘把烧熟了的一锅水，替代了炉子上打卤的小锅，然后找了一只瓷盘子，将八分满的一碗卤盖上，移着放到桌子里面。田大嫂点点头，向她微笑。二姑娘红了脸道："你笑什么？"田大嫂且不理她，对丁老太道："咱们两家合一家，好吗？"丁老太道："好啊，你姑嫂俩，总是照看着我，这两天，吃饭是在这里，做活也在这里，真热闹，承你姑嫂俩看得起我这残废。"田大嫂笑道："不是说目前的事。带着活到这儿来做，老人家吃我们一点东西，我还用着你的煤水吧？做人情也没做到家，值得说吗？我的意思，是说，你也很疼我家二姑娘的，我家二姑娘，自小就没有爹妈，把你当了老娘看待，你要不嫌弃的话……”二姑娘掀开了锅盖看水，笑道：“对了，拜你做干妈。水开了，下面吧。”田大嫂笑道：“不，找王傻子出来做个现成的媒，让她同老二做个小两口儿……”

二姑娘伸手抓起一块面团，高高地举起，笑骂道：“你是个疯子，我拿面糊你嘴。”田大嫂举起手来，挡住脸，人藏在丁老太身后，笑道：“二姑娘，我起誓，我这句话，要不说到你心眼儿里去了，我是孙子。”二姑娘将面团向面板上一扔，顿了脚道：“老太，你瞧，你瞧，我不干了，非打她不可。”田大嫂依然起身撑面，笑道：“你不干了？你就回家去罢。我们在这儿吃面。”丁老太听说，只是笑。田大嫂道：“老太你说一句，愿不愿意？”丁老太笑道：“婚姻大事，现在都归男女本人做主了，做父母的，哪能多事啊！要说到我自己，那是一千个乐意，一万个乐意。”二姑娘已是将锅盖揭开，把面条抖着，向水里放下去，望了锅里道：“我不言语，听凭你们说去。”于是拿了一支长竹筷，在水锅里和弄着面。

大嫂笑道：“若是这样说，这是有八分儿行了。二和呢，栽了这一个大筋斗，大概不想摩登的了，凭我一张嘴，能把他说服。再说，他对我们二姑娘，向来很客气。我们二姑娘呢，别的不提，一小锅卤，她就替二和留了一大半。”二姑娘撅了嘴道：“还有什么，你说罢，留了大半碗，就有一大半碗吗？一个做嫂子的人，没有在别人家里这样同小姑子开玩笑的。老太，面得了，先给你挑一碗吧，趁热的。”丁老太道：“大家一块儿吃罢。”二姑娘道：“大家一块儿吃，面就糊了。煮得一碗吃一碗，又不是外人……”二姑娘挑着面，立刻把拿筷子的手掩住了嘴，大嫂子笑道：“不是外人，这可是你自己说的，不是我开你的玩笑。”二姑娘笑道：“你今天疯了，我不同你说。老太，你先吃着。”她说着话，挑好了大半碗面，用瓷勺子浓浓地给面上加了许多卤，两手捧着，送到了老太手上。田大嫂道：“老太你吃吧，这是她的一点孝心。将来多帮着儿媳妇，少帮着儿子吧。”二姑娘将眼瞪了瞪，还没有说话呢，可又来个多事的了。

第十七回　妙语解愁颜红绳暗引　伤心到艳迹破镜难圆

屋子里三位妇女开玩笑，外面可有人笑着，正是王傻子进来了。他一路走着，一路嚷着道：“你们这是拿老太太开胃，二和整日地在外面跑着，脚板不沾灰，就是为了找媳妇，煮熟了的鸭子也给飞了，你们还说什么疼媳妇疼儿子的。”他说这话时，已是脚踏进了屋子，看到田家二姑娘也在这里，就把话顿住了。见二姑娘弯了腰，正向水锅里下着面，这就笑道：“撑得好细的面，是老太请你们姑嫂俩呢，还是你们姑嫂俩请老太？”田大嫂道：“面还有一点，打得卤可不多，你要吃的话，我去买作料来打卤。”王傻子向桌上看着，现成的一大碗卤，这还罢了，桌子里面还搁有一只碗，把碟子盖着的，在碗沿上挂下金针木耳来。便向田大嫂笑道：“都是好街坊，也都是好朋友，二和不在家，你们还给他留上一碗，我现在这里的人，和你们要，你们也不给。那碟子盖着是什么？”田大嫂两手撑了面条子，向他看了一眼，笑道：“你问问老太，那一碗卤，是我给留下来的吗？”二姑娘虽不说什么，脸也红了，在锅里正挑起了一碗面就向王傻子笑道：“我大嫂同你闹着玩呢，啰，这一碗你先尝着。”她口里说着，先把面碗递到他手上，然后端了卤碗过来，连舀了好几勺子卤，向他面碗上浇着。王傻子两手捧着碗，笑道：“得啦得啦，回头咸死我了。”二姑娘笑道：“卤做得口轻，不会咸的。”说着，又塞了一双筷子到他手上。

王傻子有了面吃，把刚才所要问的话也就忘了，自捧了碗，坐在旁边椅子上去，稀里呼噜只管吃起来。田大嫂子手里撑面，可向王傻子笑道："王大哥，今天这顿，是我们二姑娘请老太太的。你吃了我们二姑娘的面，将来二姑娘有什么事请你帮忙，你可别忘了吃了人家的口软。"王傻子道："这院子里街坊，有找我王傻子帮忙的时候，我王傻子辞过没有？"二姑娘只向她嫂子瞪了一眼，却没说什么，接连着把面条子下了锅。姑嫂二人，也都端着吃，她们浇卤，依然是浇着桌子中间那一碗，因为不大够分配，只彼此随便浇了两勺子卤在面上。直把面都吃完了，那碗里还有些剩卤呢。田大嫂道："王大哥还来一碗吗？这碗里还有些卤，够拌一碗面的。"王傻子道："我本来就不饿，是同你姑嫂俩闹着玩的。还有一点卤，该留给你们俩了。"说着话，自己抹一抹嘴，道着谢走了。

在这日下午，他挑了皮匠担子回家来，远远地看到了一匹白马进了大门，那准是二和回家了。自己把担子挑到家里，休息了一会儿，跟着也向二和家走去。只见二姑娘又在那里下面，二和伏在桌子上吃面，面前摆了一碗卤和一碟子咸菜。丁老太坐在旁边矮椅子上，正说着话。她道："人家待你真不错，自己吃面，也舍不得多浇一点儿，为了你一个人，倒留下一小碗卤了。"二和道："你知道，你就该拦着，这倒叫我怪不好意思的。"二姑娘盛起了一碗面，放在桌沿上，低声笑道："全在这儿。"二和一抬眼，见她那长圆的脸儿，虽没有涂一点脂粉，却也在脸腮上透出两个红晕。她不像别的少女，有那卷着的烫发，只是长长地垂着，拖到肩膀上，梳得顺溜溜的。身上穿了一件蓝布旗袍，也没有一点痕迹。在那袖口里，还露出两线红袖子，可以知道她这衣服里面，还有一件短的红夹袄呢。在她肋臂下纽扣掖了一条长长的白布手绢，倒也有那一分伶俐样子。便欠了一欠身子，说声多谢。

王傻子站在屋檐下，远远地看到，便搔着头发笑道："二哥，你别有福不知福。田大嫂同二姑娘老早给你预备下的，面也有，卤也有。人家自己那份给我吃了，她俩就算没有浇卤，吃光面。放着家里现成的福不享，你骑着马满市去追爱人！你是烧糊了的卷子，油糊了心？谁是你的爱人？"王傻子一嚷，二姑娘靠了桌子站着，红了脸望着他没做声。田大嫂手里，正把毛线打着手套呢，把手上的活向桌上一放，向他沉着脸道："呔！王傻子，你可别不分皂白，糊涂乱说。请老二吃一碗，这有什么闲话可说？我们没有让你吃一碗吗？你说话可得分清楚一点儿。”王傻子也红了脸，两手扭着身上的腰带，翻了眼道：“我……我没敢说什么呀。”田大嫂道：“本来你也不敢说什么！不过你不会说话，说得有点儿不中听。”二和看到这事情有点儿僵，放下碗，立刻抢到屋外来，向王傻子拱拱手道：“大哥，你瞧我了。田大嫂就是心直口快。”王傻子半天没做声，这才回想过来了，将手一摔道：“好啦，咱们骑驴子翻账本，走着瞧。”二和挽了一只手胳臂，就向院子外面拖了去，笑道：“大哥，你怎么啦？喝了两盅吧？我心里正难受着呢，你能在这时候跟我为难吗？”王傻子看到田大嫂那样生气，觉得也许是自己说错了话，经二和一推也就走了。

二和回到家来，又只管向田氏姑嫂道着不是。田大嫂默然坐在一边，只是看他。二和吃完了面，把一只腿架在凳子上，侧了身子坐下，口里衔了半截烟卷，两手抱了膝盖，把两道眉毛深深地皱着。田大嫂瞅了他两眼，微笑道：“做老嫂子的，又该发话了。你在外面跑两天了，得着什么消息没有？”二和轻轻答应了一声没有，还是那个姿势坐着。二姑娘坐在老太对过椅子上，好像感到无聊，站起来拍拍身上的灰，低声道：“大嫂，我回去一趟。”她说毕，从从容容地走了。田大嫂微偏了头，向二姑娘后影瞧着，直等出了跨院门，才叹了一口气道：“人都是个缘分。我们这一位，什么全好，就是摸洋蜡。”丁老太道：“怎么啦？你二姑娘晚上点洋蜡睡觉吗？她为什么爱摸洋蜡？”田大嫂笑道：“现在的姑娘，非摩登不可，她不摸灯，不是摸洋蜡吗？”丁老太哈哈地笑着，二和也笑起来。

田大嫂道：“你也乐了？你瞧你刚才皱了两道眉头子，三千两黄金也买不到你一笑，以为你从今以后不乐了呢！老太，不是我事后说现在的话，以前我就瞧着月容那孩子不容易逗。你瞧，她也不用谁给她出主意，她就能在师傅面前变戏法跳了出来。现在一唱戏，那心更花了。”二和听了这种言语，又把脸色沉下来，只是抱了架在凳子上的腿，默默无声。田大嫂笑道：“我这样说着，老二必定不大爱听吧？”二和笑道：“这有什么爱不爱听？她又不是我的什么人。就算是我什么人，她已经远走高飞了，我还讲着她干什么？”田大嫂道：“因为你已经有了笑容了，我才肯接着向下说。像你这么大岁数，本来也惦记成家。再说，你们老太眼睛不方便，正也短不了一个人伺候，不过你所要的那种人，是吃苦耐劳，粗细活全能做的人。至于小花蝴蝶子似的人，好看不好吃，放在你们家里，恐怕也是关不住。依着我的意思，还是往小家的人家去找一个相当的人，只要姑娘皮肤白净，五官长得端正，那就行了。”二和笑道：“大嫂子这话劝得我很对，可是我这样的穷人，哪儿去找这样事事如人意的姑娘去？”大嫂笑道：“有呀，只要你乐意，这红媒我就做上了。”

二和微微地笑着，也没有答应她的话，自从衣袋里掏出一盒烟卷，取了一根，慢慢地抽着。田大嫂手上打着手套子，抬起眼皮子向二和很快地看了一眼，依然低了头做活。二和默然地坐了一会，看看天色已晚，就对门外的天色看了一看，笑道：“累了两三天，这才喘过一口气来，我该出去洗个澡了。”说着，站起来，牵牵自己的衣服，就走出院子去。也许是那样凑巧，他出来，刚好碰到二姑娘由外面进来，也许是二姑娘老早地就在这里，没有来得及闪开。所以二和出了跨院门的时候，她闪在旁边，低了头，让二和过去。二和出那跨院门的时候，是走得非常之快的，可是出院以后，不知何故，却站着顿了一顿。因之，二姑娘虽然是低了头站在一边的，她看见地上站的两条腿，也知道二和站在面前了，这样静站着，约莫五分钟。还是二姑娘低声先道：“二哥又出去啦！”二和笑道：“不发那傻劲儿了，我出去洗个澡。”二姑娘虽没说什么，却听她格格一笑呢。

二和虽然说是出去洗澡，但是走出大门以后，他的意思就变了，他脚不停步地就上戏馆子里走去。月容搭的那个戏班子，今天换了地方，换在东城的吉兆戏团演出，这戏馆子的后台，另有一个门在小巷子里出入，无须走出大门。二和一直地走到这后门外，就来回地徘徊着。在一处车夫围着一个卖烧饼的小贩和一个卖热茶的孩子的地方，那里立了一根电线杆，上面一盏街灯，正散着光线，罩着那些人头上。二和远远地看去，见其中有两个车夫，正是拉女戏子的，于是缓缓地移步向前，从身上掏了几个铜子，向小贩手上买了一套油条烧饼，提在手上，靠了电线杆咀嚼着，自言自语地道：“真倒霉，等人等不着，晚饭也耽误了。这年头儿交朋友，叫人说什么是好。”他这两句话刚说完，那墙旁包车的踏板上，坐着一个黄脸尖下巴的车夫，两手捧了一饭碗热茶，嘎的一声，又嘎的一声喝着，这就插嘴道：“喂，你说找谁呢？你跟我们打听打听就行。”二和笑道：“哥们儿劳驾，我给您打听打听，那个给杨老板拉车的老王，今天怎么还没来？”那车夫道：“你打听的是他呀！他早不干了。你找他干什么？”二和道：“我请了一个会，他是一角，会钱他早已得过去了，现在该是他拿钱出来，头一遭，他就给我躲了个将军不见面。当年他请过两支会，都有我，我有始有终，把会给他贴满了。现在到了我请会，他就不理这本账。这年头儿交朋友，真是太难一点。”另外的一辆车上，坐着一位车夫，笑道：“王小金子，那家伙就不是个东西，你怎么给他会合得起伙来？你要是和他讨钱，现在倒正是时候，这回杨月容跟姓宋的那小子跑了，只有他知道，这小子很弄了几文。”

二和听了这话，心里头不由得扑通扑通跳了几下，但是他依然极力镇定着，笑道：“你这位大哥怎么知道杨月容跟姓宋的跑了？”那车夫道：“我也是拉这班子里的一个角儿。班子里的这几个有名的人儿，她们的事情，还瞒得了我们吗？我们老在这戏馆子门口坐着的，她飞不过我们眼睛。王小金子拉月容上四合公寓去的时候，哪一趟我们也知道。”二和道：“四合公寓？那是大公寓呀。”那车夫道：“姓宋的那小子，很有钱。他爸爸在本城同天津，开有古董店。专门做外国人生意，一挣好几万，他要住什么阔公寓住不起？要不，他就能天天来捧角吗？”二和道：“老王天天还到四合公寓里去吗？”车夫道：“月容跑了，他搂了一笔钱，好几天没见面了。以后，也许不拉车了。”二和道：“既是那么着，我赶快找他要钱去罢。”自己一面说着，一面向前走了去。一个在车站上赶马车的人，对于公寓旅馆，当然是很熟的。因之二和知道了姓宋的在四合公寓，用不着再去找地点，径直地就奔了去。

直跑到那公寓门口，他心里这才忽然省悟：自己凭了什么资格可以到这里来找姓宋的？若说是找月容，她是不是明明地藏在公寓里，还不得知。就算她真的藏在这里，她一不是我姊妹，二不是我女人，她爱跟谁在一处，自己也是无法去管她。心越想得明白，胆子也就越小，慢慢地走着，慢慢地把脚步迟钝着，最后完全站住了。

那公寓里出来一个茶房，却向他脸上望着，因道："我认得你。你是赶马车的。跑到这儿来干什么？"二和自己觉得心里哄哄乱跳，跳得周身的肌肉，都要随着抖颤起来，但是他极力地忍耐着，向茶房笑道："我是做什么的，就干什么来了。这里有位宋先生听说要车办喜事。"茶房笑道："你消息真灵通，可是你也灵通得过分一点。人家已经回天津了。"二和道："新娘子也去了吗？"茶房笑道："别瞎扯了！什么新娘子，她是个唱戏的，人家带着玩玩的。"二和道："他们真走了吗？"说着这话时，那脸上的热血，涨到耳朵根上去，觉得自己的面皮，全绷得紧紧的。茶房道："你多做一笔生意，也不碍着我什么事，我干吗冤你？"二和道："他前天还借了我一个藤筐子装水果回来呢，他住的那屋子，已经有人住着吗？"茶房笑道："还空着的。怎么样，你想进去住吗？"二和笑道："老哥，开什么玩笑！我想进去瞧瞧我那藤筐子还在里头没有，你们留着也没用。"说着，向茶房一抱拳头，只嚷劳驾。茶房笑道："本来没有这么大工夫，既是这样说了，我就陪你去找一趟来罢。"说着，他在前面引路。

二和两只眼睛，真是不够使的，东瞧西望，每一间房门口，全死命地再向里面盯上一眼。后来茶房走到一间房门口，将门向里一推，就对他笑道："你瞧罢，这里面有什么？"二和看时，虽然所有陈设的只是公寓里寻常的木器家具，但是那四周的墙壁，却都是用花纸糊了，隐隐之中，好像有一阵香气，向鼻子里送了来。看看地上，扫得干干净净，分明是人走以后，这里已经打扫过一次的了。再进里面一间屋子里去，亦复如此。茶房在外面屋子里道："一只大藤筐，大概不是一根针，你找着了没有？我没有这些工夫老等着你。"二和被他催促不过，也就做个寻找藤筐的样子，四处张望。真正注意的所在，却是门缝里，窗户台上，桌子边的墙上，以为在这上面，能找到一些字迹的话，那就可以找得着寻月容的一点线索。然而这墙全是花纸糊裱的，正为了美观，上面哪有一点墨迹。

二和寻不着一些什么，不便久留在这屋子里。要出门的时候，回转头来看，却见放洗脸架的地下，有一样亮晶晶的东西射着眼睛。回身由地上拾起来，看时，却是一面小小的圆镜子，不过这圆形是一个铜框子，嵌在里面的玻璃，却是打破了半边。这一面破镜子，是女人粉盒里用的东西，要它干吗？正待扔了，可是偶然翻过面来，却是两个人合照的一张照片，一个是月容，一个便是姓宋的那小子。一看之后，但觉脊梁上出了一阵热汗，捏着手里出了一会神，就揣在衣袋里走出来。茶房道：“没找着吧？”二和道：“那姓宋的没有信用，把我们穷人的东西随便扔，可不想到我们置什么东西，也是不容易。”说着这话，也就走出公寓了。

不等到家，在路上就连打了两个哈哈。回家了，在跨院门的所在，就大声笑着道：“他妈的不祥兆！还没有走，镜子就摔了，我往后瞧着，她要好得了，我不姓丁了。”丁老太一人坐在外面屋子里，因道：“二和，你是怎么了？你临走的时候，说是洗澡，这又跑到什么地方去了？”二和在屋子里跳着，两手一拍道：“到底让我把他们的消息找着了。月容是同一个捧角的走了，他们原住在四合公寓里，现在上天津了。我还到公寓去了，在屋子里，找着一面破镜子，那背面嵌着他两人的相片。这一下子，我真乐大发了，平常两口子过日子，打破了镜子还会出岔呢，他们刚刚搭上了伴，立刻出了这种事，那我敢说不要久，他们就得完！哈哈！”丁老太两手按了膝盖坐着，皱了两皱眉毛，笑道：“你这孩子，心眼儿也太窄。人家已经是远走高飞了，你还说她干什么？年轻的小伙子，倒会谈妈妈经。”二和也不说话，却跑到屋子里去，找出一把剪刀来，拔出镜子后面的那张相片，把宋信生的相片给挖了出来，先扔在地上，用脚踏住。接着，把两手捧了月容的相片，高过了额顶，笑道：“你别乐，破镜难圆！我也不要你，你们自个儿也分离了！”说毕，把捏在手心的那面破镜子，向院子里一扔，扑啦一声响，砸了个粉碎。

第十八回　忙煞热衷人挑灯做伴　窃听夜阑语冒雨迁居

丁老太坐在屋子里，虽看不到一切，可是从二和那种杂沓的脚步声，那种高亢的叫喊声，都可以知道他在生气，正想得了一个结果才阻止他呢。话还没有出口呢，就听到了院子里砸碎镜子声，那来势的凶猛，倒骇得自己身子向上一冲，便道："哟，二和，你这是怎么了？可别犯那小孩子的脾气。"二和也不理她的话，依然嚷着道："她上天津，我也上天津！她上天边，我也上天边！我总要找到她！那姓宋的小子，不让我看见就罢，让我见着了，他休想活着！"他口里说着，人是由屋子跳到院子里去，接着，又由院子里跳了进来，嚷嚷着道："我怕什么，我大光棍一个，他是财主的后代，他和我拼起来，我比他合算。"说着，自己坐了下来，哗啦一下椅子响，向桌子上一撞，把桌子上那些瓶儿罐儿缸儿一齐撞倒，还有两只碗，索性呛啷地滚到地面上来。

丁老太再也不能忍耐了，战战兢兢地站了起来，脸扬着，对了发声的所在，问道："二和，你这是怎样了？你觉得非这样闹，心里不痛快吗？你为了一个女孩子，家不要了，老娘也不要了，性命也不要了，你就这样算了？"二和倒在椅子上，本来无话可说，只是瞪了眼睛向天空上望着，经丁老太这几句话一提，心里有些荡漾了，就站起来道："我没有怎么样，不过想着心里烦得很。"丁老太道："你心里烦得很，就应该在家里拍桌捶板凳吗？你不想想，这有三天了，你成天到晚全在外面跑，生意不做，瞎子老娘你也不管了。为了这样一个女孩子，打算丢我们家两条人命吗？"二和听说，倒是怔怔地站着。丁老太道："你是我的儿子，你还不如田家大嫂那样心疼我。人家见你不在家，又是陪着我聊天，又请我吃饭，自己姑嫂俩全来，倒把房门锁着。再说，一个人替自己想想，也得替人家想想。你一个赶马车的穷小子，也只好娶一个小户人家的姑娘，粗细活全能做就得了。像月容那孩子，已经不是街上卖唱的人了，她成了个红角儿，就是不嫁人，她也有了饭碗，什么也不用着急。假如要嫁人的话，运气好，也许碰上了个总长、次长，收去做三房、四房，次一点儿，一夫一妻的嫁个小有钱的主儿，每月不说多，也挣个百儿八十的。就别说她现在跑了罢，她要是不跑，就凭你每天赶马车挣个块儿八毛的能养活她吗?人家成了红角儿的，不去做太太，就去做少奶奶，只有她不开眼，要嫁你这个马车夫！”

二和听了这些话，仔细地玩味了一番，觉得母亲的话，很是有理，便道：“你说的话，怕不是很对。可是她由一个卖唱的，可以做到一个红角儿，我一个赶马车的，一样也可以混一个挣钱的事。好汉不怕出身低，就能料着我一辈子全赶马车吗？”丁老太笑道：“你能有这个志向，那就更好，只要你有这个志气，就比月容长得好看，能耐再高的，你全可以得着，那还着什么急呢？好啦，别发愁了，打盆水洗把脸，沏壶茶喝喝就先休息着罢。到了明天，真该做买卖了。”二和呆了一呆，便走向前挽着丁老太笑道：“您坐下罢，我也不过一时之气，自己这样大闹一顿。心里头的这样一点儿别扭，您这样同我一说，我也就明白过来了。好，从明日起，我决计规规矩矩出去做生意。我要是再不好好地去做生意，我就是个畜类。您吃过饭了吗？”丁老太被他扶着坐下，脸上就带了笑容了，因道：“只要你立着志气，好好儿地做事，成家立业，这都不是难事。若像你这样，有一点儿不顺心，就寻死寻活，一千个一万个英雄好汉，也只有活活气死。”二和笑道：“我现在明白了，你不用生气了。我到田大嫂家里去讨口热水，先来闹一壶茶喝。”丁老太笑道：“你这小子，自己瞎嚷嚷，也知道把嗓子嚷干了？”二和带了笑容，向大院子田家走来。

他们家是三小间西厢房，田氏两口子住北屋，二姑娘住南屋，中间是厨房堂屋一切在内。二姑娘坐在自己屋里炕头上，也在打毛绳手套，看到二和跨进正中的屋子里，赶快把手上的活塞在衣服底下，自己也没下炕，向二和瞟了一眼，向对过屋子里叫了一声大嫂。田大嫂应声出来，向二和笑道："忙人啦，消息怎么样了？"二和对二姑娘看着，见她低头咬了嘴唇微笑着，便道："大嫂，你损我干吗！"田大嫂笑道："真话，你成天在外面跑。整个北京你都找翻过来了，再要……"二和拱着手笑道："我现在算明白了，那些事别提了。你这儿有开水吗？"田大嫂走近一步，对他脸上检查了一遍，笑道："你真明白过来了吗？你要是明白过来了，我们街坊是好街坊，朋友是好朋友，你若是不明白过来，别说是到我这里来要开水，就是到我这里来要凉水，我也不给。"二和道："这些话口说无凭，你往后瞧着去就是了。"田大嫂向二姑娘道："你可在旁边听到，将来你也是一个证人。"二姑娘坐在炕头将嘴一撇道："狗拿耗子，多管闲事。你问我干什么？"田大嫂向她䀹䀹眼，笑道："天下事天下人管，什么叫多管闲事？"二和笑道："也没说什么。"田大嫂道："二妹，他家老太要开水，你提了炉子上把那壶送去罢。"二姑娘没留神，笑道："你别大懒支小懒了，我要打手套了。"二和道："我瞧见大嫂在打手套子，二姑娘也打手套子，你姐儿俩全赶手套子干什么？"田大嫂道："我就对你说了罢，我瞧你空着手拿了马鞭子，怪可怜的，要打双手套子送你。我又杂事儿太多，忙不过来，要我们二姑娘帮忙。"二姑娘坐在炕头上将身子扭了两扭笑道："干吗呀，我不吗！"

大嫂子提了炉子上的开水壶，自在前面走，二和紧紧地在后面跟着。田大嫂走进了跨院门，且不走，回转头来向他低声道："你瞧，我们二姑娘，哪一样不如那卖唱的丫头？你偏要死心眼，直追那一个。"二和道："我已经在你面前后悔过了，你还要提这件事干什么？"田大嫂道："早呢，除非……"也望着向他䀹䀹眼。二和只是笑了一笑，也没有答话。到了里面，丁老太坐在那里，老远地就向他们扬着脸道："你们什么事可乐的？这样地乐了进来。"田大嫂道："我说我们这位大兄弟，有点儿害相思病，我得和他治病。"丁老太道："大嫂子，你可别和他开玩笑，这孩子已经是有半个疯了，再要是把他弄急了，不定会出什么事。"田大嫂笑着摇摇头道："不要紧。有道是一物服一物，我们大兄弟就怕我这张碎嘴子，我若是在他面前老叽咕着，他就不能不含糊着我。"说着这话，她已拿了水壶走进屋来了。

丁老太听了她的话音，将脸朝着她所站的地方，二和进得屋子来，靠了门站定，两手伸在衣服插袋里，向田大嫂望着。田大嫂子在身上摸出一小包茶叶，将手托住，给他看，笑道："我自己买了一包茶叶，没有舍得喝，给你沏上了。"说着，把茶叶全放到瓷壶里，提起开水壶来就冲，二和道："谢谢你。可是你有那神机妙算，就知道我要和你讨开水吗？"田大嫂笑着身子只管抖颤，将耳朵上两只银圈子抖颤得摇摆不定。二和笑道："我要是像大嫂子这样会说，什么人都喜欢我。"田大嫂放下了水壶，正拿了茶杯子倒茶，这就半侧了身子，向他瞅了一眼道："凭你这句话，我有好几层听法：一来，你是说我撒谎，我是你肚子里哪条蛔虫？我怎么会知道你会要开水呢？二来，你占我的便宜，你说你有我这样会说，就有人喜欢你，不用提，我的嘴会说，你很喜欢我。你喜欢我，打算怎么办？"二和红着脸，远远地向她作了几个揖，丁老太以为他们闹着玩闹惯了的，这也不算什么。可是就在这个时候，有个人在跨院子门洞里，伸头向里面张望一下。

因为那一个探望的动作很快，丁老太自然是不觉见，二和同田大嫂对面对地说话，自然也不会介意，依然跟着这话向下说去。因道："你无论喜欢我不喜欢我，我待人总是这一副心肠子，你若是把我这个意思误会了，你就瞧不起你老嫂子。"说着这话，把斟的那杯茶，将手罩住了杯口，眼看了二和，带着笑容，把杯子递过来。二和两手接住，弯腰道着劳驾。田大嫂也没言语，再倒了一杯茶，两手捧着，送到丁老太面前，笑道："老太太，你喝这杯茶，新沏的好茶叶。"丁老太道："大嫂子，你太客气了。"说着，站起身来接那杯茶。田大嫂牵了她衣服，让她坐下，笑道："你根本就是老长辈，我当然要恭敬你。再说你的眼睛又不大方便，我伺候伺候你，这算什么。"

一言未了，外面有人叫道："大嫂回家罢，大哥家里有事呢！"田大嫂一伸舌头道："他回来了。"只交代了这四个字，匆匆地便已出门而去，二和对于这个举动，依然也不曾介意，自在家里做晚饭吃。饭后，扶了母亲进屋子去，就在炕沿上坐着，同母亲闲话。因为丁老太没有一点倦容，也只好没话找话的，老是这样地陪了坐着谈下去。这就听到王傻子在跨院门口叫道："二哥，咱们出去洗个澡罢？"二和道："不去了，我陪我们老太聊天呢。"丁老太道："你去罢，我坐一会子也就睡了。"王傻子道："那没关系，回头我言语一声，请田大嫂子过来坐一会子得了。来罢，我有要紧的话同你说呢。"这句话，是很可以打动二和的心事的，便带了一些零钱在身上，应声走了出去。

二和出门去不到十分钟，田大嫂笑着走进来了。看到那盏煤油灯放在旁边小茶几上，这就把灯移到炕头边小桌上，把灯芯扭得大大的，手上拿了毛绳，就着灯光打起手套子来。口里说道："老太，咱们总算有缘，我在家里坐一会子，惦记着你，又来了。"丁老太道："二和出去洗澡去了，我也打算睡了。"田大嫂道："我也就听到他出去了，特意来同你做伴。"丁老太道："田大哥不在家吗？"田大嫂道："他回来了，喝了一口水又出去了。"丁老太道："那不丢了你家二姑娘一个人在家吗？"田大嫂笑道："不，她也找张家二姑娘在家里聊天哩。本来我也要找她一块儿来的，可是我有几句话和你谈谈，不愿让她听到。老太，你猜，这是什么事呢？"丁老太微微地笑着道："田大嫂，你可别和我打哑谜，我这个人笨得很。"田大嫂笑道："你是个观音菩萨，我咳嗽一声，你也知道我是什么意思，有一个猜不出来的吗？你瞧，二和一出门去了，就把你孤孤单单地扔在家里。你若是有个常常做伴的，在家陪伴着你那就好了。"丁老太微微笑着，微微点了几下头。田大嫂道："老太，白天我说的那番话，你瞧怎么样？"丁老太笑道："我还有什么不愿意吗？不过现在这年头，男婚女嫁全得本人拿主意。二和这孩子，在这两天，过得昏天倒地的，这个日子……"田大嫂拦着道："二和那里，你交给我了，我一定有法子把他说得心服口服。"丁老太笑道："我这位大嫂子，真是一个好心的人。"

田大嫂以为她在这以下，必定有一番解释，可是她只这样说了一句，就没有下文。自己把毛绳子连打了十几针，心里连转了几个弯，才道："您早知道我是个老实的人吧？我也不说不对。就为了这一点，常是为着别人的豆子，炸了自己的锅，这件事要是你们府上全乐意的话，我们那口子的话，还得好好儿地去同他说呢。”丁老太笑道：“这就是为了别人家的豆子，炸了自己的锅了。可是我还望你别炸破自己的锅才好。”田大嫂顿了一顿，笑道：“我是说的闹着玩的，真是彼此作亲，我们那口子有什么不愿意？”丁老太觉得她的话自己有些转不过弯来，老是追着向下说，也是叫她为难。这就拉扯着别的事情，开谈了一阵，把这话撇开。

过了一会子，却有一个男子的声音，在跨院门外叫道：“夜不收的，你还不该回家吗？”田大嫂道：“什么夜不收的！还早着啦。老太一个人在家，我同她做伴。”丁老太道：“是田大哥说话吧？你也该回去了。”田大嫂站起来笑道：“我们两口子，都成了老帮子了，他还是这样管着我。”她口里这样说着，可是人已拿了手上的活，走到房门边了。回头望了丁老太道：“老太，您也睡下罢，我给您带上跨院的门。”丁老太道着谢，却偏了头用心听着他两口子说些什么。果然唧唧哝哝的，他们很有点唇舌，不过他们慢慢走远了，只听到田大嫂大声说：“你是属曹操的？这么大的疑心。”

丁老太把话听在心里，就没敢睡。二和洗澡回家来，也就十二点多钟了，见母亲没脱衣服歪靠在床上，便道：“你怎么还没睡？”丁老太皱了眉道：“咱们惹下祸事了。”二和突然愣住了，很久才道：“祸事？”丁老太道：“可不是！就为了这一阵子你老不在家，田大嫂总是在咱们家做伴，田大哥对这件事，好个不乐意。你走了，田大嫂来了，和我谈了个把钟头，田大哥直嚷到院子门来，把她找了回去。据看，恐怕两个人要拌嘴。”二和道：“怪不得了，刚才我由大院子里经过，田家屋子里还亮着灯，里面嘘嘘地有人说话，敢情是夫妻两口子闹别扭。我听听去。”他说着话，悄悄地溜出跨院门，挨着人家屋檐，走到田家窗户边去。走来就听到田大哥道：“不管你存着什么心眼，你这样成日成夜地在他家里，我有点不顺眼。我现在是两条路子，我找着丁二和同他讲这门子理，凭什么他可以喜欢我的媳妇，他要回不出所以然来，咱们是白刀子进红刀子出！要不，我算怕了那小子，找房搬家。”田大嫂道：“冤家，你别嚷罢，这样深更半夜的，你这样大嗓子说话，谁听不到？你不顾面子，我还顾面子呢。那没有什么，明天出去，找房得了。”田大哥道：“嘻，我料着你，也只有走这条路。我对你说，明天要踏到那跨院门一步，我就要你的命！”

二和听了这些话，站在人家屋檐下，倒抽了一口凉气，心想：这话也不必跟着向下听了，在这大院子里，要碰到其他的院邻，却是老大不便。依然顺着人家的屋檐，慢慢地溜回来。当时也没有把话告诉母亲，闷在心里，自上床睡了。当然，在这晚上，二和睡在床上，非常地难过。

可是难过的，不止他一人，田家二姑娘睡在床上，比他心里难过还要加上一倍。在田大嫂同丈夫吵嘴的时候，她睡在床上，不由得翻来覆去地想着，只埋怨大哥说话不尽情理。丁二和那样老实的人，他会调戏我的嫂嫂？他自己的女人，毫不在乎，喜欢和人们开玩笑，那就不提了？最后听到大哥说要搬家了，暗暗想着：“也罢，大嫂以后不能到这里来，自己到这里来，有的是老街坊，哥哥就干涉不到了。”心里这样地转着念头，觉得坦然了，这才安贴地睡去。

次日早上醒来，觉得天色兀自不肯天亮，在炕上扒着窗户台，由纸窟窿里向外张望着，满院子泥水淋漓的，天空里飞着细雨烟子，风一阵阵地吹着，卷了那雨烟头子，向窗户外屋檐下直扑过来，虽然那窗户纸上只有几个窟窿小眼，可是那冷风吹了进来，人身上凉飕飕的。听听隔壁屋子里不断地有碗盏刀砧声，便隔了墙屋问道：“大嫂，你已经做饭了吗？”田大嫂道：“你应该起来了吧？已经十点多钟了。”二姑娘披衣开门出来，见大嫂已经变了个样子，头发蓬着，脸上黄黄的，高卷了两只袖，在小桌子上切菜，只看了二姑娘一眼，依然在切菜。二姑娘道：“大哥呢？”田大嫂将嘴一撇道：“他呀，哼！”手上的刀切着菜下去，碰着砧板，扑扑乱响，二姑娘微笑道：“大哥的脾气，你还不知道吗？他是个有口无心的人。”田大嫂道：“有口无心人？可是心里害着脏病。他已经出去找房子了。”二姑娘自取了脸盆来。将炉子上放的水壶，倒着水洗脸，很不在意地笑道：“你还生气啦？”田大嫂只是鼻子里哼了一声，二姑娘将洗脸盆放在方凳子上，弯了腰洗脸，还是不在乎的样子道：“你两口子昨晚上闹到什么时候？”田大嫂道：“全是他一个人瞎说，我没有理他。”二姑娘道：“我是不便劝解，其实人家真是老实人。”田大嫂忍不住扑哧一声笑了，问道：“谁是人家？人家是谁？”二姑娘红着脸，不敢把话接着向下说，洗完脸，缩进房去了。

这天的天气，是越来越阴沉，到了下午，更是牵棉线似的，下着一阵阵的雨点落到屋上和地上，哗啦作响。二姑娘坐在炕上，把两只手套子，比着大小，带着微笑，正在出神，却听着有人在院子里嚷道："怎么着？没有听到说，二哥就搬家了？"二姑娘被这句话惊动着，向外面张望了去，只见二和的马车套好了马，停在大院子里，车上除坐着那位老太太而外，却是箱子铺盖卷儿，堆了不少东西，在上面盖了两张大油布，雨水直淋，情不自禁地就啊哟了一声。田大嫂在对过屋子里睡午觉呢，被她这一声啊哟惊醒，便问道："二妹摔了什么东西了？"二姑娘已是走到中间屋子里，两手叉了门，向院子外面望着，因道："你瞧，这不是丁老太搬家了吗？"田大嫂在自己屋子里，已是隔着屋子看见了，先就嚷起来道："干吗啦，这大杂院里出强盗吗？怎么冒雨搬家呢？"二姑娘道："这可透着新奇。"她姑嫂俩隔了屋子在这里议论着，二和身上披着油布雨衣，头上戴了破草帽，正由跨院门里走来，钻进雨林里，就拿了马鞭子跳上车子的前座去。

二姑娘顾不得害臊了，也冒着雨追出了院子，这一下子，可种下了彼此之间一种因缘了。

第十九回　顿悔醉中非席前借箸　渐成眉上恨榻畔拈针

丁二和这天搬家，是大杂院里的全院邻所不及料的，碰上又是雨天，不出去的人，也都躺在炕上睡觉，这时田二姑娘一声嚷着，把在屋子里的人全惊动了，伸着头向外看来。

那时候，二姑娘已是一阵风似的，跑到马车旁边，手扶了马车道："丁老太，你……你……怎么好好儿地搬家了？"说话时，那雨向下淋着，由了头发上直淋到身上，由身上直淋到鞋袜上。二和道："你瞧，淋这一身的雨。"说着这话，赶紧向雨地里跳下来，牵了车上的油布，拉得开的，盖了二姑娘的头。丁老太道："下着雨啦，二姑娘，你进屋子去罢。"二姑娘道："你什么事这样忙，冒着大雨，就搬东西呢？"丁老太微笑道："没什么，不过有点家事。"田大嫂先是老远地站着，看到二和牵开了雨布，在二姑娘头上盖着，也跑了过来，同躲在雨布下面，把头直伸进车里来，问道："老太，也没有听到你言语一声，怎么就搬了？"二和道："大嫂子，你回去罢，雨正来得猛呢！"他说完了这话，不管这姑嫂俩了，放下雨布，跳上车子去，口里哇嘟着一声，兜缰绳就走了。丁老太觉得车子一震荡，就在车上叫道："二姑娘，大嫂子，再见，再见！"随着这话，车子已经是出了大门。二姑娘追到大门洞子里来，却只见四只马蹄，四个车轮子，滚着踏着，泥浆乱飞乱溅。

二姑娘两手撑了门框，歪斜了身体，向去路望着。这虽是一条很长的胡同，可是雨下得很大，稍微远些的地方，那雨就密紧成了烟雾，遮掩了去路，自己好像身体失去了主宰似的，只是这样站着。忽然有人在身后牵扯了一下，低声说道：“二妹，了不得，你身上淋得像水淋鸡似的。”二姑娘回头看时，田大嫂披着的头发，在脸腮上贴住，在头发梢上，还不住地向下滴着雨点，那身上的衣服，好像是油缸里捞出来的玩意儿，层层黏贴着，便笑道：“你说我身上弄得水淋鸡似的，你也不瞧瞧你自己身上，那才是水淋鸡呢。”田大嫂低头一看，呀了一声，笑道：“咱们这副形象，让人看到，那真会笑掉了牙。”说着，拉了二姑娘的手，就向家里跑了去，直到回家以后，这才感到身上有些凉浸浸的。

二姑娘钻向屋子里去，赶快关上门来，悄悄地把衣服换了。那湿衣服却是捏成了个团子，堆在破旧的椅子上，自己倒交叉了十指，在炕沿坐下，只管对那堆湿衣服出神。也不知道是经过了多少时候，房门咚咚地响，田大嫂可在外面屋子里叫了起来道：“二姑娘，你这是怎么了，到了现在，你的衣服，还没有换下来吗？”二姑娘缓缓地开着门，只对着她笑了一笑。田大嫂且不进房，伸头向屋子里望望，撇了两下嘴，眼望了二姑娘，也报之一笑。二姑娘笑道：“大嫂，你笑什么？我这屋子里还有什么可笑的事吗？”田大嫂道：“就因为你屋子里没有什么，我才透着新鲜。刚才你关门老不出来，是什么意思呢？我想你一定在屋子里发愣。”二姑娘道：“我发愣干什么？难道搬走了一家院邻，我就有些舍不得吗？”田大嫂笑道：“凭你这话，那就是为了这件事。要不什么别的不提，就单单地提着二和搬家的事上去呢？”二姑娘红着脸道：“大嫂，你可别这样闹着玩笑，大哥回来要听到了，那又同我没结没完。”田大嫂的脸色，立刻也沉落下来，轻轻地叹了一口气。

二姑娘心里，有一种说不出来的感觉。既不是真像大嫂子所说的，可也不是受着委屈；既不是心里难受，又仿佛带着一点病，闹得自己倒反是没有了主张。在自己屋子里是发呆坐着，到外面屋子来，也是发呆坐着。到嫂嫂屋子里去，见了嫂嫂并不说什么，还是发呆坐着。这天的雨，下得时间是极长，由早上到下午三四点钟，兀自滴滴答答地在檐瓦上流着下来。二姑娘是靠着里面的墙，手拐撑了桌子沿，托住头，只是对了门外的雨阵出神。那下的雨，正如牵绳子一般，向地面上落着，看久了，把眼睛看花了，只好将手臂横在桌沿上，自己将额头朝下枕了手臂，将眼睛闭着养一养神。

大嫂子拿了一双袜子，坐在拦门的矮椅子上，有一针没一针地缭着。始而二姑娘坐在这里发愣，她没有言语什么，这会子二姑娘已是枕了手臂睡觉了，便笑道：“二妹，你倒是怎么了？”二姑娘抬起手臂来看了一眼，又低下去，笑道：“我有点头沉沉的，大概以先淋了点雨，准是受了感冒了。”大嫂子连忙起身，伸手摸了两摸她的额头，笑道：“你可真有点儿发烧，你是害上了……”二姑娘抬头向她看了一眼，她微笑着把话忍下去了，站着呆了一呆。二姑娘抬起手来，缓缓地理着鬓发，不笑也不生气，把大眼睛向大嫂子看看。大嫂子道：“下雨的天，也出去不了，你就到炕上去躺躺罢，饭得了，我会叫你起来的。”二姑娘手扶了墙壁，站将起来，因道：“我本不要睡的，让你这样一说，可就引起我的觉瘾来了。”于是就扶了墙走到里面屋子里去，走到房门口，手扶了门框，莫名其妙地回头向田大嫂看了一眼，接着微微一笑。田大嫂原来是改变了观念，不和二姑娘说笑话了，现在经过了她这么一笑，倒又把她一番心事重新勾引起来，于是也坐在她那原来的椅子上，手扶了头，向门外看了去。隔着院子里的雨阵，便是二和以先住的那个跨院门，在跨院门外，左一条右一条，全是马车轮子在泥地上拖的痕迹。

正是这样看着出神呢，她丈夫田老大，正踏着那车轮迹子，走了进来。到了自己门口，将身上的油布雨衣脱了下来，抖了几下水，向墙上的钩子上挂着。田大嫂也没理他，自撑了头，向门外看了出神。田老大在头上取下破呢帽，在门框上打打扑扑的，弹去上面的水，皱了眉道：“下了一天不睁眼，这雨下得也真够腻人。有热水没有？打盆水我洗个脚。”田大嫂依然那样坐着并不理会。田老大回转身来向她瞪着眼道：“听见没有？问你话啦！”田大嫂这才望了他道：“你是对我说话吗？人生在天地间，总也有个名儿姓儿的，像你所说的话，好像同壁子说话似的，我哪里知道是对我说话呢？”田老大望了她笑道：“我知道，你还是记着昨日晚上的事。这没什么，昨天我多喝了两杯酒，不免说了几句过分的话，过去了就也过去了，你还老提着干吗？”田大嫂点点头道：“呵，你说过去了就过去了，没事了？我一个作妇道的，让人家说了这样的闲话，还有什么脸见人？”田老大笑道：“你别胡扯了，谁是人家？我同你同床共枕的人，私下说这样几句闲话，也没有什么关系。咱们家里，就是一个二妹，我就说了几句酒后的言语，她听到了她明白，不能把这话来疑心你。”田大嫂道：“你才是油炸焦的卷子烧糊了人心呢！你在深更半夜的，那样大声嚷着，谁听不出来？”田老大笑道：“你别冤我，谁听到？”田大嫂道：“你到二和家里去瞧瞧，人家不愿同你这浑小子住街坊，已经搬了家了。那么大的雨，人家都不肯多住一天。”

田老大怔了一怔道：“这是二和不对，这样一来，倒好像他是真的避嫌走了。”田大嫂道：“你忘了你自己所说的话吗？你说不论在什么地方遇到他，就是白刀子进去，红刀子出来，人家凭着什么要在这里挨你的刀？我想着人家也并非怕事，不过人家不肯在这地方闹出人命案子来。你杀了他也好，他杀了你也好，可是他那个瞎子老娘依靠着谁？”田老大也没有答复她的话，冒着雨就跑到对过跨院子里去了。

不到两三分钟，他又匆匆忙忙地跑了回来，两手拍着叹了一口气道：“这可是一件笑话！”田大嫂这才站起来笑道：“你总该明白，我不是造谣吧？”田老大在旁边椅子上默然地坐了很久，在身上摸一支烟卷出来，衔在嘴里半天，然后东张西望地找了一盒火柴，擦了一根，随便地吸着，将烟慢慢地向外喷去。很久很久，才问了一句话道：“二妹在哪里，倒没有瞧见？”田大嫂已是将一只小绿瓦盆装了面粉，站在桌子边和面，因道：“你还记得咱们家有几个人啦？”说着这话，头微微地摇撼着，在她耳朵上两只环子前后乱晃的形状中，可以知道她是如何有气。田老大笑道：“你说话就顶人？你想咋？回家来，我以为她在屋子里，自然也用不着问。现时有许久没听到她一点声息，自然要问一声儿，并非是我先就忘了她。”田大嫂道：“她不在屋子里，还会到哪里去？人家病着躺下来，有大半天了，你那样说话不知轻重，我想你同胞姊妹听到之后，也许有一点不顺心吧。”

田老大听了这话，更是默然，只是半昂了头，缓缓地抽烟，后来就隔了墙壁问道：“二妹，你怎么了？发烧吗？”二姑娘道：“我醒的，没什么，不过头有点晕，我懒得言语。”田老大笑道：“昨天下午，多喝了两杯，大概言前语后的，把你大嫂子得罪了，她现在还只不愿意。”二姑娘可没回答，田大嫂擀着面饼子却是微笑，田老大闷闷地坐在一边，倒抽了好几支烟卷。到了吃晚饭的时候，是烙的饼，菜是韭菜炒豆芽，摊鸡蛋，盐水疙瘩丝儿，另有一盆红豆小米粥，热气腾腾地盛了三碗放在桌上。田大嫂道："二姑娘，你不起来吃一点？我多多地搁油，还给你另烙了一张饼呢。"二姑娘答是不想吃。田老大道："熬的有好小米粥，香喷喷的，你不来喝一点？二妹，你难道还真生你老大哥的气？"二姑娘这就轻轻的啊哟了一声，随着也就走出来了。

这桌子是靠了墙的，田老大坐在下方，她姑嫂俩对面坐着。三个人先是谁也不言语，田老大左手上夹了一块饼，右手将筷子拨着碟子里的豆芽，只管出神，许久才道："二和为了我几句话搬了家，我心里过意不去，我总要想法子对得住他。"田大嫂立刻笑着问道："你总要对得住他？倒要听听，是个什么法子。你再把人家请了回来住吗？此外……"说着向二姑娘瞟了一眼，二姑娘低头在喝粥，却没有理会到什么。田大嫂笑道："人家凭什么一定要住在这儿，这儿出金子吗？"田大嫂就伸出筷子来，把他的筷子按住，笑道："你先别吃，说说你有什么办法？"田老大就收下了筷子笑道："二和那个心上人，逃跑了，他找不着踪影，可是我倒知道她的下落。他若是想和她见一面，我还可以帮他一点忙。"说着，扶起筷子来，就要夹鸡蛋吃。

田大嫂伸手一把，将他的筷子夺了过去，瞪了眼道："凭你这句话，就该罚掉你这一顿饭。"田老大两手伏在桌上，向她望了道："那为什么？"大嫂道："二和为了这个女人，差不多把性命都玩掉了，好容易脱了这个桃花劫，你还要他去上当？"田老大道："月容现在阔得不得了，有的是钱花。二和一个穷光蛋，会上她的什么当？"大嫂道："你哪里知道，二和只要看见她，就会茶不思饭不想，什么事不干了，还不够上当吗？听你这话，大概你不存好心眼，还要引二和上当吧！"田老大笑道："要是那么说，我不成个人了，你瞧我什么时候用暗箭伤过人？"田大嫂道："你就没有什么坏心眼，我也不许你多这份事。你不起誓不管这事，我不给你筷子，让你手抓着吃。"田老大看看他妹妹，却见她带了微笑，便道："其实替二和打一打算盘，也不应该要这么一个卖唱的女孩子的。我若是他，就攒几个钱，早早地娶一位穷人家的姑娘，粗细生活全会做的，在家里陪了他瞎子老娘，他就可以腾出身子来，到外面去多做一些生意。”大嫂笑道：“这倒像话，把筷子给你使罢。可是你为什么还要他见贱东西一面？”田老大道：“人家阔，他只要见一面，知道自己比不上有钱的主儿，他就死了心了。二妹，你说是不是？”二姑娘低了头，撅了小嘴唇吹小米粥，摇摇头道：“我不懂这些。”田大嫂瞪了他一眼道：“人家是一位大姑娘，你把这些话问她干什么？亏了你是做哥哥的。”田老大因媳妇的话不错，也就不提了。

可是二姑娘却不然，以为哥哥问这些话，总是有意思的，倘若就是这样问下去，也许还要问出一些别的话来。可是嫂子又正经起来，把哥哥的话压下去了，这样一个好机会，真是可惜。心里头是这样地想着，就从这顿饭起，又添了一些心病，闷在家里，也不到院邻家去聊天，也不上大门去望街，终日无事的，就坐在炕沿上，做些针线活。姑嫂俩替二和打的那双手套子，早就打好了，田大嫂怕田老大看到便拿起走了，就放在二姑娘屋子里了。二姑娘更细心，放在炕头上枕头底下，坐在炕沿上做活的时候，情不自禁地就会把这双手套由枕头下捞起来看看，甚至还送到鼻子尖上去闻闻。其实这手套子是自己打的，上面并没有什么香气，自己也是知道的，有一次，正拿着手套在闻呢，田大嫂正好进屋来，要和她借剪子用，看到之后，掀嘴微笑笑。

二姑娘穿了短衣服，盘腿坐在炕上，那个做针线活的簸箕，放在腿边。因嫂子突然地来了，来不及把手套放在枕头底下去，就随手扔在簸箕里，自己依然像不感到什么，正了脸色坐着。田大嫂子手扶了桌子，偏着头，对她脸上望着。二姑娘微笑道：“大嫂又干什么？要拿我开玩笑吗？”田大嫂道：“你都成了小可怜儿了，我还拿你开玩笑吗？”二姑娘道：“要不，你为什么老向我望着？”田大嫂道：“就是念你可怜啦。你是自己没有照照镜子，你那脸色，不比以先啦，这总有一个礼拜了，我瞧你两道眉毛头子，总是皱着的。”二姑娘把眉毛一扬，问道：“是吗，我自己可是一点也不觉得。”田大嫂站着将右手盘了左手的指头，口里初一十五地念着，走过来对二姑娘耳朵边问了几句话，二姑娘笑着摇摇头道：“什么也不是，我身上没病。”说着，无精打采地，在簸箕里拿起一块十字布，拔起上面红线的针，在上面挑着花。田大嫂道：“你挑花干什么用的？”二姑娘道：“替北屋里王大妈挑的一对枕头衣。她在明年春天里要聘闺女了。”田大嫂道：“这王大妈也是不知道疼人，这院子里会挑花的人，也多着呢，为什么单要你挑呢？”二姑娘道：“我挑得也不比谁坏呀。”田大嫂道：“就是因为你挑得好，我才说这话了。现在你是什么心事，要你挑花？”二姑娘道：“我怎么啦，丢了南庄房，北庄地吗？”田大嫂道：“不用瞧别的，光瞧你两道眉毛，就把你心事说出来了。别的活都可以让你做，聘姑娘的活，就不能让你做，好像让老和尚做厨子，整天整宿的，把大鱼大肉去熏他，他本来就馋着呢，这样一逗他……”二姑娘在针线簸箕里摸起一个顶针，在手里扬着，因笑道：“我手上也摸不着什么揍你，我把这个砸你的眼睛，瞧你瞎说不瞎说！”田大嫂笑着一扭头，赶快跑到外面屋子里去。

过不了五分钟，她又走了进来，笑道：“规规矩矩的话，我不和你拿着玩。丁老太不知道搬到什么地方去了。”二姑娘道：“咱们管得着吗？”田大嫂道：“不是那样说，丁老太这个人很好的。咱们在一块儿做街坊的时候，虽然帮了她做一点生活，可是言前语后的，咱们常得她的指教，长了不少见识。于今少了这么一个街坊，无聊的时候，要找人聊天，就遇不着这样百事全懂的人了。”二姑娘点点头道：“这倒是真话，可不知道他们搬到什么地方住去了。”大嫂先是在炕对过椅子上坐，这就坐到炕沿上来，握住她一只手，笑道：“你总知道，我这次同你哥哥闹别扭，全为的是你。要不是我死心眼，忙着就在那几天同你做大媒，也不至于成日地在丁家，不成日地在丁家，你哥哥也就不说什么废话了。这回事情，若不是你哥哥一闹，丁家不搬，这碗冬瓜汤，我喝成了。”二姑娘没做声，呆呆地坐着。

田大嫂道：“你哥哥在上次不说过，要引二和去见月容那丫头吗？当时我反对，事后我想着，又不该了。现在咱们不知二和住在哪儿，假使你哥哥要引他去和月容见面，总得把他找了出来。等他找出二和来以后，咱们再做咱们的事。”二姑娘扑哧一声地笑道：“我没有什么事，别闹什么咱们。”大嫂将手慢慢地抚摸着她的脸，因道：“孩子，你可别埋没了做嫂子的这一番热心。你别瞧二和是赶马车的，人家原底子不坏，丁老太教导得就很好，将来总有出头之日，决不会赶一辈子的马车，就算他没有什么出头之日罢，他为人可真实心，咱们做了两三年的街坊了，谁还不知道谁？你说对不对？”她口里说着，那手还是在二姑娘脸上轻轻儿地摸着，二姑娘将手抓住她的手一摔，笑道：“痒斯斯的，只管摸我干什么？”田大嫂笑道：“你把我摔死了，我看有谁知道你的心事来疼你。”说着，站起来，牵牵身上的衣襟，就有出房去的意思。二姑娘道：“你又忙什么？坐着还聊一会儿罢。”田大嫂将一个食指连爬了几下脸，笑道：“你不是没有什么心思吗？”二姑娘道：“我本来没有心思，要你再聊一会儿无非是解个闷，人生在世，真没有意思，乐一天是一天罢，唉……”

田大嫂合了掌作了几个揖道：“姑奶奶，别叹气了，好容易把你那苦脸子逗乐，你又皱起眉头子来。”说到这里，恰好田老大一脚踏进门，等他追问所以然，这事情就开展起来了。

第二十回　带醉说前缘落花有主　含羞挥别泪覆水难收

姑嫂们的情分，虽不及兄妹们那样亲密，但是兄妹之间所不能说的话，姑嫂之间，倒是可以敞开来说。田大嫂和二姑娘闹着惯了，倒并不以为她是没出门子的姑娘，就有什么顾忌。正这样说着，想不到田老大一脚踏进门来了，他没有说别的，连连地问道："什么事皱眉头子？又是我说什么得罪了你们了？"二姑娘坐在炕上，先看到哥哥进来的，已然是停止笑容了，田大嫂还是抱了两只拳头作揖。田老大抢上前，抓住田大嫂的手胳臂，连摇了两下，笑道："怎么了？你说错了什么话，向二姑娘赔礼？你那张嘴，喜欢随口说人，现在也知道同人家赔礼了？"田大嫂回转脸来，瞪着眼道："我赔什么礼，我和二姑娘闹着玩的。"田老大道："可是我听到你说，她老是皱了眉头子，为什么皱了眉头子呢？"田大嫂不说，一扭身走了。

二姑娘立刻走到外面屋子里来，将脸盆倒了大半盆水，将一条雪白的干净手巾在水面铺盖着，恭恭敬敬地放在桌子上，然后退了两步，低向田老大道："哥哥擦脸罢。"田老大一面洗着脸，一面向二姑娘脸上看了去，见她兀自低了眼皮，把两条眉头子快接触到一处，想到自己媳妇说的话，颇有点来由。这就向她道："二妹真有点儿不舒服吧？"二姑娘微微地摇摇头，可是还没有把头抬起来。田老大因为她没有什么切实的答复，也不便追着向下问。二姑娘稍微站了两分钟，看到炉子上放的水壶，呼呼地向外吹气，立刻提起壶来，泡了一壶茶，斟上一杯，两手捧着，放到桌子角上。因为田老大洗完了脸，口里衔了烟卷，斜靠着桌子坐了，这杯茶，正是放在他的手边。二姑娘还是静静地站着，直等他端起一杯茶来微微地呷过了两口，这才回到屋子里去。

田大嫂是在院子里洗衣服。田老大左手二指夹了烟卷放在嘴角里，微偏了头衔着，右手指轮流地敲着茶杯，正在沉思着，里外屋子，全很沉寂。这却听到屋子里微微有了一声长叹，田老大站起身来，意思是想伸着头，向里面看看，可是屋子里又有那很细微的声音，唱着青衣戏呢，对戏词儿还听得出来，正是《彩楼配》。田老大怔怔地站了一会子，复又坐下来，他心里倒好像是有所领悟的样子，连连地点了几点头。当时也没有什么表示，自搁在心里，不过从这日起，对自己的妹子，就加以注意。不注意也就罢了，一注意之后，总觉得她是皱了眉头子。不过她仿佛也知道哥哥在注意着，不是搭讪着哥哥做一点事情，就是低下头避了开去。田老大自然不便问着妹妹是不是害相思病，要去问自己媳妇罢。为了那晚醉后失言，到现在为止，夫妇还闹着别扭，几次把话问到口头，还是把话忍耐着回去了。

这样着苦闷到了已一星期之久，想不出一个结果，心里头一转念，二和这个人，到底不是好朋友。虽然他和我媳妇没事，我妹妹总有点儿受他的勾引，你瞧，只要是提到了丁二和，她就带了一个苦脸子，看那情形，多少总有一点关系。可是这话又说出来了，他果然有意我的二妹，他何以那么苦命地去追月容？听媳妇的口气，总说月容是个贱货，莫非二和本来有意我的妹妹，后来有了月容，把我妹妹扔了，所以我媳妇恨她？对了，准是这个。喳，二和这家伙一搬家，藏了个无影无踪，那是找不着他。月容那一条路子，自己知道，我得探探去，找着了月容，也许她会知道二和在什么地方，月容知道二和的事，比满院子老街坊知道得多着呢。他在心里盘算了个烂熟，在一日工作完了，先不回家，径直地就向琉璃厂走去。

这里有不少的古董店。有一家“东海轩”字号，是设在街的中段，隔着玻璃门，就可以看到七八座檀木架子，全设下了五光十色的古董。正有几个穿了长袍褂的人，送着两个外国人上汽车，他们站在店门口，垂着两只大马褂袖子，就是深深地一鞠躬，汽车走了，那几位掌柜也进去了。门口就站着两个石狮子，和几尊半身佛像，只瞧那派头，颇也庄严。田老大站在街这头，对那边出神了一会，依然掉转身来，向原路走了回去。走了二三十步，又回转头来向那古董店看看，踌躇了一会子，还是向前走着。再走了二三十间店面子，就有一间大酒缸，自己一顿脚，叫了一声“好”，就走了进去了。

看到酒缸盖，放了几个小碟子下酒，空着一只小方凳子，就坐下来，将手轻轻拍了两下缸盖，道：“喂，给我先来两壶白干。”伙计听了他那干脆的口号，把酒送来了。他一声儿不言语，把两壶酒喝完了，口里把酒账算了一算，就在身上掏出两张毛票放在缸盖上，把酒壶压着，红了脸，一溜歪斜地走到街上去，口里自言自语地道：“他妈的，把我们的亲戚拐了去了，叫起来是不行的。你不过是一个开古董的商家，能把我怎么样？”说着话，就径直地奔到“东海轩”的大门里面去。在店堂中间一站，两手叉腰，横了眼睛向四周横扫了一眼。在店堂里几个店伙，见他面孔红红的，两个眼珠像朱砂做的一般，都吃了一惊，谁也不敢抢向前去问话。田老大看到许多人全呆呆地站着，胆子更是一壮，就伸了一个大拇指，对自己鼻子尖一指道：“我姓丁，你们听见没有，我有一个妹妹，叫月容，是个唱戏的，让你们小掌柜的拐了去了。”一个年纪大些的伙计，就迎上前拱拱手笑道：“你别弄错了吧？”田老大道：“错不了！你的小掌柜，不是叫宋信生吗？他常是到我那胡同里去，把包车歇在胡同口上，自己溜到大杂院门口，去等月容，一耗两三个钟头。那包车夫把这些话全告诉我了。”

这伙计听他说得这样有来历，便道：“丁大哥，既是知道这样清楚，那个时候，为什么不拦着呢？”田老大两手一拍道：“别人家的姑娘在外面找野汉子，干我屁事！”老伙计道：“不是令妹吗？”田老大道：“是我什么令妹！她姓王，二和姓丁，我还姓田呢。”老伙计道：“这么说，没有什么事了，你找我们来干什么？”田老大道：“丁二和那小子，早把月容当了自己媳妇了，你小掌柜把人一拐，他就疯了，他和我是把子，我不忍瞧他这样疯下去，给月容送个信儿。月容愿意回去，不愿意回去，那没关系，只要她给一句回话，说是嫁了宋信生了，不回去了，死了姓丁的这条心，也许他的疯病就好了。月容的来历，大概你们也打听得很详细。她是个没有父母的人，她自己的身子，她自己可以做主。她不嫁姓丁的，姓丁的也不能告你们，这只求求你们积个德，别让她坑人。你瞧我这话干脆不干脆？你们若不相信，说我这是骗你们的话，那也没法子，反正你们小掌柜拐了人家一个姑娘，那不是假的。”

那老伙计听他说话，大声直嚷，而且两手乱舞，两脚直跳，大街上已是引起一大群人，塞住了门口望着。这就挽住他一只手臂笑道：“田大哥，你今天大概喝得不少了。你就是要找我们小掌柜的，他有他的家，你找到我们柜上来干什么？这里是做买卖的地方，又不是住家。”田老大道：“我知道他不住在这儿，我也不能在这里见他，可是他住在什么地方，你们谁知道。你们告诉我一个地点，让我直接去找他，这不成吗？”老伙计看到两个同事，只在门口劝散闲人，只说这个是喝醉了酒的人，有什么可看的！心里一转念，有了主意了，就牵住田老大的手臂道：“既是你一定要找他，那也没法子，我就陪你找上一趟罢，我们这就走。”田老大道：“我干吗不走，我要不走，是你孙子。”于是这老伙计带拖带扯，把他拖到一条冷僻的胡同里来。

见前后无人，才低声笑道：“说了半天，我才明白，你老哥是个打抱不平的。我告诉你一句实话：月容在北京，我们小掌柜，可不在这里。”田老大道：“那就得了，我只要找女的。”说着，跳起来两手一拍。老伙计拍了他的肩膀道：“老兄，别嚷，别嚷，有话咱们好好地商量。”田老大道：“她在什么地方？你带我去见她。”老伙计道：“大哥，不是我说话过直，你今天的酒，大概喝得不少。像你这种形象，别说是她那种年轻的妇道，就是彪形大汉看到你这种样子，也早早地躲到一边去。你不是要去问她的话吗？你问不着她的话，你见着她有什么意思？这也不忙在今日一天，今天放过去，明天我带你去，怎么样？”田老大道：“你准能带我去吗？”老伙计笑道：“你不用瞧别的，你就瞧我这把胡子，我能冤你吗？”说着，用手摸了两摸胡子。田老大道：“既是那么说，你这话很在理上，我就明天再来找你罢。我们哪儿见？”老伙计想了一想道：“咱们要谈心，柜上究竟不大方便，我到你府上去奉访罢。”田老大道：“你准去吗？”老伙计拍拍他的肩膀道：“朋友，你我一见如故，谁帮谁一点忙，全算不了什么。我生平喜欢的就是心直口快打抱不平的人，听你所说的话，句句都打入我心坎上，我欢喜极了。”田老大道：“老先生，凭你这句话，我多你这个朋友了。”老伙计见他的话锋一转，立刻就大声喊叫洋车。车子来了，他讲明了价钱，就扶着田老大上车，车钱也掏出来，交给了车夫，还叮嘱着道：“你好好地拉罢。”车子拉走了，老伙计算干了一身汗，自言自语地道：“遇到了这么一块料，这是哪里说起！”他说过了这句话，就不免在胡同中间站着，呆了一呆。左手捏住瓜皮帽上的小疙瘩，将帽子提了起来，右手就在光头上连连地摸了两把，口里自言自语地道：“这事到底不能含糊，我应当出来料理一下。”自己又答复着道：“对对对，这件事应当这样办。”于是不走大街，在大小胡同里转。转到两扇小黑漆门下，连连地敲了几下门环，很久很久，里面有个苍老的声音，很缓慢很缓慢地答应着道：“谁呀？”老伙计答复了一个“我”字，里面却道：“我们这里没有人。”老伙计道：“我是柜上来的。”有了这句话，那两扇门打开了，一个弯了腰的苍白头发老妈子，闪到一边，放了他进去。老伙计低声问道：“她在家吗？”老妈子撅了嘴，低声道：“她坐在屋子里掉眼泪呢。你瞧家里一个人没有，谁也劝不了她。”老伙计也低声道：“你去对她说，是柜上的人来了，请她出来和我谈谈。”

老妈子把他引到正面屋子里坐着，自己却掀开门帘子，走到旁边卧室里去。喁喁地说了一阵，这却听到有人答道：“你先打一盆水进来让我洗脸罢。”老伙计背了两手，在正面屋子里来往地踱着。这是一连三间北屋，里面算了卧室，外面两间打通了，随便摆了一张桌子，两三把断了靠背的椅子，两三张方凳子。屋子里空荡荡的，那墙壁上虽然粉刷得雪白的，但是干净得上面连一张纸条也没有。老伙计也不免暗暗地点了两点头。老妈子将一盆脸水，送了进去了，老伙计猜着，女人洗脸，那是最费时间的，恐怕要在二十分钟后，才能出来的，自己且在身上取出烟卷匣子，正待起身拿火柴，人已经出来了。

老伙计就点头叫了一声“杨老板”，偷看她时，已不是在戏台上的杨月容了。她蓬了一把头发，只有额前的刘海短发，是梳过了的，脸上黄黄的，并没有擦胭脂粉，倒显得两只眼睛格外地大。身上穿一件墨绿色的薄棉袍子，总有七八成新旧，倒是微微卷了两条袖口，那棉袍子有两三个纽不曾扣上，拖了一双便鞋。看到老伙计手上拿了烟卷盒，又复走进卧室去，取了一盒火柴递到他手上，然后倒退两步，靠着房门站定。老伙计道：“杨老板，你请坐，咱们有话慢慢地谈。”月容叫了一声“胡妈倒茶”，自己就在门边方凳子上坐了。

老伙计擦了火柴，口里斜衔了一根烟卷，抬头向屋子四周看看，因道：“这地方我还没有进来过呢，那天我就只在大门口站了一站。”月容抬起一只手，理了两理鬓发，因道：“是呵，就是那天，你交代过我这几句话之后，我没有敢向柜上再去电话。信生杳无音信，老掌柜还只不依我。我唱不了戏，见不得人，上不上下不下的，就这样住下去吗？信生临走以前，只扔下十五块，钱也快花光了，花光了怎么办？我本来不能雇老妈子，可是我一个人住下这所独门独院的房子，可有些害怕。两口人吃饭，怎么也得三四毛钱一天，钱打哪儿出？再说，房子已经住满了月了，现在是在住茶钱（按即南方之押租），茶钱住满了，我满街讨饭去吗？你来得好，你要不来，我也得请柜上人替我想想法子了。”

老伙计看她的样子脸虽朝着人看，眼光可向地下看了去，只看那眼毛簇拥出来一条粗的黑线，其眼光之低下可知。便道：“杨老板，有一位姓田的你认识吗？他说他同姓丁的同住在一个大杂院子里。”月容昂着头想了一想，点点头道：“不错，有的，他家是姑嫂两个。”老伙计道：“不，这是一个三十上下的男人。他说他同丁二和是把子。”月容低下头去，抚弄着衣角，老伙计道：“那个人今天喝了个醺醺烂醉，到我们柜上来要人，不知道是自己的意思呢，还是姓丁的托他来的？”月容突然地站了起来，问道：“他们还记得我？”老伙计道：“怎么会不记得你？才多少日子呢？我想最惦记的还是你师傅。上次我们柜上不就托人对你说吗，假使你愿意回到你师傅那里去，我们私人可以同你筹点款子。我们老东家，不向你追究以前的事，你也别向我们老东家要人，两下里一扯直。现在既是丁家也找你，那更好了。可是你这位姑娘死心眼子，一定要等信生回来。你没有想到他偷了家里三四万元的古董，全便宜卖掉了吗？他捣了这样一个大乱子，没有法子弥补过来，他长了几个脑袋，敢回家？你不知道，我们老东家的脾气可厉害着呢。”

月容道：“我也听说你们老东家厉害，可是钢刀不斩无罪的人。是他的儿子将我拐了出来，把我废了，又不是我花了他那三四万块钱。请问，我有什么罪呢？不过我苦了这多日子，一点儿消息没有，恐怕也熬不出什么来，再说，举目一看，谁是我的亲人？谁肯帮我的忙？若是丁家真还找我的话，我也愿意回去。可是我就厚着脸去，怕人家也不收留我了罢。”老伙计道：“你和丁家究竟是有什么关系，我们不明白。不过你师傅杨五爷，我们是知道的，我们的意思，都劝你上杨五爷家去。师傅对徒弟，也无非老子对儿子一样，你纵然做错了事，对你一骂一打也就完了。”月容摇摇头道：“我不愿意再唱戏了。”老伙计道：“为什么？”月容道：“唱戏非要人捧不可，不捧红不起来，要是再让人捧我呀，我可害怕了。以往丁家待我很好，我若是回心转意的话，我应当去伺候那一位残疾的老太太。可是，我名声闹得这样臭，稍微有志气的人，决不肯睬我的，我就是到了丁家去，他们肯收留我吗？我记得走的那一天，他们家还做了吃的让我去吃，买了水果，直送到戏馆子后台来，他在前台还等着我。我可溜了，这是报应，我落到了这步田地。”说着，流下泪来。

她是低下头来的，只看到那墨绿袍子的衣褂上，一转眼的工夫，滴下了几粒黑点，可也知道她哭得很厉害。老伙计默然抽完了半支烟卷，最后，三个指头钳住了烟卷头，放到嘴里吸一口，又取出来，喷上一口烟，眼睛倒是对那烟球望着，不住地出神。月容低头垂了许久的泪，却又将头连摇了几下，似乎她心里想到了什么，自己也是信任不过。老伙计把烟卷头扔在地上，将脚踏了几下，表示他沉着的样子，两手按了大腿，向月容望了道：“杨老板，并不是我们多事，你和丁家到底是怎么一段关系呢？原听说你是个六亲无靠的人，你可以随便爱上哪里就到哪里。据今天那个姓田的说，你同丁家又好像是干兄妹，又好像是亲戚。听你自己的口音，仿佛也是亲戚，你这样荒唐，倒像自己把一段好姻缘打散了似的。你何妨同我说说，若是能把你那一段好姻缘再恢复起来，我们这儿了却一重案子，你也有了着落，两好凑一好。你瞧我这么长的胡子，早是见了孙子的人了，决不能拿你打哈哈。”

月容在右肋衣襟纽扣上，抽出一条白绸子手绢，两手捧着，在眼睛上各按了两按，这才道：“唉，提起来，可就话长着啦。老先生，你喝一杯水，我可慢慢地把我和丁家的关系告诉你。”说时，正是那个弯腰的白发老妈子，两手捧了缺口瓷壶进来，她斟上了一杯茶，一同放在桌上。老伙计斜坐在桌子角边，喝喝茶，抽抽烟，把一壶茶斟完了，地面扔了七八个烟头，月容也就坐在门边，口不停讲，把过去报告完毕。

老伙计摸了两摸胡子，点点头道：“若是照你这种说法，丁家果然待你不错，怎么你又随随便便同信生逃跑到天津去了呢？”月容道：“那自然是怪我不好，想发洋财。可是也难为宋信生这良心丧尽的人，实在能骗人，我一个没见过世面的穷女孩子，哪里见过这些？谁也免不了上他的当呀。”老伙计反斟了一杯茶，送到她面前，很和缓地道：“杨老板，你先润润口。不妨详详细细地告诉我，我把你这些话，转告诉老东家，也许他会发点慈悲，帮你一点忙的。”月容接着那杯茶，站起来道过了谢谢，于是喝完了茶，放下杯子，把她上当的经过说出来，以下便是她由戏院子逃出后的报告。

第二十一回　两字误虚荣千金失足　三朝成暴富半月倾家

月容在叹过了一口气之后，她开始报告她受骗的经过了。她道："有一次，让信生再三再四地请，让到公寓里去吃了一顿饭。那时候，看到他在公寓里住了两间房，里面布置得堂皇富丽，像皇宫一样，心里就纳闷，他家里是干什么的，有这么些个钱给他花。据他自己说，家里除了开古董店不算，他父亲还是个官，做过河南道尹，家里的银钱有多少，连他自己也说不清。常是卖一样古董，就可以挣好几万。我一个穷人家的孩子，哪里看过这些？只见他整把地向外花钞票，觉得他实在太有钱了，我若是嫁了这样一个人，不但穿衣吃饭全有了着落，就是住洋楼坐汽车，什么享福的事，都可以得着的。我这一动心，他说什么，我就都相信了。

"过了两天，他雇了一辆汽车，同我到汤山去洗澡，在汤山饭店里我们玩了大半天。在吃饭的时候，他问我还有什么亲人没有？我这条心全在他身上了，哪里还会瞒着什么，我就告诉他，什么亲人没有，只有丁老太同丁二和待我不错。他不对我说什么，放下了吃西餐的刀叉，尽向我脸上望着微笑，我问他：'你笑什么，人家待我好，并没有一点不规矩的行动，不过把我当了一个妹妹看待。'我这句话说出来不要紧，他就昂起头来，哈哈大笑，两只手还在桌上连拍了两下，闹得我也有些莫名其妙，只好瞪了两眼向他望着。我问他笑什么，他还狂笑了一阵，才告诉我：'你是个很有名的角儿了。人家成了名角儿，或者是和有钱的人来往，或者是和有身份的人来往，你倒好，弄一个赶马车的人做干哥哥。趁早别向外人提，提出来了，会让人笑掉了牙。'他说到这里，还把脸色正了一正，又对我说：‘现在你还是刚成角儿，没多大关系，将来你要大红特红了，那丁二和满市一嚷闹，说你是他的妹妹，他可有了面子了！可是你得想想，你家有个赶马车的哥哥，你也就是个赶马车的了。这事让新闻记者知道了，整个地在报上一登，你瞧，你这面子哪儿摆去？’我听了他这一篇话，也臊得脸上通红。他见我已经是听了他的话，索性对我说，以后别和丁家来往，要和丁家往来，他就不愿理我了。

“那个日子，我哪一天，也要花他个十块八块的，正是把手花大了，也觉得他待我很不错，他要是不理我，那倒教我很受闷。因此，当时低头吃西餐，没有敢回话。他后来再三地追问我，我只好口里哼着，点了两点头。可是我面子上是答应了他，我心里就想着：丁家娘儿俩，待我全是很好的，叫我陡然地同人家翻脸，怎么样过意得去呢？所以到了第二天，我还是到丁家去了。不想信生早已存心监督着我的。大概一点钟的时候，他就运动了送我上戏馆子的车夫，拉着车子来接我，说是师傅接我回家去排戏。我明知道他是弄的把戏，可是我要不走的话，也许他也会跑到大门口来等着我。那让大杂院里的人知道了，岂不是一件大笑话吗？当时我就将错就错地，坐着车子走了。谁知道我只这一点儿事没拿定主意，就错到了底。

“那包车夫是我的人，可不听我的话，扶起车把，说声宋先生在二仙轩等着呢，径直地就把我拉到二仙轩咖啡馆门口。这爿咖啡馆，敢情是信生的熟人，只要他去了，就会把后楼那间雅座卖给他。平常那地方是不卖座的，那屋子里门帘子放着呢。我到的时候，听不到屋子里一点声音，心里就想着：也许他还没有来吧？正站在门帘子外面出神，这就听到他在屋子里很沉重地喝了一声说：‘进来！’只这两个字，我已经知道他在生气，只好掀开门帘子，缓缓地走了进去。

“他面前桌上，摆下了一杯咖啡，还是满满的，分明没有喝，口里斜衔了半支烟卷，要抽不抽的，我还带着微笑说：‘你倒早来了？’你猜怎样着，他板了脸，瞪了眼对我说：‘你太没有出息了！我怎么样子对你说过，叫你不要同那赶马车的来往，你口里答应着我，偷偷儿地又跑到丁家去。你要到丁家去，就到丁家去，那是你的自由，我也不能干涉你，无论如何，你也不应该在我面前说一样的话，背了我又说一样的话。你要知道，我看你是一朵烂泥里的莲花，不忍让你随便埋没了，所以把你大捧而特捧，打算将你捧到三十三天以上，让什么也追不上你的脚迹。可是你全不明白这个，自己扔了上天的梯子，故意向烂泥地里跑。你埋没我这番苦心，实在让我伤心得很。’

“我当时料着他必定是越说越发脾气，那没什么，我又不是他的奴才，他不高兴我，我走开好了。可是他说了许多话之后，并不强硬，反是平和起来了。他说：‘你要埋没我的这一番好心，我也没有法子。这只有那句话，凡事都是一个缘。你瞧，我待你这样地好，你还不能相信我。光用好心待人，有什么好处呢？’他说着这话，就慢慢地走到我身边来，而且装出那种亲热的样子来，亲热得让我说不出那个样子来。”她说到这里，脸上飞起一阵红晕，将头低了下去，手理着鬓发，把话锋慢了一慢。

老伙计坐在斜对面，向她看着，一个字也不肯打岔。正听得有味，见她害起臊来，待要追着问，却明知道这是不便告人的。若要不问，看她这样子，也许就不接着向下说了。于是咳嗽了两声，把桌上放的纸烟盒拿起，先抽出一根，放在嘴里衔着，然后再站起来，四周去找火柴。月容看到，这就在屋子里取了一盒火柴在手，擦了一根，弯腰给他点着烟。老伙计在这个当儿，是看到了她白嫩而又纤细的手。随着再向她身上看去，见她眼圈儿虽然红着，肌肉虽然瘦着，可是白嫩的皮肤，是改不了的。那墨绿的旧棉袍子，罩住她的身体，益发地瘦小，在她走路也走不动的样子当中，那情形是更可怜了。便在很快地看过她一眼之下，向她点了两点头道：“你只管坐着慢慢地说，别张罗。我相信你这些话，全不假。”月容道：“我哪里还能说假的？许多真的，我要说也说不完呢。”老伙计道：“你只管坐着，慢慢儿地说。我今天柜上没什么事，可以多坐一会儿。姑娘，你不坐下来说吗？”他说这话的时候，哈了一哈腰，表示着客气。

月容退了两步，在原来位子上坐下，先微咳嗽了两声，然后接着道：“这也只怪我自己没有见识，看到他对我这样地好，觉得只有他是我的知己。我就说：‘我也知道同赶马车的人在一处来往，没有什么面子。可是我在逃难的时候，他们救过我。到了现在，我有碗饭吃了，就把人家忘了，这是不应当的。再说，二和在馆子门口候着我，总要我去，说了十回，我也总得敷衍他一回。’信生就说：‘那么，想个根本办法，干脆躲开他们。我帮你上天津去，好吗？’我说：‘上天津去，我回来不回来呢？’他说：‘还回来干什么？你就算嫁了我了。你别以为你现在唱戏有点儿红了，不等着嫁人，可是这有两层看法：第一，唱戏的唱红了的，你也听说过。怎么红，红不过当年的刘喜奎、鲜灵芝吧？刘喜奎早是无声无息的了。鲜灵芝在天津穷得不得了，卅多了，又要出来唱戏。还有个金少梅，当年多少阔佬，她不愿意嫁，包银每月两三千。现在怎么样？轮到唱前三出戏，快挨饿了。这全是我们亲眼见的事，可没有把话冤你。你就是往下唱，还能唱到那样红吗？唱不到那样红，你还有什么大出息？无非在这两年，同你师傅多挣两个钱罢了。第二，就算你唱红了，你迟早得嫁人。可是唱戏的女人，全犯了一个普通毛病，自己有能耐，嫁一个混小差事的人，做小买卖的人，有点儿不愿意，根本上自己就比他们挣的钱多。嫁有钱的人吧，那一定是做姨太太。你想，谁住家过日子的人，肯娶女戏子去当家？唱戏的人，东不成，西不就，唱到老了，什么人也不愿意要，只好马马虎虎嫁个人。你现在若肯嫁我，第一是一夫一妻，第二是我家里有百十万家财。你亮着灯笼哪儿找去？若说你喜欢做官的，自己闹一份太太做，那也容易。我的资格，就是大学生，家里有的是钱，花个一万两万的运动一个官做，那准不难吧？’”

老伙计听了，手摸了胡子点点头道：“这小子真会说，你是不能不动心了。”月容道：“当然啦，他的话是说得很中听的，可是我自己也想了想，这时候我要答应了他的话，就跟了他糊里糊涂一走，到底是怎么个结果，也不知道。就对他说：这是我终身大事，我还不能一口就答应跟你走。你还得让我想两天。”老伙计笑道：“这样说来，杨老板总算有把握的，后来怎么还是跟了他走呢？”

月容道：“有宋信生那种手段，是谁也得上当，别说是我这样年轻的傻孩子了。他已经知道了我的意思，就对我说：‘你怕我是空口说白话吗？我可以先拿一笔钱到你手上做保证金。我公寓里还有一笔现钱，你同我到公寓里去先拿着。’他这样横一说，直一说，把我都说糊涂了，他说一笔现钱给我，我也不知道推辞。在咖啡馆里，吃了一些点心，我就同他到公寓里去。不瞒你说，这公寓里，我已去过多次，已经没有什么忌讳的了，一直跟到里面一间屋子里去，他把房门带上，好像怕人瞧见似的。随后就搬了一只皮箱放在床上，打开皮箱来，里面还有一个小提箱，在那小提箱里，取出了一些红皮蓝皮的存款折子，托在手上颠了两颠，笑着对我说：‘这里存有好几万呢！’我本来没瞧见过什么存款折子，可是那本儿皮子上印有银行的招牌，我就知道不假了。他说里面有几万，我虽然不能全相信，但是他有钱在银行里存着，那不会假的。我怎么会那样相信呢？当时他在箱子里取出一大叠钞票，用手托着，颠了几颠，这就笑着说：‘这是一千二百块钱的钞票，除了我留下零头作零用而外，这一千块整数，全交作你手上暂保存着。我的款子，全存在天津银行里的，到了天津之后，我再取一万款子，存到你手上，给为保证金。我要是骗了你，你有一万块钱也够花了。这一千块钱呢，只是保你到天津去的。到了天津，我要是前言不符后语，这一千块，就算白送你了，你依然还是回北京来。’”

老伙计听说，不由得哧的一声笑着，骂出了三个字：“这小子！”月容道：“当时我坐在沙发椅子上，看到他这样地硬说话，只有把眼向他身上注意的份儿，我还能不相信吗？他说得到做得到，立刻把那一大叠钞票，塞到我手上。我的天。我自小长了这么大，十块八块，也少在手上拿着，一手托整千的洋钱，哪有这么回事？当时我托着钞票的手，只管哆嗦，两只脚像是棉花做的，简直站不起来。他对我说：‘我既然交给你了，你就在身上放着罢。可是有一层，这钱别让你师傅见着了，他要见了的话，一个也不让你拿着的。’我当时拿了钱，真不知道怎样是好，只有手上紧紧地捏住，对了他傻笑。于今想起来，我真是丢人。”

老伙计笑道：“那也难怪，他那票子是五元一张的呢，还是十元一张的呢？”月容道：“所幸都是十元一张的，我就把这钞票分着五叠，小褂子上的口袋，短夹袄上的口袋，全都揣满了。”老伙计道：“他把钱交给你以后，他又说了什么？”月容道：“他倒没有说什么，不过我自己可想起了许多心事。身上装了这么些个钱，不但回家去，怕师傅见着了要拿去，就是夜深回去，说不定也会遇到路劫的。因之立时心里的苦处，拥上了眉毛头上，只管把两道眉峰紧凑到一处。他好像知道了我的心事，就对我说：‘你是愁着那钱怕让人看到吧？我替你出个主意，今天把钱放在身上，先别回去。到了明日，你把款子向银行里一存，那就没有问题了。至于以后的话，反正你不久是要跟我走的，那还怕什么？’我说：‘我今天不回去，在哪里住？整宿的不回去，恐怕我师傅也不会答应我。’他就对我说：‘你若是决定了跟我，这些事都不成问题。’掌柜的，你替我想想，我这么一点年纪的人，又是个穷孩子，哪受得了那一番勾引，所以他怎么说，我就怎么好。

“那一下午，我也没回家，就在公寓里头。到了我上园子的时候，一进后台，就有人告诉我：‘你哥哥丁二和来找你来了，另外还有一个直不老挺的人跟着，我一听，就知道是王傻子。这人是个宽心眼儿，有话就嚷出来的。我心里想着，他们别是知道我有了钱，特意来找我的吧？心里直跳。我一出台，又看到他两人四只眼睛直盯住在我的身上，我心里可真吓一大跳，一定是他们知道我身上有钱，今天特意来守着我来了。我在台上只管拿眼睛瞟着他们，他们越是起哄。信生不等我完戏，就在后台等着我，悄悄地对我说：‘你瞧见没有？他们已经在那里等着你了，你还能同他们一块儿走吗？’那一千块钱，我还揣在身上呢，听了这话，我心里就跳了起来。他又说：‘你别害怕，我在这里保护着你，你同我一块儿走罢。’我当时也没有了主意，糊里糊涂地跟着信生走了。”

老伙计手摸了胡子点点头道：“哼，我明白了大概……自然……第二天怎么样呢？”月容红着脸低下头去，只管把两手卷衣裳角，默然了一会，才低声道：“掌柜的，你还有什么不明白，公寓、旅馆这种地方，做姑娘的人就不应当去。只为第一次我让信生骗着去过了，到了这个时候，我还有什么话说？一切都听着他的。到了第二日不是吗，我心里想着，这糟了，昨晚上一宿没有回去，今天师傅要问起话来，怎么地答复？就算师傅不怎样地追问，说起来，这话也很寒碜。所以信生就不挽留我，我也不敢走，加上信生见我居然在公寓里住下了，也是非常地高兴。雇了汽车，就陪我出城去玩。一直玩到天色昏黑，方才回公寓，自然我更不敢露面了。在这几天里，信生就像发了狂一样，包着汽车，终日地带我出去玩。”

“有一天，他让我在公寓里等着，他自己出去跑了半天，回来的时候，高高兴兴地对我说：‘我发了一笔财了，别这样藏藏躲躲地过日子，我带你到天津过日子罢。’我听了这话，也是很愿意，免得提心吊胆的，终日怕碰着人。当天晚上，他把公寓里的东西，收收检检，也不知道送到什么地方去了，然后就捆了行李箱子，带我上天津。第一天晚上，我们是住在饭店里，第二天就搬到一所洋房子里去了。我也不知道这洋房子里，东西怎么那样现成，楼下客厅里，地毯铺得一寸来厚，沙发椅子，都是绿绒的面子。天气还不算十分冷，热气管子，已经是烧得很热了，走进屋去，我就脱下衣服来。这客厅里还有雕花嵌罗甸的红木桌子，四周围了盘龙雕花的方凳，靠墙一张长的紫檀桌子，上面又列了许多古董。客厅那里有间小些的屋子，一齐摆着白漆的桌椅。据信生告诉我，那是饭厅，专门吃饭用的。吃饭还有另一间屋子，这可新鲜。我上了楼，脚踏了梯子，一点响声没有，因为梯子上也铺了毯子呢。睡觉的屋子是不必说了，铜床上堆着什锦的鸭绒被，四方的软枕头，套子是紫缎了的绣着金龙，玻璃砖大穿衣柜，八面玻璃屏风的妆台，还有那长的沙发，是红绒的，美极了。隔壁屋子就是洗澡房，墙是花瓷砖砌的，比饭店里的还要讲究。窗户边的花盆架子上，大瓷瓶子，插着鲜花，镜子里一看，四处都是鲜花了。我真不知道坐在哪里是好，四处看看，执住了信生的手，笑着对他说：‘我真想不到平空一跳，就跳到仙宫里来了，我现在才晓得我的命太好。’掌柜的，我现在说我自己的短处罢，我也不知道我是怎么了，就像发了狂一样，抱着信生的颈脖子，在他身上乱闻乱嗅，两只脚打鼓似的，左起右落，乱跳了一顿。”

老伙计听她说到这里，若是再向下说，恐怕有些不雅，这就插嘴笑道：“你这是一步登天了，还有个不快活的吗？你们家里，自然也用了几个佣人了？”月容道：“可不是，除了两个老妈子，还有一个听差，一个厨子。当时我看到他，那样大大地弄起场面来，料着至少也要快活个十年八年的。佣人叫着我太太，我也莫名其妙地当起太太来。可是那些佣人私下总议论着，说我不像个太太的样子，我也就听到好几回了。我不知道他们是说我年纪轻不像太太的样子呢，也不知道是说我不会摆阔，不像太太的样子，我只好自己遇事留心，在他们当面，就正正端端地坐着，不蹦不跳。其实我们的那个家，也像客栈一样，也做不起太太，管不起家来。早上绝对是起来不了，一直要睡到十二点钟以后才起床，起床之后，洗了脸，喝喝茶，可也就一两点钟了。吃过午饭，我们不是瞧电影就是听戏，或者上大鼓书场，回来吃过晚饭，又出去。有时晚饭也不回家，就在外面吃馆子。”

老伙计道：“听说你们在天津花的钱不少呀。既是这样子摆阔，到底有限，千儿八百的，一个月也就够了。”月容道：“谁说不是呢！这是头里一个礼拜的事。后来慢慢不同了。白天，他还同我一块出去玩，到了晚上，他就一个人走。他说做古董生意，总是卖给外国人的，白天讲生意，有些不便，所以改在晚上，看货说价。起初我也相信。后来看到他所往来的人，只有些青年小滑头，并没有一个正正经经，像做生意的人，我很疑心了。有一天晚上，整宿地没有回来。到第二日早上，八点多钟，他面色苍白，跌跌撞撞地走进屋子。我看见这情形，真吓了一跳，便问他是干什么了，他这个日子穿西服了，只看他把大衣臃肿在身上，领带子松松地挂在颈脖子上，而且歪到一边，那顶淡青的丝绒帽子，向后脑勺子戴了去，前额都露出头发来了。他一件衣服也不脱，就向床上一倒。我急忙走向前摇着他的身体说：‘你怎么了？一宿没回来，闯了什么乱子？’他闭了眼睛说：‘完了，一宿输了三千多块，什么都完了。’他说到这里，两手在床上一拍，跳了起来说：‘我今天晚上去翻本。’说完了，他又倒下去睡了。我看他精神太坏，没有敢惊动他，让他去睡，他一直睡到下午四点钟，方才起来。我仔细地问起，才知道他上赌博场押宝输了三千多块钱，这赌场是现来现去的，当晚已经开了三千元的支票出去了。我就极力地劝他，输了就算了，若是这样大输大赢，有多少家财也保不住。他当时也听的。一到晚上，有人派汽车来接，他又出去了。这晚虽不是天亮回来，可是回来的时候，也就三点钟了。我忙问他翻过本来没有，他说又输了一千多，因为银行里存款不多，不敢开支票了，所以没有向下赌。我听说这倒奇怪，难道银行里就只有这么些钱吗？

“又过了一天，到了吃晚饭的时候，饭厅上七八盏电灯全开了，白漆桌子上，放了七八样菜，我们围了一只桌子犄角吃饭。鸡鸭鱼肉，什么好菜全有，他饭碗里只有半碗口的饭，将筷子扒了几下，放下碗筷来将瓷勺子舀着汤，不住地喝着。我见老妈子去预备洗脸水去了，便笑道：‘你是有上百万家产的人，输三四千块钱，就弄成这种样子？’他把瓷勺子一放，沉了脸色望着我说：‘我现在不能不说实话了。我家里虽有钱，钱在我父亲手上呢。这回到天津来，我是在北京卖了一样古董，得价六七千块钱，我想着这总够花周年半载的了，不想自己一糊涂，连住家带赌钱，弄个精光了。现在银行里的存款，要维持这个家，就是三五天也有问题。我现在没有别的法子，只有回家去住两天，趁着我父亲不留神，再弄两件好古董出来。我本来不愿告诉你的，只是你一个人住在这儿，我怕你疑心，不得不知会一声儿。’

“我听了这话，真是一盆冷水浇头，他的钱花光了，那还在其次，他要离开我住几天，我可有点害怕。我就对他说：‘你干吗忙着走呢，不如把我那一千块钱先花着，等我在天津熟了一点了，你再离开我。’他红着脸，对我一抱拳头说：‘你那一千块钱，也已给我花光了。’我说：‘不能呀，存款折子，还在我手上呢。’他笑了，说是我不懂，那是来往账，支票同图章全在他手上，支票送到银行，钱就拿走了，抓了折子，是没有用的。我这才知道我成了个空人了，望了他不会说话，心里猜着有点儿上当，可是落到这步田地。我还是想不到的呀。”

第二十二回　末路博微官忍心割爱
长衢温旧梦掩泪回踪

话谈到这里，月容精神上，格外感到兴奋起来，两块脸腮，全涨得红红的。老伙计道："这我就明白了，过了几天，信生就来北京，偷古董，把事情弄犯了。"月容道："不，事情还有出奇的呢！大概也就是第三天罢，有个坐汽车的人来拜访，他替我介绍，是在山东张督办手下的一个司令，姓赵。两人一见面，就谈了一套赌经，我猜着准是在赌博场上认识的。那时，那赵司令坐在正中沙发上，我同信生坐在两边，他只管笑嘻嘻地瞧着我，瞧得我真难为情。"

老伙计用手揪了胡子杪，偏了头想道："赵司令，哪里有这么一个赵司令呢？"月容道："那人是个小矮胖子，黑黑的圆脸，麻黄眼睛，嘴唇上有两撇小胡子。身上倒穿了一套很好的薄呢西装。"老伙计点点头道："你这样说，我就明白了。不错的，是有这么一个赵司令。他是在山东做事，可是常常地向天津北京两处地方跑，他来找信生有什么事呢？"月容道："当时我是不知道，后来信生露出口风了，我才明白那小子的用意。信生在那晚上，也没有出去，吃过了晚饭，口里衔了烟卷靠在客厅沙发上，让我坐在一边，陪他聊天。我就问他：'你现在有了办法了吗？不着急了？'他说：'我要到山东去弄个小知事做了。'我说：'真的吗？那我倒真的是一位太太了。'他说：'做县知事的太太，有什么意思？要做督办的太太才有意思。'我说：'你慢慢地往上爬罢，也许有那么一天。可是到了那个日子，你又不认我了。'他说：'傻孩子，你要做督办的太太，马上就有机会，何必等我呢？'老掌柜的，你别瞧我小小年纪，在鼓儿词上，我学到的也就多了。立刻问他这是什么意思，他见我坐起来，板了脸，对他瞪着两只眼睛，也许有点胆怯，笑着说：‘我替你算了算命，一定有这么一个机会。’我就同他坐到一张沙发上，把手摇着他的身体说：‘你说出来，你说出来，那是怎么回事？’他说：‘今天来的那个赵司令，就替张督办做事。赵司令以为你是我的妹妹，他就对我说，假定能把你送给张督办去做一房太太，我的县知事，一定可以到手。’我不等他向下说，就站起来道：‘宋信生，我原以为你是个大学生，还有几十万家产呢，你就是一个穷小子，你费了那么一番心眼，把我弄到手，不问我是你的家小也是，我是你的爱人也好，就算我是暂时做个露水夫妻也好。你不能把我卖了！这是那些强盗贼一样的人，做那人贩子的事！你念一辈子书，也说出这种话来吗？我好好儿地唱着戏，你把我弄到天津来，还没有快活到半个月，你那狼心狗肺，就一齐露出来了。你说赶马车的人没有身份，人家倒是存了一分侠义心肠，把我由火坑里救出来。你是个有身份的人，把我奸了拐了，又要把我卖掉！’我一急，什么话全嚷出来，顾不得许多了。他扔了烟卷，一个翻身坐起来，就伸手把我的嘴捂住，对我笑着说：‘对你闹着玩呢，干吗认真。我这不过是一句玩话。’”在她说得这样有声有色的时候，老伙计的脸上也跟着紧张起来，瞪了两只眼睛，只管向月容望着，两手按了膝盖，直挺了腰子，做出一番努力的样子，直等她一口气把话说完，这才向她道：“也许他是玩话罢？”月容将头一偏，哼了一声道：“闹着玩？一点也不！原来他和那个赵司令一块儿耍钱，欠人家一千多块。他没有钱给人，答应了给人一样古董。而且对那姓赵的说，家里好古董很多，若是能在张督办手下找个事做，愿意送张督办几样最好的。姓赵的说，大帅不喜欢古董，喜欢女人，有好看的女人送给他，找事情最容易。信生就想着，我是个唱戏的，花着钱，临时带来玩玩的，和他本来没有什么关系。那时养不活我，把我送给张督办，他自己轻了累，又可以借我求差事，为什么不干？”

老伙计笑道：“也许……”月容道：“我不是胡乱猜出来的。第二天，信生不在家，那姓赵的派了一个三十来岁的娘们，偷偷儿地来告诉我，叫我遇事留心。那张督办有太太二十三位，嫁了他，高兴玩个十天八天，不高兴，玩个两三天，他就不要了。住在他衙门里，什么也不自由，活像坐牢。那女人又告诉了他家的电话号码，说是有急事打电话给赵司令，他一定来救我。”老伙计道：“这就不对了，叫信生把你送礼的是他，告诉你不可上当的也是他？”月容道：“是呀，我也是这样想。不过他说的倒是真话，我有了人家壮我的胆子，我越是不怕了。我就对信生说：‘你既是要娶我，这样藏藏躲躲的不行，你得引我回去，参见公婆；要不，你同我一块回北京去，我另有打算。若是两样都办不到，我就要到警察局里去报告了。’我成天成宿地逼他。我又不大敢出门，怕是遇到了那班要钱的人，人家和他要赌博账；再说，那洋房子连家具在内，是他花三百五十块钱一个月，赁下的，转眼房钱也就到了；家里那些佣人，工钱又该打发，他说回家去偷古董，我可不放心，怕他一去不回头。他想来想去，没有法子，说到北京，到这边柜上想打主意。北京是熟地方，我就不怕他了。话说妥了，第二天把天津的家散了，我们就回北京来。钱花光了，衣服首饰还有几样，当着卖着，就安了这么一个穷家。他怕人家走漏消息，住了这一个小独院子，又雇了这么一个任什么事不会做的老婆子同我做伴。头里几天，他到哪里，我跟到哪里，随后他就对我说，这不是办法，我老跟着他，他弄不到钱。而且他也说了以后改变办法了，他也离不开我，就这样赁了小独院住家，有四五十块钱一个月，全够了。他还念他的书，我好好地替他管家，叫我别三心二意的。事到其间，我还有什么法子，只好依了他。第一天，他出去大半天，倒是回来了，没想到什么法子。第二天他说到柜上来，让我在对过小胡同里等着，他说是在柜上偷了古董先递给我。好赖就是这一次，两个人拿着，可以多偷几样。掌柜的，我虽然是穷人出身，这样的事我可不愿做。可是要不那么，马上日子就过不下去，我是糊里糊涂的，就跟着他去了。”

老伙计笑道：“你不用说了，以后的事我明白了。这就接着信生到柜上来，碰到了老东家了。”月容道：“你明白，我还有点不明白呢。信生的老太爷怎么立刻就和儿子翻脸了？”老伙计道：“上次我不已经告诉过你了吗，信生把古董偷了去卖，我们东家可是查出来了，就为了这个，到北京来找他。不想他倒上天津去了。等着碰见他以后，那可不能放过，所以立刻把他看守住了。”月容道：“可不是吗，我在那小胡同里等了许久，不见音信，上前一望，看到你们店门口围了一群人，我知道事情不妙，吓得跑回来。想不到你第二天倒来找我了。过去的事不提了，是信生骗了我，并不是我骗信生的老爷子。偷卖古董的这件事，我是事先毫不知道。现在没有别的，请老掌柜的把信生带了来，我和他商量一下，到底把我怎么样？”

老伙计连连地把胡子摸了几下，笑道：“你还想和信生见面吗？我们老东家这回气大了，怎么也不依他，已经把人押他回山东乡下去了。”月容听说，啊哟了一声，站起来道：“什么！他下乡去了？那把我就这样放在破屋子扔下不问吗？那我没有了办法，少不得到你柜上去吵闹。这一程子我没有去问消息，就为了掌柜的对我说过，叫我等上几个礼拜，又送了一口袋面同五块钱给我。现在快一个月了，你还让我向下等着吗？”老伙计道：“姑娘，我劝你别去找我东家了。他说信生花了七八千块钱，还背了一身的债，书也耽误了没念，这全为的是你。你说他儿子骗了你，这与他什么相干？你也不是三岁两岁，信生更是一个大学生。你两个人谈恋爱，又不是小孩子打架，打恼了，就找大人。你两人在一块儿同居，一块儿花钱，告诉过老东家吗？”月容道：“信生不肯带我回去，我有什么法子？”老伙计道：“这不结了，你们快活的时候，瞒着家里，事情坏了，你就去找我们老东家，这也说不过去吧？你真要到柜上去找信生，碰着了我老东家，那真有些不便。他会报告警察，说你引诱他儿子，你还吃不了兜着走呢。”

月容静静地坐着，听老伙计把话说下去。听他这样说着，他们竟面面是理，不由得哇的一声哭了出来，两行眼泪，如牵线一般地向下流着。老伙计又在身上摸出了烟卷盒子来，抽了一根烟，向她很注意地看了去。月容在身上掏出手绢来揉擦着眼睛，嗓子眼里，不住地干哽咽着，彼此默然了一会，月容才问道：“那怎么办？就这样地在这里干耗着吗？”老伙计道：“我倒同你想出一条路子来了，也就为了这个，特意和你报告来了。今天下午，丁二和派人到柜上找你来了，假如你愿意回去的话，他们还是很欢迎，你……”月容不等他说完，抢着问道：“什么，他们还记得我吗？不恨我吗？怎么会知道我在你们这里的？”老伙计道：“人家既下了苦心找你，当然就会找出来。你何妨去会会他们？你唱戏差不多唱红了，你还是去唱戏罢。你唱红了，自己挣钱自己花，什么人也不找，那不比这样找人强吗？”月容皱了眉头子道：“你说的也是不错。可是我哪有这样的厚脸去见人呢？”老伙计道：“怕臊事小，吃饭事大。你为了怕害臊一会子，能把终身的饭碗，都扔到一边去不管吗？”月容把眼泪擦得干了，左手按住了膝盖，右手缓缓地理着鬓发，两只眼睛，对了地面上凝视着。

老伙计摸了胡子偷眼看她，已明白了她的用意，便道：“姑娘，你仔细想想罢，你还年轻呢，好好地干，前途不可限量。这回去见着师傅，自己知趣一点，老早地跪下去，诚诚恳恳地认上一回错。有道是伸手不打笑脸人，他忍心不要你吗？把这一关闯过来了，你就好了。再说你要到丁家去，那更好了。他是你的平班辈的人，还能把你怎么样吗？”月容依然注视着地上，把鞋尖在地面上画了几画，并不做声。老伙计道：“粗人只望说粗话，有道是打铁趁热，今天丁家人已经来过了，你趁了这个时候去，正是机会。”月容沉默了许久，摇了几摇头道：“我若是去了，人家要是说了我几句，我的脸向哪儿搁？再说他那里是一所大杂院，许多人围着我一看，我不难为情，二和也难为情吧？我猜着他决不会收留我。”老伙计道：“今天晚上有月亮，你就趁着亮去一趟罢。晚上大杂院里也没人瞧见你。”月容道：“去一趟呢，那没有什么，他还能够把我打上一顿吗？只是……”说到这里，又叹了一口气。

老伙计站起身来，拍了两袖身上的烟灰，笑道：“姑娘，我暂时告辞，改天我再看你。你别三心二意的了。”他似乎怕月容会挽留，说完这话，起身就向外走。月容虽说了再坐一会，看到人家已走出了院子，当然也只好紧随在后面，送到大门外来。老伙计连点了几下头，就向前走了，走过去十几步，又回转身来道：“姑娘，你记着我的话，你必得去，假使你不去的话，你就错过这个机会了。”月容靠了大门框，倒很出了一会儿神。这时，天色已是快近黄昏了，天上的白云，由深红变到淡紫，蔚蓝的天空，有些黑沉沉的了。做夜市的小贩子手里提了玻璃罩子灯，挑着担子，悄然地过去。月容自己一顿脚道：“人家劝我的话是不错的，吃饱了，我就去。就是耗到明日天亮回来，我总也要得着一个办法。”主意想定了，回去煮了一碗面条子吃，洗过脸，拢了一拢头发。还有一件蓝布大褂是不曾当了的，罩在旗袍外。交代了老妈子好好照应门户，这就悄悄地走出来。

抬头看看天上的月亮，很像一只大银盘子，悬在人家屋脊上面，照着地面上，还有些浑黄的光。自己慢慢地踏了月亮走路，先只是在冷僻曲折的大小胡同里走，心里也就想着，见到了二和，话要怎样地先说；见到了丁老太，话要怎样地说。再进一步，他们怎样地问，自己怎样地答，都揣测过了一会，慢慢儿地就走到了一条大街上。月色是慢慢地更亮了，这就衬着夜色更深。这是一条宽阔而又冷僻的街道，大部分的店户，已是合上了铺板门，那不曾掩门的店户，就晃着几盏黄色的电灯。那低矮的屋檐，排在不十分明亮的月色下，这就让人感到一种说不出所以然的古朴意味。

月容这就想着，天津租界上，那高大的洋楼，街上灿烂的电灯，那简直和这北京城是两个世界。想着坐汽车在天津大马路飞驰过去，自己是平地一步登了天，不想不多几日，又到了这种要讨饭没有路的地步。是呀，这一条街是以前常常过的，老王拉了包车，一溜烟地跑着，每日总有两趟，这里上戏馆子，或者戏馆子回家来。那时，自己坐在包车上，总是穿了一件时髦的长衣。车上两盏电石灯，点得彻亮，在街上走路的人，都把眼睛向车上看着。自己还想着呢：当年背了鼓架子在街上卖唱，只挑那电灯没亮的地方走，好像怪难为情的，不想有今日，这不能不谢谢二和那一番好处，他运动了一班混混，把自己救出来，而且给师傅那几十块钱，还是他邀会邀来的。一个赶马车的人，每月能挣着几个钱？这会是十个月的会，然当他还要按月挤出钱来贴会呢。

月容一层层地把过去的事回想起来，走的步子，越来是越慢，后来走到一条胡同口上，突然把脚步止住。从前被师傅打出来，二和恰好赶了马车经过，哭着喊着上了他的马车，就是这里。这胡同口上，有根电灯柱子，当时曾抱了这电灯柱子站着的，想到这里，就真的走到电灯柱下，将手抱着，身子斜靠着微闭了眼睛想上一想。这时，耳朵里咕隆呼一阵响，好像果然是有马车过来，心里倒吃了一惊。睁眼看时，倒不是马车，是一辆空大车，上面堆了七八个空藤篓子。赶车的坐在车把上，举了长鞭子，在空中乱挥。心里一想，二和那大杂院里，就有一家赶大车的，这准是他的街坊吧？让人看到，那才不合适呢。于是离开了电灯柱，把身子扭了过去。

大车过去了，她站在胡同口上很出了一会儿神，心里也就想着：无论丁二和是不是说闲话罢，自己见了一个赶大车的，也不知道是不是那大杂院子里的人，就是藏藏躲躲地不敢露面，若是见了二和，那就更会现出胆怯的样子来了。到那时候，人家就会更疑心做过什么坏事的。她慢慢地想了心事，慢慢地移着步子，这一截长街，一时却没有走到几分之几。虽然自己是低了头走着，但是有一个人在大街子过着，都要偷着去看看，是不是那大杂院里的人。

在这条大街快要走完的时候，离着到那大杂院胡同里是更近了，心里也就越是害怕会碰到了熟人，最后就有一个熟声音说话的人走了过来，不知道他是和什么人说话，他说：“唉，这是年头儿赶上的。”月容听了心里就是一动，这是王傻子说话呀。听他这口气，倒是十分地叹息，这决不能是什么好话，莫非就是议论着我吧？又听得一个人道：“不是那么说，大哥，咱们不是那种讲维新的人，总还要那一套讲道德说仁义。管他什么年头，咱们不能做那亏心事。”月容听了这话，更像是说着自己，立刻把头偏到一边，背了街上的灯光走去。王傻子说话的声音，已是到了身边，他说：“咱们讲道德，说仁义，人家不干，岂不是吃死了亏？我的意思，能够同人家比一比手段，就比一比，自己没有手段，干脆就让了别人。咱们往后瞧罢。”话说到这里，两个人的脚步声，在马路面上擦着，响过了身前。月容向前看去，王傻子挑了一副空担子，晃荡着身体，慢慢儿地朝前走去，另外一人，却是推了一只烤白薯的桶子，缓缓地跟着走。

对了，这正是二和大杂院里的街坊。情不自禁的一句“王大哥”要由嘴里喊了出来，自己立刻伸起了右手，捂了自己的嘴，心里已是连连地在那里嚷着：叫不得。总算自己拦得自己很快，这句话始终没有叫了出来。眼看了街灯下两个人影子转进了旁边的小胡同，心里想着：可不是，转一个弯，就到了二和家里了。若是自己就是这样地去见二和，那是不必十分钟，就可以见面的。可是这话说回来了，若是叫自己大大丢脸一番，也就是在这十分钟。这短短的十分钟，可以说是自己的生死关头了。有了这样一想，这两条腿，无论如何，是不能向前移动了。在一盏街灯光下，站定了，牵牵自己的衣服，又伸手摸摸自己的脸腮，对那转弯的胡同口只管凝神望着。

主意还不曾打定呢，耳边又有了皮鞋声，却是一个巡逻的警察，由身边过去，那警察过去两步，也站住了脚，回头看了来。月容沉吟着，自言自语地道："咦，这把钥匙落在什么地方？刚才还在身上呀。赶快找找罢。"口里说着这话时，已是回转身来，低了头，做个寻找东西的样子，向来的路上走了回去，也不敢去打量那警察，是不是在那里站着。自己只管朝回路上走，这回是走得很快，把这一条直街完全走没有了，这才定了定神，心想到丁家去不到丁家去呢？这可走远了。自己是见了熟人就害怕，只管心惊胆战的了，何必还到二和家里去受那种活罪，去看他的颜色。冤有头，债有主，宋信生害我落到了这步田地，当然只有去找宋信生。假使宋信生的父亲要送到警局去，那就跟着他去得了，我是一个六亲无靠的女孩子，纵然坐牢，那也没关系。

她缓缓地走着，也不住地向街上来往的人打量，总觉得每一个人都是那大杂院里的住户，实在没有脸子去见人家。后来有一辆马车，迎面走来，虽是一辆空车，但那坐在车子前座的人，手上拿了一根长梢马鞭子，只是在马背上打着，抢了过去。那个马夫是什么样子，看不出来，但是那匹马，高高的身体，雪白的毛，正是和丁家的马无二样。自己这就想着，这个机会千万不可失了，在这大街上和他见了面，赔着几句小心，并没有熟人看见的。她心里很快地打算，那马车却是跑得更快，于是回转身来在车子后面跟着，大声叫道："丁二哥，二哥，丁二哥，二哥，二哥！"连接叫了七八句，可是那马车四个轮子，滚得哄隆咚作响，但见车子上坐的那个人，手挥了鞭子，只管去打马。月容很追了二三十家门户，哪里追得着？这只好站住了脚，向那马车看去，一直看到那马车的影子模糊缩小，以至于不见，这就一阵心酸，两行眼泪，像垂线一般地流了下来。

虽然这是在大街上，不能放声大哭，可不停地哽咽着。因为这是一条冷静的大街，她那短时间的呜咽，还不至于有人看到，她自己也很是机警，远远地看到有行路的人走了过来，立刻回转身来，依然向回家的路上走去。当她走的时候，慢慢地踏上热闹的路，那街灯也就格外光亮了，这种苦恼的样子，要是让人看到了，又是一种新闻，少不得跟在后面看。于是极力地把哽咽止住了，只管将衣袖去揉擦着眼。自己是十分地明白，二和这条路，完全无望了。他明明看到我，竟是打着马跑，幸而没有到那大杂院里去；假使去了，今天这回脸就丢大了。越想越感到自己前路之渺茫，两只脚不由自己指挥，沿了人家的屋檐走着，自己心里也就不觉去指挥那两只脚。猛然地一抬头，这才知道走到了一条大街上，这和自己回家的路，恰好是一南一北。不用说，今晚上是六神无主了，这样子颠三倒四，无论办什么事，也是办不好的，于是定了一定神，打量自己回家是应当走哪一条路。

这条街上，今晚逢到摆夜市的日子，沿着马路两边的行人路上，临时摆了许多的浮摊。逛夜市的人，挨肩叠背的，正在浮摊的中间挤着走。月容在极端的烦恼与苦闷心情之下，想着在夜市上走走也好，因之也随在人堆里，胡乱地挤。因为自己是解闷的，没有目标，只管顺了摊子的路线向前走。走到浮摊快要尽头的所在，一堵粉墙底下，见有一个老妇人，手里捧了一把通草扎的假花，坐在一条板凳上，口里叫着："买两朵回去插插花瓶子罢，一毛钱三朵，真贱。"这老妇人的声音，月容是十分地耳熟，便停步看去，这一看，叫她不曾完全忍住的眼泪，又要流出来了。这老妇人是谁呢？

第二十三回　仆仆风尘登堂人不见 萧萧车马纳币客何来

这老妇人是谁呢，就是丁二和的母亲丁老太。月容先是一怔，怎么会在这里看见了她？扭转身来就要逃走，可是只跑了几步，忽然又省悟过来，丁老太是个瞎子，纵然站在她面前，她也不知道是谁，又何必跑着躲开呢。因之，索性回转身来，缓缓地行近了丁老太面前来。

那丁老太虽然一点看不见，可是她的嗅觉和听觉，依然是十分灵敏的，立刻把手上的一捧花，向上举了一举，扬着脸道："先生要花吗？贱卖，一毛钱三朵。"月容伸着手要去抽那花，但是还相差有四五寸路，把手缩了回来，只管在大衣襟上搓着，把两只眼睛，对丁老太周身上下探望了去。丁老太举了那花，继续地道："先生你不要这花吗？卖完了，我要早点儿回家，你就拿四朵给一毛钱罢。"月容嗓子眼里一句老娘，已是冲到了舌头根上，这却有一个人挤了上前问道："这姑娘花买好了吗？什么价钱？"月容对那人看看，再向丁老太看看，只见她两只眼睛只管上下闪动，月容心房里扑扑乱跳，实在站立不住，终于是一个字不曾说出，扭过身子来走了。走了约莫五六丈远，回过头来看时，丁老太还是扬着脸的，似乎对于刚才面前站的一个人，没有交代就走了，她是很不解的。这就叹了一口气自言自语地道："丁老太，我对你不起，我实在没那胆子敢叫你。"说完了这话，自己是感觉到后面有人追赶一般，放了很快的脚步，就向家里跑了去。

这虽还不过是二更天，但在这寒冷的人家，却像到了深夜一般。站在大门口耳贴了门板向里面听了去，却是一点声音也没有，连连地敲了几回门，那个弯腰曲背的老妈子才缓缓地来开门，披了衣服，闪到一边，颤巍巍地问道："太太，你回来啦，事情办得好吗？"月容听到"太太"这个名词，分外地扎耳，心里就有三分不高兴，哪里还去向她回话。老妈子睡的那间屋子，紧连着厨房，在纸窗户下面，有一点淡黄的光，此外是满院子黑洞洞的。月容摸索着走到屋子里去，问道："胡妈，怎么也不点盏灯放在我屋子里呢？"胡妈道："那盏大灯里面没有了煤油，你凑付着用我屋子里这一盏小灯罢。"她说着话，已是捧了一盏高不到七寸小罩子的煤油灯进来了，颤巍巍地放在桌上，把手掩了那灯光，向她脸上望着，问道："太太，你脸上的颜色不大好，受了谁人的气吧？"月容板脸道："你不要再叫我太太，你要再叫我太太，我心里难受。"胡妈倒不想恭维人反是恭维坏了，只得搭讪着问道："你喝茶吗？可是凉的。"她尽管问着，脸子还是朝外，随着一步一步地走了出去了。

这屋子里是现成的一张土炕，靠墙摆了一张两屉小桌，上面是乱堆了破碎纸片，同些瓶子罐子等类。那盏小的煤油灯，就放在一只破瓦钵上，瓦钵是反盖着的。小桌子头边，放了一只断腿的四方凳子，这土炕又是特别地大，一床单薄棉被和一床夹被单放在黄色的一块芦席上，这是越显着这屋子里空虚与寒酸。月容抱了一条腿，在炕沿上坐着，眼见这绿豆火光之下，这屋子里就有些阴沉沉的，偏是那一点火光，还不肯停止现状，灯芯，却是慢慢地又慢慢地，只管矬了下去。起身到了灯边，低头看看玻璃盏子里的油，却已干到不及五分深，眼见油尽灯灭，这就快到黑暗的时候了，叹了一口气，自言自语道："睡觉罢，还等些什么呢？"说完了这句话，自己爬上炕去，牵着被，就躺下了，在炕上平白地睁着两眼，哪里睡得着呢？桌上的灯光，却是并不等她，逐渐地下沉，以至于屋子漆黑。可是两只眼睛，依然还是合不拢，那胡同里的更锣，敲过了一次，接着又敲过一次，直听到敲过三四次之后，方才没有听到了响声。

次早起来，见天色阴沉沉的，原来以为时间还早，躺在炕上想了一阵心事。因听到院子里有了响声，便隔了窗户叫问道："胡妈，还早吗？"胡妈道："您该起来啦，已经半上午了。今天刮风，满天都是黄沙。"月容道："好，起来，你找点儿热水我洗把脸，洗过脸之后，我要出去。"

胡妈摸索着走进屋子来，向她问道：“昨天的事情……”月容淡笑道：“求人哪有这样容易呢，今天还得去。找所求的人，大概比我也好不了多少。”胡妈道：“既是那么着，你还去求人家干什么？”月容道：“我现在并不是为了穿衣吃饭去求人，我是为了寂寞可怜，没有人知道我，去求人。”胡妈道：“这是什么话，我不懂。”月容道：“你不会知道这个。你不要问，你预备了热水没有？没有热水，凉水也可以。”胡妈见她这样性急，倒真的舀了一盆凉水给她洗脸。她洗过之后，在茶壶里倒了一大杯凉茶，漱了漱口，随着咽下去一口，放下茶杯在门框边，人就走出门。

她今天是特别地兴奋，下了极大的决心，向二和家走去。这时，天空里的大风，挟着飞沙，呼呼乱吼，在街巷上空，布满了烟雾，那街上的电线，被风吹着，奏出了凄厉可怕的嘘嘘之声。月容正是对了风走去，身上的衣服穿得又单薄得很，风把这件棉袍子吹得只管飘荡起来，衣襟鼓住了风，人有些走不动，只管要向后退。但是月容也不管这些，两手放下来，按住了胸襟，只管低了头朝前钻了走着。有时风太大了，就地卷起一阵尘土，向人头上脸上扑了来，月容索性闭着眼睛扶了人家的墙壁走。终于她的毅力战胜了环境，在风沙围困了身子的当儿，走到了目的地。二和那个跨院子，那是自己走熟了的道路，再也不用顾忌着什么，故意开着快步，就向那院子门里冲了去。自己心里也就估计着，这样大风沙天，也许他母子两个人都在家里。见了二和，不要弄成这鬼样，把身上头上的土，都挥挥罢。站在那跨院门下，抽出身上的手绢来，将身上脸上的灰，着实地挥了一阵，然后牵牵衣襟向院子里走去。

自然，那一颗心房，差不多要跳到嗓子眼里来。因为自己要极力地压制住，这就在院子里先高声叫了一声：“老太。”屋子里有人答应了一声：“谁呀？”挡住风沙的门，顿时打开了，出来一人，彼此见着，都不免一怔。月容认得那个人是田二姑娘。怕碰见人，偏偏是碰见了人，只得放出了笑容，向她一点头道：“二姑娘，好久不见啦，丁老太在家里吧？”二姑娘当看到月容的时候，也说不上是像什么东西在心上撞一下子似的，手扶了门框，倒是呆呆地站着望了她，一只脚在门槛外，一只脚还在门槛里呢。这时月容开口了，她倒不得不答话，也微笑道：“哟，我说是谁，是杨老板，这儿丁老太搬家了，我家搬到这屋子里来了。”月容道：“哦，他们搬家了？什么时候搬的？”二姑娘道：“搬了日子不少了。”月容道：“搬到什么地方去了呢？在这儿住着，不是很好的吗？”二姑娘顿了一顿点着头道：“外面风大，你请进来坐一会子吧。”月容站着对那屋子窗户凝神了一会，也就随了她进去。

田二姑娘已是高声叫道：“大嫂，咱们家来了稀客了。”田大嫂由屋子里迎出来，连点了几下头笑道：“这是杨老板呀，今天什么风，把你吹了来？你瞧，我这人太糊涂，这不是正在刮大风吗？”说着，还用两手一拍。月容见她穿一件青布旗袍，卷了两只袖子，头左边插了一把月牙梳，压住了头发，像是正在做事的样子，便道：“我来打搅你了吧？”田大嫂道：“你干吗说这样的客气话？假如不是你走错了大门，请也不能把你请到的吧？请坐请坐。”她倒是透着很亲热，牵住了月容的手，拉了她在椅子上坐着。自己搬张方凳子挨了月容坐下，偏了头向她脸上望着笑问道：“杨老板，听说你这一程子没有唱戏了，怎么啦？在家里做活吗？”月容听说，不由得脸上就是一红，把头低下去，叹了一口气道：“一言难尽。”田大嫂倒是很体贴她，向她微笑道：“不忙，你慢慢地说。”月容低下头，对地面上很注意了一会子，低声道：“据我想，大嫂你也应该知道的。我自己失脚做错了一点儿事，这时你叫我说，我可真有点不好意思。”

田二姑娘没坐下，靠了房门站着，还将一个食指，在旧门帘子上画着，她那样子倒是很自在。月容讲到这里，大嫂向二姑娘看看，二姑娘微笑，月容抬起头来，恰是看到了，但觉自己脊梁骨上，都向外冒着汗，立刻站起来道：“我不在这里打搅了，改日见罢。”说毕，已起身走到了院子里。田大嫂又走向前握了她的手道：“丁老太虽然不在这儿，咱们也是熟人啦，干吗茶不喝一口你就走？”月容道：“改日见罢，我短不了来的。”田大嫂还牵住她的手送到大门口，笑道：“王傻子还住在这里面呢。”月容道：“他大概知道丁老太搬到哪儿去了吧？”田大嫂笑道：“二和那孩子，也不知怎么了，有点脸薄，这回搬家，倒像有什么不好意思似的。到底搬到哪儿去了，对谁都瞒着。你别急，你不找他，他还找你呢，只要戏报上有了你的名字，他有个不追了去的吗？女人就是这一样好。”月容对她看了一眼，抽回手去，点个头说声再见，立刻走了。天空里的风，还是大得紧，所幸刚才是逆风走来，现在是顺风走去，沙子不至于向脸上扑，风也不会堵住了鼻子透不出气。顺着风势，挨了人家的墙脚下走去，走到一条大胡同口上，只见地面被风吹得精光，像打扫夫扫过了一样。很长很长的胡同，由这头看到那头，没有一个影子，仅仅是零落的几块洋铁片和几块碎瓦在精光的地面上点缀着，这全是人家屋头上刮下来的。月容由小胡同里走出来，刚一伸头，呜的一阵狂吼，风在屋檐上直卷下来，有一团宝塔式的黑沙，在空中打胡旋，这可以象征风势是怎么一种情形。月容定了一定神，心想：迟早总是要回去，站在这里算什么？于是，牵牵衣服，冲了出去，但是越走风越大，这一截胡同还没有走完，有人叫道：“喂，这位姑娘到哪里去？”月容看时，一个警察，脸上架着风镜，闪在人家大门洞子里，向自己招手。因道：“我回家呀，不能走吗？”警察捂着手道：“你快到这儿来说话，风头上站得住吗？”月容依他到了门洞子里。他问道：“你家在哪里？”月容道：“在东城。”警察道：“在东城？你回去得了吗？你先在这儿避避风，等风小一点，你再走。”月容道：“我回家有事。”警察道：“你什么大事，还比性命要紧吗？”月容不用看，只听到半空里惊天动地的呼呼之声，实在也移不动脚，只好听了警察的命令，在这里站着。

约莫有二三十分钟之久，那狂风算是过去，虽然风还吹着，已不是先前那样猛烈，便向警察道：“现在我可以走了吧？”警察将手横着一拦道：“你忙什么的？这风刚走，能保不再起吗？”正说话时，这大门边的汽车门开了，立刻有辆汽车拦门停住，随着大门也开了。一个穿长袍马褂的中年人，尖尖的白脸，鼻子下养了一撮小胡子，后面一个穿灰色短衣的人，夹了个大皮包，一同走了出来。警察举着手，先行了一个礼，向那小胡子赔笑道：“这位姑娘是过路的，刚才风大，我没有让她走的。”小胡子道：“她家在哪里？”警察道：“她只说住在东城。”小胡子对她望望道：“你家住在哪儿？我也是到东城去，你顺便搭我的车走一截路好不好？”警察道：“这是郎司令，你赶快谢谢罢。”月容心里在想着，人实在是疲劳了，坐一截车也好，有警察介绍过了，大概不要紧，便向郎司令微鞠了一个躬道：“可是不敢当。”郎司令笑道：“倒很懂礼。这没什么，谁没有个遇着灾难的时候，你上车罢。”月容又向他看了一看，还透着踌躇的样子。郎司令笑道：“别怯场，上去就是了。要不是大风天，我不能停着车子满市拉人同坐。这也无非救济的意思，不分什么司令百姓。”

那个夹皮包的人，比司令的性子还要透着急，已是走到汽车边，开了车门，让月容上去。月容不能再客气，就上车去，扶起倒座上的活动椅子，侧坐下去。郎司令上了车子，拍着坐的弹簧椅垫道：“为什么不坐正面？”月容道：“我刮了一身的土，别蹭着了司令的衣服。这样好。”说着话，车子已是开了，郎司令道：“你家住在哪儿？我的车子可以送到你门口。”月容道：“不用，我在青年会门口下车得了。”郎司令对她打量了一下，因道：“姑娘，我听你说话，很有道理，你念过书吧？”月容也没正脸对他，侧了脸坐着，只是摇摇头。车子里默然了一会，郎司令道：“很奇怪，我在什么地方见过你似的，你认得我吗？”月容忽然一笑道：“我一个穷人家孩子，怎么会认得司令？”郎司令虽然不能把她抱扯过来，对她身上，倒是仔细地看了几遍，笑道：“我想起来了。”说着，将手在大腿上一拍。

月容被他这一声喝着，倒有些儿吃惊，猛回头向他看了一眼，郎司令又拍了一下腿道：“对了，对了！一点不错，你不是杨月容老板吗？”月容禁不住微微一笑。郎司令道：“你也是很红的角儿呀，怎么落到这样一种情形了？”月容低下头去，没有答复，可是她的耳朵根上，已是有一圈红晕了。郎司令道：“你倒了嗓子了吗？不能吧？你还没有唱多久呀。实不相瞒，我偶然看过你一回戏，觉得你的扮相太好，后来就连接听了一个礼拜的戏。隔了两天没去，听说是你停演了，我正纳闷，原来你还在北京。”月容道：“我不愿唱戏，并非是倒了嗓子。”郎司令道：“那为什么呢？”月容道：“不为什么，我不愿唱戏。”郎司令听她又说了一句不愿唱戏，虽不知道她为了什么，但是看她那脸上懊丧的样子，便道：“杨老板，你有什么事伤了心吗？”月容道：“伤心也不算伤心，可是……对不起，我不愿说。”郎司令看她这样子，少不得更要端详一番。汽车跑得很快，不多大一会就到了东单大街。月容不住地把眼睛朝前看着，看到青年会的房屋，就请郎司令停车。郎司令笑道：“风还大着呢，我送到你门口不好吗？”月容摇摇头苦笑着道：“有些儿不便，请你原谅。”他微笑着，就让车夫停车。月容下得车来，把车门关了，隔了玻璃，向车子里点了个头，道声“劳驾”，自走开了。

回得家来，但见那屋子里，阴沉沉的，增加了一分不快，随身躺在炕上，闭了眼，一言不发。耳边是听到胡妈跟着进了房，也不去理会她。胡妈道：“家里还没有了吃的呢，去买米呢，还是去买面呢？”月容道：“我不吃晚饭了。你把墙钉子上挂的那件长夹袍拿了去当，当了钱，你买点现成的东西吃罢。”胡妈道：“不是我多嘴，你尽靠了当当过日子，也不是办法，你要快快地去想一点法子才好。”月容道：“这不用你说，再过两三天，我总得想法子。”胡妈道：“别个女人穷，想不出法子来，那是没法。你学了那一身玩意儿，有的是吃饭的本事，你干吗这样在家里待着？”月容也没有答复，翻个身向里睡着。胡妈道：“那么，我去当当，你听着一点儿门。”月容道：“咱家里有什么给人偷，除非是厨房里那口破铁锅。贼要到咱们家里来偷东西，那也是两只眼瞎了二只半。”胡妈在炕面前呆站了一会子，也就只好走了出去。

到这天晚上，月容因为白天已经睡了一觉，反是清醒白醒的，人躺在炕上，前前后后，什么事情都想到了。直到天色快亮，方才入睡，耳朵边一阵喧哗的声音，把自己惊醒过来。睁眼看时，窗户外太阳照得通红。把自己惊醒的，那是一阵马车轮子在地面上的摩擦声，接着是哗哗的马叫。马车这样东西，给予月容的印象也很深，她立刻翻身坐了起来，向院子外望着。事情是非常凑巧，接着就有人打了门环啪啪地响，月容失声叫起来道：“他找我来了，他，丁二哥来了。”口里说着，伸脚到地上来踏鞋子，偏是过于急了，鞋子捞不着，光了袜底子就向外面跑，所幸胡妈已是出去开大门，月容只是站在屋门口，没到院子里去。听到有个男子问道：“这里住着有姓杨的吗？”月容高声答道：“对了，对了，这里就是。丁二哥！”随着那问话，人是进来了，月容倒是一愣，一个不认识的人，蓄有八字胡须，长袍马褂的，夹了一只大皮包进来。

那人老远地取下了帽子，点着头叫了一声杨老板，看他圆脸大耳，面皮作黄黑色，并不像个斯文人。在他后面，跟了一个穿短衣的人，大一包小一包的，提了一大串东西进来。月容见他快要进屋，这才想到自己没有穿鞋子，赶快地跑到里面屋子里去，把鞋子穿上。那人在外面叫道：“杨老板，请出来。这里有点儿东西，请你检点收下。”月容心里想着：这一定是宋信生的父亲派人来运动我的。这得先想好了几句对付的话，口里说是“请坐”，心里头在打主意，牵牵衣服，走了出来。便见那人在桌上打开了皮包，取出两截白晃晃的银元，放在桌子角上，短衣人已是退出去了，那些大小纸包，却堆满桌。月容道：“啊，又要老掌柜送了这么些个东西来，其实我不在这上面着想的，只求求老掌柜同我想个出路。”那人笑问道：“哪个老掌柜？”月容道：“你不是东海轩老东家请你来的吗？”那人且不答复，向她周身上下看了一遍，笑道：“你是杨老板，我们没有找错。”月容道：“我姓杨，你没有找错，你是坐马车来的吗？”那人道：“对的。”月容笑道：“哦！二哥引你来的？他干吗不进来？我听到马车轮子响，我就知道是他来了。”那人听说，也跟着笑了。

第二十四回　翠袖天寒卜钱迷去路
高轩夜过背烛泣残妆

人坐在家里，忽然有人送钱来，这自是一桩幸运的事。像杨月容正在穷苦得当当买米的时候，有人送了大把银钱上门，这更是幸运的事，但这决不能是天上落下来的一笔财喜，所以猜着是信生父亲送来的运动费。那人笑道：“杨老板，你也善忘吧？昨天你不是坐了人家的汽车回来的吗？”月容道：“哦，你是郎司令派来的？我和他并不认识，昨天蒙他的好意，送我到东城，我倒怪不好意思的。可是他并不知道我住在这里。”那人笑道：“别说你已经告诉他住在东城，你就不告诉他住在东城，有名有姓儿的人，他要找，没有个找不着的。昨天晚上，我们司令，就把你的情形打听清楚了，说你生活很困难，他很愿帮你一点忙。这桌上的大小纸包儿，是替你买的衣料，这钱，你拿着零花。你快一点儿把衣服做好，郎司令还要带你出去逛呢。我姓李，你有什么事，打电话找李副官，我立刻就来。这是我的电话号码。”说着，在身上掏出一张名片，递给月容。

她对桌上的东西看看，又对李副官看看，便摇头道：“我又不认识郎司令，怎好平白地收他这些东西？”李副官笑道：“昨天你们不是认识了吗？”月容道：“也不能那样见一面，就收人家这些东西。东西罢了，这现钱……”李副官笑着摇摇头道：“没关系，慢说是这一点儿，就再多些，他也不在乎。你别客气，干脆就收下来罢。再见，再见。”他说着话，抓起放在桌上的帽子，两手捧着，连连作了几个揖，就推门走了出去。月容跟在后面，紧紧地跟出了大门外来，叫道：“喂，李副官，你倒是把东西带着呀！”她说这话时，李副官已是坐上了他那漂亮的马车，前坐的一位马车夫，加上一鞭，刷的一声，就把马车赶着走了。他坐在马车里，隔了玻璃窗户，倒是向她微笑着点了几点头。月容只管叫，那车子只管走，眼望着那马车子转过了胡同角，也就无法再叫他了。

关上了大门，回到屋子里来，那些送来的东西，首先送进了眼里。胡妈站在桌子角边，原是在用手去抚摸那装东西的纸盒子，当月容走进来的时候，她猛可地将手向后一缩，倒是向她笑道："你不用发愁了，衣服也有了，钱也有了，早晓得是这么着，就不该去当当。"月容也没有理会她，索性坐在椅子上，对了桌上那些纸包和洋钱只管发呆。胡妈以为她嫌自己动过手了，只得低了头，缓缓地走出去。月容呆坐了有十分钟之久，自言自语地道："我也要看看到底有些什么玩意儿。"于是走向前，先把大纸包透开，里面却是一件新式的呢大衣，拿出来穿着试试，竟是不肥不瘦，恰恰可以穿得。另有比这小一点的一个纸花盒，猜着必是衣料了。也来不及脱下身上这件大衣了，一剪刀把绳子剪断，揭开盖子来看，却是一套雪白的羊毛衫裤。在那上面，放着一张绸缎庄的礼券，标明了五十块。既是纸包里东西，不容易猜，索性地一包包地都打开来看看，看时，如丝袜，绸手绢，香胰子，脂胭膏，香粉，大概自回北京以来，手边所感到缺乏的日用东西，现在都有了。再数一数桌上所放的那两叠现洋钱，共是四十块。

在计数的时候，不免撞了叮当作响。胡妈在院子里走得窸窣有声，月容回看时，她那打满了皱纹的脸上，所有的皱纹，都伸缩着活动起来，正偏了脸向里面张望。月容道："这样鬼头鬼脑的干什么？进来就进来罢。这桌上的东西，还怕你抢了去吗？"胡妈手扶着门，颤巍巍地进来了，把那没有牙齿的嘴，笑着张开合不拢来，因低声道："就是什么事情也不干，好好儿地过，桌上这些钱，也可以凑付两个月了。"月容摇摇头道："这个钱，我还不知道怎么对付是好呢！你想，世界上，有把洋钱白舍的吗？我是唱过戏的人，我就知道花了人家的钱，不大好对付。"胡妈道："你怎么啦，怕花了人家的钱，会把你吃下去吗？钱是他送来的，又不是你和他借的，你和他要的，你到了这个节骨眼上还怕什么？来的那个人说，花钱的人要同你出去逛逛罢？你让姓宋的那小子把你骗够了，他也不要你了，你还同他守什么身份？趁早找个有钱的主儿，终身有靠，比这样天天过三十晚强吧？天可越来越凉了，今天屋子里没有火，就有点儿待不住。你当的那几件衣服，也该去赎出来了。钱是人的胆，衣是人的毛，身上穿得好一点，见人说话，也有一点精神。”

月容把整叠银元，依然放在桌上，却拿了一块钱在手，缓缓地轻轻地在桌上敲着，带了一些微笑道：“这也是合了那句话，肥猪拱庙门，十分好的运气，趁着这好运气，我倒要去想一点儿出路。”胡妈把桌上的大小纸包，全都给她搬到里面屋子里去，走近了她的身边，微弯着腰道：“姑娘，不是我又要多嘴，你应该趁了身上有钱的时候，制几件衣服穿着。你就出去找找朋友，请大家帮一点忙，人家看到你穿着不坏，也许念起旧情来，真会替你找出一条路来。譬如就说是唱戏罢，你穿得破破烂烂的去找朋友，人家疑心你是无路可走了，又回来唱戏，先带了三分瞧不起的意思。你要是穿得好好儿地去，他就说你有唱戏的瘾，也许你唱红了，他要来请求着你，还得巴结你呢。”月容同她说话，又把放在桌上的银元抓了起来，翻覆着只管在手上算，算了十几遍，不知不觉地，就揣到口袋里去。胡妈跟着走进房来，见炕上放的那些大小纸包，皱起了眼角的鱼尾纹，弯了两个手指，哆嗦着指了道：“你瞧，准值个百来块钱吧？”月容淡淡地一笑道：“别说是这么些个东西，就是比这多十倍我也见过。见过又怎么样？有出无进的一口气，到了总是穷。”她说过了这话，把一条腿直伸在炕沿上，背靠了炕头的墙，微闭了眼，把头歪斜到一边去。胡妈看看这样子，已是不能把话下去，就自言自语地走出去，叽咕着道：“不能因为发过财的，把东西就不看在眼里。谁叫你现在穷着呢？人要到什么地步说什么话。”

月容坐在炕上，却是把话听到了，心里想着：别瞧着这老妈子糊涂得不懂什么，可是她这几句话，是说得很对。瞧不起这些东西怎么样？现在穷着呢，想要这么些东西十分之一，还想不到呢！想到了这里，把眼睛睁开来，向炕上放的东西看了一看，再估计值得多少钱。由东西上又看到了身上的大衣，将手抚摸着，看看没有什么脏迹，还折过来一只衣裳角看看，看到那衣服里子还是缎子做的。点了两点头，自言自语地道：“这个郎司令做事倒是很大方的，这个日子，要他帮一点忙，大概是可以的。”于是站在地上，牵牵自己的衣服，在屋子里来回地走了几次。

胡妈二次进屋子来，手握了门框，偏了头，向月容身上看看，点着头笑道：“这位司令，待你很不错，这个好机会，你可别错过了。”月容道：“话虽如此，但是我也受过教训的。男人要捧哪个女人，在没有到手的时候，你要他的脑袋，他也肯割给你的，可是等他把你弄到手之后，你就是孙子了。你好好地伺候着他，他还可以带着你玩两天，你要是伺候得不好，他一脚把你踢得老远。那个时候，你掉在泥里也好，掉在水里也好，谁也不来管你，那就让你吃一辈子苦了。”胡妈跨过门槛，把头伸过来，向她脸上望着道：“姑娘，你还得想想呀，在你的意思，以为姓宋的是把你踢到泥里水里来了罢，可是现在不有人又来拉你了吗？可也见得就是跌到泥里去了，还是有人把你拉了起来。”月容笑笑道：“对了，将来我跌到泥里水里了，还图着第三个人把我拉起来呢！那么，我这一辈子就是在泥里水里滚着罢。我想回来了，我不能上当。”说着，两手将大衣领子一扒，反着脱了下来，就向炕上一扔，还把脚顿了两顿。

胡妈也没有理会到她是什么意思，笑道：“你瞧，东西堆了满炕，我来归理归理罢。”月容道：“对了，归理归理罢，等他们有人来的时候，这些东西，完全让他们拿了回去。我反正不能为了这点东西，自卖自身。胡妈你当了多少钱？”胡妈道：“我因为你睡着没有告诉你，当了五钱银子。要赎的当，多着呢，一块儿赎罢。”月容道：“哼，赎当，这郎司令送来的几十块钱，我一个也不动的。当的五钱银子，大概还可以花一两天吧？”胡妈正把东西向炕头上的破木箱子里送了进去，听了这话，手扶箱子盖，两腿跪在炕沿上，回头望了她，简直不知道移动。月容坐在椅子上，手撑在桌子沿上，托住了自己的头，也是懒懒地向她望着道：“你发什么愣？我的意思，你还不明白吗？”胡妈道：“你什么意思？不愿花人家送来的钱？”月容道：“我为什么不愿花？我有那样傻？觉得关起门来挨饿好些吗？可是花了人家的钱，一定要想法子报答人家的。我报答人家只有这一条身子，要是我见钱就卖，那不如我厚着脸去见师傅，我去唱我的戏。”胡妈这才盖好了箱子，走下炕来向她一拍手道：“我说什么？

早就这样劝过你的，还是去唱戏。”月容那只手还是撑了头，抬起另一只手，向她摇了几摇道：“你先别嚷，让我仔细地想上一遍。”胡妈是真的依了她就不再提此话。

当天晚上，大风二次地刮起，这就不像前日的情形，已是很冷，月容将一床被卷得紧紧的，在大炕上缩成一团。次日早上起来，穿上了那件薄棉袍子，只觉得背上像冷水浇洗过了，由骨头里面冷出来。便隔了窗子问道：“胡妈，你把火笼上了没有？今天可真冷。你把炉子搬到屋子里来做饭罢。”胡妈把一只小的白泥炉子，战战兢兢地搬到屋子里来，向她做了苦脸子道：“就剩这一炉子煤了，钱是有限的，我也没敢去叫煤。你身上冷得很罢？两只手胳膀，就这样抱在胸面前。你不会把那件大衣穿起来，先暖和暖和吗？”月容道：“现钱放在箱子里，我也不花他一个呢，怎能穿他送的大衣？”胡妈向她看看，也没有言语。

就在这时，门外又有人打着门环啪啪乱响，月容皱了眉道：“这样大的风，有什么人来？准是那个什么狼司令虎司令派人通知我。你去开门，就说我病在炕上没有起来。”胡妈缓缓地出去，门环响着，那还正是催促得紧。过了一会儿，胡妈踉跄跌了进来，向月容道：“姑娘，你说是谁来了吧？”月容道：“不就是昨天来的那个李副官吗？”胡妈道：“哪里是？你猜是谁呀？”月容道：“咱们家里还有几个人来？大概是……”外面屋子里，有了一个粗暴的男子声音，问道：“杨老板，收房钱的来了。”月容哦了一声，答不出话，也不敢出去。那人又道：“杨老板，你已经差上两个多月了，再要不给，我实在交代不过去。”月容由门帘子缝里向外张望了一下，那人道：“你今天不给房钱，没别的，请你明天搬家。慢说你还欠两个月房钱，就是不欠，知道你家里没有男人，我们东家还不肯赁给你呢。”月容道：“我们统共住你两个月房子，就欠你两个月房钱吗？搬进来付了你们一个月茶钱，不算钱吗？”那人道：“还说呢！搬进来以后，就不付钱。这样的好房客，谁敢赁！你不付钱，我在这里等着，你不出来可不行。”

月容偷向外面屋子看去，见那人靠了四方桌子坐下，架起腿来很得意地颤动，口里斜衔了一支烟卷，向外慢慢地喷着烟。月容看他不走，低头望望自己身上，那薄薄棉袍子，还有不少的脏迹，只得把那件叠在炕头边的大衣，穿在身上，走了出来。那人并不起身，绷住了横疤子肉的脸，向她冷眼看了一下道：“有茶吗？劳驾倒口水来喝喝。”月容两手插在大衣袋里，靠门站定，不由得也把脸沉下来，瞪着眼道：“这房钱一个月多少钱？”那人笑道：“咦，你住了两个月房，多少房钱，你还不知道吗？每月是五块，两个月是十块。”月容道：“哦，也不过欠你十块钱，你就这样大的架子，假使我马上就搬，除了那个月茶钱，也只用给五块钱罢了？”那人淡笑道：“五块钱？五块钱就不给吗！”他口里说着两只脚架着，连连颠了一阵。月容鼻子里哼了一声，立刻缩进房去。

再出来时，当的一声，取了五块钱放在桌上，把头一昂道：“这是一个月的房钱，还有五块茶钱，合算起来，就是十块。两个月房钱全有了。你在我们面前摆什么架子！月不过五，再住一天，我找房搬家。你拿出房折子来，让我写上。”那人倒想不到她交钱有这样地痛快，便站起来笑道：“并非我有意和你为难，我们捧人家的饭碗，专门同人家收房钱的，收不到房钱，我就休想吃人家这碗饭。”月容伸出手来道：“什么话也不说了，你拿出房折子来罢，我要写上房折子才让你走。”那人将房折子拿出来，月容拿到里面屋子里去，将数目字填上。自己也不拿出来，却叫了胡妈进去，返身出来，递给那人。那人没有意思，悄悄地走了。

胡妈关了街门，复又进来问道：“姑娘你是动用了那款子给的房钱吗？”月容手撑了头，靠着桌子坐着，无精打采地答应了一声道：“那叫我怎么办？收房租的人，那一副架子，谁看了也得讨厌，何况他赖在这里，又不肯走。事到了紧要关头，我也顾不得许多了，只好把那笔整款子，先扯用了再说。我动用了多少，将来再归还多少也就是了。”胡妈道：“既然如此，我们索性挪用了两块罢。你瞧，天气这样凉，你还没有穿上厚一点的衣服，叫一百斤煤球来烧，这是要紧的事。”月容还是那样撑了头坐着的，叹口气道：“现在用是好用，将来要还钱的时候，怎么样子还法呢？”胡妈道：“你没有挪动那钱，我不敢多嘴，现在你既然动用了，你用了五块钱，固然是要想法子，你花了人家七块钱，也无非是想法子找钱去，反正是将来再说。你怕什么？”

月容听她说到了一个冷字，仿佛身上冷了两倍，于是将手伸到煤火炉子上，反复不停地烘着。胡妈道：“你瞧，你这件绿袍子，袖口上都破着，漏出棉花来了，照说，不冷你也该换一件新棉袄穿了。”月容向她摇了两摇手说：“你别搅乱我的心思，让我仔细想想罢。”说着，在衣袋里掏出两个铜子，握在手掌心里，连摇了几下，然后昂着头向窗外道：“老天爷，你同我拿个主意罢，我若是还可以唱戏，我这铜子儿扔下去，就是字；我若是不能够唱戏，扔下去就是花；两样都有，那就是二和会来寻我。”说着，手掌托了两个铜子，拍着向桌上一跌，却是两个字。月容道：“什么？我真的可以去唱戏吗？这个我倒有些不能相信，我得问上第二回。”胡妈道：“你别问了，占卦就是一回，第二回就不灵了。”月容哪里管她，捡起两个铜子，将手合盖着摇撼了几下，又扔下去。看时，两个铜子，又全是字。胡妈比她还要注意，已是伏在桌沿上，对了桌面上看去，笑着拍手道：“你还说什么！老天爷到底是劝你去唱戏罢？”月容道：“既是这么着，等明天大风息了，我去找我师傅罢。”

胡妈笑道：“你要是肯去找你师傅，就是不唱戏，十块八块钱，他也可以替你想法子的。”月容忍不住向她微笑道：“你的意思我明白，还是把箱子里的钱，动用几块罢。”胡妈皱了眉道：“我没有什么，反正是一条穷苦的命，不过我看到你这样受拘束，倒是怪作孽的。”月容猛地起身，到炕头上箱子里取出两块钱来，当的一声，向桌子上面扔着，对她望着道：“你拿去花罢，反正我是下了烂泥坑里的人，这双脚不打湿也是打湿了。”说着，长长地叹了一口气。胡妈对于她的话，也懂也不懂，倒不必分辩，拿着钱走了。月容筹划了大半天，想来想去，果然还是胡妈无知识的人所说的话对。决定次日起个早，就到杨五爷家里去求情。不想在这天晚上，又出了岔事了。

约在八点钟的时候，煤油灯里面的油汁，是上得满满的，灯芯扭出很高大的火焰光里，月容是靠了桌子坐定，将几册手抄本的戏词，摊在面前看。旁边放了一个火炉子，煤火是烧得很兴旺。除有一把新洋铁壶烧着开水而外，炉口上还烤着几只芝麻酱烧饼，桌子角上放了两小包花生仁儿，是就烧饼吃的。胡妈洗完了碗筷，没有事，也搬了一张方凳子坐在屋子角落里打瞌睡，她那鼻息声倒是和开水壶里的沸水声，互相呼应着。月容望了她笑道："你心里倒踏实了。"正说道呢，外面又有了拍门声，月容不由得咦了一声道："怎么着，这晚有人来敲门，难道还有人送了东西和钱来吗？"便拍醒了胡妈，让她出去开门，自己紧贴了窗户，由纸窟里向外张望。

在大门开合声以后，接着满院子里都是皮鞋杂沓声，这就有人道："啊，这院子里真黑，司令小心点儿走。"月容听说，却不由得心里一跳。果然是郎司令的口吻叫起来道："杨老板，我们来拜访你来了。透着冒昧着一点了罢？"在这些人说话的当儿，郎司令已是走到外面屋子里来，接着就有人伸手，将门帘子一掀。月容心里一机灵，便道："请在外面坐罢，我这就捧灯出来。"口里说着，已是左手掀帘子，右手举灯，到了房外，将头闪避了灯光，向站在屋中间的郎司令点了两点头，可是自己心房，已是连连地跳上了一阵。把灯放在正中桌子上，正待回转身来，招呼郎司令坐下，不想他和李副官全已坐下，另外有两个穿制服，身上背了盒子炮的大兵，却退到屋子门口去站着。月容手扶了桌沿，对他们望望，还不曾开口呢，郎司令抬起右手，将两个指头，只管捋那短小的胡子，李副官却坐在里屋房门口，斜伸了一条腿，正好把进门的路拦住。他倒向人点点头笑道："杨老板，也请坐罢。"

月容本来想对郎司令说，多谢他给的东西，一看到房门给人拦住了，到院子里去的门也有人把住了，倒不知道怎么是好，一发愣，把心里所要说的话给骇回去了。郎司令还捋着胡子呢，见她穿的那件绿袍子，紧紧地，长长地裹住了身体，所以身上倒是前后突起好几处，那白嫩的脸皮，虽没有擦胭脂，可是带了三分害臊的意味，在皮肤里层，透出了浅浅的红光来。她侧着脸子，逼近了灯光，正好由侧面看到她的长睫毛向外拥出，头发垂齐了后脑，是微微地蓬着。因笑着先点了两点头，回转来向李副宫道："你把话对她说一说。"李副宫道："杨老板，你怎么不坐下，也不言语？郎司令听到我回去说你家里这一番情形，很有意帮你的忙。现时汽车在门口，咱们一块儿出去，找个地方吃点东西，谈谈，好不好？"月容将扶在桌沿的手，来回摩擦，不抬头，也不说话。李副官道："回头我们还把汽车送你回来，你怕什么的？”月容默然了很久，猛地将身子一扭，窸窸窣窣的有声。

郎司令略一低头，有了主意。见桌上还剩有大半支洋烛，就拿了起来，只回头对李副官望着，他已会意，立刻在身上掏出打火机来，将烛点上。郎司令左手拿了烛，右手挡了风，开了四方步子走着，笑问道：“戏台上客人歇店，拿灯照照，有没有歹人是不是这个样子？”李副官笑道：“司令做什么像什么，可不就是这个样子吗。”李副官微笑着，绕上桌子那边，将烛向月容脸上照来，见她两行眼泪，串珠一般，向两腮挂了下来。因道：“这奇了！我们来了，也没有一句不中听的话，杨老板为什么伤起心来？”月容索性一扭，对着里面的墙，那窸窸窣窣的小哭声，更是不断。李副官手捧了洋烛，站在她后面，倒有些不好转弯，向郎司令微笑道：“你瞧，这是怎么一回事？”郎司令就走过来，将蜡烛接住，笑道：“这没有什么，小姑娘见着生人，那总有点难为情的。”郎司令笑道：“那也好，咱们有话慢慢地说。”他说毕，依然退到原来的椅子上坐着。

李副官将洋烛放在桌上，两只巴掌，互相搓了几下，还微微地一鞠躬笑道：“自然的，我们交情浅，你还不能知道我们司令是怎样一种人。司令办起公来，打起仗来虽然很是威武，可是要谈起爱情来，那是比什么斯文人都要温柔些的。你不愿同我们出去玩，或者不愿我们到这儿来，你都可以说，为什么哭了起来呢？”月容本想说一句，并不是为这个，可是这话只是送到嗓子眼里，又忍了回去，依然是对了墙，继续地掉眼泪呢。

第二十五回　难忍饥驱床头金作祟　空追迹到门外月飞寒

杨月容为什么哭，她自己也说不出这个所以然。这时，李副官站在后面又解释了几句，更叫自己没法子来答复，所以还老是对了墙站住。后来郎司令向李副官招招手道：“也许是今天带了弟兄来，她受了惊了。这没什么，今天不算，明天咱们再来。”李副官道：“杨老板，你听见没有?郎司令怕你受惊，明天一个人再来。可是话得说明，你不能够听到说我们明天要来，你老早地就溜走了。”郎司令笑道：“这个倒不用你烦心，真是怕她走，给侦缉队去个电话，他们就会来挂桩的。不过那样办，也未免小题大做了。”李副官笑道：“这倒是我多话了。不过我还要问杨老板两句言语，答应不答应倒没有关系。你家境很寒，又没有个人来维持门户，你是不是还打算唱戏呢？”胡妈的两个儿子，都当过大兵，她倒是不怕挂盒子炮的，已是沏了一壶茶，两手捧着送了进来。

郎司令一摆手道：“茶不用喝了，我们问你两句话。”胡妈将茶壶放在桌上，掀起一片衣襟来擦着手，笑道：“司令，我可不懂什么。”郎司令笑道：“我们只问你所懂得的，你家杨老板有什么不顺心的事吗？”胡妈道：“您是像一面镜子一样的，还不照得我们彻亮吗？”郎司令道：“你们的日子难过，我也知道，可是不过差钱用罢了，也没有别的。前天李副官送来的钱，还不够还债的吗？”胡妈道：“倒不是为了这个，你给的那些钱，她还不肯花，她怕花了，还不清你的原数。”郎司令笑道：“傻孩子，我既特意派人送钱给你了，我还能让你把钱退回吗？这且不管，你只管是把钱退回给我，还有什么打算吗？不能尽坐在家里挨饿。”

胡妈道："她的意思，想去唱戏，可是同她师傅闹过别扭了，这会子去见师傅，又怕师傅说闲话，所以透着进退两难。"

郎司令哈哈笑道："老李，你听见没有？杨老板掉泪，是向我们抱委屈，这我们更得帮忙。"李副官本来抽回身，到原地方坐下了，这又走过去，离着月容约莫有一尺多路，低声道："杨老板，这一点小事，你全不用放在心上。你觉着唱戏为难，就不用唱戏了，一个月要花多少钱，郎司令就能补贴你。"月容总是对了那堵墙，也不答话，也不回转身来。郎司令站起身来笑道："老李，咱们走罢，男女之间，最好是不要用一丝一毫勉强的手段，我很愿用一点诚心去感动她。这就是说，别瞧军阀都不是讲理的，可是这里面也有好人呢。杨老板，再见罢。"他说着，已是走出了那屋门，在院子里叫道："哦，老李，我忘了一件事，你赏老妈子几个钱罢。她帮工帮到这种地方来，哪里还找得着零钱花。"李副官在袋里一掏，摸出一叠钞票，就掀了一张五元的给她，胡妈两手合掌接住，口里连连地念道："这可了不得，谢谢你，谢谢你。"李副官道："不是我的钱，你出去谢谢司令罢。"胡妈就和李副官一同出来，向郎司令道谢，直送到大门回去。

月容面墙站定，直听到皮鞋声，已经走过了院子，才敢回转身来，胡妈已是笑嘻嘻地走进了屋子，向她笑着皱了眉道："姑娘今天你是怎么啦？无论怎么，人家来了，没什么歹意，你为什么背对了人还哭呢？"月容自衣纽扣上抽出了手绢，缓缓地擦着眼泪，因道："你倒说得好，没什么歹意！你想咱们一个好好的人家，半夜三更的，人家就带了大兵闯进来，这把咱们还看成了一个什么人呢？就是当窑姐儿的罢，人家也得带三分笑脸瞧着。我是他的奴才，到了这晚上，砰砰砰砰地他捶开了街门，就可以向我屋子里跑？要不是我一机灵，把灯端到外面屋子里来，他准会坐到我的炕头上去。咱们受了人家这样无礼的对待，还是不敢说一声儿，得向人家来个笑脸，我心里一委屈，我就忍不住要哭。"胡妈道："那是你想不开，郎司令那么大的官，肯到咱们家里来，就是太阳老爷儿照进屋子里来了。你是没出去瞧见，那一辆汽车，真好，比八人大轿还要大，两个护兵在车外面一站，哧溜一声儿地开走了。这要是没钱，就能这么办吗？"月容一扭脖子道："别不开眼了，汽车不论大小。把灯捧进去罢，我要睡觉，让我躺到炕去，慢慢儿地去想。”胡妈捧了灯，将她送进房，将灯放在小桌上，自己靠了门边，向月容望着。

月容背对了门，解长衣的纽扣，脱了鞋，爬上炕去，回转身来，看到了她，问道：“你还站在这儿干什么？”胡妈眯了一双老眼，向她笑道：“我的意思……”月容将两只手同时向外挥着，因道：“你有意思。你的意思我明白，让我当郎司令一份外家。老实说，要我当人的外家，哪一天我都能办到，我就是不干！我要走那一条路，我还不如去唱戏呢。”胡妈一伸脖子，将嘴半张开着，月容道：“不用说了，不用说了，去睡觉罢。”胡妈也无法子再说什么，微微地叹了一口气，自掀门帘子走了。

月容睁着大眼，望了小桌上的灯，清醒白醒地在炕上睡着，直听到胡同里的更锣打过了四更，方才睡着。自然这一晚的沉思，总想到了一些出路，决定次日起来，照计行事。虽然睡得晚，然而到了早上九点钟，她就起来了。胡妈也是刚刚地起床，摆了一只白炉子在屋檐下，正用火筷子向里捣炉灰，便扶了屋门，向她顿脚道：“我等着要盆热水洗脸，炉子还没有挑着，这不是捣乱吗？”胡妈道：“哟，这大早的你赶着洗脸，向哪儿去？”说时，弯了腰，将两根长火筷子，只管伸到冷炉灰里面捣动，炉子里是呼噜子作响。月容道：“你没有听到那个狼司令虎司令说吗？要通知侦缉队在咱们门口挂桩。挂桩这个暗坎儿，我是知道的，那就是派了便衣侦探，在咱们家附近把守着，我要到哪里去，他们也得跟上。要是真那么办，你想那岂不是个大累赘？所以我想着，趁了今日早上，他还没有派人来的时候，我先出去，找好一个藏身的地方。”

胡妈只看了她一眼，并没有答话，似乎对于她这个主意，很不以为然。因为月容站在屋子门里面，缩着一团的，只管催着要热水，只好找了几根硬柴棍子，塞到炉子眼里去烧，也来不及添煤，火着了，将瓷铁小脸盆，舀了一盆凉水，就在炉子上架着。月容跑到炉子边来，伸手到水里去探试了几回，摸着水有些温热了，立刻端了盆进屋子去，掩着门正弯着腰在桌上洗脸呢，却听到胡妈在院子里同人说话。始而以为是送煤或挑水的，没有介意，后来听到有个粗暴的男子声音，叫道：“你就拿得了主意吗？你进去问问看。”月容问了一声：“谁？”打开屋门来，看到却是一愣。

这是胡同口上二荤铺的掌柜小山东。他头上戴了黄毡帽，身上穿了蓝布棉袄，拦腰系了一根白线编的粗板带，笼了两只袖子，沉下那张黄黑马脸，颇有点不妥协的神气。问道：“掌柜的，你又来要账来了吧？”小山东淡笑道：“杨老板，直到昨天，我才知道您是梨园行的。您是有法子想的，干吗瞒着？”月容道：“我们自搬来的时候，蒙你的情，赊过几天东西吃，这是我记得的。可是你赊账的时候，认的主儿是姓宋的，不是我吧？”小山东脖子一伸道：“咦，这样说起来，倒是赊账赊坏了。别的不用说，我问您一句，炸酱面，馒头，葱油饼，多着呢，我也算不清，你吃过没有？”月容道：“吃过怎么样，吃过了就应该我给钱的吗？”她说是说出来了，然而脸腮上已经飞起两块红晕。小山东冷笑道：“吃饭不给钱，这是你们的理？”月容道：“譬如说，人家在馆子里请客，客人吃了馆子里的东西，也得给钱吗？还是做主人的给呢？”小山东道：“虽然是做主人的给钱，可是做主人的溜了，大概在席的客人也跑不了。姓宋的赊的东西，在你们院子里吃的，慢说你们是一家人，就是请来的客，我也可以同你要钱。这钱你说给不给吧！若是不给，我去找巡警来讲个理。”月容道：“找天王来也不成，我没有钱。”小山东道：“你准没有钱吗？杨老板，你可瞒不过我。这两天，你家门口，天天停着汽车，不是有钱的朋友，就是有钱的亲戚。你家有坐汽车的人，会给不起这点小款子吗？那你是成心。不给钱不行！我今天在这里耗上了。”胡妈在小厨房里走出来问道：“到底欠你多少钱？你这样凶？”小山东道：“没有多少钱，两块来钱吧。”胡妈在身上一掏，掏出那张五元钞票向他脸上一扬，笑道：“要不了吧？你找钱来。”小山东接了钱，笑着拱拱手道：“劳驾，劳驾，我一刻儿就找钱来。”说着，一扭头就走了。

月容见胡妈给了钱，又不便拦住他，等小山东走了，就顿脚道：“你这是什么意思？钱在你手上咬人吗？”胡妈随着进屋来，将房门掩上，低了声音道：“那五块钱，你还不打算花吗？早上的粮没有了。姑奶奶，不是我说你，你真有点儿想不开。有瞧见大把洋钱不花，情愿挨饿的吗？你若是真没有钱，我们帮工的，要么不干；要么，念着过去的情分，白帮你干两个月，这都不吃劲。你现在有钱，让我白瞧着挨饿，你也有点不忍心吧？”月容道：“胡妈，你别想错了。你看我这人是舍不得花钱的人吗？无奈这是人家的钱，我不敢动。”胡妈道：“并不是我多活两岁，就端老牌子。瞧你为人，实在有许多地方见不到。你现在走这条路也不好，走那条路也不好，总想去找师傅。找师傅怎么着？还不是靠人家门框，混一碗饭吃吗？不用说他收留不收留吧，你这一去，先得挨上一顿骂。现在炕头上箱子里放着那么些个洋钱，你不肯花，情愿挨饿受气，我真有点儿不明白。”月容坐在椅子上，手撑了头，双目注视了地上，默然无言。胡妈道：“让我瞧炕头上那些个钱，还只管受憋，我这穷老帮子可不行。你要出去，你只管出去。”

这句话提醒了月容，回到里面屋子里，对炕头上的箱子瞧瞧，别说是锁了，根本就没有箱搭扣。爬上炕，掀开箱盖子，两截白晃晃的洋钱，就放在箱子里零碎物件的浮面。手扶了箱盖，先怔了一怔，不免把现洋全拿出来，要向身上揣着，但是只揣了二三十块钱到袋里去的时候，便觉得那衣服底摆，要沉坠下去。自己不免摇头想了一想，将几十块现洋揣在身上，满街去找人，这却现着不妥。纵然是把现洋全带着，放在屋子里的这些衣料同袜子鞋子，全是散乱放在炕上的，这又焉能保得了不遗失一件？于是把现洋掏出来，还是放到箱子里去，只坐在炕上发呆。呆坐到了十二点钟，起床早的人肚子有些饿了，于是向窗子外叫道：“胡妈，你还没有做饭吗？”胡妈很大的嗓音答道：“做饭？你说了，炕头箱子里的钱是不动的！你存在我这里的钱，只有几毛了，我要大手一点儿的话，一顿就可以吃光。我不敢胡拿主意去给您办午饭，您要吃什么，您说罢。我没有什么，反正是天天嚼干烧饼，我再买两个烧饼嚼一顿就得了。”

月容听着，倒不由得心里动了一动，便道：“我也没有叫你天天嚼干烧饼，不过偶然凑付一两顿。既是那么着，这一顿午饭随你的便，你想吃什么就吃什么。”胡妈道：“爱吃什么就吃什么吗？你一共只有几毛钱……”月容道：“你不用说了，这儿拿一块钱去花罢。炕头上放了几十块钱，别说你忍不住这份儿饿劲，我也忍不住这份儿饿劲了。”胡妈笑嘻嘻地走了进来，两手一拍道：“真的，并不是我说那不开眼的话，我要是不用钱，架不住那箱子里的大洋钱，只管冲我招手。”月容在箱子里取出一块钱来，当的一声向桌上一扔，接着又叹了一口气。

自这时起，月容所认为不能动的一笔钱，一动再动，已经是动过好几次了。虽然对于整数，还不过是挪动了十分之一二，但是这所动的十分之一二，现在要补起来，也不可能了。吃过了午饭，月容沏了一壶茶，坐在炕头上喝，煤炉子搬到屋子里来，把全屋子烤得热烘烘的。自己斜坐在炕上，靠了叠好的被褥，半带了躺着，微闭了眼睛，作一个长时间的考量。心里正想着，就算动用过几块钱，马马虎虎地全退还给郎司令，退还以后……这时，胡妈跌撞着走了进来，那脚步踏着地面，是咚咚有声。月容猛地向上一坐，睁眼望着，问道：“又是怎么了？”胡妈两手张开，抓住了门儿，把脖子伸了进来，瞪着眼，摇摇头道：“这房东真不是人！咱们昨儿个刚辞房，现在他就在大门上贴上房帖了。”月容将手轻轻捶了两下胸脯，笑道：“瞧你这鬼头鬼脸的样子骇我一大跳。咱们既是辞了房了，人家当然要贴房帖，这又何足为奇？”胡妈道：“那么说，更干啦！您什么脚步都没有站稳呢，又要闹着搬家。咱们哪里来的那些个钱？”月容道：“就怕咱们不能实心实意地搬家，假如咱们愿意搬家，大概钱这件事，还用不着我们怎样地担心呢。”

正说着，院子里有人叫道：“你们街门也不关，仔细跑进歹人来，把你们府上的传家宝要抢了走。”月容听那声音，就知道是李副官，只得带了笑容迎出屋来。李副官推门之后，见她脸上有了笑容，也就很高兴。便取了帽子在手，连连拱了几下手道：“昨天晚上打搅你，真是对不起。”月容想起昨晚向着人家哭的事，不由得脸上一红，勉强轻轻地说了一声“请坐”。李副官道：“门口贴了房帖了，你们打算搬家吗？”月容怎好说是没钱给房钱，房东轰人走？只是轻轻地唔了一声。李副宫道：“你们要搬家，好极了。找房的事，交给我啦。”月容点着头，说了一声“谢谢”。她这一声“谢谢”，本来是客气之辞，不料李副官听到，倒以为她是承认了他的请求，这一个错误，关系非小，大门口的招租帖子，更要牢牢地贴住了。

这招租帖在大门口，贴到三日以后，却来了月容昼夜盼望的丁二和。

这是天色断黑不多久的时候，天空里洒上了几点星光，胡同里的路灯，不大光亮，更是让那墙头上乍升的月亮，斜照着这大门外的老粉墙雪白。王傻子挑了一副皮匠提子，二和挽了一只盛花生的藤筐子，说着话，走了过来。王傻子道：“她那天到我那里去的时候，我不在家。田大嫂让她坐了一会儿，她只说住在这儿，没提别的。当时，我一点不知道，直到昨儿个，我才知道这消息，找了你一天，也没有把你找着。”二和道：“这也来得不晚。不过她的眼睛更大了，我弄成了这副寒碜样子，她是不是睬我们，还不知道呢。”王傻子道：“那不管好，咱们知道她住在这儿，若是不来，那是咱们心眼儿小，咱们来了，就尽了咱们的心。见了她，咱们别提……哦，不对吧？这，哟！门框上好像是贴了房帖。”说时，王傻子歇下了担子在大门口，二和近前一步，对门框上看着，点头道：“是房帖，‘吉房招租’四个字，很大，看得出来的。你别是听错了门牌吧？”王傻子道：“我清清楚楚地听说是五十号。我还想着呢，这好记，就想着一百的一半得了。”二和道：“也许这是独院儿分租，里面还有人，敲门试试。”于是伸手将一只单独的门环，很拍了十几响，里面却是一点回音没有。王傻子道：“不用叫门了，里面一定是没有人。在这晚上，又不好家家拍门去问，咱们走罢，明天再来。”二和道：“准是你记错了门牌。”

说到这里，有一位巡逻的巡警，由身边经过，他见二和站在门口议论，便迎上前道：“你们找谁？只管敲着空屋的门干什么？”二和道：“你先生来得正好，我跟你打听，有一个唱戏的住在这胡同里吗？”巡警道：“不是叫杨月容的吗？她就住在这五十号。可是今天上午搬走了。”二和道：“搬走了？”巡警道：“原来她报的户口是姓宋，最近我们才知道是杨月容。你们和她什么关系？”二人道：“我是她师傅家里的人。她搬到哪里去了？”巡警道：“哦，她师傅找她？这孩子有点胡来，我们两次调查户口，把她的底细查出来了。不念她是个年轻姑娘，就要带到区里去盘问盘问她的。”二和道：“你先生不知道她搬到什么地方去了吗？”巡警道：“我瞧见她们搬走，搬往哪里可不知道。”二和听了这话，只有向王傻子望着，王傻子也做声不得。那巡逻警也不干涉他们，悄悄地走了。

墙头上的大半轮月亮，格外地升起，照见地上一片白，惟其是地上一片白，二和同王傻子两人的黑影倒在地上，现得孤零零的。二和抬头向天上看着，觉得半空里飞着一种严寒的空气，二和两手环抱在怀里，倒连连打了两个冷战。因道：“今晚上也没刮风，天气怎么这样凉？”王傻子道：“我倒不怎么凉，咱们走罢。她搬走了，咱们在这里耗着，能耗出什么来？”二和道：“我心里替月容想，恐怕她的境遇，不是咱们原先猜着那样好罢？姓宋的那小子既然很有钱，一月拿出百儿八十的来养活她，那很不算什么，何以住在这所小房子里？据巡警的话，仿佛她又不是同姓宋的在一处了。我还以为问唱戏的他会不知道，不想他一口就说出是杨月容了。”王傻子已是把担子挑起，在肩上闪了两闪，笑道：“走罢，你这傻子。”

二和走了两步，还回头向这屋子看看，那一片月亮的寒光，照在矮墙上，同那灰色的瓦上。矮墙上伸出一棵小槐树，叉叉丫丫地垂了一些干枯槐荚，更透着这地方带些凄凉的意味。便叹了一口气道：“这地方怎么能住家？怪不得她要搬走了。”

第二十六回　绝路忘羞泥云投骨肉　旧家隐恨禽兽咒衣冠

丁二和今天来探月容，只愁着自己闹得太寒碜了，她见了会不高兴，真想不到跑来会扑了个空，十分地懊丧。当他叹过那口气之后，王傻子就问道："你这是怎么啦，埋怨我带你白跑了一趟吗？这没有什么，她到田大嫂家里去谈过，她的下落，田大嫂所知道的总比我们所知道的多。明天你问问她去。"丁二和道："你这不是让我为难吗？我和老田闹过别扭，你是知道的。现在教我到他家里去，不是找上门去碰钉子吗？"王傻子道："老二，不是我说你，这是你的脾气不好。在外面交朋友，遇事总要容忍一点儿，其实老田是个阳分人，说不定有时会闹上一点傻劲，可是过个一半天，他就全忘了。事后他知道你搬家，是为了他几句话气走的，他直过意不去。你去打听月容的下落，那还在其次。我说托他替你在公司里找一份事的话，那可更要紧，我瞧你这份小买卖，简直不够嚼谷，你也该早打主意。再说，你们老太太，到底有了年纪了，又是个残疾，你只让老人家赶夜市，这不是玩意儿，有一天不小心，车儿马儿的撞着了，你可后悔不转来。"

二和手挽了那个花生筐子，只是跟了王傻子走，一面唧唧咕咕地谈话。王傻子是挑了担子向回家的路上走，二和也就跟着他走。跟走了一截路，二和猛可地省悟过来，便站住了脚道："大哥明儿见罢，我糊里糊涂地跟着你走，多走了不少冤枉路。"王傻子道："你就同我一块儿到老田那里去罢，大家一见面，把话说开了，什么隙都没有了，免得你一个人去，又怪不好意思的。"二和道："今天去，明天去，那都没有什么关系。只是我家老太太，她赶夜市去了，我要去接她回来。”王傻子道：“这不结了，你为了家境贫寒，才让老太太去上夜市做生意，你要有了事儿，就别让老太太在街上抛头露面了。”二和叹口气摇了两摇头道：“一个人要走起运来，那是关起大门也抵挡不住的。反过来，一个人要倒霉，也是关门所抵挡不住的。万想不到，搬家不到一个月，那匹结实的马，会一病就死了。自己一生气，又病了半个月，落到了这步田地。我假使有一线办法，我不会让我的瞎子老娘出去做小生意。”王傻子道：“你们老爷子做过这样的大官，到你们手上，怎么会穷得这样一塌糊涂，说起来，真是鬼也不能相信。”二和摇摇头道：“别提了，大街上背起历史来怪寒碜的。明儿见着说罢。”回转身来自向珠市口走。因为今天的夜市，又改向珠市口了。

王傻子在后面站住了，提高了嗓子直嚷：“明天必得来。”二和也没答话，一鼓劲儿跑到夜市上，见自己母亲，靠了一根电杆站住，举了手上的纸花，直嚷贱卖贱卖。二和老远地叫了一声妈，走到面前问道：“你怎么不在那当坊门口石头上坐着？这地方来往全是人，让人撞一下子，真找不着一个人扶你起来。”丁老太道：“今天买卖不好，我想也许是坐的地方太背了，所以请了这里摆摊子的大哥，把我牵到这里来站着。”二和道：“没有生意就算了，咱们回去罢，明天的伙食钱，大概是够了。”丁老太两腿也站得有些疼痛了，就依了二和的话，扶了他的肩膀，慢慢儿地走了回家。

到家以后，这两条腿更是站立不起来，坐在床上，就躺了下去，在躺下去的时候，又随着哼了一声。二和点着屋子里的灯，拨开白炉子上的火盖，将一壶水放在上面。把水煮开了，在花生筐子里，找出几个报纸包的冷馒头，也放在炉口上烤着，自己搬了一张矮凳子，正对了炉子向火，以便等着馒头烤热。无意之中，又听到哼了一声，回转头来看时，却见母亲躺在叠的被服上，紧闭了双眼，侧了脸子在那里睡，因问道：“妈，您怎么啦？刚才听到您哼了一声，我忙着煮茶水，没有理会。现在又听到你哼了一声了。”丁老太迷迷糊糊地答应了一声“哼”，抬起一只手来，有一下没一下的，捶着自己的腿。但是只捶了三四下，她也不捶了。二和走到她身边来，手按了床沿，俯着身体向她脸上望了道："妈，怎么样，你身体不大好吗？"丁老太微微地哼了一声，还是紧紧地闭着双目。二和伸手在她额角上抚摸了一下，觉得还是很烫手心的，不由得怔了一怔。

然后再坐到矮凳上去，看看这一间小屋子里，正面放一张铜床，四周堆了破桌子烂板凳。两只破箱子，索性放在铜床里面，真有些不相衬。等水开了，对一壶茶，左手取了馒头嚼，右手握了茶壶柄，将嘴对了茶壶嘴子吸着，两眼不住地对屋子四周去打量。在这时候，便看到门框上悬了自己父亲的一张武装相片。在那相片上瞪了两眼看人的时候，显见得他对于坐在这里的穷苦儿子，有了深切的注意。也不知是何缘故，仿佛身上连打了两个冷战。

热茶馒头吃喝足了，又走到床面前，伸手抚摸了老娘额角一下，觉得头皮子更是发热。在她那两个高撑起来的颧骨上，还微微透出两团红晕呢。于是轻轻地和丁老太脱去了鞋子，将她扶着直睡过来，牵了被条，轻轻儿地在她身上盖着。丁老太竟是睡得十分沉熟，凭他这样地布置，全不知道。二和皱了眉头，环抱着两只手臂，怔怔地对床上望着，但是丁老太只是鼻子里呼吸有声，仰面睡着，什么也不知道。二和看这情形，颇是不好，哪里睡得着，和了衣服，在外边小木架床上，牵了小被条子将下半身盖了。一晚上起来好几回，丁老太始终是睡了不曾醒。二和是提心吊胆的，直到天亮方才安睡。

等自己醒过来时，丁老太却坐在里面屋子里椅子上。不知道她在什么地方摸到了一串佛珠，两手放在怀里，只管捏着捏着，低了头，嘴唇皮有些颤动。便一个翻身坐起来，瞪了眼问道："妈，你好了吗？怎么坐起来了？"丁老太道："昨晚上我是累了，要是就这样病下去，你还受得了吗？"二和道："病要来了，那倒不管你受得了受不了，总是要来的。"丁老太叹口气道："有道是天无绝人之路，我娘儿俩到了现在，手糊回吃，也就去死不远了，老天爷再要用病来磨咱们，也就透着太狠心一点儿了。"二和先且不说话，把水火各事都预备得清楚了，就端了一碗热茶，给丁老太喝，自己在她当面椅子上坐。

丁老太道："你该早点上街去了，今天我是出去不了的。"二和道：

“妈，我跟您商量一件事。”丁老太道：“你是要到老田那里去吗？昨天王傻子来，我就劝你去了。”二和道：“不是那件事，你想，咱们住这破屋子，是什么人家？这张铜床放在这里，不但是不相衬，人家看到，这也有些疑心。”丁老太道：“疑心什么呢？反正不能说是偷来的吧？这东西根本没法儿偷。我在你丁家一辈子，除了落下一个儿子，就是这样一张铜床。你那意思，我知道，是让我卖了它。当年买来的时候，北京还没有呢，是由香港运来的，真值好几百块钱。如今要卖掉，恐怕十块钱也值不上。卖了它的钱，在家里吃个十天半月，也就完了。救不了穷，一件纪念的东西却没有了。那何苦？”二和道：“救穷是不行，救急是行的。现在我生意不大好，您又病了，每天都过三十晚。若是把床卖了，多凑合几个本钱，我也好配一副担子挑着，多卖两样东西，也许比现在活动，您要吃点什么补的，也可以买。”丁老太道：“你有你的想法，我也有我的想法。这张床是我同你父亲共有的，只有这张床能替我同你父亲作纪念。我每天无论怎样地苦，晚上睡到床上，碰了这床柱子响，我就恍然在二十多年前，还过着那快活的日子一样。我只凭了这一点儿梦想，当了我一点安慰。没有床，我每天晚上就连一点梦想也没有了，你忍心吗？再说，我还有一点痴想，等你好一点，你娶亲的时候，把这张床让给你们夫妻睡。那时我虽听不到床响，但是我有了别的事情安慰我，我也用不着幻想来安慰了。”二和道：“这样说，我们就穷得要饭，也要留着这张床吗？”丁老太道：“你二十多岁的小伙子，也能跑，也能挑，总也不至于走上那一条路吧？”二和道：“我还有一件事和你商量。丁家人虽然一败涂地，能过日子的，不是没有。我明天到他们家里去看看。无论怎么着，说起来我们总是骨肉之亲。”丁老太突然站了起来，倒不问他的儿子是不是坐在正对面，却连连地将手摇了几摇道：“这话再也休提。他们那班人，若是有万分之一的良心，也不让我们吃这样的大苦。我早就说过了，要饭吃，拿着棍子，走远些。”二和道：“这话不是这样说，老田是朋友，闹过别扭呢，你还教我去找他；找自己人，丢脸是丢在自己人面前，为什么不让我去呢？”丁老太道：“听你这话，好像是很有理，你把当日分手的时候，他们那一分刻薄的情形想想，也就知道我拦着你是大有原因的。”二和扶着他母亲坐下，低低地道：“我自然可以听你的。我今天出去慢慢地想法罢。”丁老太道：“你要是个好孩子，你就得听我的办法。觉着田家大嫂子和她二姑娘，到底是好人。”二和听了他母亲的话，也只有默然。

丁老太昂着头，皱了眉头子，凝了神一会儿，问道：“二和，你在干吗啦？”二和正是偏过头去，望了桌上放着自己那个贩卖花生的筐子，便道：“我没有做什么。”丁老太道：“我没听到你干吗的一点响声，我猜着你又是坐在这儿发愣。我告诉你，年轻小伙子，别这样傻头傻脑的，早点去贩货做生意罢。”二和站起来，伸手到墙洞子里去，掏出自己的那个大布褡包，摸出里面的钱来计数一下。连铜子和毛钱票铜子票统统在内，不到半元钱；将这些钱全托在手心里颠了两颠，将眼睛注视着，正有一口气要叹出来，却又忍回去了，因笑道：“妈，我可不能预备什么，这就走了。回头我叫二荤铺里给你送一碗面条子来罢。”丁老太道：“家里不还有冷馒头吗？你交给我，让我摸索了烤着吃。”二和道：“上次你烤馒头，就烫过一回手，还要说这个呢。”丁老太道：“你不是说今天本钱不够吗？”二和将手上托的钱，又颠了两颠，连说够了。说是如此说了，可是眼眶里两汪泪水不由他做主，已是直滚下来，自掀了一片衣襟，将眼泪擦干了，然后站着呆了一呆，向了老太道：“妈，我走了，也许赶回来吃中饭。”丁老太道：“你放心去做你的生意，不用惦记着我。”二和一步两回头地对他娘望望，直到院子里去，还回转头来对着里面看。

到了街上，右手胳膊挽了箩筐子，左手托住那一掌铜子，将左手有一下没一下地夹住了向上提拔，心里只管想着，要找个什么法子，才能够发财呢。自己是两块三块，不能救穷；十块八块，以至几十块，这钱又从哪里来？窃盗是自己决不干的。路上捡一张五百元的支票，倒是可以到银行里去兑现，然而这个样子到银行里去，人家不会疑心这支票的来路吗？正这样想着，耳朵里可听到叮叮当当的响声，回头看时，正是一爿烟纸店里，掌柜的在数着洋钱，远远看去，人家柜台上，放着一大截雪白的小圆饼。自己忽然一顿脚，自言自语地道：“我决计去碰着试试瞧。”这就随了这句话，向一条不大愿意走的路上走去。

到了那个目的地，却是两扇朱漆门，上面钉好了白铜环。虽然不怎样的伟大，可是在白粉墙当中，挖着一个长方形的门楼，门框边有两个小石鼓，也就透着这人家不咋平常。二和抢上前去，就要敲门环，但是一面看这红漆木框上，并没有丁宅的白铜牌宅名。记得一年前由此经过，还有那宅名牌子的，这就不敢打门，向后退了两步。

在这门斜对过，有一条横胡同，那里停放着几辆人力车。见车夫坐在车踏板上闲话，便迎上前笑问道："劳驾，请问那红门里面，是丁家吗？"一位壮年的车夫，脸上带了轻薄的样子，将脸一摆道："不，这伙儿人家不姓丁。"二和不由得愣着了一下，问道："什么，搬了家了？"那车夫笑道："没搬家，就是不姓丁。"二和道："这是什么话？"这时，有一位年老的车夫，长一脸的斑白兜腮胡子，手上捏了一个大烧饼，向嘴里送着咀嚼，这就迎到二和面前，偏了头向他脸上望着，微笑道："您是四爷吧？"二和向后退了两步，叹口气道："唉，一言难尽，你怎么认识我？请不要这样称呼。"那老车夫道："我在这地方拉车有廿年了，这些宅门里的事，我大概全知道。"二和道："刚才这位大哥说，这里现在不姓丁了，这话怎么讲？"

老车夫愣了一愣，还不曾答复出来，那个壮年车夫，因他叫了一声大哥，十分地高兴，便向前笑道："四爷，你不知道吗？你们大爷又结了婚了。太太姓戚，还是你们亲戚呢。"二和道："姓戚？我们大嫂姓梁啊。"车夫道："那位奶奶回南了。这位新大奶奶搬进了以后，家产也归了她。你不瞧大门和墙，油漆粉刷一新？"二和道："啊，我们并没有听到这个消息。"车夫道："倒不是你们大爷把产业送给人，先是把房卖了，后来新大奶奶搬进来住，大爷也就跟着住在这里。"那老车夫拦着道："狗子，你别瞎说，人家的家事，街坊多什么嘴！"说着，向那壮年车夫一瞪眼。二和便道："这没什么，我家的事，住在这里的老街坊，谁不知道？我离开这里七八年，就来过两三回，现在又一年多不见了。我穷虽穷，想着总是同一个父亲的兄弟，特意来看看，并不争家产。家产早已分了，也轮不到我。"老车夫笑道："四爷，我听说你很有志气，卖力气养老娘，这就很对。这些弟兄，你不来往也好，你见着他，准生气。他这门亲事不应该，亲戚作亲，哪里可以胡来的？你们是做官的人家，不应当给闲话人家说。”二和道：“是的，我的嫡母有几位姨侄女，可是都出阁了？”狗子笑道：“不是你们表姊妹？”老车夫道：“你这孩子，准知道人家家事吗？多嘴多舌的。”狗子一伸舌头，也就不提了。

二和站着发了一会子呆，自笑道：“我做兄弟的，还管得了哥哥的事吗？大哥，我这筐子，暂放在这里一会儿，我敲门去。”说着，把手上的筐子放下，便走到红门下来敲门。门开了，出来一个五十上下年纪的听差，矮矮的个儿，倒是一张长脸，两只凹下去的眼睛向上看人，尖鼻子两旁，好几道阴纹，板了脸道：“你找谁？”二和道：“我见大爷说几句话。”那听差听说，再由他头上看到脚下为止，斜了眼睛望着道：“你找大爷？”二和道：“我是……”说到这里，看看那人的脸子，又看看自己身上，便接着道：“我是他本家。”那听差道：“你是他本家？以前我没有看见过。”二和淡笑道：“你进去说一声，我名字叫……”听差道：“我管你叫什么！大爷不在家，我去对太太说一声罢。你先在门口等着。”说了这话，又把大门关上。二和只得在外等着，回头看那些车夫，正向这里议论着呢。

约有十分钟之久，大门又开了，二和向里看时，远远地一个中年妇人，在院子中间太阳里站着。听差道：“那就是我们太太，有话你过去说。”二和走向前，见那妇人披了狐皮斗篷，似乎由屋子里出来，还怕冷呢。她烫了头发，抹了胭脂粉。虽然抹了胭脂粉，却遮掩不了她那脸上的皱纹，两道画的眉毛，又特别地粗黑，配了那荒毛的鬓角，十分难看。二和正诧异着大哥怎么同这样一个妇人结婚，可是再近一步，已认得她了。她是嫡母的胞妹，姨夫死了多年，承袭了姨夫一笔巨产，约莫值一二十万，是一位有钱的寡妇。自己心里转着念头，不免怔了一怔。那妇人道：“你找大爷干什么？不认识你呀。”二和道：“我叫二和，是他兄弟。”那妇人道：“哦，你是四姨太生的二和？你们早不来往了。”二和道：“虽然无来往，不过是我穷了，不好意思来，并不是连骨肉之情没有了。我今天由门口过，不见了宅名牌子，特意进来看看。”那妇人道：“不用看，这房子大爷卖给我了，现在是我养活着他。”二和道：“您不是七姨吗？多年不见了。”妇人也像有点难为情，低了一低头，她把脚下的高跟皮鞋在地面上点了几点。

那句话还没有答应出来，门口汽车喇叭声响，一个人穿了皮大衣，戴了皮帽子，高高兴兴地进来，远远地叫道："太太，你又同做小生意买卖的办交涉？"那妇人道："这是你宝贝兄弟认亲来了。"说着，撇嘴一笑。那汉子走近了，瞪了二和一眼道："你打算来借钱吗？落到这一种地步，你还有脸来见我。"二和道："老大，你怎么开口就骂人？我来看看你，还坏了吗。"那人道："你这种样子，丢尽了父母的脸，还来见我。"二和脸一红指着妇人道："这是七姨，是我们的骨肉长亲，你叫她太太，怎么回事呀？"那人把脸一变，大声喝道："你管不着！怪不错的哩，你到我这里来问话！滚出去！"说着，将手向门外指着。二和道："我知道你是这样的衣冠禽兽，我才不来看你呢。你说我丢了父亲的脸，我丢什么脸？我卖我的力气，养活我娘儿俩，饿死了也是一条洁白的身子。你穷了，把老婆轰走，同这样生身之母的胞妹同居，要人家女人的钱来坐汽车，穿皮大衣。窑姐儿卖身，也不能卖给尊亲长辈，你这样的无心男子，窑姐儿不如！我无脸见你，你才无脸见我呢！我走，我多在这里站一会儿，脏了我两只脚。"他说着，自己转身就向外走，那一对夫妇，对了他只有白瞪眼，一句话说不出来。

二和一口气跑出了大门，在车夫那里，讨回了筐子。老车夫道："四爷，我叫你别去，不是吗？"二和左手挽了筐子，右手指着那朱漆大门道："你别瞧那里出来的人衣冠楚楚的，那全是畜类！诸位，他要由你们面前过，你们拿吐沫吐他！唉，我想不到我丁家人这样地给人笑话。"说毕，向地面吐了两口吐沫，摇摇头走了。

第二十七回　醉眼模糊窥帘嘲倩影
丰颐腼腆隔座弄连环

丁二和在大街上这样叫唤着，那实在是气极了，不但脸是红的，连颈脖子也是红的。抬起一只手向那红门，一阵狂乱地指点着，在小横胡同口上的那些车夫，却是哄然一声大笑。二和听了这笑声，觉得是引起了全体车夫一种共鸣，也就站住了脚，向他们望着，以表示谢意。但这谢意，是无须表示，表示之后，更觉困难，原来是那些人随了笑声之后，也在低声咒骂着。他们说这样的人家好不了，上辈子杀多了人，刮多了地皮，这辈子要不来点缺德的事，现眼给人看，那也太没有报应了。二和心里一动，挽着那筐子低头走了。

但是虽然离开了那些人，心里头还是不断地在揣想着的。他想着：母亲几多年纪，对于事情是见解得到一点。自己纵然穷一点，到底是同父的兄弟，并非登门求乞的叫花子，怎么大哥见了面就骂？这要是开口向他借钱，他不举起脚来乱踢吗！母亲说，讨饭要拿了棍子走远些，这不错的。想不到自己的哥哥，做出这样坏良心丧人格的事，不但是对胞弟这种行为，应该对他加一种惩罚，就是他这样遗羞家门，也应当处分他一下。越想心里是越透着生气，然而这一腔怨气，恰又是不容易发泄。想到可以谈谈的，还只有那个王傻子，于是走到旧日所住大杂院的胡同口上，找了一爿大酒缸，悄悄地溜了进去。伙计看到便迎上前笑道：“二掌柜，好久不见啦。”二和叹口气道：“我这分境况，一言难尽，简直没脸见老街坊了。”说着，在门口的一口大酒缸边坐着。

北方酒店里的大酒缸，里面不一定有酒，但不摆下三四口圆桌面的大酒缸，那是名不符实。老上这种地方来的人，仿佛有桌子也不愿靠了坐，必定把酒壶酒杯放在缸盖上喝，那才算过瘾。二和这样坐下来，伙计把他当了老内行，笑道：“怎么着，二掌柜今天喝一壶？”二和点点头：“来壶白的。”伙计把酒送来了，二和见缸盖上现成的四只下酒小碟子，有油炸麻花，煮蚕豆，卤鸭蛋，豆腐干，笑道：“很好，这足可以请客，劳你驾，到西口大杂院里去，瞧瞧皮匠王傻子在那里没有，你说我在这里等着。柜上有事，我可以同你张罗。”伙计听说，向柜上看了一眼。掌柜的捧了手膀子在看小报上的社会新闻呢，一抬头道：“老街坊的事，你就去跑一趟罢，快点儿回来。”伙计有了掌柜的话扭身走了。不到十分钟，他就回来了，身后跟着的，可是田老大。

他老远地举起手来，握着拳头，拱了几下，笑道：“二哥，怎么啦？你是和我们旧街坊全恼了吗？到了胡同口上了怎么不到我们那儿去瞧瞧。”二和叹了口气，站起来相迎道：“大哥，我这份儿寒碜，甩一句文话儿罢，我是无面目见江东父老了。”田老大也在酒缸边坐下，笑道：“你又几时喝上酒了？一个人也来上大酒缸。”伙计见老主顾来了，早又添了一副杯筷，田老大伸手拍两拍二和的肩膀，笑道：“老弟台，不是我说你，你究竟年岁轻，沉不住气。做老哥的说你几句话，你还能够老放在心里吗？来，我们喝两杯。”说时，将二和面前的那只酒杯子，斟上了一大杯，笑道：“我们把以前的事全忘了罢。”二和红着脸道：“大哥，你怎么说这话！我所以不到那大杂院里去，是有两层原因，一来我是落到这一份儿穷，不好意思见人；二来……二来……”他简直把话接续不下去，只好把杯子端起来，喝了一口酒，扶起筷子来，夹了两粒煮蚕豆，向嘴里扔下去咀嚼着。田老大笑道：“你那句话不用说了，我明白，就是为了我酒后说醉话，把你得罪了。这算不了什么，我给你赔个不是得了。喂，老三，今天的酒钱，写在我账上了。”说着，对店伙点了两点头。

二和见他说得这样客气，也就不便再存着什么芥蒂，陪了他喝酒。田老大道：“王傻子同我说过，你的情形不大好，希望到我公司里去找一份职务。”二和不由得低了头，垂下眼皮，端起杯子来喝了一口。田老大道：“我说，咱们多年的老街坊，只要能想法子，我一定帮忙。我正在家里和我那口子商量着呢，这里老三就去请王傻子了，他不在家，我听说是你在这儿等着，我就跟着来了。我那口子还说呢，家里正撑面条做炸酱面，快下锅了，咱们喝过了酒，回我家吃炸酱面去。”二和微笑了一笑，也没说什么。田老大道：“那要什么紧，我们那口子，虽然有点碎嘴子，可是也瞧同什么人说话。”二和道：“不是这样说，你瞧。”说着，把放在桌子腿边的花生筐子，用脚踢了两下，笑道：“我简直儿和讨饭的差不多。”田老大将面前一杯酒端起，刷的一声喝了下去，将酒杯子按住在缸盖上，头摇了两摇道：“你要不肯到我家去吃炸酱面，算是把我当了臭杂子看待。”二和笑道：“你言重了，唉，这样看起来，还是交着了好朋友，比自己亲手足还要强。”

田老大已是连连斟着酒，喝下了三四杯，这就笑道：“这倒是真话。不用说兄弟，兄妹也是一样，你瞧我家二姑娘，总有点不乐意我，透着做哥哥的把她不放在心上，没得好吃，没得好穿的，那都在其次，就是我没有给她拿主意找个好婆婆家。”二和听他谈到这里，只好偏了头向伙计道：“还来一壶白的。”伙计将酒拿来了，二和替田老大满上了一杯，他连说“你喝你喝”，可是抢着干了那杯，又伸了空杯子让二和给满上。他似乎感到了极度的高兴，将头扭了两扭，笑道：“咱们是老街坊，谁的事也不能瞒谁。我要喝了酒，胆比鸡子儿还大，没事，尽向我们那口子找茬儿。可是酒一醒过来，那可不得了，除了不伤我父母，她是什么话都得把我骂一个够。到了那会子，我的胆子，又只有芝麻点那么大，屁也不敢放。所以我心里想喝酒的时候，心里老是警告着自己，别喝酒，回家少不了是找骂挨。可是把酒杯子一端，我是什么祸事也不放在心上，就是把枪口对着我，我也得喝。”二和笑道：“这样说，你就别喝了，回头大嫂子怪下罪来，我可受不了。这点儿酒，咱们平分着喝罢。”他说着，果然连斟了两杯酒喝着。

二和的酒量，要比田老大小过两倍去，喝了这些个酒下去，也就有点头昏昏的，于是对田老大笑道：“别喝了，再喝，我得躺下，就不能到府上吃炸酱面去了。”田老大歪着脖子笑道：“我再来半壶。”二和道：“你要再喝半壶，我就先告辞了。”他说着，还是真站起来。田老大笑着站起来，将身体晃荡了几下，拍着二和的肩膀，笑道：“那么，我们就走罢。”说着，向柜上点了一个头，算是招呼他们记账，两个人带笑带说的，走进了那大杂院。

二和倒没有知道田老大就住在他那屋子里，走进跨院门，不免怔了一怔。就在这时，田大嫂站到屋子门外来了，向他招了两招手，笑道：“哟，今天刮什么风，把我们丁二掌柜刮来了？快请进来罢。”二和红着脸，抱了拳头，连作了两个揖，笑道：“大嫂，你别见笑，就为了怕你见笑，才没有敢来。”田老大把脖子歪着，瞅了田大嫂笑道：“人家脸皮子薄，别和他开玩笑了。”说着，挽了二和一只手胳膊，就向屋子里拉了进去。二和看正中桌子上，陈设了茶壶茶杯，另外是一盒火柴，压住了一盒烟卷。田大嫂左手扺了桌沿，右手提了茶壶，就向茶杯子里斟茶，眼睛望了二和，抿了嘴微笑，两耳朵上的环子，只管抖颤着。二和看在眼里，两手接住了茶杯，连弯腰带点头，笑道：“你别张罗，要是这样，我下次不敢来了。”田大嫂笑道：“你这样的贵客，反正来一回算一回，也就招待一回是一回，我们还敢拉二次买卖吗？请坐，请坐。我煮面条去了。”

二和同田老大围了一只桌子犄角坐了，眼睛正望着里屋门。门上是垂下着一条帘子，把里外隔绝了，但是门宽帘子窄，两边全露出了一条缝，由这缝里看到里面有一件格子花布的长衣襟，只是摆动。二和将桌子上的烟卷，取了一根塞在嘴角里，擦了火柴，缓缓地把烟点着了，手撑住了桌沿，扶着烟卷抽，那眼睛对了门帘子缝里，却不肯移开，口里问道：“大哥，这屋子，你够住吗？”田老大道：“比原住的地方，虽然少一间屋子，可是多一个小跨院子，比外面大杂院子里清静多了。这上面一张木床，就是我两口子睡。没法子，来人就让进房了。里面那间屋子，我们二姑娘睡。”二和道：“二姑娘串门子去了吗？做姑娘的人，总是闲着的。”田老大道：“没有哩，在里面屋子里呢。”二和喷了一口烟，笑道：“也许我弄成这一份儿寒碜，二姑娘也不愿见我，怕我和她借钱。”说完，看到那花衣布襟闪了一闪，接着，还有一阵吟吟的笑声。

田大嫂在外面那矮屋子里煮面条呢，手里拿了一把捞面条的铁丝笊篱，跑到屋子的门口来，笑道：“可不是，二姑娘怕你借钱。你也不是没有和她借过什么罢？”二和笑道：“街坊是好街坊，邻居是好邻居，就是我不够朋友，什么人全对不起。”田老大笑道：“谁和你唱《翠屏山》，你来了一套潘巧云的戏词儿。”二和道：“唉，实不相瞒，这一程子，我是终日地坐在愁城里，眉毛可以拴着疙瘩。今儿到您这儿来了，老街坊一见面，满心欢喜，我也不知道怎么是好，所以戏也唱上了。”田大嫂对门帘缝里叫道：“二妹，听见没有，丁掌柜笑你呢！说你不是好街坊。”二姑娘在屋子里笑答道：“本来吗，咱们对待丁老太，有不周到之处。”二和啊哟了一声，连说：“不敢当，要说是为了这个不见我，那我可惭愧。”田大嫂道：“人家现在可越发地学好了，净在屋子里做针活，哪儿也不去。”二和道：“本来二姑娘就爱做针活，也不自今日起。我家母谈起老街坊，就说二姑娘好。”

说到这里，似乎听到屋子里有点儿吓吓的笑声。二和将手掌擦擦酒红脸，笑道：“二姑娘别笑，我这是实话。你以为我喝醉了酒吗？田大哥，你说，咱们是在一块喝酒的，我醉了没有？”田老大道：“二妹，你藏着干什么！二哥也不是外人，倒让他挖苦咱们几句。”这才听到屋子里答话道：“谁躲着啦，我手上的活没有做完。”二和手端了一杯茶，送到嘴唇边，带喝不喝的，这就扭着脖子向田老大道：“你觉得怎么样？我这话没有把她夸错吗？”田大嫂回到院子里却叫道：“二妹，我一个人在这儿真有点忙不过来，你也帮着我来端一端面碗，行不行？”二姑娘这才一掀门帘子，很快地走了出来。

一会儿工夫，她左手端了一碟生萝卜丝，右手端了一碟生青豆，悄悄地向桌上放着。二和笑道：“作料还真是不少，这炸酱面一定好吃。”二姑娘将桌上烟卷盒子、茶壶、茶杯，一齐从容地挪开，低了头做事，向二和一撩眼皮，微笑道：“二爷好久不见啦，老太太好？”二和点着头道：“托你福，有些日子不见面，二姑娘格外地客气起来，二爷也叫起来了。”二姑娘未加可否，抿嘴微笑。田大嫂在外面叫道：“你问问丁二哥他的面用不用凉水过一过？”二姑娘只当是没有听到，自在旁边碗柜子里，搬了碗筷向桌上放着，田大嫂道：“二妹，你总得言语一声呀！”二姑娘向二和问道：“你听见了没有？咱们都在这屋子里，她嚷，我听见了，当然二哥也听见了，这一定还要我转告一遍，不是多余的吗？”二和笑道：“我随便，过水是面条子利落一点；不过水，是卫生一点。”大嫂笑道：“别在我这里吃了一顿炸酱面，回去闹肚子。那还是不过水罢。”二姑娘闪到一边，低声笑道：“你们听听，谁说话谁也听见，这还用得着别人在里面传话吗？”

田大嫂将小木托盘，托了一大碗炸酱，放到桌上，笑道：“丁二哥是老街坊，我又是喜欢开玩笑的人，说两句也不要紧。要是别人，这样一说，倒透着我假殷勤。”说时，二和两手撑住桌沿站起来，向田大嫂点了一个头道：“你别太客气了。你越客气，我心里越不过意。不是我丁二和喝了三杯酒，有点儿酒后狂言，我觉得朋友交得好，比至亲骨肉，还要好十倍。”田大嫂笑道：“你现时才明白啦，你要是肯信我老嫂子的话，也不至于闹了这一档子新闻。”说着，把嘴向田老大一努，笑道：“这个人还替你打了一阵子抱不平呢，你知道吗？”田老大道：“唉，这是人家最不顺心的事，你还提起来干什么！端面来吃罢。”田大嫂对于丈夫这几句，倒是接受了，端了几碗面条子上桌，自己也坐在下手相陪。

二姑娘没上桌，也没避到屋子里去，手里拿了一个钢连环，坐在屋角落里矮凳子上，低了头只管摆弄着。二和虽然对她看了一眼，因为她是一位姑娘，不便说请她上桌来吃，也只好客气着说：“二姑娘，打搅了。”田大嫂道：“二妹，你不吃一点吗？”二姑娘道：“我不是刚才已经吃过一碗了吗？”大嫂子笑道：“我也是这样地想，只吃一碗面得了，免得有了主人的，没有了客人的。”二和听说，不由得身子向后一挺，将筷子碗同时放下来，笑道：“要是像二位这样地优待来宾，我有点受不了。二姑娘你只管来吃，我有一碗面也就够的。”

二姑娘将三根铜棍子套住的许多铜环子，只管上下颠倒地解着。她十个指头拨弄不休，铜环子碰了铜棍子，不住地呛啦作响。看她舒展着两道眉尖，一双亮晶晶的大眼睛，看了铜连环，只管带着一点儿浅笑。大嫂坐在下手，主客两位，正坐在她左右手，她看看田老大，又看看二和，这就笑道：“二掌柜，我们这面条子，撑得怎么样？”二和把一双筷子，将面由碗里挑起来，挑得长长的，于是向田大嫂点了两点头道：“撑得很好，又长又细。”田大嫂笑道：“要说很好，也不敢就承认的，反正不是门杠罢。要说又长又细，那是隆福寺门口灶温家的拿手东西。”二和道：“真要像他们撑得那样细，也不好吃，成了挂面了。挂面拌炸酱，可不对劲。”大嫂笑道：“这样说，你是说这面不坏了？我告诉你，这不是我撑的，是我们这位厨子弄的。”说时，回转身来，将筷子头指二姑娘。她不否认这句话，可也不表示着谦逊，只是低了头不住地弄她那铜连环。二和与她有几个月不见面了，只看她长圆的脸儿，现在越发地丰润了。厚厚的浓黑头发，剪平了后脑勺，在前头梳了一排半月形的刘海儿发，直罩到眉峰上面来，那就把她两块带了红晕的圆腮，衬托得像烂熟的苹果一样。

二和是无意中看到，有了这样一种感触，可是在有了这种感触之后，就继续地去偷看她。最后一次，却是正碰着田大嫂向他本人看过来，未免四目相射。二和对于田大嫂，倒觉得不必在她面前怎样地遮盖，只是田老大也在座，怎好漏出什么痕迹，只有低了头吃面。自己家里的伙食，十餐有八餐是凑合着吃的，这样好的作料，却是少遇到，所以不多大一会儿工夫，就把那碗面吃完了。田大嫂道：“老二，你可别客气，再来一碗。”二和倒没说什么，将筷子夹了生萝卜丝吃。田老大道：“你别信她们闹着玩，面有的是。”他说完，起身向外走。田大嫂也放下筷子碗来，向门外就走，口里嚷道：“你怎么会下面？你可别胡来！”二和眼见他两口子都走了，这屋子里就只有二姑娘一个人。她好像也不知道在屋子里的哥嫂全走了，只是把那连环在手上扣着解着。二和将筷子头夹了青豆到嘴里去咀嚼，又把筷子头蘸了青酱，送到嘴里去吮那咸味，两眼对二姑娘的乌黑头发，只是望了出神。

二姑娘的全副精神，都在手上的连环上，二和怎么地望她，她也不知道。二和嘴里咀嚼了青豆，很是感着无聊，便笑道：“二姑娘手上的这玩意儿，叫什么名字？”二姑娘并不抬头，答道：“叫九连环。”二和道：“哦，这个就叫九连环？怎么样子玩法？”二姑娘道：“要把这上面的铜圈，一个个地全解下来。解得清清楚楚儿的，一个圈着一个。”二和道：“那还不是容易事吗？”二姑娘抿了嘴微笑，也没说什么，只向他看了一眼。二和道：“这样说，这小小的东西，还很有些奥妙呢？”二姑娘道：

“奥妙可是没有，就是不能性急。我学了这玩意儿三天，一次也没有解下来。”她说着这话，把连环放在膝盖上，就没有去解。二和笑道：“这是我来得不凑巧，到了这里，正赶上二姑娘解连环。”二姑娘那苹果色的脸，倒是加深了一层红晕，将牙咬了嘴唇皮，低了头微笑。二和看到她笑，自己也忍不住笑。二姑娘把身子一扭，扭着对了墙角落，两只肩膀，只管闪动，嘴里是哧哧地笑出声来，笑得久了，把腰弯下去。最后，她猛可地站起身来，手叉门帘子，就向里面屋子一钻。当她进去的时候，只见她把身子颤动个不了，想着是笑得很厉害了。

二和还要问她什么话时，田大嫂可就两手捧了一碗面进来了。见二和脸上，很带了一些笑容，因把面放在他面前，低声问道：“什么事让你这样快活？”二和微笑了一笑，田老大也进来了，向二和道：“老二，你吃罢，难得留你在这里吃一顿面的，吃得饱饱的算事。唉，你干吗老乐？”他已是坐下了，望着他媳妇，问出这句话来。二和不免望着田大嫂，怕她随着开玩笑，因为田老大有了三杯酒下肚，是什么全不顾忌的。可是，田大嫂并不理会，向田老大道：“我告诉你罢，丁二哥今天高兴极了。”田老大道：“在大酒缸一块儿喝酒，他还只发愁呢，这会子他高兴了？”田大嫂道：“可不是？他到了咱们家，就高兴起来了。”这句话交代了不要紧，二和心里可直跳呢。

第二十八回　倚户作清谈莺花射覆
倾壶欣快举天日为盟

丁二和听到田大嫂要报告缘故，就不住地向她丢眼色，可是田大嫂满不理会，笑嘻嘻地向田老大望着道："你猜他今天来了，为什么高兴？"田老大道："我猜不着，除非是炸酱面吃得很痛快。"田大嫂笑道："你别看小了人，人家现在虽然境遇不大好，但是人家原来是一个公子哥儿呢，连炸酱面还没吃过吗？"田老大道："你干脆说出来罢，他到底是什么事高兴呢？"田大嫂道："他为什么高兴呢？你不是说和他要在公司里找一个位置吗？他自己没有什么，只要他有了块儿八毛的本钱，干什么也可以糊口。只是他的老太太，可以靠他养活，不用上街做生意买卖了。他这一颗心就踏实了，怎样地不高兴呢？"

二和听她这样说着，一颗心倒果然地踏实了，对了他夫妇两个人，都带了一分笑容，静听他们的回话。田老大道："对了，我已经在公司里给他想法子了，假使二哥愿意去干的话，大概总可以办到。"大嫂向二和看了一眼，笑道："怎么样？我这不是谎话吧？"二和站起来，向他两口子一抱拳道："足见你二位对我关心。"田大嫂正收着碗筷呢，却把东西放下来不收，手扶了桌沿，向他望着道："老实对你说，若是你一个人，还没有这样大的面子。廿多岁的人，还怕你找不着饭吃吗？只是我们心里老惦记住了老太太，她又是双目不明的人，冬不论三九，夏不论三伏，你尽让她老人家这样做下去，我们瞧着也是不忍。二和，我现在把话说明了，你还是干不干呢？"二和笑道："我也不是那样不识抬举的人，你二位有了这样的好意，我还有个不愿高攀的吗？"田大嫂就向田老大望着道：“我可同你许下了愿心了，你可别让我丢人。”田老大将手一拍胸道：“说到别的事情，我做不了主，公司本来就要用人的，我介绍一个人去做事，大概还没什么难处。”田大嫂就掉过来向二和道：“你听见了？明天他到公司里和你想办法，后天你来听信儿罢。”田老大笑道：“我可不是公司里的经理，能够说一不二。明天我一定去说，可是也得请人打打边鼓，后日还不能够准有回信呢。”田大嫂道：“也许有回信呢？不是来打听消息，就不许二掌柜来吗？”二和笑道：“田大哥是好意，怕我跑往返路。其实我现在是整日在外边跑，多跑两回，那没关系。我大后日下午来罢。今天上午，我本是受了一肚子委屈，这一喝一吃，又经你两口子好意，这样一抬举我，我高兴极了。今天我还没做生意呢，该走了。”田大嫂见他带进来的一只空篮子扔在墙角落里，便笑道：“这算吃了我们无钱的饭，耽搁了你有钱的工。今天时候已经不早了，怕你也做不了多少钱生意了。”二和叹了一口气道：“你是不知道，我今天还是真闹着饥荒，家里等了我卖钱回去开火仓呢。”

田大嫂把碗收拾着，端了正要向外走，这又回转身，放下东西来向他道：“要不，在我这里先挪一块钱去用，将来你有了事情了，可得把钱都归还我。”说着，便在衣袋里摸出了一块现洋，在手心里抛了两抛，回转头来，对二和斜看了一眼，笑道：“我知道，你准是说同人借钱是一件寒碜事，不能借。”田老大将头一摆道：“笑话！有道是有借有还，再借不难。人在外面混事，谁也有个腰里不方便的时候，向朋友借个三块两块，这是常事。慢说是咱们这样的穷小子，就是开大公司大银号的，也不是几十万几百万的，在外面借款用吗？”二和听到田大嫂说要借钱给他，本来透着不好意思，经他两口子一反一复地说过了，倒不好再推辞，便笑道：“我怎么敢说不向人借钱的话。只怕是借了以后，没有钱还人家，可真难为情。”田大嫂道：“哟，块儿八毛钱的事，谁也不能放在心上，不还就不还罢。”说着，就把那一块钱直塞到二和手心里来，二和接着钱，连说了两声谢谢！拾起了屋角下的筐子，点着头道：“我又吃了，又喝了，还借了你两口子的钱，真叫我惭愧得不好说什么，改日见罢。”他说着话，脚不住地走，已是到了跨院子外。田大嫂追到台阶上，招招手道：“喂，别忘了，后天或是大后天，到我这里来听回信儿。”

二和在外面院子里回转头来看时，见她笑嘻嘻地竖起两个指头，二和也没有去细想这是什么意思，匆匆地到花生行去贩货了。微微做了几小时的生意，就赶回家去看母亲。这原因是很简单，因为有了田大嫂借的那一块钱，最近要吃的两顿饭，是没有问题的了。在晚上闲着无事，就把今天到田家的事说了一遍。丁老太点点头道：“我说怎么样？交得好朋友，那是比亲骨肉亲手足还要高到十倍去的。到了后天，你还是到他家去问问消息罢。”二和道：“约了大后天去呢，提早一天去，倒现着咱们穷急了。”丁老太道：“咱们还不穷、还不急吗？别人瞒得了，这样的老街坊，咱们什么事情，他不知道？你反正是成天在外面跑的，到他家去多跑一趟，这算什么。”二和当时也就含糊地答应了。无如丁老太却把这件事牢牢记在心上，天天催着二和去。到了那日，二和估量着田老大该回家吃午饭了，就在家里放下了花生篮子，匆匆地向田家走去。

因是算定了田老大在家的，并不曾向人打招呼，径直地就走进了跨院子去，口里还嚷着道：“大哥在家吗？”可是这句话嚷出来以后，正面屋子里，却是寂然，一点回响也没有。二和脚快，已经是走到屋檐下立刻站住了脚，向屋子里伸头看了一看，因道：“咦，这屋子没有人，怎么院门是开的呢？”这才听到里面屋子里有人答道：“二掌柜，请坐罢。我大哥大嫂出份子去了。”二和道：“二姑娘一个人在家啦？”二姑娘将一根带了长线的针，在胸面前别住，手摸了鬓发，脸上带了微笑，靠内房门站定，向他周身很快地看了一眼，很从容地道：“我大嫂那天给你约会的时候，忘了今天要出份子。临走的时候，她留下了话，说是那件事大概有希望了。”二和道：“那么，我明天再来罢。”二姑娘牵牵衣襟，低下了眼皮子，微笑道：“坐一会儿要什么紧。”二和昂头看看房门框，便不在意的样子，走了进来。二姑娘将桌子底下一张方凳子，拖了出来，放在门边，笑道：“大远的路跑了来，休息一会儿罢。咱们老邻居，倒越过越生疏了。”她说话时，在外面提了一壶开水下来，将桌上的茶壶加上了水，分明是里面预先加上了茶叶了。接着，她在小桌子抽屉里摸出一盒烟卷来，二和坐下了，却又起身摇着手道：“你别张罗，我不抽烟。”二姑娘道："你不是抽烟的吗？"二和道："我现在忌烟了，那天在这里抽烟，是喝醉了酒。"

二姑娘放下烟卷盒，斟起杯茶。当她斟茶的时候，低头望了茶杯子里面，却微微地颤动着，似乎她暗地里禁不住在发笑罢。二和立刻起身，将手遥遥地比着，连连地点头道："多谢多谢。"二姑娘将茶斟完了，退后几步，靠了里面门框站定，将一只右脚，反伸到门槛里面去，人也一半藏在门帘子里面，远远地向二和望着，微笑道："二掌柜烟已忌了，怎么又喝上酒了呢？"二和端着茶杯在手里缓缓地呷茶，眼光也望了茶杯上浮的水汽，答道："我哪里要喝酒，那天也是闷不过，想把王傻子找到大酒缸去谈谈。不料倒是令兄去会了东。"二姑娘道："你成天在大街上跑，还闷得慌吗？"二和喝过一口茶，把杯子放下，昂起头来叹了一口气道："唉，二姑娘，你是饱人不知饿人饥。"二姑娘左手扯住了门帘的边沿，右手伸个食指，在门帘子上画着，眼睛看了指头所画的地方，微笑道："我怎么不知道，您不就是为了那个女戏子的事吗？"二和脸上红起了一层薄晕，搭讪着，把桌子上的香烟盒取了来，抽出一支烟，点了火缓缓地抽着，昂起头向座中喷了两口烟。二姑娘微微地转过身来，向二和看一眼，因道："二掌柜，我和你闹着玩的，你可别生气。"二和笑道："你这是什么话，你府上一家子，待我都好极了，我从良心上感激出来，正不知道要怎么报答是好。二姑娘这样地说一句笑话，我还要生气，那也太难了。二姑娘你坐着。"他说时，还点了一个头。二姑娘向他微笑着，见墙角落里有张矮凳子，便弯腰捡了过来，放在房门口，半侧了身子坐下，将鞋尖在地面上连连画着，不知道是画着记号，或是写着字。

二和道："二姑娘你平常找点儿什么事消遣？"二姑娘笑道："我们这样的穷人家孩子，还谈什么消遣两个字。"二和道："那倒也不一定。邻居坐在一块儿，说个故事儿，打一个哑谜儿，这是消遣。闹副牙牌，关着房门，静心静意地抹个牙牌数儿，这都可以算是消遣。"二姑娘点点头笑道："你这话也说得是对的，不过就是那么着，也要三顿粗茶淡饭，吃得自自在在的人家。我们家还不敢说那不愁吃不愁穿的话。我姑嫂俩除了洗衣做饭而外，没有敢闲着，总是找一点针活来做。原因也是很简单的，无非借着这个，好帮贴一点家用，至少是自己零花钱，不用找我大哥要了。”二和道：“像二姑娘这样勤俭的人，那真不易得。”二姑娘抿嘴笑道：“不易得吗？也许有那么一点。我想着，我简直是笨人里面挑出来的。”二和将手里的卷烟头扔在地上，将脚来踏住了，还搓了几下，眼光注射着地面，笑起来道：“果然是二姑娘先前说的话不错，老邻居倒越来越生疏了，见了面，尽说客气话。”二姑娘微微地笑着，昂了头，看门外院子里的天色。二和没有告辞说走，坐在这里不做声，也是无聊。于是第二次又取了一根烟卷抽着，口里喷了烟，也是对院子里看。偶然对二姑娘看看，正好她也向这里看来，倒不免四目相射，二姑娘突然把脸红了，将头低下去。

二和喷了两口烟，搭讪着道：“光阴真是快得很，记得我在这里住家的时候，好像是昨日的事，现在到了这里来，我可是作客了。”二姑娘道：“其实你那回抢着搬家也太多心。我大哥喝了几杯酒下肚，真是六亲不认，可是他没喝酒的时候，对人情世故，都是看得很透彻的。”二和道：“虽然是这样说，也亏着田大嫂在家里主持一切，有道是牡丹虽好，也要绿叶儿扶持。”二姑娘点点头道：“对，幸亏他还有三分怕我大嫂，要不然，他成天喝酒，那乱子就多了。”二和不知不觉地又把那根烟抽完了，接着，再取了一根烟抽着，因放出很自在的样子，腿架在腿上，微笑着道：“谈起大嫂，在这大杂院里，谁也比不过她，配我们田大哥是足配。”

姑娘只微笑，低头望了自己的鞋尖，低声笑道：“那杨月容若是不走，伺候丁老太，那是顶好的，丁老太也很喜欢她。可惜她是一只黄莺鸟，只好放到树林里去叫，关到笼子里面来，她是不甘心的，有机会她就飞走了。”二和道：“唉，你还提她干什么。”二姑娘笑道：“其实她也用不着这样跑，就是在北京城里住着，大家常见面，二哥还能拦了她不唱戏吗？”二姑娘把这句话说完了，回想到无意中说了一声二哥，不由得把脸红了，刚是把头抬起来，却又低了下去。二和倒没有理会她是什么意思，还是微昂了头喷着烟。二姑娘笑道：“我可是瞎扯，你别搁在心上。”说时，很快地瞟了二和一眼，接着道：“本来我这譬喻不对，黄莺也好，画眉也好，你把它关在笼子里，怎么也不如在树林子里飞来飞去自在。”二和道：“那也不一样啊，有些鸟雀，它就乐意在人家留住着。鸡鸭鹅那是不用提，还有那秋去春来的燕子，总是在人家家里住着的。”二姑娘道：“那总也占少数。”说着，带了微笑，身子前后摇撼着，在她的表示中，似乎是得意，也可以表示着很自然。二和道：“用鸟比人，根本就不大相像。鸟天生成是一种野的东西，人要像马那样乱跑，那可是它自己反常。”二姑娘点点头道：“对了，月容不光是会唱，还长得好看呢。若照她长得好看，应该把她比做一朵花。二掌柜，你猜，她该比一朵什么花？”二和微微皱了眉毛笑道：“我实在不愿提到她。二姑娘总喜欢说她。”二姑娘笑道：“一朵花长得好看，谁也爱看。她那样一个好人，忽然不见了，心里怪惦记的。”二和微笑了一笑，没有做声。二姑娘道：“真话吗。有那长得不大好看的，无论这花有什么用处，有什么香味，人家也是不大爱理的。”

二和听了这话，不觉对她看了一眼，心里连连地跳荡了几下。二姑娘道：“这世界上的事，就是这么着，好花好朵儿的，生长在乡下野地里，也许得不着人瞧一眼。若是生长在大宅门子花园里，就是一朵草花儿，也有人看到，当了一种稀奇之物的。”二和笑道：“这话也不能说没有，可是花园子里的花，那也只好王孙公子去看看，穷小子还是白瞪眼。”二姑娘笑道：“那也不见得，遇着个王三小姐抛彩球，也许她就单单地打在薛平贵头上。”二和笑道：“我可讲的是花，你现在又讲到人的头上来了。”二姑娘也省悟过来了，何以不说花，而说人？便红着脸笑道：“人同花都是一个理儿罢。”说时，抬起两只手来，倒想伸一伸懒腰，但是把手抬起来一小半，看到二和站在面前，把手依然垂下去。二和向院子外面张望了一下道：“田大哥还没回来，我该走了。”二姑娘扶着墙壁站了起来，像是送客的样子，可是她口里说道：“忙什么的，再坐一会儿。”二和道：“我不坐了，今天还没有做生意呢。”说着，站起来拍了两拍手，虽见二姑娘并没有留客的意思，但是也不像厌倦着客在这里，因她手扶了门框，低着头还只管微笑呢。因之又走到房门口，看看天色，出了一会儿神，见二姑娘还是手扶了门，低着头的，这又重新声明了一句道：“再见罢，我走了。”随了这句话，人也就走出跨院子了。

二姑娘倒是赶了来，站在屋檐下，低声笑道：“我还有一句话，明天别忘了不来，可有了回信了。”二和道：“我当然来，这是关于我自己饭碗的事，我有个不来的吗？”二姑娘站着，低头凝神了一会儿，也没说什么。二和见她不做声，说一句再见，可又走了。二姑娘招招手，笑道：“我还要同你说一句话。”二和见她这个样子，便又回转身来相就着她。二姑娘低声笑道：“明天你来了，看到了我大哥大嫂，你可别说在这里坐过这样久。”二和倒不想她郑而重之地说出来一句话，却是这么一回事，也就对着她笑了一笑。二姑娘红着脸，也只有微微地以笑报答，二和同她对面对地站了一会儿，说不出所以然，终于是说声再见走了。

这一次二和回去，是比较地高兴，同母亲闲谈着，说是田家二姑娘，你看这个人怎么样？丁老太坐在椅子上，总是两手互相掏着佛珠的，听了这话，把头偏着想了一想，问道：“你为什么突然问出了这话？是他们提到了二姑娘一件什么事情吗？”二和道：“那倒不是，我觉得二姑娘对咱们的事，倒真是热心。”丁老太道：“本来吗，姑嫂俩对人都很热心，你今天才知道吗？”二和也没有跟着答复，把这话停了不说。丁老太却也不把这事怎么放在心上，只催二和次日再到田家去问信。果然地，二和只做了半天生意，带着花生篮子，就匆匆地跑到田老大家来。

还没有进那跨院门，王傻子迎着上前来，一把将他的手抓住，笑道：“我正等着你呢，你这时候才来？没什么说的，今天你得请大家喝一壶。”二和道：“喝酒，哪天也成，为什么一定要今天请你呢？”王傻子依然把他的手握住，笑道：“这当然是有缘故的。你先请我喝上三壶，回头我再告诉你。”二和笑道：“不论怎么着，大哥要我请你喝一喝酒，这是应当的。有什么告诉我，没什么告诉我，这打什么紧！”王傻子两手一拍道：“你猜怎么着，你有了办法了！田大哥已经给你在公司里找好了一个事了。你猜猜这事有多少薪水罢。”二和笑道：“我猜……”王傻子伸了三个指头道：“有这么些个钱，并不是三块钱，是三十块。有了三十块钱，你母子两个人都够嚼谷的了。”二和道：“不行罢？”王傻子道：“什么不行？田老大刚才对我说的，一点儿也没有错。他现出去打电话去了，一会儿就回来，咱们先上大酒缸去等着。”他说时，挽了二和一只手胳臂就向外走，口里还道：“田大嫂，我给你一个信儿：丁二哥请我喝喜酒，我们在大酒缸等着呢。”二和还要说什么，王傻子拉了他一只手，已是拖到了大门外，笑道：“走罢，走罢，我嗓子眼里痒痒了。”带说带笑着，已是拖到了大酒缸。

这是熟主顾，也不用招呼，店伙已是送过一壶酒来，两个人已是围了一张小桌面坐着。王傻子把两腿伸直来，两手按了桌沿，腰子一挺，笑道：“喂，给我们找一点儿好下酒的，今天是我们这丁二哥请喝喜酒，不能省钱。”掌柜的在柜上坐了，正闲着呢，便插嘴道：“怎么着？丁二掌柜快办喜事了吗？”二和笑着，连摇了两下头，啊了一声，田老大随了这啊的一声，已是踏进酒店了。他笑道：“二哥，怎么尽摇头？”酒店掌柜的笑道：“他说喝喜酒，我想喝什么喜酒？就是二掌柜到了岁数了，该办喜事了。”田老大道：“是吗？丁二哥把那位杨……”二和站起来，两手同摇着道：“绝对没有这件事。你问王大哥就知道。”王傻子笑道：“你和他找了一件好事，我说这是喜信儿，要他请我喝三壶。现在，他哪里谈得上娶亲？就是娶亲，我也拦着他呢。坐下来，喝酒，喝酒。”他说着，把左手座位边的小凳子，伸脚勾开，又拍了两下。

田老大左手按住了酒杯，右手拿了筷子，不住地夹了煮蚕豆，向嘴里扔着，眼珠转了两转，向二和笑道：“王大哥把话都告诉你了？”二和道：“没有呢，他只糊里糊涂地对我说，要喝我的喜酒，我知道什么喜事？”王傻子站了起来，将手指住田老大道：“你你你问他，我还能冤你吗？田大哥，是不是他的事情已经找妥了？”田老大笑道：“这也用不着着急，你坐下来，咱们先喝酒。”王傻子道：“你说，不是三十块钱一个月的事吗？你说，你不说，我也坐不稳。”田老大见他脸上像喝了好几斤酒一样，红透了眼睛皮，便笑着点了两点头道：“对的，对的。是三十块钱一个月的事。王大哥，现在你可以坐下了罢？”说时，连点了几下头。王傻子提起酒壶来，斟一杯酒，刷的一声，昂起脖子来喝下去，向二和道：“我能冤你吗？快喝罢。”二和越听说这些，越是糊涂，愣愣地向田王二人看着。

田老大端起酒杯来，先喝了一口，然后把杯子放下，还按了一按，表示了沉着的意味，向二和道："虽然是由我介绍的，也可以说是你自己的力量。我把你的姓名籍贯，开了字条，送到经理那里去。他说是你的同乡，又问到你是干什么出身的，我看到他的意思不坏，就把你们老爷子的名字，也告诉了他。他说那了不得，找到一家来了。他当年就向你们老爷子老太太全借过钱。把你派在调查科，当了一名办事员。这比背了电线在满街跑，那就好多啦。经理还真来个干脆，当时就下了批子，让你明天到公司里做事。老弟台，你说这件事办得痛快不痛快？没什么说的，咱们各人面前先干这一壶。"说时，把瓶子式的小酒壶，一把捏了起来，左手拿了杯子，右手把壶向里面倒，倒一杯，就喝一杯，接连地喝了三杯。

二和笑道："田大哥，尽管地高兴，可别喝多了。"田老大头一摆道："没关系，你大嫂子说我会办事，今天可开了大恩，让我喝一个醉。"说着，又端起杯子来，向口里倒下去一杯，手里捏了一杯，还不住地挪搓着，偏了头向二和道："老二，我们一家人，待你全不错呀。将来咱们在一块儿的时候要多起来，我要喝过两壶之后，酒前酒后的要有什么话把你得罪了，你可别向心里搁着。"二和红着脸，也倒了一杯酒，向他举了一举，一口干了，然后放下了杯子，伸出一个食指向天上指着道："当了这么大的太阳说话，田大哥待我这番好意，算是把我由烂泥坑里拉了起来。我要是忘了你这好意，我不是丁家的子孙。"田老大伸手拍拍他的肩膀，笑道："朋友交得好，彼此心照，不在乎起誓啦。"王傻子在这一边，也就点点头。

果然地，二和为了起誓，将来就很有点感着苦恼呢。

第二十九回　月老不辞劳三试冰斧
花姨如有信两卜金钗

在他们喝酒的第二日，丁二和果然开始到公司里去工作了。在喝酒的第二个月，二和的家庭，已是布置得很好。因为他做事很认真，公司里的经理念起以前曾因借他父亲的钱，得了一个找出路的机会，现在也就借了一笔钱给二和，让他去整理家庭，所以他们的日子，已经是过得很安逸了。

有一天星期，二和在厨房里做饭，经理却撞了进来了。看到二和迎到院子里，手里还拿了一把炒菜的铁铲子，便笑问道："这可了不得，你在家还自己做饭啦？"二和将铁铲子送到厨房里去，却提了一把开水壶来沏茶待客。那经理在外面屋子坐着，举头四周观看了一遍，便请丁老太出来相见。丁老太由里面屋子摸索着出来，手还是扶了房门框，就笑问道："经理先生，我猜你是刘副官罢？多年不见，你可发财了。"经理站起来，点点头道："你好说，老太太好？"丁老太扬着脸笑道："那么，我是猜对了。刘副官，你可别见笑，我穷得不能见人了。穷还罢啦，把一双眼睛成残疾了。"二和道："对不起，她不能向你招呼。"经理道："那就不必客气，请老太太随便坐罢。"二和挽着母亲斜对面地向经理坐了。

经理又向屋子四周看了一遍，点点头道："以二和现在的力量而论，也就不过如此罢了。只是他在家里还要做饭，管理家庭琐事，他每日到公司里去了，这些事又交给谁呢？"二和道："做饭这件事，总是我担任的。早上这一顿呢，我先做好了，同母亲一块儿吃了再走；中上这一餐呢，或者请邻居同我炒一炒，或者在二荤铺里留下一句话，到了那个时候，送一碗面给我老太太吃；晚饭呢，自然就是我回来做给家母吃了。至于那零碎琐事，我都是预先做好了的，或者出去的时候，没有把事做完，回来的时候，赶快把事情补起来。所以我在外面是做事，在家里也是做事，里外地忙。”经理将手摸摸嘴巴，昂起头来，对屋顶上望望，笑道：“这样不是办法。”二和道：“不是办法，也只有这样地做去，无奈这个穷字把我们困住了。”

那经理对他母子俩倒看了好几眼，脸上微微带了一点笑容，似乎是有什么话要说的样子，嘴角连动了几下。二和道：“经理有什么要见教的吗？”说着，将身子欠了一欠。经理将两个指头，拧一拧嘴角上的胡子，微笑道：“我看你家别的什么不齐备罢了，唯有一件，却缺少不得。老太太，你请猜猜，缺少一些什么？”丁老太两手按了膝盖，偏了脸听他们说话呢，因经理已指明了要她答复，她就微微地点了两点头，笑道：“这还用说吗？就是缺少这个罢？”说时，将大拇指同食指，比了一个圈圈。二和笑道：“对了，有了这个，我们就好办了。”经理笑道：“不不，你们虽然还差着这个，还有比这个更重大的呢，那是什么呢？就是替老太太找副眼镜。”他说着这话的时候，他是哧哧地忍不住笑声，直笑了出来。二和脸一红道：“这是笑话。”

丁老太立刻伸手向他摆了两摆道：“你完全没有懂得刘先生所说的意思。他以为我没有眼睛，不能料理家务，应当找一个人代我料理家务，算是我的两只眼睛。刘副官，你是这意思吗？”她说这话，虽然不能去看经理的脸色，然而她脸朝着人，两只眼睛皮，还只管闪动个不了。刘经理两手一拍道：“正是这个意思，到底老太太是个绝顶聪明人，一猜就着。”丁老太道：“我们也是刚刚得着你的帮助，像一个人家，难道还有那种大款子娶儿媳妇吗？”刘经理道：“钱的事，老太不用放在心上，我给二和张罗。”丁老太笑道：“有您这好意，我们还有什么话说。可是娶一房儿媳妇，并不是买一样东西，有了钱就可以办到的。”刘经理笑道：“我无事还不登三宝殿，今天就为做媒来的。不，‘做媒’这两个字太腐败了，应该说是来做介绍人。”丁老太道：“那真是刘副官念在镇守使当日那一番旧情，人情作到底了。这倒教我有点纳闷，像我们这样穷人家，有人同我们联婚吗？”

二和看看经理的脸子，老带着笑容，母亲在猜疑的脸色上，也飞上了笑容了。便插嘴道："经理的好意，我们是感谢的。可是家里添了一口人，又要加上许多负担。现在是刚刚饱了肚子，穷的那股子闷气，还没有转缓过来呢，怎么着，现在又要去找罪受吗？"经理将敬客的茶杯，在茶几上端起来，送到嘴边碰了一碰，随着又放下来，嘴角上带一点微笑，望了丁老太道："老太，您的意思，也是这样吗？"丁老太笑道："这孩子倒说的是实话，不过他说得太直率了。"刘经理笑道："我以为老太正差一个帮忙的，来做媒，正用得着。不想我这个月老有点外行，一斧子就砍在铁树上，碰了一个大缺口子。"二和听到这话，不免红了脸。丁老太连连地摇头道："刘副官你可别见怪，这孩子不懂事，说话一点儿也不婉转。"经埋笑道："他这话也是对的，经济压迫人，比什么厉害。二和提到了负担上，那我也就不好再说什么了。"丁老太怕经理见怪，只好找些别的话来说，经理也明知他们的意思所在，谈了一会子，就告辞走了。

二和送走客再进屋来，丁老太埋怨着道："你这孩子说话，也太不想想。一个公司里当经理的，肯到小职员家里来，那面子就给大了。他又肯张罗钱替你做媒，那更是看得起咱们，不是往日他在你父亲手下当副官，那办得到吗？他这样做媒的人，是想吃想喝，还是想得喜封包儿？无非一番好意，体惜我双目不明，找个人来做伴罢了。你一点也不客气，就是给人一阵钉子碰。"二和一走进门，就听到母亲这样教训了一顿，倒不免站着呆了。丁老太道："你再想想罢，我这话对是不对？"二和道："别的事情可以讲人情，婚姻大事，也可以讲人情吗？"丁老太道："我也没有叫你讲人情。"

二和还没有答言，就听到刘经理的声音，在院子里叫道："我又来了。"二和听了这话，也是一愣，怎么他又来了？他随着这话，已是走进了屋子。帽子也不取下，站在丁老太面前笑道："到底是我做媒外行，我说了半天的媒，还没有告诉你们是哪一家的姑娘，你们怎能答应呢？"丁老太也站起来笑道："你请坐，难得你这样热心，请坐下来，慢慢地说吧。"刘经理笑道："不用坐了，我就告诉老太，女家是谁得了。"丁老太道："是呀，哪一家会看上了我们这穷小子呢？"刘经理道："我说出来了，你们想想，暂时不必答复我。我这斧子砍了一个缺口，不好意思在当面再碰一个缺口子。”二和笑道：“经理你请坐下来，我说话太直率了，家母也正在怪我呢。”刘经理笑道：“做媒的人，照例是要两边挨说的，这没关系。我还是提这姑娘罢，你大概认得。”二和道：“我认得的姑娘，经理也认得吗？”刘经理笑道：“这也没有什么不可以，也许你们老太太，老早地就把她当姑娘看待过了。”

二和不由得心里跳了两下，月容会托他出来做媒吗？丁老太道：“这样说，是我们的熟人呀？”刘经理道：“自然是呵。这年头儿，不是戏台上说的话，东村有个小小子，西村有个小妞儿，两下一凑合，这就算做媒。现在必须是男女双方，彼此有了很好的爱情，找一个人从中说一声儿，做一个现成的媒。这叫介绍人。还有根本上用不着人去向男家或女家说话，只是到了结婚的礼堂上，婚礼上差不了这么一种人，临时找一个人来补缺。这个人也许单单只新郎认得，也许单单只新娘认得，不但他不能替两方面介绍，反要新人介绍给新人，说这是咱们的介绍人，这不是一件很大的笑话吗？”说毕，昂起头来哈哈大笑。

那丁老太正等着说，他到底提的是哪一家的姑娘呢，偏偏他又把结婚的风俗，谈上了一阵子，这就仰了脸对着他道：“你说，这姑娘是谁罢。”刘经理道：“我当然要说出来。不过有一层，假如我说出来之后，你们不愿意，人家怪不好意思的，你们就千万不能对人再说。”丁老太笑道：“我们也不能这样不懂事呵。再者，这只可以说是我们没有钱，娶不起儿媳妇，不能说是不要谁家姑娘做儿媳妇。”刘经理笑道：“也不能那样说，假使找一个废人，或者身家不明的人给你做儿媳妇，你当然不能要啊。我说的这家姑娘，当然不会这样。二和，你猜是谁罢。”二和笑道：“这个我猜不到。”刘经理笑道：“你自然不能猜。你若是猜出来了是谁，那就显见得你对于谁有了意思。”二和呵了一声还不曾答话，刘经理笑道：“也许这个人就是你所注意过的，她姓……”刘经理说到这里，故意把话拖长了一点，不肯说完。

二和笑着，摇了两摇头道：“请经理不必让我猜了，我是猜不出来的。”刘经理笑道：“你也许不会想到他们待你有这样好，就是介绍你到公司里去的田金铭，他有个妹妹……”丁老太抢着道：“是二姑娘呀，田大哥怎么会请出公司里经理来做媒的呢？”刘经理道：“倒不是他自己，是他的女人，常到我家里去帮了做点针线活，有时他妹妹也去。我太太倒很喜欢她姑嫂两个。问起姑娘还没有人家，她嫂子就说，同你们是多年的街坊，很愿结成亲戚。不过她怕这事不容易成功，还不肯说出来。我太太以为这是两好就一好的事，就派我来做一个媒人。”丁老太道：“姑娘果然不错，我也很喜欢的，只是……”刘经理笑着摇摇手道：“这下文不必说了，只要你们知道这姑娘为人怎样，那就行了。明天可以，后天可以，再多过几天也可以，二和可以托人回我一个信。现在你们就开始考虑起来罢。”他说着，掀起帽子来点了两点头径自走了。

二和将客送出了大门外，一路叫着奇怪回来。丁老太道：“这有什么奇怪？有姑娘的人家，托出人来做媒，那不是常事吗？”二和道：“本来是常事，可是咱们和田老大这样熟的人，什么话不好说，为什么绕上这样一个大弯子，还把公司经理请了出来？”丁老太道：“你在没听到说，这是田大嫂的意思吗？”二和道：“田大嫂子为人，就是这样太热心。上次也就为了她太热心，闹得田老大生了疑心，教我们真不好应付。现在这件事又是田大嫂发动的，田大哥不知道是什么意思，不会更发生误会吗？”丁老太本有一番话要说出来，听到二和这样说了，只带了一点微笑，向他点点头。二和也不明白母亲的意思何在，不便追问，心里想着：等母亲提到这件事，再申诉自己的意见罢。谁知老太对于这件事，好像不曾听到人说过一样，刘经理去后，就把事情忘了。二和越看到母亲沉默，越不知道如何应付，只好默然地过下去。

这样有了三天，心里想着，经理所需要的答复，现在该说出来了。但是自己的意思，很难决定，母亲的意思不知道，田老大的意思也不知道，这话又怎样地去说呢？每日到公司里去的时候，总不免和经理见面的，见了面的时候，心里就拴上一个疙瘩，把头低了下去。所幸经理在见面的时候，虽在脸上带了一些微笑，然而他却没有提到做媒一个字。这更奇怪了，莫非他见我老不回信，有点儿生气罢？因之，在这天看到经理之后，老远地站定，就笑着打起招呼来，笑问刘经理：“今天天气凉，你还没有穿皮大衣？”经理笑道：“皮大衣放在汽车上。你同我来，我还有话同你说呢。”说时，招招手，将他引到自己的办公室里来。他不怎样在意地，自在写字台边椅子上坐下了，伸了巴掌，指着对过沙发椅子道：“请坐，请坐。”二和虽觉得一个小职员，在经理室里是不能随便坐下的，然而经理是在父亲手下当过副官的人，自己总算他的小东家，那也无须太客气，于是点了两点头，倒退着坐到沙发上去。

经理打开桌上的烟筒子，抽一根放在桌沿上，笑道：“你抽烟。”二和起身说了一声谢谢，经理自取了一根烟抽着，将桌上的墨盒移了一移，又把笔筒里的笔，根根都扶正了，这就笑向二和道：“你今天来给我的答复了吗？”二和正要开口答话，经理向他摇了两摇手道：“你不要以为我是个经理，有点儿把势力压迫你，非答应不可。这是你的婚姻大事，不应当怕势力压迫的，你只管说你心里要说的话。”二和笑道：“经理有这样的好意，我还有什么话说，只是……”经理笑着摇手道：“不用转着弯子说了，我已经知道你的意思。我这个月老，算是砍了三斧子，就碰了三个缺口子。”二和红着脸道：“并不是我那样不识抬举，连这样的好事，我也要推辞。只是听经理所说，好像田大哥还没有表示意见。他那个人有时很和气，有时喝两杯酒，那就要大大地闹起脾气来。”经理笑道：“这是我大意了，我那天告诉你娘儿俩做媒的经过，只说了是田大嫂的主意，却没有说老田的意思。自然我不能那样糊涂，也不问问他家主的话，我就来做媒。这两天你见着老田没有？”二和道：“昨天公司门口见着一面，点了个头，没说什么。”经理笑道：“是的，这两天他有点躲着你，你也有点躲着他。其实这是不必，譬如这亲事说不成的话，往后你两个人同在公司里做事，还不见面吗？”

二和听了这活，脸色倒是有一阵变动，经理笑道：“我看你这情形，大致我已明白了。你们做街坊的时候，二姑娘不也常到你家去玩吗？就是现在，你也常到他家去罢？”二和红了脸道：“老街坊，相处得像一家人一样，倒也不拘形迹的。”经理笑着点点头道：“有你这话，我就很满意的。今天谈话到这里为止，改日我见令堂再详谈罢。办公时间到了，你办事去。”二和站起来，毕竟不免有些犹豫。经理笑道：“好罢，你去罢，什么事，不外乎个人情，我知道就是了。”二和见无可申辩，也只好不说了。

当天经理回家，把话就告诉了太太。太太正是一位好事的人，听了这话，立刻又把田大嫂请了来，把话告诉她。自然，到了晚上，田家二姑娘也就知道这个消息了。可是在当日上午，这二姑娘心里，感到有点不耐烦了，哥嫂两人，恰是都出去了，她就坐在炕头上，两手抱了膝盖，隔了玻璃窗向外望着。王傻子的媳妇，王大嫂在院子里经过，见到玻璃里一张粉白的脸，便站着向她招招手道：“二姑娘在家啦？出去玩一趟，好不好？”二姑娘摇摇头道：“我懒着呢，坐在炕头上没下地。”王大嫂走到玻璃窗下，向她点了头，低声道：“身上又不舒服吗？你要是不愿找大夫瞧瞧，也应当弄个偏方吃吃。”二姑娘摇摇头笑道：“死不了，没关系。”王大嫂笑道：“一个做大姑娘的，身上老闹着毛病，这也不好。”二姑娘笑道：“我不过是懒得动，并没有什么毛病。大嫂子要上哪儿呀？”王大嫂道：“我们大傻子有半个多月不挣钱了，以前算命的说过，他的运气不大好，我想到庙里去同他求支签儿瞧瞧。”二姑娘忽然笑起来，立即伸腿下炕来，一面招着手道：“等一会儿，我也同你去。你打算上哪个庙里求签？”王大嫂道：“就是这胡同口上观音庵，很灵的。你洗脸罢，我在你家里等着罢。”

姑娘见她肯等着，更是高兴，除了理发洗脸而外，还换了一身干净衣服。又在梳妆盒子里，找出了一小朵红绒花戴在鬓发上，手上还拖了一条很长的花绸手绢，笑盈盈地走了出来。王大嫂子向二姑娘周身上下看了一遍，微笑道：“你真美，该找个好婆婆家了。”二姑娘将身子一扭道：“你要是这样地同我闹着玩，那我就不去了。”王大嫂笑道：“我不同你闹着玩，我是在同你帮一点忙就是了。”二姑娘道：“那才对……不，我也不要你帮什么忙。”王大嫂子笑道：“你这话有点矫情。人生在世，谁短得了要人帮忙呢？”二姑娘也没有和她辩论，只笑着低了头走路。出这胡同口不远，就是观音庵，这是一座尼姑庵，男子汉平常是不进去烧香礼佛的，所以满胡同里的姑娘和少奶奶也不断地向这庵里去。庵里的老尼姑，满胡同里人都叫她庵师父，二姑娘也认得她的，一度还要拜她做干娘呢。

两人走进了庵里，老尼姑迎出来。先看到皮匠的老婆王大嫂，就只微笑着点了一点头，及至看到了二姑娘在后面，就伸了一只巴掌打问讯，因道："二姑娘也来了？你好，听说令兄在公司里又涨了薪水了。"二姑娘道："王大嫂子来求支签，我就跟着来了。"老尼姑将她们引进了佛堂，问道："二姑娘，你求签别在观音菩萨面前求了，这边花神娘娘面前就好了。你不用说什么，磕下头去罢，两手捧起签筒子来摇着就得了。"二姑娘听她所说，似乎话里有话，把头低着，也没有说什么，王大嫂自在正殿中间观音座前礼拜，老尼姑并没有理会。倒是二姑娘在花神座前站着，老尼就点了三根佛香，两手交给她，笑道："二姑娘，你磕下头去罢，我们这花神娘娘显灵着呢。"二姑娘插好了香在炉子里，在拜垫上跪下去了。那老尼姑弯了腰，就把签筒送到她手边，低声笑道："你随手摸一支签就得了。"二姑娘并不看着签筒，随手在签丛中抽出了一支，老尼姑也不让她细看，早是接过去了，笑道："好的，好的，这是上上签。"二姑娘站起来时，老尼姑已经把签文纸对了来，交给她笑道："你回去教人念给你听。准不错。"二姑娘笑道："我回去叫谁念给我听呢？满院子里找不着一个认识字的。"老尼笑道："签上的诗句，凑付着我还认得，我就念给你听罢。"她于是两手捧着签文念道：

东方送暖日华新，万紫千红总是春。
昨夜灯花来报喜，平原走马遇佳人。
问财得财，问喜得喜。
行人快到，老病即愈。

她念完了一遍，向二姑娘笑道："你听见了没有，无论什么事都让你顺心。可是有一句话，我得声明，就是老佛爷照顾着我们，我们也得报答老佛爷。要是你所求的事，顺了心了，你可得在花神娘娘面前，许下一炷长年佛灯。"二姑娘笑道："在佛爷面前，我可不敢胡乱说话的。这长年佛灯，我可没有这样好的常心，老是到庵里来点灯。"老尼姑笑道："哪里要你这样的心呢，你把一年或是二年的油灯费，交给我就得了。"二姑娘笑道："要是这样办，我可以许下这心愿的。"

她两人在这里说着话，王大嫂子在那边观音大士面前，也敬过了香求过了签，手里拿了一支竹签到老尼姑面前来，笑道：“老师父，请您也给我对一对这支签。”老尼姑爱理不理的，接过竹签随手就扔在签筒里，然后到旁边佛签橱里，随便掏了一张签文给她，还叮嘱她道：“这支签也不坏呢！上次你许的那笔佛香钱，还没有交出来呢，对人失信不要紧，对佛爷失信是不可以的。”王大嫂道：“是呀，这真对不起，我就对我们王傻子说了好几回，说是许了心愿，一定要还的。他糊涂着呢，有闲钱尽喝酒。”老尼姑已是掉过脸来向二姑娘笑道：“听说你常到公司经理家去，有机会带我去化一点缘罢。”二姑娘笑着连连地说可以。老尼姑送到门外，连说花神娘娘最显灵的，可别忘了还愿。

二姑娘欢欢喜喜地回了家，哥嫂还没有回家呢。她就掩上房门，把签文拿出来看。自己虽然认不了几个字，可是那纸签文，倒像是有趣的东西，越看越爱看。总在看过二十遍以后，才放到枕头下面去，自己就躺在炕上，捉摸着老尼姑说的话。忽然想起一件事，是母亲在日，给了自己两根双喜字的包金簪子，说是没有什么作手记的，这两根簪子，拿去陪嫁罢。于今剪了头发，这簪子有什么用？想过了，就在灶头边的小箱子里，把簪子取出来，随便扔在小桌上。

一小时以后，田大嫂回来了，进房来和她谈话。因为到小桌子上来提茶壶，看到这两根簪子，便拿起来看看，咦了一声道：“这是妈妈给你留下来的手记，你干吗乱扔？”二姑娘淡淡地道：“现在谁也不梳头了，要这东西有什么用？”大嫂道：“可是妈的意思，留着你出门的时候，做个纪念。”二姑娘又淡淡地笑道：“等着罢，还不如换了打两个银戒指呢。”田大嫂将两根簪子，托在手心里连颠，把上方的牙齿，咬了下方的嘴唇，笑道：“这个消息，我本来不愿意在这个时候告诉你的。你既然是着急起来，我就告诉你罢，刘经理既然出来给你做媒人了，二和那小子，心里是早乐意了，不知道他为什么还不干脆地答应出来。”二姑娘呸了一声，将头扭过去道：“大嫂你瞎扯，谁问你这个？”田大嫂笑道：“真的，这日子快到了，我是打算有了十成的消息才告诉你……”二姑娘捏了拳头，远远地举着，做个要打的样子，田大嫂扔了两根簪子在炕上，扭转身来就跑走了。

二姑娘听了这话，心里暗暗地想着，花神娘娘真灵，把两根簪子捡起来，自己哧的一声笑了。站在炕边，也不知道什么缘故，好好地发愣，捏了两根簪子，一动也不会动，后来很恭敬的样子，对窗子外的天色看了一会儿，却把两根银簪子同被褥上一扔，看时全是有喜字的一面朝上。这倒不觉地得了大嫂那传染病，也是把上面牙齿，咬了下嘴唇，望了天，带着笑容点点头。把两根银簪子捡起，就好好地收到小箱子里去了。趁嫂嫂没有留神，就溜到王傻子家里去，笑着叮嘱王大嫂道：“今天咱们到观音庵去的事，请千万别对我嫂嫂说。”王大嫂道：“请香敬佛爷这是好事，干吗瞒着？”二姑娘连连摇着手说：“别嚷别嚷。”她也不敢多说，转身又回家了。

王大傻子他媳妇可不傻，当时心里就点有明白，后来又听到田大嫂说，要同她妹妹寻婆婆家，这就更明白了。她不免把这话告诉了王傻子，王傻子又转告诉了二和。但是这里面是有点误会的。

第三十回　事业怯重摧来求旧雨　婚姻轻一诺归慰慈亲

是在二姑娘求签以后，第二日的事了，王傻子特意到二和家里来，找他谈话，一进院子，口里就先嚷着："丁二哥！"丁老太在屋里应声道："是王大哥吗？他还没有回来呢。请进来坐坐。"王大傻子道："他什么时候回来？我有几句要紧的话急于要对他说说。"他口里这样说着，人已是走了进来。

丁老太手里端了一杯茶，斜靠了茶几坐着，只见那杯子里还向外冒着热气呢。屋子中间，放了一只白炉子，煤火熊熊的，向口外抽出来三四寸高的长焰。炉子边上，放了一把白铁壶，里面的水，也正烧得呼噜呼噜作响。王傻子道："这样子，是你老人家自个儿沏茶喝来着，可得仔细烫了。"丁老太对了他说话的所在，微微地起了一下身，依然坐下去，叹了一口气道："这也是没有法子呀。不过自个儿这样做惯了，倒也不觉得怎么样。你请坐。"王傻子道："你熬到现在，也该出头了。二和现在一个月挣到三十多块钱，将来还有涨薪水的希望。他不在家，也该找一个人来伺候你了。"丁老太道："雇人，我是不敢雇的。别说我双目不明，雇了人在家里，她会给我胡搅一气，恐怕找一个人来，一进我这样的穷家，也就不愿干了。"

王傻子在她对面一张矮凳子上坐着，抬起头来，对屋子上下周围全看了一看。见正中神案前，残缺的五供和油盐罐子杂乱地放着，报纸和残书堆得有两尺来高。在这纸堆边上，又堆上两捆布卷儿。桌子角上一把黑铁壶，却在砚池盖上，便道："老太，不是我多事，我说，二和的那个脾气，您得管着一点儿。"丁老太扬着脸，把闭了的眼睛，连连闪动了几下，笑道：“王大哥，二和做错了什么事吗？”王傻子道：“事情是做错了，可不是他有心做错的，不过，他也有心这样地干。”丁老太不禁地笑了，点点头道：“大概二和做是做错了，究竟是不是他有心这样做的，您还说不定吧？什么事呢，我总可以拿三分主意。”王傻子笑道：“田老大这回给二和介绍事，他是有意思的呀。他的二妹，有点儿谈恋爱呢。”说着，不免将两手分别地搓着两条腿，反正是丁老太看不见的，就向她脸上不住地打量着。丁老太笑道：“王大哥也谈起恋爱来了？可是这些话，全都是些谣言，你怎么也相信？”王傻子将颈子一伸，低声道：“不，我这话听着多了。田老大也是听多了这闲言闲语，姑娘大了，娘老子也管不了，别说是哥哥。再说，田大嫂子又很是帮小姑子的忙，他没有了办法，想着将错就错罢，就把二姑娘给二和罢。可是二和这小兄弟，要耍一个小脾气，还是不大愿意。这一来，可把田老大急了，不到两天，就给二姑娘说上了个主儿。”

丁老太将手里半杯剩茶，咕的一下，向口里倒去，问着一声：“是吗？”王傻子道：“我当然不能骗您。亲事不成，这没有什么，老二年纪还轻，还怕找不着媳妇吗？可是公司里这份事情，恐怕靠不住。”丁老太道：“虽然做不成亲戚，田家也不吃什么亏。二和毕竟和他是好朋友，他既然介绍二和到公司里去了，好人就做到底，何必又要把他的事情弄掉呢？”王傻子道：“咱们同田老大共了多年的街坊，田老大的为人，您还有什么不明白的吗，他同人要别扭上了，那就真能胡来。听说，那公司里，现在还正要裁人呢。”丁老太道：“依着王大哥应当要怎样办呢？”王傻子道：“昨日个早上，二姑娘还同我那口子一块儿到观音庵烧香求签去，瞧她那意思，好像心事还没有决定。你们趁早儿在二姑娘面前露点好意，这事也许挽回得转来，因为这件事，二姑娘是要做一半主的。我实话实说，您两只眼睛不方便，就得早早有个儿媳妇来伺候着。可是新娶的儿媳妇，什么也摸不着头脑，能够在街坊里面找一个姑娘，那就跟自己姑娘差不多。”丁老太笑道：“照你这样说，那简直我要娶儿媳妇，非娶田家丫头不可？”王傻子道：“并不是非娶不可，唯有这么一个人透着合适。”丁老太点点头道：“您所说的，自然也是很对。只是二和这孩子的脾气，也真不肯将就人。”王傻子道：“这没有什么，您可以吓唬吓唬他。您就说，要是不到田家去敷衍一下，恐怕公司里的位子难保。无论他脾气怎么不好，对于公司里的事情，不能不放在心上，除了他自己要吃饭，还得养活着老娘呢。”丁老太道：“这孩子也是得吓唬吓唬他！穷到这份儿光景，他还要使上一股子脾气。王大哥，您先回去，回头我叫他去找您。”王傻子道：“好的，我在家里等着。假使他要找我，他可以在大酒缸坐着，派人去找我得了。”说着，他已起身向外走去。丁老太还昂了头，对门外叫道：“王大哥，你在家里等着他，等到什么时候呢？”丁老太说过了，却只听到王傻子说了一句“老等着”，人已走远了。

自然，王傻子是一番热心。然而田老大真会像王傻子所说的，这人也就私心太重了。丁老太心里把这个问题颠三倒四地想了很久，自己也解答不出一个所以然来。只在一小时以后，二和嘴里哼着西皮二簧，走进来了。丁老太迎着他，首先一句话便问道：“你在公司里，看到经理对你有什么不好的颜色吗？”二和道：“没有呀，我每天老早地到，晚晚儿地走，经理还能对我说什么？”丁老太道：“经理要不高兴你，不会为是公事，是为了私事，你猜猜看。”二和道：“那还用得着猜吗？若是经理不高兴的话，那就是为了他媒没有做成。”丁老太道：“你知道还用说什么！刚才王大傻到这里来过的，他说田老大生了气了，把二姑娘另许了人。瞧那意思，给你已然是闹上了别扭，在经理面前说了坏话，说不定，你这只饭碗有点儿保不住了。你想，他有那本领替你荐事，他就有本领在经理面前说坏话，免了你的职。”二和听了这话，愣愣地站着，许久说不出话来。

丁老太道：“你不能一辈子提花生篮子养活我吧？刚刚有了一个稳当的饭碗，你就愿意扔了吗？”二和又沉吟了一会子，因答道：“我想田老大总不至于做出这样的事来吧？不过公司里倒有裁人的谣言。”丁老太坐下，把头垂了下去，因道：“自然这个时候，你和田老大去亲近亲近，或者在田大嫂子面前说几句好话，事情就回转来了。王傻子今天来，不是没有意思的，也许他就是受着田大嫂之托。我老早老早就知道了田大嫂的意思，她是愿意咱们两家结亲的。说到二姑娘这丫头呢，也没有什么配你不过的。可是咱们不能为了饭碗，去将就人家的亲事，这是你一辈子的事，我不能胡拿主意。”二和道：“大家虽是老街坊，相处得不坏，可是咱们这样的人家，怎么会让田老大一家人看得起？这透着有点儿奇怪。”丁老太道：“田老大只要不喝酒，他媳妇叫他死，他也闭眼睛，这全是田大嫂的意思，他不能不照办。至于田大嫂子为什么定要结亲，二姑娘也乐意，这里我也不大明白。”二和手扶了门框，昂头看了院子外的青天，把脚在门槛上一顿，倒是咚的一下响。丁老太道：“你这孩子，事情是全凭你做主的，你好好儿地发什么狠！”

二和还没有答应呢，就在这个时候院子门外有人问道：“这是丁家吗？”二和答应了一声是，就有一个三十来岁的小伙子，背着一只白面袋进来。二和道：“你们是宝丰粮食店里来的吧？”小伙子已把一口袋面扛进屋子来，放在地上，答应是的。二和道：“你扛了回去罢，我今天没有钱给。”小伙子道：“掌柜的说了，你不给钱，就记着罢。”二和笑道：“年头儿改好了，粮食店怕白面换不出钱送到人家来，请人家记账？”那小伙子倒没说什么，对他嘻嘻地笑着，说了一声：“再见。”竟自走了。丁老太道：“一袋面要三块多吧？他干吗一定赊给咱们？”二和道：“人都是势利眼，这宝丰粮食店的掌柜，听说公司里有大厨房，想拉买卖。今天上午托过我，我答应了给他帮忙。是我顺便问了一声，双喜牌白面什么价钱，他说卖给别人三块二，卖给咱们只要三块，回头就给咱们送一口袋来，不想他果然送来了。平常送了白面来不给钱，第二句话也不用问，他就会扛走的。”丁老太道：“这不结了。这年头人死得穷不得，这面是搁在咱们家里了，假如他知道你的事情有点儿靠不住，明天一大早就会来要钱。”

二和听了这话，只管在屋子里来回地转着，眼睛只瞧那墙角竖着的一只面口袋，随后就叫道：“妈，我还是找着王傻子谈谈罢。”丁老太道：“他倒是说了，假如你不乐意到那大杂院里去，可以到大酒缸去等着他。”二和道：“不乐意到大杂院去，行吗？大概要求大杂院里人帮忙的事，还多着呢。”丁老太道：“既是那么说，下午由公司里回来，你亲到田老大那里去一趟罢。”二和鼻子里哼了答应着，就匆匆忙忙地陪着母亲吃过了午饭，然后就到大杂院里来找王傻子。

只见王大嫂自靠了房门坐着，在纳鞋底子，远远地看到了，就站起来道："傻子没有想到你会在这个时候来，出去做生意去了，你来坐一会子。"二和还没有答言呢，却看到二姑娘由王大嫂屋子里抢了出来。远远地看去，没有看清楚她是什么颜色，然而她颈脖子红红的，是看得出来的。二和愣了一愣，依然走到王大嫂身边来。她低声笑道："你现在也急了？我真替你可惜，煮熟的鸭子会给飞了。"她带说着话，带走进屋子去，二和自然也是跟着。

王大嫂这就把嘴向西边屋子一努，因道："她已经有个主儿了。"二和笑道："这干我什么事？"王大嫂把脸一板道："你跑了来干什么？我知道你是听到公司里要裁人，来找他替你想法子的。"说时，向他伸了个大拇指，又接着说道："你也不摸着心想想，人家找你的事，你瞧不上眼，这会子你有了事了，你就来找她，她睬你吗？"二和虽然有点惊慌，但是态度还很镇静，低声问道："你说我有事，我有什么事？"王大嫂道："你没听到吗？我再说一句，你公司里要裁员，你可得留神点。"二和道："你也知道这消息吗？"王大嫂道："刚才她在这里聊天，就谈起了这件事，我正要问一个究竟，你就来了，可见得她讨厌着你。"二和道："也许人家是害臊吧？"王大嫂道："全是熟极了的街坊，人家还害什么臊？说明白一点，人家是生你的气。"二和犹豫了一会子，便道："既是那么着，我就晚上再来罢，这时候我要到公司里上工去了。"说着话，溜了出来，远远地对了田家的窗户看了去，果然地，二姑娘一张脸子是在玻璃窗子里张望的，等到二和向她看了去，她立刻就把头低了去。二和虽不知道她是什么原因，反正她不乐意见面，那是真实的，心里头总算打了一个疙瘩。

走到公司里，留心看看进出的人，果然脸色都有些慌张，自己也就把心房提着，向办公的地方走去。这一留心，事儿全出来了，只见各股办事的头儿，全先后地向经理室里走。这屋子里几个同事的，全都交头接耳地说话，仿佛听到对过座位上，有一位同事说："在公司里年月久一点的人，那总好些。因为这不是衙门，用人总得论一点劳绩。"二和听说，心里更是不免扑扑乱跳，等着向经理室问话的人全走光了，自己也就一鼓作气地挺了胸脯子，向经理室走去。可是走到房门口，手扶了门机扭，停了一停。不曾推门，这两条腿又缩回来了，依然走到自己座位上，坐下来写字。看那两位同事，也是瞪了大眼睛向自己看着。过了十来分钟，自己心事，实在按捺不住，本待起身走着，可是看看别人的脸色，胆子也就小下来了。最后到了六点钟，大家下班的时候，实在不能再忍了，这就把抄的文件放到桌子抽屉里去，牵牵衣襟，摸摸领子，又走到经理屋子去。

那刘经理正把衣架上的大衣取下，向身上加着，随手拿了帽子，一转身看到二和带上门站定，便问道："你也为了公司里有裁员的话，要来向我打听消息吗？"二和笑道："不，不，我没有这资格。前次蒙经理的好意，替我提的那头亲事，到今日，无论如何，我是该给你一个答复了。"刘经理笑道："怎么，现在你觉得非答复不可了？那么，你就告诉我你所答复的话。"二和道："以先我所考量着不敢应承下来的，就是我想着我家里的生活费现在还是自顾不暇，怎能再添一口人？可是最后转念一想，像田家二姑娘，她不是不会劳作的人，到了我家里，当然她可以出份力量来帮助，不至于白添一口人。"刘经理将手摸摸自己的胡子，微笑道："据你这样说，你是可以俯允的了？"二和听说，只好站着，捧了拳头，连连拱了两下，笑道："经理说这话，我就不敢当。像我这样穷，只能说是人家对我俯允，怎能说是我对人家俯允？"刘经理笑道："凭我的良心，田老大夫妇对你母子二人很好，你实在不应当过拂人家的意思。"二和躬身道："是，我也很知道的。"刘经理道："既是你已经明白了，那就好办。我这月老做成功了，也总算你给了我三分面子，我也很感谢的。回头我对田老大说一声，让他找出正式的媒人来。"二和笑道："经理不做介绍人也好，为了两家体面的关系，还要请经理做证婚人呢。"刘经理对于他这话，倒不以为怎样刺耳，将手连连地摸了几下胡子，点点头道："好罢，明天再说罢，今天应付公司许多人，我累了，有话明天谈罢。"他一面说着，一面戴了帽子起身向外走。

二和不能反留在经理室里，自然是跟着他一块走出来，心里也就犹豫不定地沉思着：说到经理没有见怪的意思吧，他老早地就说过了，算是碰过我三个钉子；说是他见怪吧，可是相见的时候，他的态度又很自然。这样自己给自己难题做的时候，肩膀上却让人拍了两下，回头看时，是收款股的一个小办事员。二和笑道：“又是什么事高兴了？走来吓我一跳。”那人正色道：“还说我高兴呢。我是整天地在这里发愁啦。”二和道：“为了公司里要裁人的事吗？”那人道：“可不是，你是经理看得起的人，大概不要紧。据我所听到说的，大概要裁去五分之二的人。五个人里面裁两个，差不多就是对半留，我这饭碗恐怕靠不住了，我没有什么，我一个光人，有两条粗臂胳，每天能混一毛钱，我就能买两顿窝头啃。可是我还有一个女人，三个孩子，他们怎么办？”二和道：“我和你同犯着一样的毛病呀。”那人道：“你也是一个女人三个孩子吗？”二和道：“不，我的情形，比你更重大，我有个六旬老母，而且是个双目不明的人。我母亲很可怜，在死亡线上挣扎着把我养大的。我实在不忍看着她把我养大了，正盼望着有个结果的时候，又回到死亡线上去。”那人道：“你有这样的情形，应该对经理说说去，经理不是同你很好吗？我想他知道你这种情形，一定可以把你留住。”二和道：“我最近有一件事，经理不大愿意我。”那人笑道：“那你就不对了。你这不是和经理闹别扭，你是同饭碗闹别扭。”二和道：“并不是闹别扭，他倒是一番好意，想替我办一件事，不过我觉得我这穷小子受不了那抬举，我推诿着没有立刻答应。”那人道：“什么事？”二和摇摇头笑着，没有答复。那人叹了一口气道：“世界上真有这些怪事，有的想巴结经理巴结不上，有的经理来巴结，反透着自己不够抬举。总而言之一句话，这是生定了穷骨头。”

他一面说着一面走，二和听在心里，缓步走了回家去。到了以后，在院子里就很沉着地高声叫了一句妈，丁老太在屋子里听到，心里头就是一怔。二和进来了，便道：“妈，王傻子来得不错，公司里果然有了变动。”丁老太本来坐着的，这就站了起来道：“什么，公司里有了变动？你没有来得及和田老大说吗？”二和道：“找田老大有什么用？公司里这回裁人要裁一半呢。我大着胆子直截了当地就去找经理。”丁老太道：“你难道倚恃着刘经理是咱们的旧人，简直不让他裁你吗？”二和笑道：“我虽不懂事，也不能那样地冒昧。”丁老太走近了一步，问道：“那么，你怎样地对经理说的呢？”二和扶着丁老太道：“你老人家坐下，让我慢慢地报告，大概我的饭碗还打破不了。”丁老太坐下了，二和就把对经理说话的情形，报告了一番。

丁老太很高兴地站了起来，抓住二和的手，连连抖了几下，笑道："你……你要是能这样办，那就好极了。田家那女孩子，待我早就不坏，要是能到咱们家来，我们一定会相处得很好。"二和道："虽然刘经理已然答应出来做主，可是田老大已经对这事另打主意了。究竟是不是已经另说妥了人家，那还不得而知呢。"丁老太道："咱们既是把公司里经理说好了，先稳定了这饭碗再说。到了明天，我亲自去找大嫂子一趟罢，有道是求亲求亲。"二和道："这样说，倒成了我们求亲了。"丁老太道："那有什么法子呢？"二和听说之后，却没有做声，自在屋子里去做琐碎的事情，丁老太也已觉到了他那不高兴的样子，就没有再提到这事。

到了上灯的时候，母子俩正在屋子里筹备着晚饭，却听到田大嫂在院子里叫道："丁老太，我们那位二姑爷在家吗？""二姑爷"这个称呼突然而来，他母子两个人都听着答应不出来呢。

第三十一回　朱户流芳掠逢花扑簌 洞房温梦惨听夜深沉

随了那一声“二姑爷”，田大嫂已是走进屋子来了，二和立刻笑着让座。丁老太也站起来笑道：“大嫂子怎么得闲儿到我这里来？”田人嫂且不坐下，斜站着向二和看去，只是抿了嘴微笑，二和见了她这样子，不知是何缘故，倒立刻有些不好意思起来，红着脸，四处张罗着。

田大嫂道：“你满屋寻什么！”二和道：“找盒洋火你抽烟啦。”田大嫂道：“我不抽烟的，你不知道吗？你忙糊涂了。”二和笑道：“有时候，大嫂也抽一根玩儿的。”田大嫂笑道：“刚才我在院子时里嚷那么一声，没有嚷错吗？”丁老太笑道：“照说，我们是高攀一点儿。”田大嫂笑道：“咱们既然是亲戚了，这样的客气话，全不用说了。刚才我在经理公馆里，同经理太太做点儿针线活。经理回来了，说到老二在他面前答应了这头亲事，还要请经理做证婚人呢。我一高兴，也没有回家，径直地就到这里来。到底是我心粗一点儿，还没有听一个实在，我就在院子里嚷起来了。”丁老太笑道：“谁不知道大嫂子是个直性子的人，无论干什么，一点也不装假，我们这样老实无用的人，就愁着找不出这样的人交朋友。大嫂子还没有吃晚饭吧？”田大嫂道：“这倒不必客气，我家里还有人等着我回去做饭呢。我到这里来，就是问一问这消息靠得住靠不住。”丁老太笑道：“我不说了吗，巴结不上呢，还有什么靠不住的？”田大嫂笑道：“我也没有工夫同你老人家细谈，改天再来商量罢，我要回家做晚饭去了。我们新姑爷，你送我到大门外去一趟，替我雇辆车罢。”丁老太道：“大嫂既然要回家做饭，二和就到门口替大嫂雇辆车去。”二和道：

"田大嫂来了，坐也没有坐下，就要走。"田大嫂笑道："老二，我们不在乎这个，将来我们姑娘过了门，你客客气气地待着她，比这样把我当客待，好得多了。"二和笑道："那么，我就去同你雇辆车罢。"

二人走出了大门，田大嫂左右一看并没有人，因道："我问你一句话，这头亲事，你透着有点勉强吧？"二和笑道："大嫂子这是什么话？"田大嫂抬起右手，将中指撇住了拇指，极力地弹着，啪的一声响，笑道："小兄弟，在我面前，还来这一套？你以前待我们二姑娘还算不错。自从有了那女戏子，你的情形就变了。这也难怪你，男人总喜欢那狐狸精一样的女人，真正爱你的人，你是不会知道的。"二和道："大嫂子，我有什么不对的地方，你尽管教训我，可是请你别提到这些话上面去。"田大嫂站着向他望望，笑道："这样子说，你对着这头亲事，总算愿意的。但不知道你明白不明白，这件事，完全是我一手办成的。"二和笑道："我怎么不明白，多谢你好意。"田大嫂道："多谢不多谢，不应当先在口头上说，口头上说的，那算得了什么谢谢？"二和道："你要怎样地谢谢呢？"田大嫂道："要怎样地谢谢吗？"她说到了这里，沉默了一会儿，笑道："现在你反正也不能谢我，将来再说罢。走了。"说毕，拔步就走。二和道："我还得同你雇车呀。"田大嫂笑道："我还要在这街口上买东西，不用雇车了。"她说得快，走得是更快，人已是走过好几户人家了。

二和在门口呆站了一会儿，直到望不着她的后影了，才慢慢地走回家去。丁老太道："我们这位田大嫂，要痛快起来，就太痛快了。作亲的事，还只刚说了一句话，她就叫起姑爷来了。"二和道："真是没有办法。其实我心里头，全惦记着公司里的职务，至于结亲这件事，再迟个三年二载，又要什么紧。"丁老太道："你这孩子真是傻，结亲同公司里的工作，那还不是一件事情吗？你瞧着罢，说不定，你答应了这件事情以后，公司里就要给你掉一个好的位置呢。"二和叹了一口气道："唉，这年头。"当时母子二人，把这事很讨论了一阵子，觉得这事弯子兜得很大，为了自己的饭碗起见，简直地不用犹豫，索性表示着热烈一点，就把这亲事赶着办罢。

在答应婚事的第三天，公司里的裁员风潮，还正闹着呢。在这日上午，刘经理坐着汽车，又到二和家里来了。这时候二和不在家，是丁老太一个人，掩上了外屋门，坐在炉子边烤火，刘经理只在院子里咳嗽了一声，丁老太哟了一声道：“又是刘副官来了，请进来坐罢，二和不在家，可没有人招待你。”刘经理已是走了进来，见丁老太站着的，这就两手搀住了，笑道：“老太太，你坐着罢。我是特意趁了二和不在家，有几句话来同你说的。”丁老太点点头道：“我知道你的好意，请坐罢。”刘经理等她坐下，自搬了一张矮凳子，坐在她身边，因低声问道：“二和这两天回家，没有谈到结婚时候的经费问题上去吗？”丁老太笑道：“你想，像我们这样的穷人家，有了这样大的事，还有个不谈到经费问题上去的吗？愁的就是这个。”刘经理道：“你放心，我就是为了这件事来的。当年在镇守使手下，承他老人家看得起，很提拔了一阵子，我也就借了这点力量，才有机会认识实业界的人。人做事，总不能忘了本。现在我预备了一点贺礼，首先送过来罢。”说着，把带来的皮包打开，在里面取出两叠五元的钞票，送到丁老太手上去，笑道：“这是两百块钱，算我一份小礼物。你去筹办着喜事，假使不够的话，我在公司里头，还可以替他想一点法子。”

丁老太手上捏住了钞票，微微地颠了两颠，笑道：“刘副官，这就不敢当。只要你念着大家过去的关系，替二和在公司里多说两句好话，把他的位置保留住了，那就感谢你多了。”刘经理笑道：“这个你放心，只要他照着公司里的规矩行事，他的事情，决可以维持下去。他回家的时候，只望你老人家多多嘱咐他几句，不要发牢骚。说句迷信的话，穷通有命，那算我消磨人的志气，可是人在外面做事，决无一步登天之理。只要有了梯子，慢慢儿地向上爬，哪怕十层楼，二十层楼，总可以爬到顶的。”

丁老太听了这番话，倒有些莫名其妙，将脸扬着，朝了刘经理问道：“据你这样说，他还在公司里闹脾气吗？”刘经理道：“这倒不至于。不过我知道他个性很强，怕他想起了身世，会不高兴干下去。”丁老太笑道：“这个你放心。这几年，他任什么折磨都受了，现在有了三十块钱一个月的事，他还会发牢骚吗？”刘经理放声笑了一笑，站起来道：“有点儿脾气倒不坏，有了脾气，这个人才有骨格，不过他不能权衡轻重罢了。譬如我这次提亲，媒人的面子，总算不小。我那天乍来提的时候，他就给了我一个钉子碰。他那意思说，婚姻大事，决不能为了受大帽子的压迫就答应了。其实，他这是错见了，我们既这样念旧，我出头来替他张罗什么事，决不能害了他。”

丁老太听说，怔了一怔，因向他笑了 笑道：“那倒不是……”但也只说了这四个字，以下就接续不了。刘经理笑道：“好了，改日见罢。”丁老太站起来道：“刘副官，你还坐一会儿，我还有几句话，要同你说一说。”刘经理笑道：“你就把款子收下来，不用踌躇了。”他说着话，已走到了院子里，丁老太只好高声叫道：“刘副官，多谢你了，改天我叫二和到你府上去登门道谢了。”刘经理并没有答应，但听到大门外一阵汽车机轮响，那可想到他已是走了。丁老太把钞票捏在手里，颠了几颠，情不自禁地叹了一口气道：“想不到于今我倒要去求伺候我的人赏饭吃。”不过说过了这句话，她也不能把钞票扔到地下去，依然是摸索着开了箱子，把钞票妥妥当当地收藏着。

二和回来知道了这事，只嚷着奇怪，他道：“现在这年头有这样的好人，念着当日的旧情，同我说了一头亲事，这还不算，又送我两百块钱作为结婚费？”丁老太道：“我也是说这样的好人，在现时的社会里，没有法子找去。人家既是有了这样的好意，咱们还是真不能够辜负了。”

二和站在母亲面前，见她两手按了膝盖，还是很沉着地静待着，她虽然是看不见的，还仰了脸子对着人，在她的额角上和她的两只眼角上，有画家画山水一般的皱纹，在那皱纹的层次上，表现着她许多年月所受的艰苦。她那看不见的眼睛，转动还是可能的，只看她双目闪闪不定，又可以想到她在黑暗中，是怎样地摸索儿子的态度，便微微地弯着腰道：“妈，你不必信刘经理的话，他那种话是过虑的。我无论如何不知进退，我也不能说人家替我做媒，又代出了一笔结婚费，我还要说人家不好。”丁老太道：“孩子，并不是说人家好不好的那句话，我望你……”老太太说到这里，把话锋顿了一顿，接着垂下头来想了一想。二和道：“妈，你放心得了。这头亲事，既是我在刘经理面前亲口答应下来的，无论我受着怎么一个损失，我也不能后悔。”丁老太道：“你这话奇怪了，有人送你女人，又有人送你钱，你还有个什么损失？”二和笑道：“原是譬喻这样地说，这已经是天字第一号的便宜事了，哪里再会受损失？得了，有了钱，亲事这就跟着等起来。不久，你有个人陪伴着，我出去做事，心里也踏实得多，而且二姑娘和你也很投缘。”丁老太这倒笑了起来，因道：“你是叫惯了二姑娘的，将来媳妇过了门，可别这样称呼了。”说毕，又是格格地一阵笑。

二和在里在外，空气都是这样地欢愉，这教他没有法子更去改变他的环境，自己也就糊里糊涂地跟着做下去。因为这样，刘经理似乎也有了一点好感，除了公司里的刻板工作而外，有时他有了什么私人的事情，也叫二和去替他做。这一天下午，刘经理发下了二十多封请客帖子，要二和代为填写。待二和写好了，刘经理已回家去。二和一来不知道这帖子是要交给公司里信差专送呢，或是邮局代递，二来也不知道自己所写的人名，有没有错误，所以他为了慎重起见，两手捧住那一叠帖子，就向经理家里来。好在刘经理家离这里并不怎么远，由公司里出来，转个弯就到刘家来了。

走到刘家大门口，正停着一辆汽车，似乎还等着人呢。二和在这几日里，是常向着刘家来的，他也不怎么考虑，手捧了帖子，径直地就向刘经理私人书房里来。这一地方，是中进院落里面的一个跨院。一个月亮门里面，支着一个藤萝的大架子，虽然这日子，已经没有树叶，可是那搭在架子上的藤萝，重重叠叠地堆着。太阳穿过花架子，也照着地面上有许多黑白的花纹。远远地看到正面那三间房屋，朱漆的廊柱和窗户格子上面蒙着绿纱，那是很带着富贵色彩的。脑筋里立刻起了一个幻影，记得当年做小孩子的时候，自己家里，也就有好几所这样的屋子，就以自己那位禽兽衣冠的大哥而论，他也是住着这样的屋子的。他正这样地出着神，不免停住了脚，没有向前走去。

就在这个时候，听到格格的一阵笑声，便醒悟过来，到了经理室外边，干吗发这种呆想？第二个感想，就是这笑声是妇人的声音，不是经理太太就是经理的姨太太，有了什么事故，正和老爷开着玩笑。这时候跑进去，可有点不识相。于是退后两步，走出院子月亮门来，闪在一边走廊上站着。那笑声慢慢到了近边，看时，却是一位摩登少女。她穿着新出的一种绸料所做的旗袍，是柳绿的颜色，上面描着银色的花纹。头发后面，也微烫着，拥起了两道波纹，在鬓边倒插了一朵红绒制的海棠花。她穿的也是高跟鞋子，一路是吱咯吱咯地响着，手胳臂上搭了一件枣红呢大衣，摇摇晃晃地走了过来。直到近处，这才把她认识出来，正是自己的未婚妻二姑娘。她大概是很得意吧，挺着胸脯，直着眼睛的视线，只管向前走去，旁边走廊上站着有个人在打量她，她可没有想到，自然也没有去注意。

二和自应允她家婚事以后，总觉得有一点不大好意思，所以始终没有同她会面过，现在看到她，她可没有看见自己，若是在她后面勉强叫一句二姑娘，也许引着她好笑。和母亲说话，叫了一声二姑娘，母亲还笑得格格不止呢。心里这一盘算着，那个鲜花般的二姑娘，早已走过去了，不过自己身子四周，还是香气很浓厚地在空气里面流动着。心里又随着变了一个念头，是自己眼花了吧，纵然她快要做新娘子了，少不得做两件新衣服，可是她这种十分浓厚的香味，是很贵重的化妆品吧？和她同住一个门楼子里面，做了好几年的院邻了，哪里见过她用这样好的化妆品？那么，这也是人家新送她的吗？二和只管沉吟着，已是看到二姑娘走出了外面院子的门。手里将那一捧请帖颠了两颠，这算自己清楚了，就跟着向刘经理屋子走去。

他当然不敢那样冒昧，还站在门外边，将手敲了几下门。里边叫声“进来”，二和才推了门进去，见刘经理在他自己小办公室里写字台边坐着。他看到是二和进来了，好像受了一种很大的冲动，身子向上一耸，脸上透出一番不自然的微笑，因道：“原来是你来了。”二和将那一叠请帖送上，笑道：“怕误了经理的事，特意送了来。”刘经理点点头笑道：“很好，你近来做事，不但很勤快，而且也很聪明，将来我总可以提拔提拔你。”话说到了这里，他已恢复了很自然的样子，随手拿起那一叠请帖，放到左手边一只铁丝络子里面去。二和跟着他的手看了去，却见那里有一张带了硬壳子的相片，只是这硬壳朝上，却教人看不到这里面的相片上是什么人。刘经理见他注意着，便笑道：“这里也没有什么事了，你有事，你就走罢。”说毕，用手挥了一挥。二和站着呆了一呆，就退身出去了。到了外面院子里，又站着了一会儿，对刘经理的屋子窗户看了一看，觉得笑也不是，哭也不是，转身走了出去，这就第二个念头也不想，立刻一股子劲地就冲回家去。

二和家里，这时已经用一个老妈子了，安顿着老太太在中间屋子里坐了，沏了一壶茶放在她手边茶几上，另外有一只小瓷铁碟，装了花生仁，让老太太下茶，那舒服是可想而知的了，二和一头冲进了屋子，叫道：“妈，我报告你一件奇怪的事。”丁老太道：“什么事呢？”说时，抓了两粒花生米，向嘴里丢了去，慢慢地咀嚼着。二和道：“就是刚才的事，我到刘经理家去，看到她由刘经理屋子里出来。”丁老太道：“谁？二姑娘吗？她姑嫂两人，本来也就常到刘经理家里去的，这算不了什么。”二和道：“她平常的样子，自然也算不了什么。可是她穿得花枝招展的，浑身都是香水，人走去了很远空气还是香的。”丁老太道：“是吗？也许今天是什么人家有喜庆的事吧？”二和道：“人家有喜庆的事，和刘经理有什么关系呢？她去干吗？我心里实在有点疑惑。”丁老太道：“胡说，照着你这样说，那是二十年前的事了。现在的大姑娘，要她大门不出，二门不过，那还行吗？刘太太同她姑嫂俩全很好的，有许多针活还是叫田大嫂做呢。她没有给你说什么吗？”二和道：“她一径地朝前走，压根儿就没有看到我，我同她说什么呢？”

丁老太听了这话，低了头，默然地想了一会子，笑道：“你别胡思乱想，我明天见着刘经理，当面问问他看。”二和道：“呵，那可不行，要是把他问恼了，我的饭碗就要打碎了。”丁老太道：“你别瞎说了，人家刘经理是规规矩矩的君子人，没有什么事可以疑心他。我这里说问问他，并不是问别的，就是说二姑娘承太太看得起，常把她找了去，受了太太的教训不少。那么，他就会说到她为什么常去了。”二和同母亲讨论了一阵子，对于这事，没有结果，自己也就无法去追问。

过了几天，也曾重新地看到二姑娘两次，见她依然是平素打扮，不过因为彼此已经有了婚约了，透着不好意思，低着头，匆匆地就避开了。田老大方面，对于这婚事，固然是催促得很紧；就是刘经理也常对二和说，这喜事应该早办，为的是丁老太双目不明，好有个人伺候着。在这种情形之下，二和是不能不赶办喜事了，在一个月之内，二和靠了刘经理送的那二百块钱，又在别的所在，移挪了一二百块钱，趁着钱方便，赁了小四合院的三间北屋，布置起新屋来，在公司里服务的人，看到二和是刘经理所提拔的人，这喜事又是刘经理一手促成的，大家全都凑趣送份子。二和索性大做一下，到了吉期，借着饭庄子，办起喜事来。

到了这日，酒阑灯灿，二和也就借着刘经理的汽车，把新娘送回家去。新房里摆设着丁老太传授下来的那张铜床，配了几张新的桌椅，同一架衣橱，一只梳妆台，居然也是中等人家的布置了。四方的桌上，放一架座钟，两只花瓶子，桌沿上一对白铜烛台，贴着红纸剪的喜字。那烛台上面，正火苗抽着三四寸高，点了一对花烛。桌子左手，一把杏黄色的靠背椅子上，身体半侧的，坐着那位新娘。新娘身上，穿了一件水红绸子的旗袍，微烫着起了云卷的头发，在鬓边倒插了一枝海棠花，又是一朵红绒剪的小喜字。看她丰润脸腮上，泛出了两圈红晕，那眼珠黑白分明的，不对人望着，只看了对过衣橱子上镜子的下层。那花烛上的火焰，在她侧面照着，更照着她脸上的红晕，像出水荷花的颜色一般鲜艳。

二和今天也是身穿宝蓝花绸面羊皮袍，外罩青缎马褂，纽扣上悬着喜花和红绸条，头发梳得乌光之下也就陪衬着面皮雪白。他满脸带了笑容，站在屋子中间，向二姑娘笑道：“你今天累了吗？”二姑娘抿嘴微笑，向他摇了两摇头。二和同她认识多年，还是初次看她这样艳装打扮。虽然那一次在刘经理家里，看到她的，那究竟还是在远处匆匆一面，现在可是面对面地将她看着了。只看她抿了嘴的时候，那嘴唇上搽红了的胭脂，更是照得鲜艳，于是也笑道：“我们也成了夫妇，这是想不到的。”二姑娘对于这话，似乎有什么感触似的，抬起眼皮来，很快地向他看了一眼。二和笑道：“我这么一个穷小子，不但今天有这样一身穿着，而且还娶了你这样一个美人儿。”二姑娘向他微笑道：“现在还有客吧？你该出去陪一陪。”二和道：“客在饭庄子里都散了。还有几个要闹房的，我托了几个至好的朋友，把他们纠缠去了。外面堂屋里，我老太太屋子里，预备下了两桌牌，等他们来了，就支使着他们出去打牌去。”二姑娘笑道：“你倒预备得好，新房里不约人进来闹闹，人家肯依吗？”二和笑道：“洞房花烛夜，是难得的机会，我们应当在屋子里好好儿谈上一会子，干吗让他们进来搅和？”二姑娘笑道：“将来日子长呢，只要你待我好好儿的，倒不在乎这一时三刻的，你出去罢，人来了，是笑话。”

二和索性在下方一张椅子上坐下了，笑道：“我也出去，终不成让你一个人坐在屋子里？”二姑娘道：“我到老太太屋子里去坐。”二和同时摇着两手道：“新娘子不出新房门的。”二姑娘笑道：“你听听，院邻屋子里，热闹着哩，他们还不来吗？”二和道：“我也安顿着他们在打牌。”二姑娘微笑道：“得，就是这样你瞧着我，我瞧着你罢。”二和道：“他们打牌的，还没有理会到咱们回来呢，至多还有五分钟，他们就该来了。在这五分钟里头，咱们先谈两句，回头他们来了，就不知要热闹到什么时候，今晚谈话的机会就少了。”二姑娘笑道：“瞧你说的这样……”下面还有一个形容名词，她不说出来，把头低下去了。二和见她笑容上脸，头微低了不动，只把眼珠斜转着过来看人。她耳朵上，今天也悬了一副耳坠子，由侧面看去，那耳坠子，在脸腮上微微地晃打着，看出她笑得有点抖颤，那是增加了她一些妩媚的。

这屋子里除了双红花烛之外，顶棚下面，还悬了一盏电灯。灯罩子上，垂着一丛彩色的珠络，映着屋子里新的陈设，自然有一种喜气。这是初冬天气了，屋子角上安好了铁炉子，炉子里火正烧得火焰熊熊的，屋子里暖和如春。二和这就想到在今年春间，同她同住一个院子的时候，有一天晚上，曾做过一个梦，梦到她穿了一身水红衣服，做了新娘子。在梦里，并没有想到那个新娘子就是我的，因为一个赶马车为生的人，决不能有这样的幸福。现在，新娘子坐在自己屋子里了，谁能说她不是我的，几个月之间，梦里所不敢想的，居然见之事实了，天下有这样容易的事，莫非这也是梦？

二和正这样地沉思着呢，却听到院子里有了胡琴的响声，便向新娘子笑道：“这又是街坊闹的玩意。他们说要热闹一宿，找一班卖唱的来，这准是他们找来的。要不，这样的寒天，街上哪里有卖唱的经过？要是真唱起来，那可受不了。”二姑娘笑道：“随人家闹去，你要是这样也拦着，那样也拦着，除了人家说笑话，还要不乐意呢。”二和微笑着，没有向下说。

院子前面的胡琴拉起来了，随着这胡琴，还配了一面小鼓声。这声音送到耳朵里来是太熟了。每个节奏里面，夹了快缓不齐的鼓点子，二和不由得啊哟叫了一声道：“这是《夜深沉》呀！”二姑娘听到他话音里，显然含着一种失惊的样子，便问道：“怎么了？”二和的脸色，在那可喜的容颜上，本来带了一些惨白，经过她问话之后，把乱跳的心房定了一定，笑道：“一个做喜事的夜里，干吗奏这样悲哀的音乐？”二姑娘道：“悲哀吗？我觉着怪受听的，并不怎样地讨厌。”二和且不答复，半偏了头向外听去。那外面拉胡琴的人，倒好像知道里面有人在注意着似的，那胡琴声是越拉越远，好像是出了大门去了。二和自言自语地道：“这事有点奇怪，我要出去看看。”他说着话，更也无须征求新娘子的同意，抽身就向院子里走，一直追到前院来。

原来这房是两个前后四合院，二和是住在后院的。当他追到前院正屋子里时，那里有一桌人打牌，围了许多人看，大家不约而同地轰笑起来。有人道：“新郎官什么时候回来的？我们还没有去闹呢？”二和道：“刚才谁拉胡琴？”他手扶了屋子的风门，带喘着气，一个贺客答道：“来了一老一少两个女人，她径直地向里走，问这里做喜事，要不要唱曲子。我们还没说好价钱，她就拉起来了。拉得挺好的，我们也就没有拦着。”二和道：“那年轻女人，多大年纪？”贺客答道：“二十岁不到吧，她戴了一副黑眼镜，可看不出她的原形来。”

二和也不再问，推开门向外追了去。追到大门外，胡同里冷静静的，只有满地雪一样的月色，胡琴声没有了，人影子也没有了。

第三十二回　虎口遇黄衫忽圆破镜　楼头沉白月重陷魔城

丁二和听到了《夜深沉》的调子，就以为是月容所拉的胡琴，这不是神经过敏吗？可是他很坚决地相信着，这是月容拉的胡琴。因为自从听过月容所拉的胡琴而后，别人拉起这个调子，也曾听过，觉得无论如何，也没有月容所拉的婉转动听。刚才所拉的调子，就是月容所拉的那一套。可是自己追出来之后，并看不到一点踪影，怔怔地站了一会子，只好转身进门去。

那前进院子里的人，见二和开了门，匆匆地跑了出去，大家都有些疑惑，跟着也有三四个人，向外面追了来。直追到大门口时，恰好二和向大门里面走，大家这就将他包围着，又哄笑起来。有人问："喂，新郎官，你怕我们闹洞房，想偷偷儿地躲了开去吗？"二和道："没有的话，我看夜深了，在饭庄子里的一部分客人，还没有回来，我到门外来瞧瞧，假如他们再不来的话……"贺客们又哄笑起来道："那么，你要关门睡觉了？"随了这一阵笑声，大家簇拥着二和到新房里去。自这时起，热闹就开始了。接着在饭庄子里的贺客，也都来了。虽然二和事先已经安排好了，让他们在各屋子里打牌，然而到新房里来闹的，还是不少。二和无论心里怎样地不安，也不能对着许多贺客摆出苦脸子来，三点钟以后，客人缓缓散去，那又是古诗上说的话，春宵一刻值千金。

到了次日早上，二和却是比新娘起来得早，但他也不开房门出去，只是在床对面远远的一张椅子上坐着，口里衔了一支香烟，歪斜了身子，对床上看去。见二姑娘散了满枕的乌发，侧了半边红晕的脸躺着。新红绸棉被盖了半截身子，在被外露出了一条雪白的圆手臂。看她下半截手，戴了一只细葱条金镯子，心里想到，田老大哪有这种闲钱，替妹妹打这样贵重的首饰，这一定也是刘经理打了送给她的，不由得自言自语地道：“很好的一个人，唉！”也许是这声气叹得重了一点，却把新娘惊醒。二姑娘一个翻身坐了起来，手揉眼睛望着他道：“你什么时候起床的？我全不知道。”二和淡淡地答道：“也就是刚起来。”二姑娘立刻起身笑道：“要不，我起来，你再睡一会子。”二和笑道：“也没有这个道理。”二姑娘也不敢多向他说什么，就穿了衣服，赶快出来开门。自然地，双双地都要到老太太屋子里去问安。

丁老太太是看不到他们的颜色的，就微偏了头，听他们说话的声音。她听到二和说话的声音是有气无力的，心里就有些扑扑不定。因此，丁老太当二和一个人在身边的时候，她就悄悄地问二和道：“新娘子没有什么话可说吗？她待我倒是很好。”二和看到二姑娘进门以后，丁老太非常之欢喜，无论如何，也不必在这个日子让母亲心里感到不安慰。所以他对老太太说话，也总是说新娘很好，并不说到二姑娘有一点缺憾。可是他的脸上，总带了一点不快活的样子。

二姑娘看到，却只当不知道，反是倒茶送烟，极力地伺候着他。二和在她过分恭维的时候，也有点不过意，看看屋子里无人，就低声对她道：“有些事情，你不必替我做，让我自己来罢。”二姑娘道：“我总想安慰着你，让你心里更痛快一点。”二和笑道：“你不要误会了，我虽然脸上带了一些忧容，但是决不为着你。你的心事，已经对我说了，那算是你觉悟了，我还能搁在心上吗？我要搁在心上，那我的心胸就太窄小了。”二姑娘道：“是的，我老早地就知道了你是一个宽宏大量的人，我很对不起你，只是我想着，你决不会老搁在心里的。我已经说过了，你能够原谅我，打这个圆场，那就很好；假使你不愿意，也是本分，几个月之后，我自有一个了断。”二和皱了眉，摇摇手道：“我自有我的心事，决不会为你。”二姑娘听他如此说，也不能一定追问个所以然，只好放在心里。

但是二和为了她不追问，也就越发地忧形于面。他总想着，在完婚的那一晚上，怎么会有了一个唱曲子的来闯门？这是冬天，决不是沿街卖唱的日子。院邻说了，那天拉胡琴的姑娘，戴上了一副黑眼镜，这也是可疑之点，晚上根本就不宜戴黑眼镜。而且一个唱曲子的小妞儿，也正要露露脸子给人看，怎么会在眼睛外面，罩上一副黑眼镜的呢？这决计是月容来了。至于她何以知道我搬家住在这里的，何以知道这天晚上完婚，这可教人很费摸索。

二和这样揣想着，也就把实在情形，告诉了王傻子，请他出去做买卖的时候，街头巷尾，多多留意，王傻子听说，也感着兴奋，自第二日起，对于自己挑担子所经过的地方，都予以深切的注意。在他这样用心之中，只一个月的时候，他就把月容找到了。

原来月容在那一天，得着李副官的最后通知，她想到郎司令花了这么些个钱，又是有势力的人，不讨一点便宜，那怎么可以放过？假使让他讨一点便宜，玩个十天半月又不要了，有什么法子去和他讲理？说不得了，厚着脸皮找杨五爷罢，毕竟靠了卖艺糊口，还是一条出路。于是换了新衣服，加上大衣，坐着车子，直奔杨五爷家来。坐在车子上想着，说了不唱戏不唱戏，还是走上唱戏的一条路，既是唱戏，就要好好地唱。第一天打炮戏，就要把自己的拿手杰作《霸王别姬》露上一下。师傅毕竟不是父母，只要可以替他挣钱，虽然逃跑过一回的，那也不碍着师傅的面子，他还能说什么吗？

到了杨五爷的家门口，自己鼓起了一股子劲，向前敲门去。连敲了有十几下门响，里面慢吞吞地有脚步迎上前来，接着，有个苍老的声音问道："找谁呀？"门开了，是一位弯腰曲背，满脸皱纹的老婆子，向来没有见过。月容道："五爷在家吗？"老婆子望了她道："五爷？这里是一所空房，小姐，你找错了门牌子吧？"月容道："空房？原来的家主呢？"老婆子道："这房子已经空下两个多月了，原主儿下乡去了。"月容道："这是他自己的房产呀，为什么搬下乡去？"老婆子道："详细情形我不知道。我是房子空下来了好多天，有人叫我来看房的。听说这房子是卖了，现在归廊坊二条景山玉器作坊看管，你要找这原主儿，可以到那里找去。"月容听说倒不免呆了一会儿。回头看时，拉着自己来的那辆车，还停在一边，车夫笑道："小姐，我还拉你回去吧？"月容在丝毫没有主意的时候，也就情不自禁地坐上原车，让车夫拉了回去。

到家门口时，这就看到司令的汽车停在大门口。门口站了两名卫兵，正瞪了眼睛向自己望着，索性放出大方来，付了车钱，大步走进门去。李副官老早地看见，直迎到院子里来，笑道：“人要衣裳马要鞍，你瞧，这样一拾掇，你又漂亮得多了。司令现时在一个地方等着你呢，我们一块儿走罢。”月容道：“别忙呀，我刚进门，你也等我喝一口水，歇一会儿。”说着话，两人同走进屋子来。李副官笑道：“你的事，我已然调查清楚了。你简直是个六亲无靠的人，不趁着这一会子有个搭救的人，赶快地找条出路，年轻轻的，你打算怎么办？司令是个忙人，一天足有十四五个钟头忙着公事。今天他特意抽了半天工夫，等着你去谈话。”

月容把大衣脱了，搂在怀里，站在里屋门口，向李副官望着道：“你别瞧我年轻，男人的手段，我全知道。郎司令叫我去谈话，还有什么好话吗？”李副官笑道：“你明白我来的意思，那就很好。可是郎司令待你很不坏，决不亏你。你要说不愿意他，你身上怎么穿着他给你做的衣服呢？”月容道：“放在这里，我无非借着一穿。衣服我是没有弄脏一点痕迹，请你这就拿回去。”李副官坐着的，口里衔了一根雪茄烟，笑道：“好，你的志气不小。衣服没有弄脏，可以让我带回去。还有郎司令送你的那些钱，你都还得起原来的吗？”月容红了脸，倒是愣住了。李副官笑道：“自然，天下没有瞧着白米饭饿死人的道理。你家里生不起火来，瞧着箱子里有现成的大洋钱，这不拿去买柴买米，买煤买面，那是天字第一号的傻子了。”月容虽然鼓着勇气，然而她的嗓音还是大不起来，低低地道：“这是我错了。可是挪用的也不多，十来块钱吧。那款子也请你带回去，给郎司令道谢。”李副官笑道：“我拿来的时候，是整封的，现在拿回去可拆了封了，我交不了账，你是有胆量的，同我一块儿去见他。再说，我既然来接你了，你想想，不去也不行吧？”月容点点头道：“你们这有钱有势的，就是这样地欺压良善，左手拿刀子，右手拿着钱，向人家要鼻子，人家不敢割耳朵给他。”李副官笑道：“杨老板，我真佩服你。你小小的年纪，说话这样地厉害。”月容道：“我也是跟人家学来的。”李副官嘘了一口气，这就站了起来，望着月容道：“怎么样？我们可以一块儿走了吧？郎司令回头要怪下来，倒说我做事不卖力。你既知道他左手拿刀子，右手拿钱，也不用我多说，同我一块儿去拿钱罢。”

月容手扶了门框，昂头对窗子外的天色看了一眼。李副官走近了两步，因道：“你看，天气不早了不是？”月容道：“不去当然是不行，可是……”她说到这里，把头低了下去道：“我……我将来怎么办？”李副官道：“你要提什么条件吗？”月容道：“我这一去，就跑不了了。我们这六亲无靠的人，真可怜……”说到这里，把话哽咽住。李副官皱了眉头子，两手拍了腿道：“说得好好儿的，你又磨叨起来了。你瞧你瞧。”正说到这话时，却有一阵皮鞋声，的橐的橐走了进来。月容向李副官笑道：“我知道，是你带来的卫兵进来了，反正我也没有犯枪毙的罪，他们进来了我也不怕。”话说到这里，门开了，只见一位穿黄呢制服，外罩着皮大衣的人，头上戴了獭皮帽子，脚踏高底靴子，手里拿了一条细竹鞭子，晃荡晃荡地走了进来。

月容先是一惊，又来了一个不讲理的。可是那人站住了脚，皮靴打得啪的一声响，然后取下帽子来，向月容行了个鞠躬礼，口里叫了一声“宋太太”。这一种称呼，那是久违了。月容答不出话来，后来仔细把那人一瞧，笑道：“哦，想起来了。你是天津常见面的赵司令。”那李副官听到月容这样地称呼着，心里倒不免吃了一惊，就向赵司令看了一眼。赵司令道：“这位是谁？”月容道：“他是李副官，在郎司令手下办事。”赵司令笑道：“哦，他在子新手下做事。”说着，向李副官注意地望着道：“你也认识这位宋太太吗？他们先生宋信生，是我的把子。他两口子，全是小孩子，闹了一点意见，各自分手，落到这般光景。我给他们拉拢，把宋先生拉了来了，还是让他团圆。怎么着？信生怎么不进来？李副官，你和信生的交情怎么样？他在大门外我汽车上，你把他拉进来。”李副官看看赵司令这样子，气派不凡，人家既是如此说了，大概是不会假。这倒不好说什么，只是唔哦了两句，赵司令道：“什么？信生这家伙还不进来？丑媳妇总要见公婆的。”他在这里骂骂咧咧的，李副官向外看时，有两个挂盒子炮的马弁，陪着一个穿西服的白面书生进来。看他微微低着头，两腮涨满了红晕，显然是很惭愧的样子。

他进门来之后，向月容叫了一声，月容脸色陡变，抖颤着声音道："你回来啦？你……你……害得我好苦呀！"李副官一看这样子，的确是月容的丈夫回来了。慢说还有个赵司令在这里，就是只有信生一个人，也没有法子把她拉走。于是向月容点了个头，含糊说声再见，悄悄地就溜出去了。到了大门外，却看到自己的汽车后面，停有一辆新式的漂亮汽车，这想到那个进去的人说是司令，决不会假。所以并不要再调查什么，也就走了。

他这一走，月容算是少了一层压迫者，可是她这一会子工夫，又惊又喜，又悲又恨，一刻儿说不出来什么情绪，反是倒在炕上，伏在枕头上呜呜地大哭。赵司令带着信生一块儿走了进来，站在炕前，向月容道："喂，嫂子，过去的事，不必说了。信生早就到北京来了的，只是不好意思见你。这地方上有两名侦缉队的便衣侦探，和他很有点交情，他已经打听出来了，这个姓郎的要和你过不去，运动了这里的便衣，瞧见老郎的汽车，就让他打电话报告。刚才他接着电话，知道不救你不行了，就打电话给我。我说事到于今，还有什么可以商量的，就把他带了来了。他实在对你不起，应该罚他，不过现在还谈不到这上面去。刚才是我们赶着来了，要不，你还不是让姓李的那小子带去了吗？"月容被他一句话提醒，倒有些不好意思，因低了头道："那也不能怪我，我一个年轻女孩子，人家尽管把手枪对着我，我有什么法子去抵抗？再说，除了我自己，还有一个老妈子跟着我呢。开门七件事，哪一项不要钱？姓宋的把我放在这里，一溜烟地跑了，把我害得上不上下不下，我不找个人帮忙怎么办？姓李的把我带去见姓郎的，我也不怕，说得好，咱们是个朋友，说得不好，他要动着我一根毫毛，我就把性命拼了他。"

赵司令听说，对她微微地笑着，只将两个手指头不住捋着嘴唇上的短胡子。宋信生坐在墙角落里一张椅子上，在身上取出一根烟卷来，擦了火柴点着，紧抿了嘴唇皮，不住地向外喷着烟。脸上虽然有些不好意思的样子，可也带了两三分的笑容。赵司令笑道："在天津的时候，宋太太和我谈过两次，你可以相信我是个好人。"他说这话时，坐在屋子中间一张椅子上，就回头向信生月容两个人两边张望着，接着，向月容道："凭了你二位在当面，说出一个证据来罢。在天津，信生要钱，弄了一个大窟窿的时候，他妙想天开，想认你做妹子，把你送给张督办，他好换一个小官做。我碍了朋友的面子，没有拒绝他，可是暗地里派人通知过你，说这张督办有二三十位姨太太，嫁过去了，决计好不了的。有这事没有？”月容向信生瞪了眼道：“有的！”赵司令道：“事后，我也把信生痛骂过两顿，他也很是后悔。这次，是无意中会到了他，谈起你的事，我大骂他不该，天天催了他回来。他自己也知道惭愧，在门口耗了许多天，都不敢进来。是今天他打听得事情很要紧，非回来不可，所以拉了我来救你。”

月容道：“救我干吗！我让人家捉了去，大不了是死；我在这破屋子里住闲，过久了也是饿死。”赵司令笑道：“你别忙呀，我的话还没有说完呢。我这次来，就是要彻底地帮你一个忙。我家太太你虽没有看见，我家的人，你是看见过的。我想你一定相信，我太太一定待人不错。现在我想接你两口子，一块儿到我家里去住十天半个月，在这个时期里，我去和信生找个事。不必多，每月挣个百十来块钱，就可以养活你两口子。以后好好地过日子，就不必这样吵吵闹闹了。信生你愿意不愿意？”信生脸上，表示了很诚恳的样子，因站起来向他笑道：“有你老哥这样地帮忙，我还能说什么？不过她现在未必还相信我。”赵司令道：“若是跟着你在一块儿，慢说她不相信你，我也不能放心。现在既是住在我家里，我们太太是个精明强干的人，要想在她面前卖弄什么手法，那是不行的。事不宜迟，我们就走。虽然我对郎子新是不含糊他的，可是他要追着来了，彼此见了面，总透着有点不大合适。”

月容微皱了眉毛，在那里想着，虽然幸得他们来了，才把自己救出了难关。他们要是走了，郎司令派人再来，凭宋信生这样一个柔弱书生，那就不能对付；若是连宋信生也走了，那就让他们带去，想起了今天的事，也许要罪上加罪。心里头正这样地犹豫着，把头低下去沉思着，赵司令又向她笑道：“有你们先生在一处，你还有什么对我不放心吗？”月容道：“不是那话。”赵司令道：“我知道，你是怕打搅我。可是你没有想到我和信生是把子呢！把弟住在把兄家里，那有什么要紧？”信生道：“有老大哥这番好意，我还说什么？那就照着你的话办罢。月容把东西捡捡，把随身的东西带了走。至于桌椅板凳，请赵大哥派两名弟兄在这里，和咱们收拾就是了。”月容觉得躲开了郎司令的压迫，又可以抓着宋信生在一处，这是最好不过的事。当时迟迟疑疑地，在房门口站着，向人看看，就走进屋子去，又走了两步，又回过头来，向赵司令看看。赵司令笑道：“我的姑太太，你就快点儿收拾，我们就走罢。”

月容放下了门帘子，把箱子打开，先把那些现洋钱将两块布片包了，塞在大衣袋里。余的东西，实在没有什么值钱的，也就随他们去收拾罢。当时把大衣搂在怀里，站到房门口，一只脚放在门限外，一只脚在门限内，人是斜靠了门框，向外面看着。赵司令就伸手把信生拖过来，拖着站在月容面前，笑道：“你搀着她走罢。”信生真的相信了他的话，搀住月容手臂，一块走出来。月容不由自主地也就跟了他们出门上车，匆匆忙忙地，和老妈子交代一句也来不及。

这时，已经日落西天了，冬天的日子短，汽车在大街上跑过了几截很长的距离，已经是满街灯光。在一所花圈墙里面，树顶露出灯光来，那正是一所洋楼。说是赵司令家里，也许可以相信，一个做司令的人，住洋楼也是本分。不过下车看时，这地方是一条很冷静的长胡同，并不见什么人来住，只看那电灯杆上的电灯，一排地拖在暗空，越到前面，越密越小，是很可看出这胡同距离之长的。可是一下车，就让信生搀着进了大门了，不容细看是什么地方。大门里一个很大的院落，月亮地里，叉叉丫丫地耸立着许多落了叶子的树木。在树底下，看到两个荷枪的兵士，在便道上来往。有人过去，他们就驻脚看了一下，彼此擦身而过，谁也不说什么。

月容被信生送进了洋房子，有两个女仆，在门边分左右站定伺候着。赵司令向他们道：“客来了，带这位小姐见太太去。”两个女仆向月容请着安，同笑着说：“随我来罢。”她们一个在前面引导，一个在后面押住。月容在半楼梯上，向信生点头打个招呼，来不及说什么，被后面的女仆脚步赶住着，很快地就到了楼上了。这倒有点奇怪的，像这样的大宅门里，应该很热闹，可是这楼上静悄悄的，却没有什么声音。而且屋外屋里的电灯，只有一两盏亮起来，对于全楼房的情形，教人看得不能十分清楚。后来进了一个屋子，倒是像自己以前在天津所住的房子一样，布置得非常富丽。女仆在掩上房门之后，开了屋梁上垂下来五星抱月的大电灯。月容踏着地毯，坐在绒面的沙发上，见床铺桌椅之外，还有玻璃砖的梳妆柜，显然是一位太太的卧室。那两个女仆倒茶敬烟，倒是很客气，可是她们并没有去请太太出来陪客。月容道："你们的太太呢？"女仆道："太太出去打牌去了，你等一会儿罢，也许一两个钟头，她就回来的。"不问她倒罢了，问过之后，这两个女仆，索性鞠了一个躬退出去，把房门给掩上了。

这屋子里只剩月容一个人，更显得寂寞，坐了一会子，实在忍不住了，就掀开窗户上的紫幔，向外张望了去。这窗户外，就是花园，在这冬天，除了那些叉叉丫丫的枯木而外，并没有一点生物。在枯树那边。半轮冷清清的白月，在人家院子树顶上斜照过来，这就不由得自言自语地道："什么时候了，怎么主人还不回来？倒把我一个人扔在这屋子里。"于是手拉了门扭子，就要开门出去。不想那门关得铁紧，丝毫也拉扯不动。回头看看别的所在，还有两扇窗子一扇门，全是关闭得像漆嵌住了一般，用手推送，丝毫也移不得。月容急得在屋子里来回乱转，本待要喊叫两声，又不知道这是什么地方，恐怕叫不得的。在椅子上坐了一会儿，还是掀开窗幔，隔了玻璃，向外面张望，那半轮白月，简直是落到了人家屋脊上。深巷里剥剥呛的更锣更梆声，倒是传过了三更。已经十一点多钟了，纵然赵太太没有回来，赵司令也该通知一声，为什么把客人关起来呢？看这情形，大概是不好吧？心里如此一想，就不由得叫了起来。这一叫，可就随着发生了问题了。

第三十三回 入陷惜名花泪珠还债 返魂无国手碧玉沾泥

像月容这样一个年轻的女人，被人请到家里去，什么也不招待，倒锁在一间黑屋子里，她哪里经过这种境界？自己也不知道是要人开门呢，也不知道是质问主人翁，却是把两只小拳头在房门上擂鼓似的捶着，口里连连地喊着救命。约莫叫喊了有五分钟之久，这就有了皮鞋橐橐的声音走到了房门口。月容已是叫喊出来了，这就不用客气了，顿了脚叫道："你们有这样子待客人的吗？"那外面的人，把很重的东西在楼板上顿得咚咚的响，仿佛是用了枪把子。他应声道："喂喂，你别胡捣乱，你知道这是什么地方？告诉你罢，这和陆军监狱差不多，闹得不好，立刻可以要你的性命！"说罢，接着是咔嗒一声，分明外面那个人是在搬弄机扭，接着装子弹了。月容顿了一顿，没有敢接着把话说下去，但他们不开门，就这样糊里糊涂让人关下去吗？于是走回到沙发边去坐下，两手抱了腿，撅起嘴来，向屋顶上望着。

这时，有人在身后轻轻地叫道："杨老板，别着急，到我这里来，错不了。"月容回头看时，却是赵司令开着里边一扇门进来了。他换了一件轻飘飘的蓝绸驼绒袍子，口里衔了大半截雪茄烟，脸上带了轻薄的微笑，向她望着。月容皱了眉头子，向他望着道："赵司令，信生呢？"赵司令勾了两勾头笑道："请坐罢，有话慢慢儿地谈。咱们认识很久了，谁都知道谁，你瞧我能够冤你吗？"月容道："冤不冤我，我也没有工夫去算这一笔闲账了。你说罢，信生到哪里去了，叫他送我回去。"赵司令倒是在她对面椅子上坐下了，身体靠了椅子背，将腿架了起来，不住地上下颠着，向月容笑道："你回去，你还有家吗？"月容道："你们刚才还由我家里来呢！"赵司令笑道："咱们走后，弟兄们把你的东西都搬走一空了。东西搬空了以后，大门也锁起来了。"月容道："不回去也不要紧，你把信生给我找来就行了。"司令嘴里喷出一口烟，将头摇了两下笑道："他不能见你了。"月容道："他不能见我了？为什么？你把他枪毙了？"赵司令道："那何至于？我和他也没有什么深仇大恨。"月容道："那为什么他和我不能见面？"赵司令笑道："他害了见不得你的病，把你卖了，搂了一笔钱走了。"

月容听说，不由得心里扑扑地乱跳，红了脸道："谁敢卖我？把我卖给了谁？"赵司令道："是你丈夫卖了你，把你卖给了我。"他说到这里，把脸也板起来了，接着道："他拿了我一千多块钱去，我不能白花。再说，你怎么跟他逃走的？你也不是什么好人。你是懂事的，你今晚上就算嫁了我，我不能少你的吃，少你的穿，让你快快活活地过着日子。你要是不答应我，我也不难为你。这是我们督办留给我办公的地方，内外都有大兵守卫，你会飞也飞不出去。至于说叫警察，大概还没有那么大胆的警察，敢到我们这屋子里来捉人吧？"月容听了这一番话，才明白逃出了黑店，又搭上了贼船。看看赵司令，架了腿坐在沙发上，口角上斜衔了一支雪茄烟，态度非常从容。看他泰山不动，料着人到了他手上是飞不脱的，于是故意低着头默然了一会儿。

赵司令笑道："我说你这个人，看去是一副聪明样子，可是你自己做的事，糊涂透了心。凭宋信生这么一个小流氓，你会死心塌地地跟上了他了。在天津的时候，他想把你送给张督办，打算自己弄份差事，不是我救你一把，你现在有命没命，还不知道呢！这次回了北京，又把你卖给我了。他有一分人性，想起你为他吃了这样大的苦，下得落手吗？就算我白花这一千块钱，把你送回去给姓宋的，你想那小子不卖你个三次吗？你要为人守贞节，也要看是什么人！"他说完了，只管吸烟。那月容流着眼泪，在怀里抽出手绢来揉擦眼睛，越是把头低了下去。赵司令道："这也没有什么难过的，上当只有一回，之后别再上当就是了。我这姓赵的，无论怎样没有出息，也不至于卖小媳妇吃饭，你跟着我，总算有了靠山了。”

月容擦干了眼泪，抬头一看他，那麻黄眼睛，粗黑面孔，大翻嘴唇皮子，穿了那绸袍子，是更不相衬。心想宁可让宋信生再卖我一次，也不能在你手上讨饭吃，因十分地忍耐住，和缓着声音道：“你说的，都也是好话，可是我心里十分地难受，让我在这屋子里休息两天罢。你就是要把我收留下来，我这样哭哭啼啼的，你也不顺心。”赵司令笑道：“你的话，也说得怪好听的。不过你们这唱戏出身的人真不好逗，过两天，也许又出别的花样，我得捞现的，哭哭啼啼，我也不在乎。”月容道：“可是我身上有病，你若是不信的话，可以找个医生来验一验。我不敢望你怜惜我，可是，我们没有什么深仇大恨，你也不应当逼死我。慢说你这屋子锁上了门的，我跑不出去，就是这屋子没锁门，你这屋子前前后后，全有守卫的，我还能够飞了出去吗？”赵司令道：“自然是飞不出去，可是时候一长了，总怕你又会玩什么手段。”月容道：“我还会玩什么手段啦？我要是会玩手段，也不至于落到现时这步田地。你看我是多么可怜的一个孩子，这个时候，假如你是我，也不会有什么心思同人谈恋爱吧？人心都是肉做的，你何必在这个时候……”说着，那眼泪又像下雨般地由脸上滚下来。

赵司令很默然地抽了一顿烟，点点头道：“照你这样说着呢，倒也叫我不能不通融一两天。可是咱们有话说在先，等你休息好了，你可不能骗我。”月容道：“你不管我骗不骗你，反正我是关在笼子里的鸡。你爱什么时候宰我，就什么时候宰我，我骗你还骗得了吗？我说的这些话，不过是请你可怜可怜我。肯可怜我呢，那是你的慈悲心，你要是不可怜我，我又能怎么样呢？”她是一面揩着眼泪，一面说的，说到这里，将手腕臂枕了头，伏在椅子扶靠上，放声大哭。姓赵的看到这副情形，真也透着无限温存，便站起来道：“既是这样说，你也不必再哭，我依了你就是。你要吃什么东西不要？我们这里，厨房是整夜预备着的，要吃什么……”月容立刻拦住道：“不用，不用，你若是有好心，让我好好儿在这屋子里躺一会子罢。”赵司令站起来叹口气道：“我倒不想你这个人，是这样别扭的。”说着，他依然开了里边那扇门走了。

月容坐着发了一阵呆，突然上前去，拉动那门机扭，可是那门关得铁紧，哪里移动得了分毫。垂着头，叹了一口气，只有还是对了这门坐着。这一天，经过了几次大变化，人也实在受累得很了，靠在沙发上坐得久了，人就昏昏沉沉地睡了过去。忽然有人推着自己的身体，轻轻叫道："杨老板，醒醒罢，给你铺好了床，请你上床去睡。"月容看时，是一个年轻老妈子，胖胖的个儿，上身穿着蓝面短皮袄，梳了一把如意头，刘海儿发罩到了眉毛上，脸上让雪花膏涂得雪白。月容一看她这样子，就知道她是什么身份，便勉强点着头笑道："劳你驾了，你这位大嫂贵姓？"她将一双水蛇眼睛眯着笑了起来道："干吗这样客气？你叫我刘妈罢。"月容道："你们太太呢？这是你们太太的房罢？"说着，向屋子四周看了一看。刘妈道："这儿是赵司令办公的地方，没有家眷。"月容道："哦，没有家眷？刘嫂，你坐着，咱们谈一会子罢。我人生地不熟的，一个人坐在这屋子里，闷死了。"刘妈见她很客气，就在桌上斟了一杯热茶过来，笑道："茶呀，点心呀，全给你预备了。看你在沙发椅子上睡得很香，没有敢惊动你。你先喝这杯茶。"月容接着茶杯，让刘妈在对面坐下。

刘妈笑道："杨老板，你倒是挺和气的。原先就同我们司令认识吧？"月容道："也不是我认识他，是我那个没良心的认识他。要不是认识，你们也不至于把我骗到这里，把我关起来。"刘妈笑道："他可是真花了钱。那个姓宋的对你这样狠心，你还惦记他干什么？我们司令在张督办面前，是个大红人，有钱有势，你就跟了他罢。不用说多了，你只要能抓住他一年，就可以拿个万儿八千的。你要是有本领，捞个三万五万也没有准。"月容道："照你的看法，就是跟你们司令，也不过是个短局？"刘妈笑道："他这个缺德的，就是这么着，见一个爱一个，爱上了就立刻要弄到手，到手以后，他要你多久，真没个准。"月容道："他现在有几个太太？"刘妈道："算是正正经经，有个名儿的，济南一个，天津两个，北京一个。随随便便凑合上的，我都说不清。"月容道："这里他没有家眷，里里外外，就全靠你一个人维持了？"她听了这话，倒不怎样难为情，顿了一顿道："他把我算什么啦？"说着，眼圈儿一红，嗓子眼也就哽了。

月容看这情形，心里更明了了，因道："刘嫂，你年纪还很轻吧？"刘妈道："唉，这也是没法子，我才二十五岁。"说着，把屁股下的凳子拖着近两步，向月容低声道："我有个表兄，在这里当马弁，把我引荐着来的。乍来的时候，你瞧这缺德鬼，苍蝇见血一样，一天也不能放过我。后来，就爱理不理了。可是我还不敢和听差马弁说一句笑话。可是说起名分来，我不过是个老妈子。一出这大门，谁不笑我哇！"月容道："钱总让你花得趁心吧？"刘妈道："有时候我给他烧大烟，一说高兴了，倒是二十三十的随便给的，也就是图着这一点。以后有你给他烧烟，他就用不着我了。"月容道："刘嫂，你别看我年纪轻，我是翻过跟头的了，大概嫁人不像是找房，不合意，三月两月的，又可以换一所。凡是没有让自己看透的人，总得有一番打算。虽然姓赵的把我关在这里，可关不住我的心。"她手理着头发，偷看刘妈的脸。

刘妈气色也还平和，反问道："他花了钱，他肯随随便便地让你走了？"月容点点头，很久很久，才惨然地道："我也知道走不了，可是我还有一条大路呢。"说着，又垂下泪来。刘妈道："杨老板，你是个唱戏的人，天天在戏台上劝着人呢，什么法子想不出来？何必着急？"月容道："刘嫂，你要想个法子能把我救出去了，我一辈子忘不了你的好处。"刘妈听说，两手同时向她乱摇着，又伸手向门外指指，静静地听了一听，因道："现在一点多钟了，你睡着罢，有话明天再说。我这就去给他烧烟，顺便探探他的口气，可是，他那注钱也不能白花。"月容道："他要是不放我走，我有个笨法子，早也哭，晚也哭，他莫想看我一次笑脸。"刘妈笑道："这个话怎么能对他说，也许听到了，今天晚上就不会放过你。你睡着警醒一点儿罢。"说毕，她开里面门出去了，那门顺手带上，嘎轧的一声响，分明是锁上了。

月容这才觉得自己手上，还捏住一只茶杯，便站到桌子边，提起茶壶，连连地斟着几杯茶喝了。也不知道是肚子里饿得发烧呢，也不知道是另有什么毛病，只觉胸部以下，让火烧了，连连喝了几碗下去，心里头还是那么，并不见得减少了难受，对了电灯站着，不免有些发痴。这就看到对面墙上，悬了一张赵司令的半身相片。相有一尺多高，穿的是军装，更显出一副笨相，联想到他本人那副粗黑村俗的样子，便伸手将桌子一拍道："八辈子没有见过男人，也不能嫁你这么一个蠢猪。"这样拍过一下，好像心里头就痛快了许多似的。回转身，看到床上的被褥铺得整齐，正想向前走去，忽然，摇摇头，自言自语地道："瞧你铺得这样整齐，我还不睡呢！"说着，依然倒在沙发椅上。好在这里每间屋子，都有着热气管子的，屋子里暖和极了，虽然不铺不盖，倒也不至于受凉。究竟人是疲倦得厉害了，靠住沙发椅子背，就睡过去了。

一觉醒来，另有个年老的老妈子在屋里收拾东西，弄得东西乱响。月容坐正了，将手理着鬓发。她笑道："哟，小姐，您醒啦！床铺得好好儿的，你干吗在椅子上睡？"月容口里随便地答她，眼光向通里面的旁门看去，见是半掩着门的，于是问着这老妈子的姓名年岁，很不在意地向对面走来。等着靠近了那门，猛可地向前跑上两步，伸手将门向怀里一拉，可是失败了，那外面挺立着一个扛了枪的卫兵，直瞪了眼向屋子里看来。月容也不必和他说什么，依然把门掩上。这收拾屋子的老妈子，看到她突然伸手开步，倒是吓了一跳，跟着追了上来。月容笑道："你什么意思？以为我要跑吗？"老妈子望了她道："小姐，您要是出这屋子的话，得先回禀司令，我可承担不起。"月容道："哪个要你承担什么？我是要开开门，透一下屋子里的空气。"她虽这样说了，那老妈子望着她，颤巍巍地走了，以后便换了一个勤务兵进来伺候茶水。月容只当没有看见，只管坐在一边垂泪。

九十点钟的时候，勤务兵送过一套牛乳饼干来，十二点钟的时候，又送了一桌饭菜来。月容全不理会，怎么样子端来，还是怎么样子让他们端了回去。

又过了一小时之久，那刘妈打开后壁门走进来了，还没有坐下来，先喊了一声，接着道："我的姑娘，你这是怎么回事？不吃不喝，就是这样淌着眼泪，这不消三天，你还是个人吗？"说着，在她对面椅子上坐下，偏了头向她脸上看来。月容道："不是人就不是人罢，活着有什么意思？倒不如死了干净！"刘妈道："你这样年轻，又长得这副好模样，你还有唱戏的那种能耐，到哪里去没有饭吃？干吗寻死？"月容道："你说错了，你说的这三样好处，全是我的毛病，我没有这三项毛病，我也不至于受许多折磨了。”刘妈点点头道：“这话也有道理，有道是红颜女子多薄命。不过，你也不是犯了什么大罪，坐着死囚牢了，只要有人替你出那一千块钱还给姓赵的，也许他就放你走了。昨晚上我和他烧烟的时候，提到了你的事，他很有点后悔。他说，以为你放着戏不唱，跟了宋信生那败家子逃跑，也不是什么好女人，趁着前两天推牌九赢了钱，送了宋信生一千块钱……”月容忽然站起来，向她望着道：“什么？他真花了一千块钱？他花得太多了！是的，我不是什么好女人，花这么些个钱把我买来，又不称他的心，太冤了！是的，我……我……我不是个好女人。”说着向沙发上一倒，伏在椅子扶靠上，又放声大哭。

刘妈劝了好久，才把她劝住，因道：“姓赵的这班东西，全是些怪种，高起兴来，花个一万八千，毫不在乎，不高兴的事，一个大子儿也不白花。你要是称他的心，他也许会拿出个三千五千的来给你制衣服、制首饰，你这样和他一别扭，他就很后悔花了那一千块钱。他说，想不到花这么些个钱，找一场麻烦。所以我说，有一千块钱还他，你也许有救了。”月容道：“谁给我出一千块钱还债？有那样的人，我也不至于落到这步田地了。我知道，我不是个好女人，哭死拉倒！死了，也就不用还债了。”说着嘴一动，又流下泪来。刘妈对她呆望着一阵，摇摇头走出去了。

月容一人坐在这屋子里，把刘妈的话，仔细玩味了一番。“不是好女人”“不是好女人”，这五个字深深地印在脑子里，翻来覆去地想着。就凭这样一个坏蛋，也瞧我不起，我还有一个钱的身份？伤心一阵子，还是垂下眼泪来。但是这眼泪经她挤榨过了这久，就没有昨日那样来得汹涌，只是两行眼泪浅浅地在脸腮上挂着。也惟其是这样，嘴唇麻木了，嗓子枯涩了，头脑昏沉了，人又在沙发上昏睡过去。

二次醒来，还是刘妈坐在面前。她手里捧着一条白毛绒手巾，兀自热气腾腾的，低声道：“我的姑奶奶，你怎这么样想不开？现在受点委屈，你熬着罢，迟早终有个出头之日。哭死了，才冤呢！你瞧，你这一双眼睛，肿得桃儿似的了。你先擦把脸，喝口水。”说到了这里，更把声音低了一低，因道：“我还有好消息告诉你呢。”月容看她这样殷勤，总是一番好意，只得伸手把那手巾接过来，道了一声劳驾。刘妈又起身斟了杯热茶，双手捧着送过来，月容连连说着不敢当，将茶杯接过。她这样客气，恐怕这里面不怀什么好意吧？这样一转念，不免又向刘妈看了一看。刘妈见她眼珠儿一转，也就了解她的意思，笑道："我的小姑奶奶，您就别向我身上估量着了。我同你无冤无仇，反正不能在茶里放上毒药吧？"月容道："不是那样说……"她把这话声音拖得很长，而又很细，刘妈牵着她的衣襟，连连扯了几下，让她坐着。月容看她脸上笑得很自然，想着她也犯不上做害人的事，便笑道："刘嫂不是那样说，我……"刘妈向她连连摇手道："谁管这些，我有好消息告诉你呢。你先把这杯茶喝完了。"月容真个把那杯茶喝了，将杯子放下来。

刘妈挨着她，在沙发椅子上一同坐下，左手握了她的手，右手挽了她的肩膀，对了她的耳朵低声道："姓赵的这小子，今天下午要出去耍钱，大概晚上两三点钟才能回来。这有好大一段时光呢。在这时候，可以想法子让你脱身。"月容猛可地回转身来，两手握住刘妈两只手，失声问道："真的吗？"刘妈轻轻地道："别嚷，别嚷，让别人知道了，那不但是你走不了，我还落个吃不了兜着走呢。"月容低声道："刘嫂，您要是有那好意，将来我写个长生禄位牌子供奉着您。"刘妈将手向窗户一指道："你瞧，这外面有一道走廊，走廊外有个影子直晃动，你说那是什么？"月容道："那是棵树。"刘妈道："对了。打开这窗户，跨过这走廊的栏杆，顺着树向下落着，那就是楼下的大院子。沿着廊子向北，有一个小跨院门，进了那跨院，有几间厢房，是堆旧木器家具的，晚上，谁也不向那里去。你扶着梯子爬上墙，再扯起梯子放到墙外，你顺着梯子下去。那里是条小胡同，不容易碰到人，走出了胡同，谁知道你是翻墙头出来的？你爱上哪儿就上哪儿。"

月容让她一口气说完了，倒忍不住微微一笑，因道："你说得这么容易，根本这窗子就……"刘妈在衣袋里掏出一把长柄钥匙，塞在她手上，因道："这还用得着你费心吗？什么我都给你预备好了。"说着，把声音低了一低道："那栏杆边我会给你预备下一根绳，跨院门锁着的，我会给你先开着。在屋犄角里，先藏好一张梯子在那里。你不用多费劲，扶着梯子就爬出去了，这还不会吗？”月容道：“刘嫂，你这样替我想得周到，我真不知道怎样答谢你才好。”刘妈道：“现在你什么形迹也不用露，一切照常。那缺德鬼起来还要过瘾的，我会缠住他。等到他过足了瘾，也就快有三点钟了，陪着督办耍钱，也是公事在身，他不能不滚蛋。你少见他一面，少心里难过一阵，你说好不好？”月容还有什么话可说，两手握住刘妈的手，只是摇撼着。刘妈站起身来，用手轻轻地拍着她的肩膀道：“你沉住气，好好地待着，当吃的就吃，当喝的就喝，别哭，哭算哪一家子事？哭就把事情办得了吗？”月容点点头低声道：“好，我明白了，我要不吃饱了，怎么能做事呢？”刘妈轻轻地叹了一口气道：“咳，可怜的孩子。”说着，悄悄地，走出去了。

月容坐在沙发上，沉沉地想了一会子，觉得刘妈这样一个出身低贱的女人，能做出这样仗义的事，实在有些让人不相信。一个当老妈子的人，有个不愿向主人讨好的吗？再说，我和她素不相识，对她没有一点好处。我要是在这里留下来了，她在姓赵的面前那份宠爱也许就要失掉了，想到这里不由得伸手一拍，自言自语道：“对了，她就是为了这个，才愿意把我送走的。这样看起来，这妇人是不会有什么歹意的了。”于是把刘妈给的钥匙，送到窗户锁眼里试了一试，很灵便地就把锁开了。悄悄将外窗子打开一条缝，向外面张望一下，果然那走廊的栏杆外边，有一棵落光了叶子的老槐树，离开栏杆也不过一尺远，随便抓住大树枝，就可以溜下去。本待多打量打量路线，无奈楼梯板上，已是通通地走着皮鞋响，立刻合上了窗户，闪到沙发上坐着。现在有了出笼的希望，用不着哭了。计划着什么时候逃走，逃出了这里以后，半夜三更，先要到什么地方去找个落脚之所。自己这般有计划地想着，倒是依了刘妈的话，茶来就喝茶，饭来就吃饭。

冬天日短，一混就天气昏黑了，却听到刘妈在外面嚷道：“司令您也得想想公事要紧。人家约您三点钟去，现在已经四点多了。她在那屋子里躺着呢，没梳头，没洗脸的，您瞧着也不顺眼。您走后，我劝劝她，晚上回来，别又闹着三点四点的。你在十二点钟前后回来，她还没有睡，我可以叫她陪着您烧几筒烟。”这话越说越远，听到那姓赵的哈哈大笑一阵，也就没有声息了。

到了晚上，七八点钟的时候，另一个老妈子送着饭菜进房来，月容便问她刘嫂哪里去了，她叹气道：“同一样的让人支使着，一上一下，那就差远了。人家就差那点名分儿，别的全和姨太太差不多了。司令不在家，没人管得着她，她出去听戏去了。”月容道：“听戏去了？我这……”她道：“我姓王，您有什么事叫我得了。”月容道：“不，没什么事。”她摇着头，很干脆地答复了这王妈。看到桌上摆好了饭菜，坐下来扶起碗筷自吃。那王妈站在旁边，不住暗中点头，因微笑道：“你也想转来了，凭你这么一个模样儿，这么轻的年岁，我们司令他不会掏出心来给你？那个日子，还有这姓刘的份儿吗？气死她，羞死她，我们才解恨呢！”她虽然是低了声音说话的，可是说话的时候，咬着牙，顿着脚，那份愤恨的情形，简直形容不出来。月容看着越是想到刘妈放走自己，那是大有意思的。

饭后，催王妈把碗筷收着走了，自己就躺到床上先睡一觉。但是心里头有事，哪里能安心睡下去？躺一会子就坐起来，坐起来之后，听听楼上下还不断地有人说话，觉得时候还早，又只好躺下去。这样反复着四五次之后，自己实在有些不能忍耐了，这就悄悄地走到窗户边，再打开一条缝来，由这缝里张望着外边。除了走廊天花板上两盏发白光的电灯之外，空洞洞的，没有什么让人注意的东西。电光下，照见栏杆上搭了一条绳子，半截拖在楼板上，半截拖在栏杆外面，仿佛是很不经意地有人把绳子忘下在这里的。由此类推，跨院门上的锁，跨院墙犄角上的梯子，都已经由刘妈预备好了的。这倒真让人感着刘妈这人的侠义，说得到就做得到。扶了窗户格子，很是出了一会子神。正待大大地开着窗，跨了过去，立刻就听到走廊外的板梯，让皮鞋踏着登登作响，将身子一缩，藏在窗户旁边。却见一个穿灰衣的护兵，骂骂咧咧地走了过去。他道：“天气这么冷，谁不去钻热被窝？当了护兵的人，就别想这么一档子事，上司不睡，冷死了也不敢睡。”月容听着，心里一想，这可糟了，姓赵的不睡，这些护兵，都不敢睡，自己如何可以脱得了身，站在窗户边，很是发了一阵呆。约莫有十分钟之久，却听到有人叫道：“吃饭罢，今天这顿晚饭可太迟了。”说着，接连地叫了一阵名字。

月容忽然心里一动，想着，这是一个机会呀，趁着他们去吃饭的时候，赶快跳出这个火坑罢。主意想定，将窗户慢慢打开。听听这一所大院子里，果然一些人声没有。虽然自己心里头还不免跟着扑扑地跳，可是自己同时想到，这个机会是难逢难遇的，千万不能错过。猛可地将脚齐齐一顿，跳上窗户，就钻了出去。到了走廊上，站住向前后两头一看，并没有人，这就直奔栏杆边，提了那根绳子在手，拴在栏杆上，然后手握了绳子，爬过栏杆。正待抬起脚来，踏上挨着楼口的树枝，不料就在这时，刷的一声，一个大黑影子，由树里蹿出，箭似的向人扑了过来。月容真不料有这么一着意外，身子哆嗦着，两脚着了虚，人就向前一栽。那黑影子也被月容吓到了，嗷儿的一声，拖着尾巴跑了。但月容已来不及分辨出来它是一只猫，早是扑通通一下巨响，一个倒栽葱落在院子地上。

一个护兵，刚是由楼下经过，连问倒了什么了，也没有什么人答应。及至跑向前一看，廊檐下的电灯光，照出来有个女人滚在泥土里，就连连地啊哟了两声。近到身边，更可以看清楚了是谁，便大喊道："快来人罢，有人跳楼了！快来罢，楼上的那一位女客跳楼了！"晚上什么声音都没有了，突然地发生了这种惨呼的声音，前前后后的马弁勤务兵，全拥了上来。

月容躺在地上，滚了遍身的泥土，身子微屈着，丝毫动作也没有。其中有一位乌秘书，是比较能拿一点主意的人，便道："大家围着看上一阵子，就能了事吗？赶快把人抬到屋子里去。看这样子，这人是不行的了，别抬上楼，客厅里有热气管子，抬上客厅里去罢。"勤务兵听着，来了四五个人，将月容由地上抬起，就送到楼下客厅里来。乌秘书跟着进来，在灯光下一看，见月容直挺挺躺在沙发上，除了满身泥土之外，还是双目紧闭，嘴唇发紫。伸手摸摸她的鼻息，却是细微得很，额角上顶起两个大肉包，青中透紫。回头见楼上两个老妈子也站在旁边，便喝骂道："你们都是干什么的！锁在屋子里的人，出来跳了楼了，你们还不知道！这个样子，人是不中用的了，谁也负不了这个责任，我得打电话向司令请示去，你们好好在这里看守着。"说毕，他自去打电话。

这里一大群人，就围着这样一个要死不活的女人。过了十几分钟之后，乌秘书匆匆走了进来，将手向大家挥着道："好啦，好啦，司令输了钱，来不及管这档子事。你们全没有错，倒让我找着一份罪受。黄得禄已经把车子开到了院子里，你们把她抬上车子去罢。"说时，将手向几个勤务兵乱挥着。月容依然是沉昏地睡着，只剩了一口悠悠的气，随便他们摆弄。人抬上了汽车以后，就斜塞在车厢子里。乌秘书也并不贪恋她这个年轻女人，却坐在前面司机座上。车子到了不远的一所教会医院，乌秘书替月容挂了急诊号，用病床将月容搭进急症诊室里去。

值班的大夫，却是一位老天主教徒，高大个儿，在白色的衣服上，飘着一部长黑的胡子，长圆的脸上架着一副黑边大框眼镜。乌秘书为了要向赵司令有个交代，也跟着走到这急诊室里来。一见那老医生，便笑道："呵，是马大夫亲自来看，这孩子也许有救吧？"马大夫见月容身穿一件绿绸驼绒旗袍，遍身是灰土，一只脚穿了紫皮高跟鞋，一只可是光丝袜子。头发蓬乱在脸上，像鸟巢一般，也是灰土染遍了，但皮肤细嫩，五官清秀，在灰尘里还透露出来。一看之后，就不免暗中点了一下头。回头因问道："乌秘书，这位是……"乌秘书点点头道："是……是……朋友。"马大夫就近向月容周身了一看，问道："怎么得的病？"乌秘书道："是失脚从楼上摔了下来。"马大夫哦了一声，自解了月容的衣襟，在耳朵眼里，插上听诊器，向她身上听着，不由得连连地摇了几下头。接着又按按她的脉，又扒开她的眼皮看看，于是把听诊器向衣袋里一放，两手也插在衣袋里，向乌秘书道："这样的人，还送来诊干什么！"乌秘书道："没有救了吗？"马大夫道："当然。乌秘书，是把她放在这里一会儿呢？还是将原车子带她回去呢？"乌秘书拱拱手笑道："在贵院，死马当着活马医，也许还有点希望。若是将原车子拖回去，在半路上，不就没有用了吗？"说着，人就向外面走。

马大夫跟到外面来，低声道："假如人死了，怎么办？这事赵司令能负责吗？或者是乌秘书负责呢？"乌秘书顿了一顿，笑道："她是一个妓女，没有什么家庭的。我代表赵司令送来治病，当然不要贵院负责。"马大夫道："是十之八九无望了。她是由楼上倒栽下来的，脑筋受了重伤，在医界还没有替人换脑筋的国手，她怎样能活？不过她有一口气，做医生的人，是要尽一分救挽之力的。现在我要求乌秘书负责答复，这人死在医院里，你不问；这人我们治好了，你也不问，可以吗？”乌秘书笑道：“那好极了。我们本是毫无关系的，不过她摔在我们办公处，不能不送她来医治。贵院既可负责把她接收过去，我们何必多事？我知道，贵院是想把她的尸身解剖，这个你尽管办，我们绝对同意。”他一面说，一面向外走。

马大夫站在急诊室门口，对他的后影呆呆望着，许久，摇了两摇头，自言自语道：“不想北京这地方，是这样暗无天日。”说时，屋子里的女看护啊哟了一声，似乎是见事失惊的样子，大概睡在病床上的那个少妇，已经断了气了。

第三十四回 归去本无家穷居访旧 重逢偏有意长舌传疑

马大夫虽然是那位赵司令的熟人，但他和赵司令却没有丝毫朋友感情。他慨然地负着月容的生死责任，那不是为了赵司令，而是为了月容。

这时，屋子里面的女看护大叫起来，他倒有些不解，立刻走进屋子来向她问是怎么了。女看护远远地离着病床站住，指着病人道："她突然昂起头来，睁开眼睛望着！"马大夫笑道："你以为她真要死吗？"女看护呆站着，答不出话来。马大夫笑道："咦，你不明白了吗？我们这是教会办的医院，姓赵的就是来追究，我们也有法子给她解脱。她先在我们这里休养几天，等姓赵的把她忘了，让她出院。"

他一面说着，一面走近月容的病床，月容仰了脸睡着，眼泪由脸上流下来，哽咽着道："大夫，那个人对你说的话，全是假的。"马大夫道："你虽没有大病，但你的脑筋，倒是实在受了伤。你的事，我已猜着十之八九，你不用告诉我，先休息要紧。"说毕，他按着铃叫了一个院役进来，叫把月容送到一个三等的单间病室里去。月容已是慢慢清楚过来，看到马大夫是一种很慈祥的样子，就也随了他布置，并不加以拒绝。

在一个星期之后，是个晴和的日子，太阳由朝南的玻璃窗户上晒了进来，满屋子光亮而又暖和。月容穿了医院给的白布褂裤，手扶了床栏杆，坐在床沿上，手撑了头沉沉地想着。恰好是马大夫进来了，他对她脸色看了一遍，点点头笑道："你完全好了。"月容道："多谢马大夫。"说着，站起身来。马大夫道："我已经和那姓赵的直接打过电话了，我说，你的病好是好了，可是疯了，我要把你送进疯人院去。他倒答应得很干脆，死活他全不管。”月容道：“马大夫，你该说我死了就好了，免得他还有什么念头。”马大夫道：“我们教会里人，是不撒谎的，这已经是不得已而为之了。说你疯了，那正是为着将来的地步。人生是难说的，也许第二次他又遇着了你，若是说你死了，这谎就圆不过来。”月容道：“二次还会遇着他吗？那实在是我的命太苦了。不过，他就遇着我，再也不会认出我的，因为我要变成个顶苦的穷人样子了。”马大夫道：“但愿如此。你对我所说的那位姓丁的表哥，靠得住吗？”月容道：“靠得住的。他是一个忠厚少年，不过……是，迟早，我是投靠他的。”马大夫道：“那就很好，趁着今天天气很好，你出院去罢。”

月容猛然听到“出院”这两字，倒没有了主张。因为自己聊避风雨的那个家，已经没有了，丁家究竟搬到哪里去了？而况，他是什么态度，也难说。这一出医院门，自己向哪里去？在北京城里四处乱跑吗？这样地想着，不免手牵了衣襟，只是低头出神。马大夫道：“关于医院里的医药费，那你不必顾虑，我已经要求院长全免了。”月容道：“多谢马大夫，但是……是，我今天出院罢，今天天气很好。”马大夫道：“你还有什么为难的事情吗？假如你还需要帮忙的话，我还可以办到。”月容低着头，牵着衣襟玩弄，很沉默了一会儿，摇着头道：“谢谢你，没什么要你帮忙的了。我这就出院吗？”马大夫道：“十二点钟以前，你还可以休息一会儿，医院里所免的费用，是到十二点钟为止。”月容深深地弯着腰，向马大夫鞠了一个躬，马大夫也点点头道：“好罢，我们再见了。”说着，他走出去，向别间病室里诊病去了。

月容又呆了一会子，忽然自言自语地道：“走罢，无论怎么没有办法，一个人也不能老在医院里待着。”不多一会儿，女看护把自己的衣服拿来了，附带着一只手皮包，里面零零碎碎，还有五块多钱。这都是自己所忘记了的，在绝无办法的时候，得着这五块钱，倒也有了一线生机。至低的限度，马上走出医院门，可以找一个旅馆来落脚，不必满街去游荡了。比较地有了一点办法，精神也安定了一些，换好了衣服，心里却失落了什么东西似的，缓缓地走出医院门。

太阳地里，停放着二三十辆人力车子，看到有女客出来，大家就一拥向前，争着问到哪儿。月容站住了脚，向他们望着，到哪儿去？自己知道到哪儿去呢？因之并不理会这些车夫，在人丛中挤了出去。但这车夫们一问，又给予了她一种很大的刺激，顺了一条胡同径直地向前走。不知不觉，就冲上了一条大街，站定了脚，向两头看去，正是距离最长的街道。看看来往的行人车马，都是径直向前，不像有什么考虑，也没有什么踌躇，这样比较起来，大街上任何一种人，都比自己强。只有自己是个孤魂野鬼，没有落脚所在的。心里一阵难过，眼圈儿里一发热，两行眼泪，几乎要流了出来。可是自己心里也很明白，在这大街上哭，那是个大笑话，看到旁边有条小胡同，且闯到里面去，在衣袋掏出手绢，擦擦眼睛。

糊里糊涂走过几条胡同，抬头一看，拐弯的墙上，钉着一块蓝色的地名牌子，有四个白字，标明了是方家大院。心里带一点影子，这个地名，好像以前是常听到人说的呀。站着出了一会儿神，想起来了，那唱丑角的宋小五，她家住在这里。这人虽然嘴里不干不净，喜欢同人开玩笑，可是她心肠倒也不坏，找找她，问问师傅的消息罢。于是顺着人家大门，一家家看去，有的是关着大门的，有的是开着大门的，却没有哪家在门上贴着宋宅两个字。

沿着人家把一条巷子走完了，自己还怕是过于大意了，又沿着人家走了回来。有一位头顶上挽个朝天髻儿，穿了大皮袍子的旗下老太太，正在一家门口向菜担子买菜，就向她望着道："你这位姑娘走来走去，是找人的吧？"月容这就站定了向她深深点了一个头，笑答道："是的，我找一家梨园行姓宋的。"老太太笑道："这算你问着了，要不然你在这胡同里来回溜二百遍，也找不出她的家来。她原来住在这隔壁，最近两个月家境闹得不太好，已经搬到月牙胡同里去了。那里是大杂院，是人家马号车门里，很容易认出来。这里一拐弯儿，就是月牙胡同。"

月容不用多问，人家已经说了个详详细细，这就照她所说的地方走去，果然有个车门。院子里放着破人力车，洗衣用的大水桶，堆了绳捆的大车加上破桌子烂板凳，真够乱的。悄悄走进大门，向四周屋子望了一下，见两边屋子门口，有人端出白泥炉子来倒炉灰，便打听可有姓宋的。那人向东边两个小屋一指道："那屋子里就是。"

月容还没有走过去呢，那屋子里就有人接嘴道：“是哪一个找我们？”月容听着，是宋小五母亲的声音。以前她是常送她姑娘到戏院子里去，彼此也很熟，因道：“宋大婶，是我呀，大姐在家吗？”这时，那小屋的窗户纸的窟窿眼里，有一块肉脸，带了一个小乌眼珠转动了两下，接着有人道：“这是哪儿刮的一阵仙风，把我们杨老板刮来了？请屋子里坐罢。可是我们屋子里脏得要命，那怎么办呢？”月容拉开门，向她屋子里走去。看看那屋子，小得像船舱一样，北头一张土炕，上面铺着一条半旧的芦席，乱堆两床破被褥。红的被面，大一块小一块的黑印儿，显得这被是格外地脏。炕的墙犄角上，堆着黑木箱子破篮篓子，一股子怪味儿。桌子上和地下，大的盆儿，小的罐儿，什么都有。只以桌子下而论，中间堆了一堆煤球，煤球旁边，却是一只小绿瓦盆，里面装了小半盆乳面。

小五娘赶快将一张方凳子上的两棵白菜拿开，用手揩了两揩，笑道：“杨老板请坐坐罢。屋子小，我没有另笼火。”说着，弯腰到炕沿下面去，在窟窿眼里，掏出一只小白炉子来，虽不过二三十个煤球，倒是通红的。月容向屋子周围看去，一切是破旧脏。小五娘黄瘦着脸，挽了一把茶杯大的小髻，满头乱发，倒像脸盆大。下身穿条蓝布单裤，上身倒是穿件空心灰布棉袄，又没扣纽扣，敞着顶住胸骨一块黄皮。因道：“大婶，你人过得瘦了，太劳累了吧？”小五娘什么也没说，苦着脸子，长长地叹了一口气。月容道：“大姐不在家吗？”小五娘道：“她呀！你请坐，我慢慢地告诉你。”月容想着，既进来了，当然不是三言二语交代过了，就可以走的，就依了她的话坐下。

小五娘摸起小桌上的旱烟袋，还没抽一口呢，开了话匣子了，她道：“这几个月，人事是变得太厉害了。你不唱戏，班子里几个角儿，嫁的嫁，走的走，班子再也维持不了，就散了。你闻闻这屋子里有什么味儿吗？”她突然这样一问，月容不知道什么意思，将鼻子尖耸了两耸，笑着摇摇头道：“没有什么味儿。”小五娘道：“怎么没什么味儿？你是不肯说罢了，这里鸦片烟的味儿就浓得很啦。我的瘾还罢，我那个死老头子，每日没四五毫钱膏子，简直过不去。小五搭班子的时候，每天拿的戏份，也就只好凑付着过日子。班子一散了，日子就过不过去。老头子没有烟抽，不怪自己没有本事挣钱，倒老是找着小五捣乱，小五一气跑了，几个月没有消息。现在才听说，先是去汉口搭班，后来跟一个角儿上云南去了。北京到云南，路接起来有天高，有什么法子找她？只好随她去罢。”月容道：“哦，原来也有这样大的变化？你两位老人家的嚼谷儿怎么办呢？”小五娘道：“还用说吗？简直不得了。先是当当卖卖，凑付着过日子。后来当也没有当了，卖也没有卖了，就搬到这里来住，耗子钻牛犄角，尽了头了。老头没有了办法，这才上天桥去跟一伙唱地台戏的拉胡琴，每天挣个三毫钱，有了黑饭，没有了白饭，眼见要塌台了。可是北京城里土生土长的人，哪儿短的了三亲四友的，要讨饭，也得混出北京城去。杨老板你还好吧？可能救我们一把？”月容的脸色，一刻儿工夫倒变了好几次，因笑道：“叫我救你一把？嗐，不瞒你说，我自己现在也要人救我一把了。”小五娘对她看了一看，问道：“你怎么了？我的大姑娘。”月容道：“大婶，你没事吗？你要是没什么事，请坐一会儿，让我慢慢地告诉你。”小五娘道：“我有什么事呢？每天都是这样干耗着。”这才在棉裤袋里掏出一包烟，按上烟斗，在炕席下摸出火柴，点着烟抽起来。

月容沉住气，把眼泪含着，不让流出来，慢慢地把自己漂流的经过说了一遍。说完了，因叹口气道：“听说我这事情，还登过报，我也不必瞒人了。你瞧，我不也是要人救我一把吗？”小五娘道：“啊，想不到大风大浪的，你倒经过这么一场大热闹。你还有什么打算吗？”月容道：“本来我是不好意思再去找师傅的，可是合了你那话，耗子钻牛犄角尽了头了。我要不找师傅，不但是没有饭吃，在街上面走路，还怕人家逮了去呢。”小五娘道：“你要找师傅吗？慢说你不能下乡找他去，就是你下乡去找着了他，恐怕那也是个麻烦。他为着你的事伤心透了。要不，他也不搬下乡去。”月容道：“他为着我搬下乡去的吗？”小五娘含着烟袋吸了一口烟道：“也许有别的原因吧，不过有点儿是为着你。你要去见他，决计闹不出什么好来。他现在同梨园行的人，疏远得很呢。”

月容听了她的答复，默然了很久，摇摇头低声叹口气道：“现在是一点办法都没有了。”小五娘道：“你不是还有一个表哥吗？虽然你以前和他恼了，事到于今，只有同人家低头。”说时，将旱烟袋嘴子，向月容点着。月容道：“我有什么不肯低头的？无奈他不睬我，我也没有办法。有一次，他驾着马车在街上走，我追着他叫了几十句，他也不肯理我。”

小五娘坐在炕沿上，见她皱了眉毛，苦着脸子，两行眼泪在眼泡上直滚下来，对她望着，连吸了几袋烟，将烟袋头在炕沿敲着烟灰，便道：“姑娘，你也别着急，凭着你这样人才，决饿不了饭的。假使你不嫌我这里脏，我叫老头子到别处去住，你可以在我这里先凑付几天。”月容道：“大婶，我现在到了什么境界，还敢说人家脏吗？不过让老爷子到外面去住，那我可心里不过意。我正也有许多事，想同他商量，靠着他在梨园行的老资格，我还想他替我想点法子呢。”小五娘道：“你的意思，还想出来搭班？”月容道：“嗓子我还有。”小五娘笑道：“那敢情好，叫老头子给你拉弦子，你有了办法，我们也就有了办法。他要到晚半晌才能回来，你在我这里等着罢。你饿着吗？我下面条子给你吃。随便怎么着，给你在天桥找个园子，老头子总可以办到的，你安心等着罢。”月容皱了眉道：“我仔细想想，实在不愿再回到梨园行去。我那样红过的人，现时又叫我上天桥了，那比叫上法场还要难受，再想别的法子罢。”

小五娘听着话的时候，在炕头破篮子里，拿出了破布卷儿，层层地解开来，透出几十个铜子。她颇有立刻拿钱去买面条之势，现在听说月容不愿回到梨园行去，把脸沉下来道：“除了这个，难道你另外还有什么挣钱的本领吗？”说时，将那个破布卷儿，依然卷了起来。月容心头倒有些好笑，想着就是做买卖也不能这样地干脆，可是也不愿在她面前示弱，因道：“就因为我不肯胡来，要不是有四两骨头，我还愁吃愁穿吗？逃出了虎口，还是卖着面子混饭吃，我那又何必逃出虎口来呢？”小五娘道：“难道你真有别的能耐可以混饭吃吗？”她手上拿着那个布卷儿，只管踌躇着。

月容在身上摸出一块钱来，交给她道：“大婶，你不用客气，今天我请你罢。你先去买点儿烟膏子来，老爷子回来了，先请他过瘾。我肚子不饿，倒不忙着吃东西。”小五娘先哟了一声，才接了那一块钱，因笑道：“怎么好让你请客呢？你别叫他老爷子了，他要有那么大造化生你这么一个姑娘，他更美了，每天怕不要抽一两膏子吗？你叫他一声叔叔大爷，那就够尊敬他的了。姑娘，你这是善门难开。没这块钱倒罢了，有了这块钱，我不愿破开，打算全买膏子。你还给我两毫钱，除了面条子下给你吃，我还得买包茶叶给你泡茶。”月容笑着又给她两毫钱，小五娘高兴得不得了，说了许多好话。请她在家里坐着等一会子，然后上街采办东西去了。

她回家之后，对月容更是客气。用小洋铁罐子，在白炉子上烧开了两罐子水，又在怀里掏出一小包瓜子，让月容嗑着。还怕月容等得不耐烦，再三地说过一会子，老头子就回来的。其实月容正愁小五父亲回来得早，他要不留客，今天晚上，还没个落脚的地方呢。看看太阳光闪作金黄色，只在屋脊上抹着一小块了，料着老爷子要回来，便站起身来道：“大婶，我明天来罢。我得先去找个安身地方。”小五娘道：“他快回来了，我不是说着，你就住在我这儿，怎么还说找地方安身的话。”月容道：“可是我不知道大爷是什么意思。”小五娘道：“他呀，只要你有大烟给他抽，让他叫你三声亲爸爸，他都肯干的。”她虽是这样说着，可就隔了窗户的纸窟窿眼，向外张望着，笑道：“你瞧，说曹操，曹操就到了。”

月容还没有向外望呢，就听到老头子嘟囔着走了过来，他道：“打听打听罢，我宋子豪是个怕事的人吗？东边不亮西边亮，你这一群小子和我捣乱，我再……”话不曾说完，他哗的一声拉着风门进来了。月容站起来叫了一声大爷。这宋子豪穿了一件灰布棉袍子，上面是左一块右一块的油污和墨迹。歪戴了顶古铜色毡帽，那帽檐像过了时的茶叶一般，在头上倒垂下来，配着他瘦削的脸腮，同扛起来的两只肩膀，活显着他这人没有了一点生气。他垂下了一只手，提着蓝布胡琴袋，向小五娘吓了一声，正是有话要交代下去，回头看到了月容，倒不由得呀了一声，将胡琴挂在墙钉上，拱拱手道：“杨老板，短见呀，你好？”小五娘笑道：“杨老板还是那样大方，到咱们家来，没吃没喝的，倒反是给了你一块钱买大烟抽。我知道你今天要断粮，已经给你在张老帮子那里，分了一块钱膏子来了。”说着，在墙洞子里掏出一个小洋铁盒子，向他举了一举。

宋子豪看到，连眉毛都笑着活动起来，比着两只袖口，向月容连拱了几下手道："真是不敢当，杨老板，你总还是个角儿，我们这老不死的东西，总还得请你携带携带呢。"月容道："听说班子散了，咱们另想办法罢。短不了请大爷大婶帮忙。"宋子豪抢着过去，把那盒烟膏子拿过来看了看，见浓浓的有大半盒，足够过三天瘾的，便连连摸着上嘴唇几根半白的小胡子，露出满嘴黑牙齿来，笑道："杨老板，只有你这样聪明人知道我的脾气，你送这东西给我，比送我面米要好得多。"说着，又把那盒子送到鼻子尖上嗅了几嗅。月容道："大爷要是过瘾的话，你请便。我正好坐着一边，陪你谈谈。"小五娘道："不，他要到吃过晚饭以后，才过瘾呢。"子豪眯了眼睛笑道："不，这膏子很好，让我先尝两口罢。"他说着，就在炕头上破布篮子里，摸索出烟灯烟枪来，在炕上把烟家伙摆好，满脸的笑容，躺下去烧烟。

月容坐在炕沿上，趁着他烧烟不劳动的时候，就把自己这几个月的经过，详细说了一遍。宋子豪先还是随便地听，自去烧他新到手的烟膏子。后来月容说到她无处栖身要找出路，子豪两手捧着烟枪塞在口里，闭了两眼，四肢不动，静听她的话。再等她报告了一个段落，这才稀里呼噜将烟吸上了一阵，接着，喷出两鼻孔烟来，就在烟雾当中，微昂了一下头道："你学的是戏，不愿唱戏，哪儿有办法？就说你愿意唱戏罢，你是红过的，搭着班子，一天拿个三毫五毫的戏份，那太不像话。要不然，这就有问题了，第一是人家差不差这么一个角儿；第二是人家愿意请你了，你一件行头也没有，全凭穿官中，那先丢了身份……"月容道："我根本没打算唱戏，这个难不着我。我的出身，用不着瞒，就是一个卖唱的女孩子，我想，还卖唱去。晚上，人家也瞧不出来我是张三李四，只要大爷肯同我拉弦子，每晚上总可以挣个块儿八毫的。再说我自己也凑合着能拉几出戏，有人陪着我就行了。"子豪道："姑娘，你这是怎么了？把年月能忘记了？现在快进九了，晚上还能上街上卖唱吗？"月容道："这个我倒也知道。天冷了，夜市总是有的，咱们去赶夜市罢。"子豪道："你当过角儿的人，干这个，那太不像话。"他横躺在炕上，将烟签子挑了烟膏子在灯上烧着，两眼注视了烟灯头，并不说话，好像他沉思着什么似的。右手挑了烟膏泡子，在左手的食指上，不住地蘸着。

月容见他没有答复，不知他想什么，也不敢接着向下问。小五娘坐在短板凳上，斜衔了一支烟卷抽着，喷出两口烟来，因道：“说起这个，我倒想起一件事。那卖烟膏子的张老帮子，她和那些玩杂人的要人认识，常常给他们送烟土，请她给你打听打听，好不好？”月容笑道：“这也不是那样简单的事。你以为是介绍一个老妈子去用工，一说就成吗？”小五娘道：“这要什么紧，求官不到秀才在。我这就去叫她来罢。”她说着，径自开门走了。

月容对于这件事，始而是没有怎样理会。不多大一会子，听到小五娘陪着人说话，走了回来，这就有一个女人道：“让我瞧瞧这姑娘是谁？亦许我见过的吧？”说着话，门打了开来，小五娘身后，随着一位披头发，瘦黄面孔，穿着油片似的青布大袄子的女人。在她说话时，已知道了她是谁，但还不敢断定，现在一见，就明白了，不就是旧日的师母张三的媳妇黄氏吗！脸色一变站了起来，口里很细微地叫了一声。虽说是叫了一声，但究竟叫的是什么字样，自已都没有听得出来。黄氏微笑着，点了几点头道：“月容，我猜着就是你，果然是你呀。”月容在五分钟之内，自己早已想得了主意：怕什么，投师纸收回来了，她敢把我怎么样？于是脸色一沉，也微笑道：“他们说，找贩卖烟膏子的张老帮子，我倒没有想到是你。”黄氏道：“哦，几个月不见，这张嘴学得更厉害了。”她说着，在靠门的一张破方凳子上坐着。

小五娘倒呆了，望了她们说不出话来。月容道：“大婶，你不明白吧？以前我就是跟她爷们卖唱的。他把我打了出来，我就投了杨师傅了。我写给她爷们张三的那张投师纸，早已花钱赎了回来了，现在是谁和谁没关系。”黄氏道：“姑娘，你洗得这样清干什么？我也没打算找你呀。小五娘说，有个姓杨的小姐，唱戏红过的，现在没有了路子，打算卖唱，要找个……”月容鼻子里哼了一声道：“我就是讨饭，拿着棍子碗，我也走远些，决不能到张三面前去讨一口饭吃。”黄氏道：“你不用恨他，他死了两三个月了。”月容道：“他……他……死了？”说着，心里有点儿荡漾，坐下来，两手撑了凳子，向黄氏望着。黄氏道：“要不是他死了，我何至于落到这步田地呢。我总这样想着，就是张三死了，只要你还在我家里，我总还有点办法。现在做这犯法的事，终日是提心吊胆的，实在没意思，再说也挣不了多少钱。唉，叫我说什么！死鬼张三坑了我。”她说着，右手牵了左手的袖，只管去揉擦眼睛。

宋子豪躺在炕上烧烟，只管静静地听她们说话，并不插言。这时，突然向上坐了起来，问道：“这样说起来，你娘儿俩，不说团圆，也算是团圆了。”月容笑道：“她姓她的张，我姓我的王，团什么圆？”小五娘道：“你怎么又姓王了？”月容道：“我本来姓王，姓杨是跟了师傅姓。我不跟师傅了，当然姓回我的本姓。”黄氏道：“姑娘，自从你离开我们以后，没有人挣钱，我知道是以前错待你了。你师傅，不，张三一死，我更是走投无路，几个月的工夫，老了二十岁。五十岁不到的人，掉了牙，撮了腮，人家叫我老帮子了。你别记着我以前的错处，可怜可怜我。”月容见她说着，哽了嗓子，又流下泪来，因道：“我怎么可怜可怜你呢？现在我就剩身上这件棉袍子，此外我什么都没有了。”黄氏道：“我知道你是一块玉落在烂泥里，暂时受点委屈，只要有人把你认出来了，你还是要红的。刚才小五娘和我一提，我心里就是一动。东安市场春风茶社的掌柜，是我的熟人，他们茶社里，有票友在那里玩清唱，另外有两个女角，都拿黑杵（按：即暗里拿戏份之术语）。有一个长得好看一点儿的走了，柜上正在找人。一提起你的名儿，柜上准乐意。这又用不着行头，也不用什么开销，说好了每场拿多少钱，就净落多少钱回来。这不是一件好事吗？只要你愿意干，你唱一个月两个月的，名誉恢复了，你再上台露起来，我和宋老板两口子全有了办法。”

宋子豪左手三指夹了烟签，右手只管摸了头发，听黄氏说话，这就把右手一拍大腿道：“对，对，还是张三嫂子见多知广，一说就有办法。这个办法使得，每天至少拿他一元钱戏份。”黄氏道：“也许不止，他们的规矩，是照茶碗算。若是能办到每碗加二分钱，卖一百碗茶，就是两块了。生意好起来，每场卖一百碗茶，很平常，日夜两场，这就多了。”小五娘听了也是高兴，斟了一杯热茶，两手捧着送到月容面前来。月容接着茶笑道：“瞧你三位这分情形，好像是那清风茶社的掌柜已经和我写了纸定了约的。”黄氏道：“这没有什么难处呀。杨月容在台上红过的，于今到茶馆子里卖清唱，谁不欢迎？就是怕你不愿干。”说时，她两手一拍，表示她这话的成分很重。

月容手上捧了那茶杯，靠住嘴唇，眼睛对墙上贴的旧报纸只管注视着。出了一会子神，微笑道：“对了，就是我不愿意干。”宋子豪在口袋里摸出一只揣成咸菜团似的烟卷盒子，伸个指头，在里面摸索了半天，摸出半截烟卷来，伸到烟灯火头上，点了很久，望了烟灯出着神，因缓缓地道：“杨姑娘的意思，是不是不愿人家再看出你的真面目来？但是，赶夜市，你怎么又肯干呢？其实夜市上也有灯光。再说，你一张嘴，还有个听不出是谁来的吗？”月容道：“我如果出来卖唱的话，我一定买副黑眼镜戴着，就让人家猜我是个上瞎子姑娘罢。”宋子豪道：“姑娘，你这是什么意思？以为瞧见你，要笑话你吗？”月容道：“为什么不笑话我？我这样干着讨饭的买卖，还是什么体面事吗？”宋子豪笑道：“体面也好，丢脸也好，你的熟人，还不是我们这一班子人？笑话也没关系。至于你不认得的人，那你更不必去理会他。”月容道：“你们以外，我不认识人了吗？有人说，姓杨的远走高飞了一阵，还是回来吃这开口饭，我就受不了。”

黄氏连连点着头道：“这样说，你是什么意思，我就明白了。你是全北京人知道你倒霉，都不在乎，所怕的就是那位丁家表哥。”她说时，张开脱落了牙齿的嘴，带一种轻薄似的微笑。月容也笑着点了两下头道：“对的，我就是怕姓丁的知道我倒了霉。”黄氏道：“你以为姓丁的还爱着你没有变心吗？”月容顿了一顿，没有答复出来。黄氏笑道：“你没有红的时候，他把辛辛苦苦挣来的几个钱，拼命捧你，那为着什么？不想你一红，就跟着人家跑了，谁也会寒心。”月容低了头，将一个食指在棉袍子胸襟上画着。

黄氏道：“他现在阔了，什么都有了。你这时候就是找着了他，也会臊一鼻子灰。”月容喘着气，用很细微的声音问道：“他什么东西都有了吗？”黄氏道：“可不是，不住大杂院了，租着小四合院子。这几天天天向家里搬着东西，收拾新房子。”月容道：“你瞎说的，你不认识他，他也不认识你，你怎么会知道得这样清楚？”黄氏道：“我不认识他吗？在杨五爷家时会过的。我为了打听你的消息，找过那个唐大个儿，找过那个王傻子，后来就知道许多事情了。他现时在电灯公司做事，和那个姓田的同事……”月容道：“是那个田老大，他媳妇儿一张嘴最会说不过的。”黄氏道：“对了，他……”月容突然站了起来，脸色又变了，望着黄氏道：“那田二姑娘呢？”黄氏道：“你明白了，还用问吗？娶的就是她。”月容道：“对的对的，那女人本来就想嫁二和，可是二和并不爱她。我走了，二和一生气……”她说到这里，不能继续向下说了，在脸腮上，长长地挂着两行眼泪，扭转身躯来坐着。

宋子豪手上的那半截烟卷，已经抽完了，在身上掏出那空纸烟盒子来，看了看，丢在一边，向小五娘道：“烟卷给我抽抽。”小五娘道：“我哪有烟卷？你剩下的一根烟，我刚才抽完了。你连烟卷也没买，今天又没拿着戏份吗？”宋子豪道：“还用说吗？今天这样的大晴天，天桥哪家戏棚子里也挤满了人，只有我们这个土台班不成。为什么不成呢？就为的是熊家姐儿俩有三天没露了，捧的人都不来。临了，我分了四十个子儿，合洋钱不到一毫。黑饭没有，白饭没有，我能够糊里糊涂地还买烟卷抽吗？杨老板你可听着，这年头儿是十七八岁大姑娘的世界，在这日子，要不趁机会闹注子大钱，那算白辜负了这个好脸子。什么名誉，什么体面，体面卖多少钱一斤？钱就是大爷，什么全是假的，有能耐弄钱，那才是实实在在的事情。你有弄钱的能耐，你不使出来，自己胡着急，这不是活该吗？你念那姓丁的干什么？你要是有了钱，姓丁的也肯认识你，现在你穷了，他抖起来，你想找他，那不是自讨没趣吗？”

大家听老宋这样大马关刀地说了月容一阵，以为她一定要驳回两句，可是她还是扭身坐着，却呜呜咽咽地哭起来了。

第三十五回　难道伤心但见新人笑　又成奇货都当上客看

在宋子豪这个家庭里，那又是一种人生观，月容先前那番别扭，他们就认为是多余的，这时她又哭起来，人家全透着不解。宋子豪一个翻身，由烟床上坐了起来，向着月容道："姑娘，你怎么这样想不开？这年头儿，什么也没有大洋钱亲热。姓丁的在公司里做事，吃的是经理的饭，经理和她做媒，姓田的姑娘也好，姓咸的姑娘也好，他有什么话说，只有一口答应。慢说你已经和他变了心，他没了想头，就是你天天和他在一处，他保全饭碗要紧，照样地跟你变脸。"月容原扭转身去，向下静静听着的，这就突然转过脸来向宋子豪望着道："你就说得他那样没有良心？我瞧他也不是这样的人。"宋子豪微笑道："你先别管他为人怎样，将心比心，先说你自己罢。当初姓丁的怎样捧你？你遇到那个有子儿的宋信生，不是把姓丁的丢了吗？"月容倒涨红了脸，没有说话，低下头去，默然地坐了很久，最后，她禁不住鼻子之窸窣，又呜咽着哭了起来。

黄氏道："唉，教我说什么是好？"说着，两手并起，拍了两只大腿，她将屁股昂起，手拖着方凳子上前了一步，伸着脖子低声道："姑娘，你应该想明白了吧？大爷的话，虽是说着重一点儿，可是他一句话就点破了。这也不怪人家把你甩了，你以前怎么把人家甩着来的呢？过去的事，让他过去了罢，以后咱们学了个乖，应当好好地做人。"月容掏出肋下掖的手绢，缓缓地抹揩着脸上的眼泪，向黄氏看了一眼，又低头默然不语。宋子豪道："姑娘，你不投到我们这儿来，眼不见为净，我们也就不管这一档子事。你既到我们这里来了，又要我们替你想办法，我们就不得不对着你说实话。”

在说话的时间，小五娘四处搜罗着，终于是在炕席下面找出两个半截烟卷，都交给了宋子豪。他将两个指头夹着烟卷，放在烟灯上，很是烧了一阵，眼望了月容，只是沉吟着。小五娘也凑上前，向她笑道：“我们这三个人，凑起来一百四十五岁，怎么不成，也比你见得多些，你为什么不相信我们的话呢？”月容道：“我为什么不相信你们的话？可是你们所说的，只管叫我挣钱，可不叫我挣面子。”宋子豪将两个手指尖，夹住那半截烟卷，送到嘴唇边抽着，微闭着眼睛，连连吸了两口，然后喷出烟来微笑着道：“只叫你挣钱，不叫你挣面子？你落到这步情形，就是为了要顾面子吧？假使你看破了顾面子没有什么道理，一上了宋信生的当，立刻就嚷出来，你还不是做你的红角儿？有了你，也许这班子不会散，大家都好。”月容道：“我一个新出来的角儿，也没有那样大的能耐。”小五娘睁了两只大眼，将尖下巴伸着，望了她，张着大嘴道：“不就为着缺少好衫子，凑合不起来吗？那个时候，谁都想着你，真的。”月容听说，忍不住一阵笑容撼上脸来。

宋子豪也是表示郑重的样子，将烟头扔下，连连点了两下头道：“真的，当时我们真有这种想头，这事很容易证明。假如这次你乐意到市场清唱社露上一露，包管你要轰动一下。”黄氏道：“这年头是这么着，人家家里有个小妞儿，再要长得是个模样儿，这一分得意就别提了。”月容听到，又微笑了一笑，站起身来，将小桌子上的茶杯，端起来喝了两口，然后又坐下向宋子豪望着。虽不笑，脸上却减少了愁容。黄氏道：“你以为我们是假话吗？你到大街上去瞧瞧罢，不用说是人长得像个样儿了，只要穿两件好看一点儿的衣服，走路的人，全得跟着瞧上一瞧。人一上了戏台，那真是三分人才七分打扮……”月容摇摇手道：“我全明白，我自小就卖艺，这些事，听也听熟了，现在还用说吗？”宋子豪道：“只要你想明白了，我们就捧你一场。”月容对黄氏看了一眼，微笑道：“我自由惯了，老早没有管头，现在……”说着，微微点着头，鼻子里哼了一声。黄氏随了她这一点头就站起，半弯了腰向她笑道：“姑娘，你到底还是有心眼。你在我面前，一没有投师纸，二没有卖身契，高兴，你瞧见我上两岁年纪，叫我一句大妈大婶的，你不高兴，跟着别人叫我张老帮子罢。难道到了现在，我还要在你面前，充什么师娘不成！”

她这样直率地说了，倒叫月容没的可说，只望了要笑不笑的。宋子豪把另一根烟卷头又在烟灯上点着，望了月容道：“这种话，张家大婶也说出来了，你还有什么不放心的？你要知道，这年头讲的是钱，你有了钱，仇人可以变成朋友，你没有钱，朋友也可以变成仇人。”黄氏睁了眼睛望着她，张着嘴正待说话，宋子豪打着哈哈，同时摇着两手，笑起来道：“我不过是比方着说罢了，张大婶也不会是杨老板的仇人。”月容就把眉毛皱了两皱，因道：“这些话，说他全是无益。照你们这样说，姓丁的大概是变了。不过百闻不如一见，我倒是要看看他现在的人，究竟变成什么样子了。请张大婶给我打听打听，他什么时候在家，我要去见他。”黄氏道：“你若是真要见他……”月容抢着道：“没关系，至多他羞辱我一场罢了，还能够打我吗？”宋子豪道：“就是羞辱你，他也犯不上，不过彼此见面，有点儿尴尬罢了。”月容道：“我不在乎，我得瞧瞧他发了财是个什么样儿。”黄氏道：“既是那么着，今天晚上，什么也来不及，明天上午，我替你跑一趟。”月容道：“那也好，让我没有想头了，我也就死心塌地地卖唱。”黄氏和宋子豪互看了一眼，大家默然相许，暗暗地点着下巴。意思自是说，这样做也可以。谈到了这里，事情总算告一段落。

大家又勉励了月容一顿，由小五娘主厨，黄氏帮着，做了一餐打卤面。宋子豪也跑了好几趟油盐店，买个酱儿醋儿的。月容拘着大家的面子，只好在他们家里住下。

黄氏倒是不失信，次日早上，由家里跑来，就告诉月容，立刻到二和家里去。她去后，不到一小时，月容就急着在屋子里打旋转。宋子豪是不在家，小五娘坐在炕上，老是挖掘烟斗子里一些干烟灰，也没理会到月容有什么不耐烦。月容却问了好几次现在是几点钟了，其实黄氏并没有出去多久，不到十二点钟，她就回来了。

一走进大门，两手拍着好几下响，伸长了脖子道：“这事太巧了，他们今天借了合德堂饭庄子办事，搭着棚，贴着喜字，家里没有什么人。我不能那样不知趣，这时候还到饭庄子上去对姓丁的说你要见他，那不是找钉碰？”月容见她进来，本是站着迎上前去的，一听她这话，人站着呆了，一句话也说不出来，脸上的颜色却变了好几次，许久，才轻轻地问了一声道：“那么着，你就没有见着他了？”黄氏道：“巴巴地追着新郎官，告诉他说，有个青年姑娘要找他说话，这也不大妥吧？”月容更是默然了，就这样呆呆地站着。无精打采地回到破椅子上坐下，手肘撑了椅子靠，手捧了自己的脸腮，冷笑道：“怕什么，我偏要见见他！新郎新娘，全是熟人，看他怎样说吧。等他吃过了喜酒回家的时候，我们再去拜会，那时，他正在高兴头上，大概不能不见，见了也不至于生气。”黄氏听说，以为她是气头上的话，也只笑了一笑。月容先拉着黄氏同坐在炕沿上，问了些闲话。问过了十几句，向炕上一倒，拖着一个枕头，把头枕了，翻过身去，屈了两腿，闭上眼睛，就睡过去了。黄氏看着她睡过去了，知道她心里不舒服，多说话也是招她心里更难受，就不去惊动。月容睡过一觉，看到屋子里没人，一个翻身坐起来，在墙钉上扯着冷手巾擦了一把脸，整整衣裳领子，一面扯着衣襟，一面就向外走。看到店里墙壁上挂的时钟，已经有两点多钟了，自己鼻子里哼着一声道：“是时候了。”就雇了街边上一辆人力车子，直奔着合德饭庄。

赶上这天是个好日子，这饭庄子上，倒有三四家人办喜事，门里门外，来往的男女，闹哄哄的。虽是走到庄子里面，只是在人堆里面挤着，也并没有什么人注意。月容见墙上贴着红纸条，大书“丁宅喜事在西厅，由此向西”。月容先是顺了这字条指的方向走去，转弯达到一个夹道所在，忽然将脚步止住，对前面怔怔望了一下。远远地听到王傻子叫道：“喂，给我送根香火来，花马车一到，这放爆竹的事，就交给我了。”月容好像是做了什么亏心事一样，心里扑通扑通乱跳着，把身子转了过去，对墙上一张朝山进香的字条呆望着。这样有五分钟之久，也听到身后纷纷地有人来往，猜想着，这里面有不少相识的人吧？这么一想，越是不敢回头，反是扭转身，悄悄地向外面走了出来。

但还不曾走出饭庄子大门，一阵阵军乐喧哗，有一群人嚷了出来道：“丁宅新娘子到了。”随着这叫唤声，有好些人拥了向前，把月容挤到人身后去。月容想道：挤到人身后去也好，借着这个机会，看看田二姑娘变成了甚样子。于是就在人缝里向外张望着。田二姑娘还没出现，丁二和先露相了。他穿着蓝素缎的皮袍子，外套着青呢夹马褂，在对襟纽扣上，挂着一朵碗口大的绒花，压住了红绸条子。头发梳得乌亮，将脸皮更衬得雪白。且不问他是否高兴，只看他笑嘻嘻的，由一个年轻的伴郎引着，向大门口走来。他两只眼睛，完全射在大门外面，在两旁人缝里还有人会张望他，这是他绝对所猜想不到的。虽然月容在人后面，眼睛都望直了，可是他连头也不肯左右扭上一下，竟自走了。

月容立刻觉得头重到几十斤，恨不得一个筋斗栽下地，将眼睛闭着，凝神了一会儿，再睁开眼来看时，新郎新妇并排走着，按了那悠扬军乐的拍子，缓缓地走着。新娘穿着粉红绣花缎子的旗袍，外蒙喜纱，手里捧着花球。虽然低着头的，只看那脂粉浓抹的脸，非常娇艳，当然也是十分高兴。在这场合，有谁相信，她是大杂院里出来的姑娘？月容一腔怒火，也不知由何而起，恨不得直嚷出来，说她是个没身份的女人。所幸看热闹的人，如众星捧月一般，拥到礼堂去了。月容站在大门里，又呆了一阵，及至清醒过来，却听到咚咚当当的，军乐在里面奏着，显然是在举行结婚典礼。鼻子里更随着哼了一声，两脚一顿，扭头就跑出来了。

北京虽然是这大一个都市，可是除了宋小五家里，自己便没有安身的所在。雇了车子，依然是回到月牙胡同大杂院里来，刚走进门，小五娘迎上前，握住她的手，伸了脖子道：“姑娘，这大半天你到哪里去了？我们真替你担心。老头子今天回来得早，没有敢停留，就去找你去了。”月容笑道：“怎么着？还有狼司令虎司令这种人把我掳了去吗？若是有那种事，倒是我的造化。”她说着，站在屋子里，向四周看了一看，见宋子豪用的那把胡琴挂在墙上，取下来放在大腿上，拉了两个小过门。小五娘站在一边，呆呆地望着她，就咦了一声道：“杨老板，敢情你的弦子拉得很好哇。”月容先是眉毛一扬，接着点点头道：“若不是拉得很好，就配叫做老板了吗？身上剩的几个钱花光了，今天我要出去做买卖了。”

小五娘猛然间没有听懂她的意思，望了她微笑道：“开玩笑，上哪里去做生意？”月容两手捧住胡琴，向她拱了一拱，淡笑道：“做什么生意？做这个生意。你不是说，我拉胡琴很好吗？”小五娘道：“这两天不要紧，我们全可以垫着花，怎么混不过去？也不至于这十冬腊月的要你上街去卖唱。”月容道：“卖唱？也没有谁买得起我唱戏他听。”小五娘道：“你怎么说话颠三倒四的？你还拿着胡琴在手上呢。”月容哦了一声道：“我不是这样说过吗，我今天有点发神经病，说的话你不理会了。”说着，放下胡琴，又倒在炕上睡了。直睡到天色昏黑的时候，见小五娘捧着煤油灯出去打油去了，自己一个翻身坐了起来，拿了墙上挂的胡琴，就扯开门走出去。

刚走到大门口，黄氏抢着进来，在月亮地里看到月容，立刻迎上前去，扯着她的衣襟道：“姑娘，恭喜你……”月容道：“恭喜我？别人结婚，我喜些什么？”黄氏道：“吓，你总不忘记那个姓丁的，我说的不是这个。我到市场里去过一趟了，一提到杨月容三个字，他们全欢迎得不得了。”月容和她说着话，两脚依然向外面走，黄氏要追着她报告消息，当然也跟了出来。月容把手上的胡琴交给她道：“大婶，你来得正好，我就差着你这么一个人同去。我想偷着去看看这两位新人，是怎么一个样子，怕不容易混进门去。现时装作卖唱的，可以大胆向里面走。”黄氏道：“作喜事的人家，也没有人拦着看新娘子的。可是见了之后，你打算怎么办？”月容道：“我是卖唱的，他们让我唱，我就唱上两段。他们不让我唱，我说了话就走。”黄氏道：“别啊，姑娘，人家娶了亲，一天的云都散了，你还去闹什么笑话！我这么大岁数了，可不能同你小孩子这样地闹着玩。”月容道：“你要去呢，装着这么一个架子，像一个卖唱的，你不同我去，我一个人也得去。”说时，拿过黄氏手上的胡琴，扭转身来，就往前面走。黄氏本待不跟着去，又怕她惹出了乱子，把自己所接洽的事情，要打消个干净，于是也就跟着她一路向外走了去。

月容看到她跟着来了，索性雇了两辆车子，直奔丁二和家来。下了车，见大门是虚掩着的，推门向里看去，那里面灯光辉煌的。正面屋里，有强烈灯光，由一片玻璃窗户向外透出，映在那窗格子上的大小人影子，只管下上乱动。在这时候，除了说笑声和歌唱声而外，还有人拍手顿脚，高兴得不得了。月容想着，新房必是在那里，一鼓作气的，直冲进那正屋里去。正中梁柱上，垂下来一盏雪亮的大电灯，照着地面也发白。正中桌子上，摆着茶碗干果糕饼碟子，四围椅凳上坐满了人，有的嗑着瓜子谈笑，有的扶了桌子，拍着板眼唱西皮二簧。虽然进来一位女客，也没有谁注意。

月容看到右边屋子垂下了门帘子，那里有哗啦哗啦的搓麻雀牌的声音，料着这是新房，掀开帘子，更向里面闯了去。可是进门看着，只是普通房间，围了一桌人打牌，不觉失声道："哦，这不是新房！"一个打牌的道："新郎刚到屋子里去和新娘说几句话，你就别去打岔了。"月容道："我是卖唱的，你们这里办喜事，也不唱两折戏热闹热闹吗？"黄氏随了她进来，正想从中介绍一番，现在还没有开口，她已经说是卖唱的了，那也只好悄然站在她身后望了大家。黄氏一来，更证明了这是一副卖唱的老搭档，她那二十年卖唱的神气是不会改掉的。有人便问道："你们唱什么的？"月容道："大鼓小曲儿，全成。只是我今天没有带家伙出来，只能唱大戏。"说着，在黄氏手上接过胡琴来，靠了门站住，将胡琴斜按在身上，拉起《夜深沉》来。几个打牌的，一听之下，全都发愣地向她望着。月容脸上带了三分微笑，低垂了眼皮，将一段《夜深沉》拉完，笑道："各位不听吗？我也不唱了。"说着，扭转了身体，就向院子外走去。

走出了大门，她又继续着将胡琴拉起，黄氏跟在她身后，追着问道："姑娘，你这是什么意思？"月容也不睬她，只管继续拉胡琴，出了这胡同，闪到小胡同里去站着，却听到丁二和在身后连连大叫着"月容，月容"。黄氏扯着月容的衣服，轻轻地道："丁二和追来了。他瞧见你的吗？"月容道："等等罢，他一定会追到这里来的。他到了这里，别的不说，怎么着我也得损他两句。"黄氏道："过去的事，提起来也是无益。人家今天刚成家，也不能因为你损他几句，他把家又拆了。"月容道："我拆他的家干什么？我见着面，还要劝他夫妻俩客客气气呢。"两人说着话，月容手上就忘了拉胡琴。胡琴声音停止了，那边丁二和叫唤的声音也没有了。黄氏道："怎么他不叫唤了？准是回去了吧？"月容道："我先是怕他不睬我了，现在既然出来叫我，不找个水落石出，他是不会回去的。"黄氏道："那我们就等着罢。"月容扶了人家的墙壁，把头伸出墙角去，向外面望着，两分钟，三分钟继续地等着，直等着到二三十分钟之久，还不看到二和前来。

黄氏伸手握着月容的手道：“姑娘，你瞧，你的手这样凉，仔细为这个得了病。”月容道：“再等十分钟，他东西南北乱跑也许走错了路。过一会子，他总会来的。”黄氏见她是这样坚决的主张，也就只好依了她。可是又等过了十来分钟，只见月亮满地，像下了一层薄雪，风吹过天空，仿佛像很快的薄刀，割着人的皮肤。人家墙院里的枯树，让这寒风拂动着，却是呼呼有声，此外是听不到一点别的声音。黄氏道：“姑娘，我看不用等了。人家正在当新郎的时候，看新娘还嫌看不够，他跑到外面来追你干什么？回去罢，天怪冷的。”月容穿的这件薄棉袄，本来扛不住冷，觉得身上有些战战兢兢的，现在黄氏一提，更觉得身上冷不可支，只得随着黄氏低下了头，走出小胡同去。

月亮地上，看看自己的影子倒在自己的面前，送着地上的影子，一步一步地向前移着。寒夜本就走路人少，她们又走的是僻静的路，她们只继续地向前，追着她们的影子，此外是别无所有。因之两人并不找车子，只是靠谈话来解这寂寞的行程。虽然天冷，倒可以借着走路，取一点暖气。

缓缓地走到了家门口，大杂院的街门，全都关闭上了。黄氏挨着墙根，在宋子豪屋外头，昂着头连连地叫了几声，小五娘就颤巍巍地答应着，开大门出来。一见月容，就伸出两手，握着月容的两只手，连连地抖擞了一阵，颤着声音道：“我的姑娘，你怎么在外边耽搁这样大半天？把我急坏了。没什么事吗？”黄氏站在她身后插嘴道：“啊，今天晚上，可来了一出好戏，回头你慢慢地问她就是了。明天我上午到你们家来罢。没别的，咱们一块儿到市场去吃锅贴。等姑娘答应了，明天同到茶社里去瞧瞧，这一瞧，事情那就准妥。”小五娘笑道：“是吗？只要姑娘肯去，茶社里老板一定会抢着会账。别说吃锅贴，就是吃个三块四块，敢情他都认了，哈哈！”说着，两人对乐了一阵。

月容听说，心里也就想着，只看他们听说自己要出面，就是一句话，乐得他们这个样子。若是真上台挣起钱来了，那他们要欢喜到什么样子呢？走进屋子去，耳官灵敏的宋子豪，没等月容身子全进门，早是一个翻身，由烟炕上坐了起来，右手拿了烟枪，握拐杖似的，撑在大腿上，左手三个指头，横夹了烟签子，向月容招着手道："杨老板，来来来，到炕上来靠靠罢。外面多凉，我这里热烘烘的炕，你先来暖和暖和罢。"月容点点头，刚走过来，宋子豪又眯着眼睛向她笑道："姑娘，你今天在外面跑，累得很了吧？玩两口，好不好？"说时，递过那烟枪，作个虚让的姿态。

月容看那烟枪，是根紫竹的，头上还嵌着牛骨圈儿，便问道："大爷，你这烟枪是新买的吗？"宋子豪笑道："你好记性，还认得它，这正是死鬼张三的东西。"月容道："那么，是那老帮子送给你的了？这没有别的，必是她运动你劝我上市场。"宋子豪依然眯了眼睛笑着，月容正了颜色道："大爷，你们要是因为穷了，打算抬出我来，挣一碗饭大家吃，我没有什么不同意的。独木不成林，我出来混饭吃，也得人帮着。若是你们另想个什么主意，要打我身上发财，那可不成，你就是把我送上了汽车，我也会逃下来的。"宋子豪把烟枪放了下来，两手同摇着道："决不能够，决不能够。"说时，将烟盘子里烟签子钳起，反过来，指着炕中烟盘子里的烟灯道："我们要有什么三心二意，凭着烟火说话，全死于非命。姑娘，你既然知道，我们是为了穷要抬出你来，我们也就不必瞒着，只望可怜可怜我们罢。"他说完了，两手撑住膝盖，闭了眼睛，连摇了几下头，叹着一下无声的气。

月容隔了放烟具的所在和他并排在炕沿上坐着，偷眼对他看着，见他脸上放着很郑重的样子，便也点了两点头道："大爷，我想通了，你们劝着我的话是对的。这年头谈什么恩爱，谈什么交情，只要能挣钱，就是好事。有了钱，天下没有不顺心的事，我还是先来想法子挣钱。"宋子豪静静地听着，突然两手将腿一拍道："姑娘，有你这话，什么事不就办通了吗？好啦，我得舒舒服服抽上两口烟。"说着，他身子倒了下去，稀里呼噜地响着，对了烟灯使劲抽起烟来。月容拖过两个枕头，也就在炕上横躺下，小五娘在屋子里，摸摸索索的，动着这样，摸着那样，回头看看炕上，便道："喂，有了膏子，就别尽着抽了，明天你还要同张大婶儿一块儿上市场去呢。我说，咱们想点法子，把小五那件大衣赎出来，给杨老板穿上罢。我记得才当一两二钱银子。”宋子豪道：“是应当的，只是时间太急了，怕兑不出来。”月容笑道：“你们别这样捧太子登基似的，只管捧着我，把我捧不出来，你们会失望的。这年头，哎……”说着，她格格笑了一阵，一个翻身向里，径自睡了。

劳累的身体，冷清的心情，加上这暖和的土炕，休息之后，就很甜地睡过去了。等着她醒来的时候，坑上堆着一件青呢大衣，一条花绸围巾，还有一双毛绳手套。坐起来揉着眼睛出神了一会儿，正待问这东西是哪里来的，黄氏笑嘻嘻地在那面水柜子隔开的套间里迎了出来，因道：“姑娘，你醒啦，也是昨晚上累了，你睡得可是真香。我来了一早上，也没瞧见你翻过身。”月容道：“你一大早就来了？”黄氏笑道：“说到这件事，我们可比你还上心啦，做着这讨饭也似的生意，烟膏子上，我也存着五七块钱，先给你垫着花罢。你们当老板的人，若是出去，连一件大衣也没有，哪儿成啦？”月容皱了眉道：“你们这个样子捧我，照情理说，我是应当感谢你们的。可是捧我，不是白捧我，好像向你们借债一样。现在向你们借了钱，将来我要加双倍的利钱还给你们的。我总怕借了你们的钱，还不起你们这笔债。”

宋子豪正由外面进来，右手拿了一个报纸糊的小口袋，里面装了几个热烧饼，左手提着一只干荷叶包，外面兀自露着油淋淋的，分明是拿了一包卤菜来。月容的眼光射到他身上，他立刻放出了笑容，向她连点了几下头道：“姑娘，你说这话，我们就不敢当。我们捧你，那是事实。要说我们放印子钱似的，打算在你身上发大财，慢说我们没有这大胆，就是有这么大胆，你这么一个眉毛眼睛都能说话的人，谁还能骗得过你？”月容点点头道：“哼，那也不错，我是上当上怕了。一次蛇咬了脚，二次见着烂绳子，我也是害怕的。”宋子豪笑道：“这么说，我们虽不是三条长虫，也是三条烂绳子？呵呵呵。”说着，张开嘴来一阵大笑，顺手就把报纸口袋和荷叶包，都放在炕头小桌子上，两手抱了拳头，连拱了几拱，笑道：“不成敬意，你先吃一点儿。回头咱们上市场去，这顿饭可就不知道要挨到什么时候。”月容笑道：“你瞧，这一大早上，你们又请我吃，又请我穿，这样抬举着我，真让我下不了台。我要不依着你们的话，给大家找一碗饭吃，我心里过意不去。”

小五娘提着一把洋铁壶，正向破瓷器壶里代她沏茶，听了这话，把洋铁壶放在地上，两手一拍道：“这不结了。只要有姑娘这句话，我们大家都有饭吃。”黄氏也笑嘻嘻地端了一盆水进来。小五娘回头问道：“张大婶，你端的是什么水？没有用那小提桶里的水吗？”黄氏道：“我给姑娘舀了一碗漱口水呀，那水不干净吗？”小五娘道：“怎么不干净？我们这院子里，全喝的是甜井水。这些日子，水不大，姑娘喝不惯，在对过粮食店里，讨了半提桶自来水回来，为的给姑娘沏茶。”黄氏笑道：“还是宋大妈比我想得更周到，喝起水来，也怕我们姑娘受了委屈。”她说着，把脸盆放在方凳子上，然后在口袋里摸出一包擦面牙粉、一把牙刷子来，全放在炕沿上，笑道：“我知道，别的你还可以将就着用别人的，这牙刷子，教你用别人的，那可不成。”月容笑道：“大婶儿，这样叫你费心，我真不过意。”小五娘沏好了茶，将杯子满斟了一杯，送到桌子角上，笑道：“我们这老头子，抽上两口烟，就爱喝口好茶。这是我今天上大街买的八百一包的香片。”

月容见他们都做着人情，要谢也谢不了许多，只得大大方方地受用着他们的。刚洗过脸，黄氏就把她的洗脸水端了过去。宋子豪衔着半根烟卷，靠了门站定，喷着烟道：“那荷叶包子里是酱肉，你把烧饼一破两开，把酱肉放到里面当馅儿，吃起来很有味的。你瞧，我还忘记了一件事呢。”说着，伸手到衣袋里去掏着，掏出两个小纸包来，因笑道：“这是两包花生米，嚼着花生米就烧饼吃，一定是很有味的。”说着，两手捧着，送到这边桌上来。月容心里想着：吃了你们的东西，将来还你们的钱就是了，这也没什么关系。因此也就坦然地吃喝着。可是一回过头来，见宋子豪、小五娘、黄氏都在站班似的老远地站着，看着自己，因站起来道：“哦，我还没理会呢。怎么我一个人吃，你们全站在一边望着。”宋子豪道：“我们老早吃了烤白薯了。你吃罢，吃饱了，我们好早一点到市场去。”

月容也是照了他们的话，将酱肉夹在烧饼里面，手捏了咬着吃。口里缓缓地咀嚼着，不免微微一笑，鼻子哼着道：“最后这句话，你还是把心事说出来了。”宋子豪抱了两手作拳头，连拱了几拱，笑道：“姑娘，你是个圣人，我们哪瞒得了你。自然，我们也无非这点心事。”

月容也不再和他们客气，喝着茶，吃着烧饼。吃喝饱了，手抚摸着头发，问小五娘道：“你这儿没有雪花膏吧？”小五娘笑道：“本来没有，刚才我在篮子里把小五用的那半瓶雪花膏找出来了，给你预备着呢。”说时，她倒伸了一个指头，连连向月容点着。月容微笑道：“这好比我又要唱一出拿手好戏，你们伺候着我出台呢。可不知道前台有人叫好儿没有。”宋子豪夫妇同黄氏一齐答应着道：“有呀。”月容也就点点头微笑，在小五娘手上接过一只雪花膏瓶子，同一块落了嵌边的小方镜子去。两手托着，看着出了一会儿神，她却是点点头，又很重地叹了一口气。这一声叹息中那是甜酸苦辣的味儿都有含着的呢。

第三十六回　别泪偷垂登场艰一面　机心暗斗举案祝双修

世上有许多不愿跳上舞台的人，往往为着朋友的引诱，或者家庭的压迫，只得牺牲了自己的成见，跟着别人上台。其实他上台之后，受着良心的谴责，未尝不是精神上的罪人。

杨月容被宋子豪这批人恭维包围，无法摆脱，也就随着他们的怂恿，向市场清唱社去了。

是登场的后七天了，月容穿着黑绒夹袍子，长长的，瘦瘦的，露出了两只雪藕似的手臂。下面衣岔缝里，露出湖水色的绸裤，下面便是湖水色丝袜，白缎子绣花鞋，清淡极了。她漆黑的头发，在前额梳着刘海儿，更衬得她那张鹅蛋脸儿，非常地秀丽。在茶社的清唱小台上，她半低了头站着，台底下各座位上，满满地坐着人，睁了眼昂着头向台上看着。在月容旁边场面上的人，手里打着家伙，眼睛也是睁了向月容身后望着。每到她唱着一句得意的时候，前台看客轰然一声地叫着好，拉胡琴的，打鼓的，彼此望着微微一笑。在他们身后，有一排花格子门隔着，两旁的门帘子里和窗户纸里，也全有人偷着张望。随了这一片好声，在花格子底下的人，也都嘻嘻地笑了起来。

小五娘和黄氏并排站住，看过之后，两个人对望着，头碰着头，低声道："这孩子真有个人缘，一天比一天红起来。别说上台了，就是这样清唱下去，也是一个大大的红角儿了。"黄氏笑道："你瞧着，那第三排正中桌子上，坐的那个穿蓝绸袍子，戴瓜皮帽儿的，那是刘七爷。"小五娘道："袍子上罩着青缎子小嵌肩，口袋上挂着一串金表链，口角上衔着一支玳瑁烟嘴子的，手撑了头望着台上出神的，那就是的吗？”黄氏连连点了头道：“就是他，就是他。你瞧他微微地点着头，那正是他暗里夸月容的好处。”小五娘道：“今天这出《玉堂春》，就是刘七爷烦的。他说今天烦这出《玉堂春》，他就是要考一考月容，若是好，他就让月容加入他的班子。”黄氏道：“那么，他不住点头，就是把月容考取了。”小五娘笑道：“你瞧，我们那老鬼，拉着胡琴，也是眉开眼笑的，就是他大概也很是高兴吧？”

她说着话，一回头看到茶社东家王四，也走来在这里张望着，便点点头说道：“四爷，怎么样？我们给你拉的角儿不错吧？”王四比着两只灰布袍子的袖口，向她们连连打了两个拱，因笑道：“感激之至。可是她太红了，我们这一瓢水，养不住金色鲤鱼。听说她有人约着要搭班子了，今天刘七也来了，我倒有点疑心，准是他有约她的意思。”黄氏道：“那也不要紧呀，就是月容搭班子，也不能天天露。一个礼拜，在这儿告两回假，也不碍大事呀。”王四道：“刘七组班子，是要上天津上济南呢。”小五娘笑道：“我们介绍她来的时候，你还不敢让她唱压轴子，现在是短不了她了！”王四抬起手来，只管搔着头发。

说着话，月容已唱完了，向后台来，一掀门帘子，大家异口同声地道着辛苦。月容也满面是笑意，王四笑道：“杨老板，您不急于回去吗，我请您吃涮锅子。”宋子豪提了胡琴站在门帘下，不住地向她挤眉弄眼，意思自然是叫她不要答应。月容笑道：“老是叨扰四爷，我不敢当。这一个礼拜让您请过三次客了，改天我来回请罢。”王四笑道：“也许是刘七爷已经预定在先了吧？”月容脸上带着一点红晕，强笑了一笑，没有答复他。宋子豪在旁插言道：“四爷，您别瞧着刘七来听戏，就以为杨老板有离开这里的意思。组戏班的人，四处找合适的角儿，这是常事。杨老板的唱功、扮相，那用不着咱们自个儿夸。她二次出来，要个人缘儿，戏份又要得出，哪个不愿意邀她？刘七本来就和杨五爷有交情，他想邀杨老板的意思，不能说没有，可是杨老板真还没有和他接头。”王四笑道：“刘七爷那么一个老内行，他有那瘾，到茶楼上听票友？当然今天这一来是很有意思的，也许他不好意思今天就请杨老板吃饭，可是一天二天，他一定会请的。我这话只当是放一个屁，你们记着。”他把话说到这里，脸可就红了。

月容觉得王四帮忙不少，陡然和人家翻了脸也不大好，便笑道：“四爷，你别误会，今天我真有点私事，要和一个朋友商量一件事。”王四道：“哪一位呢？大概还是梨园行吧？”月容随便答道：“不，不，是一个姓丁的朋友，他是铁工厂里的。”王四笑道：“我不过随便地这样一句话，杨老板的交际我能问吗？明天有工夫的话，我明天再请罢。”宋子豪提着胡琴，就向后台外面走，口里道：“好好好，我们明天叨扰。”月容会意，取下衣架上的大衣，搭在手胳臂上，随了宋子豪后面走去，小五娘同黄氏自然也跟了去。王四站在后台，站着发愣，对了他们的去路，很是呆望了一阵，然后叹了一口气，走向前台来。

场面上打鼓的朱发祥，还没有走开，口里斜衔了一支烟卷，在胸前横抱着两只手胳臂，偏了头，只管出神。王四掀着门帘子出来了，看看茶座上，已走了十停之九的人，只是远远的躺椅座上还有几个人，便低声道：“发祥，你瞧，杨家这小妞，风头十足。”朱发祥笑道：“她是没有收下野性的鹰，饿了到你手上来找乐子，吃饱了，翅膀长满了，她就要飞了。”王四道：“刘七今天到这儿来的意思，你也看出来了吗？”朱发祥道：“他不为什么，还到这儿来听清唱不成？不用说，我只要知道他是刘七，就知道他是什么用意。月容本人年纪轻，她还不会到外面去张罗，这都是老枪宋子豪出的主意。照理说是不应该，在咱们这里还没有帮半个月的忙，怎么又有走的意思？”王四道：“她帮咱们的忙，不如说咱们帮她的忙吧。听说她原来跟着一个什么司令，人家玩了她几个月，把她轰了出来，就剩一个大光人。老枪在天桥混不下，也没有法儿，这就托人和我说，有这么一个人愿意来唱。我原来也听过她一两回戏，知道她扮相不错，唱呢，有时候还够不上板呢。反正这年头是这么着，有几成模样儿，就不怕没人捧。头三天我还没敢让她唱压轴子，谁知三天以后，她一唱完了，座上就开闸，闹得大家都不愿意唱在她后头。红是红了，要不是我肯用她，未必人家就知道她又出来了。”朱发祥道：“现在尽说也没用，她要是真走，咱们就得商量一个应付办法，必得找一个人比她还好，才能叫座。”王四将脸一沉道：“不能那样容易让她走，我得另想法子来对付。”他两人说着，一面下台向茶座上走。

这里有两个老主顾，赵二和蒋五，和王四都很熟。赵二躺在睡椅上，摇摇头道：“票友内行，我熟人少。要说到杨月容，我是一脉清知。也是坤角里面真缺人才，大家会这样拿着灯草秆儿作金箍棒耍。”王四道：“听说她以前家境很穷，所以一唱红了，忘其所以的，就出了花样子。”赵二笑道：“女孩子唱戏，有几个不是寒苦出身的？这不算为奇。”说着，淡笑了一笑，坐起来提着壶斟了一杯茶喝。王四同朱发祥也都在对面椅子上坐下，王四在身上掏出烟盒子来，起身向赵蒋二人各敬了一支烟卷。蒋五和赵二隔了茶几坐的，蒋五三个指头有意无意地在茶几上顿着烟卷，向赵二道：“丁二奶奶说的话靠得住吗？”赵二笑道：“这位丁二奶奶同月容是三角恋爱，诚心毁月容的话，当然也有两句，可是照实情说，也应当打个八折。”

王四听他们说话，两眼不免向他们呆望着，问道：“哪儿来的丁二奶奶？也是梨园行吗？”赵二道：“提起来话长。简单地说，丁二奶奶是我们同事丁二和的新媳妇，所以叫了二奶奶。当月容还没有红的时候，就是二和捧的。后来月容唱红了，把脸一变，跟了有钱的跑了，二和就娶了这位二奶奶。”王四道：“凭你这样说，也道不出月容什么身上的短处来。”赵二回转头向四周看了一看，笑道：“在这茶楼上，我也不便多说，据了二奶奶说，她是跟着张三在街上唱小曲儿的，后来跑出来，就在二和家里过活着。好容易二和把她送进梨园行，拜过了有名的老师，因为她行为不端，二和不要她，就和田家结亲戚了。”

蒋五口里衔着烟卷，两手回过去枕着头，躺在椅子上望了赵二笑道：“二奶奶也不用说人，她的情形，谁不知道？”赵二伸了伸舌头，摇着头道：“这个可不能提。”王四坐在旁边，见他们说话，那种吞吞吐吐的样子，心里也有几分明白，便笑道：“这个我们管不着。我也不能这样胁迫她，说是她要不在这里唱，我就揭她的根子。”赵二忽然哈哈一笑坐了起来道：“这倒有个法子，可以叫她在这里唱下去。”王四道：“只要有法子让她唱下去，怎么着委屈一点，我们也愿意呀。”赵二道：“用不着要你受委屈。我知道的，二和还在追求着月容，月容没有忘记二和，那也是真的。要不然，为什么丁二奶奶的醋劲很大呢？只要我们对二和说一声，月容在这里唱戏，他准来。他来了……”王四接着说道：“让我和他攀攀交情，那可以的，恐怕还没有那样容易的事。”赵二道：“不管成不成，我们不妨试试。”

王四毕竟不大知道丁杨的关系，总也希望能成事实，对于赵蒋二人，倒是很敷衍了一阵。眼巴巴所望的，便是月容在今天受过刘七的招待，明天到茶社来，看她是一种什么态度。

到了次日下午三点多钟，又是宋子豪一男二女拥护月容来了。王四迎上前去，在后台口上，向她连连点了几个头，带拱着手道：“杨老板来啦，今天早。”月容笑道：“快四点了，也不早。”王四向她周身看看，笑了一笑，想说什么，又想不出要说什么，但眼光望着人身上，不交代个所以然，又有点难为情，便笑道：“杨老板今天穿着淡蓝的衣服，比昨天那件黑绒的更要边式得多。”月容也对自己胸前看了一看笑道：“没钱买绸料子，做件蓝布衣服穿。”王四笑道：“漂亮的人，穿什么也好看，你这样像位女学生。”说时，向她脚下看去，笑道：“少一双皮鞋，我来奉送一双。”月容微微地笑着，不觉走近了上场门。

凡是卖艺的人，尤其是小妞儿，有这么一个脾气，未登场之先，爱藏在门帘下面揪着一线门帘缝，向外张望观众，月容在戏班子里也沾染了这种习惯。这时，走着靠近了门帘了，将身闪到上场门的一边，掀开一条帘子缝，将半边白脸，在帘子缝里张望着。当她开始向门外看的时候，还带了笑音，和身后的人谈话，后来这笑音没有了，她手扯了门帘，呆着在那里站住，动也不动。在后面的人，全也没理会到有什么变故。宋子豪向前一步，也到了帘子边下，笑道：“我瞧瞧，大概又上了个满座儿吧？”只见月容猛可地转回身来，脸红着，像涂了朱砂一般，连连地道：“他来了，他来了。”宋子豪倒是一怔，望了她问道：“谁来了？”月容抽回身，向台后那间小休息室里一跑，靠了桌沿站定，两手撑了桌子，连摆着头道：“这怎么办？”宋子豪也跟了进来问：“姑娘，什么事让你这样为大了难？”月容道：“二和来了。”宋子豪道：“他来了罢，难道还能禁止你上台唱戏吗？”月容道：“倒不是为了这个。”宋子豪道：“还有什么事觉得没有办法呢？”月容低了头很沉思了一会子，眼望了地面，将脚尖在地上画着，因道：“我就有点难为情。”她说这话，声音是非常地低小，低小得连自己都有些听不出来。宋子豪道：“这是什么话，唱戏的人，还怕人瞧吗？”月容道：“各有各的心事，你哪里会知道。”宋子豪道：“你怕他会叫你的倒好吗？”月容立刻正了颜色道：“不会的，他决不能做这样的事，他不会再恨我的，我晓得。我说难为情，是我觉得我做的事，有些对不住他，猛可地见着面，倒什么……似的，唉！”说着，垂下脖子去，摇了几摇头。

黄氏在一边看了她那情形，不住地点着下巴颏，似乎已在计算着月容的各种困难。宋子豪被月容一声长叹，把话堵回去了，只有站在一边发愣。黄氏就只好接嘴道：“姑娘，你怎么这样想不开？你们一不是亲，二不是故，爱交朋友就多交往几天，要不，一撒手，谁也不必来认谁。他先对不起你，做起新姑爷来了，怎么你倒有些难为情去见他？”月容道：“他虽然另娶了人，可也不能怪他。你看他今天还追到这茶楼上了，可见他心眼里还没有忘了我。”黄氏道：“你既然知道他来是一番好意，你就上台唱你的戏，让他见你一面罢。你怎么又说是怕见他？”月容低着头，很是沉思了一会子，却抬起头来道：“哪位有烟卷，给一支我抽抽。”宋子豪在身上掏出一盒香烟，两手捧着，连拱了几拱，笑道：“这烟可不大好。”月容也不说什么，接过烟盒子来，取出一支烟衔在口里，宋子豪在身上掏出火柴盒来，擦了一根，弯腰送过去，黄氏也在墙上擦着了一根，送将过来，那小五娘看到桌上有火柴盒，刚正拿到手里。月容说声劳驾，已是接过去，自己擦上一根，把烟点了。其余两根火柴，自己扔在地上。月容也没有理会这一些，她自微偏了头，缓缓地抽着，这里三个人没看到她表示什么意见，也就不好问得。

月容缓缓地把那支烟抽了一大半，这才问道：“大爷，今天咱们预备唱什么的？”宋子豪道：“你不说是唱《骂殿》的吗？”月容道：“改唱《别姬》得了，请你拉一段舞剑的《夜深沉》。”宋子豪笑道：“恐怕凑不齐这些角色吧？”月容道：“你去和大家商量，有一个霸王就得，只唱一段。”她交代了这句话，又向宋子豪要了一支烟卷抽着。宋子豪向门帘子外面张望一下，因道：“杨老板，咱们该上场了。”月容点点头，也没有做声。宋子豪提了胡琴，先出台去了。月容只管吸那烟卷，呆呆站着不出去。小五娘拧了把热手巾，走近前来，带了笑音低声道：“姑娘，你该上场了。”月容懒懒地接过热手巾去，随便地在嘴唇皮上抹了两抹，听着锣鼓点子已经打上了，将手巾放在桌上，低头掀着门帘子出来。

照例地，全身一露，台底下就是哄然一阵的叫好。在往日，月容绷着脸子，也要对台底观众冷冷地看上一眼，今天却始终是低着头的，坐在正中的桌子角上。北方的清唱，是和南方不同的，正中摆了桌子，上面除了一对玻璃风灯之外，还有插着箫笛喇叭的小架子，再有一个小架子，上面直插着几根铜质筹牌了，写着戏名，这就是戏码了。所有来场玩票的人，围了桌子坐着，你愿意背朝人或脸朝人那都听便。女票友更可以坐到桌子里面去，让桌子摆的陈设，挡住了观众的视线。玩票的人，拿的是黑杆，并非卖艺，也没有向观众露脸的义务。不过这里要月容出台，目的是要她露一露，往日也是让她坐在前面一张椅子上，或者站在桌子正中心，今天月容闪到桌子里面去坐着，这是全观众所不愿意的。王四在四处张望着，见又上了个九成座，大家无非是为了杨月容来的，怎好不见人？自己也就挨挨凭凭地走近了桌子边，想和月容要求一下。不料走近一看，却吓了一跳。

月容两手捧了茶壶，微低着头，眼眶子红红的。原来月容藏在桌子角上，虽然避免了人看她，但是她还可以看见别人。在玻璃灯缝里，已是不住地向外张着，在斜对过最后一排座位上，二和独据一张桌子坐在那里。他虽然还在新婚期间，但在他脸上，却找不着丝毫的笑容。穿了青呢的短大衣，回弯过两手，靠住了桌沿，鼻子尖对准了面前的一把茶壶，也是半低了头。但是他不断地抬着眼皮，向这里看了来，在这上面，决看不到他来此有丝毫的恶意。而且在这副尴尬情形中，分明他也是觉得会面就很难为情，似乎这里面有种传染病，当自己看过之后，也一般地感到难为情。于是索性将额头低过了茶壶盖，只管低了头。

本来自己一出台，已到了开口的时候，只因为那个配霸王的男票友出茶社去了，临时由别人垫了一出《卖马》。现在《卖马》也唱完了，锣鼓点子一响，月容想到老藏着也不是办法，只得随了这声音站起来。先是两手按住了桌沿，微微低着头，和演霸王的道白。胡琴拉起来了，要开口唱了，这就抬起头来，直着两眼，只当眼前没有什么人，随了胡琴唱去。先是绷着脸子像呆子似的，后来的脸色渐渐变着忧郁的样子，不知不觉地，那眼光向二和所坐的地方看去。他那方面，当然时时刻刻，都向台上看来的，月容看去时，正好四目相射。看过之后，月容仿佛有什么毒针在身上扎了一下，立刻四肢都麻木过去，其实也不是麻木，只是周身有了一种极迅速的震动。但是让自己站在唱戏的立场，并没有忘记，胡琴拉完了过门，她还照样地开口唱着。宋子豪坐在旁边拉胡琴，总怕她出毛病，不住地将眼睛向她瞟着。她倒是很明白，把头微微低着，极力地镇定住。有时掉过身来，在肋下掏出手绢来，缓缓地揩擦几下眼睛，眼眶儿红红的，显然是有眼泪水藏在里面。

王四坐在场面上，接过一面小锣来敲着，两眼更是加倍地向月容注视着。月容和这些注意的人，都只相隔着两三尺路，自然知道他们很着急，就眼望了他们，微点了两下头，那意思自然是说，我已经知道了。宋子豪算放了一点心，再跟着抬头向台下二和那里看去。他好像是在很凝神地听戏，两手膀子撑住了桌子，将十指托住脸腮，头低下去望了桌面。好容易熬到月容唱过了那段舞剑的二六板，以后没有了唱句，大家放心了。接着是加紧舞剑的情调，胡琴拉着《夜深沉》。

那个座位上的丁二和，先还是两手撑了头，眼望了桌面，向下听去。很久很久，看到他的身体有些颤动，他忽然站起身来，拿着挂在衣钩上的帽子，抢着就跑出茶社去。到了茶社的门口，他站定了脚，掏出衣袋里的手绢，将两眼连连地揩着。听听楼上胡琴拉的《夜深沉》，还是很带劲，昂头向楼檐上看了许久，又摇了两摇头，于是叹了一口气，向前走着去了。但走不到十家铺面，依旧走了回来；走过去也是十家铺面，又依旧回转身。这样来去走，约莫走有二三十遍。一次刚扭转身向茶社门口走去，却看到三四个男女，簇拥着月容走了来，虽然她也曾向这边看过来的，可是她的眼睛，并不曾射到那人身上，被后面的人推拥着，她没有停住脚就随着人走了。二和站着，很是出了一会儿神，然后再叹了一口气，也就随着走出市场了。

他新的家庭，住在西城，由市场去，有相当的距离。当他走出市场的时候，街上的电灯，已经亮着，因为心里头感到一种莫名其妙的空虚，在街上也忘了雇车子，顺了马路边的人行道，一步一步地向前走，回到家里时，已经完全昏黑了。那位做新人不久的田家二姑娘，这时已很勤俭地在家里当着主妇。晚餐饭菜，久已做了，只等着主人回来吃。看看天色黑了，实在等得有些不耐烦，情不自禁地到了大门口斜傍了门框，半掩了身子站定。胡同里虽还有一盏电灯，远远地斜照着，但还射照不到这大门以内。手挽了一只门环，头靠了门板边沿，眼睁睁地向胡同里看了去。

二和的影子，是刚在那灯光下透出，她就在脸上透出了笑容来等着。二和虽到了门外，还在街的中心呢，二姑娘就笑向前迎着他道："今天回来得晚了，公司里又有什么要紧的事吧？"二和默默地淡笑了一声，并没有答话。二姑娘在半个月以来，是常遭受到这种待遇的，却也不以为奇。二和进了大门，她又伸手携着他的手道："今天该把那件小皮袄穿上才出去，你瞧，你手上多凉。"二和缩回手来，赶快地在她前面跑着，走到院子里，就向屋子里叫了一声"妈"。丁老太道："今天怎么回来得这样地晚呢？"二和且不答复，赶快地向屋子里走了去。

二姑娘看他那情形，今天是格外地不高兴，也就随着他，跑到屋子外面来。还不曾跨进屋子门，却听到丁老太很惊讶地问道："月容又出来了吗？这孩子也是自讨的。""月容"这两个字，二姑娘听了，是非常地扎耳，这就站着没有进去，在窗户外更听下文。二和道："公司里有人说她在东安市场里清唱，我还不相信，特意追了去看看，果然是她。她没有出场，也就知道我到了，在唱戏之后，还让场面拉了一段《夜深沉》。不知道怎么着，我一听到了这种声音，就会把过去的事一件件想起来，心里头是非常地难过，我几乎要哭。后来我坐不住了，就跑出来了，没有到后台去找她。"丁老太道："清唱不是票友消遣的所在吗？她是内行了，还到那里去消遣干什么？"二和道："茶社靠这些票友叫座，有愿在他那里消遣的，当然欢迎，不愿消遣，他们就暗下里给戏份。男票友不过三毛五毛的，像月容这样的人，两三块钱一天，那没有问题。”丁老太道：“她有了职业也罢，年轻轻儿的，老在外面漂流着，哪日是个了局。”二和道：“改天星期，我要找着她谈一谈。我看前呼后拥的，好些人包围着她，和她谈话还是不容易呢。”丁老太道：“见着她，你说我很惦记她。大概她也不肯到咱们家来了；来呢，我们那一位，大概也不乐意。”说到这里，声音低了很多，似乎也有些怕人听到的意思。

二姑娘站在门外，越听就越要向下听。听到最后，不知是何缘故，身体都有些抖颤，最后，她只好扶着墙壁，慢慢地走回屋去。到了屋子里以后，便感到满腔怒火由胸膛里直喷出来，仿佛眼睛和鼻孔里，都向外冒着火焰，手扶了桌沿，人就是这样呆呆坐着。自然，胸中这一腔怒火，能够喊叫出来是更好，因之瞪了两眼，只管朝门外看去，便是这两只秀媚的眼里，也有两支火箭射出来似的。可是她有怒气，却没有勇气。她望着望着，二和进来了，她两眼热度，突然地减低，立刻手撑了桌面站起向二和笑道：“就吃饭吗？我去给你热那碗汤去。”二和依然是忧郁着脸子，摇摇头道：“我不想吃什么。”二姑娘笑道：“怎么着，有什么心事吗？”她说着这话，站起来迎到二和身边，微微地依贴着。二和牵起她一只手来握着，笑道：“我有什么心事？除非说是钱没有个够，还想公司里加薪。”

二姑娘听他说加薪，怕他再绕一个弯子，又提到刘经理身上去，这就笑道：“累了一天，为什么不想吃饭？也许是身上有点不舒服吧？”说时，那只手还是让二和握着，另一只手却扶着二和的肩膀，又去抚摸他的头发，低声笑道：“你还是吃一点罢。你打算还吃点什么合味的呢？我同你做去。”二和笑道：“我实在是不想吃什么，经你这样一说，我不得不吃一点。去到油盐店买一点辣椒糊来罢，我得吃点辣的刺激。”二姑娘笑道：“别吃辣的了，吃了上火。”二和道：“你不是说了我想吃什么，你就给我做什么吗？”二姑娘含笑向他点了两点头，自向厨房里去了。

二和坐在椅子上，对她去的后影望了一望，自言自语地道：“她现在倒能够忏悔，极力地做贤妻，不过似乎有点勉强。”丁老太在隔壁屋子里搭腔道：“二和，你在同谁说话？”二和道：“我这样想着，没同谁说话。”丁老太道：“你这孩子……唉，教我说什么是好。”二和哈哈一笑道：“这样的话我也不能说，那也太委屈了。”丁老太在隔壁屋子里没有回话，二和也就没有再向下说。相隔了约两三分钟，听到一阵脚步声，自窗户外走过。二和昂着头，问是谁，二姑娘在外面笑道：“给你沏茶呢。”二和也不理会，还是在屋子里坐着。

一会儿工夫，二姑娘将一只茶盘子，托了两菜一汤，送到桌上。老妈子提着饭罐子和筷子碗也跟了进来。二姑娘笑道：“你去烧一壶开水来给先生沏茶，这里的事交给我了。”老妈子放下东西去了。二姑娘先摆好双筷子在二和面前，然后盛了一碗饭，两手捧着送到二和手上笑道：“吃罢，热的。”二和笑道：“劳驾。你怎么不把碗举着平额头？”二姑娘道：“那为什么？”二和道：“这就叫举案齐眉呀。”二姑娘笑道：“只要你这样吩咐，我就这样做。”二和扶起筷子碗吃饭，向二姑娘笑道：“想不到我有了职业，又得着你这样一个贤妻，真是前世修的。”二姑娘眉毛一动，笑道：“我嫁了你这样一个精明强干的好丈夫，也算前世修的。”二和道：“我好什么！一个赶马车的。”二姑娘道：“你就不说你是镇守使的儿子吗？”二和扒了几口饭，点点头道：“再说，也得刘经理帮忙。”

二姑娘红着脸，没有答复他这句话，靠了墙边的梳妆台站着，很久，笑问道：“明天是星期六，可以早一点回来吗？”二和捧了碗筷向她望了笑道：“又给我预备什么好吃的？”二姑娘见他脸上，已是带着笑容，进言的机会就多了，打了个呵欠，抬起手来，抚着头发，因道：“吃的，哪一天也可以和你预备。你应该带我出去玩半天了。”二和低了头将筷子扒饭，因道：“没满月的新娘子，尽想出去干什么？”说这句时，是突然地说着的，语气未免重一点，说完了之后，倒有点后悔，又改了笑容道：“现在这年头，无所谓满月不满月，那有什么关系？不过，明天下午，我有一点事情。”二姑娘牵牵衣襟，低头道：“那么后天星期，可以带我出去玩了？”二和又低头吃着饭，脸没有看着人，因道：“后天下午三点钟以后，我还有点事。上午我可以陪你出去。”二姑娘脖子缩了一缩，笑道：“我和你闹着玩的，哪个要你陪着出去。”

二和看她脸上时，带有一种不自然的微笑，这也当然是她蜜月中一种失望。但这个星期六和星期日，绝对是不能陪她的，因笑道："那么明天晚上，我带你出去听戏罢。"二姑娘将颜色正了一正，因道："我不说笑话，明天下午，我想到嫂嫂那里去，把打毛绳子的钩针拿了来。"二和道："好的，见着大哥，你说我有事，明日不能请他喝酒了。"二姑娘笑着点了两点头。二和全副精神，这时都放在清唱社里的月容身上，对于二姑娘有什么表示，并没去注意。饭后，二和又到丁老太屋子去闲谈，二姑娘在留意与不留意之间，完全都听到了。自然，她也不在其间说什么话。

到了次日，二和换了一套新呢的学生服，拿了十元钞票揣在衣袋里，再罩上大衣。临走丢下了一句话，中饭不回来吃，晚饭用不着等，也许是不回来吃了。二姑娘一一答应了，装着什么也不知道似的。

在家里吃过了午饭，就对丁老太说，要回去一趟。丁老太道："家里有女佣人陪着，你放心回去罢。"二姑娘有了这句话，就回房去好好地修饰一番。当她临走的时候，又缓缓走到丁老太屋子里告辞。丁老太虽看不到她穿的什么衣服，但她走过之后，屋子里还留着一股很浓厚的香味。丁老太昂着头，出了一会儿神，一来她是新娘子，二来她是回娘家去，丁老太虽然有点不愉快，但是为省事起见，也就不做声了。

第三十七回　怀妒听歌事因惊艳变　蓄谋敬酒饵肯忍羞吞

田二姑娘说是要回娘家去，谁也没有领会到有第二个娘家。当她坐的人力车停下来时，却是刘经理家大门口。她付了车钱，走进大门的时候，守门的老李，迎着请了个安，笑道："你大喜了。"二姑娘站住，向他点了两点头，还没说话，那老李笑道："太太出去瞧电影去了。"二姑娘道："坐经理车子出去的？"老李道："经理在家。"二姑娘在身上掏出一张五元钞票，放在窗户台上，用手拍了两拍，笑道："给你买双鞋穿罢。"老李两屈腿请了个安道："又要你花钱。"二姑娘只向他微笑，踏着高跟鞋，进到上房去了。

刘经理的家，是有东方之美的高等住宅，更配着西方式的卫生设备。单以刘经理私人办公室而论，外面是红漆柱的走廊，配着绿格窗户，院子里撑上绿柱的藤箩架。架上叶子，凋零得干净了，阳光穿着藤枝，筛了满地的花纹。二姑娘由旁边月亮门钻进来，但见三五个小麻雀在地上蹦蹦跳跳，找寻食物，院子里不听到一点声息。二姑娘却故意把高跟鞋踏得突突作响，果然这响声有了反应，正面屋里的窗户帘，掀开一角，有张人脸在那里一闪。

二姑娘绕过了走廊，在正屋侧面的小门里进去。只一拉门，便有热气，向人身上扑将来，随着这热气，也就是一阵香气，因为这屋子里摆下了许多的鲜花盆景，都开得很繁盛。刘经理手指头里夹了半支吸过的雪茄，背了两手在屋子里来回地快走着。二姑娘进来了，他还是来回地踱着，脸上带了一点笑意，站住向二姑娘望着。二姑娘笑道："有钱的人家，到底是有钱的人家，这样的冷天屋子里又香又暖和。”刘经理将手向她周身上下都比着画了一下笑道：“瞧你穿得这样地美，淡绿色的绸袍子，外加着咖啡色的呢大衣，热闹中带着雅静……”二姑娘连连摇着手道：“得啦，得啦。趁你太太没在家，正正经经地谈两句话罢。”她说着，自在沙发椅子上坐下，背向后靠着，对刘经理道：“有好烟卷，赏我们一支抽抽。”刘经理正待伸手去按电铃，二姑娘便摇着头道：“别叫人来，在进门就花了五块。咱们就这样谈谈。”

刘经理便不按铃，在她对面坐着。二姑娘道：“你现在怕沾着我了，我身上也没长着刺，会扎了你？那样老远地坐着干什么。”刘经理笑道：“不是那样说，你以前是田二姑娘，现在是丁二奶奶，这其间当然有些不同。但愿你以后夫唱妇随，以前的事，一笔勾销。”二姑娘鼻子一耸道：“哼，一笔勾销那怎样能够？他对我的事情，十分不谅解。”刘经理道：“他不谅解到什么程度呢？”二姑娘道：“表面上他很平和的，只是冷言冷语的，说得很难受。”刘经理道：“这点醋意也是不免的，你好好对待他，慢慢地他也就忘记了。”二姑娘道：“他怎么能忘记？我的肚子，一天比一天大，他瞎了眼看不见吗？”刘经理将雪茄放到嘴里，连吸了两口，喷出烟来，微笑着道：“你放心，他一天在公司里做事，一天不敢追究这件事。凭他一个赶马车的人，白得一个美媳妇，又有一个每月四十块钱的位置，人财两得，还有什么不足的？”二姑娘道：“也不为着这公司里的一个位置吧，不然，过门第一天，我们就翻脸了。我心里明白，可是他既然是很勉强，不久总要出岔子的。昨晚上回来，我听到他和老太太说话，那个杨月容又出来了，现时在东安市场一家茶楼上清唱，他今天下午就要去捧她。”刘经理笑道：“这是你吃醋了，告诉我有什么用呢？”二姑娘道：“我真不吃醋呢！不是为着肚子里这个累赘，根本我就不嫁丁二和了。今天我到这里，托你一件事，办不办在你。”

刘经理笑道：“话还没有说，你就先给我一点颜色看，大概这事情是不大好办吧？”二姑娘道：“二和不是要听清唱去吗？当他在听的时候，希望你也去罢。”刘经理道：“你的意思，我明白了。以为我在那里，他就坐不住。”二姑娘道：“当然。我是这样想，只要你连去三天，他就会永远不去了。”刘经理道：“你就让他去听得了。在外面卖艺的女孩子，什么大人物没有见过，她决不会把丁二和这种人看在眼里的。”二姑娘道：“我没有把他们过去的事情告诉你吗？若不趁早去拦着他，那我敢说，不到一个月，姓丁的就会同我决裂。决裂，我不含糊，可是他说出来的理由，一定受不了。到了那个日子，也是你的累。”刘经理将雪茄衔在口里，深深地吸了两口，因道：“你这个主意，虽然不错，可是只能禁止二和不去捧场，他若是暗下里和姓杨的来往，有什么法子禁止他？”二姑娘道：“先拦着他不去捧角儿再说。暗下里来往我再在暗里头拦着他。”刘经理笑道：“只听到你们说杨月容左一段艳史，右一段艳史。到底是怎样一个美人儿，我倒要去瞧瞧。”二姑娘道：“今天二和准在那里，你就去罢。去了叫声倒好，我也解恨。”

刘经理扛着肩膀笑道：“你就这样白来一趟吗？”二姑娘将脸色一板，横了眼望着他道：“你不说我已经是丁二奶奶了吗？”刘经理道：“现在我还是这样说呀。我也没有别的意思，觉得你来过之后，烟没有抽我一支，茶也没有喝我一口，就这样地走了，我有点招待不周。”说时，把两只眼睛笑得眯成了一条缝，将背向沙发椅子上靠着，架起右腿来，只管颠着。二姑娘道：“招待周与不周，我倒不管。但望你负一点责任，把我身上这点累赘给我解除了，我就感恩不尽。”刘经理道：“这也没有什么关系，到了那时候，你拿我的名片到医院里去就是了。”二姑娘又将眼睛一横，点点头道：“哼，你倒说得很自在，到了日子，上医院一跑就了事？请问，由现在到那发动的日子，这一大截时间，我怎么对付着过去？”刘经理笑道：“这个……”说着抬起手来，连连地搔了几下头发，嘴里跟着还吸上了一口气。

二姑娘先是鼓了嘴，随后也就弯着腰，扑哧一笑道：“你们当经理的人，也就是这点儿能耐。”刘经理道：“不是为这一点缘由，我极力地敷衍丁二和干什么？”二姑娘道：“你知道用手段敷衍他，你就该知道用手段制伏他。”刘经理道：“说来说去，还是那一句话。车子可不在家，要不，我马上就去。”二姑娘道：“你就在汽车行里叫一部汽车去，又算得什么？”说着，手扶了茶几站起来，因道：“我可要走了，是我的事，也是你的事，你若是不办，到了那个节骨眼儿，我也有我的办法。”说完，她一扭身子，就推了门出去。可是她走出了门外，却站了一站。这一站，可让门里伸出一只手来，把她拖进去了。

在一小时以后，二姑娘回娘家去打了一个转身。刘经理也就到了东安市场。当他走上茶楼的时候，各茶座上都坐满了人。那茶楼上的茶房见他穿着氅皮鼠子大衣，戴着獭皮帽子，手指头上夹了半截雪茄，又是面团团的，这就立刻迎上来笑道：“你要坐前面点儿？还是到那边雅座里去躺躺儿呢？”刘经理也没说什么，将手指头夹住的雪茄，向前指了一指。茶房会意，就在最前面一张桌子边，找了一个位子，引他坐下。刘经理在跨进楼口的时候，早就把眼睛向四周人头上扫了一遍，在里边的楼角上，看到有个人将两只手抬起来撑住了桌沿，再将两只巴掌托住了自己的下巴，呆呆地向台上望着。虽然那手掌够把脸子挡住了，可是在他的姿态上，已经可以看出他是二和了。

彼此相隔着路远，他不向这里看来，自己也不能无缘无故地闯将过去。坐下来，又回过头去，向二和看着，二和正是放下手来，要找个什么，正好和刘经理打个照面。二和立刻站起身来，远远地鞠着半个躬。

刘经理倒也带了笑容，向他点了两点头，此外并没有什么表示，坐正了对着台上，不到半小时，茶座上的人，哄然地叫了一阵好，见门帘子微微地掀动着，一个穿绒袍子的女郎，悄悄地走了出来，就在桌子旁边坐了。只看见她抬起一只雪藕似的手臂，轻轻理着鬓发，对在座的人，一一点着头。在远处虽听不到她向人说什么，然而红嘴唇里，微露着两排白牙，那一种动人的浅笑，实在妩媚，就这一点上，已经断定她是杨月容了。看那细小的身材，实在不过十七八岁，这样妙龄的少女，哪里看得出她是经过很多磨折，富有处世经验的人？恐怕关于她的那些故事，都是别人造的谣言了。如此想着，对于月容的看法，还另加了一番可怜她的眼光。

月容早看到二和今天又来了。只因昨天的满面泪容，引起了许多人注意，这不但透着小孩子脾气，也许人家注意到二和身上去，让他不好意思地再来。因之今天未出场之先，就作了一番仔细的考虑。到了快掀帘子出来的最后五分钟，才由身上掏出粉镜子来，匆匆地在鼻子边抹了几下，然后又将绸手帕轻轻地抹了几下嘴唇。这还不足，又对镜子里装了两次笑容，颇觉得自然，于是放心到场子上来。当掉转身靠了椅子坐下时，很快地向里边角落里看去，二和还是两只手撑住了头，对着这边看了来。月容没有敢继续着向那里回看过去，两三次地抬起手来抚摸着鬓发。偏是茶座上有几个起哄的青年，就是月容这样抬手抚摸鬓发，他们也是跟了叫好。这样月容就更不敢向茶座上看过来了。

在茶座里的刘经理，将那半截雪茄衔在嘴角上，身子伏在桌沿上，昂了头向台上看了来。这时，虽然另有人在唱戏，他完全没有理会，只是将两眼向月容身上死死地盯着。别人叫好，他就衔了雪茄，连连地点了几下头。点过头之后，又将头下部微微地摆荡，整个头颅，在空中打着小圈圈。正在出神之际，耳边却有人轻轻地道："经理，你很赞成这位杨女士吧？"刘经理回头看时，正是自己的属员赵二，便点点头笑道："我在市场里买东西，随步走上楼来歇歇腿儿。你是老在这里喝茶的吧？"赵二笑道："也就为着这里有票友，花一两毛钱，可以消磨好几个钟头。"他说着话，在身旁桌子下面拖出一只方凳子来，就靠住刘经理坐下，低声笑道："这位杨女士，原是内行。现在加到清唱班子里来，当然比普遍的人好，经理可以听几句再走。"刘经理笑着微微点了两下头。赵二在身上掏出烟盒子来，取了支烟卷在手，站起身来，弯着腰向刘经理面前递了过去，低声道："你换一支抽抽。"刘经理举着手上的雪茄，笑了一笑。赵二看到刘经理的茶已经沏来了，就取过茶壶，向他面前的茶杯满满地斟上了一杯。刘经理看到，也只是点点头。

在这时，坐在场上的月容，端起一把红色茶壶，连连向壶嘴里吸了几口。在场上和她配戏的人，有两位隔了桌面向她点点头，打着招呼，接着戏开场了，却是《二进宫》。月容在戏里唱皇娘一角，正是清唱容易讨好的唱功戏。刘经理口里衔了那半截不着的雪茄，昂着头向台上呆望着，动也不动，别人叫好的时候，他也把头点上两点。月容在今天，受着王四的请求，没有坐到桌子后面去，只是在桌子前面右边椅子上，半歪了身子向里坐着。刘经理虽然只看到她半边脸，但有时她回过脸来看别处，却把她看得很清楚。当她在唱得极得意的时候，场面上不知谁大意，把一面小锣碰着，落到地上来了，当的一声响。月容坐在椅子上，先是吓得身子一跳，随后就回过头来向场面上红着脸瞪了一眼，但随着这一瞪眼之后，再回过头去，却又露出雪白的牙齿微微一笑。刘经理将脑袋大大地晃着一个圈子，叫道："好，够味。"

赵二看到刘经理这样赞成，悄悄地站起身来，到别的地方去。约莫有十几分钟的工夫，他回到了原地，刘经理还不知道。赵二低声笑道："经理，回头到东来顺去吃涮锅子，好吗？"刘经理道："不必客气。"赵二笑道："不，我和这茶楼上的老板熟，刚才和他说了。"说到这里，把头伸过来，就着刘经理的耳朵，将右手掩了半边嘴唇，轻轻向他道："他满口答应了，约着月容也来。"刘经理笑道："成吗？咱们跟人家没有交情呀。"赵二点点头答应着道："成，这里老板邀她，她不能不去。再说，经理在座，她更不能不去。"刘经理想了一想，笑道："东来顺太乱吧？"赵二道："那就是东兴楼罢。"刘经理道："当然由我会东。你先去打个电话，说我定座，一提我，他们柜上就知道的。"赵二答应了一声是，起身打电话去了。

这一来，刘经理听着戏更得劲，关于二和的问题，早是丢到脑后。不等散场，他就到东兴楼去等候着。酒馆和茶楼，相隔只有五分钟的路程，刘经理只刚坐下，赵二蒋五一同进来，赔着笑道："她一定来。"刘经理笑道："我知道你们是这茶楼上的老主顾。"赵二笑道："我把那个拉胡琴的老板也找来了，回头咱们可以叫她唱一段。"刘经理背着两手，绕着屋子中间的圆桌子不住地转圈子，因道："我也是一时高兴。老赵说是请我吃东来顺，遇见了我，没有叫你们会东之理，所以我就转请你们到这里来了。她来不来倒没有关系。"只这一句，却听到院子里有人答道："来了来了，说好了，怎能够不来？"

刘经理伸头向门帘子外面看去，只见宋子豪放下两只青袍子的长袖，由右手袖笼子里垂出一把胡琴来。他见门帘子里面，有人影子晃动，左手伸上去，将瓜皮帽子上的红疙瘩捏住，提起帽子来，远远地向门里头鞠着躬。他后面跟着月容，已加上了青呢大衣，在领口里已露出白毛绳围巾，粉红脸儿，配上这一切，透着雅静。在她后面，才是那位茶楼老板王四。他见前面的人脚步缓一点，抢上前两步，揪着门帘子进来，取下头上瓜皮帽，两手抱住，连连地向刘经理打了两个躬，哈着腰笑道："这是刘经理，久仰久仰，没有向公馆里去问候。"那赵二是应尽介绍之责的，只好抢着在中间插言，代王四报告姓名。转过身来，见宋子豪已是领着月容进来，站在一边，这就向月容深深地点了一个头，笑道："杨老板，这就是电灯公司刘经理，北京城里，最有名的一位大实业家。无论内外行，只要稍微有名的人，全都和刘经理有来往。"说着伸出右手来，向刘经理比着。

月容听到电灯公司这个名称，心里就是一动，莫非二和有什么事要同我交涉，还特地把他们的经理给请出来？于是先存下三分客气的意思，向刘经理鞠了一个躬。刘经理再就近将月容一看，见她细嫩的皮肤，仿佛是灰面捏的人一样，也就微抱了双拳，在胸上略拱了两拱，点着头笑道："久仰久仰，只是无缘奉请。"月容也不知道说什么是好，只是和他点着头微微地笑着。虽然她嘴里也曾说着话的，不过只看到她的嘴唇皮活动，却没有一点声音。宋子豪静站在旁边可有些耐不住了，这就向前挤了一步，两手捧了帽子带胡琴，弯腰一躬到地，然后高举两手，作了一个揖，起来，笑道："本不敢打搅刘经理，王四爷说，也许经理高兴，要消遣一两段，所以斗胆跟着来了。我说，我不必叨扰了，就在旁边坐着候一会儿罢。"刘经理见他身上那件青布袍子，上面乌得发光，一片片的油渍。袖口上破成了条条的网巾，好像垂穗子似的垂了下来。偏偏他的袍子衣领里，还要露出一圈小衣，分明是白色的，这却被颈脖子上的污垢，把衣染得像膏药片一般。刘经理一见，就要作恶心，只因他是很客气地施礼，倒不好不理会，便淡笑着向他点了两点头。

月容回转头来向宋子豪道："现在这年头，大总统和老百姓全站在一个台阶上，大家平等。过于客气了也不好，要是那么客气，我就坐不下去了。咱们爷儿俩，还能分个彼此吗？"刘经理先是怔怔地望了她向下听去，她说完了，这就回转身来，向宋子豪笑道："请吃便饭，就不必拘束，请坐请坐。"说时，回转头来，看到月容，接着笑道："杨老板请坐。”月容看看在面前的人，除了刘经理，都透着受拘束，这就向大家看了一眼道：“大家都请坐罢。”说着，自挪开了桌子边一把椅子坐下。刘经理道：“是，大家随便地坐，这也无所谓，我不坐主席了。”他交代过了，就挨了月容右手边的椅子坐下。在场的人一见，大事定矣，自然也就不去作多余的周旋，跟着在桌子周围坐下。

刘经理见月容坐在下手，微低了头，将手比着筷子头把筷子比齐了，脸上似乎带了笑容，可是仔细地看起来，她又是绷着面子，垂了眼睛皮，不看任何一人，这就料着她不至于不应酬这个场面；但是，也不大愿意这里应酬的。于是将两只袖口微卷了几卷，昂着脖子向站在旁边的伙计点点头道：“你告诉柜上，照我们这些人，配着够吃的菜做上来。记着，这里面一个红烧鱼翅。”伙计答应去了，王四隔了桌面就站起来笑道：“刘经理，您别太破费了。”刘经理伸出手来，向他招了几下，笑道：“坐下，坐下。今天难得杨老板赏脸，要不预备一两样看得上眼的菜，让人家说咱们过于悭吝。”王四见他这本人请账，不写自己身上，透着没趣，只好红了脸坐下。月容又低着头笑了一下。宋子豪看到，就欠着身笑道：“月容将来上台，还要请您多捧场呢。”刘经理道：“在哪家露演呢？两三个包厢，那毫无问题。事先把票子送来就是了。大概散坐上也要有人叫好，才够热闹，每天我要五十张票。”月容听到他肯这样大量地帮忙，自然是一件可感的事，情不自禁地，却在欢喜的时分，微微一笑。但笑出来之后，又感到是不怎样适宜的，于是把头低下去。

刘经理看到，也觉得这腼腆的少女之笑，非常够味，于是把大脑袋再晃成个小圈子，笑道：“好好，凭着杨老板这一表人才，我们不捧还去捧谁？这样罢，干脆，每天给我留三排座，二三四三排。不管一百座，二百座，全是我的。”宋子豪坐在对面，也高兴得张开那张没牙的嘴，合不拢来，举起一个大拇指道：“这真是一件豪举！除了刘经理，可以说没有人可以办到。”说到这里，伙计已向桌子上端着酒菜。有刘经理在场，自然有伙汁提着酒在身后斟酒。宋子豪立刻站起来向月容点点头道：“难得刘经理肯这样地帮忙，咱们借花献佛，就借着刘经理的酒，向刘经理敬上一杯罢。快接过壶来。”说时，就不住地向月容丢着眼色。

月容会意，就站起身来，将茶房手上的酒壶接过，回转身来，向刘经理站着。还没有开言呢，这一下子，可把刘经理急了，呵哟着一声，随着也站起来，两手抱了拳头，不住地作揖道：“这就不敢当，这就不敢当。”月容低声道：“我可不会应酬，刘经理别拘谨。”说时，两手依然抱住那把壶。刘经理笑道：“这是形容我做主人的荒唐。我以为大家随便吃饭，用不着客气，所以就让茶房斟酒。这么一来，把我形容得无地自容了。”赵二见月容两手捧了壶，头微低着，两腮红红的，这就向刘经理笑道：“经理，你就接着这杯酒罢。你瞧，杨老板多么受窘。你就快接着罢。”刘经理口里连说好好，两手捧着杯子，向月容面前接酒。月容笑着提起酒壶来，把酒斟将下去，刘经理两眼笑着合成了一条缝，口里连说不敢当不敢当。月容老早已把他的杯子斟满了，酒既不能再向下斟，他还是那样地端着杯子，也不便将两手缩了回来，因之刘经理发了愣地站着，月容也只有跟了他发愣站着。

宋子豪看到，就向月容叫道：“杨老板，你请刘经理坐下罢。这样客气什么时候为止哩？”月容抬头看时，刘经理才觉悟到手里的杯子，已是斟得满满的，纵然手不动，那杯子里的酒，也是晃荡晃荡地泼了出来。接着又哦哟了一声，低下头来，一伸脖子，把杯子里酒刷的一声喝干，向月容照着杯，连鞠两个躬，笑道：“谢谢，我该转敬了。”月容红着脸道：“我可不会喝酒。”说着，带了笑容，连连地摇了一阵头。刘经理见她两手全捧了壶，势在不能夺将过来，便伸手拍着她的肩膀，笑道：“请坐请坐，有话咱们坐下来说。”月容回头看了一看，脸色正过来，默然地坐下，半低着头把酒壶在桌上放下，抬着眼皮，很快地向宋子豪看了一眼。宋子豪似乎知道她要看过去，他早预备下了，向她连连丢了两回眼色。月容回想到刘经理所说，每日要定两个包厢和前三排的座位，这就暗暗地咽下了一口气，平和了颜色坐下。刘经理虽然知道她的态度，颇是勉强。可是他也想着，哪个有几分姿色的女子，都有点脾气，这也不必介意，依然吃喝说笑的，对着杨月容带说带夸。

赵二在吃六七分酒下肚以后，胆子也就大得多，于是端起面前的酒杯子，向月容举了一举。月容以为他是在劝酒呢，当然也就端起面前的杯子，陪着他举了一举。赵二又回转脸来向刘经理望着笑道：“经理，我有两句话，想借了酒盖脸说出来，可以吗？”他说时，眼神向月容身上一溜。刘经理也笑道：“反正是大家闹着玩笑，你有什么话，尽管说罢。”赵二笑道：“我知道的，杨老板现在孤身一人，六亲无靠，真透着寂寞。我的意思，您介绍杨老板跟你发生一点亲戚关系，不知道经理意思怎么样？”刘经理笑道：“我知道，我知道，你叫我收这么一个干姑娘。就别看我蓄了嘴上这两撮小胡子，只是年纪不大，恐怕还不够做爸爸的资格吧？”月容手上还端着那只酒杯子呢，待要放下，见赵二还是高高举着，要随便喝一口罢，更是短礼，只得老是举了杯子，带了笑容向赵二看着。赵二见她没有丝毫推诿的意思，因道：“经理，你的意思怎么样？杨老板差不多都答应出来了。”刘经理向月容看了一看，笑道：“那样办，未免不恭。我们先干上一杯罢，其余的话再说。”月容红着脸道：“我真不会喝酒，随便奉陪一点罢。”说着，举起杯子来喝了一口。全桌的人在她放下杯子又一点头之间，鼓了一阵巴掌。

赵二笑道：“还有什么话说，我来恭贺一杯，经理收到这样一位聪明伶俐的美丽小姐。”刘经理见月容脉脉含情，也十分高兴，一举杯子，把酒喝干了，向月容照过了杯，抬起手来搔着头发笑道：“大家给我开了这么大一个玩笑，我把什么来做见面礼呢？”宋子豪笑道：“今天不过这样说一声儿，要是刘经理真有那个意思，当然要由月容出来办酒，跟您磕头。这么大孩子了，当然也不好意思讨个喜封包儿买糖吃。”刘经理点点头道：“有办法，有办法，几件普通行头，是我的事了。只是日子怕来不及呢。”说着，将眉头皱了起来。宋子豪笑道：“月容只要干爹肯帮忙就得了，做行头这种小事，哪里还要您亲自动手？您身上带着支票簿，随便开一张支票就得。”月容向他瞟了一眼，低声道：“瞧您……随便说话。”

刘经理手上，端着酒杯子呢，情不自禁地，又向她举了一举，笑道：“没关系，没关系。你要是真需要什么行头，能力又办不到的话，只管来找我。”月容望了他微微笑上一下，却没说什么。刘经理笑道：“真的，你要什么东西，只管对我说。我不能夸下那海口，说是有求必应，反正你发生了什么困难，我一定帮忙。”王四道：“刘经理说话，真是痛快不过。来，我为杨老板恭贺一杯。”说着，把酒杯子举了起来，连连地点上了几下头。刘经理手上，也拿着杯子的，向月容笑道：“咱们爷儿俩同喝一杯。”月容站起来，两手捧着杯子送到刘经理面前放着，低声道：“请干爹代我喝了这杯罢。”

刘经理没想到沾她一点便宜，她倒索性叫起干爹来，不由得心里荡漾着，只是眯了两眼向她微笑。赵二笑道：“经理听到没有？人家已然是很亲热地叫着干爹了。”月容向刘经理看了一眼，低了头把嘴唇皮咬着，脸上微微地透出两圈红晕。赵二笑道：“经理你瞧着，人家叫出来了，你不答应，倒叫人家怪不好意思的。”刘经理端起酒杯来笑道：“我该罚。”说着，把这杯酒喝下去。这么着，也就是表示他完全得着胜利，满桌的人也都以为他得着胜利。在暗地里好笑的，那只有月容一个人罢了。

第三十八回　献礼亲来登堂拜膝下
修函远遣拭泪忍人前

在这个席面上，只有宋子豪心里最为纳闷。他想：月容这个人，心高气傲，平常不但不肯应酬人，而且也不会应酬人。现在她在许多人当面，极力地恭维刘经理，这就透着奇怪。后来刘经理要说不敢说的，说了一句爷儿俩，她索性叫起干爹来，这真让宋子豪要喊出怪事来。他睁了两眼望着她，意思要等她回看过来，侦察她是什么意思。可是月容坦然坐在那里吃喝，就像不知道宋子豪的意思一般。

刘经理是越发想不到另有问题，借了三分酒意，索性向月容问起戏学来。梨园行人和人谈戏学，当然也是一件正经事。因之，月容也放出很自然的态度来谈着。一餐饭吃完了，刘经理非常地高兴，因道："月容，今天咱爷儿俩一谈，很是投机。这不是外人，就不用客气了，今天的事，一说就得。你现在还没有露演，可以说还没有收入，要破费许多钱，真的请酒磕头，算我这个人不知道你们年轻人艰难。再说，现在是什么年头，真那样做，也透俗套。"月容站在桌子边，两手捧了一只茶杯，慢慢地喝着茶，低了头细声道："那总是应当的。"说完了，脸上又是一红。

王四道："对了，要不举行一个典礼，透着不恭敬。虽然说杨老板现在还没有登台，可是请干爹喝杯喜酒的钱，总可以凑付。"他在月容附近坐着的，说到这里，把身子起了一起，向月容笑着。宋子豪在桌子边坐着的，微微地向王四瞪了一眼，因笑道："我和杨老板差不多是一家人了，杨老板有这样的正经事要办，当然我们不能让她为难。"刘经理斜靠在一张椅子上坐了，口向上，口角上斜插了一支雪茄，听了这话，微微带着笑容。月容向宋王二人各瞪了一眼，低头想了一想，自已也微笑了。于是将一只空茶杯子，用茶洗荡了一下，提壶斟了一杯热茶，两手捧着，送到刘经理面前，低声笑道："吃过饭后，干爹还没有喝口茶。"刘经理一个翻身坐了起来，两手抢着茶杯接住，笑道："啊哟，不敢当，不敢当。"月容且不答复他这句话，站在他身边低声问道："干爹，我干娘也爱听戏吗？"她说这话，眼睛向刘经理一溜，把眼皮立刻又垂了下来，红着脸皮，带了一点微笑。

刘经理嘴里那根雪茄，已经因他一声啊哟，落到了地上，说话是利落得很，笑道："不。"月容听了这个不字，向他又瞅了一眼。刘经理这个"不"字，是对着月容心里那番意思说出来的，看到月容误会了，因笑了接着道："不对，不对。你干娘是一位极开通的人，我在外面的应酬事，她向来不说一个字的话来干涉的。"月容放大了声音道："改天我到公馆里拜见干娘，可以吗？"刘经理见在座的人，都将眼睛向自己身上望着，虽不知道他们是什么意思，可是自己要充作大方，决不能说月容不能去拜干娘，便笑道："你哪天到我家去玩玩呢？我事先通知内人一声，让她好预备招待。"月容笑道："要是干娘预备招待，我就不能事先通知。事先通知，是我叫干娘招待我了。只要干爹回去说一声，收了这么一个没出息的干姑娘，那就无论哪一天到公馆里去，干娘都不会说我是冒充的了。"刘经理笑道："这样好的姑娘，欢迎也欢迎不到，就是冒充，我们内人也很欢迎呀。"

月容低头微笑着，就没有接着向下说。但在这一低头之间，却看到刘经理口里衔的那半截雪茄落在地上，便弯腰在地面上拾了起来，在怀里掏出手绢来，将雪茄擦抹了一阵，然后送到刘经理面前来。刘经理接着烟衔在口里，她又擦了一根火柴，将烟点上。这样一来，刘经理只管高兴，把月容刚才说的话也忘记了。

月容回转头来向宋子豪道："大爷，我们吃也吃了，喝也喝了，该轮着我们了吧？"宋子豪点着头笑道："是是是。"把挂在墙上的胡琴取下，就拉起来。大家叫好，说杨老板爽快。月容就站在刘经理身边，背转身去，唱了一段。唱完了，向刘经理笑道："干爹，你指教指教。"刘经理坐在椅子上，摇头晃脑地笑道："好，句句都好。"月容笑道："你不应该说这样的话，我有什么不妥的所在，你应该说明白，让我好改正过来。尽说好，显着是外人了。"刘经理伸手搔着头皮道："是的，是的，我应当向你贡献点意见。可是你唱得真好，难道叫我说那屈心话，愣说你唱得不好不成？"月容笑道："那么，干爹，再让我唱一段试试瞧。"刘经理笑道："那好，你就唱一段反二簧罢。"月容道："这回要是唱得不好，干爹可是要说实话的呀。"说毕，向刘经理溜眼一望，鼓了两只腮帮子。刘经理点着头笑道："就是那么说，我是豆腐里面挑刺，鸡子里挑骨头，一定要找出你一点错儿来的。"月容带了笑容，又接着唱了一段。

唱完了，刘经理先一跳，由椅子上站起来，笑道："我的姑娘，你打算怎么罚我，你就明说罢。你这一段，比先前唱得还好，我不叫好，已然是屈心，你还要我故意地说出不好儿来，那我怎能够办到？我要是胡批评一气，这儿有的是内行，人家不要说胡闹应当受罚吗？"他说了这一大串，弄得月容倒红了脸，勉强地带了笑容，只是低了头。刘经理以为是给了她钉子碰，她不好意思，又极力敷衍了一阵。月容这才告辞说回家去。

刘经理这就叫伙计来，还要雇汽车送，月容笑道："干爹，你在别件事上疼我一点罢。我们那大杂院，还是在小胡同里，汽车进不去的。"刘经理每听一声干爹，就要心里痛快一阵，现在索性叫干爹在别件事上疼她，更让他心痒难搔。无奈月容已是穿上了大衣，已经走到房门口，不能再追问哪一件事是别件事，便笑道："这就走了吗？没有吃好。"月容鞠躬笑道："干爹，咱们明儿见罢。"交代了这句话，她已扭着身子出去了。

刘经理听到她最后一句话，是明儿个见，以为是指着在清唱座上见，也就很干脆地答应了一句"好，明儿个见"，这五个字，也许比月容说得还要响亮些。月容同宋子豪去了，在座的人，又向刘经理夸赞了一阵，说是这位姑娘，真得人欢喜，将来一定可以藏之金屋。刘经理将手指点着大家笑道："你们说的不是人话，有干爹娶干姑娘的吗？"赵二笑道："多着呢。收梨园行的人做干姑娘，那也就是这么回事。”说完，大家又呵呵大笑一阵。

月容去后，刘经理已是打了一个电话回去，叫汽车开了来。回家之后，见着刘太太，她问道：“你说下午不出门，陪我去听戏的，怎么又溜出去了？”刘经理笑道：“吴次长打着电话来了，要我到东兴楼去吃便饭。”刘太太一撇嘴道：“你又胡扯，刚才你打电话回来，说是你请客，这一会子，又变成吴次长请你吃便饭了？”刘经理道：“你想罢，东兴楼我那样熟的地方，我哪能够叫别人会东呢？也没吃多少钱，不过十块上下。”刘太太道：“我管你吃多少钱，不过我讨厌你撒谎就是了。”把话说到这里，这一回交涉可就过去。可是到了次日上午十点钟，刘经理这一句谎话可就戳穿了。

那时，一个跑上房的老听差，脸上带了几分稀奇的意味直走到房门口，才低声道：“太太，外面有客来拜会。”刘太太道：“经理不在家，你不知道吗？告诉我干什么！”听差道：“我也知道经理不在家。可来的是位女客，她要见太太。”刘太太道：“是女客？请她进来就是了，鬼鬼祟祟的做什么！”听差道：“她还亲自送着好几样礼物来了呢，我没有敢让她进来。”

刘太太一听这句话，觉得里面另有文章，这就迎了出来问道：“是怎么一个人？”听差道：“年纪很轻的，约莫有十七八来岁儿。有一个老头子跟着，提了七八样儿礼物。她说她姓杨，你一见就知道了。”刘太太昂着头道：“姓杨？姓杨的熟人可多了。她穿得可朴实？”听差道：“倒是很朴实的，不像是什么坏人。”刘太太道：“坐什么车子来的？是坐洋车来的吗？”听差道：“是的。虽不见得是什么贫寒人家的姑娘，可也不见得是阔主儿。”刘太太道：“那就请她进来罢，在内客厅里坐罢。”听差出去了，刘太太也就进房去，对着镜子扑了两扑粉，再到内客厅来。

这时，地上堆着点心盒和水果蒲包，占有桌面大一块地方。客厅门边，站着一位十七八岁姑娘，青呢大衣底下，露出蓝布大袿，脚下连皮鞋都没有穿，只是踏着纱线袜子和青呢平底鞋。看她那一张没有搽胭脂的素脸，就看出不是位什么坏人，便点点头笑道：“这位是杨小姐吗？初次相见呵。”她鞠着一个躬道：“请你恕我来得冒昧。我叫杨月容，是个唱戏的，昨天蒙刘经理不弃，要收我做干闺女，我想怕攀交不上，就是攀交得上，当然姑娘是站在娘一边的，应当先拜干娘。你许我叫一声干娘吗？”说话时，向刘太太身上看去。见她穿了青湖绉的绒袍子，踏着紫绒平底鞋子，四十来岁年纪，扁扁的柿子脸儿，涂着严霜似的白粉，蒜头鼻子黑嘴唇，两只乌溜的眼睛。在她这份长相上，已经看出她是必有妒病的人，于是在说过话之后，更向她一鞠躬。

刘太太虽然有几分不高兴，可是见了她带着满堆礼物来的，而且又非常谦恭，不好意思带着什么怒色，便点点头道：“是吗？我并没有听到守厚回来说呀。”月容笑道：“这是昨晚上在东兴楼的事。我就说，应当先来问问刘太太的意思，假如攀交不上，我也很愿来见刘太太问候问候。”刘太太见她有些胆怯的样子，便带了三分笑意道：“何必这样客气，带着这些东西来？”月容看到，就走向前两步，低声笑道：“初次来，我怎好空着两手，这不能说上礼物两个字。假使你肯收我这个无出息的孩子，今天先跟你碰头，改日请干爹干娘喝杯淡酒，再当着亲友正式行礼。照说，实在攀交不上，不过我一见到你，我心里头好像真有了这样一位母亲，说不出来地高兴。所以我不管能说不能说，我忍不住把我心里的话说出来了。”刘太太索性把那收藏着的七分笑容，也放了出来，点点头道：“那可不敢当呀。”月容一回头，看到站着一位女仆在旁边，便道：“劳驾，请你端一把椅子放在屋子正中。”女仆一看太太的脸色，并没有丝毫的怒容，这就笑嘻嘻地搬了一把椅子，在客厅中间放着。刘太太笑道：“你们别胡闹，不过这样说着罢了，哪里……”月容不管她同意与否，已是走到客厅中间站定，向刘太太笑道：“干娘，你请坐下来。”刘太太笑道：“说了就得，不必不必。”月容听了这话，认定了机会再也不能放过，立刻在地毯上跪着，正正端端，朝着摆椅子的所在磕下头去。

刘太太这倒抢上前两步，奔到椅子边将她搀着，笑道：“起来，起来。说了就得。”月容被她搀住起来之后，站定了笑道：“干爹说得不错，干娘是个贤慧的人。这样，我才敢认干爹了。”刘太太一出门，就让月容一阵恭维，把人都弄糊涂了，来不及问这个干小姐怎么从天外飞来的了。现在受了人家的礼拜，做了干娘，算清醒过来，这就携了她的手，让她坐下，慢慢地追问着月容何以认识这位干爹的。

等着月容把经过说明了，刘太太不觉眉毛一扬，在月容肩上连连拍两下，笑道："好孩子，你的意思我明白了。我们那个没出息的看上了你，你是一个卖艺的人，不敢得罪他，又不愿受他的糟踏，所以打算走我这条路，对我明说了，就可制伏他。也许听到人家胡说，我是怎样地厉害，怕是瞒着我，将来有什么麻烦，不如走明的，便当得多，你说是不是？"月容道："这些话，上半段是你猜着了的，下半段可让我受着冤枉。干娘猜着了的，我用不着再说，你没猜着的，我可以说一说。当坤角儿的，谁也有几位干爹，不见得这些干姑娘都是见过干娘的，也没听说过什么麻烦。我是听到人说，干娘为人贤良，与其找个靠得住的干爹，倒不如找位靠得住的干娘。我们这一行里面，就有好几个名角儿，是让干娘捧起来的。再说，我的情形，又和别人不同，我是个六亲无靠的人，能够得着好老人家照应我，指教我，那就是我得着一个亲娘一样。我就是怕攀交不上。"

刘太太笑道："你怎么知道我为人呢？你干爹决不能乍见面，就夸我一阵罢？"月容道："干爹也夸过的，此外公司里赵二爷也说过。"刘太太点点头道："这差不多，赵二是我娘家哥哥介绍到公司里来的，他决不能引着你干爹做坏事。我为人，他自然也知道清楚一点。"月容笑道："娘，你现在可以知道我这回事，是诚心诚意来的了。"刘太太眉开眼笑地承认了她这句话。刘家的男女佣人，打听到了一个女戏子上门来拜干娘，都以为有一台戏唱。现在看刘太太已经承认下来了，都跟着起哄，向太太道喜，向月容叫"小姐"。刘太太携着月容的手，引到自己屋子里去坐，留她吃午饭。取出二百二十元钞票，交给月容，说是这二百块钱，也不算什么见面礼，拿回去买一点衣料。另外二十块钱，叫月容赏给男女佣人，也别给太多了，给多了，下次不好出手。月容当然一一照着她的话答应。

刘太太非常地高兴。到了吃午饭的时候，又打着电话把刘经理催回来，说家里有贵客，请他务必回来。刘经理匆匆回家，在大门口就问有什么客来。门房受了太太的嘱咐，只说是有一位女客在上房，并不认得。

刘经理却也不介意，等自己直走入了太太屋子里的时候，见月容笑嘻嘻地站着，叫了一声干爹，这倒愣了一愣。刘太太口里衔着烟卷，靠了沙发斜坐着，冷笑道："你在东兴楼请吴次长吃便饭？"刘经理红了脸向月容望道："你怎么来了？"刘太太道："是我把她找来的。我告诉你，这是我的好闺女，在外面遇事多照应点儿。"刘经理听了这话，才把飞入九霄云里的灵魂，又给它抓了回来，满脸带笑容道："太太的干闺女，不像是我的闺女一样吗？"刘太太道："只要你明白这一层就得。闺女就是闺女，要拿出一点做长辈的样子来。"刘经理笑着没有说什么。回头看看月容，她挨了太太坐着，脸上微微地带一点笑容，并不把眼睛斜看一下，便道："你在我这里吃了便饭去。上市场不忙，我会把车子送你去。以后可以常到我家里来，我不在家，有干娘招待。"刘太太道："我的姑娘，我自然会招待。你在家不在家，有什么关系？"刘经理伸了一伸舌头，也就退出去了。

刘太太向月容笑道："你瞧你干爹那副受窘的样子，看到你在这里，不能自圆自己的谎。可是，这样一来，更可以证明你今天来是诚心拜我，他没有知道的。"月容笑道："干娘往后看罢。干爹公司里，不还有个丁二和吗？"刘太太道："是有这么一个人。你干爹算做了一件好事，给他说了一个媳妇，还帮了不少的钱呢。你怎么知道这个人？"月容道："我认得他的老太太。丁老太人不坏，我就很相信的。你可以请干爹问丁二和，他可以把我的为人向干爹报告的。"刘太太道："哦，你也认识他家的？是怎么样子认识的？"月容偷看她的颜色，却也很自然，嘴里衔着那支烟卷，还是被吸着缓缓地向外喷着烟。月容也起身斟了一杯茶喝，很自然地答道："我的师傅和他们家做过邻居。"说完了，看到刘太太并没有什么诧异的样子，这话说过去，也就算是说过去了。在刘家吃过了午饭，带着胜利的喜色，坐着刘经理的汽车回家。

刘经理为了省事，也坐着车子同走。和太太说明白了的，先让车子送自己到公司，然后让车子送月容回家。月容对于这种办法，也就没有怎样地介意。刘经理的车子到了公司里，向来是开了大门停在大院子里的。在这下半天开始办公的时候，院子里来来往往的人，是牵连不断。刘经理下车的时候，恰好丁二和由汽车边经过，一个小职员见着了经理，自应当向他表示敬意，所以二和也就站定了脚，对刘经理深深地点个头。因为汽车并不停住，又转着轮子向外，这就引着二和身子闪开，向车里看去。车子上的月容，更是老早地看到了他，心里暗暗地叫糟了，一定会引起二和的误会，立刻把身子一缩，藏到车厢靠后的所在去。二和本已看得很清楚，正奇怪着她怎么会坐上刘经理的汽车，也许是看错了人，总还存着几分疑心。及至月容在车内向后一闪，这就十分明白。眼看汽车呜嘟一声，由院子里开出了大门去，将二和闪在院子里站着，只管发愣，说不出一个字的话来。

当日下午，本要办完公事，就向市场去的。偏是今天经理特意多交下几件事来办，一直俄延到五点钟，方才办了，预计赶了去，月容也就唱完，只得罢休。第二日是个大风天；第三天呢，丁老太有了病，办完公就回家，理会不到月容头上去。一直耽搁了四五天，到第五天上午，实在忍不住了，就到经理室去请半天假。可是隔着门帘，就听到有人在里面说话，未便突然闯进去，打算等听差来了，请他进去先通知一声，不免在外面屋子里站了一会儿。

就在这个时候，听到赵二的笑声，他道："这是经理的面子，也是月容的面子。说到实惠，她究竟得不着多少。依着我的意见，另外开一张支票给她，无论多少，她倒是得着实惠。"又听到刘经理笑道："我除了听到她叫几声干爹而外，什么好处也没有得着，可是钱真花得不少。"赵二笑道："将来感情处得好了，她又常到宅里去，您有什么命令，她一定会孝敬您的，您性急哪儿成啦？"刘经理道："我性急什么？"接着，呵呵一阵笑。这些话在捧角儿家口里说出来很是平常，可是二和听了，不免头发根根直竖，两眼向外冒火，以后说的是什么话，却是听不到了。这样痴立着有十分钟上下，方才发觉到自己有事不曾办。于是把衣服牵扯了两下，凝神了一会儿，这就平和了颜色，先在门外叫了一声经理，然后掀着门帘子走了进去。

刘经理衔雪茄，仰在写字椅子上，对了天花板望着，脸上不住地发出笑容来。二和隔了写字台，远远地站着，叫了一声经理。他似乎没有听到，还是向了天空，由幻想里发出笑意来。二和料想他没有听到，把声音提高一点，接着又叫了两声，刘经理才回转头来，向他笑着点了两点头道：“我正有事要找你来谈谈，请坐下罢。”刘经理一向是不大以部下来看待二和的，二和听着，也就在他对面小椅子上坐着。刘经理将写字台上的一听烟卷，向外推了一推道：“抽烟。”二和起身笑答：“不会抽烟。”刘经理道：“你现在有了家室，开销自然是大得多，拿着公司里这几个钱，怕是不够花的吧？”二和笑道：“人心是无足的，要说够花，挣多少钱也不会够花。好在我穷惯了，怎么着也不会放大了手来用，勉强勉强总让对付过去吧。”刘经理笑了一笑，点点头道：“你实在是个少年老成的人。但是我念起镇守使的好处，我不能不替你找一条出路。就算你愿意这样在公司里混下去，我干一天，你可以干一天；我要不干了，谁来替你保那个险？我早已就替你留下这个心，不过没有说出来。现在我得着一个机会，正要来和你商量商量。”

二和听了这话，有些愕然，呆了眼向刘经理望着，把来此请假的意思，都丢到九霄云外去了。刘经理口里衔着雪茄烟，态度还是很从容的，拉开写字台中间抽屉，取出一封没封口的信来，放在桌子上。二和偷眼看时，上写着“面呈济南袁厅长勋启”，下面是印刷好的公司名称，另笔加了“刘拜”二字。刘经理指着信封上“袁厅长”三个字问道：“你知道他是谁吗？”二和道：“不知道。”刘经理道：“他是我的老同学，当年在镇守使手下当军法处长，现时在山东当民政厅长，红得不得了。他上次到北京来，我们天天在一块儿应酬。提到了旧事，我说你在这里，他很愿见见，有事一耽搁就忘记了。前几天我写信给他，请他替你想条出路，他回信来说，只要你去，决计给你想法。我想，你就到外县去弄个警佐当当，不比在公司里当个小伙计强吗？这是我替你回的信，你拿了这信到济南去见他。我和袁厅长是把兄弟，我写去的信，虽不能说有十二分力量，至少也有十一分半，因为他不好意思驳回我的介绍的。我已经对会计股说了，支给你两个月的薪水，那么，川资够了。家用你放心，我每月派人送三十块钱给老太太。当然，不是永久这样津贴下去，等你事情发表了，按月能向家里汇钱，我就把津贴停止。还有一层，让你放心，若是袁厅长不给你事情，你回北京来，我还是照样调你到公司里来。你对于这件事，还有什么考虑的吗？”他笑嘻嘻地说着这番话，脸上又表示很诚恳的样子。

二和听一句，心里跳动一下，觉得他的话仁至义尽，不能再有可驳的言语，因道：“像经理这样面面俱到替我找出路，我还有什么可说的呢？无奈家母是个双目不明的人，只怕自我走后，要感到许多不便。”刘经理笑道：“孩子话！大丈夫四海为家，岂能为了儿女私情，老在家里看守着，丢了出路不去找？再说，你已娶了家眷，伺候老母正可以交给她。济南到北京只是一天的火车路程，有事你尽可以回来。若是你调到外县去做事，当然是个独立机关，你更可以把老太太接了去。你要知道，这是千载一时的机会，千万不可错过。你若埋没了我这番好意，我也不能不对你惋惜了。”说着，把脸面就板下来。

二和倒没有什么话，很久很久，却汪汪地垂下两行眼泪来。他立刻低下头，在身上掏出手绢来，将眼泪擦摸着。刘经理虽然昂了头在沙发上抽雪茄，但是他的目光，还不住地向二和身上打量着。现在见他流出眼泪来，颇为诧异。回转身来，两手扶了桌子沿，向他望着道：“你怎么伤心起来了，这样舍不得老太太吗？”二和擦着眼泪道：“那倒不是。我觉得刘经理这样待我，就如自己的骨肉一样，实在让我感激不尽。我将来怎么报答你的恩惠呢？”刘经理笑道：“原来如此。我第一次见你们老太太的时候，我不就说了吗，是报当年镇守使待我那番恩惠。这样说起来，你是愿意到济南去的？”二和点点头道：“难得经理和我这样想得面面俱到，我哪里还有不去之理！”刘经理道：“那么，你把这封信拿去，马上可以到会计股去领薪，从明日起，你不必到公司里来了。”说着，手里取着那封信直伸过来，二和垂下手去，两只拳头暗里紧紧捏着，眼对了那封信，慢慢地站起身，且不接那信，眼泪又垂下来了。

第三十九回　谈往悟危机樽前忏悔
隔宵成剧变枕上推贤

丁二和这一副眼泪，在刘经理眼里看来，自然是感激涕零了。但是二和伸手去接那封介绍信时，周身都跟了颤抖着，把信接过来以后，未免向刘经理瞪了一眼，立刻低了头下去。刘经理站起来笑道：“我们后会有期。”说时，伸出手来向二和握着。二和也来不及去看他的脸，也照样地伸出手来和他握着。当刘经理烫热的手，握在自己手心里的时候，就恨不得将他由座位里面直拖出来，勉强放着手，说了一声“多谢经理”，这就扭转身来向外走去。仿佛自己是吃了什么兴奋剂，步子开得特别大。一直走到公司大门外面，才回转头来向公司里凶狠狠地瞪眼望着，自言自语地道：“总有一天，我可以看到你们灭亡！”说着，气愤地向前走了去。

走了有两条街，自己突然站住了脚，失声道：“怎么回事？他发给我两个月的薪水，我完全不要了吗？虽然不是劳力去换来的，反正他们公司里这种大企业，剥削得人民很可以，分他几文用用，有什么要紧！”于是回到公司里，在会计股把钱取到手，雇着车子，坦然地坐着，一路唱了皮簧回家去。进到院子里以后，口里还在哼着。

二姑娘在屋子里迎了出来，笑问道：“这早就回来了？今天在路上捡着钞票了吧？这样欢喜。”二和笑道：“你真会猜，一猜就猜着了。这不是钞票？”说着，由怀里掏出来，一把捏住，高高举着。二姑娘看着，倒有些愕然。

二和也不理会她，一直走到老太太屋子里去，高叫了一声妈，接着昂起头来，不住地哈哈大笑。丁老太正坐在屋子里念佛，心是很静的，听他笑声里不住地带着惨音，便仰了脸问道："什么事？又给谁闹了别扭了吧？你这孩子，脾气总不肯改。"二和道："给谁闹别扭？人家向我头上找是非，我也没有法子躲了吧？"丁老太道："谁向你找是非？我猜着了，又是你听清唱的时候，同捧角儿的人发生冲突了吧？"二和道："那何至于。我要出门了。"说着，又呵呵笑了一阵。

丁老太只管仰着脸，把话听得呆了，很久才点点头道："我知道，迟早你会走上一条路的，你在公司里辞过了职吗？"二和道："用不着辞职，人家先动手了。"丁老太道："那么是公司里把你辞了？本来，你进公司去，就是一件侥幸的事。现在人家把你辞了，这叫来也容易，去也容易，你也不必怎么放在心上。这个月剩下没有用了的钱，大概还可以支持十天半月的。我知道新娘子手边，还很有几文，稍微拿出来补贴几文，我想一个月之内，还不会饿饭。"二和道："公司里没有辞我，而且还发了两个月的恩薪呢。只是刘经理给我写了一封荐信，好端端地要我到济南去找官做。"丁老太道："这亦奇了。事先并没有听到他提过一个字呀。"二和道："你怎么会知道？就是我本人在接到这信的前一秒钟，也不知道。他给我的时候，就说已经吩咐了会计股，给我预备下两个月的薪水，马上可以去拿。同时，又叮嘱我说，自明天起，不必再到公司去了。"丁老太点着头，哦了一声。二和道："这两个月薪水，我本来打算不要，但是我若不要，那是白不要，我就拿回来了。这封介绍信，我恨不得立刻就撕碎了，可是转念一想，留着做一项纪念品也好。"丁老太默然了很久问道："把你介绍给谁？"二和道："是一个姓袁的，现时在山东当民政厅长。据姓刘的说，也是在我们老爷子手下做过事的。"丁老太道："是袁木铎吧？是有这样一个人，他和刘经理是联手。他介绍你去，你跟着去就是了，也许他真有一番提拔你的意思。"

二和在矮凳上，两手撑了腿，将眼望了地面上的砖块，只管出神，许久，才哼了一声道："他提拔我，那犯得上吗？你是个慈善的人，决不猜人家有什么坏心眼。这是人家一条调虎离山之计，要把我轰出北京去。"丁老太道："那不至于吧？因为你已经够受委屈的了。你在北京也好，你离开北京也好，碍不着姓刘的什么事，他又何必要把你轰出北京去呢？"

二和道："你有什么不知道的，有钱的人，专门就爱糟踏女人取乐儿。你说的话，是指着他糟踏第一个女人说的；他现在又要糟蹋第二个女人，大概嫌我碍事，要把我轰跑。其实我握在人家手掌心里，又能碍着人家什么事呢？"丁老太道："第二个女人吗？"说时，微微地摇着头，继续着道："不会，不会，哪有第二个女人？干你什么事？"二和淡笑道："当然你猜不着，就是我也想不到会在这个女人身上出了问题。月容不是在卖清唱吗？他又看上了。大概知道月容和我以往的关系，觉着老为了女人和我过不去，是不大好的事，所以给我一块肥肉吃，让我走开。我不吃这肥肉，我得瞧瞧这究竟！这小子倚恃他有几个臭钱，无恶不作，有一天，他别犯在我手上，犯在了我手上，哼！我要讨饭，拿着棍子走远些，也不能受他这种冤枉气。"说着，在怀里掏出那封介绍信来，扑哧几声，撕成了几十片。

丁老太听到这扑哧之声，随了站起身来，把手拖住了他的手，问道："你这是怎么了？撕什么东西？"二和道："你拦着也来不及了，我撕得粉碎了。"丁老太道："你这孩子，还没有穷怕？大把地撕钞票，让人家知道了，说我们……"二和把那卷钞票，塞到了丁老太手上，因道："我也犯不上和钞票生气，你收着。我是撕了那封信，自己绝了离开北京的念头。你坐着，你坐着。"说着，两手扶了老娘，让她慢慢地在椅子上坐下。丁老太点点头道："你这倒是对的。我们也不是那样太无骨气的人，一回两回的，只管让人支使着。月容这孩子怎么会和他认识了呢？再说，她已经和你见了面了，也该到我们这儿来瞧瞧。不上这儿，倒和姓刘的认识了呢？"二和道："你想，一个卖艺的人，又是女孩子，而且还到了日暮途穷，像刘经理这样坐着汽车，到处花钱的人，她还有什么不肯将就的？"丁老太道："那也不见得她就肯随便跟上姓刘的。"二和道："她随便不随便，我不知道。不过前两天，她同姓刘的坐着汽车到公司里来，姓刘的下了车，汽车再送她走。看那样子，还不是随便的交情呢。"

丁老太听说，还没有答言，却听到房门外面，轰咚一声响。丁老太道："什么东西摔了？"田二姑娘在门外答道："没有什么，我碰到一下门。"说着这话，她也随着进来了。二和对她看了一眼，也没做声。二姑娘一低头，见满地撒着碎纸片儿，便笑问道："我们二爷，也是个新人物儿，不爱惜字纸。"二和微笑道："我刚才和老太太说的话，你没有听到吗？"二姑娘道："我没有留心，大概也听到几句。"二和笑道："就是我们这位有仁有义的刘经理，要我到济南去的介绍信。你想，我纵然十分没有出息，能够这样随便听人调度吗？"二姑娘早是红着脸站在一边，手扶了桌子犄角，把头低下去。但一低头，又看到自己的腹部，隆然拱起，更是加上了心里一层不安，但又不便完全含糊不理，因之用了低微的声音答道："公司里的事，你是小心谨慎地干着，这又要把你调走，真是……"

二和突然站起来，两手同摇着道："什么话也不用提。明天我已经不到公司去了，今晚上也不必睡得那样早，我想出去听一晚戏，把晚饭弄早一点儿罢。"丁老太道："你这孩子，还要去听戏？"二和沉着脸道："我怎么样不知趣，也不能够去听月容的戏。听说她就在这两天要上台，但今天晚上，还不是她上台的日子。她上台的时候，我们这位刘经理，预备了包两百个散座，八个包厢。这样子的捧法子，是有声有色。我们花三毛钱，坐两廊的人，她会睬我吗？"丁老太道："今天你只管发脾气，出去恐怕要惹乱子，我在家里坐着不放心。"二和笑道："你有什么不放心，难道……咦，你怎么流起眼泪来了？"说着，向身旁站的二姑娘道："掉过脸来望着。"

二姑娘在怀里掏出手绢来，连连擦了两下眼睛，又强笑起来道："我哭什么呢？我怨你不带我出去听戏吗？"二和道："那为什么呢？总有一个原因。"说这话时，向她嘻嘻地笑着。二姑娘叹了一下无声的气，因道："这年头，真是人心大变。"就只说了这四个字，以下就没有什么话了，站在桌子边，两手环抱在胸前，只是把一只脚在地上缓缓地点动着，很久很久地发着愣。二和笑道："这是一句戏词儿呀，怎么在上面又另外加着'真是'两个字？你在哪一点上，见得人心大变呢？"二姑娘道："我也不过是听了你的话发一点感慨，我又何必在这里面多事。"她说完了这话，连丁老太都微偏了头想了一想，感到她的话有些文不对题。二和又在小凳子上坐下了，手扶了两条大腿，将右脚不住地在地面上打着拍子，然后点点头道：“好罢，我也不去听戏了，让老妈子去给打四两白干来喝罢。喝了就睡觉，大概不会出什么乱子。妈，这一点要求，你总可以答应吧？”丁老太道：“好罢，你就只喝四两，别多喝。”二和站起来，拍二姑娘的肩膀，笑道：“喂，给我们弄点下酒的去。”二姑娘笑道：“多打二两酒，我也喝二两，成不成？”二和道：“怎么着，你心里也憋得难受？要喝二两去烦恼吗？”二姑娘笑道：“我有什么烦恼？有道是一人不吃酒，二人不打牌，陪你喝上两杯。”二和点点头道：“好的，你就陪我喝上两杯。”二姑娘道：“我给你做菜去，你别出门了。”说着，她真走了。

丁老太道：“她有孕的人，你要她陪你喝酒做什么？”二和笑道：“也许她心里比我还难受，让她喝一点罢。”丁老太低声道：“这孩子总算知错的，怎好让她胡乱吃酒？仔细妨碍着大人。”二和笑道：“二两酒也不至于出什么毛病，她要喝就让她喝罢。”丁老太听到他的话，是这样坚决的主张，不愿多谈，只轻轻地叹了一口气。

二和站起来，伸了一个懒腰，又站着向母亲凝视了一会儿，因笑道：“你放心，反正我不能惹下什么乱子来的。”丁老太道：“我倒不是怕你喝酒，只是你这样心里发躁，让人听着怪不舒服的。”二和嘻嘻笑道：“好好，从此刻起，我不说什么。大不了，凑合几个钱，闹一辆车子，还做我的老行当去。”说了这话，又同丁老太说了二三十分钟闲话，方才走回自己屋子里去。却见大的碗，小的盘子，都在桌上摆着，二姑娘手提了一把小酒壶，笑嘻嘻地跟了进来。

二和道：“这不像话，怎么摆好了酒菜，在屋子里吃喝，不要老娘了吗？”二姑娘将摆在桌子横头的空酒杯子，先斟上了一杯，随着笑道：“老太太的三餐饭，全得你留神，那我也太不知道做儿媳的规矩了。在你没有回来的时候，我就做了一碗汤面吃过了。现在老太太听到说你没有了事，心里就会横搁上一块石头，除了饭吃不下，恐怕有好几宿不能睡觉呢。咱们从前做街坊的时候，你不在家，我们姑嫂俩常陪着老太太聊天，就知道你有了什么事，她总是整宿不睡的。今晚上又该不睡了。”二和道：“你说这话，我心里头大为感动，凭你以前照顾我瞎子老娘这一点说起来，我就该报你的恩。于今。我这老娘，还得望你多照应。”说着，脸色沉郁着，眼圈儿一红。

二姑娘走上前一步，拉着他的手，让他在桌子边坐下，将两手轻轻地按住他的肩膀，又拍了几拍，轻轻地道：“二哥，你喝罢，我满心里，只有对不住你的一个念头，你干吗说这些话？说了是更加让我心里难受。”她说着，也就在对面椅子上坐下，端起杯子来，向二和举了一举，因微笑道：“喝罢，别把公司里的事放在心上。咱们好好地干，还不至于没有饭吃。”二和道：“你怎么想起来了要喝酒？”二姑娘低垂了眼皮，将手抚摸着比齐了放在桌面上的筷子，因道：“我是非常之对不起你。”二和皱了眉道：“这句话，你总说过千百次了，你常是这样说着，又有什么用？”二姑娘道：“我并不是怕你算什么旧账，无奈我做事越来越错。这……一……次，又是我错了。”

二和正端着一杯酒来，待要喝下，听了这句话，不免愣住了，只是将一杯酒要举不举的，向她望着道：“你这什么意思？”二姑娘道：“是我听到你说月容又出台来了，我怕你又去追她，把我扔下，我给老刘打了个电话，请他别让你误了公事去听戏。”二和道：“那么，是你要他到戏馆里去逮我？”二姑娘点点头，眼皮垂下，没有向他看过来。二和笑道：“我老早知道了，要不，他怎么知道我私人的行为？我没追上月容，老刘倒追上月容了。这让你心里更难过吧？”二姑娘红了脸道：“你这是什么话！我的意思是他怕你捣乱，把你调走。你离开了公司，有没有事，他又不保险，那简直就是借题目，把……”二和放下酒杯，用力在桌上按一按，表示他意思的沉着，不等她说完，连连摇了两下手道：“不对，不对。他一定会让济南的袁厅长给我找一件事的。最好是这件事可以打动我的心，简直一去不回来。那么，把你再送到山东去，他轻了累，可以专心来玩月容了。”

二姑娘听了这话，脸上只管红着，将右手按住的酒壶，斟了一杯酒喝着，还不肯放手，又斟一杯酒喝下。直待斟过了第三杯时，二和将筷子夹了一块红烧牛肉，送到嘴边，却突然把筷子啪的一响放下，伸手过来，将杯子按住，问道：“这是白干，你干吗这个样子喝？”二姑娘望了他的双眼，泪水要滴下来，颤着声音道：“我害怕。”二和索性起身过来，握住她的手道：“你心里头还有什么痛苦吗？不必害怕，只管说出来。我能同你分忧解愁的，一定同你分忧解愁；若是不能，你说出来了，比闷在心里头憋着那要好得多。”

二姑娘不敢抬起头来，缓缓地道：“我连喝几杯酒，就是壮我的胆子，要把话告诉你。他以先对我说过，教我忍耐着，暂受一些时候的委屈，将来总有一天，可以抬头的。在我受着委屈的日子，只要他不死，每月暗下里津贴我五十块钱。就是一层，千万别把我肚子里这件事给说破了。我贪着这每月的五十块钱，我……”

二和也觉酒气上涌，耳朵根都红了，摇撼着她的手道：“你怎么样呢？你！”二姑娘摇摇头道：“你不用问，反正他是个坏人。我以前错了，不该再错，贪图的这五十块钱，决靠不住的。因为我们结婚的时候，他明明白白说了，保证你公司里这只饭碗，决不会打破，现在明许的也推倒了，暗许的还靠得住吗？我恨极了他！总是骗人！”说着，咬了牙齿，将手捏了个拳头，在桌上捶着，接着道：“我本来就觉得你这人很忠厚，待你就不错，嫁了你，我就更当为你。现在好好儿地把你事情丢了，我实在对不起你，我们全上了人家的当，以后这日子又要……”她忽然反握了二和的手道：“我不要紧，可以吃苦，你也是个能吃苦的人。就是老太刚舒服了几天，又叫她吃了上顿愁下顿，真不过意。不过咱们拼着命干，你找个小生意做，我做点活帮贴着，也许不至于穷到以前那样。”

二和呆了一呆，然后回到原来的座位上去，哈哈笑道：“我说你为什么这样起急？也为的是受了刘经理的骗。哈哈，这叫一条被不盖两样的人，哈哈。”说毕，一伸手把酒壶隔桌面拿了过去，先满上一杯，右手捏着壶且不放下，用手端着杯向口里一倒。然后放下杯子，交手一拍桌子道：“好小子，你要玩女人，又怕招是非。是非移到别人头上去了，你又要讨便宜！我爸爸是个小军阀，还有三分牛性遗传给我。我没法子对付你，我宰了你！豁出去了拼了这小八字，替社会上除了这个祸害。”二姑娘回头看了看外面，正色道：“酒还没有喝醉呢，可别说这样招是非的话。”二和又斟了一杯酒，端在嘴唇边，吱的一声，把酒吸到嘴里去，红着眼睛望了桌子角上那盏煤油灯，淡笑了一笑。

二姑娘对他看了一看，问道：“平常你也有三四两的量，怎么今天一喝就醉？”二和带着酒壶摇撼了几下，笑道：“我说，田家二姑娘，你可别想不穿，在酒里放下了毒药。”二姑娘道：“别胡说，老太太知道了，又说我们没志气。”二和摆摆头道：“志气，哼，这话是很难说的。”交代了这句，他已不肯多说了，只管喝酒吃菜。直斟到有十杯酒上下，二和两手扶着桌沿站了起来，晃荡着身体，望了二姑娘道：“我要四两，你又加了二两，共是六两酒，咱们喝了这样久。”二姑娘笑道：“管它多少，够喝就行了。给你盛碗饭吧？”二和摇着头道：“醉了，不吃了，我要去睡觉了。”口里说着，手扶了桌椅，就走到床边去，身子向床上一倒，就什么全不知道了。

一觉醒来，看到窗户纸上，已是成了白色。再看看床上，被褥既没有展开，也不见二姑娘，便道：“咦，怎么着，人没有了？”猛然坐了起来。头还有些昏沉沉的，于是手扶了床栏杆，缓缓站了起来，向屋子周围看了一看，昂着头就向门外叫道：“妈，二姑娘在你屋子里吗？”丁老太道：“没有呀，起来得这样早？大冷天的。”二和道：“昨晚上我喝醉了，她没在床上睡。”说着这话，已到了老太太房门口。

家里的老妈子可就在厢房里插嘴了，她道：“二奶奶昨晚上九点钟就出去了，她让我关街门的。说是二点以前准回来的，没想到一宿没回来。”丁老太还是在床上睡的，这就一翻身坐了起来，问道：“二和，你昨天喝醉了酒，说她一些什么了？”二和倒站在屋子里发愣，很迟疑了一会子，因道：“我并没有醉，更没有说她什么。”丁老太道：“那她为什么连夜就跑走了？”二和道：“实是奇怪。我的事，用不着她这样着急。”丁老太道：“你听门口汽车响，是什么人把她送回来了吧？”二和也觉得有汽车在门口停止的声音，这也透着很奇怪，便直奔外院。

打开大门来，挺立在面前的，却是公司里的赵二，虽然脸上先放下笑容来，可是两个眼睛眶子陷落下去，面皮上没有血色，灰沉沉的，显然是熬了夜。他先道：“你早起来了？没出门？”二和才点头道：“赵二爷，早呵。天刚亮，哪里就出去了？这早光降，一定有什么事指教，请里面坐。”赵二道：“不必了，我还要走，就在这里告诉你罢。嫂夫人昨晚没回来吗？”二和对他周身上下，很快地看了一眼，因道：“二爷知道她在哪里吗？”赵二伸手握着二和的手，低声软气地道：“就为这事来的了。昨天晚上，我们一群人又在东兴楼请月容吃饭，八点来钟，还没有散席呢，二嫂子不知道在哪里访着了，也突然地跑了去。”二和愕然道：“是吗，我喝了两盅晚酒，老早地睡了，她出去我也不知道。你们在东兴楼吃饭，她怎么会知道呢？”赵二道：“借个电话，刘宅门房一问，有什么打听不出来的？这且不管了，她这件事透着孟浪一点。”

二和伸起手来，连搔了几下头发，皱了眉道：“实在的，她跑去干什么？”赵二道：“她去倒没有别的事，她因经理把你介绍到济南去，以为是你的事情辞掉了，特意去找经理说话。她那意思，以为你们的婚姻，也是经理主持成功的。现在婚后不到三个月，丈夫没有了职业，好像扶起来是刘经理，推倒也是刘经理，这话有点儿说不过去。可是刘经理就不这样想了，以为你嫂夫人这样去找他，很碍着他的面子，把嫂夫人由屋子里推出来，嫂夫人向后退，忘了跨门限……”二和道：“摔了？动了胎了？”向赵二脸上望着，接连地问这样两句话。赵二拱拱拳头，赔着笑道：“现时在医院里，昨晚就小产了，大概大人不碍事。”二和红了脸，重声道：“为什么昨晚上不来告诉我？”赵二道：“嫂夫人不许我们来报告，那也没有法子。”

二和极力地抿了嘴唇，鼻子里哼了一声道：“随便推一下，就动了胎了？我还有点不相信。内人到东兴楼的时候，月容在那里吗？”赵二道：“嫂嫂脾气急一点，不该见面就给月容一个难堪。她说，你巴结刘经理，丁二和也管不着你，你为什么要把他的饭碗打破。慢说你们不过是过去有交情，就是现在有了交情，一个大戏子，同时有两三个老头的也多得很，你何必把他当了眼中钉？月容到底年轻，让她一顿说着，坐在桌子边，脸色灰白，一句也说不出来。你想，老刘这个人，可搁得住这样的事？便喝了一声说，你是什么好东西？嫂嫂也厉害，她当着满桌子人说，各位，你们知道姓刘的是什么人？让我来宣布他的历史……我们瞧事不好，赶快劝走她，不想拉拉扯扯，就闪了胎了。总算刘经理不计较，立刻让自己的汽车，送嫂嫂到医院里去了。”

二和陪着他站在门洞子里，很久很久，没有说话，将手抚着头，横了眼对门外路上看着。赵二以为他注意这部汽车，便拱拱手笑道：“我们就坐这车子到医院那里去。假使嫂嫂病好了，那自是千好万好……”二和猛然地抓住他的手道：“什么！另外还有什么危险？”赵二苦笑道：“小产自然是让大人不怎么舒服的事，闲话不用说了，我们先去看她要紧。”二和见老妈子在院子里，叮嘱她不必惊动老太太，便和赵二坐上了汽车。

二十分钟，二和已经站在一间病房的门口。那个穿白衣服的女看护，手上托着一木盘子绷布药瓶出来，反手轻轻地将门带上，向二和轻轻地道：“请你进去罢。”二和推门进去时，见屋子里只有一张病床，枕头垫得高高的，二姑娘半躺半坐着，将白色棉被拥盖了全身，堆了全枕头的枯焦的头发，面色让白被白枕一衬托，像黄蜡塑的脸子，两只眼睛陷下去两个大窟窿。看到二和进来，她将头微微点了一下，嘴角一牵，露出两排雪白的长牙，透着一种凄惨的样子。

二和走近床边，只问了“怎么样”一句话，二姑娘两行眼泪，已是由脸上顺流下来。二和向前一步，弯腰握住她的手，轻轻地道：“胎已经下来了？”二姑娘点点头道：“进医院不到一点钟就下来了。”二和道：“这样也好，替你身上轻了一层累。”二姑娘又露着白牙一笑，接着道：“但是……”说着，合了一下眼睛，接着道：“但是我人不行了。”二和道：“现在血止了没有？”二姑娘道：“昨夜昏过去三次，现在清醒多了。”她将极低的声音，缓缓地说着，将手握住了二和的手，先望了他，然后慢慢地闭上眼睛道：“我自己说我自己，那是很对的。事情越做越错……”二和道：“这些事不必提了，你好好地养病。”二姑娘闭着眼睛总有五分钟，好在她的手还在二和手上握着的，二和也就让她去养神。

二姑娘复睁开眼来，声音更透着微弱了，向二和脸上注视着道：“我要是过去了，你就把月容娶过来罢，她为人比我贤良得多。我以往恨她也是无味，她根本就不知道咱们的事。”二和见她说完了话，有些喘气，就轻轻地拍着她的肩膀道：“你不要难受，先休息两天，把身体休养好了再说。”二姑娘微微一笑，又闭上了眼，然后扯扯二和的衣袖道：“我到医院里来以后，我的亲人，还只有你一个人知道。你能不能到我家里去一趟，给我兄嫂报一个信儿，我只是想和亲人见一面。”二和托着她的手，轻轻拍着她的手背道：“好，你静静儿躺一会儿罢，我立刻就去。”二姑娘听着，就点了两点头。

二和等她合上眼睛，就掉转身体出去。到了房门口的时候，也曾掉转身来回头向床上看着，恰是二姑娘睁开眼来，向房门口看着，她就把靠在枕头上的头，微微地点了两点。二和复走回来，站到床头边，将手轻轻摸着她的头笑道：“不要紧的，你安心养病。”二姑娘又微微地作了一个惨笑，由被里缓缓伸出手来，握着他的手道：“我昨晚上太性急了一点，不怪月容。她要做你的女人，一定比我贤良得多，你不要忘了我刚才的话，这样一个好人，别让她落在姓刘的手上糟踏了。”二和道：“你不要胡思乱想，我去找你哥嫂来。”二姑娘松了手，点点头，先对二和注视一番，缓缓闭上了眼睛。

二和在这个时候，将过去的一些心头疙瘩，已是完全丢个干净。站在床面前，望着她出了一会儿神，放轻脚步，走出病房。心里可在想着，假使她真有个不幸，那是太委屈了。而这两个月来，自已给她受的委屈也不少。这样懊悔着，缓缓地踱出了医院。见对面人家屋脊上，受东起的太阳斜照着，抹上一片殷红的阳光。瓦缝里藏着积雪，晨风由屋头上向地面压下来，将那碎雪夹着灰尘，一齐向人身上扑着，让人先打了个寒战，觉得目前的现象，是真带有凄惨的意味。但心里想着，这是心理作用，哪一个冬天的早上，不是这样子呢？这样一解释，也就坦然地向田老大家里报信去。

冬天日短，太阳是很快地由人家屋脊向地面走来。在太阳光洒遍满地的时候，医院大门口，已是停着一大片人力车。看病的人，纷纷向着医院里进去。虽不见得什么人脸上带了笑容，但也不见得有泪容；就是医院里出来的人，脸上也很和平镇定，不像医院里出了什么问题。这把坐在车上，一路揣想着二姑娘更要陷入危险境地的幻想，慢慢加以纠正。下了车子走进医院门，田大嫂是特别地性急，已经三步两步地抢着走了进去。田老大恐怕她不懂医院里规矩，会闹出什么笑话，自也紧紧地跟着。当二和走到病房门口时，他夫妇俩已进去了。

医院里规矩，是不准两人以上到病房里去的，只好站在门外等着。这样还不到五分钟，听到窸窸窣窣的声音，门开了，田老大挽着他媳妇一只手胳膀出来。只见田大嫂两眼泪水像抛沙一般在脸上挂着，张了大嘴，哽咽着只管抖颤，弯着腰，已是抬不起来。田老大脸上惨白，眼角上挂着泪珠。二和看到，一阵昏晕，几乎倒了下去，翻了眼望着他们问道：“人……怎么了？”田老大摇摇头，低声道：“过去了。”二和听了这话，两脚一跺，且不进病房，转身就向外跑，叫道：“我和姓刘的拼了！”在他这句话说完以后，连在一旁的看护们，也都有些发呆呢。

第四十回　一恸病衰亲惨难拒赙
片言惊过客愤极回车

田老大对于自己家里的事，说明白，却糊涂，说糊涂，多少又明白一点。今天妹妹被刘经理推动得小产了，便也有一种说不出来的苦闷。这时妹妹死了，也就顾不得自己的职业，心里计划着，要和姓刘的算账。二和一声大喊，跳起来要和姓刘的拼命，引起了他的共鸣，也跳着脚道："是要同他妈的拼了！"二和本来就是满腔怒火不能忍耐，经田老大这样鼓励一句，立刻扭转身子，就向医院大门外走。

田大嫂虽然是在呜咽着，还不曾昏迷，看到二和向门外走，立刻也跳了起来，向前伸手一把将二和衣服抓住，连连叫道："老二，你这是怎么了！二妹躺在床上，你先得去看看。这是医院，人还不能久搁，应当怎么把她收殓，你要先拿个主意。姓刘的也跑不了，慢慢地和他算账不迟。"虽然只有几句话，说出来很是中肯，二和就站住了，向她问道："过去了？什么时候过去的呢？我很后悔，不该离开她。"大嫂道："据看护说，过去有二十分钟了。"二和听着，两眼也流下泪来，转身向病房里走去。

田大嫂向田老大道："这事情还真是扎手呢。老二手边没多少钱，这一笔善后的款项，马上就该想法子。怎么着，也要对付个百多块钱才好。"田老大道："哪里有呢？时间太急了，就是和人家去借，也要个一两天的商量。"田大嫂道："等老二出来再说。"

夫妇抹着眼泪，在过道里凳子上坐着等候，二和没有从病房里出来，蒋五已是由外面匆匆地走进来，看到田老大，便站住脚向他道："什么！

令妹不在了？”田老大因他是公司里的一个高级职员，只好带着眼泪站了起来，向他拱拱手道：“真是件大大不幸的事。五爷怎么知道了？”蒋五道：“我接着经理电话，叫我来的。大概知道是得着医院的报告。丁二爷呢？”田老大道：“他在病房里哭去了。”

蒋五两手抄着大衣领子，将衣襟紧了一紧，因皱了眉道：“这不是光哭的事啊，人是不能久放在医院里的，得赶快收殓起来。”田老大道：“谁不是这样说呢？可是这急忙之中，哪里去筹这么一笔款子呢？”蒋五道：“这些事情，你们全不必挂心。我既然来了，自然会担起这重责任。”田老大脸色一正，向蒋五道：“五爷，这可不是开玩笑的事。”说时，将袖口子擦着眼睛。蒋五也正着颜色道：“你们现在是什么情绪？我是铁打的心？在这个时候，给你开玩笑。”田大嫂立刻抢着迎上前来插嘴道：“是的，蒋五爷巴巴地起大早跑了来，当然有事，决不是跟我们开玩笑。”蒋五爷道：“我蒋五也不敢夸下那种海口，说是同事家里有什么事情，我姓蒋的就能掏腰包帮忙。这里有二百块钱，是刘经理让我带来的，请你交给丁二和。”说时，就在衣服袋里掏出两叠钞票来，向田老大递过去。

田老大真想不到有一个急处，便有一个妙处。有了这二百元，料理二姑娘的丧事，尽有富裕。伸了手便要把钞票接过去，突然地，身后有人喊了一声：“慢着！”田老大回头看时，二和红着双眼，推开病房的门，走了出来。田老大见他来势很凶，只好把手缩了回来，向他望着。二和抢上前两步，伸手把蒋五那只拿钞票的手拦了回去，瞪了眼道：“蒋先生，你别瞧我失了业，人穷志不穷，我家里死了人，还不至于到外面去花钱买棺材。”蒋五红了脸道：“丁老二，你这是什么话？拿着两百洋钱，挺身出来和人帮忙，难道还有什么恶意吗？”二和在衣袋掏出手绢来，擦了擦两只眼睛，脸色跟着平和了一点，因道：“对不起，我心里很乱，话说得急一点。这钱若是蒋五爷的呢，你这样的好意，没得别的说的，我给你磕头，把款子收下来。可是，你这款子，是姓刘的造孽钱！为了钱，我才让他收拾到这种境地，我为什么还要他的钱！这是医院里，有些话我不便说，可是我说不说，你也应当明白，我……我……我是太穷了，又有个瞎子老娘，只好遇事让步。”

他带了凄惨的声音来说着，蒋五手里托着钞票，慢慢地收了回去，望了二和道：“我这一次来，没有什么坏意吧？”田老大抱着拳头，连拱两下道：“五爷，你别见怪。二和是遭了这件不如意的事，心里头很乱，说话有些失分寸。”蒋五道：“他既然不是对我发脾气，我也就不怪他。不过这笔款子，我不便胡乱带回去，我得先打一个电话给刘经理，征求他的同意。电话在哪里？田大哥，请你引我去。”田老大倒认为他是真不能做主，就引着他打电话去了。

二和站在过道里，两手叉了腰，倒是向了田大嫂发呆。田大嫂道：“现在并不是发愣的事，这后事你打算怎么办？应该拿出一点主意来才好。”二和道：“主意？有什么主意呢？有钱就有主意。我也想了，家里还有六七十块钱，我猜想着，令妹箱子里，总也有几十块钱，凑合着，可以把人抬出医院去罢。”田大嫂道：“她箱子里有钱没有钱我不敢说。就是有，一齐花了，这日子怎么过？你可没有职业了。妹子一死，就是田老大这一碗饭，恐怕也有些靠不住。”二和听到，只觉心头连跳了几下，昂起头来向天上叹了一口气。田大嫂道：“你们都是这种别扭劲儿，也不能尽怨别人。”二和脸上带着泪痕，倒是冷笑了一声。

田大嫂看到他这种样子，也没得话说，只是坐在夹道的长椅上发呆。偶然一回头，却看到女看护搀着丁老太走进来，不由得失声叫了一句呵呀。二和也看到了，立刻赶上前去，将丁老太搀着，因问道：“妈，你怎么来了？”丁老太颤巍巍地走着，颤着声音问道：“人躺在什么地方？让我摸摸她。不是公司派人告诉我，我还不知道。”二和道：“过去很久了，你摸她干什么？”丁老太颤得握不住二和的手，微摇着头道：“在昨天，我就知道这孩子有些反常。好好儿的，喝什么酒？现在果然是丢了这条命了。才二十一岁的人，后面日子长着呢。”田大嫂叫了一声老太，也走过来，搀她一只手臂，又哟了一声道：“你为什么赶了来呢？我的老娘！瞧你这样哆嗦着，可……可……可不大好。”丁老太道：“不管，不管，我得摸摸这个人。这孩子待我不错呀。就这样委委屈屈的一辈子，什么也没得着就去了。”她说到这里，哽咽着已不能发出声音。

田大嫂道："老太，你别进病房去了。医院里也不许人放开嗓子来哭。"丁老太垂着泪，只管摇着头道："我不哭，我不哭。"二和道："大嫂，随她老人家进去摸摸罢。她要是白来一趟，她心里憋得难受，她更会哭的。"田大嫂道："那么，我搀着老太进去罢，你进去了，又得伤心一场。"二和有气无力地点点头道："那也好。"于是二和在长凳上坐着，田大嫂搀着丁老太进去了。二和听到门里面，似乎有窸窣之音，心里自也透着难过，只是抬起袖子，不住地揉擦眼睛。

悲惨的时候，那也很容易过去。不知经过了多久，田大嫂开了门，抢着出来，见有一位女看护经过，就一把抓住道："小姐，小姐，小姐，快去请一位大夫来！"女看护站住了，向她翻着眼道："人死了两三个钟头了，你不知道吗？"田大嫂道："不是不是！有一位老太太在屋子里晕过去了。"二和来不及听她详细地说下去，跳了起来，就向病室里撞了去，只见床上的二姑娘，是由白被单里伸出一只手来，丁老太却手搭了床沿，坐在地上。虽是背靠了床脚，没有躺下，而头是向前垂着，已经与胸脯相接了。二和抢上前，两手抱着老太，嘴对了她耳朵，连连叫了两声妈，她哼也不哼一声。田大嫂抢着进来了，因道："二和，你可别胡动手。老太太晕过去了，一会儿就好的，先让女看护进来瞧瞧，搬到别个屋子里去，请大夫瞧瞧。"二和坐在地上，就双手拥抱了丁老太坐着，一会儿工夫，女看护进来了，因道："这样大年纪的人，让她坐在地面上，那是不大好。你们赶快去挂一个急号，请大夫来看。我就去找伕子来，用病床来把她带去。"

二和伸手摸了一摸衣袋问道："挂急号多少钱？"女看护还没有答话，门缝里，田老大伸进一个头来，插嘴道："不要紧，我这里预备着钱了，我去替你挂号。"二和也来不及详细地问，只说了一句劳驾。看护也是看到老太太病势来得凶猛，便也很快地找着工人推了病床来，将老太太送到急诊室里去。二和不放心，紧紧地在后面跟着。医生将老太太周身察诊过了一遍，见二和垂了两手，悄悄地站在身后，便道："这老太太是你令堂吗？"二和道："大夫，病症很严重吗？"医生将听筒插到袋里，两手也随着放在白罩衣的袋里，对了病床上的丁老太注视了一下，微微摇着头道："相当地严重，要住院。"二和道："怎么陡然得了这样重的病？"大夫道："刚才不过受了刺激。她心脏很衰弱，上了年岁，不好好地看护着，那是很危险的。"二和也来不及加以考虑猛可地答道："当然住院。"

医生就在屋旁桌上开了一张字条，交给女看护，向三等病室里去要床铺，一面在丁老太身上打针。二和听到丁老太又轻轻哼了一声，觉得有些转好的希望，心里比较得安慰一点。可是那女看护来答复，却是三等病室里没有床铺，二等病室里也只有一张床铺。大夫回转头来，向二和周身上下打量了一番，因问道："令堂的病，最好是住院，而且，现在也移动不得。这二等病室……"他说话时，取下他鼻子上架的宽边眼镜，在裤子袋里取出一条白绸手绢来，将眼镜缓缓地擦着。二和道："就住二等室罢，大概要先交多少钱，才可以住院？"大夫戴上眼镜，望了他身上道："这个你向交费处接洽。"说毕，他出诊室去了。

二和跟了出来，田老大和蒋五都站在门外等着。田老大道："老太要住院吧？"二和皱了眉道："一波未平，一波又起，这叫我怎么办？大概还是非住院不可。老太心脏衰弱，动都不能动了。"田老大道："那不要紧，我已经给你预备下钱了。二等病室，是五块钱一天，须缴十天，是五十元，再加上预缴二十块钱的医药手术费，共要缴七十块钱。"二和向他看看，回转头来，又向蒋五看看，犹豫着问道："莫非还是你那二百块钱？"田老大伸着两手乱摇了几下道："你不用过虑。这笔款子，是我由五爷手上借来的，将来由我归还五爷就是了。你算在我手上借去的钱，那还不行吗？"二和将两手环抱在胸前，皱着眉对了地面上望着，点点头道："既然如此，请你挪过来，先用几天，往后我再想办法奉还。"田老大道："我二妹虽然死了，我们亲戚总是亲戚，谈什么还不还的话！我们先把老太太安顿好了再说。"

二和眼望了地面，很久很久，才叹了一口气。蒋五向田老大道："你还迟疑些什么？还有一个要等着收殓的呢。"这句话又提起了二和的伤心，见身边放了一张长椅子，一歪身坐在上面，手拐撑了椅子靠，将手扶了头，又只管垂下泪来。他在这儿伤心，田老大把缴费的手续，完全办完了，把收款股的收条交给了二和，因道："哭着，就算能了事吗？还得打起精神来做事呢。"

二和跳起来答道："是的，我还要办事呢。"于是先将丁老太送进了二等病房，再回转身来，和二姑娘料理身后。人也不知道饿，也不知道渴，除了哭，就是忙着拿钱买东西。等着把二姑娘收殓入棺，由医院后门送到城外一所庙里停放，已是下午三点钟。人实在是支持不住，就在禅堂里借了和尚一张木榻睡着。

等到醒过来了，在桌上已经点一盏煤油灯了。和尚含笑走进屋子来向他道："丁先生，醒过来了？那位田先生说，请你不必回去，就在小庙里安歇。"二和道："那为什么？"和尚道："田先生说，怕你回去看到空屋子会伤心的。"二和坐在木床上出了一会儿神，点点头道："那也好，但不知现在几点钟了？"和尚道："时候倒是还早，丁先生可以在我们这里喝点茶，吃点素面。田先生说，他七八点钟会来一趟的。"

二和看那和尚瘦长的脸，眉毛峰上簇拥出几根长毛，穿件布衣僧袍，干干净净的，却也不见得怎样讨厌，便依了他的话，和老和尚闲谈了一会儿。老和尚也陪着用过了茶、面。还不到九点钟，庙门外一阵狗叫，随着在寂寞的大院子里，发生着脚步响。隔了窗户，就听到田老大问道："二和醒过来了吗？"二和道："我听着你的话，没有回家去呢。"田老大倒跑得满头是汗，走进屋子来，就把头上罩的一顶线帽子摘下，不曾坐下，脸上先带一分高兴的样子，因道："你放心罢，所用的二百多块钱，都有了着落，不必还了。"二和也站起来，抓住他的手道："听你这话，可是姓刘的送来一笔款子了？但这笔款子，我断断乎不能要！"

田老大按住他的手，让他依然在床上坐下，因道："既是你说明了，不用这种钱的，我岂能那样傻，非接收他的钱不可？姓刘的也许是天良发现了，他说他并不求你的谅解，这一笔钱，愿同你做一桩买卖。请你随便在家里挑一样比较值钱些的东西给他作抵，就算你用东西变卖来的钱，当然不算得姓刘的好处。"二和道："你还不知道吗？我家有什么值钱的东西呢？"田老大道："不是说比较值钱的东西吗？你看着桌子值钱，你就把桌子给他，你看着椅子值钱，你就把椅子给他，好不好呢？"二和还是抱了两只手在胸前，低头望着地面，又摇了两摇头道："我怕姓刘的这家伙，又在玩什么手段。"田老大道："这是没有别人在这里听到，要不然，你倒成了个小孩子。人家拿二三百块钱，随便买你一项破烂东西，他有什么手段？"二和道："我也正因为他这件事做得有些奇怪，想不出他另有什么作用。"田老大道："有什么作用呢？你不是他公司里的人了，他用什么手段时，你可以不睬他。"二和道："哼，我也不怕他用什么手段！现在我还有个老娘，假如我没有这个老娘，慢说他不过是公司里一个经理，就是带着十万八万军队的军阀，我也要和他碰碰。"

田老大没做声，挨了桌子坐下，自在身上口袋里取了一盒烟卷来，递给二和一根，自衔了一根在嘴里，靠了墙壁坐着抽。见桌上有一张包东西的破报纸，就拿起来看了一看，很久很久，没有做声。二和也拿了烟卷放在嘴里，缓缓地抽着，见田老大始终没有做声，因道："大哥，你为什么不言语？"田老大这才放下报纸来，向他摇摇头道："老二，你这个少爷脾气，直到现在，丝毫也没有改。叫我说些什么！"二和道："你也应当原谅我。一而再，再而三上了人家的当，我现在是对于什么出乎意外的事，都有些害怕。既是大哥这样说了，我一个穷家，没有什么可卖的，只有我睡的那张铜床，是祖传之物。据我母亲说，当年买来的时候，也值个二三百元。现在虽不值那个钱，到底是一样有价值的东西。就请你转告老刘，把我这张床抬了去罢。像我们那种人家，还摆上那样一项古董，本来不配，都只为我娘说，什么祖业也没有，这床留着我结婚罢。现在我已经用这张床结婚了，卖了也好。"田老大点点头道："你这话对，我想着，也只有那张铜床好卖。我明天叫人去搬床罢。"二和道："最好一早就搬了走。趁着我没回家，东西先出了门，也免得我心里头又难受一阵。"田老大道："好的，今晚上我陪你在庙里睡一宿。明天一大早，你上医院瞧老太太去，我就和你去办这件事了。"二和也觉这话妥当。回得家去，不见娇妻，不见老母，那是很难堪的，就同田老大在庙里住下。

可是在二和家里，的确是出了问题了。他家里雇用的老妈子陈妈，见主人全家都不在家，就也认为是个绝好的捡便宜机会。关上了大门，首先就来开二和房间里的箱子。这是下午五点钟的时候，屋子里已经点上灯，认为决没有什么人在这时回来的。可是她想了很久的法子，也没有把箱子的锁打开，她主人总是要回来的，又不敢打破箱子。正自对了箱子坐着出神，还要想第二个办法来打开箱子，可是大门咚咚地响着。迎出来开门，却是田大嫂来了，她一点也不客气，就坐在二和屋子里代他看家。陈妈遇到这样一位对头，心里实在难过。

到了七点多钟，又有人敲门，她这就想着，必定是二和回来了，在院子里故意叽咕着道："我没有瞧见过的，一个娘们，随便地就向人家跑！要不是我在家里看守着，不定要出些什么花样。"她说着话，将门打开，借了胡同里的路灯一看，却是很年轻的一位姑娘，穿着大衣，远远地送过来一阵脂粉香。向来不见有这种人到这里来的，便道："你找错了人家了吧？"那姑娘答道："我叫杨月容，和这里丁二爷认识。你怎么没开门之先，就骂我一阵？你们主人在家吗？"陈妈道："我骂你干什么！我们二爷出门了。"月容自言自语道："可是上济南了？"又问道："那么太太在家吧？我见见太太。"陈妈道："太太死了。"她说话时，两手还是扶着门站着。月容也生气了，放重了声音道："我见见老太太。"陈妈道："老太太得了急症，上医院了。"月容道："你干吗！我说一句，你顶一句？"陈妈道："实情嘛！我顶你干什么！"月容道："你这样对人说话，是主人翁告诉你的吧？好，我就不进去。"说着，扭转身来就走。看到街上人力车子，就不问价钱，坐着回家去。

现在宋子豪夫妇，得了她的帮助，还搬到原先带小五住家的所在住着。月容在许多条件之下，已经有了间单独的房子。回家之后，推开自己的房门，就向一张小铁床上倒下去，将头偎在枕头里，放声大哭，那眼泪是奔泉一般，纷纷向下滚着。

黄氏现在也住在这里，帮着洗衣、做饭，听了月容的哭声，立刻同着宋子豪夫妇俩，直涌了进来。三人围了床头，全弯着腰，连连问是怎么了。月容坐起来，用手绢擦着眼泪道："这是我自讨的。"宋子豪道："你说要去找二和去，是没找着他家吗？这也不值得伤心，明天再打听清楚了，再去一趟就是了。"月容道："没找到那倒罢了。想不到连丁老太对我都不谅解。"黄氏道："那怎么回事呢？她说了你什么重话了？"口里说着，提起屋子中间白炉子上的热水壶，向脸盆里倾着。月容道：“见着老太太，就让她说我几声，我也有个分辩。”小五娘道：“难道你到那里，他们不让你进去？”月容道：“可不是！在大门里，一个老妈子就骂出来开门，说是大娘们不该胡跑。见了面一问，二和出门了，二奶奶死了，老太太得急症了！回了我一个一干二净。二和出门去了，也许是真的，老刘不是说他上济南了吗？怎么二姑娘死了，老太太得了急症了，这话也说了出来！那就干脆不愿见我了。接连碰了他那死老妈子三个钉子，叫我无话可说，心里实在憋得很。”

黄氏拧了一把热腾腾的手巾，递了过来，笑道：“姑娘，你才愿意生着这些闲气呢！后天你就上台了，你得好好休养两天才是。”月容接过手巾擦了脸，一转身，见黄氏又捧一杯热茶上在面前，月容接着茶，叹了一口气道：“一个人，和别人没有利害关系，那是合不起伙来的。好了，从今晚上起，咱们再别谈姓丁的话。”宋子豪道：“姑娘，这算你明白了，老早你就该这样做的。我们给你预备好了猪肉、甜酱、豆芽、豆瓣，正想和你做炸酱面呢，你不想吃一点吗？”月容道：“干什么不吃？我也犯不上不吃。”只这一句话，小五娘同黄氏答应不迭，立刻抢出屋子给她做面去。

宋子豪坐在旁边抽着烟卷，把他长到五十岁的经验之谈，详细地一说，无非人生只有钱好，有了钱，什么都可如愿以偿。譬如丁二和娶田二姑娘，也就是为了钱，假如你有钱，你不难把丁二和买过来，让他和二姑娘离婚。为了钱娶二姑娘，就可以为了钱休掉二姑娘了。月容正在气头上，对于他的话，却也并不否认。吃过了晚饭，老早地睡觉。因为上台的日子，只剩一天了，接洽事情多些，把二和的事也就丢在一边。

到了这日下午，刘经理却坐了汽车来访她，站在院子里，喊了一声：“杨小姐在家吗？”宋子豪在屋里，隔着小小的玻璃窗户先看到了，立刻跳了出来。呵哟了一声，拱着两手平了额头，弯下腰去道：“真是不敢当，要你劳步。”黄氏在厨房里出来，两手乱扑着灰，笑道：“我听到门口汽车响，我就纳闷，我们这儿也有贵人到？哟，可不是贵人到了吗？姑娘，快出来，瞧。干爹来了。”说时，那张灰黑的脸上，笑得皱纹乱闪。

刘经理听到她又清又脆地叫了声干爹，也禁不住扑哧一笑。黄氏以为刘经理也对她表示好感，索性抢上前两步，站在他面前，露出黄板牙来，只管咧了嘴笑。月容在屋子里梳头发呢，听说刘经理来了，左手拿了镜子，右手拿了梳子，只管发呆，没个作道理处，就是这样站在窗户边上，不肯移动。黄氏还是在外面叫着道："姑娘，出来呵，干爹在院子里等着呢。"月容本来也想出来迎接的，为了黄氏这样一喊叫，透着出来迎接刘经理是一件可耻的事，还是拿了梳子对着镜子继续地梳拢。

黄氏代他掀开门口的一条旧布帘子，笑道："你瞧，干爹来了！忙着梳头，没关系，自己爷儿俩，要什么紧。"月容板着脸，将镜子梳子，一齐向桌上一扔，啪的一下响着，瞪了一眼，随了回转身来。她以为可以作点颜色给黄氏看，却不料跨进房门口，站在面前的，却是刘经理。他笑道："干吗老不出来？莫非是听说干爹来了，有些害臊吗？"说着，就走向前来，轻轻地拍了月容两下肩膀。月容将身子向后一缩，正着颜色缓缓地问道："干娘知道你到这儿来吗？"刘经理自脱了大衣，放在月容床上，笑道："你别尽惦记着干娘，也得放点好心到干爹身上来。"说着，就躺在月容小床上，抬起两条腿，放在白炉子边的矮凳上。月容见他这样子随便，靠了墙站定，抱了两手在怀里，向他望着。黄氏在玻璃窗外面，倒张望了好几次，叫道："月容也不倒一杯茶给干爹喝吗？"月容道："你瞧，左一句干爹，右一句干爹，叫得比我还要亲热，好像刘经理又多收了这么一个大干闺女。"臊得黄氏说一声"你瞧这孩子"，随着就跑走了。刘经理躺在床上忍不住哈哈大笑。这么一来，屋子外面就没有人打岔了。

刘经理将手拍着床沿道："你坐下，我有话同你说。"月容笑道："你坐起来罢，我真该给你倒一杯茶才像个主人的样子。"刘经理道："你坐下，我有话告诉你。你听我的话，比倒茶点烟伺候好多了呢。"说时，又拍了床沿。月容没办法，只好在他放脚的方凳子上坐下。刘经理笑道："这孩子怕挨着我？好像我身上长着长刺，会扎你似的。"月容红了脸，笑道："这院子后面，还有街坊呢，让人瞧见笑话。"刘经理笑道："爷儿俩怕什么的？我要送你一样东西，大概就送到了。"月容道："你别尽在我头上花钱，我不爱穿什么好衣服。”一言未了，有人在院子里问道：“这是杨小姐家里吗？送东西来了。”月容答应了一声，借着这机会，就跑出屋子去了。刘经理躺在她床上，只是微微地笑。

月容一会子工夫，两脚跳了进来，掀开门帘子就问道：“你这是怎么回事？把丁二和家里那张铜床给搬来了！”刘经理这才坐起来，笑道：“我告诉你的话，你不听，我有什么法子？不然，你就早明白了。”月容皱了眉道：“干爹，这件事真不好随便。你怎么好把丁二和的东西向我这里搬呢？”刘经理笑道：“我为什么不能把丁二和的东西搬了来？他卖给我了，当然可由我来支配。”月容道：“他卖给了你了？这张床是他家传之物，就是要卖东西，也卖不到这件东西上面来。”刘经理道：“他全家人都到济南享福去了，这笨东西不好带；留在这里，又存放谁家呢？不如卖了是个干净。现在的丁二和，不是以往的丁二和了，别扭得什么似的。您想，他要是不闹别扭，我叫他来访您谈一谈，应该不来吗？”月容手扶了床栏杆，望着刘经理，很是出了一会儿神。刘经理道：“我是真话，你相信不相信？”

月容出了一会儿神，问道：“他家没有出什么事故吗？”刘经理被她这样突然地问着，心里像是一动，可是脸上依然很镇静，带着微笑道：“你小小年纪，倒是这样神经过敏。”月容道：“我实对你说，我昨天到他家里去一趟，你不告诉我他在什么地方，可是我也找到了。”刘经理红着脸没有话说。月容道：“不过我也不怪你，你不告诉我，也许是一番好意。我找到那里，大门还没有进去，接连就碰了三个钉子。”说着，就把昨晚在丁家敲门的事说了一番。刘经理脸上变了好几回颜色，到了最后，两手一拍道：“怎么样？你现在可以相信我的话了吧？”月容道：“请你告诉我实话，到底是怎么回事？二姑娘好了吗？”刘经理道：“这女人太岂有此理，你还提她做什么！你真有那耐性，还去找她。”月容道：“那天晚上，她冲到饭馆子里来，虽然是她的错处，但是她疑心我在你面前说坏话，至于把二和轰到济南去，那也是窄心眼儿的女人，所做得出来的事。所以我下了决心，要见她把误会解释一下子，而且也要看看她的病。”刘经理道：“有什么病？没病，讹诈罢了。他婆媳两个，硬要将这张铜床卖我三百块钱，不然，那女人就要打动了胎来讹我，和我打官司。我没法子，照付了钱。在昨日下午，他们全家上济南了。老实说，我轰他们走，一大半是为了你。”

月容不由得两朵红云，飞上脸腮，因道：“他在这里，也碍不着我什么事。”刘经理道：“你不知道吗？他因为看到你和我同进同出，恨极了，打算在你登台的时候，他找一班人在台底下叫倒好。你想，我们预备大大地捧你一场，让你出一场十足的风头，若是让整群的人在台底下叫起倒好来，那不是一场大笑话吗！你想，我们在饭馆子里吃饭，谁也碍不着谁，他女人都可以来，花几毛钱买一张戏票，谁也可以到戏院子里去的。你就能保证他们不捣乱吗？二和在公司里说的话，比这厉害的是多之又多，但是我怕你心里难受，我并没有把他这些话传达到你耳朵里去。可是你也到丁二和家去碰过钉子的，你想到他们翻脸无情，总也可以相信我的话有几分真吧？”

月容呆立在床头边，很久不能做声。刘经理突然站起来，握着月容的手笑道：“别把这事放在心上，我们一块儿吃午饭去。”月容被他拉着手，并不抽回来，只低了头站着。刘经理笑道：“傻孩子，以后我好好地捧你红起来，别去傻想丁二和，现在你该明白我这话不错了吧？”月容还呆不做声。站着很久，刘经理低头一看，见她脸上挂着两行眼泪，眼睛红红的，立刻连连拍了她几下肩膀，笑道：“胡闹，胡闹。这也值不得一哭！干爹明日给你找个漂亮的女婿，不赛过丁二和十倍不算。”这一句话，倒是月容听得进的，却想出了一篇话来。

第四十一回　立券谢月娘绝交有约　怀刀走雪夜饮恨无涯

杨月容既当过了一回名角儿，人家捧角儿的用意何在，那是不消说得，就可明白的。刘经理这样出力捧她，这为的是什么，在当时就知道了，所以次日拉出了刘太太，就来硬抵制了他。今天刘经理忽然送一张床来，这事透着尴尬，现在他说为自己找个漂亮女婿，显然是置身事外，索性厚着脸向他笑道："这么说，干爹替我买这张床，是送给我的嫁妆了？"刘经理笑笑道："忙什么，你既出面唱戏了，总得唱个三年两载的。这张床是我买给你睡觉的。"说着，向屋子周围看了一遍，笑道："你还缺少着什么？我同你预备罢。"

说话时，月容已是闪了开去，斟了一杯热茶，两手捧着送到刘经理面前。刘经理手上接着茶杯，眼睛却斜向她注视着微笑着："我问你缺少什么东西呢，你没听到这句话吗？"月容笑着道："我听见了，干爹帮着我的地方太多。我要什么东西，会跟干娘要的。"刘经理道："笑话笑话！你干娘的钱，也就是我的钱，和干娘要东西，不是向我要东西一样吗？"月容道："虽然是那样说，究竟娘女的关系，说起话来方便得多。"刘经理放下茶杯，又抢上前抓着她的手笑道："干闺女和亲生女不同，她是和干爹关系最深的。"月容想要把手挣脱，刘经理却把她拉到院子里，笑道："走走走，我们吃午饭去。赵二蒋五都在那里等着呢。"他的力气大，月容不能抗拒，终于是让他拉着出去了。

黄氏虽被刘经理调笑着，走开了这窗户，但是看到月容被干爹携着手一路走出去，心里非常得意，仿佛自己也被刘经理携着手一样。一直走出门来，望了他们坐着汽车走去。她在汽车后面窗户里，看到月容的脑袋和刘经理的脑袋并在一处，就笑嘻嘻地走进院子来，叫道："小五娘，月容这孩子，现在也会哄人了，你瞧，她跟着刘经理欢欢喜喜地走了。"这时，后面有一个人插嘴道："谁说不是，可是光哄着还是不够呢。"黄氏回头看时，认得是刘经理的亲信赵二爷，便笑道："二爷也来了？难得，难得。请到月容屋子里坐罢。"

赵二手上拿了个纸包，是表示着很诡秘的样子，伸了头向四周看看，问道："老枪在家吗？"宋子豪走出来，两手扶了头上的黄毡帽，笑着答应道："在家啦，二爷。"说着，拱起两手，连连作了两个揖。赵二向他招了两招手，因道："咱们找个地方说两句话。"宋子豪笑道："月容屋子里坐罢，这屋子里有火。"赵二向黄氏道："你也来，有话对你说。"黄氏听到赵二爷愿跟她谈话，就眉开眼笑地跟了进屋子去。

他们放下了门帘，还掩上了房门，约谈到半小时之久，赵二笑着走了出来，因道："这是刘经理最得意的一条妙计，你可别做错了。"宋子豪拱着两手，举平了额顶，笑道："决不会错，决不会错。"赵二笑道："不久丁二和该来了，我先走罢。"宋子豪笑嘻嘻地送到大门口，见赵二坐上人力车，将棉布车帘子放下，于是笑着进来道："二爷做事很周到。他怕在路上遇到丁二和呢。"黄氏也忘了院子里风凉，站在院子中间，两手连连拍了巴掌，因道："这小子，当年在我手上把月容拉去的时候，那一副情形，还了得！我多说一句话，就得挨揍。现在……"宋子豪扬了两手，把她向屋子里轰，因道："你先到屋子里坐着罢，别是太高兴，露出了马脚。"黄氏总也算是顾全大体的，听了这话，就走回屋子里去。

不到一小时，果然是他们意料中的丁二和来了，在院子里高声问着宋三爷在家吗。宋子豪走了出来，见二和穿着青布棉袄裤，外披着老羊毛青布大衣，头上戴了鸭舌帽子，完全是个工人的样子，可是脸上发青，眼睛红红的，非常之懊丧，因走出来迎着道："你是丁二哥？"二和点点头道："是的。"宋子豪道："好，请到月容屋子里坐。"只这一声，门帘子一掀，黄氏由屋子里抢了出来，笑道："丁二爷来了？我们短见啦。请屋子里坐。"二和惨笑着，点了两点头。可是在这一转身的当儿，已是看到自己传家的那张铜床，拆散了，做成一大堆的零件，堆在这房门外的窗下面。立刻心里一阵酸痛，站着没有动。

黄氏掀起门帘，点点头道：“进来呀，这是月容睡的房间。”二和见他们向月容屋子里让，心里倒有些荡漾。但既来了，决不能做出一点怯懦的样子。因之咬紧了牙齿，向屋子里一冲，同时手扶了帽子，打算见着月容，深深地行个鞠躬礼。而且还预备了一篇话，说是，我很惭愧，还是要来求你，但是我为了老娘，你一定可以原谅的。他一面走着，心里一面警戒着自己，决不要生气。可是在屋里站定脚时，却发现了屋子是空的。

宋子豪跟着进来，见他有些愕然，因道：“请坐罢，月容和刘经理出去了。可是你的事，她已然留下了话让我们来办。”二和虽感到有些不安，但是到了这里，已经是难为情的了，不拿钱也是惭愧；拿钱也是惭愧。索性坐着等机会罢，便在床头边一张小方凳子上坐下。看看屋子四周，虽然陈设简单，却也糊得雪亮。床对面一张小桌子，上面除了化妆品之外，却有一个镜架子，里面嵌着刘经理一张穿西服的半身相片。镜架子下有一只玻璃烟缸子，放下半截雪茄，那正是刘经理常常在嘴角上衔着的东西。也不知道自己心里这一股怒气由何而生，就在鼻子里呼喘一声，冷笑了出来。宋子豪隔了屋子中间的火炉子，向他相对地坐着，脸上带了一分沉郁的样子，向他道：“我知道二哥这两天有心事，也没有去奉看。月容这孩子呢，毕竟年轻，你也别见怪她。她没工夫到医院去看望老太太，明天她就要露演了。”二和道：“我怎么那样不知进退，还要她去看我们。我是赵二爷再三约着的，不然，我也不会来。她留下的话，是怎么说的呢？”

宋子豪指黄氏道：“请你把那款子取出来。”黄氏答应一声，起身向里面屋子，取出三叠钞票，放在小桌子上。宋子豪指着桌子上的钱道：“这是三百块钱。月容说，她不能忘了老太太的好处，知道老太太在医院里要花钱，这就算是送给老太太的医药费。不过，她也有她的困难，请你原谅。她还没上台，哪里来的许多钱？都是向刘经理借的。刘经理也知道这钱借给你用的，他有一个条件，就是请你别再和她来往。而且望你还是到济南去。她现在乍上台，什么全靠刘经理帮忙，刘经理的意思，可不敢违背。若是为了你，得罪了刘经理，这可和她的前程有碍。她话是这样说了，我不能不交代。”

二和是偏了头，静静地听他向下说，等他说完了，却不答复，问道：“三爷，有烟卷吗？赏一支我抽抽。”宋子豪呵哟了一声，站了起来笑道：“你瞧，我这份儿荒唐。只顾说话，烟也没跟客人敬一支。”说着，从怀里掏出一盒烟卷来，抽出一支烟，两手捧着，恭恭敬敬地送到二和面前来。二和接着烟，起身拿桌上的火柴，这就靠了桌子把烟卷点着，微昂起头来，抽着向外喷，一个烟圈儿又一个烟圈儿，接着向空中腾了去。黄氏始终是坐在一边只管看他动静的，见他听了话，一味抽烟，却不回话，就忍不住插嘴道：“二哥，你的意思怎么样？听说老太太这病很重，得在医院里医治一两个月，这不很要花一点钱吗？”二和喷出一口烟来道：“是很要花几个钱。我没了那职业，家里又遭了丧事，花钱已经是不少，再加上一个医院里长住着的人，凭我现在的经济力量，那怎样受得了？大概月容和姓刘的，也很知道我这种情形，所以出了这三百块钱的重赏，要我卖了公司和月容这条路。若在平常的日子，我要不高兴来，只说一句我不爱听的话我就不来了；我要高兴来呢，你就把我脑袋砍了下来，我也要来的。可是我为了死人，死人还得安葬；为了半死的老娘还得医治，什么耻辱，我都可以忍受。我现在需要的是钱，有人给我钱，教我怎样办都可以。这话又说回来了，月容对于我这一番态度，不也为的是钱吗？好的，我接受月容的条件。”

宋子豪斟了一杯茶，两手捧着，放在桌子角上，然后伸手拍了两拍他的臂膀，笑道：“老弟台，你何必说月容，世界上的人，谁人不听钱的话呀？你是个有血性的人，我相信你说的这话，决不含糊。”二和把胸脯子一挺道：“含糊什么！我知道，这样不能说是月容的主意。这是姓刘的怕我和月容常见面，会把月容又说醒过来了，我现在女人死了，月容是可以跟我的呀。这一会子，月容为了虚荣心太重，要姓刘的捧着她大大出一回风头，教她干什么都可以，就利用了我要用钱的机会，来把我挟制住。其实我一不是她丈夫，二不是她哥弟，她和姓刘的姘着也好，她嫁姓刘的做三房四房也好，我管不着，何必怕我见她？”

宋子豪取出一根烟卷，塞在嘴角上，斜了眼向二和望着，擦了火柴，缓缓将烟点着，笑道："二哥，你既然知道这样说，这话就好办了。她无非是想出风头，又不敢得罪刘经理，只好挤你这一边。还是你那句话，你既不是她的哥弟，又不是她的丈夫，你要是老盯住她，她也透着为难。一个当坤角儿的人，就靠个人缘儿，玩意儿还在其次。捧角儿的人要是知道她身边有你这么个人盯着，谁还肯捧她？"

二和把那支烟卷抽完了，两个指头，夹了烟屁股，使劲向火炉子眼一扔，一股绿焰，由炉子里涌出。端起桌上那杯茶，仰着脖子，咕嘟一声喝了个光。这就坐下点着头淡笑道："我极谅解三爷这些话，对我并不算过分的要求。我丁二和顶着一颗人头，要说人话。慢说月容帮助了我这么些个钱，就是不帮助这些钱，为她前程着想，要我和她断绝来往，我也可以办到的。"黄氏向他望着道："老二，你余外有什么要求吗？"二和道："我有什么要求？"说着，站起来在桌边斟了一杯茶，端起来缓缓地喝着，将杯子向桌上放着，重重地按了一下，点点头笑道："有是有一个要求，那就是请你二位转告月容，请她不要疑心到我的人格上去。我虽然为了老太太，不免也用她几个钱，可是我决不把这个当做断绝来往的条件。我已然写好了一张借字带来，请二位交给她。只要我不死，活一天就有一天计划着还她的钱。既是算我借她的钱，我就更要接受她的要求，表示我不是为了她怕见我，我就讹她。我当着二位起个誓，往后我若是在月容面前和姓刘的面前，故意出面捣乱的话，我不是我父母生的；我若有一点坏心，想坏月容的事，让我老娘立刻死在医院里！"说话时，抬起右手，伸了一个食指，指着屋顶。

说完了，在怀里掏出一张字条，向宋子豪点点头道："这是借字，我交给谁？"宋子豪道："没听到说你写借字的话呀？"黄氏向宋子豪瞧了一眼，因道："丁老二这样做，要洗清白他是一个干净人。不依从他倒不好，我代收着罢。"二和一点不犹豫，立刻就将借字交到黄氏手上，笑道："你还是交给三爷瞧瞧，上面写的是些什么字眼。"黄氏当真交给宋子豪道："你就瞧瞧罢，手续清楚点儿也好。"宋子豪接过借字，偷眼向二和看时，见他又斟满了一杯茶，昂着头，向嘴里倒了下去，也没敢言语，低头看那借字。上写着：

立借字人丁二和，今因母病危急，愿向杨月容小姐借大洋三百元整。杨小姐缓急与共，令人感激，该款俟二和得有职业，经济力量稍裕，即当分期奉还，并略酬息金，聊答厚谊，此据。年月日丁二和具。

宋子豪两手捧了纸条，口里喃喃念着，不住点头道："二哥真是一个硬汉。我想，你说得到做得到。"二和微笑道："往后瞧罢。三爷，款子现在可以给我了。我也不便在这里久坐。"宋子豪起身道："呵，你瞧我这份儿大意。"于是将桌上的钞票，双手捧着，交给丁二和，笑道："请你点一点数目。"二和将钞票塞到怀里去，笑道："不用了，杨小姐也不会少给我的钱。"说完，取下帽子，向桌上摆的那镜框子，倒是连点了两下头，因道："刘经理再会罢，总算你完全胜利了。"说毕，举起帽子在头上盖着，对宋子豪黄氏又举了一举手道："再见再见。哦，不，在最近的时候，咱们是不会见着的。"宋子豪也只好跟着，向外面送了出来。见二和站在院子里，对那一大堆铜床架子，冷笑了一声，并没有说什么，径直出门去了。

宋子豪的烟瘾，根本没有过足，谈了许多的话，要费精神，追不上二和，也不送了，站在院子里望着。小五娘由屋子里笑出来道："来过瘾罢，我给你烧了一个挺大的泡子。总算不错，赵三爷托你们办的事，办得很顺溜。"黄氏隔着窗户，在屋子里哈哈地笑着道："一报还一报！我今天比吃了人参燕窝还要痛快。丁二和这小子，花几十块钱，把月容弄去，还把一张领字拿了去。今儿个为三百块钱，除了把月容送回来，还交了一张借字给我。"宋子豪笑道："老帮子，别太高兴了。你胡嚷一阵，嚷到月容耳朵里去了，大家吃不了，兜着走呢。"黄氏被他一拦，虽是不说了，还是哈哈地笑。

其实这种事情，月容做梦也想不到。被刘经理拉出去了，胡混了半天，直混到下午四点钟，方才回来。她走进房来，第一件事，便是看到桌子上放的那只镜框子，这就咦了一声，问道："这张相片是哪里来的？"

黄氏已是跟随她走进房来，因答道："赵二爷来了一趟，他说是来找刘经理的。没坐到十分钟就走了，扔下这张相片。我们也不知道他是什么意思。"月容拿起相片看了一看，扯开抽屉，扔了进去。因道："我屋子里头，向来就没有放过男人的相片。别这样亲热得过分了，让人笑话。"黄氏没有做声，将茶壶洗刷干净了，新沏了一壶香片，和她斟了一杯，放在桌上笑道："喝杯热茶，暖和暖和。老枪把烟瘾过得足足的，静等着你吊嗓子呢。"

月容走到桌子边，手扶了桌子犄角，悬起一只脚来，将皮鞋尖在地上旋转，只管沉吟着。随后又端起茶杯来，放在嘴唇边，缓缓地低下去，眼望了茶杯上出的茶烟，问道："赵二来，说了些什么？"黄氏道："他不说什么。他说刘经理约他吃午饭的，他追到这里来。"月容道："他怎么会知道刘经理在这里？不是干娘叫他来的吗？"黄氏走前一步，眯了两眼，低声笑道："刘经理做事很仔细，这些事都不会让刘太太知道的。你别瞧赵二是刘太太的人，他可捧着你干爹的饭碗。你干爹到这里来的事，他敢同你干娘说吗？他长了几个脑袋？干爹带你上哪儿了？准是吃过了饭，又上绸缎庄去扯衣料。"月容呷着茶，微笑了一笑。黄氏弯着腰，伸了个食指，连连点着她道："现在天气一天比一天冷了，你应当趁机会和你干爹要件皮大衣。"月容道："东西别要得太多了，仔细还不清这笔账。"黄氏笑道："还有什么账？干姑娘要干爹做两件衣服穿，那不是应当的吗？"月容道："今天我起来得太早，身体有点倦，我想睡一觉。到七点钟的时候，你叫我起来，我还有个应酬。"

黄氏同她瞧着，眼睛变成了一条缝，笑道："你瞧，我们杨小姐，真有门儿。还没上台，就忙起应酬来了。"月容瞪她一眼："别胡捧场了，干爹替我约了几个报馆里的人吃饭，这也是当角儿的不得已的事。"说到"角儿"两个字，她脸上透着也有得色，跟着微微一笑。黄氏道："你有正事，你就躺一会儿罢，六点多钟我来叫醒你。"说着，带上门出去了。她其实不是要睡，只是心里头极其慌乱，好像自己做了一件不合意的事情，无法解决，就想在床上静静地想心事。

在半小时之后，却听到黄氏宋子豪夫妇喁喁说话，虽是隔了两间屋子，用心听着，也可断断续续听到两句。黄氏曾说：“姓丁的这小子，这回竟犯在我手上。”由此更想到那张铜床；更想到刘经理赵二突然找上门，颇有些可疑。因之，穿上大衣，悄悄地走出门来，雇了一辆人力车，直奔丁二和家。

在车上想着，这回无论丁家人怎样对待，总要进门去问个水落石出。可是车子拉到丁家门口，招呼车夫一声，说是到了。车夫歇下了车把，伸直腰来向大门上一看，摇着头道：“走错了门吧？不会是这里。”月容道：“你怎么知道不是这里？”车夫说了个喏字，向门框上一指。月容看时一张红纸帖儿，明明白白，写了“吉屋招租”四个字。先是一愣，再仔细将房屋情形门牌号码看了一过，昂头沉吟了一会子道：“是这个地方呀。”车夫道：“你什么时候来的？”月容道：“前两天来的。听说这人家上济南去了，我不相信，特意来瞧瞧。”车夫道：“你瞧门环上倒插着锁，又贴了招租帖儿，准是上济南了。我还拉你回去罢。”月容对大门望着出了一会儿神，又叹了一口气，只好坐车子去了。

这个时候，二和在医院里，正也谈到这所房子的问题。丁老太躺在床上，二和坐在床头边的椅子上，丁老太道：“你整日整夜地看守着我，也不是个办法呵。一来，你得找个事情做；二来我们还有破家呢。”二和道：“这些，您都不必放在心上，我现在借到了三百块钱，除了用二百多块钱给你治病而外，还可以腾出三四十块钱。我零用每天吃两顿饭，有两毛钱足够了。暂时有那些钱维持着，用不着找事。说到那个家，你更可以放心，房子我已辞了。大大小小的应用东西，分拨到田家和王傻子那里存着。等你病好了，咱们再找房搬家。”

他口里说着，和母亲牵牵被褥，移移枕头，俯下身子问道：“妈，你喝一点儿水吧。”丁老太道：“不用，其实这里有看护，也用不着你在这里照应我。”二和将方凳子拖近了一步，再坐上，将手按住被角道：“妈，我怎能不照应你？你在这世界上，就剩我这个儿子，我在这世界上，也就只剩你这一个老娘。我们能多聚一刻，就多相聚一刻。”丁老太眼角上微微透出两点泪珠，又点了两点头。二和道：“你不用挂心，我什么苦也能吃，我什么耻辱也能忍受。我一定要好好儿地来照应你的病。”

丁老太眼角上的泪珠，虽然还没有擦干，她倒是闪动了脸上的皱纹，微微地笑了一笑。

二和看到老娘这种慈笑，心里是得着莫大的安慰。昂头向着窗外正自出神，觉得手上有东西搬动着，低头看时，正是老娘由被底伸出手来，轻轻地拍着自己的手背呢。这就是老娘听了痛快，疼爱着自己呢。两脚放在地面，是极力地抵住着，那心里是在那时转着念头：我老娘这样地疼爱着我，我一定要顾全一切。刘经理，杨月容，一切人的怨恨，我都要忘掉的。这样想着，自己连连将头点了几点。

这样，他是对于环境，力求妥协了。可是到了第二日，有一个抱不平的王傻子，来反对他这种主张了。在他进病室看过丁老太病体之后，向二和招了两招手，将他引到外面来。一歪脖子，瞪了眼道："老二，你忘了今天是什么日子了吗？"二和被他突然问这句话，倒有些愕然，只是向王傻子望着。王傻子笑着摇摇头道："倒真是忘了。杨家那丫头今天登台，你不知道吗？这丫头我不要她姓王，还是让她跟师傅姓杨罢。"二和道："今天她登台怎么样？"王傻子道："咱们也花个块儿八毛的去捧一捧。可不是正面捧，咱们是个反面儿捧，也到台下去叫声倒好儿，出出这口气。"二和笑道："谁有这么些闲工夫？再说也犯不上。她今天登台，捧的人整千整百，我们两个人去喊个倒好儿有什么用？再说天天上台，天天有人捧，咱们能够天天就跟着叫倒好儿吗？"王傻子道："虽然那样说，到底今天是她登台的第一天，咱们给她拦头一棒，多少让她扫扫兴。"

二和抓住他的手，连连摇撼了两下，笑道："别这样看不开，咱们上大酒缸喝酒去。"王傻子笑道："喝酒，我倒是赞成，喝醉了听戏去。你也别把老太的病，尽管放在心上，有道是吉人自有天相，咱们先去喝三杯。"说着，也不问二和是否真要喝酒，拉了就走。这已经是七点钟的时候，大酒缸吃晚酒的人，正在上场，由里到外，坐满了人。只在屋犄角有半边桌子，凑合着墙的三角形，塞了进去。二和同傻子并肩坐着，正对了那堵墙。在这桌上，原摆着炸麻花儿、花生米、豆腐干之类，店伙送上两小壶白干，各斟着一壶。王傻子左手端了杯子，右手三个指头，捏了一根炸麻花儿，放在嘴里咀嚼着，两只眼睛，可就翻转来向墙上望着。二和也随了他的视线看去时，却是一张石印的红绿字戏单，戏单中间，有三个品字形排列的大字，正是杨月容的姓名。在这下面排着戏名，横书有《霸王别姬》四字。王傻子将麻花儿一放，手按了桌子道："他妈的，又卖弄这一段《夜深沉》，该随着胡琴舞剑了。"

二和凑近一点看去，上面果印着今日是登台第一晚，先哼了一声，接着端起酒杯来喝了一口。王傻子缓缓地回向街上看了一看道："今天天气很冷，也许要下雪。我敢说她今天上台，上不了满座。"二和端着酒杯，只管向那戏单子看着，也没做声。一这戏单子勾引不了他听戏，倒是很能勾引他喝酒。虽然王傻子的酒量很好，二和也并不用他劝进，一杯又一杯，只管向下喝去。王傻子喝着酒，口里还不住叽咕着，因道："咱们虽都是穷骨头，可是谁要在咱们面前摆出阔人架子来，咱们还真不能受！尽管让他有钱，咱们不在乎。我要是不愿意，你就出一万块钱，想买我院子里一块砖头，我也是不卖的。"

二和把一壶酒都斟干了，还提起壶来向杯子里滴上几滴，然后使劲向桌上一放，啪的一声响着，瞪了眼道："姓刘的这小子，拿出四五百元钱，要我在他面前认招，不许我在他同月容面前露脸。他捧杨月容，尽管捧就是了，他捧角儿还不许角儿的朋友出头，有钱的人，真是霸道！"王傻子也把酒壶一放，直立起来，拍着二和的肩膀道："二哥，走，咱们瞧瞧去。月容这样地红，看她今天是不是长了三只眼睛！你瞧，我这里有钱。"说着，身子一晃，掀起一片衣襟，在腰包里一掏，掏出一沓纸卷儿来。里面是洋钱票铜子票毛票全有。他卷着舌头道："买两张廊子票，瞧瞧她。你说叫倒好没用，咱们就不叫好光瞧着，就是了。"这样说时，已经抢到柜台边，胳膊一挥，把二和挥得倒退了几步，横了眼道："酒钱该归我付，你现在虽然比我腰包子里还足，可是你要替老娘治病的。"二和笑道："就让你会账罢，你都能怜惜我老娘，难道我自己倒不管我老娘了吗？"

说着话，自己一溜歪斜地向大街上走去，王傻子跟着来了，他就向前引路。心里糊涂，两条腿并不糊涂，顺了一条大街走着。远远看到街北边火光照耀得天色鲜红，在红光中拥出一座彩牌坊，彩牌坊下面，汽车、人力车排成两条长龙。王傻子一摇头道："想不到这丫头今天这样威风。一个在街上卖唱的黄毛丫头，有这么些个人捧场。"二和道："这都是姓刘的这小子邀来的。"两人红了眼睛，一路骂到了戏馆子门口。

那两扇铁栅门，已关得铁紧。在门里面悬了一块黑木牌，大书"客满"。王傻子道："怎么着？满座了吗？那黑牌子上写着什么？"二和道："写着'客满'两个斗大字。"王傻子道："你瞧着，门里边还站着一个巡警，真他妈的有那副架子。这样子说，咱们就是想花个块儿八毛的，也进不去了。"二和道："前台不能去，咱们到后台瞧瞧去也好。我知道由后面小胡同里转过去，可以转到戏馆子后门口。"王傻子道："那就走罢。"说着，挽了二和的手臂，就向戏馆子后面走来。

这里是一条冷胡同，东转角的所在，有一个双合门儿，半掩着。斜对过，正有一盏路灯，斜斜地向这里照来，看见有个短衣人，在门里面守着。王傻子闯到门边，还不曾抽腿跨门，那人由门里伸出头来，吆喝一声找谁。王傻子道："你们这儿杨月容老板是我朋友，我要进去瞧瞧。"那人道："还没有来呢！"王傻子在门外晃荡着身体，因道："什么时候了？还不到园子？咱们候着，总快来了。"于是搭了二和的肩膀，在胡同里徘徊着。看看天上，没有一点星光，寒风由人家屋头上压了下来，拂过面孔，像快刀割肉一样，两个人就格外走快一点，以便取暖。因之顺了前后胡同，绕个大圈子。再回到戏馆子后门口来，这冷静的胡同，老远地就可以听到汽车响。王傻子道："来了，咱们站到一边看去。"说时，汽车到了门口。

汽车门正对了戏馆子后门。先是月容披了皮大衣，向下一钻，随后刘经理也跳下了车，扶着她一只手臂，一路走去。这时，二和被冷风一吹，酒醒了三分之二，倒是拖住了王傻子的手，不让他向前。王傻子道："怎么啦？老二，你害怕吗？"二和道："我不能失信，我不能在他们面前露面。"王傻子道："瞎扯淡，有什么不能露面？谁订下的条规？"挣脱了二和的手，就向前奔去，汽车已是开走。

那后门依然开着，却一拥出来七八个大汉，有人喝道："这两个小子，在哪里喝醉了黄汤，到这儿来捣乱，叫警察！"又有个妇人声音道：

“别动手，犯不上跟醉鬼一般见识，我有法子治他。”一言未了，哗嘟一声，门里一盆冷水，向王傻子直泼将来。王傻子不曾防备，由头到脚，淋了个周到，总有两三分钟说不出话来。那七八个大汉，已是一阵狂笑，拥进了那后门，接着啪的一声，这两扇双合门关上了。王傻子抖着身上的水，望了那戏馆子后门，破口大骂。

二和走上前挽着他道：“大哥，咱们回去罢。天气还这样冷，你这周身是水，再站一会儿，你还要冻成个冰人儿呢。泼水这个人，我知道是张三的媳妇，原先是月容的师母，现在可跟着月容当老妈子了。”王傻子掀开大袄子衣襟，向腰带里一抽，拔出一把割皮的尖刀来，在路灯光下，显出一条雪白的光彩。二和道：“你这是哪里来的刀？”王傻子道：“是我皮匠担子上的。我知道月容这丫头，进出坐着汽车，我没有告诉你，暗下带了来，想戳破她的车轮橡皮胎。现在，哼！”说着，把尖刀向上一举，抬头望了灯光。二和道：“这班趋炎附势的东西实在可恶。你那刀交给我，我来办。这是我的事，你回去罢。”说时，就握住王傻子的手。王傻子先不放手，回转头来，向二和望着，问道：“不含糊？你能办？你别是把我的刀哄了过去。”二和道：“王大哥，你瞧我丁二和是那么不够朋友的人吗？”

王傻子咬了牙打了个冷战，因道：“这泼妇一盆冷水淋头浇来，由领脖子里直淋到脊梁上去，我身上真冷得不能受。我真得回去换衣服。”二和道：“是这话，你赶回去罢。”王傻子将刀交给了二和，另一手握住二和的手，沉着脸道：“二哥，我明天一早听你喜信儿了。”说毕，昂着头，对戏院子的屋脊瞪着，又哼一声道：“别太高兴了！”说毕，又打了两个冷战，只好拔步走了。

二和手握了尖刀柄，掂了两掂，冷笑一声，缓缓地伸进衣襟底下，插在板带里。背了两手，绕着戏院子后墙走。但听得一阵阵的锣鼓丝弦之声，跳过了墙头来。胡同里两个人力车夫，有气无力地拉着车把，悄悄过去。那电杆上的路灯，照着这车篷子上一片白色，猛可地省悟，已经是下雪了。在空中灯光里，许多雪片乱飞，墙里墙外，简直是两个世界。心里估计着戏馆子里情形，两只脚是不由自己指挥，只管一步步地向前移着。

走上了大街，看那戏馆子门口，层层叠叠的车子，还是牵连地排列着。在雪花阵里，有几丛热气，向半空里纷腾着，那便是卖熟食的担子，趁热闹做生意。走到那门口，斜对过有一家酒店，还有通亮的灯光，由玻璃窗户里透出来。隔了玻璃窗户，向里张望一下，坐满了人，也就掀了帘子进去。找个面墙的小桌子坐着，又要了四两酒，慢慢地喝着。一斜眼，却看到刘经理的汽车夫，也坐在柜台旁高凳子上独酌，用柜台上摆的小碟子下酒。于是把身子更歪一点，将鸭舌帽更向下拉一点，免得让他看见，但是这样一来，酒喝得更慢，无心离开了。

不多一会儿，却见宋子豪抢了进来，向汽车夫笑道："好大雪。李四哥辛苦了。"汽车夫道："没什么，我们干的是这行，总得守着车子等主人。有这么一个喝酒的地方，这就不错了。你怎么有工夫出来？喝一杯。"宋子豪道："我特意出来告诉你一句话，你喝完了还把车子开到后门口去等着。"汽车夫道："戏完了，当然送杨老板回家。"宋子豪道："事情还瞒得了你吗？"说着，低了声音，叽咕一阵，又拍拍汽车夫的肩膀，笑着去了。

二和看到，心里却是一动。等着汽车夫走了，自己也就会了酒账，绕着小胡同，再到戏馆子后门去。这时，那汽车又上了门，车子是空的，大概汽车夫进去了。于是站在斜对过一个门洞子里，闪在角落里，向这边望着。这已是十一点多钟了，胡同里很少杂乱的声音，隔着戏馆后墙，咿唔咿唔，胡琴配着其他乐器，拉了《夜深沉》的调子，很凄楚地送进耳朵。在这胡琴声中，路灯照着半空里的雪花，紧一阵，松一阵，但见地面上的积雪，倒有尺来厚。胡同里没有了人影，只是那路灯照着雪地，白光里寒气逼人。一会儿工夫，戏馆子里《夜深沉》的胡琴拉完了，这便是《霸王别姬》的终场。二和料着月容快要出来，更抖擞精神注视着。

十分钟后，锣鼓停止，前面人声喧哗，已是散了戏。不多一会儿，那后门呀然开着，汽车夫先出来了，上车去开发动机，呜哧呜响着。又一会儿，一个穿大衣的男人出来了，他扶着车低声道："我坐那乘车行里的车子，陪太太回去。你把这乘车子，送杨小姐到俱乐部去。你先别言语，只说送她回家，到了俱乐部，你一直把车子开到院子里去。一切我都安排好了。”汽车夫道：“经理什么时候去？”那人道：“不过一点钟。蒋五、赵二都会在那里等着的，他们会接杨小姐下车。说好了，我们打一宿牌。记住了，记住了。”说毕，那人又缩进门去。二和看定了，那人正是刘经理。心想：“这样看起来，月容还没有和他妥协，他这又是在掘着火坑，静等着月容掉下去呢。”

以后，又不到十分钟，一阵人声喧哗，灯光由门里射出来，四五个男女，簇拥着月容出来。月容一面上车，一面道：“怎么我一个人先回去？下着大雪呢，你们和我同车走不好吗？”却听到黄氏道：“宋三爷有事和馆子里人接洽，走不了。后台有人欠我的钱，好容易碰着了，我也得追问个水落石出。”这样解释着，月容已是被拥上了车。车子里的电灯一亮，见她已穿着皮领子大衣，在毛茸茸的领上面，露出一张红通通的面孔，证明是戏妆没洗干净。口里斜衔了一支绿色的虬角烟嘴子，靠了车厢坐着，态度很是自得。喇叭呜的一声，车子走了，雪地里多添了两道深的车辙。

二和走出了人家的门洞，抬头向天上看看，自言自语地道：“她已经堕落了。只看她那副架子，别管她，随她去罢。”对那戏馆子后门看看，见里面灯火熄了大半，可是还是人影乱晃，于是叹了口气道：“她怎么不会坏！”

低了头缓缓走着雪路，就走上了大街，却见宋子豪口衔了烟卷，手提了胡琴袋，迎头走来。虽然他不减向来寒酸的样子，但头上已戴了一顶毛绳套头帽，身上披着麻布袋似的粗呢大衣，显是两个人了。二和迎上前，叫了一声三爷。他站住了，身子晃上两晃，一阵酒气向人扑来。问道：“丁老二，那盆冷水没有把你泼走？你又来了？”二和道：“大街上不许我走路吗？”宋子豪道：“你用了刘经理五六百块钱，你这小子没良心，还要捣乱。我告诉你，军警督察处处长和刘经理是把子，今天也在这里听戏。你先在园子后门口藏藏躲躲，没有把你捆起来，就算便宜了你，你还敢来？可是，人家这会儿在俱乐部开心去了。你在这里冒着大雪，吃什么飞醋？哈哈哈。”说着，将二和一推，向前走了。

二和站在雪里，呆了一会儿，忽然拔开步来，径直就向前走。约有半小时之久，已是到了所谓的俱乐部门口。一幢西式楼房，在一片云林子矗出。楼上有两处垂下红纱帘子，在玻璃窗内透出灯光。正遥远地望着呢，那院子门开了，闪出两条白光，呜呜的喇叭响着，一辆汽车开出来了。那汽车开出了门，雪地里转着弯，很是迟缓。在暗地里看亮处，可以看出里面两个人是蒋五和赵二，他们笑嘻嘻地并排坐着。这辆车子呢，就是刘经理私有的。车子转好了弯，飞跑过去。轮子上卷起来的雪点，倒飞了二和一身。立刻俱乐部门口那盏灯熄了。这时离着路灯又远，雾沉沉的，整条胡同在雪阵里。

二和见门口墙上小窗户里，还露着灯光，便轻轻移步向前走去，贴了墙，站在窗户下静静听着。有人道："有钱什么也好办。登台第一宿的角儿，刘经理就有法子把她弄了来玩。"二和听了，一腔怒气向上涌着，右手就在怀里抽出刀来，紧紧握着，一步闪到胡同中间。正打量进去的路线，却见楼上窗户灯光突然熄灭，只有一些微微的桃色幻光，由窗户里透出。再向四周围看，一点声音没有，也看不到什么东西活动，雪花是不住地向人身上扑着。他咬了牙，站在雪地里发呆。不知多久，忽然当当几声大钟响由半空里传了来，于是想到礼拜堂的钟，想到卧病在教会医院里的老娘，两行热泪，在冷冰的脸上流下来。当，当，远远的钟声，又送来两响，那尾音拖得很长，当的声音，变成嗡的声音，渐渐细微至于没有。这半空里雪，被钟声一催，更是涌下来。

二和站在雪雾里，叹了口长气，不知不觉，将刀插入怀里，两脚踏了积雪，也离开俱乐部大门。这地除他自己之外，没有第二个人，冷巷长长的，寒夜沉沉的。抬头一看，大雪的洁白遮盖了世上的一切，夜深深的，夜沉沉的。